BASTEI
LÜBBE

WILLIAM KINSOLVING

Der Meuterer

Historischer Roman

Aus dem Amerikanischen von
Christine Strüh und Adelheid Zöfel

BASTEI LÜBBE

BASTEI-LÜBBE-TASCHENBUCH
Band 12 990

Originaltitel: Mr. Christian
Originalverlag: Simon & Schuster, Inc., New York

Lizenzausgabe: Bastei-Verlag Gustav H. Lübbe GmbH & Co.,
Bergisch Gladbach
Printed in Germany, September 1999
Einbandgestaltung: Wustmann & Ziegenfeuter, Dortmund
Satz: hanseatenSatz-bremen, Bremen
Druck und Verarbeitung: Ebner Ulm
ISBN 3-404-12990

Für Carol

Vorbemerkung des Autors

Am 28. April 1789 fand im Südpazifik an Bord der HMS *Bounty* eine Meuterei statt.

Der Kapitän des Schiffs, Leutnant William Bligh, wurde von Bord gejagt und mit achtzehn Männern in einer offenen Barkasse ausgesetzt; in dem völlig überfüllten kleinen Boot überließ man sie ihrem Schicksal und der endlosen See.

Der Anführer der Meuterei, Fletcher Christian, Blighs Erster Offizier, und seine Rebellen machten sich unterdessen mit der *Bounty* auf die Suche nach einem Hafen, wo sie vor dem langen Arm der Königlichen Marine sicher sein konnten.

Nach einer heldenhaften Reise von dreitausendsechshundert Seemeilen erreichten Bligh und seine Männer Kupang in Niederländisch-Ostindien. Sechzehn von den auf der *Bounty* zurückgebliebenen Männern entschieden sich dafür, auf Tahiti zu bleiben. Dort wurden sie jedoch kurze Zeit später von der Königlichen Marine gefangengenommen. Zehn Männer überlebten den Rücktransport nach England; drei von ihnen wurden gehängt.

Fletcher Christian fand schließlich eine auf den damaligen Seekarten falsch eingezeichnete Insel namens Pitcairn, wo er sich zusammen mit einer Gruppe von achtzehn Polynesiern und den verbliebenen acht Meuterern ansiedelte.

Diese Geschichten sind historisch belegt; sie werden oft erzählt, bieten jedoch auch Anlaß zu endlosen Debatten.

Meist enden die Berichte mit William Blighs glorreicher Rückkehr nach England und Fletcher Christians Flucht nach Pitcairn.

Das nun Folgende jedoch beschreibt die weitere Geschichte.

Einleitung

Als Mayhew Folger, Kapitän des amerikanischen Seglers *Topaz*, im Februar 1808 im Südpazifik kreuzte, entdeckte er eine Felseninsel, die dort eigentlich nicht hätte sein dürfen. Der Kapitän zog seine Seekarten zu Rate und kam zu dem Schluß, daß es sich um die Insel Pitcairn handeln mußte; man hatte sich bei ihrer Eintragung um über zweihundert Meilen vertan. Nachdem er seine Ladung an Gin und Rum in Australien verkauft hatte, war Folger jetzt auf der Suche nach Seehunden, denn er wollte seinen Frachtraum mit Pelzen füllen, bevor er nach Boston zurückkehrte. In dieser Hoffnung nahm der Kapitän Kurs auf das angeblich unbewohnte Eiland. Doch als er sich der Insel Pitcairn näherte, sah er zu seiner großen Überraschung, wie über der üppigen Vegetation des steil aus dem Meer emporragenden Felsens gemächlich eine Rauchwolke zum Himmel aufstieg. Noch erstaunter war er, als ein im polynesischen Stil gebautes Kanu auf sein Schiff zuruderte und er von den drei eingeborenen Ruderern in zwar nicht akzentfreiem, aber fließendem Englisch begrüßt wurde.

> Ich ging an Land und fand dort einen Engländer namens Alexander Smith, den einzigen Überlebenden der neun Männer, die [im Jahr 1789] an Bord der *Bounty* unter dem Kommando des Meutereianführers Christian entflohen waren ... Nachdem sie etwa vier Jahre auf der Insel gelebt hatten, erhoben sich ihre Sklaven gegen sie und ermordeten sechs von ih-

nen. Nur Smith blieb am Leben ... Doch er und die Witwen der Ermordeten schlossen sich zusammen und töteten sämtliche Sklaven; so blieb er als einziger überlebender Mann auf der Insel, mit acht oder neun Frauen und mehreren kleinen Kindern ...

Die Siedlung, von der Kapitän Folger im Schiffslogbuch berichtete, bestand aus den Nachkommen der Meuterer und den eingeborenen Frauen, die sie im Januar 1790 mit nach Pitcairn gebracht hatten, acht Monate nach der Meuterei. Zu der Gruppe, die den Kapitän empfing, gehörten auch drei Kinder von Fletcher Christian.

Da es auf der Insel keine Seehunde gab, wollte Folger so schnell wie möglich auf die *Topaz* zurückkehren. Er blieb nur wenige Stunden, in denen er Einzelheiten über das Schicksal der Meuterer – vor allem über das ihres Anführers – herauszufinden versuchte. Smith, der, wie sich herausstellte, in Wirklichkeit John Adams hieß, sprach nur ungern über die Vergangenheit; als Meuterer drohte ihm der Galgen, falls ein englisches Schiff ihn aufgriff. Deshalb waren seine Geschichten ungenau und widersprüchlich; oft genug erschienen sie seinen Zuhörern sogar bewußt irreführend. Die Geschichte über Fletcher Christians Tod und Begräbnis blieb ganz unklar und änderte sich jedesmal, wenn er sie erzählte. Kapitän Folger berichtete, Christian sei während eines Sklavenaufstands in den Rücken geschossen worden. Im Logbuch war jedoch nicht verzeichnet, wo sich sein Grab befand.

Smith/Adams seinerseits war begierig auf Neuigkeiten aus der Welt draußen, über die er seit zwanzig Jahren – seit der Meuterei – nichts mehr gehört hatte. Folger erzählte ihm von der Französischen Revolution, von Napoleons unaufhaltsamem Aufstieg und dem anscheinend endlosen Krieg Europas gegen Frankreich, der sich bereits über die Weltmeere ausbreitete. Als der alte Seemann von dem großen britischen

Sieg bei Trafalgar hörte, sprang er auf, schwang den Hut über dem Kopf und rief: »Es lebe England!«

Als Kapitän Folger mit der *Topaz* im Hafen von Valparaiso in Chile einlief, erzählte er von seiner erstaunlichen Entdekkung. Ein offizieller Bericht über die Geschehnisse wurde an die britische Admiralität abgeschickt, wo er am 14. Mai 1809 eintraf. Allerdings schenkte man der Nachricht in London wenig Beachtung, denn der Krieg gegen Napoleon war nicht nur für die Marine, sondern auch für die gesamte Öffentlichkeit so wichtig, daß alles andere als Nebensache behandelt wurde. Und was Meutereien anbelangte, war die auf der *Bounty* eine Lappalie – verglichen etwa mit dem Aufstand auf der HMS *Hermione,* bei dem zehn Offiziere erschlagen worden waren, und der darauffolgenden großen Nore-Meuterei im Jahre 1797, in die fünfzigtausend Seeleute und einhundertdreizehn Schiffe verwickelt gewesen waren.

Schließlich war die Revolte auf der *Bounty* ohne Blutvergießen abgegangen. Man hatte die Meuterer, derer man habhaft werden konnte, vor ein Kriegsgericht gestellt und diejenigen, die man für schuldig befand, an den Galgen gebracht. Der harte Kern der Meuterer unter Fletcher Christian blieb verschollen. Daß man die Meuterei überhaupt in Erinnerung behielt, beruhte mehr oder weniger auf der erstaunlichen Leistung des Kapitäns der *Bounty,* William Bligh, der mit achtzehn Männern in einer gefährlich überbesetzten Barkasse die dreitausendsechshundert Meilen bis nach Timor zurückgelegt hatte. Die Admiralität ignorierte einfach den Bericht von Kapitän Folger, daß offenbar Meuterer überlebt hatten.

Zufällig tauchte im Frühling desselben Jahres 1809 in Cumberland, wo Fletcher Christian geboren und aufgewachsen war, das hartnäckige Gerücht auf, er sei dort mehrmals gesehen worden und habe »eine Tante« besucht. Kurze Zeit später berichtete Kapitän Peter Heywood, der auf der *Bounty* Matrose gewesen, während der Meuterei an Bord geblieben, aber trotz seiner Freundschaft mit Fletcher Christian vom König begnadigt worden war, daß er Christian in der Fore Street am Plymouth Dock entdeckt habe. Als Heywood sich dem Betreffenden nähern wollte, war dieser jedoch plötzlich verschwunden.

Anderthalb Jahre später, im November 1810, verfiel König Georg III. endgültig dem Wahnsinn, was das Land in eine ernste Regentschaftskrise stürzte. Der Krieg gegen Frankreich stand auf Messers Schneide. Napoleon befand sich auf dem Zenit seiner Macht. Er hatte Marie-Luise von Österreich geehelicht und Holland annektiert und regierte als Kaiser und König außerdem über Spanien, Portugal, Italien und Preußen. England und der Herzog von Wellington waren die einzigen Hindernisse, die der kaiserlichen Herrschaft über ganz Europa noch im Wege standen, und zugleich die letzte Hoffnung auf Widerstand gegen Napoleons Ehrgeiz, der sich nun schicksalhart dem Zarenreich Rußland zuwandte.

Während der britischen Regierungskrise, in der die königliche Autorität allmählich in die Hände des machtwilligen, aber skandalumwitterten Prinzen von Wales überging, war einer der königlichen Leibärzte ein gewisser Sir Jeremy Learned. Dieser berühmte Mediziner hatte sich auf Geistesstörungen spezialisiert und pendelte zwischen Windsor Castle und dem Krankenhaus St. Mary of Bethlehem hin und her, in der Hoffnung, Aufschluß über den scheinbar hoffnungslosen Zustand seines königlichen Patienten zu bekommen. Das allgemein unter dem Namen »Bedlam« bekannte Krankenhaus war die zweitälteste Institution für chronisch Geisteskranke in Europa und für seinen extrem brutalen Umgang mit den Patienten berüchtigt. Wie aus Sir Jeremys Tagebuch hervorgeht, war ihm diese Tradition bekannt, jedoch zutiefst zuwider. In seiner immer schlechter werdenden Verfassung neigte der König zunehmend zu Gewalttätigkeiten und wurde so mehr und mehr Gegenstand politischer und medizinischer Auseinandersetzungen. Deshalb fand Sir Jeremy weniger Zeit für seine Besuche in Bedlam – und er brachte auch immer weniger Toleranz für die Zustände auf, die er dort vorfand.

Die wiederkehrende geistige Umnachtung des Königs hatte Reformer und Parlamentarier auf die vorsintflutlichen Methoden bei der Versorgung geistig Kranker aufmerksam gemacht. Im Zuge seiner Nachforschungen über neue Behandlungsmöglichkeiten stieß Sir Jeremy auf eine Privatklinik in York. Sie wurde von einer Quäkerfamilie geleitet – einem Vater mit mehreren Söhnen –, und dort behandelte man die Patienten ohne die gewohnten körperlichen Züchtigungsmaßnahmen wie Handschellen, Peitschen, Zwangsjacken oder Ketten. Erst kurze Zeit davor hatte Sir Jeremy seinen Kollegen in Windsor und Königin Charlotte diese neue »moralische Therapie« ans Herz gelegt, war aber von ersteren rundweg ausgelacht und von der Königin zum Schweigen aufgefordert worden.

Am 10. Dezember 1810 berichtete Sir Jeremy in seinem Tagebuch von einer nächtlichen Fahrt nach Bedlam, wo er einen Patienten besuchte, der allein in seiner Zelle saß, die Handgelenke mit eisernen Handschellen an den Steinboden gefesselt. Diese Maßnahme sollte ihn daran hindern, sich oder seinen Mitmenschen etwas anzutun. Wegen der Handfesseln konnte der Mann nicht aufstehen, sondern nur knien oder auf dem Boden liegen, wodurch er gezwungen war, direkt aus seinem Napf zu essen und seine Notdurft dort zu verrichten, wo er lag.

Sir Jeremy hatte den Mann schon des öfteren beobachtet. Nur mit der Autorität seines entschieden vorgetragenen Befehls ausgestattet, ordnete Sir Jeremy an, den Mann freizulassen. Als der diensthabende Apotheker und seine Leute sich unter Berufung auf die Gewalttätigkeit des Mannes weigerten, schickte Sir Jeremy sie aus der Zelle. Im Licht einer Laterne brach er die Handfesseln eigenhändig auf. Statt auf den Arzt loszugehen, kroch der Patient elend in eine Ecke der Zelle und rieb sich, ohne Sir Jeremy aus den Augen zu lassen, seine verschorften, eiternden Handgelenke.

Wie bei vielen anderen Patienten wußte man kaum etwas über den Mann, schon gar nicht seinen richtigen Namen. Er hatte ein Auge verloren; aus den Tätowierungen auf Brust und Gesäß schloß der Arzt, daß er Seemann gewesen sein mußte. Eine Narbe auf dem Rücken deutete auf eine Schußwunde hin, eine lange Narben über den Rippen stammte wahrscheinlich von einer Stichwunde. Vor sieben Wochen hatte man ihn aus der Themse gezogen, nachdem er von der London Bridge gesprungen war. Als er wieder zu Bewußtsein gekommen war, hatte er seine Retter mit solch unbeherrschter Wut angegriffen, daß man ihn nach Bedlam brachte. Hier versuchte er mehrmals, sich und jeden, der in seine Nähe kam, zu töten, weshalb man ihn schließlich mit den Handgelenken an den Boden gekettet hatte. So lebte er von da an: Er aß wie ein Hund, schlief in seinem eigenen Kot und wurde alle zwei Wochen oder wenn er einen seiner Wutanfälle bekam, mit dem Wasserschlauch abgespritzt.

Nun stand der Arzt ihm an der Zellenwand gegenüber und stellte ihm eine Reihe einfacher Fragen. Der Patient beantwortete sie mit Nicken oder Kopfschütteln. Da der Mann ruhig und bei klarem Bewußtsein zu sein schien, wagte Sir Jeremy eine vorsichtige Annäherung, indem er ihm erklärte, er wolle nicht unbedingt etwas über die Identität des Patienten erfahren – die dieser offenbar nicht preisgeben mochte –, sondern über die Wahnvorstellungen, die ihn heimsuchten. Als Gegenleistung versprach der Arzt ihm eine angenehmere Unterbringung. Er machte einen Schritt auf ihn zu und fragte: »Was wünscht Ihr Euch am meisten?« Er meinte allgemein die Bedürfnisse des Patienten.

Die Antwort des Mannes fiel sehr spezifisch aus: »Schreibpapier, eine Feder und ein Tintenfaß ... und dann noch ein großes Stück Schmalzgebäck, falls das möglich wäre ...«

In den Augen des Arztes war eine Schreibfeder vor allem eine potentielle Waffe. Dennoch lächelte er und versuchte, seinen Verdacht vor dem Patienten zu verbergen. »Schmalzgebäck kann ich nicht beschaffen, fürchte ich, aber warum ...?«

»Ich werde die Sachen nur zum Schreiben benutzen«, unterbrach ihn der Patient sarkastisch. Seine Stimme war ein heiseres Wispern, sein Akzent schwer festzulegen.

»Was wollt Ihr denn aufschreiben?«

»Eine Geschichte, weiter nichts.«

»Und wie ist Euch diese Idee so plötzlich in den Sinn gekommen?«

Der Patient starrte ins flackernde Eicht der Laterne. »Weil ich jetzt meine Hände wieder gebrauchen kann«, antwortete er endlich in verärgertem Ton, »und vielleicht sogar auch meinen Kopf – eine aufregende Kombination, meint Ihr nicht? Falls Ihr das Bedürfnis dazu verspürt, könnt Ihr jedes Wort lesen, das ich aufschreibe. Ich werde mich nicht damit abgeben, über das Verbrechen selbst zu berichten; zu viele andere haben bereits ihre Version der gleichen Geschichte verbreitet, so steht es Euch in diesem Punkt frei zu glauben, was Euch beliebt. Doch jetzt, da man sie draußen auf dem ›Inselparadies‹ aufgespürt hat« – er lachte, was jedoch eher wie ein Ächzen klang – »jetzt könnte die Geschichte zu einer mitleiderregenden Romanze verkommen, zu einem seichten Lehrstück menschlicher Bosheit. Aber, Sir, es geht um mehr!« Er hob die Stimme, als kämpfte er gegen die eigenen Zweifel; dann bedeckte er mit der Hand die Augen.

Später in derselben Nacht vermerkte Sir Jeremy dieses Gespräch in seinem Tagebuch. Außerdem registrierte er mit der ihm eigenen Akkuratesse, daß das linke Handgelenk des Patienten eiterte, und führte eine Liste sämtlicher Medikamente auf, die ihm verabreicht werden sollten und die der Apotheker von Bedlam im Auftrag zu beschaffen hatte. Der Schluß des Eintrags lautete:

Was der Patient mir sagte, schien von einer grimmig amüsierten Hoffnungslosigkeit geprägt, ja, seine Worte zeigten einen eindeutigen, wenn vielleicht auch bösartigen Humor; ihm zuzuhören war noch besser als die Lektüre der Gedichte von William Blake, denn dieser besitzt die gleiche Art abwegiger Imagination. Dieser Mann bestätigt meine Theorie, daß das kreative Schaffen oft ein disziplinierter Ausdruck des Wahnsinns ist und unbedingt ermutigt werden sollte. Der wahre Künstler besitzt jenseits aller handwerklichen Fertigkeit offenbar eine schöpferische Kraft, mit der er Erhabenes schafft, ein Prozeß, der bei jedem Künstler unterschiedlich ausfällt und sich selbstredend dem Verständnis seiner Umwelt entzieht – und möglicherweise auch seinem eigenen. Blake ist mein bestes Beispiel – ein in Schranken gehaltener Wahnsinn, der das Genie beflügelt –, doch auch Turner, Coleridge und natürlich Paganini wären zu nennen. Mein Patient besitzt kein derartiges Genie, aber er will eine Geschichte aufschreiben; ganz gewiß ist dies ein Fortschritt gegenüber seiner bisherigen Zerstörungswut, selbst wenn er letzten Endes auch nur Geschwätz zustande bringen sollte.

Als ich ihm Papier, Feder und Tinte versprach, bedankte er sich nicht. Statt dessen nahm er die Hand von den Augen und starrte ins Dunkel, als blickte er in die endlose Finsternis seiner eigenen Verdammnis.

Teil I

Flucht

Pitcairn

September 1793

Jener Tag; keine Vergangenheit, keine Zukunft. Ich wagte nicht zu denken, sondern versuchte mich ganz auf die Süßkartoffeln zu konzentrieren, die ich pflanzte. Das Licht blendete mich; das Grün der Kokospalmen versengte mir das Gehirn, das Blau des Ozeans, glasklar an jenem Tag, erstrahlte in einem Spiegelglanz, der alles, was ich für meine Seele halten mochte, erbarmungslos durchdrang. Doch ich konnte meine Gedanken nicht gänzlich zum Stillstand bringen. In allen Einzelheiten stellte ich mir vor, wie der Samen in der roten Erde von Pitcairn aufgehen würde. Doch jedesmal, wenn ich mit meinem hölzernen Spaten die fruchtbare rote Erde aufbrach, sah ich dort Blut, leuchtend rotes Blut. Ich fand mich damit ab, daß es auf dieser abgelegenen Insel für mich mehr Blut gab als Erde, mit der ich es bedecken konnte, so viel Blut, daß es mich ertränken würde, wenn ich dieses Recht nicht sowieso dem Ozean einräumte. An diesem Tag schnitt meine schnurgerade, ordentliche Furche aus Samen und Blut beinahe mein Leben entzwei. Ich konnte meine Vergangenheit nicht länger ertragen, und die Zukunft hatte mir nichts zu bieten als Wahnsinn und Tod.

An diesem Tag wollte ich mich umbringen. Ich hatte beschlossen, die Ernte für meine Familie auszusäen und meine Angehörigen, sobald dies vollbracht war, von dem Menschen zu erlösen, der jede Hoffnung auf Glück für sie zunichte machte. Ich konnte die Insel nicht mehr ertragen, auf die ich sie gebracht hatte. Wenn ich noch länger hier blieb, würde ich anfangen, meine Frau und unsere Kinder zu verachten und sie schließlich als Teil meines Gefängnisses aus tiefster Seele zu hassen. In meinem zunehmenden Wahn glaubte ich, ich würde ihnen dann auch weh tun, ihnen Schaden zufügen, ja, sie zerstören. Diese Entartung von Geist und Seele festigte meinen Entschluß, meinem Leben ein Ende zu bereiten. In fünf Tagen war mein neununddreißigster Geburtstag. Sobald ich diese Reihe Süßkartoffeln gesetzt hatte, wollte ich zu den Klippen gehen, zur Stelle, die wir *The Edge* – die Kante – nannten. Es war Flut, und ich würde mich ins Meer stürzen, das inzwischen Himmel und Hölle geworden war, der einzige Gott, der für mich existierte.

Da hörte ich, wie sich jemand näherte. Es waren mehrere Personen, aber ich drehte ihnen den Rücken zu, weil ich glaubte, mein Gesicht würde verraten, was ich dort in der Erde erblickte und was ich zu tun beabsichtigte. Als ich hörte, wie sie stehenblieben, grub ich um so eifriger, in der Hoffnung, auf diese Weise einem Gespräch aus dem Wege zu gehen. Doch da knallte der Schuß. Ich fühlte, wie die Kugel in meinen Rücken drang, taumelte nach vorn und fiel bewußtlos mit dem Gesicht nach unten auf den Boden.

Stunde um Stunde lag ich reglos auf der Erde, bis tief in die Nacht hinein. Da man mich tot glaubte, kümmerte sich niemand um mich. Plötzlich krabbelte etwas über meinen Nacken. Ich versuchte, den rechten Arm zu heben, aber ein Schmerz, wie ich ihn heftiger nie erlebt hatte, durchzuckte mich. Was immer auf meinem Nacken gewesen sein mochte, ergriff eiligst die Flucht und ließ mich liegen, allein im Dunkeln. Ich versuchte zu atmen; meine Nase und mein Hals waren verschleimt, meine Wange klebte durch das geronnene Blut an dem Stein, auf den ich gefallen war. Hustend und nach Luft ringend kämpfte ich gegen den Schmerz; mein Gesicht fühlte sich an wie zerschlagen. Eine Weile unterließ ich alle Versuche, mich zu rühren, aber mein Verstand begann zu arbeiten. Ohne auch noch einen Gedanken auf meine Selbstmordabsichten zu verschwenden, plante ich, was ich tun mußte, um zu überleben. Im gleichen Augenblick drang etwas an die Oberfläche, was ich schon lange unbemerkt in mir herumtrug: der Entschluß, die Insel zu verlassen.

Vorsichtig bewegte ich die Finger meiner rechten Hand, dann das Handgelenk. Als ich den Ellbogen beugte, wurden die Schmerzen wieder stärker, doch es war nicht das Stechen gebrochener Knochen. Vielmehr spürte ich ein Ziehen in Muskeln und Nerven, und schon regte sich in mir die Hoffnung, daß mein Zustand nicht so schlimm war, wie ich befürchtet hatte. Während ich so auf der Erde lag und nicht wußte, wie und ob ich mich bewegen konnte, wandelte sich Verzweiflung plötzlich in Zuversicht, Ausweglosigkeit in Zielstrebigkeit, Resignation in Entschlossenheit.

Vermutlich war die Muskete, die mich verwundet hatte, mit zuwenig Pulver geladen gewesen, denn sonst hätte die Kugel ihren ursprünglichen Zweck erfüllt, und ich wäre tot. Dies legte die Folgerung nahe, daß der Schütze einer der Eingeborenen gewesen sein mußte, denen ich zur eigenen Bequemlichkeit den Umgang mit unseren Waffen beigebracht hatte. Wir hatten sie ausgesandt, um die Nachkommen der Schweine zu jagen, die wir von der *Bounty* an Land gebracht hatten und die hier jetzt wild lebten. Für die eingeborenen Jäger war das Pulver reine Magie; ob sie ein bißchen mehr oder weniger benutzten, spielte in ihren Augen keine Rolle. Meine weißen Kameraden wären diesbezüglich gewissenhafter gewesen – und die Kugel hätte meine rechte Seite zerfetzt.

Ich hob mein Gesicht von dem Stein, an dem meine Wange klebte. Meine Entschlossenheit war so groß, daß ich spürte, wie mein Herz alles verbliebene Blut in Augen und Mund pumpte, so daß ich mein Ziel nicht nur vor mir sah, sondern auch schmeckte. Ich spuckte das Blut aus und spähte zum

Nachthimmel empor; als Seemann wußte ich, daß es keinen Mond geben würde. Mit beinahe übermenschlicher Anstrengung rollte ich mich auf die linke Seite. Dann kroch ich wie ein Krebs auf allen vieren in Richtung der Klippen.

Höllenqualen sollte man am besten nicht beschreiben, denn in Worte gefaßt klingen sie häufig übertrieben und prahlerisch. Ich litt entsetzlich in jener Nacht, doch andere haben gewiß Schlimmeres durchgemacht. Hier zumindest profitieren wir von den Launen unserer Erinnerung, denn der Schmerz verliert sich schließlich in den kleinen Andenken, die wir mit uns herumtragen, in Narben und schlecht verheilten Wunden. Ich war überrascht, daß ich solche Pein erdulden konnte, aber ich erinnere mich auch, daß ich in jenen endlosen Stunden den Weg – nicht nur den Weg zurück ins Leben, sondern in die Freiheit – ganz klar vor mir sah, so klar, als führten mich die Sterne, auf die ich so viele Jahre vertraut hatte.

Ich hatte vorgehabt, mir einen Platz auf den Klippen zu suchen, von wo ich mich ins Meer stürzen konnte. Während der ersten Stunde meines mühsamen Unterfangens bewegte ich mich tatsächlich auf dieses Ziel zu. Zwanzig Fuß unter mir war ein Felsvorsprung, breit genug, um mein blutiges Hemd dort für alle sichtbar aufzufangen. Noch wußte ich nicht, wie ich es ausziehen sollte, auch nicht, wie ich die Andere Seite erreichen konnte. So nannten wir den westlichen Teil der Insel, der aus zerklüfteten Tälern und gefährlichen Steilhängen bestand. Es war schwer genug, dorthin zu gehen, von kriechen ganz zu schweigen. Doch eben dies mußte mir gelingen. Ich kannte Quellen und Bäche, wußte, wo geeignete Schlupfwinkel, Bananenstauden und Kokospalmen zu finden waren.

Mir fiel meine Höhle ein, doch als Versteck war sie denkbar ungeeignet. Falls man mein Hemd nicht gleich fand, würde man als erstes in der Höhle nach mir suchen. Außerdem glaubte ich nicht, daß ich genug Kraft besaß, um den steilen

Weg hinaufzukommen und dann um den *Lookout Point* herum, den »Aussichtspunkt«, wie wir die hoch aufragende Felsspitze an der Nordseite unserer Siedlung getauft hatten. Dort befand sich die Höhle, in der wir Regenwasser sammelten; außerdem hatte ich sie vor Jahren zu meiner persönlichen Festung ausgebaut und dort Musketen und zwei Pistolen versteckt.

An der Felswand ruhte ich eine Weile aus. Dann knöpfte ich, immer noch im Liegen, mit der linken Hand mein aus Tapastoff gefertigtes Hemd auf. Ein Knopf stammte noch von meiner Marineuniform; ich hatte ihn die ganzen Jahre über sorgfältig gehütet. Ich biß ihn ab und behielt ihn im Mund. Die anderen Knöpfe waren geschnitzte Notbehelfe aus Hartholz und weit schwieriger zu handhaben. Mit einem davon hatte ich über eine Viertelstunde zu kämpfen. Doch um das Hemd auszuziehen, mußte ich mich aufsetzen, und ich wußte nicht, ob mir das gelingen würde. Als ich es halbwegs geschafft hatte, verlor ich die Besinnung – wahrscheinlich vor Schmerzen oder weil mein Gehirn nicht genug Blut bekam.

Ich weiß nicht, wie lange ich dort lag oder wodurch ich wieder zu mir kam. Noch immer herrschte Dunkelheit, und bei einem neuerlichen Versuch schaffte ich es, mich aufzusetzen. Meine Zähne klapperten; noch nie hatte ich im Südpazifik eine solche Kälte erlebt. Der Knopf war noch in meinem Mund, wodurch mein Speichel reichlich floß und das Blut aus meinem Mund gespült wurde. Mit meinem unverletzten Arm entledigte ich mich des Hemdes. Dann hob ich einen direkt neben mir liegenden Stein auf, wickelte ihn in den blutdurchtränkten Stoff, den die Frauen mit soviel Mühe aus der Rinde des Maulbeerbaums hergestellt hatten, ließ mich wieder zurücksinken und kroch mit dem Paket zum Rand der Klippe. Sobald ich mich über den Abhang beugte, schoß mir das Blut in den Kopf, und meine Nase begann wieder zu bluten, doch ich schob das mit dem Stein beschwerte Hemd über die Kante und blickte ihm nach, wie es in die Dunkelheit stürzte.

Durch das unablässige Brausen der Brandung, das unsere Ohren sonst längst nicht mehr wahrnahmen, konnte ich gerade noch hören, wie der Stein auf dem Felsvorsprung unter mir aufprallte. Als wäre das Geräusch ein Startschuß, begann ich nun meinen kriechenden Wettlauf gegen den Sonnenaufgang, gegen die Kälte und den Durst, der mich mit so plötzlicher Heftigkeit überfiel, daß ich ihn bis in die Zähne spüren konnte. Mir blieb jedoch nichts anderes übrig, als an dem Knopf in meinem Mund zu saugen und zu hoffen, daß das Hemd gefunden würde, ohne den Stein und nahe genug am Abgrund, um den Eindruck zu erwecken, daß mein Körper weiter gestürzt war, hinunter in den Ozean.

Pitcairn ist eine üppig bewachsene und doch rauhe vulkanische Felseninsel, mit einer klippenreichen, steilen Küstenlinie, durchzogen von zerklüfteten Höhenzügen, deren größte, die wir nach den hier nistenden Vögeln *Gannet's Ridge* – die Tölpelhöhe – genannt hatten, von Ost nach West die Insel durchzieht. Um auf die Andere Seite zu kommen, wo ich hoffen konnte, in einem Versteck zu genesen, mußte ich diese Anhöhe überqueren. Die Sonne meinte es gut mit mir, denn sie verbarg sich einige Stunden hinter tiefhängenden Wolken, und so erreichte ich den Gipfel, als die Vögel, denen der Höhenzug seinen Namen verdankte, gerade erwachten. Den größten Teil des Abhangs ließ ich mich hinunterrutschen, bis ich schließlich in einem Bach landete, in dem ich mir vorsichtig das Gesicht wusch und meinen Durst löschte. So behutsam es ging, legte ich mich dann mit dem Rücken ins kühlende Wasser, so daß die Strömung meine Wunde auswaschen konnte.

Kein Zweifel, meine Nase war gebrochen. Die Kugel steckte noch in meinem Rücken, aber beim Überqueren der Anhöhe hatte ich mehrmals unwillkürlich und unter Schmerzen meinen rechten Arm benutzt, was mich weiter in der Annahme bestärkte, daß er nicht gebrochen war. Mit einiger Wahrscheinlichkeit würde ich überleben, und seltsamerweise wußte ich plötzlich ganz genau, daß ich das auch wollte. Nachdem ich mich mit diesem Gedanken angefreundet hatte, tauchte als nächstes die Neugier auf: Wer hatte auf mich geschossen? Wer lebte noch? Ich erinnerte mich daran, hinter mir mehrere Stimmen gehört zu haben, ehe der Schuß abgefeuert worden war. Hatte es vielleicht einen Eingeborenenaufstand gegeben? Waren alle Meuterer tot? Hatte Isabella, meine Frau, davon gewußt, mir aber nichts gesagt? War sie schon niedergekommen? Würde sich der Rachefeldzug der Eingeborenen auch auf die Kinder des weißen Mannes ausdehnen?

Plötzlich machte ich mir wieder Sorgen, zu viele Sorgen für mein Vorhaben. Während ich den Uniformknopf auf das Lederband fädelte, das ich um die Taille trug, zerbrach ich mir den Kopf über meine Flucht: allein, in einem Kanu – einem auf Eingeborenenart gebauten Auslegerboot –, gegen die heftige Brandung ankämpfend, die sich unablässig über Tausende von Meilen offener See wälzte und schließlich in die Bucht brauste, die wir *Landing Place,* also Landeplatz, getauft hatten. Dort lag die *Bounty,* die wir eine Woche nach unserer Ankunft verbrannt und versenkt hatten – aus Angst, daß vorüberfahrende Schiffe sie entdecken würden, und auch, damit keiner, der es sich vielleicht anders überlegt hatte, die Insel verlassen und so unsere Existenz verraten konnte.

Falls noch andere Meuterer am Leben waren, würden sie genau aus diesem Grund meine Flucht zu verhindern suchen. Obgleich es für mich Gefangennahme und Tod bedeuten würde, wenn man mich irgendwo auf der Welt zu fassen bekam, fürchteten meine Mitrebellen verständlicherweise, daß ihnen dadurch das gleiche Schicksal drohen würde. Denn selbst wenn ich beim Leben meiner Kinder schwor, unser Versteck nicht zu verraten, konnten sie nicht sicher sein, daß ich mein Leben nicht doch gegen die Preisgabe ihres Geheimnisses eintauschen würde, wenn sich erst die Schlinge um meinen Hals legte. Meine Flucht mußte all dem zum Trotz geschehen, was sie dagegen unternehmen mochten – falls überhaupt noch einer von ihnen am Leben war. Wenn alle tot waren, mußte ich vor denen fliehen, die bereits versucht hatten, mich zu töten.

Während ich mir diese wenig angenehmen Aussichten vor Augen führte, versuchte ich aufzustehen. Selbst wenn es mir gelingen sollte, von der Insel zu fliehen, wenn ich mich durch die tosende Brandung ins offene Meer durchkämpfte, was erwartete mich dort? Es gab nicht einmal ein regelmäßig verkehrendes Postschiff! Von meiner Höhle hatte ich am Horizont einmal innerhalb eines einzigen Monats zwei Segler gesichtet, aber gewöhnlich vergingen Monate, öfter noch ein halbes Jahr zwischen solchen Ereignissen. Und sollte je doch ein Schiff vorbeikommen, wenn ich dort draußen war, würde ein Ausguckposten mich, eine Nußschale auf dem offenen Wasser, entdecken? Und wie sollte ich mich vor Unwettern und Stürmen schürzen, wie mir Lebensmittel und Trinkwasser beschaffen?

In diesem Augenblick mußte ich mich übergeben. Nach so vielen Jahren auf der Insel fürchtete ich den Ozean wie eine Landratte. Während der folgenden Tage, in denen ich mich versteckt hielt und von Fieber, Übelkeit und ständigen Schmerzen gepeinigt wurde, wehrte ich mich gegen die Argumente der Vernunft, ernährte mich von Wasser und Früchten und bereitete mich darauf vor, mein Schicksal wieder dem Meer anzuvertrauen.

Oft erblickte ich halb im Fieberwahn mein Gesicht in einem Tümpel und erkannte mich nicht. Mein Bart wucherte, mein Gesicht war vom Sturz auf den Felsen voller Schrammen und Prellungen, meine gebrochene Nase zwischen den gebräunten, eingefallenen Wangen wirkte platt wie die der Eingeborenen. Einmal versuchte ich den Knochen zu richten, indem ich mir kleine Stöcke in die Nasenlöcher steckte, aber meine Hände waren alles andere als ruhig, und der Schmerz dröhnte und brauste in meinem Kopf wie eine Kettenkugel. Die schwarzen Schatten um Augen und Wangen verliehen mir das Aussehen einer tollwütigen Fledermaus. Falls es Überlebende auf der Insel gab, würden sie bei meinem Anblick wahrscheinlich so erschrecken, daß sie sich mir freiwillig ergaben.

Weit bedenklicher war die Wunde in meinem Rücken. Ich konnte sie weder sehen noch berühren. Dennoch machte ich mich auch an ihr mit Stöcken zu schaffen, in der Hoffnung, die Kugel herauszubefördern und den Eiter abfließen zu lassen. Mit letzterem mag ich Erfolg gehabt haben, aber die Kugel blieb, wo sie war, wie eine kleine Sonne, von der brennende Schmerzen zwischen Knochen und Sehnen ausstrahlten. Die Auswirkungen auf meinen rechten Arm waren unübersehbar: Er hing schlaff herunter und war kaum zu gebrauchen.

Tagsüber schlief ich, des Nachts suchte ich nach Nahrung und sammelte Kräfte. Die Entzündung in meinem Rücken kam und ging, verschlimmerte sich, wurde besser und war schließlich nur noch ein dumpfes Pochen. Dann bildete sich ein dicker Schorf, der unerträglich juckte. Ich lebte von wilden Süßkartoffeln und rohen Tarowurzeln, von Pampelmusen und Mangofrüchten. Sollte ich auf Pitcairn sterben, dann gewiß nicht an Unterernährung. In der sechsten Nacht gelang es mir, eine Kokosnuß zu öffnen; ihr milchdurchtränktes Fleisch war ein Festmahl für mich. Am Ende der zweiten Woche schleppte ich mich zur Küste – die Andere Seite war der einzige Platz auf der Insel, wo es keine Klippen gab und man relativ einfach zum steinigen Strand hinabsteigen konnte. Dort suchte ich Krebse und Muscheln, die ich hungrig verzehrte und so meinen inzwischen wieder recht widerstandsfähigen Magen ordentlich füllte.

Während meiner Genesung hatte ich niemanden zu Gesicht bekommen und ging fest davon aus, daß auch mich niemand entdeckt hatte, weder während ich schlief noch im Wachen. Jetzt wurde es Zeit herauszufinden, wer sich als mein Verbündeter eignen würde, denn ich war überzeugt, daß ich nicht ohne Hilfe entfliehen konnte. Meine Kräfte waren nun so weit wiederhergestellt, daß ich mich allmählich auf die Suche machen wollte, wer von unserer Gemeinschaft übriggeblieben war. Ich wartete, bis es dunkel war und auch kein Mond schien. Dann kletterte ich auf den Höhenzug und schlich mich lautlos, ohne auch nur ein Steinchen zu bewegen, den Hang wieder hinunter. Da ich nicht wußte, ob und wo ich auf jemanden treffen würde – es war ja durchaus möglich, daß sich noch andere versteckt hielten und bei Nacht umherstrichen –, bewegte ich mich stets so, als wäre jemand in Sicht- oder Hörweite.

Drei Nächte schlich ich zwischen den Häusern der Meuterer, in ihren Gärten und auf den Fußwegen herum. Schließlich riskierte ich es, bis zum Morgen zu bleiben, damit ich besser beurteilen konnte, wer noch am Leben war und ob ich – ja, ob ich noch ein Kind bekommen hatte. Die letzte Frage klärte sich, als ich Isabella, meine Frau, zusammen mit den beiden Jungen auf dem Weg zum Strand aus dem Haus kommen sah: Ihr Bauch wölbte sich noch unter ihrem Gewand, den starken Rücken hielt sie gerade, und sie war schön wie immer, obwohl ihr Gesicht grimmig und angespannt wirkte. Die drei gingen vorüber, keine zehn Meter von der Stelle entfernt, wo ich mich in einer dichten Hibiskushecke versteckte. Einen Augenblick verschwanden alle anderen Gedanken aus meinem Bewußtsein, und es blieb nur ein trauriger Rest schmerzlicher Liebe. Doch der harte Ausdruck auf Isabellas Gesicht hinderte mich daran zu rufen, zu ihnen zu eilen und sie in die Arme zu schließen. Da hörte ich ein Geräusch und blickte zurück zum Haus.

Aus der Eingangstür kam Ned Young mit einer Muskete und trat auf unsere Veranda. Er rief Isabella etwas zu und lächelte sie an, mit einer Vertrautheit, die kaum mißzuverstehen war. Sie erwiderte das Lächeln, wenn auch traurig, ehe sie hinter einer Wegbiegung verschwand.

Pitcairn

Oktober 1793

Ned Young war der einzige Offizier der *Bounty,* der von der Meuterei an bis zu unserer Ankunft auf Pitcairn stets an meiner Seite geblieben war. Ich weiß nicht, warum – allerdings habe ich einen Verdacht: Ihm war sicher klar, daß er als Mulatte bei der Königlichen Marine keine große Zukunft hatte. Er stammte von den Westindischen Inseln, aus St. Kitts, soweit ich mich erinnere; er war ein Neffe von Sir George Young und hatte dank dieser Herkunft eine gute Bildung genossen. Die Tahitianer verehrten ihn und hielten ihn mit seiner dunklen Haut für einen der Ihren.

Als Young auf Pitcairn ankam, hatte er unter dem Dutzend Frauen, die mit uns Tahiti verlassen hatten, bereits Teraura als Gefährtin gewählt. Die beiden lebten die ganze Zeit zusammen, blieben jedoch kinderlos. Wir alle wußten, daß Young langsam genug von Teraura hatte und ein Liebling der anderen Frauen war. Ich wußte auch, daß er ein Auge auf meine Frau Mauatua geworfen hatte, die die Meuterer aufgrund ihrer Größe, ihres geraden Rückens und ihres bestimmten Auftretens »Großmast« nannten. Ich denke, auch sie hatte eine Schwäche für Young, allerdings wußte ich nicht, ob sie je den Buschtanz getanzt hatten. Falls Mauatua sich ihm hingegeben hatte, konnte ich ihr daraus gewiß keinen Vorwurf machen, denn ich verfiel immer mehr dem Wahnsinn, und sie brauchte schließlich ein wenig Freude im Leben.

Ich hatte sie »Isabella« genannt nach einer angeheirateten

Cousine, für die ich eine jungenhafte Schwärmerei gehegt hatte – in jenem vergangenen Leben, in das ich nie zurückkehren würde. Meine Insel-Isabella besaß alles, was sich ein Mann, der seine eigene Kultur vergessen will, nur wünschen kann. Ihre Haut – von der Farbe dunklen Honigs – schien Sonnenwärme auszustrahlen. Wenn sie schwamm, bildete ihr langes schwarzes Haar einen dichten Schleier, der sich über ihren Rücken bis hinab zu dem runden Gesäß ausdehnte, wodurch sie einem nassen, wilden Zobel ähnelte. Ihre Beine waren lang und schlank, aber muskulös, so daß, selbst wenn sich ihre Knie berührten, zwischen ihren Oberschenkeln eine Lükke blieb, gekrönt von ihrer weichen, nackten Weiblichkeit. Nach tahitianischem Brauch zupfte sie die Schamhaare aus, wie sich manche kultivierte Frauen in vergangenen Zeiten die Augenbrauen entfernten oder den Haaransatz rasierten. Um ihre schmale Taille band sie ein Tuch, jedoch nicht aus Scham – so etwas gab es für sie nicht –, sondern weil es ihr so bequem war. Ihre vollen Brüste trug sie mit Stolz. Auch nach Schwangerschaft und Niederkunft gewann ihr Körper seine verführerischen Eigenschaften erstaunlich schnell zurück. Isabella erklärte mir, der Grund dafür sei ihr Wunsch, auf mich möglichst bald wieder anziehend zu wirken.

Ich beschloß ihr zu glauben, denn ich hatte angefangen, mich mit dem Gedanken zu quälen, wie nah ich einem guten, erfolgreichen Leben gewesen war, als ich mich – nur für ein paar Stunden – von blinder Wut übermannen ließ und den Kapitän eines Schiffs der Königlichen Marine von Bord jagte. Damals war ich vierundzwanzig gewesen und hatte bereits sechs Jahre auf See verbracht. Gute Seeleute waren bei einer Inselnation immer gefragt, und es gab, vor allem in einem Krieg, in dem man Beute im Wert von mehreren tausend Pfund machen konnte, mehr als genug Möglichkeiten, zu Ruhm und Ehre zu gelangen. Da der Krieg mit Frankreich wie eine Gewitterwolke am britischen Himmel hing, glaubte ich, einen günstigen Zeitpunkt für meine Karriere erwischt zu haben. Bis zu meinem dreißigsten Geburtstag hätte ich es zum Vollkapitän bringen können.

Doch als Gefangener auf Pitcairn würde ich nie wieder ein Schiff segeln und spüren, wie Planken aufs Wasser klatschten, während der Wind mich einer Zukunft entgegentrug, die bestimmt mehr versprach, als langsam auf einer Insel zu verrotten.

An all das dachte ich, während beobachtete, wie meine Insel-Isabelle traurig ihrem neuen Gefährten zulächelte. Ohne Prahlerei kann ich sagen, daß mir keine Eifersucht die Kehle zuschnürte oder das Herz schwermachte. Mein erster Gedanke war, daß Ned mir bei der Flucht helfen würde, mein zweiter, daß er sich meiner Familie annehmen würde. Daß er schon so rasch nach meinem mutmaßlichen Ableben mit ihr zusammen war, konnte in unserer engen Gemeinschaft nicht überraschen. Die Muskete bewies seine Beschützerrolle. Einen Augenblick stand er so auf der Veranda, blickte umher und horchte. Sein Mund stand ein wenig offen, so daß man seine Zähne sah, die vom vielen Zuckerrohrlutschen als Kind verfault waren; seine nackte Brust glänzte in der feuchten Luft, die olivfarbene Haut schimmerte seltsam golden nach all den Jahren unter der Tropensonne.

Die Meuterer hatten ihn und mich immer »die beiden Gentlemen« genannt, ein sozialer Rang, den sie etwa zehn Minuten lang als solchen respektierten. Danach wurde darüber nur noch gescherzt und gelacht, wogegen weder Ned noch ich uns wehrten, da wir so darauf brannten, ein neues Leben ohne soziale Unterschiede aufzubauen. Ned merkte als erster, daß ich auf mein vergangenes Leben zurückblickte, und warnte mich vor den damit verbundenen Gefahren. Und er blieb länger als alle anderen mein Freund, selbst als ich schon verrückt wurde und obwohl er meine Frau mehr und mehr begehrte.

Während ich in den verschiedenen »Plantagen« der Meuterer umherschlich, konnte ich nur zwei von ihnen ausfindig machen: Ned und Alexander Smith, der in Neds Haus wohnte und, soweit ich es berteilen konnte, schwer verwundet war. Am Hals und an einer Hand trug er Verbände, teils aus Tapastoff, teils aus Überresten des Segeltuchs von der *Bounty.* Als Smith, von Ned gestützt, auf die Veranda trat, wirkte sein blatternarbiges Gesicht seltsam bleich; er hatte als Kind Pocken gehabt. Er stolperte und brüllte vor Schmerzen, doch Ned hielt ihn fest und führte ihn schließlich wieder ins Haus zurück. Mehrere Frauen kamen und gingen, aber ich sah keine polynesischen Männer, was meine Theorie über eine Eingeborenenrebellion über den Haufen warf. Kurz darauf entdeckte ich die sterblichen Überreste von Isaac Martin, dem Amerikaner; er war erschossen worden und lag noch direkt vor seinem Haus. Dann fand ich die Leiche von William Brown in seinem Garten, mit zertrümmertem Schädel. Als ich wieder zur Anderen Seite zurückkehrte, war ich immer noch nicht sicher, was geschehen war und wer noch lebte. Doch ich war sicher, daß Ned Brown über alles Bescheid wußte und daß es für ihn nur von Vorteil sein konnte, wenn er mir half, von der Insel zu fliehen.

Erschöpft von der Anstrengung und der Hitze, sank ich in einer Felsmulde nieder, aber ich war viel zu aufgeregt, um zu schlafen. Ich hätte die Insel am liebsten auf der Stelle verlassen, aber ich wußte, daß ich ausruhen, essen, neue Kräfte sammeln und dann in meine Höhle klettern mußte. Als die Sonne hoch am Himmel stand, schlief ich endlich ein. Stimmen weckten mich: Keine zehn Meter von meinem Versteck entfernt unterhielten sich lautstark zwei Männer.

»Ich sage, wir lassen ihn liegen, bis er vermodert. Wir begraben doch keine Wilden, oder?« Es war McKoy, der Matrose aus Glasgow, dessen gewalttätiges Leben sich an den Narben auf seinem Gesicht ablesen ließ. Er trug eine Muskete bei sich.

»Dann werfen wir ihn ins Meer«, entgegnete Quintal, ein brutaler Kerl, der als erster auf der *Bounty* ausgepeitscht worden war und seine Frau Tevarua schlug. Ihn haßten die Polynesier am meisten.

»Tu, was du nicht lassen kannst«, erwiderte McKoy. »Ich rühr' ihn jedenfalls nicht an.«

Eine Weile schwiegen beide, und ich wagte kaum zu atmen.

»Sollen wir zurück in unsere Häuser?« fragte Quintal dann.

»Nein!« rief McKoy, hitzig wie immer.

»Sie hat gesagt, alle Wilden sind tot, und wenn wir Manarii erledigt haben, vor wem sollten wir uns dann noch fürchten?«

»Du solltest dich sogar vor deinem eigenen Schatten fürchten, Kamerad«, knurrte McKoy, »dann lebst du länger. Jetzt komm endlich.«

»Wohin?«

»Hinüber zum Cut, vielleicht zum Aute Valley, irgendwohin, wo wir uns verstecken können. Heute nacht legen wir uns aufs Ohr, und dann fangen wir an, Köpfe zu zählen.«

Sie entfernten sich, und ich holte tief Luft. Nun wußte ich, daß ich fliehen mußte, während diese beiden Kerle schliefen. Der Dreiviertelmond stand hoch am Nachmittagshimmel, und der Schlaf wollte sich nicht einstellen, um meine Gedanken und meine Erregung zu beschwichtigen. Sollte sich mir jemand entgegenstellen, mußte ich ihn töten, denn umgekehrt würde keiner zögern, mich umzubringen. Jemand – wahrscheinlich Ned oder Isabella – bezweifelte womöglich, daß das blutige Hemd wirklich bedeutete, daß ich tot war, und vielleicht hatten sie in meiner Höhle etwas vorbereitet, was ihnen meine Ankunft dort mitteilen würde. Als wir zum erstenmal in Tahiti vor Anker gingen, war Ned einer der wenigen an Bord gewesen, die schwimmen konnten, da er auf den Westindischen Inseln groß geworden war. Nach kurzer Zeit schwamm er ebenso schnell und weit wie die Tahitianer, eine Fähigkeit, die ihm noch vor dem nächsten Morgengrauen sehr nützlich sein konnte.

Endlich übermannte mich doch der Schlaf, aber es war ein unruhiges Dösen voller Alpträume. Ich erwachte schweißgebadet. Der Mond war zum westlichen Horizont herabgesunken, und meine wichtigste Verbündete, die Dunkelheit, hatte sich ausgebreitet. Ich stöberte genug Eßbares für eine reichliche Mahlzeit auf, denn ich wußte nicht, wann ich das nächstemal etwas bekommen würde. Dann stieg ich *Gannet's Ridge* empor, meinem ersten Ziel entgegen: dem aufragenden Felsen des *Lookout Point.*

Den Pfad zu meiner Höhle kannte ich im Schlaf, denn ich hatte den Zickzackkurs über die Stirnseite des Felsens selbst angelegt – ein Trittstein am anderen, die ich alle tausendmal benutzt hatte. Dennoch verlangsamten die Dunkelheit und meine Müdigkeit den Aufstieg, was ein Glück war, denn fast unsichtbar war über den letzten Sims ein dünnes Seil aus den Blätterfasern des Pandanusbaums gespannt, befestigt an dem einzigen Bäumchen weit und breit. Behutsam kletterte ich darüber und folgte der Schnur bis zum Höhleneingang, wo ich sie am Teekessel der *Bounty* befestigt fand, der auf einem Felsen mit Blick über den Abhang stand. Wäre ich über das Seil gestolpert, dann wäre der Kessel fünfhundert Fuß die Klippen hinab in die Tiefe gestürzt und hätte mit seinem Gepolter alles aufgeschreckt, gleichgültig ob wach oder schlafend. Ich war sicher, das war Neds Werk.

Als ich ins Innere der Höhle trat, sah ich, daß meine Vorbereitungen größtenteils zunichte gemacht worden waren. Musketen, Schießpulver und Munition waren verschwunden, die Vorrichtung zum Auffangen von Regenwasser abgebaut. Die

Bücher von der *Bounty* lagen noch da: Hawkesworths *Voyages,* in dem ich zum erstenmal auf das falsch kartographierte Pitcairn gestoßen war und gemerkt hatte, wie perfekt es sich für unser Verschwinden eignete, dazu die Werke von Parkinson, Ellis und Forster über Kapitän Cooks Entdeckungsreisen. Allesamt hatten sie zur Lieblingslektüre von Kapitän Bligh gehört, und alle Erwähnungen seines Names in den Berichten waren säuberlich unterstrichen. Rasch ging ich in den hinteren Teil der Höhle und ließ mich an der vor langer Zeit präparierten Stelle auf die Knie sinken. Mit meiner unversehrten Hand zerrte ich den Stein beiseite und legte die Vertiefung frei, die ich in den zwei Jahren nach unserer Ankunft in mühevoller Arbeit ausgehauen hatte. Dort fand ich meine beiden Pistolen samt Pulver und Munition, meinen Seemanns-Dolch, alles in die Überreste meiner verschlissenen Marineuniform gehüllt.

Als ich damals die Sachen versteckt hatte, geschah dies in der grandiosen Absicht, meine Uniform für das letzte Gefecht anzulegen, falls es ein solches geben sollte. Die letzte Kugel wollte ich mir vorbehalten, denn um keinen Preis wollte ich mich gefangennehmen und nach England zurückschicken lassen. Doch jetzt verweilte ich nicht lange bei meinen Erinnerungen, sondern lud die Pistolen. Danach löste ich den Knopf von meinem Gürtelriemen, legte ihn mit einer Ehrfurcht, die ich damals nicht vollkommen verstand, auf das Revers der Uniform und vergrub diese wieder. Die Pistole und den Dolch steckte ich in den Ziegenlederriemen, der meine unförmige Tapahose in der Taille festhielt, dann schaffte ich vorsichtig den Kessel aus dem Weg. Mit raschen Schritten verließ ich die Höhle und stieg die Klippen hinunter.

Noch ehe ich unten angekommen war, hörte ich Stimmen: Zwei Frauen riefen sich etwas zu. Unser Haus war am nächsten, denn der *Lookout Point* lag auf meinem Land. Als ich näher kam, verstand ich, was sie sagten. Bei Isabella hatten die Wehen eingesetzt, und alle anderen Frauen eilten herbei, um ihr zu helfen. Sie hatten Kerzennußbaum-Fackeln entzündet, und so sah ich von meinem Versteck, daß alle zehn Frauen da waren, zusammen mit den sechs Kindern, die man auf der Veranda untergebracht hatte, in der Hoffnung, sie würden ein wenig schlafen. Isabella schrie weniger als alle anderen, bat nur um Wasser und drängte unseren älteren Sohn, Thursday October, ins Bett zu gehen. Der Dreijährige widersetzte sich ihrer Anweisung hartnäckig, während Charles, sein jüngerer Bruder, sie längst befolgt hatte.

Ned Young würde heute nacht nicht da sein. Genau wie bei allen bisherigen Geburten waren Männer unerwünscht. Sie durften erst nach einer angemessenen Zeit wieder erscheinen, um den Nachwuchs zu bewundern. Sofort machte ich mich auf den Weg zu Neds Haus, ohne mir einen weiteren Gedanken daran zu erlauben, daß dies auf die eine oder andere Art ein endgültiger Abschied war, ein letzter Blick auf eine Familie, die ich nie wiedersehen würde. Für sie alle war es besser so – selbst für das noch ungeborene Kind. Ich beeilte mich, um nicht mehr in der Nähe zu sein, wenn es das Licht der Welt erblickte.

In Neds Haus brannte Licht, doch alles war still. Ich wartete eine Viertelstunde, ehe ich mich aus meinem Versteck hervorwagte. Als ich mich dem Haus näherte, drang lautes Schnarchen an mein Ohr. Durch eins der Fenster sah ich Smith, der geräuschvoll auf einem mit Ziegenfell bedeckten Bett schlief; neben ihm brannte eine Fackel. An der anderen Wand lag Ned auf dem Boden. Seine Muskete lehnte griffbereit neben ihm.

Den Dolch in der geschwächten Rechten, die Pistole in der Linken, trat ich auf die Veranda. Ohne zu zaudern und mich womöglich durch eine knarrende Planke zu verraten, schritt ich rasch ins Innere des Hauses, kniete neben Ned Young nieder und hielt ihm den Pistolenlauf vors Gesicht, gerade als er die Augen aufschlug. Ich legte die Klinge des Dolchs an meine Lippen, um Ned zu bedeuten, er solle sich still verhalten. Er befolgte meine Anweisung und rührte sich nicht; nach einigen Sekunden purer Überraschung erschien als erste sichtbare Reaktion ein satanisches Grinsen auf seinem Gesicht.

»Ich habe den Kessel gefunden«, flüsterte ich. »Schlau von dir, Ned.«

»Kommst du zurück, um dich zu rächen?« entgegnete er ebenso leise. »Oder weil du fliehen willst?«

»Rache interessiert mich nicht. Wollte ich mich rächen, wärst du jetzt tot.«

»Ich habe das schon seit mehreren Wochen erwartet.«

»Hilf mir weg von hier, Ned. Dann gehört die Insel dir.«

Ich wies zur Tür und drängte ihn in die angegebene Richtung. Wir standen gleichzeitig auf, in gegenseitigem Einverständnis, ohne uns aus den Augen zu lassen, ich mit meinen Waffen, er nur mit seinem gemeinen, widerlichen Grinsen – er durchschaute meinen Plan und hielt ihn für undurchführbar. Doch in seinem Grinsen lag auch Mitgefühl, als wäre er ein als Mulatte wiedergeborener Vergil, der mir den Weg aus dem klippenbewehrten Kreis unseres höllischen Paradieses wies – aus dem doch jeder Fluchtversuch zum Scheitern verurteilt war.

»Oh, Gott!« Das war der verwundete Alexander Smith, der sich mühsam im Bett aufrichtete und mich anstarrte, als wäre ich der leibhaftige Tod. »Er ist also aus der Hölle zurückgekehrt, um uns zu holen! Wir sollen ihm Gesellschaft leisten!« brüllte er, während er sich unter Schmerzen zu erheben versuchte. »Nun, ich werde nicht mitgehen. In Gottes Namen, nehmt mich nicht mit, Mr. Christian. Ich bin Euch bis nach Pitcairn gefolgt, das muß genügen. Sagt dem Teufel, er soll in der Hölle bleiben, meine arme Seele wird er nicht bekommen.« Es gelang ihm sich aufzurichten, doch nicht lange. Erst fiel er auf die Knie, dann sank er bewußtlos zu Boden.

»Ich kümmere mich erst noch um ihn«, sagte Ned, »danach können wir gehen.«

Ich nickte, und Ned hob den Verwundeten zurück auf die Pritsche. Unterdessen entdeckte ich einen Wasserbeutel an der Wand und schlang ihn mir über die Schulter. Auf dem Boden lag ein Samensäckchen mit Kürbiskernen. Auch dieses hob ich auf, die Pistole stets auf meinen einstigen Kameraden gerichtet. Inzwischen schnarchte Smith wieder, aber jetzt hörte es sich eher nach einem Röcheln an.

Ned stand neben ihm und fragte: »Zum Landeplatz?« Wieder nickte ich. Er lächelte und wandte sich zur Tür, wo er stehenblieb. »Ich helfe dir, von hier wegzukommen«, sagte er, ohne mich anzusehen, »aber was auch geschieht, wage es nicht zurückzukommen. Ich werde aufpassen, und wenn ich dich je wieder zu Gesicht bekomme, wirst du die Klippen nicht mehr erreichen.«

»Wenn du mich je wiedersiehst«, entgegnete ich, »dann komme ich wirklich aus der Hölle, wie Smith es schon jetzt vermutet hat.« Damit folgte ich ihm in die Nacht hinaus. Mit raschen Schritten eilte er den Pfad zu den Klippen über der brandungsgepeitschten Bucht, in der das Skelett der *Bounty* lag. Es war ein beschwerlicher Pfad, den wir *Hill of Difficulty,* den Schwierigen Hügel, nannten. Während Ned und ich hintereinander hinabkletterten, dachte ich daran, wie wir in den ersten Tagen alles Brauchbare vom Schiff abgeladen und fluchend den steilen Hang hinaufgeschleppt hatten, bis Quintal ein Fäßchen Branntwein fand, es austrank und die *Bounty* unter Feuer setzte, dort unten auf dem Felsen, auf den ich sie gesteuert hatte.

»Ned«, sagte ich, »Quintal und McCoy sind drüben beim Cut, aber sie haben vor zurückzukommen.« Er ging weiter, hörte mir jedoch aufmerksam zu. »Sie haben eine Muskete. Ich habe gehört, wie sie sich damit brüsteten, Manarii getötet zu haben.«

»Warst du bei ihnen?« fragte Ned.

»Nein. Sie sind an meinem Versteck vorbeigekommen.«

»Dann sind alle eingeborenen Männer tot.«

»Genau. Eine der Frauen hat mit ihnen gesprochen.«

»Ich habe Teio losgeschickt, um sie zu suchen und ihnen zu sagen, sie könnten unbehelligt zurückkehren. Ich möchte die beiden lieber im Auge behalten.«

Inzwischen waren wir auf dem Gipfel des Schwierigen Hügels angekommen. Ned blieb stehen und wandte sein Gesicht meiner Pistole zu; jetzt lächelte er nicht mehr. »Unsere Blutsbruderschaft ist sehr stark geworden, Fletcher. Möchtest du Näheres darüber erfahren?«

»Ich will nur weg von hier, Ned. Erzähle mir nichts, was einem von uns beiden Schwierigkeiten bereiten könnte.«

Doch er schien seine Geschichte unbedingt loswerden zu wollen, also ließ ich ihn reden.

»Die eingeborenen Männer haben mich vor die Wahl gestellt, ihnen zu helfen oder mit den anderen Meuterern umgebracht zu werden. Weiß Gott, sie hatten allen Grund dazu. Wir haben ihnen die Frauen weggenommen, wir haben sie nicht an den Reichtümern von Pitcairn beteiligt, wir haben sie behandelt wie Sklaven. Ich machte ihnen einen Plan für den Aufstand, aber sie haben wenig Talent dafür bewiesen, wie du ja am eigenen Leib erfahren hast – auch wenn du verwundet bist und mit deiner gebrochenen Nase aussiehst, als wärst du einer von ihnen.«

»Hatte Isabella etwas damit zu tun?« wollte ich wissen.

»Sie hat sich ruhig verhalten und die ganze Zeit nur auf die Geburt gewartet. Ich zeigte ihr dein Hemd, aber sie hat nichts dazu gesagt.«

Wir wanderten weiter und erreichten schließlich die Felsen, auf die wir immer unsere Boote hievten, damit sie oberhalb der Brandungslinie lagen. Die Wogen brausten heran, überschwemmten die winzige Bucht und zogen sich wieder zurück, um neue Kraft zu sammeln. Wenn man diese Brandung überwinden wollte, mußte man genau den richtigen Zeitpunkt abwarten, was schon bei Tageslicht ein schwieriges Unterfangen war, im Dunkeln jedoch geradezu tollkühn. Dennoch kletterten wir über die Felsen, vorbei an dem verfaulenden Beiboot der *Bounty,* zu dem Kanu unserer Wahl. Wir mußten den Rhythmus der Wellen nach dem Gehör einschätzen, aber auf Pitcairn hatten wir alle diese Fähigkeit von den Eingeborenen gelernt. Ich steckte Revolver und Dolch wieder an ihren Platz im Gürtel und half Ned, das Auslegerboot hochzuheben. Dann warteten wir den günstigsten Moment ab, warfen es in die anschwellende Flut, sprangen an Bord, und als die See die Welle zu sich zurückrief, trug sie uns mit sich hinaus in die Bucht. Während wir uns kläglich bemühten, mit wilden Ruderschlägen unseren Sturz in die dunklen Wassermassen zu steuern, hörten wir auch schon das Brausen und Dröhnen der Wogen, die sich vor uns zu einer hoch aufragenden Wand aufbäumten. Diese Wand mußten wir überwinden. Ned saß vor mir und paddelte aus Leibeskräften, während ich versuchte, mich mit meinem lahmen Arm so auf das Paddel zu stützen, daß es als Steuerruder diente. Ich konnte nur hoffen, uns einigermaßen gerade zu halten, damit die auf uns zurollende Woge nicht merkte, wie wir durch sie hindurchglitten.

Wir sahen die Woge einen Sekundenbruchteil, bevor sie uns erfaßte. Das Boot wurde hochgehoben. Der Ausleger stieg aus dem Wasser, und wir gerieten ins Schlingern. Ich hörte Ned schreien, und wir warfen uns beide nach Backbord, um nicht zu kentern. Dann war die massive Wand über uns, der Sog, mit dem wir bisher nach vorn gerissen worden waren, kehrte sich um. Wir erhoben uns, um uns der Naturgewalt zu stellen, die uns mit voller Wucht zurück auf die Felsen schleudern und uns das Vergessen schenken konnte, das wir beide verdient hätten. Aber dann verschlang uns die Welle, das Kanu schoß durch einen Ring aus Schaum und landete auf ihrem breiten Rücken. Hinter uns hörten wir ihr ohrenbetäubendes Krachen. Ohne innezuhalten durchquerten wir noch ein halbes Dutzend Wellen, ehe wir auszuruhen wagten.

Trotz meines verletzten Arms paddelte ich, so gut ich konnte. Plötzlich spürte ich, daß die Wunde wieder aufgebrochen war. Jetzt saß ich wieder in einem Boot, draußen auf dem Meer, und ruderte möglicherweise meinem Untergang entgegen, aber Pitcairn lag hinter mir. Wie immer, wenn ich in See stach, spürte ich mein Gewissen und mein Verantwortungsgefühl in mir rumoren. Doch ich sah mich beim Paddeln kein einzigesmal um; Seeleute tun das selten, denn ihr Blick richtet sich auf den Horizont, der vor ihnen liegt. Der Horizont vor mir war schwarz, von keinem Hoffnungsschimmer erhellt. Aber ich war wieder auf See.

Unvermittelt drehte Ned sich um und holte mit dem Paddel aus. Zum Glück konnte ich gerade noch mit meinem unversehrten Arm den Schlag abwenden, ehe das Ruderblatt mich am Kopf traf. Ned versuchte es nicht noch einmal, denn ich zog meinen Dolch; die Pistolen waren naß und nutzlos. Da eine blutende Wunde die Haie angelockt hätte, wich er geschickt aus und sprang über Bord. In sicherer Entfernung tauchte er wieder auf und rief: »Ich wollte, du wärst tot! Jetzt muß ich mich immerzu fragen, ob du irgendwo an Land gelangst und wem du von uns erzählst.«

»Ich werde nichts verraten, nicht mal am Galgen – erst wenn ich einen Engel sehe. Glaub mir.«

Jetzt lachte er wieder. »Stell dich dem Schicksal, Mr. Christian« – er sagte den Namen mit sarkastischer Höflichkeit –, »sei es gut oder schlecht. Wenn du überlebst, landest du wegen deiner Sünden bestimmt am Galgen ... und vielleicht wünschst du dir das insgeheim auch. Und wenn du in die Welt zurückkehrst, grüße bloß niemanden von mir, denn wie man es dreht oder wendet, dieser Ort ist besser für ein Halbblut. Und ich werde unsere Insel noch besser machen, das schwöre ich dir!«

Ich hatte ihn längst aus den Augen verloren, aber ich hörte, wie seine Arme beim Schwimmen aufs Wasser klatschten. »Sag Isabella nicht, daß ich am Leben bin!« rief ich ihm nach.

Wieder hielt er inne. »Ich werde es keinem verraten«, antwortete er. »Warum sollte ich jemanden damit quälen? Ich sage Smith, du warst ein Alptraum. Außer für mich und die Admiralität bist du ein toter Mann.« Damit schwamm er weiter, und bald übertönte die Brandung seine Schwimmgeräusche.

Ich griff zum Paddel und spürte sofort den frischen Schmerz in meiner Schulter. Nun war das Kanu weit genug weg, daß es nicht mehr nach Pitcairn getrieben werden konnte. Obgleich ich fühlte, wie mir das Blut langsam über den Rücken rann, paddelte ich, solange ich konnte, um nach Möglichkeit bei Tagesanbruch außer Sichtweite der Insel zu sein. Die Sonne würde hinter mir aufgehen, hoffentlich hell genug, um die Blicke in eine andere Richtung zu lenken. Die meisten Schiffe, die ich gesichtet hatte, waren auf der Südseite der Insel vorübergefahren, doch während ich mit dem Paddel kämpfte, zerbrach ich mir den Kopf, ob wohl auch die östliche und nördliche Route gelegentlich befahren wurden. Die quälenden Gedanken löschten die Schmerzen in meinem Rücken beinahe aus, und so schaffte ich es zu paddeln, bis die Sonne so gnadenlos auf mich niederbrannte, daß ich gezwungen war, eine Rast einzulegen.

Ich riskierte ein kurzes Bad im Meer, um meine Wunde mit Salzwasser auszuwaschen, danach paddelte ich ein Stück weiter, um mit dem Kanu von dem Blut wegzukommen, das ich im Wasser hinterlassen hatte. Dann verzehrte ich sechs Kürbiskerne und spülte sie mit ein paar Tropfen aus dem Wasserbeutel hinunter; dabei ließ ich meine Blicke prüfend über Himmel und Horizont wandern. Keine Wolke und kein Vogel waren zu sehen; nur die äußerste Spitze von Pitcairns höchster Klippe, dem *Lookout Point,* erhob sich wie ein Grabstein über dem Wasserspiegel. Alle anderen Himmelsrichtungen waren nur vom Tod und meiner Zukunft begrenzt. Mit nichts als einem Boot und einem großen Respekt vor dem Ozean war ich wieder ein Seemann – soweit ich mir das unter den gegebenen Umständen eben erhoffen konnte.

Südpazifik

Oktober 1793

Das Wasser in meinem Ziegenlederbeutel reichte fünf Tage, die Kürbiskerne ein Weilchen länger. Einmal versuchte ich, eine Möwe zu schießen, aber keine meiner beiden Pistolen ging los, und mit wachsender Verzweiflung warf ich die nutzlosen Warfen nach den Vögeln, natürlich ohne Erfolg. Das Wetter hielt sich, was bedeutete, daß die Sonne tagaus, tagein erbarmungslos auf mich herabbrannte. Ein einziges Mal paddelte ich, und zwar, um möglichst lange unter einer schattenspendenden Wolke zu bleiben. Mein Boot trieb mit der Strömung, die mich nach Osten trug. Meine weiße Tapahose band ich an eins der Paddel, als Flagge für den Fall, daß ich ein Schiff sichtete. Die meiste Zeit des Tages benutzte ich den Stoff allerdings als Kopfbedeckung, während ich auf dem Boden des Kanus lag.

Meinen Dolch verlor ich endlich auch, als ich mit einer riesenhaften Kreatur kämpfen mußte, die plötzlich und unerwartet vor mir auftauchte, ein schuppenbedecktes Ungetüm mit scharfen Zähnen und wilden Augen, die konzentrisch grün und gelb funkelten. Es griff mich erst von der einen Seite an, dann von der anderen. Immer wieder holte ich aus und traf das Biest schließlich zwischen die schimmernden Augen. Dort blieb die Klinge stecken, und als die monströse Erscheinung zähneknirschend in die Dunkelheit zurücksank, verschwand der Dolch mit ihr.

Kaum hatte die See alle Spuren des Vorfalls verwischt,

zweifelte ich auch schon daran, ob das Geschöpf mich tatsächlich heimgesucht hatte oder ob es meinem ausgetrockneten Gehirn entsprungen war. Der Durst schafft mannigfaltige Dämonen, wie jeder Seemann weiß. Von nun an versuchte ich, mich bei Tag auf den Horizont und bei Nacht auf die Sterne zu konzentrieren. Ihre wohlvertraute Beständigkeit hielt ich mir vor Augen, während ich auf dem abgrundtiefen Wasser dahintrieb, das jederzeit beschließen konnte, meine Nußschale nicht länger zu dulden. Bald konnte ich die Tage und Nächte nicht mehr auseinanderhalten, und ich begann, in der Finsternis seltsam flackernde Horizonte zu sehen. Als die Zeit und alle annähernd vernünftigen Gedanken sich mehr und mehr auflösten, stürzten die Kometen und Planeten auf die Sonne zu.

In einer hellen Nacht sah ich den Mond, der sich blutrot im Wasser spiegelte. Als ich zum Himmel emporblickte, war der gleißende Himmelskörper blendend weiß, und ich wußte, noch ehe ich wieder nach unten zu schauen wagte, daß ich auf einem Meer von Blut dahintrieb. Und wie ein Windstoß, der aus dem Nichts kommt, erfüllte ein Chor von Seufzern die Luft, und es half mir nichts, daß ich die zitternden Hände auf die Ohren preßte, ich hörte sie trotzdem, bis ich schließlich zu brüllen begann, nur um den Lärm zu übertönen.

Als ich mich das nächstemal rührte, war immer noch Nacht, ob die gleiche oder schon eine andere, wußte ich nicht zu sagen. Ich konnte den Ozean nicht vom Himmel unterscheiden, nur am Horizont, der in der Ferne glitzerte und einen Kreis um mich bildete, glaubte ich einen Ring aus Eis zu sehen, so dachte ich, der Dunkel von Dunkel trennte. Ich starrte auf diese Grenze und stellte mit wachsendem Entsetzen fest, daß der Kreis sich immer enger um mich schloß. Ich hörte keinen Laut, ja, ich glaubte schon taub geworden zu sein, weil ich das Angstgeheul, das ich ausstieß, nicht mehr wahrnahm. Das Eis kam auf mich zu, es saugte den ganzen

Lärm, den ich vollführte, in sich auf, und plötzlich kippte die Welt zur Seite. Ich hatte meinen Gleichgewichtssinn verloren und beobachtete, wie der Kreis sich über mich und mein Boot erhob und zu einer ins Universum eingestanzten Linie wurde, durch die alles – ganze Ozeane, Planeten, Monde und Sterne – auftauchte und wieder verschwand.

Im Zentrum dieses klaffenden Spalts sah ich ein mächtiges Schiff mit sieben Masten, voll getakelt, und obgleich seine Segel lichterloh brannten, fuhr es mit rasender Geschwindigkeit durch das Nichts auf mich zu, ohne daß ich eine Brise fühlte, nur den Hauch des Todes, den Seufzer eines Sterbenden. Und wie schnell es näher kam! Ich konnte nicht sagen, ob durch Nacht oder Meer, doch das spielte keine Rolle, denn ich war überzeugt, das Ende sei gekommen, und ich begrüßte es von Herzen.

Im wirbelnden Qualm erhob ich mich und reckte das Paddel hoch empor. Doch als ich innehielt, die nutzlose Waffe fest umklammernd, da sah ich durch den Nebel erst einen Bugspriet, dann eine weibliche, barbusige Galionsfigur, die mich voll Erstaunen anstarrte. Bevor das Schiff in mein Kanu krachte, sah ich noch den Ausguckposten, der auf dem Fußtau des hoch gesetzten Vorsegels stand und dessen verblüffter Geschichtsausdruck den der Galionsfigur widerspiegelte. Er schrie laut auf, als ich ins Meer geschleudert wurde; danach hörte ich nur noch das Geräusch von splitterndem Holz.

Von meiner Rettung bekam ich nichts mit, ich weiß auch nicht, wie man mich in dem dichten Nebel schließlich fand. Das erste, woran ich mich erinnern kann, ist der Geschmack von Branntwein in meinem Mund, gefolgt von einem stechenden Schmerz, der mir durch den ganzen Rücken schoß. Ich stöhnte auf und nahm kurz zwei blutverschmierte Arme wahr, die mir eine Flasche an den Mund hielten und noch mehr von der Flüssigkeit in meine Kehle gossen. Eine ärgerliche Stimme befahl mir etwas in einer fremden Sprache. Gehorsam trank ich, bis ich wieder in die Bewußtlosigkeit sank, die leider nicht so lange anhielt, wie ich es mir gewünscht hätte. Denn als ich erwachte, oder vielmehr wieder zu Bewußtsein gelangte (ganz gewiß war es kein Schlaf, dem ich frönte), tobte der Schmerz immer noch so heftig in mir, daß ich kaum Luft zu holen wagte.

Ich befand mich in der Kranken-Kajüte eines Schiffes; meine Pritsche war mit Seilen an der Decke aufgehängt, so daß ich trotz des Seegangs einigermaßen in der Horizontalen blieb. Nach der Größe des Raumes zu urteilen, handelte es sich um ein kleines Schiff, vielleicht einen Dreimaster. Auf den anderen beiden Pritschen lagen Matrosen, die vermutlich an Skorbut litten.

Einer merkte, daß ich am Leben war, und schnitt mir eine Grimasse, doch die Worte, die er mir zurief, verstand ich nicht. Schließlich kam ein Mann herein; er trug eine Muskete und eine Uniform, die ich als die der niederländischen Marine erkannte. Er verschwand gleich wieder, kehrte aber kurz darauf mit drei Männern zurück, die unschwer als zwei Offiziere und der Schiffsarzt zu identifizieren waren. Eine Weile unterhielten sie sich leise, dann trat einer der Offiziere auf mich zu und sagte, wobei er auf sich selbst deutete: *»Hoa«,* das polynesische Wort für Freund. Er winkte dem Gehilfen des Schiffsarztes, der mit einer Schüssel in der Hand im Hintergrund gewartet hatte; jetzt kam er zu mir und fütterte mir ein paar Löffel Haferschleim. Plötzlich merkte ich, wie hungrig ich war, und verschlang dankbar alles, was man mir anbot.

»Tama'a«, sagte der Offizier, was bedeutet »eine Mahlzeit einnehmen«.

Ich nickte vorsichtig. Während ich den Haferschleim bis zum letzten Löffel aufaß, redeten sie wieder untereinander. Offenbar waren sie zu dem Schluß gekommen, ich sei Polynesier: Sie hatten mich nackt aus dem Wasser gezogen, meine

Haut war braungebrannt, ich trug die üblichen Tätowierungen auf Brust und Hüften, meine Haare waren schwarz, meine Augen braun, und ich war wie die Eingeborenen ein Stück größer als ein Durchschnittseuropäer. Mir fiel ein, wie mein Spiegelbild in dem Tümpel auf Pitcairn ausgesehen hatte; meine Nase trat nicht mehr wie früher hervor, sondern war von dem Bruch für immer plattgedrückt.

Abrupt wurde mir klar, daß ich tatsächlich in die Zivilisation zurückgekehrt war. Also mußte ich mich entsprechend verhalten, ich mußte nachdenken und mich vor allem an eine Menge von dem erinnern, was ich bislang bewußt verdrängt hatte. Wie immer hatte ein Krieg am Horizont gedroht, als ich England verließ. Inzwischen waren fast sechs Jahre vergangen. Die Briten hatten schon des öfteren gegen die Holländer gekämpft, denn sie waren Handelsrivalen in der Südsee. Möglicherweise befanden sich die Niederlande also im Krieg mit England.

»Maitai?« fragte der Offizier und benutzte nun einen spezifisch tahitianischen Ausdruck, »gut?«

»Mauruuru«, antwortete ich mit dem tahitianischen Wort für Zufriedenheit und Dankbarkeit, was meine Identität in den Augen der Umstehenden endgültig bestätigte. Die Offiziere lächelten; der Schiffsarzt kam zu mir, um mich zu untersuchen. Erst jetzt bemerkte ich, daß meine ganze Schulter, vorne und hinten, fachmännisch bandagiert war. Der Arzt griff in die Tasche und hielt mir zwischen Daumen und Zeigefinger die Kugel, die er aus meinem Rücken entfernt hatte, unter die Nase. Da er offenbar auf ein Zeichen wartete, daß ich verstanden hatte, worum es ging, lächelte ich ihn erfreut an und murmelte mehrere *mauruurus.* Anschließend schlief ich rasch wieder ein.

Als ich erwachte, brannte ich darauf zu erfahren, was vorgefallen war. Doch ich wagte in keiner Sprache Fragen zu stellen. Engländer zu sein, konnte sich allein schon als gefährlich erweisen, aber ein Engländer mit tahitianischen Tätowierungen, der irgendwo im Südpazifik aufgegriffen worden war – das konnte leicht die Gefahr heraufbeschwören, daß man mich als Fletcher Christian identifizierte. Ich war ziemlich sicher, daß dieser Name inzwischen auf jedem Schiff bekannt war. Zweifelsohne waren die Männer, die zusammen mit Kapitän Bligh in der Barkasse ausgesetzt worden waren, inzwischen tot, aber nach der Meuterei waren sechzehn Männer auf Tahiti geblieben, teils Loyale, teils Meuterer, die nicht mit mir einem ungewissen Schicksal entgegensegeln wollten. Da die *Bounty* so lange überfällig war, hatte die Admiralität sie sicher für vermißt erklärt und ein Schiff ausgesandt, um sie zu suchen. Als erstes Ziel würde dieses Schiff Tahiti anlaufen, und dann würden die Besatzungsmitglieder der *Bounty,* welche der Krone treu geblieben waren – keiner der Seeleute hatte eine persönliche Bindung an Bligh gehabt –, die Geschichte der Meuterei erzählen, und wie der Wind würde sich der Bericht von unserem Verbrechen über die Weltmeere verbreiten.

Während ich auf der schwankenden Pritsche im Krankenraum des Schiffes lag, schauderte mich erneut bei dem Gedanken an die unumkehrbare Abfolge von Fehlern, die ich seit der Meuterei begangen hatte. Urteilsvermögen, Wahrnehmungsfähigkeit, Gleichmut, Ehrgefühl, all die Führungsqualitäten, die ich einst zu besitzen glaubte, waren mir in den drei kurzen Monaten von der Meuterei bis zu unserer Flucht ins Ungewisse mehr und mehr abhanden gekommen. Falls es noch weiterer Ereignisse bedurfte, um meine Charakterschwäche zu zeigen, so bewiesen die drei Jahre und neun Monate auf Pitcairn – beherrscht von Mord und Wahn – meinen Verfall endgültig. Das Zerrbild, zu dem ich geworden war, entsprach genau dem, was Bligh in seinen Schmähreden an Bord der *Bounty* immer gesagt hatte. Mit hohnlachendem Gesicht hatte er mir damals erklärt, ich sei nichts als ein verwöhnter Junge, mit gerade genügend Charme und Talent, um mich an Deck eines Schiffs und in den Salons der Mächtigen durchzuschlagen, zu denen ich aufgrund meines Familiennamens Zutritt hatte. Ich wußte, daß Bligh mir diese familiären Verbindungen neidete, aber er stellte es immer so dar, als handelte es sich lediglich um sozialen Firnis, unter dem sich ein maroder Kern verbarg, der unter dem Druck strenger Pflichten rasch zerbrechen würde. So wurde ich, wie er es vor der Schiffsmannschaft ausdrückte, »ein Feigling, ein Dieb, ein gemeiner Hund«. Doch nun hatte ich seine Prophezeiungen übertreffen und war weit schlimmer geworden.

Dennoch hatte ich beschlossen zu leben, ohne Ehre, ohne Sinn. Ich spürte nicht einmal den brennenden Wunsch, meine Taten wiedergutzumachen. Es war einfach zuviel. Unmöglich, innezuhalten und mich meiner Vergangenheit zu stellen oder auch nur meine Geschichte jemandem anzuvertrauen und zu hoffen, ein anderer Mensch könne mich von meinen Sünden lossprechen. Trotz allem kehrte ich zurück. Ich wußte nicht genau, wohin der Holländer segelte, aber mein Ziel war England. Mochte ich auch jede Hoffnung auf Heim und Familie aufgegeben haben, hegte ich gleichwohl den unbestimmten Wunsch, meine Mutter wiederzusehen. Natürlich würde ich nicht den Mut aufbringen, sie in ihrem Haus aufzusuchen, denn dort erwartete man mich mit hoher Wahrscheinlichkeit, um mich gefangenzunehmen. Es war die Anziehungskraft des Vertrauten, der Drang, dorthin zurückzukehren, und auch die Neugier zu erfahren, was mit dem Rest der Besatzung geschehen war und wie man meine Taten inzwischen beurteilte. Doch wenn ich darüber nachdachte, welchem Zweck mein neues Leben diente, konnte ich keinen entdecken. Wenn mein Schicksal darin bestand, gefaßt und gehängt zu werden, dann sollte es eben so sein. Wieder klang mir Ned Youngs verächtliche Bemerkung in den Ohren, daß mein Tod am Galgen vielleicht die offizielle Absolution war, nach der ich mich sehnte, und ich fragte mich, ob er womöglich recht hatte.

Innerhalb weniger Tage wurde ich dank der Seemannskost stark genug, um aufzustehen und schließlich auch umherzugehen. Nach einer Woche saß ich, an die Steuerbordreling gelehnt, in der Sonne, ließ mir den frischen Wind um die Nase wehen und beobachtete die Albatrosse, die über dem Großmast ihre Kreise zogen. Die Besatzung betrachtete mich eine Weile mit Neugier, manche auch mit finsterer Verachtung, was mich daran erinnerte, daß sie mich für einen Eingeborenen hielten – oder für einen Inder oder Nigger. Wenn ich ihnen bei der Arbeit zusah, juckte es mich in den Fingern, es ihnen gleichzutun, mit ihnen in die Wanten zu klettern, die Webeleinen empor, bis auf die Rah des Großroyalsegels. Der Anblick der Takelage war für mich ein Heilmittel, so wirksam wie jede Arznei.

Inzwischen hatte man mir etwas aus der Kleidertruhe des Schiffs zum Anziehen gegeben, einer stinkenden Kiste mit überteuerten, verrotteten Sachen – Kleidern, Schuhen, aber auch Tabak und ähnlichem –, die jeder Zahlmeister unterwegs zur Aufbesserung seiner Finanzen verwendete. Da ich über keinerlei Zahlungsmittel verfügte, gab man mir die unansehnlichsten Stücke, die, wie sich herausstellte, von Läusen wimmelten. Das Ungeziefer war mir nicht fremd, weshalb ich es sachgemäß bekämpfte. Meine Haare und der in den letzten Wochen gewachsene Bart wurden kurz geschoren, und eine dicke Schicht Schwefelsalbe wurde aufgetragen. Der Schiffsarzt, der sehr stolz auf seinen Erfolg war, kümmerte sich ausgiebigst um meine Wunde, wechselte regelmäßig den Verband und führte meine Fortschritte sämtlichen Offizieren vor. Bald fand ich heraus, daß er ihnen damit seine Kompetenz beweisen wollte, denn sein Rumkonsum erregte überall eine gewisse Besorgnis. Dennoch brauchte ich die Verbände bald nicht mehr und konnte mich den Übungen widmen, die der Arzt mir empfahl und für die ich erst eine Sechs-, dann eine Zwölfpfund-Kanonenkugel benutzte.

Das Schiff mit dem Namen *Zaandam* war ein Ostindienfahrer, der Teak und Silber geladen hatte. Er trug ein halbes Dutzend Geschütze an Deck, die allerdings nicht zum Kampf bestimmt waren, sondern lediglich für ein Minimum an Sicherheit sorgen sollten. Aus der Position der Sterne und der Sonne wußte ich, daß wir uns auf südöstlichem Kurs in Richtung Kap Hoorn an der Südspitze Amerikas befanden. Das Schiff war von typisch holländischer Bauart, sehr breit, mit abgerundetem Bug und wie alle Handelsschiffe katastrophal unterbemannt – um den Besitzern Geld zu sparen. Es gehörte der Vereinigten Ostindischen Kompanie, die den Handel in Niederländisch-Ostindien kontrollierte. Die Niederländer waren nicht nur Rivalen der Britischen Ostindischen Kompanie in bezug auf den Handel im Osten, sondern auch hervorragende Schiffsbauer und bewundernswerte Seeleute. Vom ersten Augenblick an hatte ich großen Respekt vor dem Kapitän und den Offizieren der *Zaandam.* Nur mit Mühe unterdrückte ich den nostalgischen Schmerz, der mich erfüllte, wenn ich sah, wie kompetent und geschmeidig die Besatzung ihre Arbeit an Bord verrichtete. Wenn man mir einen Auftrag gab, machte ich mich bereitwillig ans Werk, mußte jedoch Unwissenheit vorschützen, damit niemand Verdacht schöpfte.

Ich lernte schnell; mehrmals bekam ich mit, daß Offiziere und Mannschaft die angeborene körperliche Geschicklichkeit der Eingeborenen dafür verantwortlich machten. Ich meinerseits demonstrierte den Männern am Fockmast, wie man sachgerecht auf eine Kokospalme kletterte, indem man Füße und Hände benutzte, statt sich mit Schenkeln und Armen hochzuziehen. Danach wurde meine Tüchtigkeit an den Webeleinen nie wieder in Frage gestellt und immer öfter in Anspruch genommen, je mehr wir uns Kap Hoorn näherten.

Wie bei einer Mannschaft von zehn Dutzend Seeleuten

nicht anders zu erwarten, hatten wir auch einen Engländer an Bord, einen gewissen Henry Hillendale, den die Holländer »Hoondy« nannten. Er war ein unsympathischer Mann mit einer Himmelfahrtsnase, vorstehenden Zähnen, kleinen, tiefliegenden Augen und einem zerfransten Bart. Von Anfang an behandelte er mich mit tiefster Verachtung. Er haßte mich, weil er selbst gehaßt wurde und endlich jemanden gefunden hatte, der unter ihm stand und den er ungestraft schikanieren konnte. Vor jedem, der es hören wollte, verunglimpfte und verspottete er mich gnadenlos auf englisch, worauf ich nie anders zu reagieren wagte als mit einem freundlichen Grinsen. Hoondy aber genoß seine Tiraden, deren tiefere Bedeutung er allein zu verstehen glaubte. Immer wieder wollte er mich zwingen, der Mannschaft zu zeigen, wie die Polynesier tanzten. Er packte mich, stellte mich an seine Seite und führte mit zuckenden Hüftbewegungen seine eigene Version als Beispiel vor.

»Na komm schon, verfluchter Nigger, zeig uns, wie's geht. Man ruckelt hier und zuckelt dort ... Komm her, du großer brauner Affe, und zeig den blöden Dammbauern, wie du deine Hüften schwingst. O ja, da werden eure fettlippigen Weiber feucht, was, Kumpel?« Zwar tat ich zunächst, als würde ich mich auf seine Kameraderie einlassen, stellte mich aber bewußt tolpatschig an, hüpfte ein paar Schritte, stolperte dann über meine eigenen Füße und fiel hin, worauf mich Hoondy zum Amüsement der Umstehenden mit Fußtritten traktierte und mit sämtlichen Schimpfwörtern überschüttete, die ihm gerade einfielen. Ich ging ihm soweit wie möglich aus dem Weg, aber ein Schiff, das doch ursprünglich aus einem dichten Wald gezimmert wurde, eignet sich schlecht für Versteckspiele, und Hoondys Bedürfnis, mich schlechtzumachen, war überwältigend.

Glücklicherweise hatte er, da er ganz allein unter all den Holländern lebte, die Angewohnheit, bei jeder Gelegenheit laut Selbstgespräche auf englisch zu führen. Als geborener Querulant fand er immer etwas, worüber er sich beklagen konnte. Am liebsten schimpfte er auf die Arbeitsweise der Niederländer, denn in seinen Augen machten sie alles falsch – im Vergleich zu den Engländern, auf deren Schiffen er seit dem Alter von zwölf Jahren zur See gefahren war. »Da schippern wir also schon wieder auf holländisch durch die Gegend. Der Teufel hätte die Segel nicht schlechter setzen können, aber diese Käsefresser stehen derweil achtern, zufrieden wie die Gans im Haferstroh. Wenn Jesus Christus höchstpersönlich auf dem Wasser angewandelt käme und ihnen auftragen würde, die Schoten anzuholen, würden die sie grade noch einen Fuß weiter fliegen lassen und wie der Blitz an Ihm vorbeisausen. Wartet nur bis Kap Hoorn, wenn ihr dann eure Toppsegel zu spät refft, dann könnt ihr ihnen nachglotzen, wie sie davonfliegen und die Pinguine sich Zelte draus machen.«

Ebenso unermüdlich lamentierte er über das Essen und über die Hängematten. Sein einziges Vergnügen war sein Pfriem Kautabak, und selbst daran hatte er oft genug etwas auszusetzen. »Jetzt hab' ich schon die ganzen Wache auf dem Pfriem rumgekaut, und er ist trocken wie die Schenkel einer alten Frau. Da würde ich ja noch lieber meinen Hut verspeisen.« Und das meinte er ganz ernst. Er hatte den Kautabak im Hutfutter aufbewahrt, und da es inzwischen mit Tabaksaft durchtränkt war, begann er tatsächlich darauf herumzukauen.

Es dauerte nicht lange, und sein Verhalten mir gegenüber wurde rundweg brutal; wann immer es ihm gefiel, traktierte er mich mit einem Tau oder mit Faustschlägen. Ich kauerte mich zusammen und schützte mich, so gut es eben ging, aber ich wußte, ich mußte ihn zum Aufhören zwingen, denn von allein würde er nie genug kriegen. Als wir Kap Hoorn erreichten, mit seinen Stürmen, die so heftig sind wie nirgendwo sonst auf der Welt, arbeitete ich mich eines Tages, als wir die Segel bargen, auf der Royalrahe so weit vor, bis ich neben ihm stand. Tausende Quadratruß Segelleinwand mußten vor den Stürmen in Sicherheit gebracht werden. Ich wußte, daß Hoondy wütend war, weil die Holländer mich mit den Marsmatrosen arbeiten ließen; das galt an Bord als hoher Rang, auf den er selbst mächtig stolz war und den er nicht mit einem Nigger teilen wollte. Er kletterte immer besonders rasch die Webeleinen hinauf und beschimpfte dabei lautstark seine Kameraden am Großmast als Bummelanten und Feiglinge. Gewöhnlich hangelte er sich als erster ans Ende einer Rahe.

An diesem Tag nun blieb ich ihm dicht auf den Fersen und lauschte seinen Flüchen, während er gegen den Wind mit dem Segel kämpfte. Das Deck lag weit unter uns, und kaum jemand konnte genau verfolgen, was wir hier oben machten; was zählte, war das Ergebnis. Ich holte das Segel ein, hielt es aber fest, statt es gleich festzubinden, bis Hoondy sich bei seiner Arbeit zufällig zu mir herüberbeugte. In diesem Augenblick ließ ich das Segel los und sah zu, wie der Wind es erfaßte, es Hoondys Griff entriß und ihn aus dem Gleichgewicht brachte, ohne daß er sich auf dem schlingernden Schiff irgendwas dagegen hätte tun können.

Für den Bruchteil einer Sekunde starrte er mich an, voller Entsetzen. Er wußte genau, was ich getan hatte. Doch dann riß ihn der Wind von der Rahe, und er schrie laut auf. Mein Plan war gewesen, ihn einfach abstürzen zu lassen und mich so meines Peinigers zu entledigen. Doch in dieser Sekunde wurde mir plötzlich klar, daß ich nicht mehr töten wollte – es war schon viel zu leicht für mich geworden. Blitzschnell streckte ich die Hand aus, und als Hoondy endgültig den Halt verlor, packte ich ihn am Handgelenk. Im Fallen stieß er wieder einen Schrei aus, den diesmal auch unsere Kameraden hörten. Zwei von ihnen eilten mir zu Hilfe. Ich blickte in Hoondys Gesicht unter mir und sah, wie er als alter Mann aussehen würde. Seine winzigen Augen traten aus dem Kopf und glotzten mich an, der Wind fegte den Angstschaum von seinem Mund. Als wir Hoondy heraufzogen, verstummte er sofort und umklammerte reglos die Rahe, bis ihn jemand anschrie, er solle gefälligst mit seiner Arbeit weitermachen, sonst würden wir noch alle vom Sturm weggetragen. Da setzte er sich langsam wieder in Bewegung, zunächst zu zaghaft, um viel zu bewirken, schon nach kurzer Zeit jedoch mit der üblichen Behendigkeit.

Mir fiel auf, daß ich Hoondy mit der Hand festgehalten hatte, die von dem Musketenschuß geschädigt gewesen war, und daß ich keine negativen Folgen spürte. Nachdem wir mit dem Royalsegel fertig waren, stiegen wir hinab zu den Bramsegeln; die Stagsegel waren längst eingeholt. Ich richtete es so ein, daß drei Männer zwischen mir und Hoondy arbeiteten, doch heute sparte er sich seine üblichen Kommentare, was wir alles falsch machten. Als wir an Deck zurückkehrten, wartete er nicht wie sonst, um die Männer zu beschimpfen, die nach ihm eintrafen, sondern schrie lediglich mich an: »Du kommst nicht aus dem Meer, Nigger, du bist ein schwarzer Teufel aus der Hölle, den man geschickt hat, um uns alle dorthin zu bringen!« Dann rannte er unter Deck und hielt sich von allen fern.

Das Schiff zog seine Bahn um das trügerische Kap. Sooft es ging, blieben wir Seeleute unter Deck und vertrauten unser Leben dem Kapitän und den Schiffsbauern an. An Deck konnte uns die See, die so lange unser Partner gewesen war, noch leichter vernichten. Während wir im Zwischendeck so gut wie möglich aushielten, bemerkte ich oft, wie Hoondy mich aus irgendeiner finsteren Ecke musterte, mit einem haßerfüllten Blick voller Fragen und Zweifel.

Ganz anders reagierte die Besatzung auf Hoondys Rettung: Der Kapitän rief mich zu sich, um mir auf holländisch seinen Dank auszusprechen, und auch meine Kameraden würdigten meine Leistung, indem ich Schiffszwieback mit deutlich weniger Getreidekäfern und gelegentlich ein großes Stück Pökelfleisch zugesteckt bekam. Allerdings hatte ich noch immer keine Hängematte, sondern mußte auf den Planken schlafen, und ich durfte in der Messe auch nicht bei den anderen sitzen, denn ich war trotz meiner Heldentat immer noch ein Wilder.

Doch von diesem Tag an ließ mich Hoondy in Frieden und schikanierte mich nicht mehr. Er sprach überhaupt mit niemandem mehr, auch nicht mit sich selbst. Und als wir endlich Buenos Aires anliefen, um Proviant zu laden, ging er in der ersten Nacht von Bord und verschwand auf Nimmerwiedersehen. Zu meiner großen Erleichterung, denn mir lagen die englischen Sätze oft allzu verführerisch auf der Zunge. Hätte er mich in einem unachtsamen Moment dabei erwischt, daß ich Englisch sprach, hätte er sicher nur zu gern zu meinem Untergang beigetragen.

Nach so vielen Wochen auf der *Zaandam* verstand ich genug Holländisch, daß ich Befehle befolgen konnte und wußte, welchen Kurs wir steuerten. In Batavia hatte das Schiff seine Ladung Silber und Teak aufgenommen; die Stadt war der wichtigste Hafen der Ostindischen Kompanie an der Nordküste Javas. Nun waren wir unterwegs nach Curaçao in den Niederländischen Antillen, und von dort sollte es weitergehen nach Rotterdam. Ich war es zufrieden, zumindest bis in die Karibik an Bord zu bleiben, denn ich hatte mit Bligh schon zweimal dieses Meer befahren, ehe wir uns mit der *Bounty* einschifften.

Soweit ich die neue Sprache entschlüsseln konnte, gab es zur Zeit tatsächlich einen Krieg, und sogar einen recht großen. In den Gesprächen der Besatzung ging es allerdings weit mehr um Frankreich als um England. Zehn Tage nach Weihnachten segelten wir nördlich von Trinidad in die Karibik. Wie immer war das Wetter dort zu Jahresbeginn sehr gut. Ich nächtigte an Deck, fand aber desto weniger Schlaf, je mehr meine Spannung stieg. Kaum wagte ich zu glauben, daß ich auf dem besten Weg war, nach England zurückzukehren. Falls ich es wirklich schaffen würde, blieb immer noch die bange Frage, wohin ich mich dort wenden sollte. Eine große Stadt war der einzige Ort, wo ich hoffen durfte, mich verstekken zu können. Wenn ich mich in Cumberland, meiner Heimat, sehen ließ oder mich ins Haus meiner Mutter auf der Isle of Man wagte, mußte ich fürchten, erkannt zu werden, trotz gebrochener Nase und gebräunter Haut. Doch ich wußte, daß mein erstes Ziel sein würde, meine Mutter zu finden. Jedesmal, wenn ich mir den Luxus erlaubte, mir meine Rückkehr vorzustellen, scheiterte alle Planung an der Frage: Wer sollte ich sein? Denn als Fletcher Christian würde man mich in England nicht lange am Leben lassen.

Ich zerbrach mir den Kopf, wie ich weiter vorgehen sollte, wenn ich mit nichts als den Lumpen auf dem Leib endlich in Curaçao an Land gehen würde. Ich überlegte, ob es möglich wäre, auf den Westindischen Inseln zu bleiben, dort hart zu arbeiten und Geld zu sparen. Aber wie? Ich konnte auf einem Schiff keine Stellung annehmen, in der ich auch nur die geringste Aufmerksamkeit auf mich zog. Aber wenn ich als einfacher Matrose anheuerte, konnte ich zehn Jahre schuften und vielleicht gerade genug Geld für einen anständigen Anzug zusammenkratzen. Und selbst im Kostüm eines Gentleman – wohin sollte ich gehen? Welche Rolle sollte ich spielen? Wieder gab ich mich der Hoffnung hin, zu meiner Mutter zurückzukehren, zu meiner Familie, zu denen, die vielleicht immer noch bereit waren, mich als einen der Ihren anzunehmen. Natürlich mußte ich sie heimlich aufsuchen und durfte kein herzliches Willkommen erwarten. Denn ich wußte ja, was meine Taten für diejenigen bedeutet hatten, die meinen Namen trugen und damit auch meine Schande. Die Gesellschaft war in solchen Fällen rasch mit einem Urteil bei der Hand.

Ich konnte nicht schlafen, weil ich mich vor den Träumen

fürchtete und weil mich mein Vorhaben mit großer Unruhe erfüllte. So lehnte ich an der Reling und starrte hinunter auf die federförmige Welle, die der Bug ins Wasser schnitt. Auch einige andere Männer schliefen an Deck und genossen die angenehme warme Brise. Früher in der Nacht hatte es ein Gewitter und dann einen Wolkenbruch gegeben, der das Deck reingewaschen hatte. Schon davor war alles gefechtsklar gemacht worden, vermutlich weil man eine Begegnung mit Kaperschiffen befürchtete. Die sechs kleinen Kanonen standen in Position, doch in meinen Augen hätten sie höchstens eine Badewanne voller Kinder abgeschreckt. Um das Achterdeck waren die Schutzplanken für den Nahkampf plaziert, aber mit einer Lässigkeit, die Hoondy zu Recht heftig kritisiert hätte.

Hatte sich der Krieg, über den ich soviel gehört hatte, inzwischen bis in dieses strahlend blaue Meer ausgebreitet? Waren die Freibeuter, mit denen wir schon Schwierigkeiten gehabt hatten, als ich mit Bligh segelte, lediglich Piraten, die unter einer Flagge oder einem Kaperbrief für die eine oder andere Regierung arbeiteten? Oder hatte der Krieg auch sie mit patriotischem Eifer erfüllt? Und wie sah meine eigene Position in diesem Krieg aus? Meine Landsleute würden mich hinrichten, falls jemand erfuhr, wer sich da für sie einsetzte!

Während ich über all dies nachsann, bemerkte ich eine winzige Veränderung in der Dunkelheit, einen Schatten, der zehn Kabellängen von mir entfernt in Richtung Steuerbord huschte. Angestrengt versuchte ich, die Finsternis zu durchdringen, während mir der kalte Schweiß einer schlimmen Vorahnung auf die Stirn trat. Zuerst sah ich nur, daß die sternhelle Nacht mir mit Wellen und Wolken allerlei Täuschungen vorgaukelte. Doch dann erspähte ich den dunklen Fleck wieder, immer noch ein Schatten, aber jetzt deutlich genug, daß ich in ihm ein Schiff erkannte, ohne eine einzige Laterne, die seine geisterhafte Gestalt erleuchtet hätte.

Sofort rannte ich zum Ausguckposten am Bug. Er schlief, wie die meisten Wachen in den frühen Morgenstunden. Da er zu denen gehörte, die mich für minderwertig hielten, ohrfeigte er mich, als ich ihn rüttelte, und versetzte mir gleich noch einen Schlag, weil er nicht sehen konnte, was ich ihm zeigte. Ärgerlich stieß er mich zurück und ging wieder an seinen Platz am Fockmast. Ich wartete nicht, bis er wieder schnarchte, sondern lief nach achtern und kletterte auf die Schanze, was einem einfachen Matrosen, und einem Eingeborenen erst recht, streng verboten war. In aufgeregtem Tahitianisch beschwor ich die dort Schlafenden, sich schnellstens nach Steuerbord umzublicken.

Das taten sie auch, die beiden Steuermänner, der Quartiermeister, der Wachoffizier, ein Bootsmann sowie zwei weitere Wachen von mittschiffs. Keiner konnte etwas erkennen – und ich auch nicht. Was immer ich gesehen haben mochte, war verschwunden, ob in der Dunkelheit oder aus meiner Einbildung, das wußte ich nicht. Der Bootsmann stieß mich zu Boden, und einer der Steuermänner wollte ihm helfen, mich zu bestrafen. Doch in diesem Augenblick stieß der Wachoffizier einen Schrei aus und begann, den Blick starr nach achtern gerichtet, Befehle zu schreien, worauf alle anderen sich hektisch in Bewegung setzten. Der Bootsmann rief alle an Deck, und während der Quartiermeister nach unten rannte, um den Kapitän zu holen, blickte ich durch die Spaken der Heckreling und sah ein Schiff auf uns zuhalten, kein Schatten mehr, sondern eine voll getakelte, gefechtsbereite Fregatte. Dann leuchteten zwei Blitze von ihren Bugkanonen auf, gefolgt von einem ohrenbetäubenden Dröhnen. Zwei Zwölfpfund-Kanonenkugeln schossen auf uns zu. Die eine flog zu kurz, doch die andere zerschlug den Heckbalken der Kapitänskajüte, was dem Kapitän wahrscheinlich das unsanfteste Erwachen seines Lebens bereitete.

So schnell ich konnte, kroch ich zum Hauptdeck, während

die Seeleute von unten angerannt kamen, um ihre Plätze an den Geschützen mittschiffs einzunehmen, so nutzlos diese auch sein mochten. Andere ergriffen Musketen, Tomahawks und Piken, von denen es jedoch nicht genug für alle gab. Alle schrien, denn die meisten ahnten, was geschehen würde. Als das unbeleuchtete Schiff wieder an Steuerbord auftauchte und die schlanke Fregatte unser Handelsschiff mit seinem dicken, schweren Rumpf überholte, zählte ich auf einen Blick ein Dutzend Zwölf- und Neunpfund-Geschütze, außerdem mehrere Messing-Drehbassen, die das Deck mit Kartätschen beschauern konnten.

Der Kapitän unseres Schiffs konnte ebensogut zählen wie ich, und während seine Männer hin- und herliefen, um unsere Geschütze zu laden und mit ungewohnter Schnelligkeit in Stellung zu bringen, brüllte er einen Befehl, der von den Bootsmännern wiederholt wurde und die Besatzung veranlaßte, in Deckung zu gehen und sich absolut still zu verhalten – so still, wie ihr Grab sicherlich sein würde. Ich kauerte hinter einer leeren Geschützpforte und sah, wie vierzig Yards entfernt die Fregatte steuerbords am Fall die Flagge hißte. Ich kannte die Farben nicht, doch die Männer um mich herum murmelten mit ängstlichen Mienen etwas von Frankreich. Selbst in der Dunkelheit sah ich, daß die Geschütze der Fregatte bemannt und die schwarz geteerten Läufe aus den Schießscharten auf uns gerichtet waren.

Und dennoch erblickten wir keine Feuerblitze, sondern hörten eine laute Stimme durch einen Sprachtrichter.

»Bonjour!« rief sie höhnisch. *»Parlez-vous français?«*

Niederländische Antillen

Januar 1794

Mein seit einem Jahrzehnt eingerostetes Schulfranzösisch reichte gerade aus, um die Verhandlungen in groben Zügen zu verstehen. Der niederländische Erste Schiffsoffizier jedoch war der Sprache mächtig und brüllte ebenfalls durch seinen Sprachtrichter. Er stimmte einer Enterung zu. Die Franzosen konnten sich von der Ladung nehmen, was sie wollten, dafür versprachen sie aber, das holländische Schiff und seine gesamte Besatzung in Frieden ziehen lassen. Obwohl die Holländer keine andere Wahl hatten, mußten sie doch wissen, daß man einem Freibeuter niemals trauen darf. Die großartige Flagge vermittelte den Eindruck von Legalität, aber trotz aller proklamierten Brüderlichkeit segelten sie nur aus einem einzigen Motiv: Habgier. Sie brachten Schiffe anderer Nationen auf, und damit stand ihnen alle Beute zu, derer sie habhaft wurden. Ob diese danach patriotischen Zwecken zugeführt wurde oder nicht, stand auf einem anderen Blatt. Noch mehr – es war ungünstig für die Kaperschiffe, wenn Augenzeugen überlebten, denn wenn einer der Freibeuter in irgendeinem entlegenen Hafen wiedererkannt wurde, konnte das für ihn leicht den Tod am Galgen oder einen Dolchstoß in den Rücken bedeuten.

Mit Enterhaken und blutrünstigen Schreien kletterten die Piraten an Bord und trieben unsere Mannschaft samt Offizieren im Bug zusammen. Einige von ihnen blieben als Wachposten bei uns stehen, während die anderen über das Schiff stürmten und in der Finsternis die Silberbarren über die Reling hievten. Danach kamen die Rum- und Branntweinfässer an die Reihe, die allerdings mit wesentlich größerer Sorgfalt transportiert wurden.

Die ganze Zeit über achteten unsere Wachen strengstens darauf, daß keiner von uns ein Wort sprach. Doch ein paar der Freibeuter, die selbst Niederländer waren, redeten unseren Männern sehr überzeugend zu, sie sollten sich der Mannschaft des Kaperschiffs anschließen, da dort Leute fehlten. Nach kurzer Zeit erklärte sich ein halbes Dutzend unserer finstersten Kerle dazu bereit, worauf sie ebenfalls über die Reling auf das Piratenschiff gehievt wurden, nicht ohne ihre zurückbleibenden stummen Kameraden höhnisch zu verlachen. Der französische Kapitän überblickte und dirigierte die Szene von den Wanten herab. Als er bemerkte, daß die anderen Männer sich von mir fernhielten, sprang er aufs Deck herab und erkundigte sich bei dem französischsprechenden Offizier, wer ich sei. Ich duckte ich mich, wie es sich für einen Eingeborenen gehörte, und nachdem der Franzose sich die Erklärung angehört hatte, scheuchte er mich lächelnd mit seinem Entermesser an Bord seines Schiffes.

Noch während dieser Arbeiten genehmigten sich die Freibeuter ein paar Schnäpse und gingen danach mit wesentlich größerer Begeisterung ans Werk. Als das Silber sicher verstaut war, brüllte der französische Kapitän einen Befehl, und die niederländische Besatzung wurde durch die Luken unter Deck getrieben; angeblich, um dem Kaperschiff Zeit zu geben, im Dunkeln zu verschwinden. Aber als die Lukendekkel geschlossen und mit Enteräxten verrammelt waren, sah ich, daß die Piraten ihre Geschütze gefechtsbereit machten. Ich rannte zu der noch mit dem Piratenschiff verbundenen *Zaandam* zurück, aber die Männer, die sie vorhin freiwillig verlassen hatten, packten mich und hielten mich an Deck fest. Die Freibeuter stießen ab. Wir hörten die Schreie der eingesperrten Holländer, und als fünfzehn Yards Wasser zwischen uns lagen, gab der französische Kapitän seinen Befehl.

Der Knall der Breitseite war ohrenbetäubend. Die Niederländer, die mich überwältigt hatten, ließen mich los und rannten zur Reling, um sich den Schaden anzusehen. Die Besatzung des Piratenschiffs jubelte ob ihres Triumphs, dann liefen alle zur Steuerbordseite des Decks, um dort die Geschütze zu laden, während wir geschickt um den Holländer lavierten, der bereits Schlagseite bekam. Schmerzens- und Angstschreie drangen unter Deck hervor. Der Steuermann des Piratenschiffs brachte es mit geübter Hand auf etwa dreißig Fuß backbord an die *Zaandam* heran. Dann erscholl der nächste Befehl. Eine weitere Breitseite wurde abgefeuert und zerstörte die mächtigen Deckbalken des Holländers. Nun sank das schwer schlagseitige Schiff endgültig; Flammen züngelten auf und warfen zuckende Schatten in die Nacht. Das Piratenschiff hielt seinen Kurs, während die Mannschaft zur Feier ihres feigen Siegs zu grölen und zu tanzen begann. Im Feuerschein der brennenden *Zaandam* konnte ich ein paar Männer der holländischen Besatzung sehen, die durch die Einschlaglöcher der Zwölfpfund-Kanonen aus dem Schiff krabbelten.

Ich wußte, daß ihnen das nichts nützen würde, aber mir blieb keine Zeit, meinen Gedanken nachzuhängen, denn jetzt packten mich mehrere Piraten am Kragen und schleiften mich zur Ruderpinne, wo ihr Kapitän mich bereits erwartete. Nachdem er nicht nur mein Äußeres, sondern auch meinen Geruch eingehend überprüft hatte, lachte er laut und gab seinen Männern einen Befehl. Die Pluderhosen, die ich trug, seit man mich aus dem Wasser gefischt hatte, wurden aufgeschnitten, und jemand brachte mir elegante gestreifte Kniehosen und eine Seidenweste – die Uniform eines Lakaien. Von welchem Schiff sie dieses Kostüm gestohlen hatten, lohnte sich nicht zu spekulieren. Mir paßten die Sachen nicht besonders gut, aber der gewünschte Effekt war erzielt.

Zu Beginn meiner Metamorphose war der Kapitän nach unten verschwunden. Als ich fertig angekleidet war, wurde ich wieder weggeführt, diesmal in die Kombüse, wo ein Silbertablett mit Früchten, Nüssen und frischem Fleisch vorbereitet wurde. Ich hatte an Bord mehrere Ziegen gesehen und vermutete, daß der Koch seine Töpfe gefüllt hatte, während die anderen den Holländer geentert hatten. Er war sehr stolz auf die Platte und gab sich große Mühe mit den Nüssen in Soße. Ich konnte meinen Appetit nur mit Mühe im Zaum halten, denn schon der Geruch und der Anblick des Essens verursachte mir vor lauter Hunger Magenschmerzen. Schließlich wurde die Platte meinen unsicheren Hände anvertraut, unter lautstarkem Befehlsgebrüll des Kochs. Mehrere Männer führten mich zur Tür der Kapitänskajüte. Einer klopfte mit dem Griff seines Entermessers an, und als von innen die Aufforderung zum Eintreten erfolgte, öffnete er das Schnappschloß und scheuchte mich mit der Klinge vorwärts. Mit gekrümmtem Rücken stolperte ich ein paar Schritte vorwärts, wie es der Koch mir befohlen hatte, und hörte, wie die Tür hinter mir ins Schloß fiel.

Der Anblick, der sich mir bot, übertraf alle meine Erwartungen. Vor mir stand der französische Kapitän und neben ihm eine Frau in einem Ballkleid. Zuerst lag ihr Gesicht im Schatten, dann, als sie es mir zuwandte, fiel der Kerzenschein darauf. Es verschlug mir den Atem, denn eine solche Frau hatte ich seit einem halben Dutzend Jahren nicht mehr gesehen. Sie stand vor dem Heckfenster, und ihre grünen Augen funkelten zornig. Ihr dunkles Haar war mit mehreren verzierten Goldkämmen kunstvoll hochgesteckt. Doch nach den vielen Jahren in den Tropen verblüffte mich vor allem ihre Haut: Sie war selbst ohne die Hilfe von Puder so weiß, als wäre sie ihr Leben lang nur dem Mondlicht ausgesetzt gewesen. Die gerade, fast spitze Nase mündete majestätisch in schmalen Brauen, unter denen die grünen, leicht schrägen Augen leuchteten, während ihr voller Mund, obgleich wütend und angeekelt zusammengepreßt, die ganze Breite ihres Gesichts einzunehmen schien. Direkt neben ihrem linken Nasenflügel war ein kleiner Leberfleck. Ihre Wangen, von Zorn gerötet und im Kerzenlicht schimmernd, wölbten sich glatt und klar zu den hohen Wangenknochen.

»Da ist er«, sagte der Kapitän mit einem starken Akzent auf englisch, »wie ich es dir versprochen habe.« Er war ein schmieriger Mann mit einem Rattengesicht; über dem schweißfleckigen Hemd und der Weste, die er beim Überfall auf den Holländer angehabt hatte, trug er jetzt trotz der Hitze einen prachtvollen Brokatrock. In der Hand hielt er noch immer das Entermesser, mit dem er mir jetzt winkte, ich solle die Silberplatte auf den Tisch stellen. Es lag nur ein Gedeck auf, aber neben der Weinflasche standen zwei Gläser.

»Wer ist das?« fragte die Frau leise, und in ihrer kehligen Stimme hörte ich die Angst, die ich bisher aufgrund ihrer Schönheit nicht wahrgenommen hatte. Und das war kein Wunder. Diese Frau war mit aller weiblichen Raffinesse gekleidet, die man für Geld erwerben konnte; das Gewand aus hellblauem Taft umschloß eng ihre schmale Taille und fiel über einen weiten Unterrock fast bis zum Boden. Ihre Schuhe waren aus weichem weißen Leder gefertigt. Das tiefe Dekolleté des Kleides entblößte den Ansatz der Brüste, die von einem festen Korsett nach oben gepreßt wurden. Ich traute kaum meinen Augen.

»Er ist dein Diener«, schrie der Kapitän sie an. »Du kannst dich nicht selbst anziehen und ausziehen, das macht er jetzt für dich. Ich habe nämlich keine Lust mehr, mich jedesmal so abzumühen. Und dann wird er über unser Vergnügen wachen. Ich glaube, du brauchst ein unzivilisiertes Publikum.«

Sie sah mich an, und in ihren Augen lag ebensoviel Leid

wie Abscheu. Wie es sich für mich gebührte, versuchte ich begreiflich zu machen, daß ich nichts verstanden hatte. Ungerührt nahm der Kapitän Platz und goß Wein in die beiden Kelche.

»Schickt ihn weg«, sagte die Frau leise, »ich kann mich selbst auskleiden, wie Ihr sehr gut wißt.«

»Nein!« brüllte der Kapitän. »Heute abend will ich es anders. *Er* wird dich ausziehen. Wenn du dich wehrst –« Abrupt erhob er sich, stürzte sich auf die Frau und riß mit beiden Händen das Oberteil ihres Kleides auf. Dann schrie er mich an: »Das sollst du tun, *sauvage. Comprenez?* Reiß ihr das Zeug vom Leib.« Ohne sich darum zu kümmern, ob ich ihn verstanden hatte, aber in dem Wissen, daß die Frau genau verstand, was er wollte, wandte er sich ab, stolzierte durch den Raum und nahm wieder am Tisch Platz.

»Willst du Wein?« fragte er und grinste die Frau an.

Sie hielt das zerrissene Kleid fest und schüttelte den Kopf.

»Mach dir bloß keine Gedanken wegen des Kleides«, brummte er, während er sein Fleisch zu schneiden begann. »Es sind so viele Kleider in deinen Koffern, die reichen uns noch wochenlang. Und wenn du mir bis dahin nicht erzählt hast, wer du bist«, schrie er plötzlich, »dann verfüttere ich dich ohnehin an die Fische!«

»Das werde ich Euch nie verraten!« antwortete sie. »Ihr könnt die Fische meinetwegen jetzt gleich füttern.« Sie wandte sich zum Fenster, doch im Handumdrehen war das Messer an ihrer Kehle und versperrte ihr den Weg.

»Jetzt noch nicht«, knurrte er. »Jetzt kommst du zurück, damit ich dem Wilden zusehen kann, wie er sich an die Arbeit macht.« Die Klinge weiterhin an ihre Kehle gepreßt, schob er sie zu mir. Dann befahl er: »Zeig ihm, was er tun soll.«

Sie sah mich an und verzog ängstlich das Gesicht. Doch dann drehte sie mir den Rücken zu und deutete auf die Schnürbänder ihres Kleides. Zuerst spielte ich den Verwirrten, dann tat ich, wie mir geheißen, während der Kapitän sein Fleisch schnitt und kaute, das Entermesser wieder neben sich.

Der Lärm der feiernden Männer an Deck drang zu uns herab, ein wildes Getöse. Der gute Branntwein aus dem Vorrat der Holländer, den ich nur einmal gekostet hatte, versetzte alle in Hochstimmung. Zuerst hörte man eine Fidel, dann eine Ziehharmonika, und während die Banditen stampften und grölten, gelangte ich zum Ende der Verschnürung. Die Frau ließ das Kleid von den Schultern gleiten, so daß es die komplizierte Unterbekleidung freigab.

Der Kapitän fing an zu lachen und sog die Luft durch die gespitzten Lippen ein. »Das Zeug, das ihr Frauen heutzutage anhabt, sieht aus wie ein Skelett – als hättet ihr neue Knochen, die euch in etwas anderes verwandeln, als ihr eigentlich seid. Na los, mach weiter, laß mich sehen, was druntersteckt.« Damit stand er auf, ging um den Tisch herum und lehnte sich, an seinem Wein nippend, dagegen. Von seiner Taille hing an einem Gurt ein schwerer Lederbeutel. Er stellte das Weinglas ab und öffnete den Beutel. »Was haben wir denn da drin, was du heute abend tragen könntest?« sagte er und zog erst einen Smaragdohrring, dann einen Rubin und einen Diamantring hervor. Die Frau beachtete den Schmuck nicht, sondern starrte in die Kerzenflamme.

Da wurde mir klar, daß ich doch wieder töten würde. Ich hatte ehrlich geglaubt und gehofft, das Morden gehöre endgültig der Vergangenheit an, denn schließlich kehrte ich doch in die zivilisierte Welt zurück. Ich hatte gedacht, Hoondys Rettung hätte bewiesen, daß ich mich verändert hatte, seit ich um Kap Hoorn gesegelt war und das wilde, blutige Leben hinter mir gelassen hatte.

Doch solche feinsinnigen Interpretationen zerschlagen sich rasch, wenn man mit der Wahrheit der realen Erfahrung konfrontiert wird. Und während ich noch abzuschätzen versuchte, wie weit meine Hand vom Entermesser des Franzosen entfernt war und ob diese Distanz größer war als sein Verlangen nach der Frau, begriff ich eine noch komplexere Wahrheit: daß Zivilisation und Barbarei nicht von geographischen Gegebenheiten abhängen. Es gibt keine Längengrade für das Chaos, keine Breitengrade für das Verbrechen, keinen Äquator, der Recht von Unrecht trennt. Wir selbst entwerfen unser Leben, doch unser Weg ist ungewiß, unser Ziel ein Produkt unserer Einbildungskraft, stets Veränderungen unterworfen, und nichts ist sicher, außer der Tatsache, daß wir sterben müssen. Als Wilder in einer barbarischen Situation würde ich wieder töten, und zwar so rasch ich konnte.

Der Kapitän leckte sich die Lippen, legte den Beutel mit den Juwelen auf den Tisch und griff nach den Brüsten der Frau. Nachdem ich alle Schnüre aufgebunden hatte, war ich beiseite getreten, katzbuckelte und plapperte mit großen Augen in der Dunkelheit, was dem Franzosen offensichtlich gefiel. Die eine Hand tief ins Korsett der Frau geschoben, in der anderen das Weinglas, schien er mir genügend beschäftigt, daß ich mit einem Sprung an sein Entermesser gelangen konnte. Ihm blieb noch Zeit, den Kopf zu wenden, aber er konnte nicht mehr schreien. Blitzschnell spaltete mein Messer ihm den Schädel.

»Ich möchte, daß Ihr jetzt laut schreit«, sagte ich im selben Moment, als der Kerl umfiel und ehe die Frau sich rühren konnte. »Rasch – es muß klingen, als hättet Ihr schreckliche Angst.« Sie folgte meinem Befehl und stieß einen seltsamen Laut aus; sicherlich war sie überrascht und fragte sich, welcher Hölle ich entsprungen sein mochte und warum ich so gepflegtes Englisch sprach. Rasch ging ich um den toten Kapitän herum und riß das Fenster auf. An der Heckreling war niemand zu sehen. Man hörte die schweren Schritte der diensthabenden Matrosen, aber sie waren so weit weg, daß sie unsere Flucht nicht bemerken konnten. Ich wandte mich um und sah, daß die Frau ihre schönen grünlichen Augen auf mich gerichtet hatte.

»Unter den gegebenen Umständen«, flüsterte ich, »muß ich Euch leider bitten, Euch sämtlicher Kleidungsstücke zu entledigen. Wir müssen lange und weit schwimmen.«

Ihre Augen verengten sich etwas, dann stieg sie aus ihrem Unterrock und stand im Korsett vor mir. »Verdammt. Helft mir, Sir«, befahl sie; die Schnüre waren verknotet.

Vorsichtig legte ich die Klinge an die Korsettbänder. »Schreit noch einmal«, ordnete ich an. Sie tat es. Ich schnitt die Schnüre durch, das Hindernis fiel. Ohne Zögern streifte sie das Unterhemd ab. Auch ich zog mich aus, was bei meinem geborgten Lakaienkostüm wesentlich einfacher war.

»Könnt Ihr schwimmen?« fragte ich.

»So gut wie Ihr, schätze ich«, antwortete sie und ging direkt zum Fenster.

»Wie Ihr auch reinspringt, achtet darauf, gut glatt zu landen.« Ich war meiner Muttersprache so entwöhnt, daß ich automatisch in Pidgin-Englisch verfiel. Doch sie achtete nicht darauf, sondern kletterte rasch auf den Fenstersims. Ihr Körper war schmal und geschmeidig. Ich war lange genug von weiblicher Nacktheit umgeben gewesen, um keine unangemessene Regung zu verspüren, aber das ungewohnte schwarze Haarbüschel zwischen ihren Beinen verblüffte mich. Geschickt hechtete sie ins Kielwasser des Schiffs, fast ohne einen Spritzer.

Unterdessen hatte ich die Juwelen aufgesammelt, in den Lederbeutel gesteckt und mir den Gurt um die Taille gebunden. Dann folgte ich der Frau durchs Fenster und stürzte mich ebenfalls ins Kielwasser. So lange es ging, blieb ich unter Wasser. Als ich auftauchte, sah ich die Lichter des Piratenschiffs in der Dunkelheit verschwinden. Lautes Stimmengewirr, Schimpfworte, dann Gelächter wehten mit der Musik übers Wasser, aber es gab keinerlei Anzeichen, daß die Banditen den Verlust ihres Anführers bemerkt hatten. Ich blickte mich nach der Frau um und spürte ein Spritzen neben meinem Gesicht.

»Welche Richtung?« wollte sie wissen.

Soweit ich es beurteilen konnte, war das niederländische Schiff gekapert worden, als es die Islas Los Roques östlich der Niederländischen Antillen passierte. Durch die Fahrten mit Bligh, bei denen ich Tag und Nacht die Seekarten studiert hatte, wußte ich, daß es viele Inseln in dieser Gruppe gab; die meisten waren unbewohnt, aber wir hatten gute Chancen, dort frisches Wasser zu finden. In der ersten Morgendämmerung erkannte ich die Umrisse zweier Inseln, eine im Osten, eine im Süden, etwa gleich weit von uns entfernt. Ohne lange nachzudenken, wies ich nach Osten, und ohne ein weiteres Wort begann sie zu schwimmen.

Wir hatten Glück. Kurz bevor unsere Kräfte versagten – nach schätzungsweise anderthalb Stunden –, erreichten wir eine sanfte Brandung, die uns an einen Strand trug. Wir entdeckten eine Baumgruppe; unter ihr plätscherte ein Bach durch den Sand. Da unser Mund vom Salzwasser entsetzlich brannte, schleppten wir uns sofort dorthin und tranken. Dann übermannte uns der Schlaf, und wir schlummerten mit dem Gesicht auf dem Sand, in dem noch die Sonnenwärme des vergangenen Tages zu spüren war.

Als ich aufwachte, war die Frau nicht mehr dort, wo sie eingeschlafen war. Ich drehte mich um und entdeckte sie, mit dem Rücken zu mir, neben sich einen Berg Früchte, ihre Blöße mit einem Palmwedel bedeckt. Ich bemerkte, daß ihr schwarzes Haar fast wie einer Eingeborenen weit über ihren Rücken fiel. Zwei Goldkämme hatten die Flucht überlebt und hielten das Haar hinter den Ohren. Aus Palmblättern hatte sie sich eine Art Hut gebastelt, um ihr Gesicht vor der Sonne zu schützen, die inzwischen hoch am Himmel stand. Als sie sich umwandte und sah, daß ich wach war, streckte sie mir eine Mangofrucht entgegen.

»Guten Morgen, Sir«, sagte sie, als begegneten wir uns irgendwo auf der Straße. Sofort fielen mir all die Formalitäten unserer Sprache ein, die unzähligen »Sirs« und »Madams« und »Misses«, die schon vor so langer Zeit aus meinem Vokabular verschwunden waren. Ich bezweifelte, ob ich mich mit solchen Gewohnheiten je wieder anfreunden würde, also versuchte ich es erst gar nicht. Doch während wir uns unterhielten, kehrten wir einander sittsam den Rücken zu.

»Ihr habt keine Anzeichen gesehen, daß die Insel bewohnt ist, oder?« erkundigte ich mich.

»Bisher nicht. Aber mir ist aufgefallen, daß Euer Gesäß ... nun ja, daß es schwarz ist«, meinte sie, als wäre es das normalste Konversationsthema der Welt. »Würde es Euch sehr viel ausmachen, mir zu erklären, weshalb?«

Ich lachte. »Recht ungewöhnlich, nicht wahr?«

»Im Ernst, Sir«, beharrte sie.

»So etwas heißt *tatau* oder Tätowierung, ein alter Südseebrauch.« Mir war sofort klar, wie schwierig es sein würde, meine Vergangenheit vor ihr geheimzuhalten.

»Aha. Und die schmalen Linien mit den Pfeilen und Mustern darüber, die aussehen wie Gürtel um Eure Hüften, und der Stern auf Eurer Brust?«

»Eitelkeit, reine Eitelkeit. Könnte ich bitte eine Guave bekommen?«

Sie warf mir die Frucht zu. »Wie wird das gemacht?«

»Die Eingeborenen stellen aus der Asche von Nußschalen eine Art Ruß her. Den stechen sie dann unter die Haut, mit Knochen oder Muscheln, die sie mit scharfen Zähnen versehen.«

»Das ist bestimmt schmerzhaft«, bemerkte sie.

»Ja, sehr«, bestätigte ich.

»Aber Ihr seid kein Eingeborener?« fragte sie.

Ich lächelte über ihre Verwirrung. »Nein.«

»Aber Euer ganzes Gesäß ist – schwarz?«

»In der Südsee gehört sich das.«

»Und seid Ihr – so – überall?«

»Das werdet Ihr bald selbst beurteilen können.«

»Ja, wahrscheinlich habt Ihr recht.« Sie beschloß offenbar, nicht weiter über diese Aussicht nachzudenken. »Wo habt Ihr das alles her?«

»Ich habe nicht vor, Euch das zu erzählen«, antwortete ich, »und ich werde Euch auch sonst nichts über mich mitteilen. Wenn wir gefunden werden, möchte ich Euch bitten, nichts von mir zu sagen. Ihr seid den Piraten allein entflohen. Niemand wird je etwas anderes behaupten, weder ich noch der Franzose.«

Sie beobachtete mich, während sie ihre Papaya aufaß. »Aha«, sagte sie wieder. »Darf ich Euch dann auch nichts über mich erzählen?«

»Ihr könnt tun und lassen, was Euch beliebt.«

Sie lächelte nachdenklich und ließ den Blick übers Meer schweifen. »Das könnte sehr unterhaltsam sein.« Damit sah sie wieder zu mir. »Ihr habt gesagt: ›Wenn wir gefunden werden.‹ Seid Ihr sicher, daß das geschieht?«

Ich erhob mich und versuchte mich zu orientieren. Waren meine geographischen Vermutungen wenigstens annähernd korrekt? Falls ja, würde es nicht lange dauern, bis ein Schiff vorüberkam. Falls nein, würden wir längere Zeit hier bleiben müssen.

»Ja, ich bin ganz sicher«, log ich. »Aber wir sollten ein Signalfeuer entzünden und uns einen Unterschlupf bauen. Im Januar kommen die Regenschauer in dieser Gegend meist ziemlich unvermittelt.«

Als ich auf sie hinabblickte, nickte sie, betrachtete dabei aber unverhohlen den Körperteil, an dem meine Tätowierungen endeten. Dann sah sie mir fast ohne jede Verlegenheit in die Augen und sagte: »Bestimmt wart Ihr erleichtert, daß der *tatau*-Brauch die logische Fortführung und Vollendung der Prozedur nicht für notwendig befand.«

»Dafür waren andere Bräuche zuständig.«

»Ach, wirklich, Sir? Die müßt Ihr mir irgendwann genauer erklären.« Damit erhob sie sich, den schützenden Palmwedel noch in der Hand, und stand vor mir, beklommen und verletzlich, denn sie konnte nicht wissen, ob ich ihr etwas antun würde. »Wie sollen wir denn ein Feuer machen?« fragte sie. Ablenkung war ihre einzige Möglichkeit der Verteidigung.

»Ich flechte ein Seil und zeige es Euch. Wenn Ihr ein wenig Holz sammeln könntet ... und macht Euch keine Sorgen, ich werde Euch kein Leid zufügen.«

Dankbar für mein Versprechen richtete sie sich hoch auf, wie eine Königin.

»Ihr scheint so vertraut mit ... mit dieser Lage«, bemerkte sie mit einer vagen Handbewegung.

»Das bin ich auch.«

»Ich offensichtlich nicht, auch wenn ich ansonsten kein ahnungsloser Engel bin ... was Ihr sicher schon in der Kajüte dieses französischen Reptils erraten habt.«

»Ich hatte wenig Zeit zum Rätselraten.«

»Da habt Ihr recht«, stimmte sie zu. »Danke, daß Ihr mir geholfen habt, vor ihm zu fliehen.«

»Das Vergnügen war ganz meinerseits, denn ich hätte das Schiff auf jeden Fall bei der erstbesten Gelegenheit verlassen, und nun bin ich froh, daß ich Gesellschaft habe.«

»Mir geht es ebenso – auf jeden Fall«, entgegnete sie, meine Formulierung zitierend. »Dann werde ich jetzt Holz suchen.« Mit einem Lächeln machte sie sich auf den Weg. Nach ein paar Schritten ließ sie den Palmwedel fallen.

Sie sprach ein sehr gepflegtes Londoner Englisch, und schon bei unserer kurzen Unterhaltung hatte meine Zunge wieder den Akzent meines heimatlichen Cumberland angenommen. Das Pidgin-Englisch, das wir auf Pitcairn gesprochen hatten, klang völlig anders; es war eher eine Mixtur verschiedener Seemannsdialekte. Die Frau hatte meine Sprechweise nachgeahmt, was zeigte, daß sie mehr herausgehört hatte, als ich verraten wollte. Während ich ihr nachsah, wie sie auf einen Haufen Treibholz am Strand zusteuerte, begriff ich, wieviel ich zu erzählen hatte, was ich gerne loswerden wollte, obwohl es im Grunde bereits gefährlich war, überhaupt zu sprechen.

In diesem Moment wandte sie sich um. Sie hatte gespürt, daß ich sie beobachtete. »Wie sollen wir einander nennen?« rief sie.

»Wie immer Ihr wollt«, antwortete ich.

»Vielleicht mit einem Namen, den wir noch nie gebraucht haben.«

»Darüber müßte ich eine Weile nachdenken.«

»Oder vielleicht ganz ohne Namen«, meinte sie ernst und machte sich wieder ans Holzsammeln.

In der Nähe des Strandes wuchs ein Pandanusbaum, und aus seinen Blattfasern drehte ich ein Seil, wie ich es auf Tahiti gelernt hatte. Damit stellte ich einen kleinen Bogen her und suchte mir ein flaches Stück Holz mit einer Astlochvertiefung. Die Frau brachte mir einen kräftigen, geraden Stock, um den ich die Sehne des Bogens legte. Dann steckte ich das eine Ende in das Astloch und drückte auf das andere mit Hilfe einer Muschel, die ich in der Handfläche hielt. Jetzt bewegte ich den Bogen hin und her, und der Stock im Astloch begann sich zu drehen, wodurch so viel Hitze entstand, daß ich eine Handvoll Palmstammfasern in Brand setzen konnte. Aus dem Augenwinkel sah ich, wie erstaunt meine Gefährtin mir zusah. Als die Fasern lichterloh brannten, warf ich sie unter das Anzündmaterial für das Feuer, das wir hier, auf der höchsten Erhebung der Insel, aufgeschichtet hatten. Die Frau applaudierte. Ich nickte dankend.

Den Rest des Tages verbrachten wir damit, Holz und Palmwedel zu sammeln. Die Blätter brauchten wir, um das Feuer zum Qualmen zu bringen, falls wir ein Segel entdeckten. Die Insel war klein und unbewohnt. Auf der Holzsuche vergrub ich den Lederbeutel unter einem Kaktus. Obwohl ich kein Edelsteinexperte war, schien das Gewicht des Beutels für meine Zukunft mehr zu versprechen, als ich momentan, nackt und gestrandet auf einer einsamen Insel, zu hoffen wagte. Falls meine Begleiterin bemerkte, daß der Beutel verschwunden war, verlor sie kein Wort darüber. Als es uns zum Arbeiten zu heiß wurde, gingen wir zum Strand zurück, um zu schwimmen. Inzwischen war jede Scham zwischen uns verschwunden, und mir wurde immer deutlicher bewußt, wie lange ich nicht mehr mit einer Frau zusammengewesen war. Zwar versuchte ich, mich durch die Arbeit von solchen Gedanken abzulenken, aber wir ertappten uns immer wieder dabei, wie wir uns gegenseitig musterten. Ich weiß nicht, was sie von meiner Erscheinung hielt, aber die ihre brachte mich des öfteren ziemlich ins Stolpern.

Ehe die Dunkelheit hereinbrach, baute ich hastig einen Unterschlupf für uns und als Schutz für unser Holz, denn der Passat blies Wolken über den Horizont. Als die Sonne im Meer versank, eilten wir zurück zum Strand. Wir sammelten Krabben und Seemuscheln zum Abendessen, und ich zeigte meiner Gefährtin, wie sie die Krabben mit den Zehen aus ihren Verstecken locken konnte. Ein paar packten den Köder, ehe sie den Fuß zurückziehen konnte; sie schrie auf und schüttelte den Fuß, daß die Krabben hoch in die Luft flogen. Sie ihrerseits machte mich mit den vielen verschiedenen Sorten von Schalentieren der Karibik bekannt, nannte mir ihre Namen und offenbarte dabei einen Kenntnisreichtum, der mir einiges über ihre Vergangenheit verriet. Mitten in einem anschaulichen Vortrag über eine angeschwemmte Langustenschale merkte sie plötzlich, was sie enthüllt hatte, und sagte: »Es ist schwierig, die eigene Herkunft zu verbergen.«

»Sehr richtig.«

»Dennoch würde ich es gern versuchen – wobei ich meine Herkunft eigentlich eher vergessen als verbergen will.« Unruhig stieg sie auf einen Felsen und beugte sich vor, um die Schale im Wasser abzuwaschen.

»Viel Glück«, sagte ich, ehe die Vorsicht mir den Mund verschloß.

Aber sie hatte meine Skepsis sofort erkannt und erwiderte: »Aber man kann doch etwas besonders Schlimmes vergessen, etwas, wozu man gezwungen, was einem angetan wurde, nicht wahr?« Einen Augenblick lang sah sie mich an, als hoffte sie, ich könnte sie von der Last dieser Frage befreien.

»Ich weiß es nicht«, sagte ich. »Ich jedenfalls hatte keinen großen Erfolg beim Auswählen meiner Erinnerungen.«

Sie wandte sich wieder der Langustenschale zu. »Wahrscheinlich zeigt das, was wir vergessen wollen, oft genug auch eine gewisse Feigheit gerade auf diesem Gebiet. Dann wird aus dem Vergessen eine heimliche, vielleicht sogar tödliche Lüge. Ist es nicht so?« Sie lächelte bitter und hielt sich die Langustenschale vors Gesicht, um sie genauer in Augenschein zu nehmen.

Doch dann warf sie sie kurz entschlossen in die Brandung zurück und verkündete: »Sir, ich möchte Euch von dem Piratenkapitän erzählen. Ein wenig wißt Ihr ja schon über ihn, also verrate ich Euch nicht allzuviel.« Sie hielt inne, denn sie wollte nicht, daß ich sie für schwach hielt. Ihre Stimme wurde trotzig. »Ich möchte mit jemandem darüber sprechen.«

»Das ist in Ordnung, denn falls wir hier nie ein Schiff vorübersegeln sehen, könntet Ihr ebensogut mit Euch selbst reden.«

In ihren Augen spiegelte sich das letzte Sonnenlicht, als sich unsere Blicke trafen, und ich sah, daß sie mich verstanden hatte. »Ja, da habt Ihr wohl recht«, meinte sie und lächelte. Doch dann verfinsterten sich ihre Züge. »Ich erzähle es Euch beim Essen, wenn Ihr nichts dagegen habt.« Wieder beugte sie sich vor, aber diesmal verlor sie das Gleichgewicht. Um zu verhindern, daß sie fiel, umfaßte ich einen Augenblick ihren Arm und ihre Taille. Rasch hatte sie sich wieder gefangen, und ich ließ sie los. Aber ich fragte mich, ob die Berührung auf sie die gleiche Wirkung gehabt hatte wie auf mich.

Wir sammelten unsere Beute ein und trugen sie auf den Hügel, wo unser Feuer immer noch glühte. Die Muscheln brachen wir auf und aßen sie roh. Die Krabben brieten wir an Stöcken über dem Feuer, bis sie die Farbe der rasch versinkenden Sonne annahmen. Wir sahen zu, wie die Sterne aufzogen, und genossen unser Festmahl. Dann begann sie ohne weitere Einleitung zu erzählen, was ihr auf der Seele lag.

»Die Freibeuter kaperten unser Schiff bei Nacht, genau wie das Eure. In dem Augenblick, als ich den Alarmruf hörte, beeilte ich mich, alle Hinweise auf meine Identität zu beseitigen, aus Angst, man würde mich als Geisel für eine Erpressung mißbrauchen. Als der Kapitän dem Entern der Piraten zustimmte, befahl ich ihm, die Passagierliste zu verbrennen, und er mußte mir schwören, Stillschweigen zu bewahren, was auch geschehen mochte. Der französische Halunke brach sein Wort, was, wie wir inzwischen beide wissen, seine Gewohnheit war, und der Kapitän versank samt seiner Mannschaft viele tausend Faden tief im Meer. Der Franzose erklärte mir, er behalte nie ein Schiff als Beute, weil es ihn zu langsam mache.« Sie strich sich mit der Hand über die geschlossenen Augen, als wollte sie etwas wegwischen, was sie gesehen hatte. Dann schaute sie hinauf zum Himmel. Der Anblick der Venus schien sie zu beruhigen, denn sie nahm ihre Erzählung wieder auf.

»Ich war auf Reisen ...« Wieder zögerte sie – vermutlich,

um sich zu überlegen, wie sie ihren Bericht gestalten konnte, ohne zuviel auszuplaudern. »Ich war unterwegs nach ... zu einem neuen Leben, sozusagen. Kein besseres und kein schlechteres, einfach ein anderes. Ich wollte möglichst viel hinter mir lassen. Natürlich hatte ich genug Kleider in meinen Koffern, um zehn Frauen einen Monat lang auszustatten. Vielleicht finden die Piraten sie nützlich bei den Vergnügungen, die sie sich miteinander erlauben und die ich gezwungenermaßen beobachtete, während ich an Bord war.

Der Kapitän hatte einen breitgefächerten Geschmack, den ich anscheinend teilweise befriedigte. Seine Wünsche waren jedoch in den seltensten Fällen eindeutig, das heißt, ich wußte nie genau, was er mit mir vorhatte. Die einzige Konstante in unserem Verhältnis war die Erniedrigung, und die forderte er bei jeder Gelegenheit von mir ein. Nichts, was er tat, schockierte mich, auch wenn er es noch so sehr darauf anlegte. Nebenbei bemerkt bin ich sechsundzwanzig, und es macht mir Spaß, Euch das zu verraten. Ich hatte ein abwechslungsreiches Leben, weiß Gott. Aber dieser Franzose mußte sich um jeden Preis als Mann beweisen, und das machte er unglaublich schlecht, mit pompöser Grausamkeit.«

Ich sah sie frösteln, doch ich wußte nicht, ob ihre Geschichte daran schuld war oder die Abendkühle. Für alle Fälle stand ich auf, ging zum Feuer und legte Holz nach. Während ich arbeitete, sprach sie weiter, vor dem Feuer auf dem Boden sitzend, mit angezogenen Beinen, die Arme fest um die Knie geschlungen.

»Als Ihr an Bord kamt, war ich bereits vier Tage und vier Nächte auf dem Schiff. Ich hatte meinen Lebenswillen nie verloren, aber ich war soweit, daß ich lieber sterben wollte, als mich ihm weiter zu unterwerfen. Ich wußte, daß er mir diesen Wunsch erfüllen würde, wenn ich ihm nicht verriet, wer ich bin. Das mußte er wissen, um Lösegeld zu erpressen. Unterdessen hatte er mich gezwungen, Dinge mit ihm zu tun, die ich nicht einmal einem Tier zumuten würde, und er hatte selbst solche Dinge mit mir gemacht. Für mich spielte das keine Rolle mehr, denn ich hatte mit dem Leben abgeschlossen und glaubte, daß es nur noch eine Frage der Zeit sein konnte, bis er meiner müde wurde.

Dann tauchtet Ihr auf, um Euren Teil zum Amüsement beizutragen – der seltsamste Wilde, den ich je zu Gesicht bekommen hatte. Als Ihr den Mund aufmachtet und auf Englisch redetet, während der Franzose mit gespaltenem Schädel auf dem Boden lag, da glaubte ich wirklich, den Verstand verloren zu haben. Den Rest kennt Ihr ja, abgesehen davon, daß mir jetzt, da ich am Leben bin, plötzlich klar wird, daß ich mit all diesen Erinnerungen fertigwerden muß. Als ich noch glaubte, ich müßte sterben, war das, wozu mich dieser Kerl zwang, nicht so wichtig. Aber jetzt ist das anders, denn ich habe immer mehr das Gefühl, daß das, was ich mit ihm tun mußte, für mich alles, was Mann und Frau aus Liebe oder zumindest zum beiderseitigen Vergnügen tun, abstoßend und widerlich gemacht hat.«

Ein paar Regentropfen fielen auf meinen Rücken, und ich zog den Schutzschild, den ich aus grünen Palmblättern geflochten hatte, über das Feuer, um die Glut zu schützen. Als ich meine Gefährtin wieder ansah, glaubte ich erst, der Feuerschein schimmere in ihren Tränen, doch es waren nur Regentropfen auf ihren Wangen. Und während der Schein der ersterbenden Flammen sie umspielte, schlug sie die Augen zu mir auf. Es gab keinen Zweifel daran, was sie sich von mir wünschte.

»Bitte ... schnell«, sagte sie und zwang sich, entschlossen zu klingen, veränderte aber nicht ihre Haltung mit den angezogenen Knien. Ihre Angst, daß die Zeit vergehen und das Grauen unauslöschlich machen würde, war mir nur allzu vertraut. Ihre Worte setzten mein eigenes Verlangen frei. Ich ging zu ihr und ließ mich neben ihr nieder, ohne sie zu berühren, jedoch so nahe, daß sie mich berühren konnte, falls sie es wollte. Sie blieb eng zusammengekauert, während sanft der Regen herabrauschte. Die Steine um das Feuer zischten, und unsere Körper begannen zu glänzen. Ich wartete, bis sie schließlich den Kopf wandte, um mich anzusehen. Noch immer stand die Angst vor der Erinnerung in ihren Augen – und ein bittendes Flehen. Ich streckte ihr die Hand entgegen, doch sie zögerte eine ganze Weile, ehe sie einen Arm von ihrem Knie hob und ihre Finger um meine schlang. Ich lehnte mich an sie, und da ich fühlte, daß sie reagierte, legte ich sanft den Arm um ihre Schulter. So saßen wir nebeneinander, sie mit angezogenen Beinen und ich ebenfalls, um das drängende Verlangen zwischen meinen Beinen zu verbergen.

»Ich muß dir etwas sagen«, flüsterte sie und leckte sich die Regentropfen von den Lippen. »Ich habe es bisher ausgelassen. Als ich begriff, daß der Franzose vorhatte, dich bei unserem Treiben zuschauen zu lassen, war ich so angewidert, daß ich ihn oder mich umgebracht hätte, wenn es soweit gekommen wäre. In der Nacht davor mußte ich mich fast übergeben, als er sich seinem ekelhaften Höhepunkt näherte.« Sie sah mich an, ohne ihre Haltung zu ändern. »Gestern, als wir durchs Meer geschwommen sind, habe ich über meine erste Reaktion auf dich nachgedacht. Wußte ich irgendwie, daß du ein anderer warst, als du zu sein schienst?«

Wir lehnten uns wieder aneinander und beobachteten den Dampf, der vom Feuer aufstieg. Ich spürte, wie mein Verlangen zunahm, doch ich war zufrieden, die wachsende Erregung zu spüren.

»Ich glaube nicht, daß du es wußtest«, antwortete ich kopfschüttelnd. »Aber man behauptet, daß wir in schrecklichen Situationen fähig sind, Dinge zu fühlen und zu denken, die wir zuvor nicht wußten.«

Sie hörte wohl meine eigene Erinnerung in meiner Stimme mitschwingen, denn sie drückte mit der einen Hand die meine und berührte mit der anderen mein Gesicht. Ohne den Blick von meinen Lippen zu wenden, glitt sie unter meinem Arm hindurch näher zu mir; unsere ineinander verschränkten Hände lagen zwischen uns. Ich beugte mich herab, um sie zu küssen, aber sie hielt mich an den Haaren fest, die inzwischen so lang waren, daß man sie packen konnte. »Könnten wir uns je besser kennenlernen als jetzt, da wir gar nichts voneinander wissen?« fragte sie.

»Vielleicht würden wir es nicht wollen.«

Sie zog mich an sich und küßte mich sanft. »Ich möchte alles über dich erfahren, aber nichts mehr von mir preisgeben«, sagte sie dann. Unvermittelt schmiegte sie sich an mich, und ich fiel, aus dem Gleichgewicht gebracht, auf die Ellbogen. Neben mir kniend ließ sie ihre Blicke freimütig über meinen Körper gleiten, aber ihr Gesicht wurde finster, als die Erinnerung sie erneut überfiel. Ein Schauder überlief sie; sie umschlang mich mit den Beinen und beugte sich herab, um mich zu küssen. Doch als ich ihre Brüste spürte, die sich an mich preßten, fühlte ich ihre Tränen auf Wangen und Mund und schmeckte das Salz, vermischt mit Regentropfen. Unbeholfen erhob sie sich, die Hände ängstlich vors Gesicht geschlagen; die regennassen, schweren Haare fielen ihr über die Schultern.

»Es ist zu früh«, sagte sie und machte Anstalten zu gehen.

»Vielleicht«, antwortete ich.

Sie starrte mich an, ohne auf den Regen zu achten, und sagte leise: »Was kann man tun, um zu vergessen?«

»Nichts«, entgegnete ich. »Wir können lediglich neue Erinnerungen schaffen, um die alten wegzudrängen.«

Einen Moment lang blickte sie mir fest in die Augen, dann wandte sie sich ab und verschwand mit raschen Schritten auf dem Pfad zum Strand. Ich ließ sie gehen, denn ich wußte, ich konnte wenig tun, um ihr über die erlittenen Qualen hinwegzuhelfen. Inzwischen regnete es heftig, und ich beschäftigte mich damit, Palmwedel so über dem Feuer zu befestigen, daß es geschützt war, ohne zu ersticken. Dann legte ich mich unter das Schutzdach, tat aber kein Auge zu, sondern dachte an sie und fragte mich, ob wir überhaupt ein Wort miteinander gewechselt hätten, wenn wir uns unter anderen Umständen begegnet wären.

Zwei Tage verstrichen. Ich sah sie auf der Insel, ließ sie jedoch in Ruhe. Ich legte Essen auf einen Stein, wo sie es finden würde; sie stapelte Holz für unser Feuer. Dann hörte ich sie zurückkommen, spät in der Nacht. Der Regen hatte aufgehört; das Feuer brannte immer noch. Ich lag auf dem Rücken und rührte mich nicht, um sie nicht zu beunruhigen. Sie stand neben dem Feuer und betrachtete mich, und ihr Körper schimmerte immer noch so hell, als würde er vom Mond beschienen, der gar nicht da war. Dann kam sie zu mir. Wohl wissend, daß ich wach war, setzte sie sich von neuem mit gespreizten Beinen auf mich. Sie drückte mir die Hände auf die Schultern, beugte sich vor, glitt mit den Beinen meine Hüften entlang und schob sich über mich. Dann, mit geradem Rükken ließ sie sich herabsinken, so daß ich tief in sie eindrang. Einen Augenblick verharrte sie reglos und starrte in die Dunkelheit. Dann sagte sie: »Bitte ... überlaß alles mir.«

Für einen Mann, der so lange Zeit zur See gefahren war, war dieser Wunsch nicht schwer zu erfüllen.

Islas Los Roques

Januar 1794

Am sechsten Tag tauchte leewärts ein Schiff auf, am zehnten ein zweites. Jedesmal rannten wir sofort auf die Spitze des Hügels, und sobald wir sicher waren, daß es sich nicht um das Piratenschiff handelte, warfen wir grüne Palmwedel aufs Feuer. Doch niemand entdeckte den Rauch. Ich beobachtete meine Inselgefährtin, um zu sehen, ob sie enttäuscht war. Das erstemal war die Ernüchterung unverkennbar, aber als sie merkte, daß ich sie beobachtete, lachte sie laut auf, umarmte mich und winkte dem am Horizont verschwindenden Segel nach. Beim zweitenmal erfüllten wir zwar wieder unsere Pflicht mit dem Feuer, aber diesmal war es für sie allem Anschein nach eine ärgerliche Unterbrechung beim Krebsefangen.

Da wir nun wußten, daß eine Rettung möglich war, führten wir ein sorgenfreies Leben. Unsere einzige Arbeit bestand darin, das Feuer in Gang zu halten und Holz zu sammeln. Ansonsten erforschten wir die Insel, fanden wunderschöne kleine Buchten, aber weder menschliche noch tierische Bewohner. Von unserem Hügel aus bewachten wir den Horizont. Ich sorgte dafür, daß meine Gefährtin soviel wie möglich im Schatten blieb, doch trotz meiner Warnungen färbte sich ihre Haut rot. Die ersten Nächte tat es weh, in der fünften Nacht schälte sich die Haut und schimmerte von nun an in einem Hellbraun, das sich von Tag zu Tag mehr vertiefte. Da sie ihren Palmenhut fast immer trug, blieb ihr Gesicht jedoch fast so mondweiß wie zuvor. Einmal machte ich eine Bemerkung über die zweifache Schattierung ihrer Haut.

»Bei mir ist es aber längst nicht so ausgefallen wie bei dir«, konterte meine Gefährtin mit einem vielsagenden Blick.

Im Lauf der ersten Woche brachte ich ihr viel über das Inselleben bei: wie man fischte, wie man aus Steinen und Muscheln Werkzeuge herstellte, auf Palmen kletterte, sich nach den Sternen orientierte und die Gezeiten vorhersagte. Als Gegenleistung berichtete sie mir von der Welt draußen. So erfuhr ich, daß England seit dem Verlust der amerikanischen Kolonien eifersüchtig über die Karibikinseln als wichtigem Teil des Empires wachte. Frankreich, das die Souveränität über eine Anzahl anderer Inseln besaß, tat jedoch dasselbe. Meine Gefährtin erzählte mir, daß es in Frankreich eine Revolution gegeben hatte, daß die Franzosen ihren König hingerichtet und fast ganz Europa den Krieg erklärt hatten, unter anderem auch England. Die Welt hatte sich stärker verändert, als ich es mir je hätte träumen lassen.

»Wann wurde der französische König hingerichtet?«

»Vor einem Jahr. Zehn Tage später hat man England den Krieg erklärt. Letzten Oktober haben sie auch die Königin guillotiniert, zusammen mit den letzten Königstreuen.«

Die längsten Unterhaltungen führten wir, wenn die Sterne und der Sichelmond über uns standen und wir mit dem Rükken zum Feuer nebeneinander lagen. Die Matten aus Palmwedeln, die sie für uns geflochten hatte, machten den sandigen Untergrund zu einem bequemen Lager.

»Was heißt guillotiniert?« fragte ich.

Offenbar überraschte sie diese Frage; wahrscheinlich hatte sie nicht gedacht, daß ich so unwissend sein könnte, denn sie zögerte einen Moment, ehe sie antwortete.

»Die Guillotine ist eine Maschine, mit der man jemanden köpft. Eine schweres, abgeschrägtes Fallbeil wird an Führungsschienen hochgezogen, der Verurteilte legt den Kopf darunter, die tödliche Klinge saust hinab und durchtrennt ihm den Hals.«

»Und wer steht jetzt an der Spitze Frankreichs? Wer führt die Franzosen in den Krieg?« fragte ich.

»Das Volk«, antwortete sie sarkastisch und schüttelte dann traurig den Kopf. »Es ist schrecklich. Als alles anfing, war es eine gute Sache. Eine Weile blickte die ganze Welt auf Frankreich, wo sich Zukunftweisendes zu ereignen schien, aber dann quoll der Abschaum von Paris hoch. Und auf den Straßen erschienen Demagogen wie Marat, Danton, Saint-Just und Robespierre ... Hast du keinen dieser Namen je gehört?«

Wie immer schwieg ich auf solche Fragen, obgleich sie die Antwort sicherlich ohnehin erriet.

»Jetzt bringen sie sich gegenseitig um und nennen das ganze stolz die Herrschaft des Terrors – so jedenfalls behaupteten es die Dreißig-Tage-Nachrichten, die uns erreichten, kurz bevor ich ...«

Sie unterbrach sich, um zu sehen, ob ich bemerkt hatte, was ihr herausgerutscht war. Natürlich hatte ich aufgepaßt, aber ich ließ mir nichts anmerken. Wenn man in der Karibik lebte, lag Europa eine Dreißig-Tage-Reise entfernt.

Hastig fuhr sie fort: »Jeden Tag werden jetzt auf der Place de la Revolution öffentliche Hinrichtungen vollstreckt. Tausende haben dort ihr Leben gelassen.« Mit ihrer korrekten französischen Aussprache verriet sie wieder ein Stück ihrer Herkunft. »Anscheinend findet ein Mann, der die wildesten Extreme vertritt, in schweren Zeiten eine größere Anhängerschaft als derjenige, der zur Mäßigung rät.«

Mit dieser Bemerkung traf sie bei mir ins Schwarze, natürlich ohne es zu ahnen. Um meine Reaktion zu verbergen, beeilte ich mich weiterzufragen.

»Wie können die Franzosen Krieg führen, wenn im Land Anarchie herrscht?«

»Das mußt du die Belgier, die Niederländer und die Deutschen fragen, denn die haben die französische Invasion am eigenen Leib erfahren. Zuerst haben die Franzosen für ihre Prinzipien gekämpft, und sie mußten sich gegen die Österreicher verteidigen. Aber jetzt haben sie es darauf abgesehen, ihr Reich auszudehnen – so weit, daß die Admiralität in London mit großer Besorgnis das stetige Schrumpfen ihres Wallgrabens betrachtet – des Ärmelkanals.«

Ich wußte, daß jede weitere Frage dazu beitrug, ihr zu verraten, wie lange ich schon außerhalb der zivilisierten Welt lebte, aber ich mußte Bescheid wissen. »Und was ist mit England? Ist es schon im Kampfhandlungen verwickelt?«

»Zur See, ja. Die Briten haben eine Blockade gegen Frankreich errichtet und hier in der Karibik eine Offensive gestartet. Letztes Jahr hat die Königliche Marine Tobago eingenommen und Martinique, Saint Lucia, Guadeloupe sowie Port-au-Prince besetzt. Deshalb spielt man in der Pariser Nationalversammlung mit dem Gedanken, alle französischen Sklaven freizulassen und dann zuzusehen, wie die Engländer in ihren eigenen Sklavenkolonien mit den Aufständen fertigwerden, die sehr wahrscheinlich nach einer solchen Maßnahme aufflammen würden.«

Wieder hielt sie inne und lächelte bitter über irgend etwas in der Vergangenheit, aber als sie bemerkte, daß ich sie anschaute, fuhr sie fort: »In England tragen die Menschen ihre schwelenden Konflikte untereinander aus, denn die großen Ideale, die – wenn auch ohne Blutvergießen – mit dem Wind von Frankreich herübergetragen wurden, haben zu einem höchst unerfreulichen Chaos geführt, dem man den Namen ›Reform‹ gibt. Natürlich konzentriert sich alles auf den König, den armen, verrückten König ... Du weißt sicher, daß er eine Weile geistesgestört war und beinahe die Macht an die Gefolgsleute seines Sohnes, des Prinzen von Wales, verloren hätte. Das war im Jahr 1789.«

Diese Information gab sie mir einfach so und stellte mir

keine Fragen mehr, auf die ich, wie sie wußte, doch nicht antworten würde. Aber für mich war das alles neu, und ich konnte nur staunen. 1789 war auch das Jahr der Meuterei gewesen, und ich sah einen Hoffnungsschimmer: Vielleicht war in einem Revolutionsjahr, mitten in einer Regierungskrise und dem sonstigen Chaos meine eigene »extremistische« Tat – die Meuterei – der Öffentlichkeit nicht allzu lange im Gedächtnis geblieben. Falls die von uns auf Tahiti zurückgelassenen Männer überlebt hatten, waren sie in ein Land zurückgekehrt, das sich auf einen Krieg vorbereitete. Womöglich legte man weniger Wert auf ihre Verurteilung, weil man ihre Dienste brauchte. Außerdem mußte jedem, der darüber nachdachte, klar sein, daß die wahren Schurken, die die Strafe verdient hätten, sich längst versteckt hatten oder tot waren. Nach fünf Jahren solch infernalischer Ereignisse – wer wollte da noch auf dieser Geschichte herumreiten?

»Als letztes haben wir gehört«, redete meine Gefährtin zunehmend erhitzt weiter, »daß Verhaftungen in London an der Tagesordnung sind, wenn jemand frei seine Meinung äußert und veröffentlicht oder sonst etwas tut, was die Regierung selbstgerecht als Volksverhetzung bezeichnet. Betrunkene Geschäftsleute werden in den Tower geworfen, weil sie einem königlichen Pferdehintern irgendeine Beleidigung nachschreien. Und trotz allem schließen sich jede Woche wieder Tausende den Clubs an, die in Pubs und auf den Marktplätzen revolutionäre Ideen predigen. Sie fordern das Tory-Regime heraus, bis zum Äußersten zu gehen, und sie nennen ihren Anführer Pitt den Verteidiger einer Jauchegrube der Privilegierten.« Sie sah mich fragend an, um herauszufinden, ob ich auch nur die blasseste Ahnung hatte, wovon sie sprach, und bekam umgehend die Antwort.

»Alle Achtung, du kennst dich gut aus in der Politik«, sagte ich, um vom Thema abzulenken. »Und außerdem zeigst du ein leidenschaftliches Engagement.«

Sie durchschaute mein Manöver, ließ es aber hingehen. Liebevoll nahm sie meine Hand, küßte sie und drückte sie an ihre Wange. »Unser Spiel, nichts zu verraten, hat sich verändert. Jetzt versuchen wir auch noch zu verbergen, was wir trotz des Spiels voneinander erfahren haben.« Lächelnd fügte sie hinzu: »Ich frage mich, was du von mir weißt. Vielleicht hätten wir lieber auf zwei verschiedene Inseln schwimmen sollen.« Damit rollte sie sich neben mich und legte den Kopf auf meine Brust.

»Was hätte das genützt?« entgegnete ich. »Nur, daß wir jetzt auch noch einsam wären.«

Einen Augenblick lag sie ruhig da, dann meinte sie nachdenklich: »Selbst ohne Kleider, ohne Kostüme sozusagen, ohne das Szenario meines Lebens mit all seinen Kulissen und Fassaden, die meine Rolle preisgeben könnten, weiß ich, daß ich mich so benehme, wie man es mich gelehrt hat – um dich zu beeindrucken oder zumindest eine Reaktion von dir zu erhalten, meinem unbekannten, einzigen Zuschauer.« Wieder lächelte sie und rückte ein Stück von mir ab, um zum Himmel hinaufzublicken. »Mein Akzent hat mich in deinem Kopf bestimmt definiert, mein Gang, sogar die Art, wie ich meine Körperpflege erledige, nackt auf dieser Insel. Wir sind nie wirklich nackt, oder? Wir tragen schweres Gepäck mit uns herum, von Auftritt zu Auftritt ... selbst wenn wir allein sind.«

Sie seufzte abgrundtief und verfiel in Schweigen. Doch nach einer Weile hörte ich sie leise lachen. Sie richtete sich auf, stützte sich auf den Ellbogen und sagte, als wollte sie mir ein Verbrechen gestehen: »Ich habe immer gedacht, es gibt zwei Möglichkeiten, wie man vor sich selbst fliehen kann: Entweder man bleibt ganz allein, oder man wird jemand anderes, fängt noch einmal ganz von vorne an, frei von der Vergangenheit. Dann wäre man sozusagen neugeborenen und könnte es von nun an vermeiden, sich die bekannten Lasten aufzubürden, die das Leben mit sich bringt. Wenn du dir vorstelltst, du würdest alle bisherigen Kontakte abbrechen, glaubst du, daß du dann, vollkommen losgelöst von deinem vergangenen Leben, herausfinden könntest, wer du wirklich bist? Hast du je darüber nachgedacht?«

Ich erschrak und suchte in ihren Augen nach einem Hinweis, ob ich ihr unwissentlich etwas verraten hatte, was ihr nun diese Frage nahelegte. Aber ich sah keine List, nur den Wunsch zu fliehen – wovor, das konnte ich nicht erraten.

»Selbst wenn du verschwindest«, erwiderte ich, »und allein unter den Eskimos von Grönland lebst, würdest du immer noch einen Handkoffer mit deiner Vergangenheit bei dir tragen, es sei denn, du würdest wahnsinnig und könntest dich an nichts mehr erinnern.«

Ich sah, daß sie mich verstand. Ihr Gesicht wurde traurig. »Dann sind wir durch die Erinnerung für immer in unserem Leben gefangen?«

»Ja«, antwortete ich wehmütig. »O ja.« Damit erhob ich mich, um das Feuer zu schüren, voll Sorge, daß sie die Gründe erriet, weshalb ich an ein solches von Erinnerungen vergiftetes Schicksal glaubte.

»Dann danke ich Gott für die Zeit auf dieser Insel«, sagte sie leise. »Ich kann mir gut vorstellen, was sonst aus mir geworden wäre.« Sie beobachtete mich, wie ich in der Glut herumstocherte, und lachte leise. »Ich will dir noch etwas sagen. Wenn das nächste Schiff auftaucht, werde ich verhindern, daß du deine Arbeit am Feuer verrichtest.«

»Und wie willst du das anstellen?«

Sie lehnte sich zurück, stützte sich auf die Ellbogen und legte ein Knie übers andere. Ihre langen schwarzen Haare bedeckten die Schultern, ihre Brüste und ihr Bauch schimmerten im Feuerschein. »Zuerst würde ich versuchen, dich abzulenken«, sagte sie.

»Mehr wäre gar nicht notwendig«, sagte ich und ging zu ihr.

So verbrachten wir unsere Tage und Nächte, erledigten unsere Aufgaben und vermieden neue Enthüllungen. Aber trotz unseres Entschlusses erfuhren wir viel übereinander, ohne es uns direkt zu erzählen. Zum Beispiel wußte ich, daß sie auf den Karibischen Inseln zu Hause war, wahrscheinlich auf Jamaica, aber viel Zeit in London verbracht hatte und vielleicht auch in Frankreich, wie es englische Ladies gerne tun, um den richtigen Akzent zu lernen. Der Reichtum ihrer Familie war allem Anschein nach immens; nicht nur wegen der Kleider, die sie auf dem Piratenschiff getragen hatte, sie hatte außerdem dem Kapitän ihres eigenen Schiffs »befohlen«, was er tun sollte, sogar bei einem Piratenüberfall, und er hatte bis in den Tod geschwiegen. Es gab nicht viele Frauen, denen soviel Gehorsam gezollt wurde. Sie war nie vollkommen allein gewesen, was auf eine stets gegenwärtige Dienerschart und auf Gefolgsleute hindeutete, wie man sie beispielsweise auf einem Landgut oder in einem Palast vorfindet – oder in Jamaica im Herrenhaus einer Zuckerplantage, denn Zuckerrohr war die einzige Einnahmequelle, die einen Reichtum lieferte, wie sie ihn offensichtlich genossen hatte.

In der körperlichen Liebe mangelte es ihr nicht an Erfahrung, aber eine tiefe Traurigkeit durchzog unsere Begegnungen. Selbst auf den höchsten Höhen der Intimität verlor ich sie oft an irgend etwas; gelegentlich brach sie dann sogar in Tränen aus. Doch sie kehrte immer zurück und erklärte, die Gründe für Tränen und Distanz seien Lust und Verzückung. Sie wußte, daß ich ihr nicht ganz glaubte, und ich bestürmte sie auch nie mit Fragen. Stets stand mir vor Augen, daß sie mehr als ich bereit war, ihre Geschichte zu erzählen, und daß ich, wenn sie anfing, womöglich ihrem Beispiel folgen würde.

Deshalb schwiegen wir, und bei den seltenen Gelegenheiten, wenn ich allein war und sie mich nicht sehen konnte, grübelte ich über meine eigenen traurigen Erinnerungen nach und fragte mich, ob ich je lernen würde, mit ihnen zu leben. Da ich erst vier Monate von Pitcairn weg war, konzentrierte ich mich lieber auf den Gedanken an die Familie, die ich nun wiederzusehen hoffte, als an die, die ich zurückgelassen hatte. Beide belasteten mein Gewissen, aber ich wußte, daß eine der Vergangenheit angehörte, während ich die andere noch zu finden hoffte.

Zuerst wollte ich meine Mutter auf der Isle of Man besuchen, und in Gedanken daran sah ich sie vor mir in Douglas, in dem engen Wohnzimmer des alten Reihenhauses, in dem wir lebten, nachdem wir unser angestammtes Heim, Moorland Close in Cumberland, aufgrund des Bankrotts verloren hatten. Das Licht war immer schwach, denn durch die Fenster blickte der meist trübe, wolkenverhangene Himmel des Nordens. Ich sah meine Mutter, wie sie im Porzellan ihrer Urgroßmutter den Tee servierte. Dieses Geschirr war einer der wenigen Schätze, die wir vom Festland mitgebracht hatten, zusammen mit einigen Möbelstücken, auf die meine Mutter gelegentlich deutete und meinte: »Das ist gut, ein wirklich gutes Stück.« Und dann erzählte sie die dazugehörige Geschichte. Sie war eine geborene Fletcher; in Cumberland war dieser Name ebenso angesehen wie Christian, aber noch wesentlich älter. Angeblich hatte einer unserer Vorfahren Maria Stuart, der Königin von Schottland, auf der Flucht geholfen, und meine Mutter hatte Moorland Close als Mitgift in die Ehe mit meinem Vater eingebracht.

Als ich sie das letztemal besuchte – einige Monate, ehe ich als Schiffsmaat mit der *Bounty* in See stach –, war sie allein. »Dein Vater wäre sehr stolz auf dich gewesen«, sagte sie und reichte mir meine Tasse. Ich stand auf, um sie entgegenzunehmen, und plötzlich traten Tränen in ihre leuchtend blauen Augen, die meine Uniform noch einmal in allen Einzelheiten betrachteten. Noch immer war mein Vater ein wichtiger Teil ihres Lebens, und sie tat alles, um die Erinnerung an ihn auch in ihren Kindern wachzuhalten. Ich hinderte sie nicht daran und hielt ihn auch immer in Ehren, aber letztlich nur ihretwegen. Er war für mich einfach tot, ich vermißte ihn nicht einmal, denn er war gestorben, lange bevor er eine sichtbare Spur in meinem Leben hinterlassen hatte.

»Dein Vater wäre so *stolz* auf dich gewesen«, wiederholte meine Mutter mit Nachdruck, und ihr eigener Stolz erhellte das Zimmer, dessen Dunkelheit noch durch die an diesem Morgen gewaschenen Vorhänge verstärkt wurde. Ich antwortete mit eigenen Hoffnungen.

»Ich bringe dich zurück nach Moorland Close«, versprach ich, den hoffnungsvollen Wind des Schicksals im Rücken. »Dann sitzen wir im Hof unter den Apfelbäumen, und jeden Dienstag trinken wir Tee im alten Wachturm, einfach so, zum Vergnügen.« Sie mußte lachen – das kurze Auflachen einer Lady, die jede leichtfertige Äußerung unterdrückt. Ihr Blick jedoch wanderte in die Ferne, und plötzlich sah sie das, was ich beschrieben hatte, inmitten der kalten Mauern dieses engen Raums, und sie neigte entzückt den Kopf zur Seite. Ihr Haar, das einst glänzend braun gewesen war, hatte sich seit dem Umzug auf die Insel grau gefärbt und umgab ihr Gesicht jetzt in wohlgeordneten silbernen Wellen. Doch dann merkte ich, wie die Angst sie wieder überkam und der Vision brutal ein Ende setzte. Sie hob den Kopf und nahm die starre, unbeugsame Haltung an, mit der sie diesem Zimmer und ihrer Existenz die Stirn bot.

»Kein Wort mehr davon«, befahl sie mit bebender Stimme und reichte mir den Teller mit kleinen Teekuchen, die sie für mich gebacken hatte.

Wie konnte ich ihr jetzt gegenübertreten? Was konnte ich tun, um die Schande auszulöschen, die ich über sie gebracht hatte? Ich kannte die Antwort: nichts. Dennoch gab ich mich der Hoffnung hin, daß sie mir vielleicht vergeben würde, wenn ich Moorland Close für sie zurückkaufte. Über allem, was ich mein Gewissen nannte, schwebte dieses Bild, wie sie mit zur Seite geneigtem Kopf all das vor sich sah, was ich ihr versprochen hatte.

Ich muß gestehen, daß ich, wenn ich auf der Insel an sie dachte, durchaus auch Zweifel an meiner Rückkehr hegte und überlegte, ob ich nach unserer Rettung nicht vielleicht lieber auf den stillen Weltmeeren weitersegeln wollte, von einem Schiff zum nächsten. Ich hatte viele Männer gekannt, denen es gelungen war, ihre Identität auf den Wellen des Ozeans zu begraben. Irgendwann würde ich herausfinden, welches Schicksal die Männer ereilt hatte, die mit mir an Bord der *Bounty* gewesen waren, und auch, was aus meiner Familie geworden war. Dazu brauchte ich nur das Glück, einen Matrosen von der Isle of Man zu finden, ihm einen Pint Rum einzuflößen und zu warten, bis er ins Schwatzen geriet.

Aber dann spürte ich noch etwas anderes, das mich zur Rückkehr trieb. Ich merkte nämlich, daß ich verstehen wollte, was ich getan hatte. Wenn ich es schaffte, alles von einem anderen Standpunkt zu betrachten, aus zeitlicher und räumlicher Entfernung, wenn ich jenseits von Scham und eingestandener Schuld begriff, was mir an jenem Tag auf jenem Schiff widerfahren war, vielleicht würde ich dann auch eine Möglichkeit finden, wie ich auf dieser von Unvernunft regierten Welt weiterleben konnte.

Als ich eines Tages wieder darüber nachgrübelte, fand ich meine Inselgefährtin beim Feuer, wie sie es mit grünen Blättern bedeckte.

»Man hat uns gefunden«, sagte sie, mehr bedauernd als erfreut, und starrte von dem Hügel, auf dem wir uns häuslich niedergelassen hatten, hinaus aufs Meer. Zweieinhalb Wochen hatten wir hier gelebt.

Es war ein Schoner mit Spitzgattheck, ein voll getakelter Zweimaster mit Toppsegeln. Nachdem er beigedreht hatte, warf er in der herzförmigen Bucht unserer Insel Anker und ließ das Beiboot achtern zu Wasser. Niedergeschlagen beobachteten wir die Szene hinter einem dichten Stand Bougainvilleen, damit man uns durch die Schiffsteleskope nicht entdecken konnte. »Er fährt unter Yankee-Flagge«, bemerkte ich, »wahrscheinlich mit einer Ladung Melasse, Kaffee oder vielleicht Rum. Sie können dich nach Kingston bringen.«

Sie zeigte keine Reaktion auf meinen Vorschlag. Nackt stand sie neben mir und nahm meine Hand in die ihre. »Du *mußt* mit mir kommen.«

»Nein. Denk dran, wir haben es vereinbart. Ich warte, bis das nächste Schiff kommt.«

»Es spielt keine Rolle, wer du bist oder was du getan hast –«

»Nein!« Meine Stimme klang so hart, daß sie hörbar die Luft anhielt. Aber dann drückte ich besänftigend ihre Hand, und sie legte die meine an ihre Brust.

»Ich kann unmöglich zurückgehen«, erklärte sie. »Ich bin nicht mehr die, die ich einmal war, und ich will sie auch nicht mehr sein. Ich kann nicht.«

»Warte nur, bis wieder zwei Wochen vergangen sind, dann wirst du gar nicht mehr glauben, was hier geschehen ist«, entgegnete ich und hoffte dabei von Herzen, daß es nicht stimmen möge. »Du hast dich nicht verändert, du hast lediglich einen Teil von dir kennengelernt, den du vorher nicht kanntest.«

»Vermutlich den besten.«

Wir küßten uns, und sie schlang ihr Bein um meinen Rükken. Wir hatten diese Stellung ganz zufällig entdeckt, als wir uns am Strand im Stehen liebten, weil der Sand uns störte. Nachdem wir fertig waren, hatte sie die Füße wieder auf den Boden gestellt, war ein Stück zurückgetreten, in einen Knicks versunken und hatte gesagt: »Meinen herzlichsten Dank, Sir«, als hätten wir gerade in förmlicher Umgebung einen Eightsome Reel getanzt. Ich hatte mich ebenfalls verbeugt, und dann waren wir lachend ins Wasser gerannt. Es hatte in meinen Ohren seltsam geklungen, denn ich hatte jahrelang keinen Grund gehabt, laut zu lachen.

»Bitte ...«, flehte sie, »bitte komm irgendwann zu mir zurück. Sag es mir, ich muß glauben, daß du irgendwann –«

Ich sah die langen Ruder des Beiboots im gleichen Rhythmus schwingen. Diesmal trat sie nicht zurück, um vor mir zu knicksen. Sie umarmte mich, und ihre Tränen fielen auf meine Schulter. Das Beiboot wurde von der sanften Brandung hochgehoben und auf den Sand geschoben.

»Du mußt hinuntergehen«, sagte ich leise.

Sie nickte, während sie zusah, wie die Matrosen aus dem Boot sprangen und es ein Stück weiter auf den Strand hievten. »Ich glaube, ich habe vergessen, wie sich eine echte Lady benimmt.«

»Es wird dir bestimmt wieder einfallen.«

»Was ist, wenn sie mich angreifen?«

»Ich bin ja in der Nähe.«

Sie nahm meine Hand. »Komm mit mir. Sie werden dich nicht sehen. Ich muß dir noch etwas zeigen.«

Einen Augenblick zögerte ich, konnte ihr die Bitte jedoch nicht abschlagen. Die Bananenstauden und Palmen waren dicht genug, um uns zu verbergen.

»Unser Spiel ist vorbei. Jetzt muß ich dir sagen, wer ich bin«, sagte sie, »damit du mich finden kannst, wenn du es willst.«

»Tu es nicht!« widersprach ich. »Denk nicht einmal daran, daß ich dich suchen könnte.«

»Aber laß mich doch hoffen! Ich würde den Gedanken nicht ertragen, daß du nur deshalb nicht zu mir kommen kannst, weil du nicht weißt, wo ich bin. Ich bin Daphne Lewis, ›Lady‹ Daphne Lewis. Mein Vater besitzt eine Zuckerrohrplantage auf Jamaica, die größte, wie er behauptet. Er sagt immer gern, daß er am Ende unseres Jahrhunderts der erste und einzige Millionär des Britischen Empire sein wird. Da er im Parlament sieben Wahlbezirke kontrolliert, deren Bevölkerung nur aus seinen Anhängern und aus Leuten besteht, die von ihm abhängig sind – sein Anteil am Sugar Trust –, interessiere ich mich für Politik.« Sie musterte mich aufmerksam, aber ich zuckte nicht mit der Wimper.

»Das Schiff, das der Franzose versenkt hat, als er mich gefangennahm, war eins von zehn Schiffen, die meinem Vater gehören. Es ist in einem Sturm aus dem Konvoi geraten. Ich war unterwegs nach England, um den Herzog von Cleyland zu heiraten. Soweit ich weiß, hat er eine Geliebte, die ihm zwei Töchter geschenkt hat. Unsere Heirat dient also nur der Konvention. Er bekommt Land und Vermögen, ich mache eine Partie, die man für standesgemäß hält. Ich bin nämlich Witwe. Das Interesse, das Seine Gnaden an mir zeigt, wird von allen als wunderbare Lösung für mich betrachtet. Man erwartet von mir, daß ich ihm einen Erben schenke, aber das ist auch alles!«

Jetzt hörten wir die Matrosen rufen. Sie überquerten den Strand. Rasch küßte mich meine Inselgefährtin; sie wußte, es war unser letzter Kuß. »Cleyland House ist am Berkeley Square in London«, flüsterte sie und nahm wieder meine Hand. »Das Landgut in Wiltshire heißt Puddington. Dort werde ich sein – entweder in London oder in Wiltshire. Und bitte, wage nicht, mir Lebewohl zu sagen.«

Sie zog ihre Hand weg, drehte sich um und rannte hinunter zum Strand. Als sie sicher war, daß die Matrosen sie entdeckt hatten, warf sie sich zu Boden, wie wir es geplant hatten. Die Männer liefen zu ihr, rissen sich galant die Hemden vom Leib, um Daphnes Blöße zu bedecken, während einer zum Boot zurücklief, um das Rettungssegel zu holen.

Ich sah zu, wie sich die Männer um Daphne bemühten, und beobachtete ihre Reaktion, als Daphne ihren Namen preisgab. Der jüngste Yankee machte sogar eine artige kleine Verbeugung. Die Männer halfen ihr, ins Boot zu steigen und ruderten zurück zum Schoner. Aufrecht saß sie im Heck des Bootes, eingehüllt in Segeltuch, und wandte sich kein einzigesmal um.

Mir war nicht klar, wie sehr ich sie vermißte – oder vielleicht sollte ich lieber sagen, ich gestand es mir nicht ein –, bis ich auf dem Besanmast der spanischen Brigg saß, die mich neun Tage später von der Insel holte. Ich bekam wieder die schäbigsten Klamotten aus der Kiste des Zahlmeisters und arbeitete erneut als Marsmatrose, um mir die Überfahrt nach Cádiz zu verdienen. Da ich kein Wort Kastilisch verstand, verständigten wir uns mit Gebärden, und ich tat, was für das Schiff notwendig war. Mir fiel es schwer, meiner Erinnerung einen Namen und einen Titel zu geben – der nackten Frau, der ich beigebracht hatte, ihre Zehen als Krabbenköder zu benutzen, der Geliebten, die sich an mich klammerte, während wir uns stehend am Strand liebten, und die mir mit einem Knicks dafür dankte. Hoch oben, an einer Rahe hängend, während der Nordwind an meinen Haaren und an den Reffbändseln in meinen Händen zerrte, dachte ich sehnsüchtig an sie, und dann rief ich laut ins Brausen des Sturms: »Daphne Lewis, Daphne Lewis, ich kann niemals mehr mit ihr zusammensein.«

Cádiz

Februar 1794

Cádiz war genau das, was ich brauchte. Als ich im Februar 1794 mit der Brigg dort ankam, fand ich eine Stadt im Winterregen, voller frostverkrusteter Schlammpfützen, heimgesucht vom Krieg. Der Hafen stank nach verfaultem Fisch und Teer; Müll und Abwässer trieben im Meer. Meine spanischen Retter machten sich nicht die Mühe, mir die Umgebung zu zeigen, und so stand ich bald allein am Hafen, mit nichts weiter als den Lumpen, die ich auf dem Leib trug, denn sie waren der einzige Lohn, den ich für meine Arbeit an den Segeln bekommen hatte. Mir machte das nichts aus; ich hatte mich mit keinem der Matrosen angefreundet, und meine polynesische Scharade hatte den täglichen Kontakt schwierig genug gemacht. Außerdem war die Besatzung alles andere als sachkundig gewesen, so daß ich an mich halten mußte, um meine Verachtung nicht offen zu zeigen. Ihr Schiff zu verlassen und an Land zu gehen, war eine noch größere Erleichterung, als man sie nach einer Atlantik-Überquerung ohnehin empfindet.

Doch in dem Augenblick, als ich einen Fuß auf den Hafenkai setzte, überkam mich die nackte Angst. Taub und stumm stand ich da, während Matrosen und Tagelöhner an mir vorübergingen, ohne mich zu beachten – höchstens, wenn sie mit mir zusammenstießen und mir einen Fluch nachriefen, der in meinen Ohren seltsam widerhallte, wie unter Wasser. Ich konnte mich nicht einmal richtig umsehen; in allem reflektierte ein gleißendes Licht, wie Sonnenlicht in einem Spiegel.

Meine Unbehagen kam auch daher, daß mein Gleichgewichtssinn gestört war, aber nicht wie beim üblichen Anpassungsvorgang ans Festland, den jeder Seefahrer durchmacht, wenn er monatelang auf dem schwankenden Deck herumgelaufen ist; es war eher die charakteristische Übelkeit und Schwäche, mit der sich oftmals eine Ohnmacht ankündigt. Ich stand da und versuchte, ruhig durchzuatmen und darüber nachzudenken, was ich als nächstes tun mußte. Obgleich mir klar war, daß das Schicksal mich hierhergeführt hatte, konnte mein Bewußtsein diese Tatsache noch nicht voll akzeptieren.

So stolperte ich durch die schleimigen Pfützen, in denen die ekelhaften Abfälle der Absteigen am Hafen landeten, als mich plötzlich eine Tragestange mit Kesseln aus indonesischem Zinn so am Kopf traf, daß ich stürzte und beinahe die Besinnung verlor. Unter dem Geklapper der Kessel und den Fußtritten und Flüchen des Trägers suchte ich blind kriechend das Weite und erreichte schließlich eine Mauer, an die ich mich lehnen konnte. Dort saß ich eine Weile und versuchte mir einzureden, daß ich mich irgendwann wieder an das Leben an Land gewöhnen würde. Zuerst einmal zwang ich mich, praktisch zu denken: an Essen und Kleidung, an Geld und an die Gefahr, der ich ausgesetzt war, auch wenn die Welt, in die ich zurückkehrte, hauptsächlich mit dem Krieg beschäftigt war.

Voller Entsetzen über die Zerschlagung der Monarchie, den Niedergang des Feudalismus und die Kirchenplünderungen in Frankreich, hatte sich der spanische König mit anderen Nationen verbündet, um die Ausbreitung der republikanischen Seuche im Zaum zu halten. Aus diesem Grund war er gegenwärtig mit Großbritannien verbündet. So drangen denn auch – schon wenige Momente nachdem ich an der Mauer neben dem wimmelnden Kai Schurz gesucht hatte – zwischen dem Spanisch der Einheimischen plötzlich andere Laute an mein Ohr: Rufe, Schimpfen und derbe Späße in meiner

Muttersprache. Am Hafenkai lagen Schiffe aus aller Herren Länder, und noch mehr ankerten draußen in der Bucht. Dank der Blockade, mit der die Königliche Marine Großbritanniens die Revolution zu ersticken gedachte, zogen britische Offiziere in großen Gruppen durch die heruntergekommenen Straßen von Port Cádiz – auf der Suche nach dem üblichen Vergnügen –, während ihre Schiffe Proviant nachluden. Waren beider Bedürfnisse befriedigt, verschwanden Männer und Schiffe, kehrten zu den nördlichen Blockaden im Ärmelkanal zurück oder segelten um Gibraltar ins Mittelmeer.

Der Klang der englischen Sprache war mir alles andere als willkommen. Noch immer hatte ich nichts über das Schicksal meiner früheren Kameraden in Erfahrung gebracht, aber ich wußte, daß einer von ihnen ohne weiteres in solchen Zeiten in einem Hafen auftauchen konnte. Ich mußte verschwinden, aber meine Sinne weigerten sich nach wie vor, normal zu funktionieren. Immer noch geduckt, um meine Körpergröße zu verbergen, machte ich mich auf den Weg in die Stadt, um mir einen Platz zu suchen, wo ich Ruhe hatte, nicht auffiel und die Juwelen des Piraten ungestört aus ihrem schmerzhaften Versteck holen konnte.

Ich hatte allen Grund zu wünschen, der menschliche Körper hätte im Lauf seiner Entwicklung an irgendeiner bequemen Stelle eine Art Tasche ausgebildet. In Ermangelung einer solchen stand mir als Angehörigem des männlichen Geschlechts nur eine einzige, kleine, unangenehme Körperöffnung zur Verfügung, in der ich etwas verstecken konnte. Und auch diese ließ sich nur für eine gewisse Zeit verwenden, zum Beispiel für ein sorgfältig eingewickeltes Päckchen, wenn man wie ich nackt auf einer Insel entdeckt wurde.

Zweifellos hätte jeder, der mich fand, mir den Schatz im Handumdrehen abgenommen. Deshalb grub ich, nachdem Daphne weg war, als erstes den Lederbeutel aus und klaubte die Juwelen aus ihren Fassungen. Dann weichte ich den Beutel ein und streckte das Leder, bis es so dünn war, daß ich die dreißig Diamanten, zwei Dutzend Rubine und sechzehn Smaragde damit zu einem kompakten Päckchen zusammenwickeln konnte. Als die Spanier dann kamen, stopfte ich es in das einzige Versteck, das mein Körper zu bieten hatte. Hier blieb der Schatz, bis die Neugier der Mannschaft etwas nachließ und ich ihn unbeobachtet herausziehen konnte. Ich versteckte ihn zwischen dem Ballast ganz unten im Schiffsrumpf und holte ihn erst kurz vor unserer Landung in Cádiz wieder hervor.

Ehe ich jemanden ausfindig machte, dem ich den kleinsten Diamanten anzubieten wagte, mußte ich eine ganze Zeitlang hungern und frieren. In Cádiz gab es für Bettler nur Tritte und Schimpfworte und ganz bestimmt keine Almosen. Hier in der zvilisierten Welt konnte ich auch keine Guaven mehr sammeln, sondern mußte hinter den Tavernen im den Abfällen wühlen. Wie die Straßenkatzen, mit denen ich um alles Eßbare wetteiferte, verbarg ich mich in den Schatten, lauschte, beobachtete und wartete.

Ich wußte natürlich, daß ich meinen ersten Stein unter Wert verkaufen mußte, denn der Käufer würde unschwer erkennen, daß ich in meiner Situation kaum feilschen konnte. In einer Hafenstadt einen Abnehmer zu finden, war nicht schwer; die Herausforderung bestand für mich vielmehr darin, die Transaktion sinnvoll zu planen. Auf keinen Fall wollte ich durch den Verkauf eines solchen Wertstücks meine Identität preisgeben, und ein Käufer war mit Sicherheit neugierig. Deshalb mußte der Polynesier mit dem Diamanten vom Erdboden verschwinden, sobald Juwel und Geld den Besitzer gewechselt hatten.

Endlich fand ich einen Mann, der mir geeignet schien, und blieb ihm mehrere Tage auf den Fersen. Er war Türke und trug einen Fez, wodurch er auf dem Weg von seinem Haus zu seinem Gewürzladen und von dort zum Bordell leicht zu verfolgen war. Sein Geschäft wurde von vielen Seeleuten frequentiert, also konnte ich davon ausgehen, daß er sich nicht nur mit dem Handel von Spezereien wie Weihrauch und Myrrhe abgab. Gold oder andere Wertsachen mußten hier im Spiel sein, und um diese zu bekommen, überließen die Seeleute dem Türken eine Vielzahl von Dingen: unter anderem einen Schrumpfkopf, einen Samowar und eine Elfenbeinpfeife. Für unsere erste Begegnung wählte ich die Straße vor dem Bordell, wo der Türke mit einiger Wahrscheinlichkeit ungern gesehen werden wollte. Ich zeigte ihm den Stein, und er war beeindruckt, allerdings weniger von dem Diamanten als von seinem Besitzer. Dennoch bot er mir auf spanisch einen Betrag an, und als er merkte, daß ich ihn nicht verstand, wiederholte er die Summe auf französisch, deutsch, schließlich auf englisch und dann auf russisch. Kurz entschlossen riß ich ihm den Stein wieder aus der Hand, lehnte sein Angebot in einem Mischmasch fremdländisch klingender Silben ab und verschwand in der Dunkelheit, aus der ich gekommen war.

Auf ähnliche Weise arrangierte ich die Begegnungen an den nächsten beiden Abenden; jedesmal fügte der Mann seinem mehrsprachigen Angebot ein paar hundert Peseten hinzu, und schließlich akzeptierte ich. Inzwischen hätte es mein Magen meinem Kopf auch nicht mehr erlaubt, nein zu sagen. Der Türke winkte mir, ich solle ihm folgen; ich lehnte ab, weil ich Angst hatte, seine Gefährten könnten mir auflauern, um mir mein Geld rasch wieder abzunehmen. Da schlug er vor, wir sollten uns am nächsten Abend zur Geldübergabe an der gleichen Stelle treffen; ich stimmte zu. Aber ich fing ihn zwei Straßen näher an seinem Laden ab, und wir tauschten unsere Ware in einer Gegend, in der ich mühelos fliehen und in den Gäßchen von Cádiz untertauchen konnte, falls er mich verfolgen oder mir jemanden auf den Hals hetzen sollte.

Nicht nur meine Flucht hatte ich geplant, sondern auch

meine Verwandlung. Zuerst neue Kleider, dann etwas zu essen, dann ein anständiges Zimmer und ein Bad. Vorsichtig machte ich einen Schritt nach dem anderen, gab mich gar nicht erst dem Gefühl hin, ich hätte Grund zum Feiern, sondern sprach weiterhin nur das Notwendigste und tat nichts, was hätte Aufmerksamkeit erregen können. Endlich brauchte ich mich nicht länger als Eingeborener auszugeben; bei den Europäern erregte alles, was aus der exotischen Südsee kam, eine solche Neugier, daß ich schon mehr Blicke auf mich gezogen hatte, als mir lieb war. Bei meinem ersten Bad rasierte ich mich, ließ allerdings den Schnurrbart und einen ordentlichen, gepflegten Bart stehen, hinter dem ich mich verstecken konnte. Außer auf Pitcairn war ich stets glattrasiert gewesen. Die Haartracht eines Gentleman vermied ich lieber – ich trug mein Haar lose und ungepudert. Auch auf meine Kleidung verwendete ich große Sorgfalt. Ich wählte lange Hosen anstelle von Kniehosen; die Schuhe erstand ich gebraucht. Jakke, Hut und Mantel kaufte ich von Straßenhändlern. Obwohl meine Bräune ohne die Sonne des Pazifik allmählich verblassen würde, redete ich mir ein, mit meiner gebrochenen Nase und meinem Bart als Maske könnte ich der Welt und sogar meiner Mutter gegenübertreten, ohne erkannt zu werden. Diesen Glauben nährte ich sorgfältig, und schon bald ging ich durch die Straßen von Cádiz, wenn auch äußerst wachsam und nie ganz frei von Angst. Aber trotz der Angst und trotz der immer noch vorhandenen körperlichen Beschwerden, dem Schwindel, den gelegentlichen Sehstörungen, den Echogeräuschen in den Ohren und dem stets gegenwärtigen Gefühl, daß ich hier nicht hergehörte, plante ich jetzt gezielt meine Rückkehr nach England.

Ich wagte nicht, etwas zu forcieren; schon ein einziger falscher Schritt konnte meinem Leben ein schändliches Ende bereiten. Um nicht permanent in Cádiz bleiben zu müssen, nahm ich die Kutsche nach Sevilla. Dort wollte ich den Wert meines Vermögens auf die Probe stellen, indem ich einige weitere Steine zum Verkauf anbot. Mit gewohnter Vorsicht mietete ich mich über einer ganz gewöhnlichen Taverne ein, suchte ein paar Juweliere auf, sprach kein Englisch und kleidete mich stets sauber, aber ohne Eleganz. Rasch wurde mir klar, daß ich tatsächlich einen Schatz besaß, wie man ihn selbst als Konteradmiral zu Kriegszeiten kaum hätte anhäufen können. Jeder der Interessenten lobte die Qualität meiner Steine, was wiederum Rückschlüsse auf den hohen Rang der ursprünglichen Eigentümer zuließ. Doch ich verkaufte nichts mehr, denn ich begriff, daß man in diesen Zeiten seinen Reichtum am besten in Form von Edelsteinen transportierte. Moorland Close war mir sicher, ebenso eine Zukunft, wenn ich sie nur sorgfältig plante. Trotz meiner Hochstimmung blieb ich weiter sehr umsichtig. Nichtsdestoweniger zog ich Interesse auf mich, das jenseits des üblichen Edelsteinhandels lag.

Ahnungslos kam ich am dritten Abend meines Sevilla-Aufenthalts in mein Zimmer zurück, als mich in der Dunkelheit jemand packte. Ich war so überrascht, daß ich keine Chance zur Gegenwehr hatte, und so wurde ich im Nu überwältigt, gefesselt und geknebelt. Man durchsuchte mich und fand die Peseten, die ich beim ersten Verkauf bekommen hatte, nicht jedoch die restlichen Juwelen, denn diese hatte ich ins Futter meines Rocks eingenäht. Dann wurde eine Kerze angesteckt, und dahinter erschien ein Spanier mit tiefliegenden Schlangenaugen, der Haartracht eines Granden, einem Spitzbart und einem Schnurrbart in dem ledrigen, faltigen Gesicht, mit einem flachen, lippenlosen Mund, aus dem – da war ich ganz sicher – eine gespaltene Zunge sprechen würde.

»Ihr seid Engländer, ja?« fragte er und nahm auf einem Stuhl mir gegenüber Platz. Sein selbstbewußtes Auftreten verriet mir, daß er und seine Komplizen keine gewöhnlichen Diebe waren, sondern wahrscheinlich Amtsträger irgendeiner Art. Als ich keine Anstalten machte zu antworten, seufzte er und stampfte ungeduldig mit dem Stiefel auf den Boden.

»Señor«, sagte er, gelangweilt wie von einem eintönigen Kinderspiel, »es kümmert uns nicht, daß Mr. Pitt Euch mit Euren Juwelen nach Sevilla geschickt hat. Wir haben sogar den Preis garantiert, den Ihr von den Käufern verlangt habt. Was wir nicht verstehen, ist die Tatsache, daß Ihr zu dieser Transaktion nach Spanien gekommen seid, und wenn Ihr mir die Gründe erklären könntet, so würde das sicherlich einige Verzögerungen bei Eurer Rückkehr vermeiden.« Letzteres war eindeutig als Drohung gemeint, auch wenn der Spanier seinen Mund dabei zu einem Lächeln verzog, das vermutlich äußerst liebenswürdig wirken sollte.

Gefesselt und geknebelt, wie ich war, hätte ich dieses Lächeln um ein Haar erwidert, denn in diesem Moment fühlte ich mich plötzlich wieder real – sei es aus Aufregung, Angst oder Selbsterhaltungstrieb: Ich saß auf diesem Stuhl, in diesem Zimmer, ich existierte auf diesem Kontinent. Dieser Mann vor mir hatte andere Interessen, als meine Identität zu entschlüseln, und ich spürte, daß ich lauthals hätte verkünden können, mein Name sei Fletcher Christian – es wäre ihm vollkommen gleichgültig gewesen. Er hielt mich für einen englischen Spion, und ich sah wenig Veranlassung, ihn von dieser Meinung abzubringen. Deshalb gab ich zu verstehen, daß ich etwas sagen wollte, und prompt wurde der Knebel entfernt.

»Ich brauchte dringend Peseten«, erklärte ich. Da ich keine Ahnung hatte, was ein Spion in meiner Lage geantwortet hätte, blieb ich bei der Wahrheit.

»In Sevilla?« fragte der Spanier mit sichtlichem Zweifel.

»Nein. Ich kam aus Cádiz.«

»Dort gibt es auch Peseten.«

»Hier bekommt man aber einen besseren Preis, und ich

wollte keine Aufmerksamkeit erregen – was mir offensichtlich mißlungen ist.«

Mit einem kurzen Blinzeln stimmte er mir zu und meinte: »Seiner Majestät liegt sehr viel daran, in unserem gemeinsamen Kampf gegen die Franzosen an Englands Seite zu stehen. Allerdings möchte Seine Majestät nicht für irgendwelche Pläne mißbraucht werden – schon gar nicht unwissentlich –, die Mr. Pitt, sein Gold oder einer seiner zahlreichen Agenten auf seinem Hoheitsgebiet durchzuführen für angemessen erachten. Habe ich mich verständlich ausgedrückt?«

»Euer Englisch ist hervorragend.«

Wieder erschien das überfreundliche Lächeln. »Besten Dank«, erwiderte er. »Meine Mutter kommt aus England, und dorthin möchten wir Euch gerne mit folgender Borschaft zurücksenden. Sagt Mr. Pitt, es gefällt uns nicht, wenn wir nicht wissen, was er hier zu tun gedenkt, und wenn sich solche Vorfälle wiederholen, werden wir dafür sorgen, daß er sowohl seine Agenten als auch seine Juwelen verliert. Ihr werdet noch heute abend aufbrechen, und ich ebenfalls«, erklärte er, wobei ihm deutlich anzumerken war, wie wenig ihm die Aussicht auf die Reise behagte.

»Heute abend? Wohin?«

»Ich nach Madrid, Ihr nach Cádiz und von dort nach Jersey.«

Das letzte Wort hallte in meinen Ohren, und mir war, als schwankte mein Stuhl. Über Jersey wußte ich lediglich, daß es in der Nähe von Frankreich lag, direkt vor der Küste der Normandie. Doch es war englischer Boden und wurde demzufolge bewacht von den Schiffen und den Männern, die ich am Kai von Cádiz gesehen und gemieden hatte. Denn obgleich der Ärmelkanal breit war, lag Jersey zu nahe an dem Ort, an den es mich trieb. In diesem Augenblick war nicht eine Entdeckung meine größte Sorge. Jersey gehörte zu England, und ich fühlte mich noch nicht gewappnet für die Konflikte und Verstrickungen, die mich dort erwarteten. Auf englischem Boden war ich wieder ein Meuterer und ein Mörder.

»Grüßt Monsieur Tinteniac auf Jersey von mir«, sagte der Spanier, während seine Leute mich losbanden und sich anschickten, mich aus dem Zimmer zu geleiten. Ich brachte kein Wort heraus, in meinem Kopf drehte sich alles. Zum Glück hielt der Spanier mein Schweigen für professionellen Gleichmut, obschon ich stolperte und ihn nicht anzusehen wagte. »Sagt ihm, daß seine braven Kollegen aus unserer Pariser Abteilung schon viel zuviel in Frankreich zu tun haben und nicht in Südspanien ihre Zeit mit seinen Juwelen verplempern sollten.« Jetzt blies er sich sichtlich auf; wahrscheinlich verlangte die Konkurrenz in diesem seltsamen Spiel solche kleinen Eitelkeiten.

Doch dann schwieg er und beobachtete, wie ich stumm und unbeholfen das spanisch gesattelte Pferd bestieg, das man für mich bereithielt. Einer der Männer winkte mir, ihm zu folgen, gab dann selbst seinem Tier die Sporen und ritt hinaus in die Finsternis. Die anderen blieben hinter mir, eine Eskorte, die deutlich machte, daß sie es ernst meinten und alles daransetzen würden, mich in Cádiz so schnell wie möglich loszuwerden.

Wir ritten die ganze Nacht und machten nur halt, um die Pferde verschnaufen zu lassen. Anfangs fühlte ich nichts außer der Kälte, dann aber machte sich der Sattel bemerkbar, und ich mußte mich in die Zügel stellen. Doch ich war dankbar für das Unbehagen, weil es mich von den Geistern ablenkte, die mich begrüßen würden, sobald ich den Fuß auf englischen Boden setzte.

Ich starrte in den Regen und stellte mein Ziel einmal mehr in Frage. Wenn ich tatsächlich ein neues Leben beginnen wollte, warum hatte ich mich dann auf den Weg nach England gemacht, wo jeder Schritt, jeder Geruch, jeder Blick mich in meine Vergangenheit zurückwerfen würde? Denn obgleich ich meine Verbrechen am anderen Ende der Welt begangen hatte, richteten sie sich gegen eben dieses Land, gegen meine Ehre und meine Familie.

Wieder durchforschte ich mein Gedächtnis nach einer Rechtfertigung für das, was ich getan hatte. Ich rief mir Kapitän Bligh in Erinnerung, seine Stimme, die mich vor versammelter Mannschaft mit den gemeinsten Schimpfworten belegte, mich des Diebstahls bezichtigte – nicht von Geld, nicht von Proviant, sondern von Kokosnüssen! Wochenlang hatte ich seine Tiraden über mich ergehen lassen, einen Wutanfall nach dem anderen, während er mich dazwischen immer wieder an seinen Tisch bat, als wäre nichts geschehen. Tatsache aber blieb, daß ich ihn mit achtzehn Männern von Bord gejagt hatte. Zwischen dem Strombord der Barkasse und dem endlosen Ozean lagen genau sechs Zoll. Ich hatte meinen Kapitän in den Tod geschickt, denn wir waren von jeder Zivilisation weit entfernt, und die wenigen Inseln, die er hätte anlaufen können, waren von blutrünstigen Wilden bewohnt.

Und dennoch, ich hatte ihn nicht mit eigener Hand ermordet.

Er war mein Kapitän gewesen; selbst mit meinem Entermesser an der Kehle hielt er meine Ehre in Händen. Meine Ehre, dieser grandiose Luxus männlichen Stolzes, wurde mit Kapitän Bligh in die Tiefe gerissen, von dem Unwetter, das das viel zu dicht besetzte Boot aller Wahrscheinlichkeit nach heimgesucht hatte. Vom gleichen Südweststurm, der die *Bounty* zwölf Stunden nach der Meuterei erfaßt hatte.

Hier zwang ich mich innezuhalten, denn ich wollte nicht auch noch an die achtzehn Seelen denken, die ich zusammen mit dem Kapitän zum Tode verurteilt hatte. Unter ihnen waren sowohl die Besten als auch der Abschaum unserer verpfuschten Mannschaft, doch keiner von ihnen hatte das Schicksal verdient, zu dem ich sie alle verdammte. Plötzlich scheute mein Pferd vor einem Blitz und bäumte sich auf, als um uns her der Donner krachte. Ich blieb im Sattel und beruhigte das Tier, aber ich wußte nun, daß es für mich kein neues Leben geben würde. Ich war Fletcher Christian, Meuterer und Mörder, noch immer am Leben und – ohne jeden vernünftigen Grund – auf dem Weg zurück in die Heimat.

Zwei Wochen später erspähte ich, noch immer sattelwund und vom Fieber geschüttelt, englischen Boden. Eine Insel in einem Inselreich, lag Jersey mit seinen knapp dreißig Quadratmeilen nur fünfzehn Meilen von der Normandie und doppelt soweit von der Bretagne entfernt, denn die beiden französischen Küstengegenden wölbten sich hier zum Golf von Saint-Malo. Das Schiff, ein kleiner britischer Kutter, hatte mich an Bord genommen, ohne daß die Mannschaft allzu großes Interesse an meiner Person gezeigt hätte. Wir erreichten unser Ziel in der Morgendämmerung und glitten leise in die Bucht von St. Aubin. Anscheinend war es nichts Ungewöhnliches, daß man einen Mann, der mit niemandem Kontakt aufnahm, an Bord hatte, denn als wir im Hafen von St. Helier festmachten, ließ man mich ebenso unbeachtet an Land gehen, wie man mich in Cádiz aufgenommen hatte.

Aber ich kam keine fünf Schritte weit und hatte nicht einmal Zeit, die schon mit einem Hauch Frühling durchsetzte Luft einzuatmen, da war ich schon von einem halben Dutzend Männer umringt. Ohne ein Wort der Erklärung führten sie mich über das Kopfsteinpflaster des Hafenkais hinunter, um eine Ecke und zu einem Schindelhaus, das über die Bucht blickte. Drinnen stießen sie mich in ein nur mit einem Tisch und ein paar Stühlen möbliertes Zimmer. Sie durchsuchten mich, nahmen mir aber nichts weg. Am Tisch arbeitete ein Mann; er machte Notizen auf Landkarten; die beiden Kerzen vor ihm waren so weit heruntergebrannt, daß das Wachs auf den Tisch geflossen und dort eine große Pfütze gebildet hatte. Bei meiner Ankunft blickte er auf. Als er bemerkte, daß der

Morgen gekommen war, blies er die Kerzen hinter vorgehaltener Hand aus und musterte mich durchdringend.

»Wer seid Ihr?« erkundigte er sich mit einem deutlichen französischen Akzent.

»Er hat Peseten dabei«, warf einer meiner Wächter ein.

»Ich bin Matrose«, sagte ich – die ehrliche Antwort, die mir am sichersten erschien.

»Warum seid Ihr hier?« Der Mann stand auf und kam um den Tisch herum. Meine Eskorte blieb im Zimmer. Ich nahm nur wenige Einzelheiten wahr, hauptsächlich Dolche, Pistolen und Entermesser, die an den Gürteln der Männer hingen.

»Ich hatte keine andere Wahl. Ein Spanier hat mich mit einer Botschaft losgeschickt.«

»An wen?«

»An einen Monsieur Tinteniac.« Ich sah, wie neben mir Blicke ausgetauscht wurden, der Mann am Tisch jedoch sagte nichts.

»Und wie lautet diese Botschaft?« wollte er wissen.

»Er hielt mich für einen englischen Spion, und er sagte, meine Anwesenheit sei nicht gern gesehen, und Mr. Pitt solle demnächst eine entsprechende Erlaubnis beim spanischen König einholen. Ich soll Tinteniac ausrichten, die Abteilung in Paris habe keine Zeit, sich auch noch um die Engländer in Spanien zu kümmern.«

Der Mann lächelte, ohne mich eine Sekunde aus den Augen zu lassen. »Er weiß, daß der König von Spanien es sich jederzeit anders überlegen und ein Bündnis mit Frankreich eingehen könnte. Seid Ihr ein englischer Spion?«

»Nein. Er wurde auf mich aufmerksam, als ich in Sevilla ein paar Edelsteine verkaufte.« Jetzt ließ ich mich nicht mehr unterbrechen, sondern hielt meine auf dem Schiff einstudierte Rede. »Ich bin vor kurzem um das Kap gesegelt, und in Kapstadt habe ich meinen Kapitän beim Kartenspiel vor einer Pistolenkugel gerettet; leider wurde ich dabei selbst getroffen.

Jemand hatte den Kapitän beim Falschspielen erwischt. Aus Dankbarkeit – und auch, weil ich den Mund hielt – schenkte er mir ein Schmuckstück, das er ursprünglich in Bombay für seine Frau erstanden hatte. Ich wollte die Steine lieber in Spanien verkaufen –«

»Wo hat Euch die Kugel getroffen?« unterbrach er mich.

Ich zögerte, und seine Augen weiteten sich interessiert. »Hier«, antwortete ich und deutete auf meinen Rücken.

Ein wenig enttäuscht nickte er und gab einem Mann aus meiner Eskorte ein Zeichen. Im Handumdrehen zerschnitt sein Dolch meinen Rock und mein Hemd. Ich wurde umgedreht, und meine Sachen wurden noch weiter aufgerissen, damit der Mann meinen Rücken genau in Augenschein nehmen konnte.

»Und natürlich hindert Euch Eure Ehre daran, den Namen des Kapitäns zu offenbaren«, meinte er so zynisch, daß ich im gleichen Ton reagierte.

»Nicht um der Ehre willen, sondern dem Kapitän zuliebe habe ich ihn ebenso aus meinem Gedächtnis getilgt wie den Namen des Schiffs, auf dem wir segelten.«

Nachdem der Mann meine Narbe begutachtet hatte, fragte er: »Seid Ihr ein ebenso guter Seemann, wie Ihr lügt?«

»Gewiß bin ich auf See wesentlich besser, denn darin habe ich mehr Übung.«

Wieder nickte er nachdenklich, dann meinte er zur Eskorte: »Bringt ihn ins Gästezimmer.« Zu mir gewandt fügte er hinzu: »Wir werden überlegen, wie Ihr Euch nützlich machen könnt, als Gegenleistung für die Überfahrt.«

Der Keller des Hauses war aus Stein und Mörtel, kalt und feucht. Es gab eine Holzpritsche mit einer verschlissenen Decke und einen Nachttopf, weiter nichts. Ich fürchtete mich nicht vor dem, was geschehen würde. Hier war ich vor Entdeckung sicher und auch vor den Preßkommandos, die schon umhergezogen waren, als ich England verlassen hatte. Jetzt, da Krieg herrschte, zogen sie mit Sicherheit noch zahlreicher durch die Häfen, um jeden einigermaßen leistungsfähigen Mann in die Flotte Seiner Majestät zu zwingen. War ein Mann erst einmal ergriffen, so wurde er auf den Schiffen wie ein Gefangener gehalten und segelte womöglich jahrelang über die Meere, ehe er in die Heimat zurückkehren durfte.

Obgleich ich in meinem Gefängnis festsaß, war ich sehr neugierig darauf, mehr von der Welt zu erfahren, in die ich nun geraten war. Was wußte man hier über die Meuterei? Was über Blighs Tod und die Barkasse, über die Männer, die ich in Tahiti zurückgelassen hatte? Was über den Krieg? Über den »Terror« in Frankreich? Nach einigen Tagen bat ich um Londoner Zeitungen; als ich das Land verlassen hatte, waren davon täglich ein Dutzend gedruckt worden. Aber meine Gefängniswärter gingen nicht auf meine Bitte ein; lediglich das undefinierbare Essen, das man mir zweimal am Tag in einem Napf reichte, wurde, sofern das überhaupt möglich war, noch ekelhafter.

Nach dem, was ich meiner Begegnung mit der Welt der Spione entnommen hatte, beruhte dort die eigene Identität größtenteils auf dem, was man daraus machte. Niemand hatte mich nach meinem Namen gefragt, denn jeder ging davon aus, daß eine solche Frage ohnehin nur in den seltensten Fällen die Wahrheit enthüllte. Die Vergangenheit eines Menschen war immer suspekt, denn letztlich war sie nichts weiter als ein undurchdringliches Dunkel, weshalb man sich möglichst wenig um sie kümmerte. Was wirklich interessierte, war der momentane Nutzen eines Menschen.

Dies erkannte ich in der Nacht, als meine Gefängniswärter mich endlich zurück in den Hafen führten. Unter einem schwachen, dunstigen Viertelmond sah ich, daß sich der kleine Kutter, auf dem ich angekommen war, zum Ablegen bereitmachte. Aber etwas hatte sich an ihm verändert. Auf dem Vorderdeck war eine Kanonade aufgebaut. Mein französischer Inquisitor wartete schon an der Reling auf mich und verkündete, ohne Drohung in der Stimme: »Jetzt werden wir sehen, ob Ihr wirklich ein guter Seemann seid. Wenn Ihr Eure Sache nicht gut macht, erschieße ich Euch. Ihr steht zunächst als zweiter Mann an der Ruderpinne.«

»Und gibt es auch einen Kapitän?«

»Der steht vor Euch.«

»Wohin sind wir –?« Ich vollendete den Satz nicht, denn mein Gegenüber hatte sich bereits anderen Geschäften zugewandt, ebenso wie meine Eskorte, die sich dem Losmachen widmete. Ich eilte nach achtern und bemerkte dabei eine südliche Brise. Klüver und Toppsegel waren bereits gesetzt, um den Wind zu nutzen, der uns in die Dunkelheit hinaus zur französischen Küste trieb.

Golf von Saint Malo

April 1793

Der Kutter war ganz auf Geschwindigkeit gebaut und stellte seine Fähigkeiten bald unter Beweis, als der Südwind seine Segel füllte. Ich teilte die Pinne mit einem wortkargen alten Mann aus Jersey, der Strömungen und Gezeiten ebenso wie die zahlreichen kleinen Inseln im Golf aus lebenslanger Erfahrung kannte. Er steuerte den Kurs, über den er mich mit informativen Grunzern in Kenntnis setzte; im Grund brauchte er meine Fähigkeiten überhaupt nicht. Das Kompaßhaus vor uns, so segelten wir gen Osten, auf die Halbinsel von Cherbourg zu, an die ich mich von meinem früheren Kartenstudium gut erinnerte.

Der einzige Schiffsmast hielt sämtliche Segel: das mit Rahen getakelte Toppsegel, die längsschiffs getakelten Klüver, das Großsegel am Baum über unseren Köpfen nach achtern gespannt. Wenn ich zum Bugspriet nach vorn blickte, sah ich im Licht des dunstigen Viertelmondes schattengleich die Bewegungen der Besatzung, die das Toppsegel anholten und sich dann daran machten, die vier großen Kanonen – soweit ich sah, Acht-Pfund-Geschütze – und die noch größere Vierundzwanzig-Pfünder-Kanonade auf dem Vorderdeck gefechtsklar zu machen. Wir waren etwa zwei Dutzend Männer, die schweigend dahinsegelten. Die einzigen Worte, die ich außer dem Gegrunze meines Kollegen an der Pinne hörte, waren die knappen Anweisungen, die mein ehemaliger französischer Gefängniswärter und jetziger Kapitän den Geschützmeistern erteilte: »Kartätschen, Kartätschen, Kanonenkugeln für die Kanonade«. Die Männer rannten ihre Geschütze aus und entzündeten die langsam brennenden Lunten am Ende des Zündstocks.

Mir schenkte der Kapitän kaum Beachtung, während aus der mäßigen eine steife Brise wurde, die die Segel blähte und die Gischt aufs Deck spritzte. Der Wind stand querab, und so bewegten wir uns ebenso nach Norden wie nach Osten. Doch meinem Steuermann schien das kein Kopfzerbrechen zu bereiten; die Schratsegel nutzten den Einfallswinkel gut aus, und das mit Rahen getakelte Toppsegel war rund gebrasst, um soviel Wind wie möglich aufzunehmen.

Obgleich ich als Lee-Steuermann eine zweitrangige Rolle spielte, spürte ich dennoch im Ruder den natürlichen Drang des Schiffes, Kurs in den Wind zu nehmen. Der Maat rief nach den Sturmcapes, denn Wind und Gischt waren eine eiskalte Mischung, die wir über uns ergehen lassen mußten, ob wir nun wollten oder nicht. Den Umhang eng um mich gezogen, stand ich ohne Halt auf dem rollenden Deck. Zum Glück hatte ich durch den Aufenthalt im Kellergefängnis meine Seefestigkeit nicht eingebüßt. Ich spürte das Hochgefühl, frei zu sein, losgelöst von den Problemen des Festlands. Zwar hatte ich keine Ahnung, wohin die Reise ging, doch es genügte mir, daß wir mit vollen Segeln dahinbrausten, während das Galion das Wasser fächerförmig aufschäumen ließ und wir mit einem schönen Neigungswinkel von etwa fünfundzwanzig Grad von einem Wellental ins nächste pflügten.

Ganz am Ende des Bugspriets hing ein Mann in der Takelage, ein anderer umklammerte, auf der Toppsegelrah stehend, die Mastspitze. Beide waren Ausguckposten; wonach sie Ausschau hielten, wußte ich nicht, doch ich hoffte, daß sie den Nebel durchdringen konnten, der wie eine Mauer auf uns zurollte und den Mond im Nu auslöschte. Inzwischen hatten wir schon die Umrisse der Küste und mehrere Lichter gesehen; der Toppgast hatte zum Deck heruntergerufen, es sei Lessay. Ein Befehl ertönte, und schon kletterten die Männer in die Wanten. Toppsegel und Großsegel wurden beigeholt und das Schiff gewendet; da nur noch die Vorsegel gesetzt waren, sank unsere Geschwindigkeit beträchtlich.

Und dann warteten wir. Der französische Kapitän kam mit seinem Chronometer zur Pinne; alle paar Minuten überprüfte er ihn im Licht der Sturmlaterne am Kompaßhäuschen und schritt dann die Steuerbordreling entlang. Der Nebel schien die Wellen zuzudecken und den Wind zu besänftigen; das Rollen des Schiffs war schwächer geworden, und die Brise in der schweren Takelage des Kutters war nicht mehr als gleichmäßiges Pfeifen zu hören, sondern als ständig wechselndes Singen. Der Kapitän wanderte auf und ab, und als ein Seemann in der Nähe etwas sagte, fuhr er ihn an, ruhig zu sein. Wieder hielt er den Chronometer ins Licht und starrte mit wachsender Sorge landwärts in den Nebel.

»Sie können uns nicht sehen«, sagte er zu meinem Kollegen an der Pinne. »Fahr näher heran.«

»Das können wir nicht wagen«, widersprach der Steuermann. »Wir sind so nahe, wie es der Tiefgang des Rumpfs erlaubt.«

Der Kapitän ließ es nicht auf einen Streit ankommen. »Mr. Gimming, wir brauchen einen Musketenschuß.«

Ich sah, wie sich erschrockene Gesichter zu ihm umwandten, und ich wußte auch, warum. Wenn die Franzosen ein Schiff so nahe an ihrem Hoheitsgebiet entdeckten, würden sie es kaum ungeschoren davonkommen lassen. Zwar hatte ich gehört, daß die französische Flotte aufgrund der Blockade nicht aus ihren Häfen herauskam, aber das hinderte kleinere französischen Schiffe – Briggs, Schnaus, Brigantinen, sogar Bugalets – noch lange nicht daran, armiert in den Küstengewässern zu patrouillieren. Ich hatte keine Ahnung, was für

Flottenbewegungen es auf dem Ärmelkanal zwischen England und Frankreich gab, aber wie dem auch sein mochte – auf dem Wasser war ein Musketenschuß für jedermann hörbar.

Einen Augenblick erhellte der Pulverblitz der Muskete die beiden Vorsegel. Der Schuß krachte, der Nachhall dröhnte weithin übers Wasser. Alle lauschten; ich wußte nicht, worauf; die Mannschaft jedoch schien den Grund genau zu kennen. Dann erklangen hinter uns leewärts zwei Antwortschüsse; beim ersten riß mein Partner die Pinne herum, beim zweiten rief der Toppgast: »An Deck, dort! Ich hab ihr Gewehrfeuer gesehen!«

Jetzt blieb auch der Kapitän nicht mehr ruhig: »Wo denn?«

»Drei Strich achteraus, leewärts.«

Jetzt glitten wir wieder schweigend durch den Nebel, mit gespitzten Ohren. Plötzlich hörten wir eine Frauenstimme schreien, dann mehrere Stimmen und Rufe auf französisch.

»Silence!« schrie der Kapitän durch den Sprachtrichter, und in diesem Moment sah ich aus dem Nebel ein völlig überladenes Boot auftauchen, sechs Männer ruderten in einer Reihe, ein paar andere samt einigen Frauen schöpften beim Steuer im Heck verzweifelt Wasser. Wir drehten bei, aber im selben Augenblick ging ein Brecher über das kleine Boot. Wieder erschollen Schreckensschreie; Blendlaternen wurden auf das Boot gerichtet. Im allgemeinen Chaos glaubte ich eine große Truhe zu erkennen. Die Ruderer legten die Riemen ins Boot und griffen nach den Leinen, die ihnen vom Achterdeck unseres Schiffes zugeworfen wurden. Kurz bevor sie aus meinem Blickfeld verschwanden, stieg in meinem Gedächtnis das Bild von Bligh und den achtzehn Männern auf. Im Heck erhob sich ein Mann, brüllte ungeduldig Befehle, doch plötzlich kam die nächste Woge und riß ihn über Bord.

Das darauffolgende Geschrei und die Reaktion der Mannschaft ließen mich vermuten, daß das Boot gekentert war und alle im Wasser lagen. Ich blieb an der Ruderpinne, während weitere Leinen geworfen und Befehle gebrüllt wurden. Dann hörte man Hilfeschreie von Ertrinkenden und Rufe nach Schwimmern. Von der Reling blickte die Besatzung unseres Kutters hilflos hin und her, was bei den meisten Schiffsbesatzungen auf hoher See genauso gewesen wäre – kaum ein Matrose konnte schwimmen.

Rasch warf ich mein Sturmcape ab, überließ mein Vermögen dem nichtsahnenden Steuermann und eilte an die Steuerbordreling. Die Bootsleute klammerten sich noch an den umgekippten Kiel, aber die Passagiere schlugen in den mächtigen Wogen verzweifelt um sich und drohten zu ertrinken. Ich schüttelte die Schuhe von den Füßen und sprang ins Wasser. Die kalte Oberfläche fühlte sich an wie Stein, und einen Augenblick stockte mir der Atem. Jemand packte mich, ehe ich Zeit hatte, wieder aufzutauchen, und ich mußte ihm die Finger in den Mund stecken, so daß er zu würgen begann und mich losließ. Als ich den Mann dann mit mir nach oben zog, sah ich, daß dicht bei mir eine Frau unterging, und packte sie an den Haaren. Ein Tau landete, gekonnt geworfen, auf meiner Schulter. Ich drückte es den beiden Geretteten in die Hand und wandte mich den anderen Passagieren zu, ohne die Bootsleute sechs an der Zahl.

Inzwischen hatte man das Fallreep über die Seite herabgelassen, die Matrosen standen auf den Stufen und halfen den Geretteten aus dem Wasser. Ich hörte, wie der Kapitän auf französisch und englisch um Ruhe bat. Schon nach kurzer Zeit verlor ich in der Kälte das Gefühl in den Beinen. Endlich zerrte ich den letzten Schiffbrüchigen zur Leiter; die Bootsleute waren bereits an Bord. Ich ließ dem Geretteten den Vortritt und bemerkte dabei die schweren Tressen an seinen Ärmeln: die Epauletten eines hohen Offiziers. Dann wurde ich ebenfalls ins Schiff gezogen. An Deck hörte man Wehklagen und die ersten Streitereien, wer an dem Unfall schuld war.

Aber als ich gerade über der Reling war, noch kaum fähig, mich aufrecht zu halten, entdeckte ich etwas und schrie: »Seht nach Lee!« Denn dort kam eine zweimastige Schnau in Sicht, mit dem typischen Heck und dem großen Gaffelsegel. Zehn Geschützpforten standen offen, und zehn Zwölf-Pfünder-Kanonen waren, ausgerannt und gefechtsbereit, auf uns gerichtet.

In den nächsten fünfzehn Sekunden begriff ich, was für eine Mannschaft unseren Kutter segelte. Ohne Befehl setzten sich alle in Bewegung – natürlich mit Ausnahme der schiffbrüchigen Bootsleute und Passagiere, die jetzt vor Entsetzen, Angst und Kälte verstummt waren. Im Handumdrehen waren drei Männer in den Wanten und rissen an den Beschlagzeisingen, die das Toppsegel hielten, vier andere bei den Falleinen der Heckreling, um das Großsegel zu setzen. Alle übrigen außer dem Steuermann standen im Nu an den Backbord-Geschützen, nur der Kapitän postierte sich mit einer kleinen Gruppe hinter der Kanonade auf dem Vorderdeck.

Unser Glück war, daß die Schnau so plötzlich auftauchte und unseren Bug von Lee nach Steuerbord kreuzte. Ihre Farben – die gleichen wie die des Piratenschiffs in der Karibik – flatterten von den Falleinen am Heck, und auf französisch erklang durch den Sprachtrichter die Aufforderung, wir sollten uns zu erkennen geben. Mit ihrer Breitseite konnte die Schnau uns nicht erreichen, aber als wir nicht antworteten, wurde trotzdem eine Kanone abgefeuert, und die Kugel tanzte bis auf knapp zwanzig Fuß Steuerbord an uns heran. Doch unsere Kanonade war ein Heckgeschütz, und in dem Moment, als unsere Segel vollständig gerefft waren, sich füllten und wir uns mit einem hübschen Ruck in Bewegung setzten, richtete der Steuermann den Bug auf das Heck der Schnau. Ich sah, wie die Männer an der Kanonade verzweifelt versuchten, die Geschützlafette so auszuschwenken, daß sie nicht die Takelage am Bugspriet beschädigte. Jetzt endlich spürte ich meine

Beine wieder, und ich konnte den Männern zu Hilfe eilen. Ich legte mein ganzes Gewicht auf die Handspake, bis ich »Mündung frei!« und »Feuer!« hörte und mein Kopf von der Erschütterung zurückgerissen wurde. Rasch sprang ich aus dem Weg, um nicht vom Rückstoß erfaßt zu werden. Der Qualm nahm uns die Sicht; als wir durch ihn hindurchgesegelt waren, konnten wir den Schaden in Augenschein nehmen: Das Ruder der Schnau war abgebrochen und zerschmettert, die Überreste hingen nur noch an einem einzigen Bolzen.

Die Seeleute hatten wenig Zeit zu jubeln, aber sie taten es dennoch, während wir am ungeschützten Achterschiff der Schnau vorüberfuhren und ihr aus unseren vier Kanonen mit Kartätschen eine Breitseite verpaßten. Als ich wieder an die Ruderpinne kam, drehten wir hart nach Lee und verschwanden, den Wind im Rücken, im Nebel. Es würde einige Stunden in Anspruch nehmen, das Ruder notdürftig zu reparieren, wir brauchten uns also keine Sorgen wegen einer etwaigen Verfolgung zu machen. Doch der Nebel war keine große Erleichterung, denn so ein Schußwechsel erregte garantiert auch in großer Entfernung noch Aufmerksamkeit, und wir mußten auf alles gefaßt sein.

Inzwischen unterhielt sich unser Kapitän bereits mit den neuen Passagieren. Alle sprachen französisch. Die Bootsleute waren düster gestimmt, denn sie hatten nicht erwartet, längere Zeit auf See bleiben zu müssen. Doch sie waren dankbar, wenigstens mit dem Leben davongekommen und nicht von der Schnau gekapert worden zu sein. Die Passagiere waren mitteilsamer; Männer wie Frauen ließen ihrem Kummer, ihrer Angst und ihrem Zorn freien Lauf. Der Uniformierte jedoch blieb beherrscht und würdevoll; er unterhielt sich einige Zeit mit dem Kapitän, ehe er sich wie die anderen unter Deck zurückzog, um dem Wind zu entkommen, der inzwischen auf Südost gedreht hatte.

»Sie haben alles verloren, mit Ausnahme des Schmucks

der Frauen«, berichtete der Kapitän, mein Gefängniswärter, als er nach achtern kam. Bis zu diesem Augenblick hatte ich nicht mehr an meinen Rock gedacht, aber die Erwähnung von Schmuck erinnerte mich an meine eigenen Wertsachen, und ich zog ihn rasch über. »Ihr Gold war in der Truhe, die sie im Boot dabeihatten.« Er schüttelte den Kopf über soviel Leichtsinn. »Wieder einmal ist die See ein wenig reicher geworden«, meinte er und gab dann dem Steuermann den Befehl, Kurs auf Weymouth zu nehmen. Ich schwieg, doch mein Herz begann zu pochen. Weymouth lag in Dorset, auf halber Strecke zwischen Portsmouth und Plymouth, den Hauptstützpunkten der Kanalflotte. Während der Steuermann sich an der Pinne zu schaffen machte, nahm mich der Kapitän am Arm und führte mich an die Heckreling.

»Der General dankt Euch, daß Ihr ihn und seine Familie gerettet habt. Augenblicklich hat er nichts, was er Euch zum Beweis seiner Dankbarkeit schenken könnte, außer diesem hier ...« Damit streckte er mir einen Ring mit einem Wappen entgegen.

»Ich möchte den Schmuck des Mannes nicht annehmen, in Anbetracht all dessen, was er verloren hat –«

»Es ist nur ein Siegelring, und er möchte, daß Ihr ihn behaltet. Es ist zwar zweifelhaft, ob er Euch je von Nutzen sein wird, aber falls der General je nach Frankreich zurückkehrt, wäre es immerhin möglich.«

Also nahm ich den Ring an. Er paßte auf meinen Mittelfinger.

»Ihr habt es verdient, daß ich Euch ein Angebot mache«, fuhr der Kapitän fort. »Ich würde Euch gern weiterhin an Bord behalten. Wir zahlen gut. Aber wenn Ihr wollt, könnt Ihr in Weymouth an Land gehen.«

»Ich werde es mir durch den Kopf gehen lassen und Euch in Weymouth meine Entscheidung mitteilen, wenn ich darf, Sir.«

Mit kaum verhohlenem Argwohn blickte er mich an, denn plötzlich entsprach meine Wortwahl ganz der eines Offiziers. Rasch wandte ich mich ab und wechselte das Thema. »Wer sind die Leute? Und was macht Ihr auf Euren Fahrten?«

»Der Mann ist Herault de Marbeuf, ein General, der letzten Dezember geholfen hat, Toulon von den Briten zu befreien. Aber er ist adlig, und seine Frau war früher bei Hof. Deshalb sind sie zum Tode verurteilt. Es ist ihnen gelungen, der Guillotine zu entkommen, und genau das ist es auch, was wir tun – wir helfen den Opfern des derzeitigen Wahnsinns in Frankreich, das Land zu verlassen. Heute nun haben unsere Leute diese Menschen abgeholt, eine Viertelstunde bevor der Haftbefehl in ihrem Schloß einging – sie hatten nicht einmal mehr Zeit, sich umzuziehen ...«

»Die Franzosen töten ihre Generale, obwohl sie sich im Krieg befinden?«

»Sie töten jeden, diese Politiker des Terrors. Der General hat mir soeben mitgeteilt, daß man Danton verhaftet hat.« Er stieß ein verächtliches Lachen aus. »Sie verschlingen ihre eigenen Eingeweide ... Aber Ihr seid ja tropfnaß, mein Freund. Holt Euren Umhang und geht unter Deck.«

Da mir inzwischen vor Kälte die Zähne klapperten, tat ich, wie mir geheißen. Im Laderaum des Kutters drängten sich die geretteten Schiffbrüchigen. Ihr Elend war nur allzu offensichtlich; nur einer der Ruderer war vor Erschöpfung eingeschlafen. Als der General mich die Schiffstreppe herabkommen sah, winkte er mich zu sich und stellte mich den Mitgliedern seiner Familie vor. Alle sprachen mir auf französisch ihren Dank aus; die beiden Töchter kämpften noch immer mit den Tränen, die beiden schon erwachsenen Söhne erhoben sich respektvoll – besser gesagt, wir alle standen gebeugt voreinander, da der Laderaum viel zu niedrig war, als daß wir uns hätten ganz aufrichten können. Die Frau des Generals küßte mir die Hand, an die ich den Ring gesteckt hatte, und sagte mit gefühlvoller Stimme etwas, was ich nicht verstand.

Schließlich fand ich ein Plätzchen, wo ich mich niederlassen konnte, und zog den Umhang fest um mich. Ganz allmählich wurde mir wärmer, und ich beobachtete die verzweifelte Familie, die versuchte, ihrem ungewissen Schicksal ins Auge zu blicken. Nein, sie hatten nicht alles verloren. Heimat, Vermögen, Vaterland vielleicht, aber nicht einander, nicht ihre Identität, nicht ihren guten Ruf. Sie konnten in die Welt hinausgehen, sie mußten zwar kämpfen, aber sie wußten, wofür, und sie besaßen eine Familie und eine persönliche Geschichte. Ich sah zu, wie der General diskret eine Bestandsaufnahme des Familienschmucks machte – Ringe, Armreifen, goldene Taschenuhren, Halsketten und Ohrringe mit Diamanten und anderen Edelsteinen. Nach meinen jüngsten Erfahrungen war ihre unmittelbare Zukunft damit gesichert, denn dank der Wertstücke hatten sie Zeit, einen Platz zu finden und von vorn anzufangen – selbst in einem für Ausländer so schwierigen Land wie England.

Ich wandte mich ab. Ich würde aus dem Ring des Generals nie Nutzen ziehen können. Also nahm ich ihn vom Finger und steckte ihn in die Tasche. Ich hatte der Familie das Leben gerettet und konnte nur hoffen, keinen von ihnen je wiederzusehen.

Bald hatte ich beschlossen, den Kutter in Weymouth zu verlassen und mich auf den Weg zu meiner Mutter zu machen. Ich mußte sie sehen. Aus meinen Jahren als Midshipman kannte ich Weymouth recht gut. Dort gab es private Bankhäuser, wo ich meine Peseten in Banknoten umtauschen konnte. Die Postkutsche würde mich dann in den Norden bringen, nach Cumberland und nach Whitehaven, von wo ich das Postschiff über die Irische See zur Isle of Man nehmen konnte. Und dort würde meine Mutter – die Person, die zweifelsohne am meisten durch mich hatte leiden müssen – von der Rückkehr des Fletcher Christian erfahren, vielleicht die einzig echte Leistung meines bisherigen Lebens.

Ich würde so viele Edelsteine versilbern, daß meine Mutter Moorland Close zurückkaufen konnte. Wenn sie mir dies erlaubte, wollte ich weiter nichts von ihr verlangen, keine Vergebung, kein Willkommen, keine Zuneigung. In meinen Augen war das die einzige gute Tat, die Fletcher Christian noch für einen Menschen vollbringen konnte. Welche Möglichkeiten mir sonst noch offenstanden – was auch immer aus mir werden sollte –, war ein anderes Problem. Aber noch während ich so säuberlich mein Leben einteilte, rissen die Fesseln meiner Erinnerung, und die sorgfältig unterdrückten Hoffnungen, die ich mir doch so streng verboten hatte, brachen hervor. Wenn Moorland Close erst wieder unser Zuhause war, würden sich die Türen unserer Freunde wieder für uns öffnen? Für »uns«? Wen meinte ich damit? Meinen Bruder, meine Mutter und mich? Würden wir im Lake District je wieder willkommen sein?

»Weymouth ist Backbord querab«, unterbrach der Kapitän meine Grübelei. »Habt Ihr Euch entschieden?«

»Wenn Ihr gestattet, Sir, möchte ich das Schiff verlassen.«

Wieder beäugte er mich fragend. Meine seemännische Förmlichkeit machte ihn neugierig, aber nicht genug, um mich direkt zu fragen. »Wie Ihr wollt«, entgegnete er. »Es überrascht mich nicht. In Euch steckt zuviel – wie sagt man doch – zuviel Zielstrebigkeit. Wenn Ihr Euer Ziel erreicht habt, wißt Ihr, wo Ihr uns finden könnt. Auch wir haben nämlich eines.«

Ich nickte ihm dankbar zu und sah ihm nach, wie er die Schiffstreppe emporstieg. Dann mußte ich plötzlich niesen – wie gewöhnlich schrecklich laut, so daß die Familie des Generals vor Schreck zusammenzuckte und mir alle wie aus einem Munde *»Santé«* zuriefen, worüber wir leise zusammen lachten.

Als ich die Augen schloß, merkte ich, daß sich die Menschen meines Lake Districts verflüchtigt und mich mit meiner vergeblichen Hoffnung, sie alle noch einmal wiederzusehen, allein gelassen hatten. *Zielstrebigkeit,* hatte der Kapitän gesagt. Doch abgesehen von meiner Mutter und ihrem Heim – was für ein Ziel hatte ich denn vor Augen? Zumal wenn ich es mit dem des Franzosen verglich: Er wollte einen Krieg gewinnen, den Opfern des Terrorregimes zur Flucht verhelfen, eine Regierung stürzen, deren System ich noch immer nicht ganz begriffen hatte. Ich bezweifelte, daß meine Existenz noch einen Sinn hatte, denn selbst mein Dasein als Sohn hing von einer Mutter ab, die allen Grund hatte, mich zu hassen.

Doch dann, in der Dunkelheit meiner geschlossenen Augen, in der Dunkelheit des Laderaums jenes Kutters, der in der dunkelsten Stunde der Nacht über ein schwarzes Meer glitt, wurde ich plötzlich geblendet von einer Sonne, die auf einen weißen Strand strahlte, und auf diesem Strand lag Daphne Lewis, nackt, und sie lächelte mich an.

»Du Hexe!« sagte ich laut und eilte die Schiffstreppe hinauf, um den Zauber meiner Gedanken mit der realen Welt von Weymouth zu bannen.

Teil II

Daheim

Aus dem Tagebuch von Sir Jeremy Learned

Datiert 23. Dezember 1810

Wenn ich bedenke, was ich in Windsor zu Gesicht bekomme, wo die verrückten Leibärzte – John Willis und seine Gefolgschaft – auf absoluter Kontrolle über Seine Majestät bestehen, ihn schröpfen, bis er voller Blasen ist, ihn einsperren, fesseln und ihm nicht den kürzesten Besuch bei der Königin gestatten, finde ich Bedlam beinahe wohltuend. Natürlich ist auch Bedlam wenig besser als ein Zoo, mit seinen vier Pflegern, die sich um dreihundert Insassen kümmern: in einem Trakt die Männer, im anderen die Frauen, die Gefährlichen zusammen mit den Friedfertigen, nur die Gewalttätigen in Ketten und Fußfesseln von allen anderen getrennt. Ich habe den Verdacht, daß Mr. Crowther, der Arzt, selbst mehr oder minder dem Wahnsinn verfallen ist, aber er ist auch nur selten anwesend. Die Einrichtung wird von seinem Apotheker überwacht, einem gewissen John Haslam, der täglich eine Stunde Visite macht, mit Ausnahme der Tage, an denen er anderweitig beschäftigt ist, was, soweit ich es mitbekomme, sehr häufig der Fall ist.

Wir haben fünf Napoleons in Bedlam, drei Männer, die sich für Jesus Christus halten, zwei William Pitts (wie der echte sind auch diese beiden Alkoholiker im Endstadium), einen Fletcher Christian und einen Chatterton; unter den Frauen gibt es eine wechselnde Anzahl von Heiligen Jungfrauen, eine Madame de Staël, die ununterbrochen redet, und eine besonders unerträgliche Katharina von Siena. (Aller-

dings, so unerträglich wie das Original könnte keine sein.) Zählt man dazu noch den Werwolf, der den mir für ihn sichtbaren Mond anheult, haben wir insgesamt ein recht gutes Abbild unserer Gesellschaft beisammen.

Viele dieser Menschen hegen einfach nur den Wunsch, daß sich jemand ihre Geschichte anhört. Dabei glaubt jeder, die Welt könne von der Wahrheit überzeugt werden, wenn man dieser Geschichte nur genügend Beachtung schenkte. Zugegebenermaßen ist einer der Napoleons – der mit den Schielaugen – ausgesprochen überzeugend.

Doch wir, die geistig Gesunden, glauben es besser zu wissen. Die Geschichten der Geisteskranken zeigen uns lediglich die Symptome des Wahns und nicht etwa seinen Ursprung. Dies behaupten nämlich meine Kollegen, die »Moraltherapeuten«, die man wegen dieser Theorie aus Windsor verbannt hat. Sie sind fest davon überzeugt, daß der Geisteskranke Vernunft besitzt – vielleicht seine persönliche, einmalige Vernunft, aber nichtsdestoweniger ein funktionsfähiges Denkvermögen.

Da der – oder die – Geisteskranke von einem unsichtbaren körperlichen Gebrechen befallen ist, einer Blutkrankheit, einem Übermaß an schwarzer Galle, einer wandernden Gebärmutter, hält man das, was aus seinem oder ihrem Munde kommt, für leeres Gefasel, mehr nicht. Wenn ich mir die Geschichten anhöre und diesen damit im fiebrigen Bewußtsein des Patienten Gültigkeit verleihe, vertieft das womöglich seinen Irrglauben, dabei sollte ich den Kranken dazu veranlassen, sein abweichendes Verhalten soweit wie möglich abzustellen, oder ihn wenigstens überzeugen, daß sein Geschwätz unsinnig ist.

Liegt der Ursprung im Körper, in einer Geschwulst, einem Giftstoff im Blut? Das ist die verzwickte Frage, die ich mir immer wieder stelle. Im Fall Seiner Majestät glaube ich, daß der König an einem körperlichen Gebrechen leidet, aber ich bin ratlos, wenn es darum geht, dies zu beweisen. Oder steckt hinter der Geisteskrankheit eine größere Realität, eine Wahrheit, zu der aus irgendeinem Grund der Zugang nur mit Hilfe der Einbildung möglich ist? Nehmen wir den Fall des angeblichen Fletcher Christian: Dieser Mann scheint eine größere und wesentlich präzisere Wirklichkeit erfunden zu haben als seine eigene – wie immer diese auch aussehen mag. Er unternimmt immense Anstrengungen, mich (und womöglich auch sich selbst) davon zu überzeugen, wer er ist. Jeder Mensch kann sich in einen anderen verwandeln, kann sich nach Belieben tätowieren lassen und persönliche Beziehungen zu irgendwelchen Berühmtheiten konstruieren. Doch die Detailgenauigkeit dieses Patienten ist beeindruckend. Selbstverständlich kann auch mein schielender Kaiser Schritt für Schritt die Siege seines Italienfeldzugs aufzählen, und ein Jesus Christus hat tatsächlich die korrekten Narben seiner Passion. Auch muß ich mir vor Augen halten, daß einem Mann, der Fletcher Christian ist, noch immer der Tod am Galgen droht und daß unser Patient bei seiner Ankunft in Bedlam nur einen einzigen Wunsch hatte, nämlich zu sterben.

Ich werde die Geschichte dieses Fletcher Christian weiterhin lesen, sie aber nicht durch Kommentare meinerseits noch mehr in seinem Bewußtsein verankern. Sein Testament mag ihn von seiner eigenen Wahrheit überzeugen und mir gleichzeitig als schlüssiges Dokument seines Wahns dienen. Zwar kommt mir oft der Gedanke, daß dieses Vorgehen gefährlich sein könnte, denn Schreiben an sich bringt die Gedanken in Bewegung, gleichgültig, ob die eines Wahnsinnigen oder eines Genies. Doch der Mann verhält sich stets friedlich, während er ein Kapitel nach dem anderen verfaßt, und er wartet immer auf eine Reaktion von mir, wenn ich ihn besuche. Erhält er keine, ignoriert er mich und macht sich sofort wieder ans Werk – mit einer Intensität, die ich nicht zu unterbrechen wage.

Wäre ich kein Arzt, so würde ich rasch der Versuchung erliegen und mit ihm über seine Vergangenheit sprechen, denn zufälligerweise habe ich vor mehreren Jahren der Hochzeit des Herzog von Cleyland mit Lady Daphne Lewis beigewohnt (siehe meinen damaligen Tagebucheintrag, etwa November 1704, in dem ich ausdrücklich ihre traurige Schönheit erwähne). Daphne Lewis war das einzige Kind des berüchtigten Sir Frederick Lewis und dadurch seine Erbin. Vor ihrer Heirat war sie tatsächlich von Piraten verschleppt und später nackt und allein auf einer karibischen Insel gefunden worden. Ihr Abenteuer war zu jener Zeit in aller Munde, was den Herzog von Cleyland dazu veranlaßte, die Hochzeit immer wieder aufzuschieben (Gerüchten zufolge mußte Lady Lewis' Vater ihn schließlich mit einer noch größeren Mitgift zum Altar drängen). Von den Londoner Tageszeitungen wurde der Vorfall mit allen erdenklichen Mitteln hochgespielt. Jeder einigermaßen interessierte Zeitgenosse hätte die Geschichte zu einem Teil seiner Einbildungen machen können.

Nur ein Gedanke zwischendurch: Mein alter Freund Sir John Barrow, Zweiter Sekretär der Admiralität. Ich sollte ihm einen Besuch abstatten und herausfinden, ob er etwas über die Bounty weiß.

Jetzt ist es zwei Uhr früh, und man hat mich soeben wieder nach Windsor gerufen. Dem König geht es noch immer nicht besser. Die Tories haben Angst, seine Unterstützung zu verlieren, der machthungrige Prinz von Wales lauert wie ein herausgeputzter Geier bei den Whigs und wartet darauf, endlich die Regentschaft übernehmen zu können. Der König leidet schrecklich – und meiner Ansicht nach unnötigerweise –, gefesselt an den Fixierstuhl, hilflos in die Zwangsjacke gebunden. Unglücklicherweise will kein Mensch die Geschichte seines Wahns hören. Und Napoleon – der echte diesmal – leckt sich die Lippen und schickt sich an, den nächsten Konti-

nent zu verschlingen. Die halbe Welt marschiert in dicht geschlossenen Reihen nach Bedlam. Was für ein fröhliches Weihnachtsfest!

Douglas, Isle of Man

April 1794

Mutter.«

Sie erkannte mich nicht, als sie die Hintertür des Hauses in der Fort Street öffnete. Als wäre das Wort gar nicht über meine Lippen gekommen, sprach sie mit mir, wie sie mit jedem Fremden gesprochen hätte, der in einem heftigen Frühlingsregen an ihrer Tür erschien.

»Was wünscht Ihr, Sir?«

»Mutter, ich bin es, Fletcher.«

Erst jetzt machte sie einen Schritt aus der Tür, in die Dunkelheit, denn ich hatte mit meinem Besuch bis zum Einbruch der Nacht gewartet. Doch sofort zog sie sich wieder auf die Schwelle zurück.

»Ihr solltet Euch schämen, mich so zu quälen«, sagte sie ärgerlich. »Schauen Euch vielleicht Eure Freunde dabei zu?« wollte sie wissen und spähte um die Ecke des Lattenzauns, der den winzigen Garten umgab.

»An meinem achten Geburtstag haben wir zusammen eine Eichel eingepflanzt, vor dem Turm in Moorland Place.«

Sie rang so heftig nach Luft, daß ich verstummte. Doch sie wich zurück, stolperte auf der Stufe, und ich konnte sie gerade noch auffangen. Als sie das Gleichgewicht wiedergefunden hatte, machte sie sich sofort von mir los. Auf der Schwelle in die unbeleuchtete Küche blieb sie reglos stehen.

»Darf ich hereinkommen?«

»Ich hole rasch eine Kerze.«

»Das braucht Ihr nicht. Ich kenne das Haus noch genau.«

In diesem Augenblick wünschte ich, mein Plan wäre nicht geglückt. Sie sagte nichts, trat aber zurück, als ich die Schwelle überschritt. Mein durchnäßter Umhang und der schwere Überzieher – in Weymouth hatte ich mich neu eingekleidet – tropften auf den Boden, der zweifellos erst heute morgen geschrubbt worden war. Meinen Dreispitz schlug ich vor der Tür aus, bevor ich sie hinter mir schloß. Ich hörte, wie meine Mutter erfolglos mit der Zunderbüchse hantierte.

»Mutter, laßt mich ...«

Ich fand im Dunkeln ihre Hand, nahm ihr Flint und Eisen aus der Hand und rieb sie über der Büchse, in der die Baumwolläppchen lagen. Rasch begannen sie zu glimmen. »Ein Zündholz?«

Sie hielt ein Holzstäbchen auf die Lappen, ich blies darauf, und als es brannte, streckte sie es von sich weg und zu mir, damit sie mich ansehen konnte. Selbst im Gegenlicht der Flamme sah ich ihre Augen, noch eingesunkener, als ich sie in Erinnerung gehabt hatte, und den Mund, fest zusammengepreßt, wie ein Achterstag bei schwerem Wetter. Das Grau in ihren Haaren, die von einem gemusterten Tuch zusammengehalten wurden, war weiß geworden. Auch als die Flamme zu zittern begann, nahm sie die Hand nicht weg, sondern starrte mich unverwandt an, als wäre ich aus dem Totenreich zurückgekehrt – was in gewisser Weise ja auch stimmte.

Schließlich sagte sie leise: »Nicht einmal deine Mutter würde dich wiedererkennen.«

»Ich weiß, daß ich verändert bin, aber Ihr seht sicher mehr.«

Noch einen Moment betrachtete sie mich, dann wandte sie sich ab, ging zum hölzernen Küchentisch und zündete die Kerze an, die dort stand. Ich machte einen Schritt auf meinen alten Rohrstuhl zu; es war einer von den sechsen, der mit uns auf dem Postschiff von Whitehaven gekommen waren, als wir Moorland Close verlassen mußten. Nur zu gern wollte ich mich hier in der Küche mit meiner Mutter unterhalten, denn an diesem Tisch hatte manches schöne Gespräch unserer verarmten Familie stattgefunden.

»Laß deinen Umhang und deine Tasche hier zum Trocknen«, sagte sie, »wir gehen ins Wohnzimmer.«

Dann sollte es wohl ein förmlicheres Treffen werden. Sie nahm die Kerze, und ich blieb im Dunkeln zurück. Kurz überlegte ich, ob ich einfach gehen und ihr nur einen Brief hinterlassen sollte, aber natürlich folgte ich ihr doch durch den kleinen Korridor. Inzwischen hatte sie eine zweite Kerze entzündet, auf dem Kaminsims unter dem runden Spiegel mit Goldrand, der an der Unterseite durch den jahrelangen Gebrauch von Hitze und Rauch verfärbt war. Selbst bei Tag wurde dieses Zimmer nicht warm. Der Spiegel und ein alter Gobelin waren der einzige Wandschmuck. Von der feuchten Decke blätterte der Putz. Ich hätte gern ein Feuer entfacht, aber es war schon April, und meine Mutter verschwendete nie Kohlen nach Anfang dieses Monats.

Nun saß sie in ihrem Polstersessel, ohne mich anzusehen. Der Nordwind rüttelte an den Fensterrahmen; die Tüllgardinen bewegten sich leise. Neben ein paar Stühlen mit gestickten Bezügen stand ein niedriger Tisch, ein weiteres »gutes Stück«, auf dem im Kerzenlicht ein mir wohlbekanntes Silbertablett schimmerte. Ich sah das Wappen der Familie Christian, den Einhornkopf, und das Motto *Salus Per Christum.* Schon seit tausend Jahren gab es dieses Wappen auf der Isle of Man. Eingebunden in die Geschichte der Insel wie einst die Wikinger und die Druiden, hatten die Christians das politische Leben beherrscht und Generation um Generation den *Deemster,* den obersten Richter der Insel, gestellt. Das beste Land gehörte der Familie, die besten Ehen wurden mit ihr geschlossen, und so dehnte sich ihr Einfluß schließlich auch aufs Festland aus, nach Cumberland. Doch dort veränderte der Bürgerkrieg die Geschicke der Christians von Grund auf.

Das Silbertablett hatte meiner Großmutter gehört, die über vierzehn Generationen hinweg eine direkte Nachfahrin von König Edward I. und Eleonore von Kastilien war. Und hier saß Ann Christian, fast völlig verarmt, mit ihrem Sohn, einem Meuterer und Mörder.

»Woher kommst du?« fragte sie. »Wie hast du es hierher geschafft?«

»Ein Schiff hat mich auf einer Insel im Südpazifik gefunden. Nach ein paar Monaten habe ich mich nach Spanien durchgeschlagen, dann nach Jersey, und schließlich bin ich mit der Postkutsche und dem Paketsegler nach Douglas gekommen.«

Sie dachte kurz nach, dann blickte sie mir ins Gesicht. »Mit wem hast du gesprochen?«

»Ich bin zuerst zu Euch gekommen, so rasch ich konnte. Ich habe bewußt das Risiko vermieden, mit jemandem zu sprechen oder Fragen zu stellen.«

Sie holte tief Atem. »Dann weißt du also von nichts.«

Bisher hatte ich geglaubt, sie sei diejenige, die sich auf Neuigkeiten gefaßt machen mußte. »Ich habe unterwegs kaum etwas erfahren«, antwortete ich. »Doch auf der Reise hierher habe ich die Zeitungen gelesen. Es gibt Krieg mit Frankreich, dort herrscht der Terror, aber auch in England gibt es eine Art revolutionärer Strömung, und Mr. Pitt fürchtet eine französische Invasion ...«

»Ich spreche nicht von Politik«, unterbrach sie mich, stockte aber gleich wieder.

»Ich habe nichts über die *Bounty* gefunden ...«

»Und gewiß auch nichts über den Tod deiner beiden Brüder!« Sie sagte das mit einer Stimme, wie ich sie noch nie von ihr gehört hatte; ihr Körper spannte sich an, als wollte sie sich auf mich stürzen.

»O Gott ...«, murmelte ich, »welche von ihnen?«

»John ... und Humphrey.« Die Namen nahmen ihrem Zorn den Wind aus den Segeln; sie sank ermattet zurück, Tränen kamen jedoch keine. Die Kerze auf dem Tisch neben ihr flakkerte.

»Was ist geschehen?« fragte ich, ganz sicher, daß ich am Tod meiner Brüder schuld war.

Eine Weile antwortete sie nicht; ihr Atem ging stoßweise. Schließlich antwortete sie: »John stand vor lauter Kummer ohnehin bereits an der Schwelle des Todes – seine eigenen Kinder von Krankheit hinweggerafft, meine einzigen Enkel ...« In diesem Moment beschloß ich, ihr nichts von den dreien auf Pitcairn zu erzählen. »Er hat den Kampf aufgegeben, als die Nachrichten von der *Bounty* kamen und unseren Namen überall in England in Verruf brachten ...« Nun gingen ihr doch die Augen über, und sie schlug die Hände vors Gesicht.

Dies war weit schlimmer für mich als der Tod meines Bruders; er war für mich fast wie ein Fremder gewesen, ja, ich hatte ihn sogar gehaßt wegen seiner Geldverschwendung und der Schulden, die meine Mutter letztlich in den Ruin getrieben hatten.

»Humphrey ...«, begann sie.

»Ja ...?« Ihn hatte ich sehr geliebt.

»Er ist zum Militär gegangen, und man hat ihn an der afrikanischen Küste stationiert. Dort hat er sich ein Fieber geholt. Eine Woche nach der Nachricht von deiner Meuterei ist er gestorben.« Sie blickte mich an, und in ihren Augen brannten Wut und bittere Vorwürfe. »Warum bist du hergekommen?«

»Hätte ich all das gewußt, wäre ich nicht gekommen.«

Sie beugte sich in ihrem Stuhl vor, die Armlehnen fest umklammert. »Wie konntest du so etwas nur tun? Wie konntest du deinen Kapitän und achtzehn Seelen in einem Beiboot von dreiundzwanzig Fuß aussetzen? Wie konntest du nur?« fragte sie, eher fassungslos als vorwurfsvoll.

Unter dem Druck der mir wohlbekannten Details fiel meine Erklärung schroff und ungeschickt aus. »Es gab Gründe, Mutter«, antwortete ich. »Ich bin nicht hergekommen, um mich zu entschuldigen, sondern um zu erklären ...«

»Kapitän Bligh hat gesagt, du hättest gemeutert, um zu den Frauen auf Tahiti zurückkehren zu können.«

Meine Knie wurden weich. »Bligh hat *überlebt?«* Ich sank auf die Couch. Das hatte ich mir nicht einmal in meinen schlimmsten Alpträumen ausgemalt. Es war unmöglich! Widerstreitende Gefühle brachen über mich herein, Freude darüber, daß meine Freunde am Leben waren, aber auch neu erwachter Haß und Furcht vor Kapitän Bligh.

Meine Mutter schien ebenso schockiert wie ich. Die Augen zum Himmel gewandt, sagte sie: »Ist es Gottes Wille, daß ich zwei Söhne verliere und dann dem dritten von seiner Verdammnis berichte? Nun denn, so soll es sein. Ja, Bligh hat überlebt. Er ist in der Barkasse dreitausendsechshundert Seemeilen übers offene Meer gesegelt, vom Ort der Meuterei zu der niederländischen Siedlung Kupang auf Timor. Nur einen einzigen Mann hat er unterwegs verloren; dieser wurde von Wilden getötet, als sie auf einer Insel landeten, um Wasser zu holen. Sechs weitere Männer starben nach ihrer Ankunft aufgrund ihres geschwächten Zustands am Fieber.«

Erneut hielt sie inne, um Atem zu schöpfen, dann wandte sie sich wieder mir zu. »Dann bin ich also deine Zeitung«, sagte sie verächtlich. »Merk dir alles gut. Bligh ist als Held nach England zurückgekehrt; er hat ein Buch verfaßt, das jedermann gelesen hat ... es wurde sogar König Georg bei einem Morgenempfang vorgestellt ... man beförderte ihn zum Vollkapitän, und er bekam ein neues Kommando, nach Tahiti zurückzusegeln, um Brotfruchtpflanzen zu laden und sie in die Karibik zu bringen ... er hat seinen Auftrag höchst erfolgreich ausgeführt ... die Regierung von Jamaica überreichte ihm tausend Guineen und Hartzinn im Wert von weiteren hundert Guineen.«

Es war eine bittere Geschichte, und meine Mutter rang wieder nach Luft. Ich wollte schweigen, um sie nicht noch mehr aufzuregen, aber mein Bedürfnis nachzufragen wurde immer dringlicher.

»Ich will erst gar nicht versuchen zu erklären, weshalb wir gemeutert haben. Doch Ihr sollt wissen, daß es nicht wegen einer Frau auf Tahiti geschah und daß wir niemals gemeutert hätten, wäre ein anderer als William Bligh unser Kapitän gewesen. Soviel ist absolut sicher. Der Rest jedoch ist auch für mich eine immer noch ungelöste Frage ... Aber wir haben sechzehn Männer auf Tahiti zurückgelassen. Habt Ihr etwas von ihnen gehört, Mutter?«

»Die *Pandora,* eine Fregatte der Königlichen Marine, wurde entsandt, um dich zu suchen. Statt dessen hat sie diese Männer gefunden, oder besser die paar, die sich noch nicht gegenseitig umgebracht hatten, als das Schiff eintraf. Alle wurden gefangengenommen und die meisten in einem Käfig an Deck der Fregatte angekettet ...«

»Alle? Aber einige hatten sich doch gegen die Meuterei gewehrt ...«

»Vier von ihnen sind ertrunken, als die Fregatte am Großen Barrierriff sank.« Trotz aller Selbstbeherrschung weinte sie erneut. Als sie sich wieder gefaßt hatte, fuhr sie fort: »George Stewart war einer von ihnen ... ich sehe seine Mutter jede Woche auf dem Markt in Douglas.«

Mein Herz wurde schwer. George war mein Backschaftskamerad gewesen, mein Freund, ebenfalls ein Inselbewohner – aus Orkney – und ein Loyaler, der sich gegen die Meuterei ausgesprochen hatte und nur deshalb an Bord der *Bounty* geblieben war, weil es im Beiboot keinen Platz mehr für ihn gegeben hatte.

Nach einer Weile beidseitigen Schweigens fragte ich: »Was ist aus den anderen geworden?«

»Man hat sie nach England zurückgebracht und samt und sonders vor ein Kriegsgericht gestellt. Drei wurden an der Rahnock eines Flaggschiffs im Hafen von Portsmouth gehängt.«

»Wer von ihnen? War Peter Heywood ...?«

Meine Mutter kannte die Familie Heywood, seit sie nach Douglas gekommen war. Mit einer Härte, die ich noch nie bei ihr erlebt hatte, antwortete sie: »Als Bligh zurückkehrte, schrieb ihm Peter Heywards Mutter, die gerade Witwe geworden war, einen verzweifelten Brief, in dem sie sich nach ihrem Sohn erkundigte. Seine Antwort war für sie fast so grausam, wie es der Tod ihres Sohnes gewesen wäre, denn er teilte ihr mit, Peters Niedertracht und Gemeinheit spotte jeder Beschreibung. Dafür hasse ich diesen Mann.«

Ich hoffte, sie würde ihn irgendwann auch um meinetwillen hassen. »Hat man Peter gehängt?«

»Peter wurde verurteilt«, antwortete sie. »Bligh behauptete, jeder, der an Bord geblieben war, sei Teil der Verschwörung gewesen ...«

»Das ist eine Lüge, und das weiß er auch. Peter war unschuldig. Er wurde während der Meuterei unter Deck festgehalten und streng bewacht. Und überhaupt – was meinte er mit Verschwörung? Es geschah doch alles in der Hitze des Augenblicks.«

»... aber der König hat Peter persönlich freigesprochen.«

»Ihn freigesprochen? Vom Vorwurf der Meuterei?«

»Ja. Einige andere ebenfalls. Die Admirale des Kriegsgerichts bekamen einiges zu hören, was die andere Seite von Blighs Geschichte zeigte.«

»Ihr meint, es gibt Sympathien ...?«

»Nicht für dich. Da kannst du sicher sein.«

»Ich weiß, Mutter. Darauf würde ich nie zu hoffen wagen. Aber für die Männer, für die Gründe der Meuterei?«

Sie antwortete nicht, sondern beobachtete mich nachdenklich, als ringe sie mit einer Entscheidung. Schließlich packte sie die Armlehnen ihres Sessels, erhob sich mühsam und ging hinüber zu dem kleinen Bücherregal. Mit meiner seltsam verdoppelten Wahrnehmung sah ich die Bücher gleich wieder auf dem Regal in Moorland Close stehen. Meine Mutter jedoch zog die Familienbibel heraus und entnahm ihr einen zusammengefalteten Zeitungsausschnitt.

»Das ist der einzige von hunderten Berichten, den ich aufbewahrt habe«, erklärte sie, während sie mir das Papier in die Hand drückte. »Es geht um Peter.«

Ich nahm den Artikel mit zu der Kerze auf dem Kaminsims und entfaltete ihn.

Es war ein Artikel aus dem *Cumberland Pacquet* vom 29. November 1791.

Nachdem vor einem Monat an Bord der HMS *Brunswick* drei Meuterer der *Bounty* durch den Strick starben, herrschte in der Presse und in der Öffentlichkeit zunächst Schweigen, als wäre die Angelegenheit, wenn nicht gänzlich erledigt, so doch zumindest teilweise bereinigt. Dieses Schweigen jedoch scheint nur eine Atempause gewesen zu sein, wie auch der folgende Brief bestätigt, den Mr. Edward Christian, Bruder des als Anführer der Meuterei verdächtigten Fletcher Christian, von einem früheren Offizier der *Bounty* erhalten hat.

Der Ehre unseres Vaterlandes zuliebe können wir unseren Lesern versichern, daß ihr Mitbürger Fletcher Christian nicht der verabscheuungswürdige, bösartige, verderbte Unhold ist, als der er mit extremer und wahrscheinlich noch nie dagewesener Ungerechtigkeit lange dargestellt wurde – was vor allem für seine Angehörigen schwer zu ertragen sein muß –,

sondern vielmehr ein Mensch, um den jedes einigermaßen mitfühlende Herz trauern und klagen muß.
Der Brief an Mr. Edward Christian trägt das Datum vom 5. November 1792, kaum eine Woche nach den Hinrichtungen in Portsmouth:

Sir, zu meinem Leidwesen habe ich erfahren, daß Ihr es als notwendig erachtet, über Euren wahrhaft unglücklichen Bruder unerbittlich den Stab zu brechen. So beurteilt zu werden, hat er – nach allem, was ich von seinem ehrenwerten Naturell und Charakter kennengelernt habe (sowohl öffentlich als auch privat) – nicht im mindesten verdient. Deshalb erachte ich es als meine Pflicht, Euch darüber aufzuklären und die Flamme brüderlicher Liebe (oder brüderlichen Mitgefühls) ihm gegenüber wieder zu entfachen, die, so fürchte ich, durch falsche Berichte, üble Gerüchte und gemeine Verdächtigungen beinahe erloschen zu sein scheint.
Verzeiht mir, daß ich mir diese Freiheit herausnehme, Sir: – Wenn es Euch nicht allzu unangenehm wäre, möchte ich mir erlauben. Euch aufzusuchen und Euch, so gut ich kann, zu beweisen, daß Euer Bruder nicht der gemeine, undankbare Unhold ist, als den ihn die Welt so bösartig darstellt, sondern im Gegenteil ein höchst ehrenwerter Mensch, dem nur das unglückliche Schicksal (wenn man es so nennen kann) zuteil wurde, ein junger Mann von striktem Ehrgefühl zu sein, ausgestattet mit jeder nur denkbaren Tugend und bei allen, die seine Bekanntschaft machen durften, ungemein beliebt (mit Ausnahme des einen, dessen schlechte Meinung ihm nur zur Ehre gereicht).

So verbleibe ich, Sir, mit vorzüglicher Hochachtung
Ihr ergebenster Diener ...

Für den Augenblick soll dieser Offizier anonym bleiben, doch Edward Christian, ein Anwalt von beträchtlichem Renommee in Cumberland und London, erklärt, er habe bereits mit drei weiteren Offizieren und zwei Seeleuten der *Bounty* gesprochen. Er versichert uns, daß alle Fragen aufgeklärt würden und daß Schmach und Schande diejenigen treffen werde, die es am meisten verdienten.

Schon nach der Hälfte des Briefes flossen meine Tränen. Es waren keine Tränen der Erleichterung, sondern der Rührung über die Freundschaft und den Mut von Peter Heywood. So nahe er dem Tod gewesen war, so angreifbar sein Ruf bei der Marine immer bleiben würde, hatte er sich dennoch mit einem Schreiben an die Öffentlichkeit gewagt, um mich zu verteidigen. Außerdem wurde mir klar, wie mein Bruder Edward auf die Berichte über meine Meuterei reagiert hatte: Er hatte sich offenbar dem Urteil meiner schlimmsten Verleumder angeschlossen, was mich wenig wunderte, da wir uns in der Vergangenheit nie verstanden hatten. Schweigend reichte ich den Artikel meiner Mutter zurück, froh, daß sie ihn in der Familienbibel bewahrte.

»Ganz gleichgültig, was darin steht«, flüsterte sie kaum hörbar, »sie werden dich trotzdem hängen, wenn sie dich finden. Wohin willst du gehen?« Sie legte das Papier zurück in die Bibel.

»Außer meinem Besuch bei Euch habe ich noch keine Pläne gemacht.«

»Du mußt dich verstecken und vor allem Douglas verlassen. Die Preßkommandos ziehen durch sämtliche Häfen und ergreifen alle, die sie auftreiben können, um ihre Schiffe zu bemannen. Hier, in Whitehaven, in jedem Fischerdorf, wo sie einen Seemann vermuten. Das Innenministerium hat Spione im Ausland, die nach Radikalen und Sympathisanten der Franzosen Ausschau halten; sogar hier treiben sie ihr Unwesen. Ich fürchte, wenn sie dich finden, werden sie im Nu herausfinden, wer du bist ...«

Ich suchte in ihrem Gesicht nach Anzeichen mütterlicher Fürsorge, entdeckte aber nur die Angst vor einem weiteren Skandal. Dennoch sagte ich: »Ich verstehe Eure Furcht als Fürsorge und bitte Euch nur noch, mir von meinen beiden verbliebenen Brüdern zu berichten.«

»Du darfst sie nicht besuchen!« rief sie erschrocken. »Laß niemanden wissen, daß du am Leben bist. Das ist ... eine solche Last.« Damit ließ sie sich wieder ermattet in den Sessel sinken. »Charles wohnt in Hull; er ist Arzt. Er hätte die Nachricht von deiner Meuterei fast nicht überlebt. Er war wie betäubt und lag lange Zeit krank, bis er endlich wieder zu Kräften kam. Wir gaben einander soviel Trost, wie wir konnten. Dich wiederzusehen würde ihn mit Sicherheit töten.«

»Das glaube ich nicht, Mutter. Charles war ein starker Mann, und wir standen uns als Brüder sehr nahe. Doch ich werde Euren Wunsch respektieren, denn Ihr habt recht, je weniger Leute von meiner Rückkehr erfahren, desto besser – was immer dieses ›besser‹ letztlich bedeuten mag. Wo ist Edward jetzt?«

Sie antwortete nicht, sondern starrte mich nur stumm an; ihr Mund zuckte nervös.

»Mutter ...«

»Er ist in London, im *Gray's Inn.* Fletcher, bitte geh nicht zu ihm. Zwischen ihm und dir liegt so viel Bitterkeit.«

»Kennt Ihr den Grund, weshalb er die Gespräche mit den Männern von ...«

»Wenn du nach London gehst«, fiel sie mir ins Wort, »dann ergreifen sie dich, und du kommst an den Galgen. Um der Barmherzigkeit Gottes willen, bitte, tu uns das nicht an.«

»Ich habe nicht die Absicht zu hängen, Mutter, und genausowenig will ich mich ergreifen lassen. Doch ich habe Möglichkeiten zu sterben, sollte mir ein solches Schicksal widerfahren.«

Ihre Augen weiteten sich vor Entsetzen. »Möge Gott der Herr mir vergeben. Sieh nur, was aus mir geworden ist. Oh, Fletcher, ich traue mir selbst nicht mehr. Ich weiß nicht, wieviel ich noch ertrage, und deshalb kann ich dich nur voller Angst ansehen.«

Ich kniete mich neben ihren Sessel, langsam, um zu sehen, ob sie es zuließ. Als sie sich nicht wehrte, nahm ich sie in die Arme. Noch immer leistete sie keinen Widerstand, reagierte aber auch nicht. »Ich glaube nicht an Gott, liebe Mutter, aber ich glaube an die Hölle ... denn es muß einen solchen Platz geben für einen Menschen, der Euch das angetan hat, was ich Euch angetan habe. Ich werde Euch nicht um Verzeihung bitten, denn es gibt zuviel zu verzeihen. Doch ich möchte, daß Ihr dieses eine wißt: Meine Reue ist so tief, wie es mir dieses zerstörte Leben nur erlaubt, und ich würde es mit Freuden hingeben, könnte ich damit Euer Leid lindern.«

»Nein, nein«, wehrte sie eilig ab, »mißversteh mich nicht. Was ich am meisten fürchte, ist dein Tod, denn ich weiß nicht, was ich nach all den Verlusten ... tun würde. Bleib am Leben! O Gott, Fletcher, bleib am Leben. Ich werde gern alles über dein Leben vergessen, wenn ich dafür niemals von deinem Tod erfahre, denn ich glaube, das würde mich umbringen ... Es war leichter, als ich noch nichts von deiner Rückkehr wußte. Gleichgültig, wie sehr ich verabscheute, was du getan hast, gleichgültig, was man sich über dich erzählte – ich konnte immer denken, du bist am Leben und in Sicherheit, versteckt auf einer unentdeckten Insel in einem fernen Ozean. Aber jetzt, da du zurückgekehrt bist, kann ich mir nur vorstellen, daß sie dich finden und ...«

»Ich werde mich nicht finden lassen«, fiel ich ihr ins Wort, ehe sie wieder in Tränen ausbrach. »Es gibt unendlich viele Verstecke auf der Welt, du kannst dir immer noch vorstellen, daß ich am Leben und in Sicherheit bin«, beteuerte ich, obgleich mir kein solcher Schlupfwinkel einfallen wollte.

Angesichts meines Selbstvertrauens machte sie sich los und stand auf. Plötzlich wurde sie nervös. »Mein Kostgänger muß gleich kommen. Er darf dich nicht sehen. Er ist Offizier auf dem Postschiff und übernachtet hier, wenn sein Schiff im Hafen liegt.«

Ich erhob mich, betrübt, daß sie es nötig hatte, Kostgänger aufzunehmen. Dann griff ich in meine Rocktasche, um die Banknoten herauszuholen, die ich gegen meine Peseten eingetauscht hatte. »Mutter, vielleicht gibt es mit der Zeit doch wieder einen Weg, wie ich Euer Sohn sein kann. Jetzt werde ich verschwinden und Euch keinen weiteren Kummer bereiten. Aber ich möchte Euch dies dalassen ...« Damit überreichte ich ihr das dicke Bündel Banknoten; sie nahm es müde entgegen. »Ich habe in Cádiz einen Diamanten verkauft, aber ich habe noch mehr, genug, um Moorland Close zurückzukaufen. Ich schicke Euch Geld, sobald –«

Doch sie schüttelte bereits entschieden den Kopf. »›Einen Diamanten aus Cádiz‹ ... Armer Junge, glaubst du denn, ich nehme auch nur einen Shilling von dir an, von dieser Art Geld? Moorland Close? Bildest du dir wirklich ein, wir werden unser Heim wiederbekommen? Wir haben immer noch Schulden bei allen möglichen Verwandten. Wenn ich plötzlich genug Geld habe, um Moorland Close zurückzukaufen, würde da nicht sofort der Verdacht aufkommen, daß du lebst, wahrscheinlich als Pirat auf der *Bounty?* Nein, mein Sohn – denn du bist mein Sohn und wirst es immer bleiben – nein, wir sind jetzt die Familie des Meuterers, und daran läßt sich nichts mehr ändern.«

Sie ließ das Geld los, und die Scheine flatterten zu Boden. So standen wir uns gegenüber und starrten uns an, als wir beide die Schritte des Kostgängers auf dem vorderen Gartenweg hörten. Meine Mutter gestikulierte heftig und schob mich zur Tür. Ich machte einen Schritt vorwärts, um sie zu umarmen, und zu meiner großen Freude küßte sie mich. Denn eilte ich in die Küche, um meinen Hut, meinen Umhang und meine Tasche zu holen. Gerade als die Haustür sich öffnete, verschwand ich durch die Hintertür. Im Schutz der Dunkelheit drehte ich mich noch einmal um, bis ich sah, wie der Kerzenschein wieder in der Küche auftauchte. Sicher hatte meine Mutter inzwischen die Banknoten aufgesammelt. Sie würde das Geld im Brottopfverstecken und dann die nassen Spuren meines Besuchs sorgfältig wegwischen.

Der Regen trübte meine Sicht, und ich wandte mich rasch ab. Ich wollte meine Erinnerung nicht noch mehr verwüsten, indem ich einen Kostgänger in unserem Zimmer sah.

Cumberland

April 1794

Am nächsten Morgen verließ ich Douglas mit dem Postsegler, nachdem ich die Nacht unter einer umgedrehten Fischerschmack auf dem kiesigen Strand verbracht hatte. Außer Rückenschmerzen und dem Heringsgestank, der in meine Kleider gedrungen war und mich leider den ganzen Tag begleitete, war daran nichts auszusetzen. Der Gestank hatte auch sein Gutes, denn er hielt mir neugierige Mitreisende vom Leib.

Mein vorläufiger Plan war, so rasch wie möglich ins Landesinnere zu gelangen, um den Preßkommandos zu entgehen. Schon 1787, als ich England auf der *Bounty* verließ, war man von der Admiralität so zum Dienst bei der Marine gepreßt worden. Zwar hatten wir damals Frieden, doch der Krieg schien nie allzu fern. In Whitehaven hatten ein Kapitän und die beiden ihm unterstellten Leutnants je eine Truppe von sechs bis zehn Männern angeführt, je nach dem, wie viele geeignete Grobiane sich anheuern ließen. Ihr Hauptquartier war damals eine Taverne am Hafen, genannt *Zephyr and the Wren.* Hierher schleppte man die Männer zur Musterung, dann wurden sie in einen Keller gesperrt, bis sie schließlich auf eins der Schiffe Seiner Majestät gebracht werden konnten. Als Gefangene und Matrosen blieben sie dort, bis sie starben oder die Mannschaft ausbezahlt wurde. Ersteres geschah weit häufiger. Desertieren war äußerst schwierig, denn in den meisten Seehäfen bekamen die gewöhnlichen Matrosen keinen Landgang und mußten unter der Bewachung von Seesoldaten an Bord der Marineschiffe bleiben – nur auf der *Bounty* war das nicht der Fall, sonst wäre unsere Geschichte möglicherweise anders verlaufen.

Als das Schiff in Whitehaven anlegte, suchte ich die Menschenmenge auf dem Pier zuallererst nach der verräterisch zerlumpten Uniform eines Preßpatrouillen-Leutnants ab. Dies waren meist ältere Offiziere, die freiwillig oder in Ermangelung einer anderen Karrieremöglichkeit die See gegen ein geregeltes Leben ohne Wacheschieben, Schiffszwieback und übermäßigen Rumkonsum eingetauscht hatten. Obgleich sie für gewöhnlich nachts arbeiteten, wenn leichtere Beute unterwegs war, verließ ich mich lieber nicht auf einen solchen Stundenplan. Ich war zu groß, um ihren Blicken zu entgehen, und genau im richtigen Alter für ihre Zwecke.

Doch in Whitehaven stieß ich auf keinerlei Schwierigkeiten. Die Sonne schien warm und ließ das noch feuchte Kopfsteinpflaster glänzen. Der Frühling zeigte sich in den Knospen der Kirschbäume und im Vogelgezwitscher, aber leider steigerte die Wärme auch den Geruch meiner Kleidung zu einem fast unerträglichen Gestank, während ich den vertrauten Ort in Richtung der Postkutschenstation durchquerte. Ich hatte diesen Weg oft zurückgelegt, als ich Student in St. Bees gewesen war. Mir wäre ein bekanntes Gesicht ebenso unwillkommen gewesen wie ein Preßkommando: Wenn mich jemand erkannte, war ich in unmittelbarer Gefahr, gehängt zu werden, und wenn ich zum Dienst gepreßt wurde, bedeutete das Jahre auf See als gewöhnlicher Matrose. Als ehemaliger Offizier war mir das harte Leben unter Deck nicht unbekannt, aber es war immerhin ein Leben und daher dem Galgen vorzuziehen. Jedenfalls glaubte ich das an jenem strahlenden Frühlingsmorgen.

Ohne Zwischenfall erreichte ich die Station und zahlte den Fahrpreis für die erste Kutsche ins Landesinnere. Darüber hinaus hoffte ich auf den Lake District, denn ich kannte die Gegend aus meiner Jugend und war sicher, daß sich die felsigen Hügel und Wälder, welche die Seen umgaben, hervorragend als Schlupfwinkel eigneten. Ich hatte Glück, denn in einer Stunde sollte eine Kutsche nach Penrith aufbrechen. In Cockermouth, der Stadt, in der ich aufgewachsen war, würde es einen Aufenthalt geben, aber daran ließ sich nichts ändern. Zur Not mußte ich eben in der Kutsche sitzen bleiben. Außerdem blieb mir keine andere Wahl, denn jede weitere Minute in Whitehaven bedeutete ein noch größeres Risiko. Zusammen mit den anderen Passagieren ging ich in die Taverne neben der Station, setzte mich in eine Ecke und aß mein Frühstück: Eier, Blutwurst, grobe Scones und Kaffee. Niemand saß in meiner Nähe, und die Bedienung hielt die Luft an, solange sie neben mir stand.

Dann fuhr die Postkutsche vor und entließ ihre Passagiere, steif und mitgenommen, wie auch ich es zwei Tage zuvor gewesen war, vom stundenlangen Geschüttel und Gerüttel, neben dem das Schlingern und Rollen eines Schiffs wie ein Ritt auf einem Daunenkissen erschien. Die Pferde wurden gewechselt, unter lautem Rufen und Schimpfen der Stallknechte. In der Taverne genehmigte sich der Kutscher ein Gläschen, aber bald darauf verkündete er, daß er losfahren werde – gleichgültig, ob Pferde, Passagiere und Gepäck nun bereit waren oder nicht. Ich wartete, um als letzter einzusteigen, denn ich legte keinen Wert auf einen Fensterplatz, sondern nur darauf, unauffällig zu bleiben. Erst als alle auf ihren Plätzen saßen und der Stallknecht das Gepäck festschnallte, trat ich aus der Taverne hinaus ins helle Sonnenlicht, in dem mir sofort die goldene Tresse an der Mütze eines Leutnants entgegenschimmerte, der vor der Tür wartete. Zum Glück sah ich ihn aus dem Augenwinkel, ging rasch an ihm vorbei, direkt auf die Postkutsche zu und drückte dem Stallknecht meine Tasche in die Hand. Aber als ich aufs Trittbrett stieg, legte sich unsanft eine Hand auf meine Schulter, so daß ich mich umdrehen mußte.

»Ihr bewegt Euch, als hättet Ihr schon das eine oder andere Segel gerefft«, meinte der Leutnant, während sich vier weitere seiner Bande um ihn scharten. Seine wäßrigen Augen waren rot gerändert, die Haare ungekämmt unter der schmutzigen Offizierskappe, die ihm schief auf dem Kopf saß.

»Mehr als nur das eine oder andere, würde ich sagen. Ich bin Fischer«, erwiderte ich mit meinem besten nordenglischen Akzent.

»Oh, das merkt man, stimmt's, Kameraden?« grinste der Leutnant und rümpfte bedeutsam die Nase. Seine Kumpane taten es ihm gleich. Ich sah einen weiteren Mann an meine andere Seite treten, während der Kutscher schon auf den Bock kletterte und in sein Horn blies, das Zeichen zur Abfahrt – ob mit oder ohne mich. »Ich habe einen Freibrief von der Admiralität«, sagte ich, denn ich wußte, daß einige Fischer dieses Dokument besaßen, da sie dem nationalen Wohl auf ihre Weise dienten.

»Ho, ho«, blökte der Leutnant, »die alte Fisch-Geschichte habe ich ja schon lange nicht mehr gehört. Dann zeig mal her.«

»Er ist in meiner Tasche.«

Der Kutscher brüllte: »Keine weitere Verzögerung, wir müssen los.« Damit lockerte er den Bremshebel.

»Dann will ich Euch die Wahrheit sagen«, sagte ich. »Es paßt mir im Augenblick leider nicht, mich Euch anzuschließen.«

»Ach, wirklich?« meinte der Leutnant und grinste spöttisch. »Wir werden dir gleich zeigen, was dir paßt, Freundchen ...«

Doch ehe er einen Schritt machen konnte, schlug ich die Kutschentür zu, versetzte dem Mann neben mir einen Tritt zwischen die Beine und gab dem Pferd, das mir am nächsten stand, einen kurzen, harten Klaps auf die Flanke. Das erschrockene Tier warf sich im Geschirr nach vorn und riß die drei anderen mit. Die Postkutsche setzte sich mit einem Ruck in Bewegung, der Kutscher wetterte laut und scheuchte alles aus dem Weg, während er in die Zügel griff und versuchte, die Tiere wieder unter Kontrolle zu bekommen. Die Preßpatrouille sprang zurück, um nicht überrollt zu werden, was mir wiederum die Gelegenheit gab, mich herumzuwerfen und am Kutschkasten einen der Riemen, der das Gepäck hielt, zu packen. Ich machte zwei große Schritte, aber dann erwischte mich einer der Kerle am Bein. Zwar gelang es mir, ihn abzuschütteln, doch dabei verlor ich das Gleichgewicht und wurde von der Kutsche, die übers Kopfsteinpflaster rumpelte, mitgeschleift. Mit der Kraft der Verzweiflung zog ich mich auf den Gepäckstapel hoch, wo ich kauerte, bis ich mich einigermaßen erholt hatte.

Schließlich kletterte ich über das Dach der Kutsche zum Kutscher, der noch immer seine Pferde anbrüllte. Er hatte sie inzwischen zwar wieder fest im Griff, zählte aber noch ausführlich und lautstark ihre Unzulänglichkeiten auf. Als ich erschien, wurde ich ebenfalls mit ausgesprochen originellen Schmähungen überschüttet. Ich pflichtete ihm in jeder Hinsicht bei, was ihn zu besänftigen schien, mehr noch aber wohl der halbe Goldsovereign, den ich ihm in die Hand drückte. Danach saßen wir schweigend nebeneinander auf denn Kutschbock. Das war bestimmt an diesem milden Frühlingstag nicht nur für mich höchst angenehm, sondern auch für meine Mitreisenden, die ansonsten meine Gesellschaft hätten ertragen müssen. Das Auslüften wirkte Wunder gegen den Heringsdunst, und ich hoffte, daß ich meine Kleider, wenn ich sie ordentlich auskochte, vielleicht doch nicht zu verbrennen brauchte.

Bis nach Cockermouth war mir jede Meile wohl vertraut, und schon bald überwältigte mich das Heimweh. Die Jahreszeit und das Wetter machten alles noch schlimmer, denn sie ließen die ganze Welt um mich herum so wunderschön, so perfekt erscheinen. Der Farn auf den Hügeln, die sich neben uns erhoben, hatte die Farbe eines alten rostigen Ankers, doch zwischen den vertrockneten Resten des Vorjahres machten sich schon die ersten grünen Schößlinge daran, ihre Blätter aufzurollen. Zwischen den knospenden Buchen und Eichen, die die Hänge bedeckten, sangen Zilpzalp und Weidenlaubsänger so laut, daß ich sie trotz der rumpelnden Kutsche hören konnte. Die Blumen – Schöllkraut, Ehrenpreis, Waldanemone und hie und da sogar ein verborgenes Veilchen – überzogen das Land mit ihrem charakteristischen Zauber. Ich sah, roch und fühlte sie, und ich hätte schwören mögen, daß ich die Blütenhonig suchenden Bienen summen hörte und ihren süßen Duft schmeckte, wenn ich den Mund öffnete, um mich an der Luft meiner Heimat zu laben. Ehe ich mich's versah, fuhren wir am Fellbarrow und am Whin Fell vorbei, den Hügeln, auf die ich von meinem Fenster in Moorland Close geblickt hatte. Auf halber Höhe ihrer grasbewachsenen Hänge entdeckte ich eine große Herde Herdwick-Schafe und vernahm das Blöken der neugeborenen Lämmer. Um sie herum und über ihnen leuchtete ein Meer aus gelbem Ginster, während am weißblauen Himmel mit unbekümmerter Anmut ein Geier schwebte, stets nach verirrten Tieren Ausschau haltend.

Ich wußte, ich brauchte nur nach Backbord zu blicken – oder nach links, ich war ja an Land –, um einen Blick auf Moorland Close zu erhaschen, zumindest auf den Turm und die alten Mauern, die das Gut umgab. Doch ich tat es nicht; voller Verbitterung darüber, daß es nicht mehr uns gehörte, blickte ich starr geradeaus. Zur Belohnung erspähte ich den Kirchturm der *All Saints*-Kirche in Cockermouth. Während die Räder der Postkutsche über das Kopfsteinpflaster der Hauptstraße ratterten, holten mich die fünfzehn Jahre meiner

Jugend wieder ein, und als der Kutscher bremste und die Pferde vor der Station bei der Taverne *Lion and Castle* zügelte, glaubte ich, buchstäblich in der Vergangenheit zu versinken.

Wenn doch nur, wenn doch nur, wenn doch nur – so ging es mir unablässig im Kopf herum. Natürlich sah ich mich um, während die Passagiere ausstiegen, um sich die Beine zu vertreten. Da die Pferde nicht gewechselt wurden, war der Aufenthalt nur kurz. Von meinem Aussichtsplatz auf dem Kutschbock konnte ich die getünchten Häuschen hinter Kirkgate sehen, dort am Ufer des Flusses Derwent; die strohgedeckten Dächer schimmerten hell in der Sonne. Neben der Kirche stand die örtliche Schule, in der ich über meinen Latein-, Griechisch- und Trigonometrie-Aufgaben gebrütet und dann zwischen den Grabsteinen in der Nähe Verstecken gespielt hatte.

Rasch wanderten meine Augen zu dem grandiosen säulengeschmückten Haus drüben am Marktplatz. Mit seinen zahlreichen Salons und marmornen Kaminverkleidungen hatte es meinem Bruder John als Büro und Kanzlei gedient, wenn er hier in der Gegend zu tun hatte. Als der Kampf meiner Mutter gegen den Bankrott begann, hatte er sich schließlich herabgelassen, das Gebäude zu verkaufen, doch zu diesem Zeitpunkt war bereits alles zu spät gewesen.

Auf dem gegenüberliegenden Ufer des Derwent lagen die Überreste von Papcastle, erbaut im zwölften Jahrhundert und in unserer Zeit vergrößert. Dort hatte Sir Henry Fletcher, der Vorfahr meiner Mutter, im Jahr 1568 aus Mitleid der zum Tode verurteilten Maria Stuart einige Meter purpurroten Samts geschenkt, damit sie sich für ihre Hinrichtung ein neues Kleid schneidern lassen konnte. In der Nähe standen eine ganze Reihe sehr geschmackvoller Häuser; die meisten erfolgreichen Kaufleute und Rechtsanwälte wohnten allerdings ein Stück außerhalb des Zentrums.

Wir hatten sie alle gekannt. Ich hatte meine Jugend mit den Kindern dieser Familien verbracht, in der Schule, beim Spielen, bei Partys und auf Erkundungswanderungen über die frühlingsgeschmückten Hügel, die uns umgaben. Von meinem Sitz aus konnte ich den Zusammenfluß von Cocker und Derwent ausmachen. Die beiden Flüsse waren unsere Verbindungswege, und an ihren Ufern tobten wir, plauderten miteinander und entdeckten eine Menge über uns selbst. Ich suchte nicht nach bekannten Gesichtern, und auch mich schaute niemand an, denn es war Markttag, und niemand hatte Zeit, sich untätig umzusehen. Die Menschen wimmelten emsig um uns herum, ein Mann versteigerte mit lauter Stimme Schafe und Kühe, Freunde begrüßten sich, man feilschte um die Waren, Kinder schrien aufgeregt nach ihren Eltern.

Ich mußte weg von hier und beging den Fehler, dem Kutscher meinen Wunsch mitzuteilen. Mit einem Wortschwall, der eher einem Kugelhagel glich, verscheuchte er mich vom Kutschbock und bestand darauf, daß ich im Innern der Kutsche weiterfuhr, damit ich es bei der Geschwindigkeit, die ich ihm abverlangte, bequemer hatte. Als ich meinen Platz einnahm, bekam sein Gespann wieder die üblichen Beschimpfungen zu hören, während der Kutscher sie peitschenknallend die Main Street in Richtung Keswick hinuntertrieb.

Ich war erleichtert, und meine Traurigkeit betäubte meine Sinne so weit, daß ich eine ganze Weile durch den Frühling geschaukelt wurde, ohne etwas davon zu merken. In meinen Kummer versunken, brauchte ich eine ganze Weile, bis ich spürte, wie ein Knie gegen mich stieß. Das merkte ich, daß mich die Mitreisenden angewidert und mit gerümpften Nasen anstarrten. Offenbar hatte mein Aufenthalt in der linden Luft draußen doch nicht ganz den Effekt gehabt, den ich mir erhofft hatte. Am meisten beunruhigte mich jedoch, wie unverwandt sie mich musterten, stumm, aber mit unverkennbarem Tadel. Obwohl die Leute um mich herum sicherlich zuerst und vor allem meinen Geruch wahrnahmen, merkten sie sich bei solch intensiver Belästigung womöglich auch mein Gesicht, und ich wollte auf keinen Fall, daß ich jemandem im Gedächtnis blieb, ganz besonders nicht jemandem, der mit mir durch den Lake District gereist war. Deshalb öffnete ich schließlich die Tür und bat den Kutscher, aussteigen zu dürfen. Seine Antwort überraschte mich nicht, schockierte jedoch die Passagiere, die ich hinter mir ließ, in höchstem Maße. Noch ein goldener halber Sovereign befreite meine Tasche aus dem Kutschkasten, unterbrach aber nicht die ausgefeilte, spucketriefende Schimpftirade, die sogar noch andauerte, als die Postkutsche längst ohne mich weiterfuhr.

Ich fand mich am nördlichen Ende des Bassenthwaite wieder. Nachdem ich eine Weile auf die vertraute Schönheit des Sees gestarrt hatte, verließ ich die Straße und schlug den Pfad ein, der sich an seinem östlichen Ufer entlangzog. Er führte durch blühende Wiesen und durch Wälder, in denen ich Rotkehlchen, Kleibern und – mit einigem Glück – sogar einem Goldhähnchen oder einem Rudel Rehe begegnen würde. Die ganzen acht Meilen nach Keswick befand ich mich im Windschatten des Skiddaw, des majestätischen Berges, den ich einst in den Frühlingsferien mindestens einmal erklommen hatte. An jenem Tag kam der Wind aus Südosten und trieb eine gelegentliche Wattewolke vor sich her über den Himmel, der sich nun plötzlich auch noch mit einem Schwarm von Moor- oder Bläßhühnern, Wildenten, Krickenten und Haubenenten schmückte, die alle ihre jeweilige Zielrichtung genau zu kennen schienen. Nach einer Stunde traf ich auf einen Reiher, der in Ufernähe fischte. Argwöhnisch starrte er mich eine Weile an, machte sich dann aber beruhigt wieder an die Futtersuche im flachen Wasser.

Hier in der Natur fühlte ich mich willkommen, und ich genoß dieses Gefühl. Mit diesen Hügeln, Seen und Wäldern verbanden mich ebenso viele Erinnerungen wie mit meiner

Familie und meinen Freunden, nur wesentlich unkomplizier-tere. Solange ich allein war, wanderte ich ohne Furcht vor Entdeckung, und aus meiner Freude wurde eine regelrechte Hochstimmung. Ich begann sogar zu singen oder eher vor mich hin zu sprechen, denn meine Singstimme jagt Tieren und Kindern unweigerlich Angst ein.

Als ich das Ende des Bassenthwaite erreichte und am Ufer des Derwent entlangschritt, beschloß ich, eine Weile in Keswick zu bleiben, zum einen, um mein Herz zur Ruhe kommen zu lassen, zum andern, um mein weiteres Vorgehen zu überdenken. Das Wohlgefühl in Muskeln und Sehnen ließ mich begreifen, was zehn Jahre auf hoher See meiner Wanderlust angetan hatten. Decks und Gangways boten nur spärlichen Auslauf, und Pitcairn war so winzig, daß man kaum Gelegenheit hatte, die Beine richtig zu gebrauchen. Im Lake District dagegen kam das Laufen mit dem Atmen; wenn man atmete, folgte das Laufen ganz natürlich – oder man war so gut wie tot. Als ich nach Keswick hineinmar-schierte, vor mir das überwältigende Panorama des Sees, des Derwent Water, und jenseits des Ortes die Erhebungen von Lonscale Fell und Blencathra, da fühlte ich mich so le-bendig wie schon lange nicht mehr – gewiß nicht seit dem 28. April 1789. Bei diesem Gedanken fiel mir ein, daß seit der Meuterei auf den Tag genau fünf Jahre vergangen wa-ren.

Den Ansturm der Erinnerungen konnte ich nicht aufhalten. Das Zimmer, welches ich über der Taverne anmietete, ging zwar auf den See hinaus, doch das half nichts: Die Bilder vom Achterdeck der *Bounty* und der überbesetzten Barkasse ließen sich nicht vertreiben. So floh ich hinaus ins Freie, was sich allerdings als nicht sonderlich wirksam erwies, da ich die Dämonen mit mir nahm. Doch als ich dann die Straße hinunterging, sah ich den Latrigg, den kleinen Berg zwischen der Stadt und dem Skiddaw. Mit der Leidenschaft eines zu einer neuen Religion Konvertierten floh ich zu seinem bewaldeten Hang und eilte den ausgetretenen Pfad hinauf zum grasigen Gipfel, bis meine Seemannslungen rebellierten und ich mein Tempo zu einer gemesseneren Gangart zügeln mußte. Ich wußte genau, welche Aussicht sich mir bieten würde, und ich vertraute darauf, daß diese und die ausdauernde Bewegung sich ähnlich befreiend auswirken würden wie das, was ich ein paar Stunden zuvor erlebt hatte. Da der Weg relativ nah an der Stadt lag und gut zugänglich war, blieb ich nicht allein. Gelegentlich begegnete mir jemand, doch ich achtete nicht darauf, so besessen war ich von meinem Eifer, die Absolution der Natur zu erlangen oder einen ähnlich wirksamen Zauber heraufzubeschwören.

Als sei ein rituelles Zeichen vonnöten, begann es just in dem Moment zu regnen, als ich einen Adler erspähte, der in den Aufwinden des Lonscale über mir dahinschwebte. Im Lauf der folgenden Tage wurde ich ein richtiger Fanatiker; ich verbrachte kaum noch Zeit in meinem Zimmer, sondern machte mich schon vor Sonnenaufgang auf den Weg, umwanderte am einen Tag Derwent Water und stieg hinauf auf den Cat Bells, marschierte am nächsten durch den Dodd Wood auf den Skiddaw und erklomm dann den steilen Hang des Blencathra, bei jedem Schritt auf Geröll rutschend.

In einem Waldstück fand ich einen harten, knorrigen Ast, den ich auf meine Länge zurechtstutzte und fortan als Wanderstock benutzte. Die meiste Zeit hielt ich mich an die Pfade; nur wenn mich die Neugier oder eine noch schönere Aussicht weglockte, ging ich wild. Andere Wanderer mied ich soweit wie möglich, und wenn ich doch welchen begegnete, grüßte ich flüchtig unter der tief herabgezogenen Krempe des Hutes, den ich mir gekauft hatte, um mein Gesicht zu verbergen. Obgleich ich allein war und mich durch die vertraute Umgebung wie neugeboren fühlte, wurde ich nie unvorsichtig, sondern war weiterhin stets auf der Hut und überprüfte die mir begegnenden Gesichter blitzschnell auf Anzeichen eines Wiedererkennens. Mit der Zeit begann ich wieder Pläne zu schmieden, gestärkt durch das Wohlbehagen, das meine Wanderungen mir schenkten. Irgendwie fand ich hier im Lake District die Stärke, meine Gedanken zu ordnen, auch wenn die Lösung meiner Probleme zunächst ebenso unsicher blieb wie das Wetter.

Eines Nachmittags war ich, tief in Gedanken versunken, am Ufer des Whit Beck unterwegs, der den Lonscale Fell herabfließt, da kam plötzlich ein Mann um eine Felsspitze herum auf mich zu und sprach mich an. Ich hatte ihn nicht kommen hören und hob instinktiv meinen Stock. Eine Frau, die ein Stück hinter dem Mann ging, rief ihm eine Warnung zu, und er wich zurück.

»Wir führen nichts Böses im Schilde«, sagte die Frau beschwichtigend und trat rasch an die Seite ihres Begleiters. »Wir suchen nur ein bißchen Gesellschaft, für so kurz oder lang, wie es uns und Euch Vergnügen bereitet.«

Ich kannte die beiden von früheren Wanderungen. Sie waren jünger als ich, unter den Umhängen vornehm, wenn auch etwas verschlissen gekleidet. Der Mann war groß und schlank, mit kurzgeschnittenem Haar und einem braunen Rock, an dem mehrere Knöpfe fehlten. Seine alten Langschäfter waren abgetragen, und obgleich er die Weste bis oben hin zugeknöpft hatte, sah man, daß er kein Hemd trug.

»Ich habe Euch schon des öfteren gesehen, Sir«, entgegnete ich vorwurfsvoll. »Folgt Ihr mir etwa?«

»Ganz und gar nicht, Sir«, antwortete die Frau für ihren Gefährten, schlug ihren Umhang zurück und zog die eng geschneiderte Jacke zurecht, die sie über dem einfachen Musselinkleid trug. »Wir wohnen in der Nähe und wandern täglich auf den Hügeln – wie Ihr offensichtlich auch –, nur unseren Eingebungen folgend, die sich wohl gelegentlich mit den Euren treffen.« Sie wagte ein bescheidenes Lächeln, viel zu gewinnend und offen, als daß sich dahinter bösartige Absichten verbergen konnten.

Ich ließ meinen Stock sinken. »Verzeiht mir. Ich habe Euch nicht kommen hören.«

»Ihr scheint ein hingebungsvoller Wanderer zu sein«, sagte der Mann, ganz der wortkarge Nordengländer, mit dem Akzent, der mir seit meiner Geburt vertraut war.

»Ich lerne das Wandern gerade erst wieder«, erwiderte ich.

»Da habt Ihr Glück«, meinte sie schlagfertig, »denn wir sind auf diesem Gebiet Experten.« Wieder lächelte sie, einladend und ein wenig herausfordernd. »Das heißt, falls Euch etwas an Gesellschaft liegt.«

Eine Woche lang hatte ich jeden menschlichen Kontakt gemieden, weil ich mich davor fürchtete. Aber die Offerte der beiden wirkte so natürlich und insbesondere bei der Frau so humorvoll, daß ich merkte, wie meine Abwehr nachließ. Hier waren zwei Wanderer, Mitglieder meiner neuen Glaubensgemeinschaft. Ich mußte lernen, mit Menschen zu leben, weshalb also sollte ich nicht mit diesen beiden üben?

»Es wäre mir eine Ehre«, sagte ich mit einem nervösen Hüsteln.

»Gut«, entgegnete die Frau. »Nun, zuerst einmal müßt Ihr lernen, wie man einen großen Fuß vor den anderen setzt.« Das Glitzern in ihren Augen reizte mich zum Lachen, was mir überraschend leichtfiel. So schlossen sich die beiden mir an, und wir stiegen rasch den schmalen Weg hinab, während ein sanfter Regen zu fallen begann, vor dem uns unsere Umhänge jedoch mühelos schützten.

Unser Gespräch drehte sich darum, daß wir uns auf die Gefahren des Weges oder auf besonders schöne Ausblicke aufmerksam machten. Wir dachten uns Persönlichkeiten für die Hügel um uns herum aus und spekulierten darüber, was der eine vom anderen halten mochte oder auch von uns, die wir auf ihren Rücken herumkraxelten. Nach einer Weile merkte ich, daß das Paar es wie ich vermied, Einzelheiten über sein vergangenes und gegenwärtiges Leben zu erwähnen; der Mann tat dies mit einer behutsamen Aufrichtigkeit, die er unter einem ziemlich steifen Äußeren verbarg, während sich die Frau darauf beschränkte, ihre Begeisterung für das, was sie gerade sah und fühlte, mit uns zu teilen. Bereitwillig trug ich das Meine zu der Unterhaltung bei, denn jeder neue Winkel des Abhangs bot einen Blick, der mich erfreute oder berührte, stets begleitet vom Vergnügen an ihrer ungezwungenen Konversation.

»Wir haben Euch schon mehrmals gesehen«, sagte er.

»Ja, das erstemal auf dem Larrigg«, ergänzte sie. »Wir hatten den ganzen Tag gearbeitet, und es war zu spät für einen langen Ausflug.«

»Ich wandere jeden Tag«, bemerkte ich geistreich.

»Das haben wir uns gedacht«, entgegnete er. »Wir nennen Euch Gulliver, ›unser großer Wandersmann‹.«

»Ihr habt mir also bereits einen Namen gegeben«, sagte ich und versuchte, mir meinen Schrecken nicht anmerken zu lassen.

»Wir geben allen, die uns über den Weg laufen, einen Namen«, erklärte er, »gleichgültig, ob wir sie später kennenlernen oder nicht.«

»... und wir erfinden Geschichten über die Leute«, fügte sie hinzu, seinen Gedanken zu Ende führend. »Wenn Ihr Wert darauf legt, erzähle ich Euch Eure Geschichte, dann könnt Ihr sehen, wie nahe wir der Wahrheit gekommen sind.«

Glücklicherweise lenkte ein Regenbogen sie rasch von dieser Idee ab. Der Regen war nach Osten abgezogen, so daß die Nachmittagssonne den richtigen Einfallswinkel hatte, um ihr Farbenspiel zu entfalten. Schweigend standen wir da und betrachteten ehrfürchtig den Bogen, der sich vom Clough Head zum Blencathra zog, zwischen sich das leuchtend grüne Tal des Greta mit seinen violetten Schattierungen.

Schließlich wanderten wir weiter, immer am Wildbach entlang zum Fuß des Hügels, dann zum Latrigg, wobei wir über andere Ausflüge in der Nähe des Derwent Water plauderten, ohne jedoch ausdrücklich ein weiteres Treffen zu vereinbaren. Als wir zu einer Weggabelung kamen, an der man entweder nach Keswick oder in die Schlucht des Greta abbiegen konnte, zögerten wir, denn wir wollten uns eigentlich noch nicht trennen. Beiläufig sprachen wir davon, daß wir uns zufällig auf dem Hügel wiedersehen würden, vielleicht schon am nächsten Tag.

»Würdet Ihr Euch bereit finden, uns beim Abendessen Gesellschaft zu leisten?« fragte die Frau übergangslos und ohne sich zuvor mit ihrem Begleiter zu beraten. »Wir wohnen ganz in der Nähe, und wenn auch die Mahlzeit nicht begeisternd sein mag, sind wir es doch um so mehr.«

Alle meine Instinkte warnten mich, aber natürlich nahm ich die Einladung trotzdem an. Auf seine karge Art schien sich der Mann darüber ebenso zu freuen wie die Frau, und wir gingen die kurze Strecke zu einem bäuerlichen Landhaus, das mit seinen Nebengebäuden nahe beim Fluß lag, genau dort, wo der Wind, der zwischen dem Blencathra und den Lonscale Fells durchs Tal blies, um den Latrigg herumpeitschte. Das Paar führte mich in ein kleines, aber gemütliches Zimmer. Nun waren wir mehr oder weniger gezwungen, uns vorzustellen. Ich wappnete mich mit einer Phantasiegeschichte.

»Dies ist nicht unser Heim«, erklärte die Frau mit ihrer typischen Heiterkeit. »Wir sind Vagabunden – wirklich. Die Familie, die die Farm bewirtschaftet, ist auf einer Hochzeit in Crosthwaite, herzensgute, ehrliche, bodenständige Menschen ...«

Er kümmerte sich bereits ums Feuer, stocherte in den Kohlen und legte aus dem Korb, der neben dem Kamin stand, Holz zum Anheizen nach. »Ein guter Schulfreund hat uns angeboten, hier ein paar Wochen zu wohnen. Windy Brow heißt das Anwesen, ein passender Name, findet Ihr nicht? Ich fürchte, das Abendessen, das wir anbieten können, ist alles andere als üppig. Kartoffeln und Milch vom Hof ... ganz frisch«, ergänzte er entschuldigend. Scherzhaft hielt die Frau zwei Kartoffeln hoch, damit ich sie begutachten konnte.

»Ich muß gestehen, daß mein Hunger sich mehr auf Gespräche bezieht als auf Fleisch und Dessert«, entgegnete ich.

»Damit könnt Ihr Euch bis zum Mondaufgang vollstopfen, das garantiere ich«, lachte sie. »Wie sollen wir Euch nennen, Gulliver? Ich bin Dorothy Wordsworth, und dies ist mein Bruder William.«

Er streckte mir die Hand entgegen. Die meine krampfte sich um meinen Wanderstab. Hier würde ich nicht mit einer Phantasiegeschichte davonkommen. Ich mußte mich so schnell wie möglich aus dem Staub machen.

Die beiden standen vor mir, Dorothy noch mit den Kartoffeln in der Hand, ihr Bruder mit einem Scheit Feuerholz, und blickten mich besorgt und ängstlich an. Offenbar hatte sich der Schock auf meinem Gesicht gezeigt.

»Sind wir uns schon einmal begegnet?« fragte Wordsworth, als erwarte er das Schlimmste.

»Vergebt mir, aber ich fühle mich plötzlich unwohl«, antwortete ich gepreßt, eine offensichtliche Lüge, aber ich hoffte, sie würden mich daraufhin gehen lassen.

»Nein, Sir, das glaube ich Euch nicht, Sir«, sagte Dorothy, deren Zorn offenbar ebenso schnell aufflammte wie ihr Witz. »Sind unsere Namen Lohn genug für Eure Suche? Seid Ihr vom Innenministerium gekommen, schnüffelt Ihr nach weiteren Beweisen für radikale Aktivitäten meines Bruders? Oder habt Ihr es auf eine Skandalgeschichte abgesehen, für Euren korrupten Grafen, der uns unser Erbe nicht auszahlen will? Wir haben uns nichts zuschulden kommen lassen, Sir. Wartet. Seid Ihr gekommen, um uns wegen eines bestimmten Kindes zu erpressen?«

»Dorothy«, unterbrach Wordsworth, »gib dem Mann wenigstens Gelegenheit, etwas zu erwidern. Sir, warum hat unser Name eine solche Wirkung auf Euch?«

»Das kann ich Euch nicht sagen«, antwortete ich, während ich versuchte, mich zur Tür zurückzuziehen, mit dem panischen Gefühl, daß alles verloren war. »Aber habt keine Angst vor mir. Ich muß jetzt gehen, und ich habe keine andere Bitte an Euch, als diese Begegnung zu vergessen. Das wäre am besten für –«

»Für Euren Auftraggeber, damit er nicht herausfindet, daß wir Euch durchschaut haben«, fiel mir Dorothy ins Wort, knallte die Kartoffeln auf den Tisch und trat mir entgegen. »Seid versichert, daß wir Euch nicht vergessen, Sir. Wißt Ihr, wie es ist, wenn jemand einem nachspioniert, wenn man gejagt wird? Wir werden alle unsere Freunde im Lake District davon in Kenntnis setzen, daß Ihr in der Gegend seid. Ich kann recht gut zeichnen, und ich werde mich hinsetzen und Euch ganz genau wiedergeben, damit alle sehen ...«

Sie hielt inne, denn ich hatte meinen Wanderstock erhoben und holte aus. Entsetzt wich sie vor mir zurück in die Arme ihres Bruders. Wordsworth stellte sich schützend vor seine Schwester, während ich meine Waffe schwang, einen lauten Schrei ausstieß, und den Stock dann auf die Armlehne eines Sessels niedersausen ließ. Das Möbelstück ging zu Bruch. Ich starrte auf mein Werk, dann sah ich langsam zu den beiden auf, die sich immer noch verängstigt seitlich an den Kamin drückten.

Es gab nur eine Chance. »Ich bin Fletcher Christian«, sagte ich laut.

Wenn ihr Name mich schockiert hatte, so raubte der meine ihnen den Atem. Abrupt ließen sie einander los; Wordsworth stützte sich so schwer auf den Tisch, daß das Papier von dort stapelweise auf den Boden rutschte, während seine Schwester mit ausgebreiteten Armen und offenem Mund in die Zimmerecke zurückwich. Dann standen wir alle reglos da und starrten einander an.

»Ich kenne Euch aus der Schule«, brachte Wordsworth schließlich hervor.

»Ja, aber nur flüchtig ... aus der Schule in Cockermouth. Ihr wart fünf oder sechs Klassen unter mir. Vor ein paar Tagen bin ich an Eurem Haus vorbeigekommen. Ich weiß noch, wie Euer Vater starb ...«

»Wußtet Ihr«, mischte sich Dorothy atemlos ein, »daß Euer Bruder Edward unser Anwalt gegen Sir Jamie Lowther war? Er hat den Prozeß gewonnen, aber –«

»Davor war er mein Rektor in der Hawkshead School«, unterbrach Wordsworth. »Euer Vater und unserer waren –« Er hielt inne, plötzlich unsicher geworden. Die Geschwister blickten sich an, dann sahen sie zu mir.

»Unsere Familien sind so vielfältig miteinander verbunden wie ein im Wantschlag geschlagenes Tauwerk«, sagte ich. »Ich konnte nicht zulassen, daß Ihr mit Euren Freunden über mich sprecht. Ich konnte Euch kein Bild von mir zeichnen lassen ...«

»Natürlich nicht«, pflichtete Wordsworth mir behutsam bei, beinahe, als wollte er meine Gewalttätigkeit verzeihen.

»Aber Ihr habt uns auch nicht umgebracht«, meinte Dorothy, »also könnt Ihr ebensogut zum Abendessen bleiben.«

Windy Brow

Mai 1794

Was der Mahlzeit an Abwechslung mangelte, machte sie durch Masse wett – unendliche Mengen Kartoffeln, mit Butter und Salz sowie ganz frischer Milch, um alles hinunterzuspülen. Ein an Schiffszwieback und Grog gewohnter Seemann hätte es ohne weiteres als Festmahl bezeichnet. Ich saß in dem zerschlagenen Sessel, den wir mit einer Schnur und allen mir bekannten Schifferknoten notdürftig zusammengebunden hatten. Zuerst sprachen wir über die Familien, die wir in Cockermouth kannten, über Erfolge und Mißerfolge, Eheschließungen und Todesfälle, unsere eigene jüngste Vergangenheit stets geschickt vermeidend, was den Wordsworths ebenso recht zu sein schien wie mir. Vorsichtig begannen wir eine Diskussion über den Krieg, worauf wir mühelos zur Tagespolitik übergingen. Es dauerte keine zwei Minuten, da war mir klar, daß Wordsworth leidenschaftlich, radikal und von überzeugt republikanischer Gesinnung war. Und es war mir ebenso klar, was er zu fürchten hatte.

»... aber diese fanatische Selbstgerechtigkeit unserer englischen Monarchisten in ihrer Haltung gegenüber Frankreich treibt die Heuchelei wahrhaftig auf die Spitze«, predigte er, plötzlich redselig geworden. »Die Monarchie kann ohne die Aristokratie nicht bestehen, und diese leitet ihre angebliche Überlegenheit doch nur aus Titeln, Auszeichnungen und Orden her. Daraus entsteht dann Faulheit, Korruption und eine Tyrannei, die dem Rest der Menschheit einzureden versucht, daß alle anderen minderwertig und den Unterdrückern von Natur aus unterlegen sind. Aber wir haben einen Trost, nämlich, daß wir uns als Nation dagegen erheben können, sobald wir den Willen dazu finden.«

Von seinen eigenen Worten erregt, blickte er Dorothy und mich an und lehnte sich dann entmutigt in seinen Stuhl zurück.

»Ihr meint, wie in Frankreich?« fragte ich.

»Ach, Frankreich«, seufzte er resigniert. »Nein, natürlich nicht. Nicht in diesem schrecklichen Extrem. Aber die Freiheit muß sich gewaltsam durchsetzen. Das Volk muß das Recht haben, seine eigene Regierungsform zu wählen. In England haben wir dieses Recht offensichtlich nicht. Hier bedeutet eine einfache Reform schon eine Revolution. Hier wird ein Mann zu sechs Monaten Gefängnis verurteilt, ein anderer zu vierzehn *Jahren* Deportation und wofür? Dafür, daß er seine Meinung geäußert hat. Ist das etwa Freiheit? Nein, das ist reine Barbarei.«

»Macht Ihr solche Äußerungen auch in der Öffentlichkeit?« fragte ich.

Er ergriff die Hand seiner Schwester. »Nicht mehr, seit Miss Wordsworth bei mir ist ... Letztes Jahr habe ich Derartiges geschrieben, als ich allein durchs Land zog.«

Mit einem liebevollen Blick auf ihren Bruder erklärte Dorothy: »Er hat Essays in Form von Briefen an einen Verleger geschickt – der sich geweigert hat, sie zu veröffentlichen, aus Angst, daß man ihn wegen Volksverhetzung in Haft nehmen würde. Es ist abscheulich.«

»Wenn man den Leuten Angst davor einjagt, ihre Meinung zu äußern, ist das weiter nichts als politischer Verrat«, meinte Wordsworth. »Und jetzt soll im Parlament bald eine Gesetzesvorlage verabschiedet werden, die den Habeas Corpus außer Kraft setzt. Dann können sie jeden verhaften, ohne Begründung oder Erklärung, lediglich aufgrund eines Verdachts der Regierung. Willkommen zu Hause, Mr. Christian, in der englischen Freiheit. Ihr kennt Euch mit Tyrannei natürlich aus.«

Diese Anspielung auf meine Meuterei ließ mich zögern. Auch die implizite Sympathie für mein Verbrechen machte mich wachsam. »Ja«, stimmte ich zu, »aber auf einer persönlichen Ebene.«

»Eure Meuterei fand drei Monate vor dem Sturm auf die Bastille statt«, bemerkte Dorothy und sah sofort, daß ich nicht wußte, wovon sie sprach. »Die Revolution in Frankreich begann damit, daß die Leute in die Bastille eindrangen und die Gefangenen befreiten«, erklärte sie rasch. »Viele sehen darin eine symbolische Handlung.«

»Ich weiß nichts von der Bastille«, räumte ich hastig ein, »aber ich versichere Euch, die Meuterei war kein Symbol, sondern lediglich ein Verbrechen.«

Diese Einschätzung schien die Geschwister zu überraschen. »Ihr werdet doch nicht leugnen«, entgegnete Wordsworth gemessen, »daß Bligh ein typisches Beispiel ist für den Machtmißbrauch des Militärs und damit der Regierung.«

»Dieser Mann war ein Diktator«, fügte Dorothy hinzu. »Er hat seine Autorität mit ungeheuerlicher Grausamkeit und Arroganz ausgenutzt, hat in seinen Wutanfällen jede Selbstbeherrschung verloren. Und dann der verlorene Anker auf Nomuka oder der Vorfall, als Bligh seine eigene Mannschaft mit der Pistole bedrohte.«

»Und die Kokosnüsse«, ergänzte Wordsworth.

»Woher wißt Ihr all diese Einzelheiten?« fragte ich verwundert. »Kam das alles vor dem Kriegsgericht zu Sprache?«

Die beiden blickten sich fragend an. »Wir müssen es ihm sagen«, sagte Dorothy schließlich.

Wordsworth nickte und wandte sich dann an mich. »Nein, das Kriegsgericht war Sache der Admiralität. Seeleute, die der Meuterei beschuldigt werden und denen der Galgen droht, sagen nichts Schlechtes über ihren Kapitän ... Wißt Ihr nichts von den Ermittlungen Eures Bruders Edward?«

»Ermittlungen? Nein.«

»Wie lange seid Ihr schon in England?« erkundigte sich Dorothy ganz direkt, und aus irgendeinem Grund vertraute ich ihr.

»Knapp zwei Wochen.«

Wordsworth nickte wieder. »Vor etwa anderthalb Jahren, kurze Zeit nach den Prozessen vor dem Kriegsgericht, begann Edward Ermittlungen über die Meuterei durchzuführen. Wir haben über alles Kenntnis, nicht nur weil er unser Anwalt war, sondern weil er eine Anzahl von Freunden und Verwandten gebeten hat, Mitglied in seinem Ausschuß zu werden.«

»Ausschuß?« Jetzt war ich vollkommen verwirrt. »Mit welcher Berechtigung ...«

»Nur als Mitglied einer Familie«, antwortete Dorothy, »deren Name ungerechtfertigterweise in den Schmutz gezogen wurde.«

Voller Skepsis hakte ich nach: »Wer war in diesem Ausschuß vertreten? Was war das Ziel?«

»Der Ausschuß hat sich Aussagen Eurer Kameraden von der *Bounty* angehört«, erklärte Wordsworth, »es sprachen sowohl Offiziere als auch Matrosen, aber ohne die einschüchternde Gegenwart von Admiralen und ohne die ständige Drohung des Galgens.«

»Edward hat ein glattes Dutzend Aussagen zusammenbekommen«, fuhr Dorothy fort, »ein paar der Männer waren mit Bligh auf dem Schiff gewesen, andere aus Tahiti zurückgeholt und vom Kriegsgericht freigesprochen oder begnadigt worden. Alle wollen, daß endlich die Wahrheit ans Licht kommt.«

Da ich die Wahrheit liebe, lächelte ich und erwiderte:

»Nehmt Euch nur in acht vor falschen Götzen! Die Wahrheit ist in jedem Streitfall schwer herauszufinden, und in diesem ganz besonders.« Meine Gastgeber schienen das nicht amüsant zu finden. »Aber dieser Ausschuß. Wer war ...«

»Es ist eine recht imposante Gruppe, deren Integrität über jeden Zweifel erhaben ist«, fiel Wordsworth mir ins Wort.

»Ich habe es von unserem Onkel gehört, von Reverend William Cookson«, erklärte Dorothy, die sich mehr und mehr engagierte. »Ich habe ihn in Forncett besucht, als man ihn aufforderte, sich dem Ausschuß zur Verfügung zu stellen. Er ist Kanonikus in Windsor und ein enger Vertrauter des Königs.«

»Ich war damals in London, eine dahintreibende Insel der Nutzlosigkeit«, meinte Wordsworth selbstironisch. »Aber dann traf ich unseren Cousin, Kapitän John Wordsworth, der mir berichtete, daß Euer Bruder den Ausschuß zusammenstellt. Auch er gehörte dazu, die meisten anderen kannte ich aus Cockermouth oder von St. Johns in Cambridge. Edward hat dort zur gleichen Zeit wie ich studiert – ich allerdings mehr als halbherzig.«

»Erinnert Ihr Euch an Reverend Mr. Antrobus aus Cockermouth?« warf Dorothy ein. »Er ist jetzt Kaplan des Bischofs von London. Dr. Fisher, ein anderer Kanonikus in Windsor – man nennt ihn ›des Königs Fischer‹ –, ist ein guter Freund Eures vielversprechenden vornehmen Cousins Edward Law. Erinnert Ihr Euch an Mr. Gilpin und an John Atkinson?«

»Ja, freilich«, antwortete ich, »sie waren unsere Nachbarn ...«

»Und mein guter Freund James Losh«, unterbrach mich Wordsworth mit wachsender Begeisterung, »erinnert Ihr Euch auch an ihn?«

»Ich habe den Namen schon einmal gehört. Aber weshalb diese ...«

»Fünf Mitglieder sind angesehene Anwälte«, antwortete

Dorothy, ohne mich ausreden zu lassen, »drei sind einflußreiche Geistliche, einer ist Kapitän, den man aufgrund seiner Erfahrung ausgewählt hat ...«

»Und alles sind Freunde, nicht nur Eures Bruders, sondern auch des einen oder anderen Wordsworth«, ergänzte ihr Bruder.

»Aber wenn dem so ist, wird man ihr Urteil da nicht als befangen betrachten?«

Wie aus einem Mund widersprachen mir die beiden. Wordsworth rief: »Sie sind alle bereit, mit ihrem Namen zu unterzeichnen«. Dorothy beteuerte: »Keiner denkt daran, einen Meineid abzulegen.« Dann blickten sich die Geschwister an und lachten siegesgewiß.

»Was wollen diese Leute unterzeichnen?«

Mein Mangel an Begeisterung nahm ihnen den Wind aus den Segeln. Geduldig erklärte Wordsworth: »Euer Bruder wird eine Mitschrift der Verhandlung vor dem Kriegsgericht der Königlichen Marine veröffentlichen, und zwar mit einem sogenannten Appendix, der die Aussagen der zwölf *Bounty*-Männer vor den Ausschußmitgliedern enthalten soll, sowie Edwards Interpretation von –«

»Wann?« fragte ich erschrocken.

Dorothy musterte mich argwöhnisch. »Zuletzt habe ich gehört, es soll irgendwann im Lauf dieses Monats soweit sein. Dann wird sich alles zu Euren Gunsten wenden.«

Doch ich schob meinen Stuhl zurück und erhob mich. »Das wird nie geschehen. Für mein Verbrechen gibt es keine Gnade. Sympathie, vielleicht sogar Verständnis, aber so etwas hat den Galgenstrick noch nie durchtrennt.«

Auch Wordsworth stand auf. »Es gibt mildernde Umstände«, sagte er, als wäre er ein Richter.

»Glaubt mir, Mr. Wordsworth, die gibt es nicht für einen Offizier, der eine Meuterei anführt. Meine einzige Überlebenschance besteht darin, daß Gras über die Sache wächst.

Aber diese Publikation wird die Aufmerksamkeit wieder auf mein Verbrechen lenken. Das muß ich um jeden Preis verhindern.«

Als ich mich zum Gehen wenden wollte, meinte Dorothy: »Heute abend fährt keine Kutsche mehr nach London, Mr. Christian. Falls Ihr nicht vorhabt, den Weg zu Fuß zurückzulegen, schlage ich vor, daß Ihr wenigstens Euer Abendessen beendet.«

»Ja, warum eigentlich nicht?« erwiderte ich. »Wer weiß, wann ich je wieder Kartoffeln bekomme.«

Wir nahmen unsere Plätze am Tisch wieder ein, nur Wordsworth blieb noch stehen. »Für Euch ist es also ein Verbrechen«, sagte er nachdenklich.

»Wißt Ihr eine treffendere Bezeichnung dafür?«

»Ich habe Männer gekannt, die eine viel größere Schuld auf sich geladen hatten und dennoch unermüdlich nach Rechtfertigungen suchten. Sie machten lieber die Ungerechtigkeit unseres überkommenen Rechtssystems dafür verantwortlich, als sich selbst zu ihren Taten zu bekennen.«

»Das habe auch ich jahrelang getan, mit meinen Gefährten.«

»Aber jetzt nicht mehr?«

Ich schüttelte entschieden den Kopf. »Wenn man ein Verbrechen begangen hat, sucht der Verstand nach einer Erklärung, während er gleichzeitig das nächste Verbrechen vorbereitet.« Natürlich dachte ich dabei an mich selbst, an die Zeit nach der Meuterei und auf Pitcairn. »Jeder Schritt, den man nach diesem Moment unternimmt, dient als Vergebung für den vorhergehenden. Da gibt es kein Zurück mehr. Der Verstand schwelgt in seinen eigenen Tricks, trennt Gut von Böse und macht beides gleich. Man schafft sich eine private Welt, in der Verbrechen als Leistung gesehen wird, die man bewundern kann, jeder auf seiner eigenen kleinen verfluchten Insel.«

»Ja, und Bligh war Euer Fluch«, meinte Wordsworth wehmütig und fügte nach kurzer Pause hinzu: »Rousseau hat gesagt, daß ein Kind fünfzig Spielzeuge kaputtmacht, ehe es auf die Idee kommt, ein neues zu machen.«

»Das mag für Jungen gelten«, widersprach Dorothy. »Ein Mädchen spielt ganz zufrieden mit einem Spielzeug, bis es auseinanderfällt ...« Sie unterbrach sich und betrachtete mich aufmerksam. »Mr. Christian, wenn ein Mensch sich erst einmal in einer solchen Situation befindet, wie kommt er jemals wieder heraus?«

»Wenn er ausgelaugt ist, glaube ich. Wenn nichts mehr übrig ist außer dem Widernatürlichen, wenn immer neue Erniedrigung das einzige ist, was ihn noch vorwärtstreibt.«

»Aber Ihr habt die Insel verlassen und seid hierher zurückgekehrt«, beharrte sie mit einer Hochachtung, die ich gewiß nicht verdiente.

»Das ist Geographie, keine Sühne«, erklärte ich. »Eines lernt ein Verbrecher sehr leicht über Gut und Böse, nämlich daß eine böse Tat eine rasche und spektakuläre Wirkung hat, die ein gequältes Gemüt stimuliert. Eine gute Tat dagegen ist ein langsamer, stiller Prozeß, der Lohn oft bescheiden und unscheinbar. Seid versichert, daß ich bisher nichts von Wert vollbracht habe, und ich weiß nicht einmal, was ich tun könnte oder ob ich überhaupt das Recht habe, zu leben und weiter danach zu suchen.«

Eine Zeitlang saßen wir schweigend beieinander, und ich nahm die Gelegenheit wahr, um mein Abendessen zu beenden.

»Sagt mir, Mr. Christian«, meinte Wordsworth schließlich interessiert, »worin besteht Eurer Ansicht nach Euer Verbrechen – in der Meuterei gegen den König, gegen den Staat, gegen die Königliche Marine oder gegen einen einzelnen ungerechten Menschen?«

»Die Meuterei richtete sich gegen alle diese Dinge ...

a priori«, antwortete ich, mit einem der lateinischen Ausdrücke, die Bligh oft so penetrant benutzt hatte. »Aber ich sehe dies alles getrennt von meinem eigentlichen Verbrechen, von dem, das mich jenseits dessen verdammt, was der Strick mir antun könnte. Ich meine das Verbrechen, daß ich neunzehn hilflose Männer in eine Barkasse getrieben und ihrem Schicksal ausgeliefert habe.«

»Bligh war gewiß nicht hilflos«, widersprach Dorothy.

»Und sein Schicksal hat ihn noch nicht erreilt«, fügte Wordsworth hinzu.

Ich mußte lächeln. »Ich hätte nie gedacht, einmal vor solchen Advokaten wie Euch beiden zu stehen. Aber Ihr müßt Euren Verbrecher wirklich kennen. Auf dem Schiff gab es keinen, der versucht hat, seinen Kapitän zu verteidigen. Bligh war vollkommen allein. Diejenigen, die mit ihm gingen oder loyal blieben, taten es aus Furcht und Hochachtung vor dem Gesetz, nicht aus Zuneigung oder Pflichtgefühl Bligh gegenüber. Er war gefesselt und von Musketen und Bajonetten umgeben – auch von meinem –, und ich war es, der ... der Herr der Lage war. Ha.« Angewidert schüttelte ich den Kopf, erstaunt, daß ich dies alles gesagt hatte und sogar noch den Wunsch verspürte weiterzusprechen.

»Die Tatsache, daß Bligh überlebt hat, ist für mein Verbrechen ohne Bedeutung. Ich habe ihn gezwungen, in die Barkasse zu steigen, in der Gewißheit, daß er sterben würde. Ich erinnere mich noch genau an den Moment, als mir das klar wurde – als wir sie losmachten und er im Heck des Beiboots stand, immer noch im Nachthemd. Dann trieben wir auseinander, Rufe gingen hin und her, die Männer in der Barkasse verlangten mehr Proviant, die Männer an Bord der *Bounty* forderten Blighs Tod. Ich schwieg und beobachtete Bligh, bis ich es nicht länger umgehen konnte, irgendeinen Befehl von mir zu geben. Mir war bewußt, was ich getan hatte. Was seither geschehen ist, macht es nicht besser. Blighs Fähigkeit und sein Glück haben ihn gerettet, aber das ändert nichts an meinen ursprünglichen Absichten.«

Die beiden sahen mich an; dann sagte Dorothy: »Er hat nach seiner Rückkehr viel über seine Fähigkeiten geschrieben, aber fast nichts über sein Glück.«

Ich nickte. »Das bezweifle ich nicht. Nun, es gibt auch viel über seine Fähigkeiten zu schreiben. Er war ein meisterhafter Nautiker, und ich bin sicher, seine Strenge und Disziplin haben ihm bei den Männern in der engen Barkasse sehr genutzt. Aber ein einziger Sturm hätte genügt, ihn zu versenken, und Stürme sind dort unten zu dieser Jahreszeit keine Seltenheit. Die Regengüsse, die er abbekommen hat, müssen genügend Trinkwasser für ihn und seine Männer geliefert haben. Dennoch ist es erstaunlich, wenn jemand unter solchen Bedingungen Timor erreicht. Ich gestehe, es würde mich brennend interessieren, wie er das gemacht hat. Glück zu haben, tut der Leistung keinen Abbruch, und Bligh hatte viel Glück.«

Wordsworth ergriff Dorothys Hand. »Neben solchen Geschichten nehmen sich unsere Schwierigkeiten und Irrfahrten bescheiden aus.«

Sie blickte ihn liebevoll an. »Aber neben unserem Glück nimmt sich das von Bligh bescheiden aus, denn wir sind noch viel länger als er getrennte Wege gegangen, und jetzt sind wir hier, zusammen.«

Sie hielten sich mit so viel Zuneigung an den Händen, daß ich mir eine Weile unsichtbar vorkam. Doch dann wandten sie sich wieder mir zu.

»Wir sprechen über eine jahrelange Trennung, Mr. Christian«, erklärte Wordsworth, »von einer ganz anderen Irrfahrt als der Euren, aber einer Irrfahrt der Seele und des innersten Selbst.«

»Seit dem Tod unseres Vaters«, schaltete sich Dorothy ein, »zehn Jahre ist es her, nein, länger ...«

»Wir waren Waisen und wurden getrennt voneinander bei Verwandten großgezogen ...«

»Wir waren angewiesen auf ihre Barmherzigkeit, verarmt, doch aufgrund der vornehmen Herkunft unserer Familie durfte ich als junge Frau keiner Beschäftigung nachgehen, sondern war zu stumpfsinniger Hausarbeit verdammt«, berichtete Dorothy mit einer Bitterkeit, die ich nicht bei ihr vermutet hätte. »Und das alles wegen dieser Schlange Lowther, der bald Graf von Lonsdale werden wird.«

»Ja, das habt Ihr erwähnt.« Ich zögerte. »Ich wollte fragen, was Edward ...«

»Edward war unser Fürsprecher«, warf Dorothy ein.

»Erinnert Ihr Euch«, erklärte Wordsworth, und wieder hörte man die Leidenschaft in seiner Stimme, »unser Vater war Sir James Lowthers Rechtsvertreter und hat sich um seine Angelegenheiten gekümmert, während der Unmensch selbst die ganze Grafschaft korrumpiert und aus seinen Kohlebergwerken in Whirehaven immer mehr Reichtümer herausgeholt hat.«

»Ich weiß noch, daß meine Mutter immer gesagt hat, Jamie Lowther sei ein Wahnsinniger, aber zu reich, um deshalb eingesperrt zu werden.« Die Erinnerung freute mich. »Was ist mit diesem ›Graf von Eonsdale‹?«

»Er hat den Titel gekauft«, antwortete Dorothy. »Baronet war ihm nicht gut genug. Ich habe gehört, daß er sogar Herzog werden möchte, denn ihm gefällt die Anrede ›Euer Gnaden‹ besser als ›Mylord‹. Wir haben das Problem für uns gelöst, indem wir ihn ›Sir Abschaum‹ nennen.«

»Unser Vater war in Lowthers Angelegenheiten ständig unterwegs«, fuhr Wordsworth fort, »und als Witwer hatte er weder Zeit noch Talent zur Kindererziehung. Schon vor seinem Tod wurden wir bei Onkeln und Großeltern untergebracht. Er starb völlig unvorbereitet und hatte gerade erst horrende Summen seines eigenen Vermögens in Lowthers

Geschäfte gesteckt. Das war unsere Erbschaft, doch Lowther weigerte sich, die Geldschuld anzuerkennen.«

»Bis Euer Bruder den Fall übernommen hat«, warf Dorothy triumphierend ein. »Edward hat ganz allein gegen Lowthers Anwaltstruppe gekämpft und sie alle vor dem Geschworenengericht in Carlise geschlagen.«

»Und so habt Ihr jetzt Eure finanzielle Unabhängigkeit«, bemerkte ich, nie zufrieden, »und habt Euch entschlossen, diese in geborgten Farmhäusern und mit Wanderungen in den Hügeln des Lake District zu verbringen.«

Wordsworth nickte. »Das haben wir tatsächlich beschlossen, aber, Mr. Christian, unser Prozeß wurde vor drei Jahren gewonnen. Lord Lonsdale ist der Tyrann dieser Gegend. Ihm gehören alle Sitze Nordwestenglands im Parlament, und er manipuliert sämtliche Gerichte. Wir haben nichts von dem erhalten, was uns zusteht. Wenn man wissen will, was Tyrannei ist, braucht man sich nur auf Jamie Lowthers Schloß umzusehen.«

Die Gründe für Wordsworths politische Ansichten lagen klar auf der Hand. »Was werdet Ihr tun?« fragte ich.

Die beiden Geschwister blickten sich fröhlich an.

»Ich werde natürlich Dichter«, antwortete Wordsworth, »ein sicherer, praktischer Beruf.«

»Nicht nur Dichter«, fügte Dorothy eilig hinzu, »er wird ein *großer* Dichter, und das bedeutet, daß er noch weniger Geld verdient.«

Gutgelaunt lachten sie über ihre eigene Albernheit. Schließlich wandten sie sich wieder mir zu. Ich saß immer noch am Tisch, im Kamin glomm nur noch ein Häufchen Glut, der Docht im Binsenlicht war halb heruntergebrannt und hatte direkt vor mir seine pudrige Aschenspur auf dem Tisch hinterlassen. Draußen heulte der Wind lautstark gegen die Hauswände.

»Es ist uns eine Ehre, daß Ihr uns euer Leben anvertraut«,

meinte Wordsworth. »Und deshalb können wir mit Euch unsere unbesonnenen, hoffnungslosen Geheimnisse teilen. Ich habe in meinem Leben soviel Zeit vergeudet, so viele Gelegenheiten in den Wind geschlagen. Das Studium in Cambridge habe ich leichtsinnig verbummelt, kaum die Abschlußprüfung geschafft, so daß mich niemand einstellen wollte. Dann ging ich nach Frankreich, um die Revolution mitzuerleben, mußte schließlich fliehen und ließ eine Frau, die ich liebte, zurück ... und eine Tochter. Das ist eine Schande, Mr. Christian, eine große Schande.« Niedergeschlagen stand er vor mir, bis Dorothy seine Hand nahm. Er sah ihr in die Augen und sagte: »Wir sind frei – nicht von Mangel, Schuld oder Furcht, aber frei, zusammen zu sein und uns, gleichgültig, wo wir sind, das Heim zu schaffen, das wir nie hatten.«

»Und William wird schreiben können«, sagte Dorothy stolz. »Er hat schon zwei wunderschöne Gedichte veröffentlicht ...«

»Die überschwengliches Lob ausgelöst haben – bei allen drei Lesern.«

»Nein, nein, William, es waren mindestens fünf. So viele Verwandte haben wir schon. Ihr seht also, Mr. Christian, trotz allem kann wahres Glück aus einem Topf guter Kartoffeln bestehen.«

»Ganz Eurer Meinung«, pflichtete ich ihr bei. »Aber ich werde mich hüten, auf diese Möglichkeit für mich auch nur zu hoffen.«

»Warum?«

»Euer Glück besteht in der Gemeinschaft. Ich wage es nicht mehr, mich in das Leben anderer Menschen zu verstrikken.«

»Zu spät«, entgegnete sie. »Ihr seid bereits in unseres verstrickt.«

Ich erhob mich und sagte: »Das werde ich augenblicklich ändern. Danke für das Abendessen. Eine so gute Mahlzeit habe ich seit ... nun, seit viel zu langer Zeit nicht mehr genossen.« Ich schob unauffällig eine Banknote unter meinen Teller, dann holte ich meinen Umhang und meinen Stock.

»Werdet Ihr den Weg im Dunkeln finden?« fragte Dorothy besorgt.

»Der Mond wird mir leuchten, er ist ja schon drei Viertel voll«, erwiderte ich.

»Woher wißt Ihr das? Wir haben doch die Fensterläden geschlossen.«

»Die Gezeiten bewegen sich unaufhörlich im Bewußtsein eines Seemanns, ganz gleich, wo er sich aufhält.«

Sie lachte darüber, freundlich und offen wie die Schwester, die ich mir immer gewünscht hatte.

»Wir haben uns viel zu sagen«, meinte Wordsworth, während ich mich in meinen Umhang hüllte, »und viel voneinander zu lernen. Ich würde Euch gern bald wiedersehen. Paßt unterdessen gut auf Euch auf. Denkt daran, daß England ein angsterfülltes Land ist, voller Furcht wegen der Revolutionen in Amerika und Frankreich. Schon ehe der Krieg ausbrach, herrschte bereits das Gefühl, daß unser Land verfällt. In Zeiten den Zweifels erlaubt man den Propheten der Unterdrükkung, die Zügel in die Hand zu nehmen. Ich bin nur ein Wanderer, der versucht, Gedichte zu schreiben. Aber wir sind beide perfekte Opfer für die Preßkommandos – oder für noch Schlimmeres. Wie alle, die einmal frei ihre Ansichten geäußert oder gar König und Vaterland in Frage gestellt haben, sind wir jetzt Dämonen, die zerstört werden müssen. Für manchen ist Fletcher Christian eher ein Revolutionär als ein Verbrecher, doch lassen wir das. Wenn man Euch erwischt, wird man das aus Euch machen, was die Politik der Furcht gebietet.«

»Ich wäre ein trauriges Beispiel für einen Revolutionär, Mr. Wordsworth. Ich glaube, mich würde man einfach hängen.« Ich ging zur Tür. »Aber für den Fall, daß man mich nicht erwischt – erzählt bitte niemandem von meiner Existenz.« Ich schüttelte Wordsworth die Hand, als Dorothy zu mir trat.

»Aber Ihr *existiert,* Mr. Christian, und zu welchem Zweck, das werdet Ihr gewiß bald herausfinden. Vertraut uns. Wir sind Eure Freunde.«

Ich war zutiefst gerührt. Als sie sah, wieviel mir ihre Worte bedeuteten, schien sie ein wenig verlegen. Ohne ein weiteres Wort ging ich aus der Tür.

London

Mai 1794

Ich legte meine Reiseroute nach London so, daß ich die Hafenstädte vermied und mich auf den Straßen im Landesinneren fortbewegte. Aus meiner Zeit als Midshipman wußte ich, daß es in London ehrgeizigere Preßpatrouillen gab als sonst irgendwo. Sieben Leutnants, Experten auf ihrem Gebiet, kommandierten jeweils eine eifrige Truppe von Rüpeln. Ein Prämiensystem spornte sie an, ähnlich dem Prisengeld für das Kapern feindlicher Schiffe und Ladungen, das ja auch schon manchen Flottenkapitän zu Heldentaten angestachelt hatte.

Zu meinem Glück jedoch lebten in London entlang der Themse eine Million Menschen, von denen jeder unwissentlich mein Verbündeter war. So wirkungsvoll das Preßsystem auch funktionieren mochte, hatten die Patrouillen innerhalb einer so großen Menschenansammlung doch einiges zu sichten. Deshalb hielt ich meine Chancen hier für besser als beispielsweise in Whitehaven oder Hull.

Bei meiner Ankunft mietete ich mich im *Castle and Falcon* ein, einem Postgasthaus in der Aldersgate Street, gegenüber der Kirche St. Botolph. In dieser Straße, am Nordeingang zur Innenstadt, gab es etwa ein Dutzend anderer Gasthöfe, so weit entfernt von den Docks und von der Admiralität, daß ich mich einigermaßen sicher fühlen konnte. Für mich war London schon immer eine Stadt für Fußgänger gewesen, und solange man Stiefel trug, die stabil und vor allem hoch genug waren, um vor dem Matsch und Dreck zu schützen, kam man gut voran.

Abgesehen von zwei Londonaufenthalten als Junge und den Monaten zwischen meinen Seereisen mit Bligh, war ich nie in der Hauptstadt gewesen und kannte deshalb nur bestimmte Gegenden. Die Innenstadt war mir vertrauter als das West End, denn wenn die Handelsschiffe bei der Rückkehr aus der Karibik die Themse heraufsegelten, gingen sie in den Docks flußabwärts der London Bridge vor Anker. Dann wurden meine Kameraden und ich auf Fährbooten den Fluß hinaufgerudert, und bei Flut brachten wir den Fährmann dazu, durch die gefährlichen Strudel um die alten Brückenpfosten zu sausen.

Ich hatte mich verändert, aber die Straßen waren gleich geblieben. Die Unmengen von Pferdemist, die täglich anfielen, verbunden mit den Abwässern der ganzen Stadt, die ungehindert in die Themse flossen, machten das Einatmen zu einem zweifelhaften Vergnügen. Manch einer, der die Stadt zum erstenmal besuchte, brauchte wochenlang, um sich an den Gestank zu gewöhnen. Der Müll, der Dreck und die Abfälle in den Straßen ließen das Gehen zum Abenteuer werden, und das Poltern der Wagenräder und Hufe auf dem Kopfsteinpflaster, das laute Schimpfen der Kutscher – teils aufeinander, teils auf ihre Gespanne –, das Geplapper und Geschrei der Hausierer und Straßenverkäufer, der Orangenmädchen, Trödler und Pastetenverkäufer, das Jaulen der Rattenfängerhunde, die Rufe der Gassenjungen, die an jeder Ecke ihre Dienste anboten – einen Penny für einen Botengang, das Halten eines Pferdes, das Tragen eines Pakets, das Aufhalten der Wagentür –, all diese Geräusche brachen die mir zur Gewohnheit gewordene Stille des Lake Districts wie splitterndes Spiegelglas.

Mein Vorhaben führte mich am Tag meiner Ankunft gleich weit herum. Glücklicherweise war der Himmel klar – jedenfalls wenn man von dem schwarzen Qualm der Kohlefeuer absah, die selbst jetzt im Mai noch brannten. Ich durchquerte die Innenstadt bis zu ihrer alten Westgrenze. Hier lagen die Gebäude der vier Innungen der Barristers – der höheren Rechtanwälte Londons –, mit Kanzleiräumen, Wohnungen und Speisesälen. Den Weg zu *Gray's Inn* kannte ich, denn hier hatte Edward seine Zulassung als Anwalt erhalten, und ich hatte einmal seine Räume besichtigt. Allerdings konnte ich mich nur an wenige Einzelheiten erinnern, denn unser Verhältnis war nie sonderlich eng gewesen und mehr von Pflichtgefühl gekennzeichnet als von brüderlicher Zuneigung – bei ihm sicher ebenso wie bei mir.

Da das Gericht Sitzungsperiode hatte, konnte ich davon ausgehen, daß Edward hier zu finden sein würde. Während der Stunden, die ich, auf ihn wartend, vor dem Haupteingang auf und ab schritt, merkte ich, wie in dem stetigen Verkehr auf Straßen und Gehwegen mein Selbstvertrauen stieg, so, als löste sich im Strom der Menschen meine Angst vor einer Entdeckung allmählich auf. Dennoch blieb ich auf der Hut, hielt mich im Schatten und mied es, Aufmerksamkeit zu erregen.

Da entdeckte ich Edward, wie er eilig durch das Eingangstor trat, einem vorüberkommenden Straßenfeger einen Penny in die Hand drückte, damit dieser die Straße vor ihm säuberte, und dabei bereits eine Droschke heranwinkte. Sowohl sein Gesicht als auch sein Bauch hatten mächtig zugelegt, seit ich ihn das letztemal gesehen hatte, aber er bewegte sich immer noch flink wie ein Wiesel, den ganzen Rumpf nach vorn gebeugt, stets ganz auf sein Ziel konzentriert und blind für alles weniger Wichtige. Auch seine eleganten Hosen mit den Kniespangen fielen mir sofort ins Auge, die gepuderte Perükke eines Höflings, das weiße Leinenhemd mit dem Spitzentuch. Silberschnallen schmückten seine Schuhe, seine Strümpfe waren aus glänzend weißer Seide, Rock, Kniehosen und Weste aus feinstem schwarzen Stoff. Unter den Arm geklemmt trug er seine Anwaltsmappe. Schon stampfte er ungeduldig mit dem Fuß auf, aber im selben Augenblick, als eine Droschke vor ihm an den Straßenrand fuhr, trat ich ihm rasch in den Weg und sang leise den Text einer volkstümliche Ballade über einen unserer Vorfahren auf der Isle of Man: »›... und weil er sein Volk liebte, erschoß man den tapferen Illiam Dhone‹.«

Verblüfft fuhr er herum, seine Lippen stülpten sich vor, und die Brauen über den durchdringenden grauen Augen wölbten sich nach oben. Dann bedeutete er dem Droschkenkutscher weiterzufahren und sah mich an.

»Du kommst höchst ungelegen«, meinte er zur Begrüßung. »Hier können wir nicht reden. Folge mir, aber unauffällig.«

Ich tat, wie mir geheißen. Mit raschen Schritten marschierte er zur Fleet Street, durch die Temple Bar, ein anderes Barrister-Gebäude, zur Strand, auf der sogar noch größeres Gewimmel herrschte. Gewiß lag genau dies in seiner Absicht. Die Menschen waren in Massen zum Einkaufen unterwegs, und obwohl die Strand weniger mondän war als Piccadilly oder die Bond Street, merkte man, daß die Londoner Saison in vollem Gange war. Die endlose Reihe von Geschäften an der Strand lockte unzählige Wagen aus Mayfair an.

Edward führte mich zum *Hungerford Coffee House,* einem belebten Kaffeehaus mit einer hübschen Fassade aus geschnitzten Girlanden und Fenstern mit Butzenscheiben. Im Innern war es dunkel, mochte es draußen auf der Straße noch so hell sein. Zwar verschleierte der Tabakqualm die Sicht noch mehr, doch das Kaffeehaus stellte seinen Gästen stapelweise Zeitungen zum Lesen zur Verfügung. Im schwachen Schein der von der Decke hängenden Öllampen beobachtete ich, wie Edward sich in eine abgetrennte Nische ganz hinten setzte und eine Bestellung aufgab. Nach kurzer Zeit wurden ihm zwei Tassen Kaffee gebracht. Er notierte etwas, drückte dem Kellner den Zettel sowie eine Münze in die Hand und schickte ihn weg, um die Botschaft zu überbringen. Mein Bruder sah nicht auf, als ich mich ihm näherte. Erst nachdem ich ihm gegenüber Platz genommen hatte, blinzelte er, als hätte ich ihn bei einem wichtigen Gedankengang gestört, und musterte mich mit kühler Neugier.

»Mutter hatte recht«, bemerkte er schließlich. »Du siehst aus wie ein anderer Mensch.«

»Sie hat dir geschrieben? Das überrascht mich.«

»Warum? Dein Besuch hat ihr Angst eingejagt.«

»Als ich von ihr wegging, wirkte sie keineswegs verängstigt.«

»Du glaubst doch nicht, daß ihr dein Geld willkommen war, oder?«

»Nicht zum jetzigen Zeitpunkt. Aber ich hatte gehofft, es könnte irgendwann einmal nützlich sein.«

Er beugte sich über den Tisch, und plötzlich war er nur noch der Anwalt vor dem Angeklagten. »Ich versichere dir, die Zeit ist nicht auf deiner Seite, gleichgültig, was du im Sinn haben magst. Entfernung ist deine einzige Chance.« Dann faßte er sich wieder, ergriff seine Kaffeetasse und rutschte ganz in die Ecke der Nische. »Ich kann meinen Termin nur um eine Viertelstunde verschieben. Ich habe bereits eine Nachricht überbringen lassen.«

»Ich werde mir deinen Rat durch den Kopf gehen lassen. Aber ich werde bald noch mehr Geld für Mutter haben, und ich bin sicher, daß ich es dir anvertrauen kann, damit du es ihr überbringst.«

Seine dünnen Lippen verzogen sich zu einem Lächeln, jedoch ohne daß sich die Mundwinkel hoben. »Sie glaubt, du bist ein Pirat, und will keinen Penny von deinem Geld anrühren ...«

»Dann sag ihr, sie muß.«

Ich sah ihm an, daß er gern gewußt hätte, woher das Geld stammte, aber rasch begriff, daß ich es ihm ohnehin nicht verraten würde. Also fragte er nicht, sondern runzelte nur die Stirn.

»Du bist im falschen Augenblick aufgetaucht«, stellte er fest.

»Ich bedaure die Störung, aber ich mußte dich sprechen.«

»Ich meine nicht dein Auftauchen hier und heute und auch nicht deinen Besuch bei Mutter. Ich meine deine Existenz auf dieser Welt. Es wäre besser, wenn du ... wenn du für immer verschwunden geblieben wärst.«

»Wegen deiner Nachforschungen?«

Er war zu raffiniert, um sich seine Überraschung anmerken zu lassen. »Hat dir Mutter davon erzählt?« fragte er und nippte wieder an seinem Kaffee.

»Im Gegenteil«, antwortete ich. »Ich hatte deutlich den Eindruck, daß Mutter das Thema sorgfältig vermied, wahrscheinlich weil sie wußte, daß ich dich aufsuchen würde, um die Sache zu unterbinden. Ich habe es aus einer ganz anderen Quelle.«

Wieder blitzte seine Neugier auf, aber er gab ihr nicht nach. »Warum willst du versuchen, meine Arbeit zu unterbinden?« fragte er statt dessen mit geheucheltem Erstaunen.

»Weil das Interesse, das du damit von neuem entfachst, leicht zu meiner Entdeckung führen könnte«, erwiderte ich. »Außerdem kennst du meine Sicht der Ereignisse nicht.«

Er nickte und ließ seinen Blick durch den verrauchten Raum schweifen. »Vielleicht überrascht dich das, aber wenn ich von einem anderen Anwalt einen Fall übernehme – sagen wir, den Fall eines Mannes, der des Mordes, des Betrugs oder wessen auch immer angeklagt ist – dann ist es nicht mein Ziel, seine Schuld oder seine Unschuld herauszufinden, sondern nur, den Fall zu gewinnen.« Wieder beugte er sich vor und sprach leise weiter. »Ich habe nicht das geringste Interesse daran zu erfahren, wie du die Dinge beurteilst, die bei der Meuterei vorgefallen sind. Aus meinen eigenen Nachforschungen weiß ich genug darüber. Du bist nicht mein Klient. Ich verteidige den Namen meiner Familie, und ich habe ein Plädoyer verfaßt, das die Nation dazu bringen soll, ihr vorschnelles Urteil zu revidieren, und das hoffentlich auch die Schande abwenden wird von ...« Beinahe hätte er »Christian« gesagt, aber er unterbrach sich in letzter Sekunde. »Auf alle Fälle kann ich dir versichern, daß meine Verteidigung deine Meuterei weder bestreitet noch entschuldigt. Du kannst dich darauf verlassen, daß du immer das gleiche zu erwarten hast, wenn du es wagst zurückzukehren.«

»Dessen bin ich mir wohl bewußt«, entgegnete ich, im gleichen emotionslosen Ton wie er, »aber eine solche Publikation wird das Augenmerk der Behörden unweigerlich wieder auf meinen Fall lenken. Alles, was ich noch mit meinem Leben anfangen könnte ...«

»Was *hast* du denn vor?«

»Das weiß ich noch nicht. Ich muß erst eine Weile überleben, um das herauszufinden.«

»Kann ich davon ausgehen, daß du eine Art Buße planst?«

Er wollte mir etwas entlocken, aber wenn ich ihm das Anliegen, dessentwegen ich gekommen war, unterbreiten wollte, durfte ich darauf nicht eingehen. Doch ich bezweifelte bereits, daß es mir gelingen würde, ihm meine Bitte nahezubringen. »Ich bin sicher, es gibt für mich letztlich keine Buße ... Ich habe gehört, daß du einen Ausschuß gebildet hast.«

»Ja«, räumte er ein, »um die Aussagen der Seeleute glaubwürdig zu machen. Es handelt sich übrigens um eine Gruppe höchst angesehener Männer.«

»Wie hast du sie ausgewählt?«

»Sie haben sich gegenseitig ausgewählt: Einer führte zum anderen. Ich habe den ersten angesprochen, der hat den nächsten vorgeschlagen, dem fiel dann ein dritter ein und so weiter. Außer unserer Freundschaft verbanden uns noch andere gemeinsame Interessen, die ich gern nutzte. Wie ich entdeckte, waren beispielsweise alle hoch ernsthart gegen die gräßliche Unsitte der Sklaverei.« Er schnaubte leise und verächtlich. »Ich wies also immer darauf hin, daß Bligh Schiffe für Duncan Campbell gesegelt hat, einen von Jamaicas übelsten Sklavenhaltern. Dieser hat maßgeblich dazu beigetragen, Sir Joseph Banks Interesse und die Unterstützung des Königs dafür zu gewinnen, daß aus Tahiti billige Lebensmittel für die Sklaven auf den Karibischen Inseln geliefert werden ... was ja auch der Auftrag der *Bounty* war.« Selbstzufrieden seufzend fügte er hinzu: »Aber davon taucht in meinem Appendix natürlich kein Wort auf.«

»Aber Edward« – er wirkte irritiert, daß ich ihm widersprach –, »wenn ihre Absichten so glasklar sind, was kann dann ihr Urteil nutzen?«

Er blickte mich voller Verachtung an. »Ich habe doch keine Jury zusammengestellt. Es ging mir um Reputation – ein Begriff, den du wahrscheinlich schon vergessen hast. Diese Männer haben ihren guten Ruf in die Waagschale meiner Argumentation geworfen, und diese – das kannst du ruhig glauben – ist alles andere als dumm. Was wir der Öffentlichkeit bieten, ist zugegebenermaßen nicht objektiv, aber die gewöhnliche Öffentlichkeit schenkt nun einmal gern jedweder Gruppe angesehener Gentlemen ihren eifrigsten Respekt.«

Wieder einmal wurde mir klar, weshalb ich Edward nicht leiden konnte. In allererster Linie war er ein Angeber. »Als meinen Bruder bitte ich dich, deine Nachforschungen nicht zu veröffentlichen«, sagte ich, obwohl ich wußte, daß jeder Fremde bei ihm bessere Chancen gehabt hätte, erhört zu werden. »Du weißt, in welche Gefahr du mich damit bringst.«

Erneut lächelte er auf seine seltsame, nach innen gekehrte Art. »›Als meinen Bruder‹«, zitierte er mich sarkastisch. »Ja, ich erinnere mich noch gut an die Vorwürfe meines kleinen Bruders, ehe er auf See ging. Er nahm kein Blatt vor den

Mund, um den Leuten klarzumachen, John und ich seien daran schuld, daß unsere Mutter ihren Besitz verloren hatte und ihr weiteres Leben in Armut fristen mußte.«

»Es ist die Wahrheit, und das weißt du auch«, erwiderte ich, nicht länger gewillt zu betteln. »Du hast auf Moorland Close Anleihen aufgenommen, um deiner Karriere nachzuhelfen, um für deine Räume in der Innung zu bezahlen, für deine Zulassung als Anwalt –«

»*Sie* hat Geld aufgenommen und es uns gegeben.«

»Aber du wußtest, wohin es führen würde, und trotzdem habt ihr, John und du, nicht einmal versucht –«

»John ist tot, das weißt du.« Der Vorwurf in seinen Worten war unüberhörbar.

»Ja, das weiß ich nur zu gut.«

»Und du bist ein Meuterer. Mein Gott, hast du vollkommen den Verstand verloren? Sei's drum. Was geschehen ist, ist geschehen. Ich werde alles tun, um unserer Familie und unserer Mutter, die dir so sehr am Herzen liegt, zu helfen.«

Ich empfand eine sonderbare Erleichterung, daß er anscheinend doch nicht gänzlich gefühllos war. »Begreifst du denn nicht, daß du die Aufmerksamkeit wieder auf die Familie lenkst, auf unsere Mutter ...«

»Und auf dich.«

»Ja.«

Jetzt lehnte er sich so rasch und heftig über den Tisch, daß der Rest Kaffee in die Untertasse schwappte. »Ich habe an dieser Sache achtzehn Monate gearbeitet. Es ist kein Fall vor einem Gericht, aber ich verspreche dir, ich werde gewinnen. Und beim Blute Christi – dein Schicksal ist für das Erreichen dieses Ziels zweitrangig.«

»Das sehe ich.«

Er nickte und lehnte sich wieder zurück. »Ich prangere Bligh an als den tollwütigen Hund, der er ist. Übrigens hält er sich zur Zeit hier in London auf; er ist aus der Karibik zurückgekehrt, nachdem er die kostbaren Brotfruchtpflanzen geliefert hat. Tag für Tag sitzt er mit den anderen Vollkapitänen im Wartezimmer der Admiralität und hofft auf ein Schiff und ein neues Kommando. Wenn ich an die Öffentlichkeit gehe, bringt ihn das für viele Jahre aufs Trockendock. Die Admiralität haßt öffentliche Auseinandersetzungen. Ich hoffe nur, daß Bligh mich verklagt, denn dann kann ich ihm vor Gericht gegenübertreten. Das wäre für mich eine wahre Wonne.«

»Und würde noch mehr Aufmerksamkeit lenken auf –«

»Zu deiner Verteidigung werde ich sagen, daß du ein Gentleman warst, von vornehmer Herkunft und ausgezeichneter Bildung, aber daß selbst die besten und prinzipientreuesten Männer unter einem übermäßigen Druck entweder zerbrechen oder sich ihm entziehen. Du bist daran zerbrochen.« Er schlängelte sich aus unserer Nische heraus und ließ ein paar Münzen auf den Tisch fallen. Seine Anwaltstasche wieder unter den Arm geklemmt, fuhr er fort: »Es wäre das beste für dich und für unsere Familie, wenn du der geheimnisvoll verschwundene Verbrecher bliebest, statt uns auch noch mit einer öffentlichen Hinrichtung das Leben schwerzumachen.«

Durch den Qualm und das Dämmerlicht konnte ich in seinem Gesicht nur die Augen erkennen, die haßerfüllt funkelten. »Wann wirst du deine Abhandlung an die Öffentlichkeit bringen?« erkundigte ich mich.

»Noch in diesem Monat, wenn alles nach Wunsch verläuft. Aber Verleger sind leider berüchtigt für ihre Unzuverlässigkeit. Für sie ist ein Datum ein Stück Konfetti, das ganz nach Laune herumgewirbelt wird.«

Mit einem unangenehmen Lächeln auf den Lippen verließ er das Kaffeehaus durch eine Seitentür.

Meine Stimmung war ebenso düster wie der mich umgebende Rauch und Qualm. Sicher, mein Bruder hatte gute Gründe, seine Arbeit zu veröffentlichen, und war – wie ein

Jagdhund auf heißer Fährte – nicht mehr zu bremsen. Alles, was sich ihm in den Weg stellte, wurde überrannt, selbst wenn es sich um einen Bruder handelte, bis die Beute zerrissen und tot vor ihm lag. Daß Bligh für Edward der Fuchs war und ich, der eigentliche Übeltäter, verteidigt werden sollte wie ein Hund, der auf der Hetzjagd niedergetrampelt wurde, war für meinen Geschmack zuviel der Ironie.

Ich bestellte mir noch einen schwarzen Kaffee und malte mir aus, daß William Bligh womöglich gerade draußen auf der Straße vorüberging. Nachdem ich erkannt hatte, daß ich die Veröffentlichung meines Bruders nicht aufhalten konnte und mir noch ein paar Tage, vielleicht zwei Wochen in London verblieben, ehe ich mich wieder davonstehlen mußte, gönnte ich mir eine Stunde Zeitungslektüre. Gemächlich blätterte ich in den vergilbten Seiten und suchte die Informationen, die für die übrige Welt veraltet, für mich aber vollkommen neu waren. Obgleich ich noch immer etwas wie Familienbande zwischen mir und meinem Bruder spürte, zweifelte ich doch daran, daß dies erwidert wurde. Vielleicht würde sich mit der Zeit die Einstellung meiner Familie verändern, aber für den Augenblick nahm ich mir vor, Edwards Rat zu beherzigen und aus ihrem Leben zu verschwinden.

Vorher hatte ich in London jedoch noch einiges zu erledigen. Die Juwelen, die ich stets bei mir auf dem Leib trug, wurden mir zunehmend zur Last. Seit meinem Aufenthalt in Weymouth hatte ich sie mehrmals neu eingenäht und trug sie jetzt in meiner leichten Garderobe; ihretwegen konnte ich mich nie ganz entspannt und sicher fühlen. Es war höchste Zeit, sie zu verkaufen, Edward den Teil meiner Erträge zukommen zu lassen, den meine Mutter für Moorland Close brauchte, und den Rest wohlüberlegt in meine Zukunft zu investieren – auch wenn ich momentan nicht weiter sehen konnte als zu den dumpfigen Wänden des Kaffeehauses. Da ich mich nicht zu sehr in die Ungewißheiten meines weiteren Lebens verlieren wollte – auch nicht in den Bericht über die qualvolle Hinrichtung meiner Kameraden, den ich in einer alten Ausgabe der *Morning Post* fand –, stand ich schließlich auf, um mich ans Werk zu machen.

In erster Linie brauchte ich eine Identität oder am besten gleich mehrere, damit die Händler, die ich mit meiner Kundschaft beehrte, untereinander keine Vergleiche über meine Person anstellen konnten. Dies wiederum erforderte verschiedene Kostümierungen – die ich noch an diesem Tag erstand – sowie mehrere Unterkünfte – um die ich mich als nächstes kümmerte. Den Gastwirten gab ich unterschiedliche Namen an. Als ich dann das erste Juweliergeschäft betrat, hatte ich mich mit genügend Perücken, Brillen und Hüten eingedeckt, um mein Gesicht gut verstecken zu können. Ich hatte das Geschäft so ausgewählt, daß es in seiner Qualität dem entsprach, was ich nach meiner Schätzung für meinen Schmuck erzielen konnte. Anfangs war ich ziemlich nervös, als hätte ich einen Bühnenauftritt, ohne meinen Text zu kennen. Aus diesem Grund sprach ich sehr wenig, denn ich befürchtete auch, daß mein jüngst wieder aufgefrischter Cumberland-Akzent unüberhörbar sein könnte.

Nach einiger Zeit jedoch gewann ich mehr Sicherheit, und mit dem Erfolgsgefühl, das große Summen von Geld einem Menschen vermitteln, begann ich meine Rollen stärker zu variieren, verlieh ihnen Vorlieben und Abneigungen sowie Akzente englischer Grafschaften und Kolonien, die noch auf ihre Entdeckung harrten. Den Beifall für meine Kreationen mußte ich mir allerdings ganz alleine spenden, denn die Händler hatten nur Augen für das, was ich ihnen anbot, und nur Ohren für die Summe, die ich dafür verlangte. Am Anfang erwiesen sie sich als die besseren Feilscher, weil ich viel zu ungeschickt vorging. Glücklicherweise besaß ich aber genügend Ware, um letztlich doch die Oberhand zu behalten.

Ich lernte, unerhörte Forderungen zu stellen, und konnte nur staunen, wie erfolgreich ich damit war.

Ich frequentierte sechs recht unterschiedliche Geschäfte und erdachte für jedes einzelne einen anderen Auftritt. Die Palette reichte von einem kleinen Laden an der Ecke St. Martin's Lane und Charing Cross bis zu dem eleganten Geschäft von Roderick Streeter in der Bond Street. Die Qualität meiner Ware sorgte dafür, daß ich nach einer Woche bei allen ein gern gesehener Gast war, ebenso in den beiden Bankhäusern, bei denen ich ein Konto eingerichtet hatte. Bei einem mietete ich mir ein Bankschließfach für die Juwelen, die ich in meinem Zimmer aus meinem Rock herausgeschnitten hatte, und ließ dann für Edwards Anschrift einen Wechsel ausstellen. In der anderen Bank eröffnete ich ein Konto und kaufte meine ersten fünfprozentigen Staatsanleihen, deren Zinsen automatisch auf das Konto flossen. Auch markante Unterschriften erfand ich für meine Phantasiefiguren, so daß mir ein Bankwechsel über den jeweiligen Betrag per Post zugestellt werden konnte. Solange ich des Schreibens mächtig war, durfte ich auf diese Weise von jedem Winkel der Welt Zugang zu meinem Vermögen haben.

Natürlich hielt ich die schönsten Steine bis zuletzt zurück; ich machte meinen Kunden gezielt Hoffnungen und verführte sie zu allerlei Spekulationen darüber, was ich wohl noch anzubieten hatte. Obwohl ich nicht nach einem nachvollziehbaren Schema bei ihnen vorsprach, erfolgten meine Besuche doch mit einiger Regelmäßigkeit, wofür mir alle Beteiligten dankbar zu sein schienen. Bis zum allerletzten Tag stieß ich nie auf Probleme. Den größten Stein hob ich bis zuletzt auf; es war ein Diamant mit niederländischem Rosenschliff. Im Lauf der Zeit hatte ich einiges über Edelsteine gelernt und wußte jetzt ganz gut, wovon ich sprach. Diesen Stein also trug ich in die Bond Street, in meiner dort zuvor eingeführten Rolle als zerstreuter Adliger, der heimlich von seinen Landgütern in die Stadt kam und alte Familienerbstücke verkaufte, um seine Spielschulden abzuzahlen. Ich trug eine dünne, etwas zerzauste Perücke, eine winzige Brille, trotz des Frühlingswetters einen Mantel, graue Pantalons und hohe Stiefel, die offensichtlich schon des öfteren Bekanntschaft mit dem Schweinestall gemacht hatten. Beim Anbieten meiner Ware hatte ich die Gewohnheit angenommen, sie in ein Taschentuch gewickelt aus der Tasche zu ziehen, so daß die Steine auf den kunstvoll eingelegten Holzboden fielen. Darauf warfen sich sämtliche verfügbaren Verkäufer, allesamt weit eleganter gekleidet als ich, augenblicklich auf Hände und Knie, um die Schätze zu bergen.

Doch der Rosenschliff-Diamant verdiente besonderen Respekt; deshalb rutschte er mir beim Vorzeigen auf eine Vitrine, in der, wie ich in meiner neu erworbenen Sachkenntnis glaubte, minderwertige Stücke ausgestellt waren. Mr. Streeter persönlich nahm den prächtigen Stein in die Hand und legte ihn ehrfürchtig auf ein Stück dunkelblauen Samt. Die Konzentration, mit der er ihn betrachtete, schloß alle anderen Kunden aus; sie mußten sich mit den Angestellten zufriedengeben. Während ich wartete, plapperte ich von irgendwelchen Ereignissen auf meinem fiktiven Landgut und ließ zwischendurch meinen knorrigen Wanderstab mit großem Geklapper von der Vitrine zu Boden gleiten. Schließlich bot mir Mr. Streeter, nach ein paar einleitenden Lobsprüchen, einen erstaunlich niedrigen Preis.

»Aber, aber ...«, stotterte ich, »sofern ich mich recht erinnere, habt Ihr mir für kleinere Steine einen weitaus besseren Preis gemacht.«

»O ja, verehrter Herr«, säuselte der Kerl schmeichlerisch, wie es sich für seinen Beruf gehörte, »aber weniger wertvolle Steine sind leichter zu verkaufen. London wird überschwemmt mit großen Diamanten, von den Franzosen, die *la guillotine* entronnen sind. Der Markt für solche Herrlichkeiten ist äußerst begrenzt.« Er lächelte voller Stolz, den unangenehmen Sachverhalt so wunderschön dargelegt zu haben.

»Ach du liebe Zeit«, stammelte ich verwirrt. »Darauf kann ich aber wirklich nicht eingehen. Der Stein befindet sich in unserem Besitz seit, hmm, seit wie vielen Generationen? Vielleicht sollte ich es anderswo versuchen ...«

»Ganz wie Ihr wünscht, Sir«, entgegnete er, offenbar überzeugt, daß ich überall die gleiche Antwort bekommen würde. In diesem Augenblick entstand hinter mir eine Unruhe, man hörte Stoffgeraschel, Leute liefen aufgeregt durcheinander. Mr. Streeter war abgelenkt, was ich sofort ausnutzte, um ihn weiter zu beschwatzen.

»Nun, ähm, nun, vielleicht«, begann ich, »vielleicht nehmt Ihr die Rose – meine Mutter hat sie immer so genannt – für einen besseren Preis in Kommission?«

»Aber ohne Verkaufsgarantie«, erwiderte er, deutlich bestrebt, endlich von mir loszukommen.

»Ja, hmm ... wie hoch wäre denn Eure Kommission?«

»Bitte, entschuldigt mich einen Augenblick, Sir«, sagte er, während er sich auch schon eilig an der zwischen uns stehenden Vitrine vorbeidrängelte, um sich in das erregte Geflüster einzumischen. Sofort war ich in Alarmbereitschaft. War etwa meine Verkleidung durchschaut worden? Doch ich ergriff nicht Hals über Kopf die Flucht, sondern sah mich unauffällig nach einer Hintertür um, durch die ich entkommen konnte.

Dann hörte ich ihre Stimme.

»Ach, Mr. Streeter, Ihr seht, ich bin vollkommen machtlos, ich kann nicht über die Bond Street bummeln, ohne Eurem Geschäft einen Besuch abzustatten.«

So beiläufig wie möglich leitete ich meinen Rückzug ein, aber jetzt drohten meine Beine den Dienst zu versagen. Ich hatte keine Fluchtmöglichkeit außer zu einem Eckschränkchen mit chinesischem Porzellan, das nun ich mit hingebungsvollem Interesse betrachtete. Aber auch in den Glasscheiben spiegelte sich halb das Bild von Daphne Lewis in einem umwerfenden weißen, unter dem Busen geschnürten Seidenkleid mit gelben Verzierungen. Auch ihre Handschuhe waren weiß, ebenso ihre Haube, der es jedoch nicht gelang, ihr üppiges schwarzes Haar vollständig im Zaum zu halten, so daß ein paar lange Locken ungebärdig herabwallten. Sogar am Tag strahlte ihre Haut wie im Mondlicht, wovon die Juwelen an ihrem Hals, ihren Ohren und ihren Handgelenken nur ablenkten. Mit anmutigen Schritten ging sie im Geschäft herum, ein Sarintäschchen in der Hand, begleitet vom leisen Knistern ihrer seidenen Röcke. Mal hier, mal dort begutachtete sie etwas, was sie interessierte, und unterhielt sich dabei munter mit dem vor Höflichkeit zerfließenden Eigentümer.

»Nein, wie Ihr wißt, weiß ich nie genau, wonach ich eigentlich suche«, erklärte sie gerade, als sie an meiner Ecke vorbeikam – Gott sei Dank, ohne innezuhalten. »Ich verlasse mich ganz auf meinen Instinkt, glaube ich. Wenn ich etwas sehe, dann weiß ich, was ich gesucht habe. Außerdem macht es mir Vergnügen, all die schönen Dinge anzuschauen ... Sagt mir, was ist das?«

Sie war vor der niederländischen Rose stehengeblieben.

»Wir haben diesen Stein gerade in Kommission genommen, Euer Gnaden.«

»Was für ein wunderschöner Diamant! Wie nennt man diesen Schliff?«

»Es ist ein niederländischer Rosenschliff, Euer Gnaden. Im siebzehnten Jahrhundert haben ihn die Diamantenschleifer von Amsterdam gern für besonders schöne Steine verwendet.«

»Tatsächlich«, sagte sie und hob den Stein auf, um ihn gegen das Licht des Fensters zu halten, wodurch sie sich zu mir drehte. »Könnte es sein, daß derjenige, der den Stein in Kommission gegeben hat, noch mehr Stücke dieser Qualität anzubieten hat?«

»Möglicherweise, Euer Gnaden«, antwortete Streeter, ohne mich ins Gespräch zu bringen. »Das Stück ist, wie Ihr bereits bemerkt habt, von überragender Qualität.«

»Und wieviel soll der Stein kosten?« fragte sie, während sie den Stein auf den blauen Samt zurücklegte.

»Wie wäre es mit viertausendfünfhundert Guineen, Euer Gnaden?«

»Oh, das wäre ja Diebstahl«, rief sie und lachte fröhlich. »Aber natürlich – wer weiß, ob der Stein nicht durch einen Diebstahl hierher gelangt ist, vielleicht aus einem Piratenschatz ...«

»Ich versichere Euch, Euer Gnaden –«

»Oh, selbstverständlich, Mr. Streeter, ich bin sicher, seine Geschichte ist so rein ... so rein wie die Themse.« Sie ließ ihn geduldig in ihr Lachen einstimmen und meinte dann: »Ich nehme ihn, und laßt mich doch auch gleich über eine passende Fassung nachdenken ... Vielleicht ein Anhänger für eine Halskette. Nun, Ihr habt mich wieder einmal umgarnt, nicht wahr? Wie soll ich das nur Seiner Gnaden erklären?«

»Ich bin gewiß, der Stein wird Euch mit seiner ganzen Brillanz verteidigen, Euer Gnaden.«

»Hoffen wir es. Oh, ich möchte gern eine Notiz für den Eigentümer dalassen, in der Hoffnung, daß er Euch noch mehr für mich anbietet.«

Da jeder Angestellte im Laden dem Gespräch aufmerksam gefolgt war, erschienen umgehend Feder und Tintenfaß, Papier, blaues Siegelwachs und Wachsstock. »Das wäre außerordentlich großzügig, Euer Gnaden.«

Sie schrieb rasch ein paar Worte, faltete das Papier zusammen, holte ein Siegel aus ihrem Täschchen und drückte es auf das heiße Wachs. »Ich bin sehr spät dran. Das ist nur Eure Schuld, Mr. Streeter.«

»Und auch mein Vergnügen, Euer Gnaden.«

Sie lachte huldvoll, dann drehte sie sich um und verließ den Laden mit einem freundlichen Nicken zu den Leuten, die knicksten und sich vor ihr verbeugten. Während das Geflüster und die aufgeregten Kommentare der Kunden und Angestellten aufwallten, trat Streeter mit stolzgeschwellter Brust auf mich zu und reichte mir den Zettel.

»Das war die Herzogin von Cleyland«, informierte er mich gravitätisch.

»Zehn Prozent«, schlug ich vor, während ich den Zettel nahm und ihm rasch den Rücken zudrehte.

»Zwanzig?« konterte er.

Inzwischen hatte ich die Nachricht entfaltet. Sie lautete:

CHARLES 1

CHARING CROSS

MITTERNACHT

Der von ihr gewählte Treffpunkt war einer der belebtesten auf diesem Planeten. An der Kreuzung der Parliament Street und der Strand in Charing Cross herrschte sicherlich das größte Gedränge und das schlimmste Durcheinander unserer gesamten Zivilisation; mitten im Verkehr stand die Reiterstatue Charles' I. Während ich wartete, hatte ich genügend Zeit, sie mir genau anzusehen. Von seinem hohen Sockel überblickte Seine Majestät mit gebieterischer Pose eine Szene, die sicher kaum weniger erschreckend war als der Anblick, der sich ihm anläßlich seiner Enthauptung geboten hatte. Um ihn herum befanden sich eine Schwelle und ein schmaler Gehweg, bewacht von vier großen Öllaternen, die sowohl die Statue beleuchteten, als auch die Pumpe, die den Droschkenstand neben dem *Golden Cross Inn* versorgte.

Trotz der möglichen Gefahr fand ich mich um Mitternacht dort ein, nachdem ich den ganzen Tag mit mir gerungen hatte, ob ich es mir erlauben durfte. Schließlich war ich zu dem Schluß gekommen, daß ich kein Recht besaß, diese Frau auf irgendeine Weise in mein Leben einzubinden, wohl aber die Pflicht hatte, ihr eben dieses mitzuteilen – eine Rechtfertigung, die selbst den Teufel beschämt hätte. Ich zog den Hut tief ins Gesicht, stellte mich neben die Wasserpumpe, als hätte ich dort etwas zu erledigen, und beobachtete die Kutschen und Karren, die an mir vorbei rollten, die Ramschverkäufer und Plakatträger, die sich auf den Gehwegen zwischen den Fußgängern hindurchschlängelten. Die Prostituierten und ihre Kundschaft bildeten einen gesonderten Menschenstrom, der sich aus dem Königlichen Marstall und anderen dunklen Hauseingängen zu den verrufenen Häusern in den nahegelegenen Straßen und Gassen wälzte, angestachelt von Trieb und Gier.

Daphne Lewis tauchte aus Richtung Whitehall auf, so daß ich sie nicht kommen sah, sondern zuerst ihre Stimme hörte: »Anscheinend treffen wir uns immer auf einer Insel.«

Als ich mich umwandte, stand sie im Schein der Öllaterne und lächelte mich stolz an. Sie war gekleidet wie ein Mann – oder eher wie ein Dandy aus Mayfair; sogar ein elfenbeinernes Stöckchen mit Goldgriff hatte sie über die Schulter gelegt. Ihr langes Haar war in einem großen Biberhut gut verborgen, ihr schlanker Körper steckte in eleganten Kniehosen und einem Frack, um den Hals trug sie ein flottes Halstuch.

»Wir hätten uns nicht treffen dürfen«, sagte ich schnell, ehe ich den letzten Rest von Entschlußkraft verlor.

»Wir hätten, wir hätten, wir hätten«, wiederholte sie. »Warum bist du dann da?«

»Um Euch davon zu überzeugen –«

»Du wirst nichts bei mir erreichen, solange du mir nicht sagst, wie wir uns in Zukunft sehen können.«

Ich war verloren, und sie wußte es, aber ich machte trotzdem weiter. »Denkt nach, Herzogin. Euer Leben findet vor den Augen der Welt statt, man würde uns entdecken. Der Preis dafür wäre Euer Ruin und mein Tod.«

»Na und?« entgegnete sie mit einer Nonchalance, die mich rasend machte, während sie von einem Bein aufs andere trat und mit amüsierter Nachsicht mein inneres Ringen beobachtete.

»Ich habe mir geschworen, Euch zu warnen«, sagte ich, und jetzt hatte ich endgültig aufgegeben. »Aber dich zu sehen, dafür ist kein Preis zu hoch. Jetzt weiß ich, daß ich nicht leben kann, ohne dich wenigstens in den Momenten bei mir zu haben, die uns gegeben sind.«

Sie trat auf mich zu, aber gleich sahen wir uns beide mißtrauisch um, und nur unsere Hände berührten sich.

»Wo wohnst du?« fragte sie.

»Mein nächstes Quartier ist in Cripplegate, in einem sehr bescheidenen Gasthaus.«

»Bring mich dorthin.«

Ich zögerte keine Sekunde, sondern führte sie durch den Verkehr zu einer Droschke, einem großen, verbeulten Wagen mit dem Wappen des ehemaligen Eigentümers auf der Tür. Im Handumdrehen waren wir auf der Strand unterwegs und fielen uns in die Arme. Wir hatten wenig Interesse an einem Gespräch, und ich fand es sehr seltsam, in meiner Leidenschaft mit ihren Männerkleidern kämpfen zu müssen.

»Ich kann es nicht glauben ...«, seufzte sie und küßte mich.

»Woher wußtest du es?«

»Mein Liebster, der Diamant gehört mir.«

Dies erschreckte mich so, daß ich mich aufsetzte und laut fragte: »Was?«

»Ein Geschenk meines Vaters zu meinem sechzehnten Geburtstag, übrigens aus Antwerpen, nicht aus Amsterdam.« Sie lächelte über meine Verwunderung. »Und deine Verkleidung ist zwar schlau, aber sie kann dich nicht vor jemandem verbergen, der dich so gut kennt. Oh, wie wundervoll, daß du noch da warst.« Damit nahm sie mich in die Arme und küßte mich.

Wir passierten Temple Bar, wo Daphnes Hut herabfiel und das schwarze Haar freigab, und wir genossen all die faszinierenden Dingen, die ein Paar im Dunkeln, in voller Fahrt und vollständig bekleidet tun kann. Als wir den Gasthof erreichten, gab ich dem Fahrer genug, daß er warten würde. Daphne hatte ihre Verkleidung wieder angelegt, um sich ohne Schwierigkeiten in mein Zimmer schmuggeln zu können. Doch sobald wir drinnen waren, entfernte sie die Kostümierung mit wenigen Handgriffen. Unser Verlangen war so groß, daß wir es kaum bis zum Bett schafften. Bald danach sagte sie mir, in einem Moment gemeinsamen Hochgefühls: »Fletcher Christian, ich liebe dich.«

Als ich meinen Namen hörte, erstarrte ich vor Schreck, was sie unendlich zu entzücken schien und sie veranlaßte, die Situation aufs angenehmste auszunutzen. Erst als wir eng umschlungen dalagen und der Schein der Straßenlaterne durchs Fenster auf unsere Körper fiel, konnte ich mich wieder auf Erinnerungen konzentrieren, und ich fragte: »Wie ...«

Sie lachte ihr leises Lachen, das klang, als klimperten Kieselsteine aneinander, und küßte mich. »Mein Ehemann gehört zu den Männern, die ewig Kinder bleiben und in alles Militärische vernarrt sind. An unseren Tisch wimmelt es nur so von Generälen und Admiralen. Schon in der ersten Woche nach meiner Rückkehr hörte ich von Bligh, von der *Bounty* und ... und von dir. Bligh hat dich in seinem Buch sehr lebendig und detailliert beschrieben, sogar deine Tätowierungen«, erklärte sie und küßte den Stern auf meiner Brust.

»Ich bedauere unendlich, daß du weißt, wer ich bin«, sagte ich.

»Hättest du es mir erzählt?«

»Niemals. Jetzt müssen wir beide leiden unter dem, was

ich getan habe, und mein Verbrechen kompromittiert auch dich.«

»Du meinst also, wir müssen uns genau so akzeptieren, wie wir sind? O je, o je, wie grausam.«

»Du machst dich über mich lustig, dabei kann das wirklich grausam sein. Erzähl mir, was du weißt.«

»Ich habe alles gelesen, Zeitungen, offizielle Berichte, alles, was ich über den Prozeß vor dem Kriegsgericht auftreiben konnte. Weißt du darüber Bescheid?«

»Nicht genug.«

»Ich habe der Erinnerung an meinen Inselgeliebten nun schon seit Monaten deinen Namen gegeben. Erzähl mir, was dir seither widerfahren ist.«

Ich erzählte und beantwortete ihre Fragen, während ich über die neue Gefahr nachdachte, in die wir uns begeben hatten und der ich nie mehr abschwören würde, das wußte ich. Nachdem ich ihr meinen Handel mit gestohlenen Juwelen erklärt hatte, sagte sie: »Und jetzt bist du hier. Ich hätte nie gedacht, daß ich dich wiedersehe. Es ist ein Wunder, nach den ganzen Szenen, die ich mir ausgemalt habe – daß ich um die Ecke biege und dich auf der Straße entdecke, daß ich jemandem nachgehe, der dir ein kleines bißchen ähnlich sieht. Ich habe Mr. Streeters Geschäft und auch andere Juweliere regelmäßig besucht, denn ich hatte die verrückte Idee im Kopf, wie es wäre, wenn du nach London kämst, wenn du beschließen würdest, die Juwelen zu verkaufen, wenn du dich ins West End wagen würdest ... Wenn, wenn, wenn. Seit dem Tag meiner Ankunft hier habe ich mit diesem ›wenn‹ gelebt.«

»Du hast zuviel für die niederländische Rose bezahlt.«

»Ein Shilling wäre schon zuviel gewesen, denn sie gehört mir ja.« Sie küßte mich. »Aber ich werde gar nichts bezahlen. Das erledigt der Herzog von Cleyland, und der kann es sich leisten – bei all dem Geld, das mein Vater ihm gegeben hat.«

»Ist deinem Ehemann dein Interesse an der *Bounty*-Geschichte nicht aufgefallen?«

Seufzend stützte sich sich auf einen Arm und betrachtete mich traurig. »Ach Liebster, ich sehe schon, wie diese Geschichte uns belasten wird.« Dann blickte sie in das Laternenlicht, das durchs Fenster fiel, und ich glaube, jetzt bemerkte sie erst, wie spärlich und einfach das Zimmer möbliert war. »Peter interessiert an mir nur eins, nämlich, daß ich nach fast dreimonatiger Ehe immer noch ›unfruchtbar‹ bin, wie er es zu nennen beliebt.«

»Drei Monate sind keine sehr lange Zeit.«

»Anscheinend braucht seine Mätresse keine Minute, um schwanger zu werden. An Michaelis erwartet sie schon wieder einen Bastard. Mein Ehemann sagt mir gern, daß er nur versucht, Prinz William nachzueifern.«

»Ich weiß nichts über die Errungenschaften des Prinzen.«

»Er ist der zweite Sohn des Königs. Seine Königliche Hoheit hat mit Mrs. Jordan aus der Drury Lane ungefähr zehn uneheliche Kinder gezeugt.«

»Das ist eine Menge! Wenn dein Ehemann ihm nacheifern will, ist er sicher beschäftigt.«

»O ja, er ist beschäftigt, sehr beschäftigt. Seine gelegentlichen Beiträge zu unserer Fortpflanzung erinnern mich stark an den Begattungsakt in unserer Zuchtscheune, der meist nicht länger als einen Augenblick dauert. Aber dann ruft er mir immer wieder meine kinderlose erste Ehe ins Gedächtnis. Ich war ein ganzes Jahr verheiratet, ehe mein Mann am Gelbfieber starb. Und natürlich war ich dann auch noch zwei Wochen mit dir zusammen, ebenfalls ohne Folgen ... Vielleicht hat der Herzog ja recht, und ich bin froh darüber, denn ich könnte es nicht ertragen, mit seinem Kind schwanger zu gehen. Mein Leben ist ohnehin schon kompliziert genug.«

Ich spürte ihren Kummer und drückte sie fest an mich.

»Ich habe ein ähnliches Problem mit den ›Komplikationen‹ in meinem Leben.«

Sie küßte mich und erwiderte: »Wäre nicht der Gedanke an dich gewesen, wäre ich verrückt geworden.«

»Ich habe versucht, dich aus meinen Gedanken zu verbannen, aber es ist mir nicht gelungen.«

»Zum Glück!«

»Wenn ich auf der spanischen Brigg, die mich befreit hat, in den Rahen stand und die Segel barg – noch immer den Eingeborenen spielend, den Wind in den Haaren –, dann rief ich oft ganz laut ›Daphne‹, diesen Namen, den auszusprechen ich nie Gelegenheit gehabt hatte. Die Spanier dachten sicher, ich rufe einen heidnischen Gott oder eine Göttin an ... und damit hatten sie gar nicht unrecht.«

Wieder vertrieben andere Gefühle eine Zeitlang unsere Sorgen, doch danach kamen sie zurück, um uns zu überfluten.

»Was sollen wir nur tun?« fragte sie.

»Uns unsere Zeit stehlen und nie auch nur an die nächste Sekunde denken.«

»Du mußt mich immer wissen lassen, wo du bist.«

»Natürlich. Leider muß ich London bald verlassen. Dank dir habe ich alle Juwelen verkauft.«

»Warum mußt du weg?«

»Mein Bruder will eine Verteidigungsschrift über die Meuterei herausbringen; es kann jeden Tag soweit sein. Deshalb wird mein Name im Gedächtnis meiner Bekannten und Kollegen wieder präsent sein und damit sicher auch mein Äußeres. Dadurch steigt die Wahrscheinlichkeit, daß jemand mich erkennt – selbst mit einer gebrochenen Nase und dem unstandesgemäßen Bart.«

Sie wandte sich zu mir, um mich genau betrachten zu können, doch unsere gemeinsame Angst stand ihr in den Augen. »Wohin gehst du?« Meine Reaktion – ein Ausdruck der Vorsicht, der sich über mein Gesicht breitete – verwandelte ihre Unruhe in Traurigkeit. »Oh, mein Liebster«, rief sie, »wie sollen wir es nur ertragen, uns dauernd verstecken zu müssen, sogar voreinander?«

Ich küßte sie. »Haben wir eine andere Möglichkeit? Ich jedenfalls nicht. Vor dem heutigen Tag habe ich geglaubt, ich würde dich nie wiedersehen. Jetzt erscheint mir die Vorstellung, dich nicht zu sehen, vollkommen absurd – fast so absurd wie dich zu sehen.«

Mit einem lauten Lachen schmiegte sie sich an mich. »Ich bin so froh. Ich werde mein Bestes tun, um diese Absurdität aufrechtzuerhalten. O Gott! So lange war ich keine richtige Frau mehr.« Gierig küßte sie mich. »Wohin gehst du?« wiederholte sie dann ihre Frage.

»Ich wollte England auf einem Handelsschiff verlassen ...«

»Das lasse ich nicht zu.«

»... aber soweit ich weiß, preßt die Königliche Marine inzwischen auch Männer direkt von den Handelsschiffen, auf See und im Hafen. Dieses Risiko werde ich nicht eingehen, solange ich nicht dazu gezwungen bin.«

»Hast du nie daran gedacht, nach Wiltshire zu gehen, ins wunderschöne Wiltshire, wo du immer in der Nähe eines gewissen Landsitzes wärst?«

»Und wo mir dauernd die Freunde und Anhänger eines gewissen Herzogs begegnen, dem nichts besser gefallen würde, als die Herzogin dabei zu erwischen, wie sie sich, ob nun in Männerkleidern oder nicht, auf den Weg macht zur Hütte irgendeines Kleinbauern, wo sie sich zu ihrem ganz persönlichen Vergnügen mit einem Meuterer und Mörder trifft.«

»Ich habe dich noch nicht genug geliebt. Komm her.«

Als sie zufrieden war, sagte ich: »Ich glaube, ich werde in den Lake District gehen, denn dort kenne ich mich am besten aus. Zwar gibt es auch dort Menschen, die mich kennen, aber als ich damals weggegangen bin, um zur See zu fahren, war ich ein Junge und im Grunde ein anderer Mensch. Man würde mich sicher nicht erkennen.«

Aufgeregt rappelte sie sich hoch und setzte sich im Schneidersitz hin. »Nenn mir ein Gasthaus in der Nähe und schwöre mir, daß du in der dritten Augustwoche jeden Tag dort vorbeikommst, wenn die Postkutsche aus London Station macht. Die Saison in London endet am 12. August. Das Parlament hat Sitzungspause, und am nächsten Tag bricht der Herzog zur Jagd ins schottische Hochmoor auf. Ich habe ihm bereits gesagt, daß ich nicht daran denke mitzukommen, und er war höchst erleichtert. In meinen Männerkleidern kann ich dich im Lake District besuchen – eine Woche, vielleicht sogar zwei. Wie wunderbar! Dann bringe ich dir auch die Publikation deines Bruders mit. Fletcher, gibt es im Lake District Stellen, wo wir Krebse fangen können?«

»Nein, aber es gibt singende Bäche und kleine Bergseen, die unter einer vom Wind getriebenen Wolke ständig ihre Farbe verändern. Warst du noch nie in der Gegend?«

»Ich war in Istanbul und in Paris und sonst überall, aber nie weiter im Norden als Hampstead.«

»Dir den Lake District an einem schönen Sommertag zeigen! Oh, Daphne, komm nach Keswick. Ich werde uns am Derwent Water ein Häuschen suchen, das schönste auf der Welt. Ich habe selbst noch nicht genau gewußt, wohin ich gehe – bis zu diesem Moment. Jetzt sehe ich es ganz deutlich vor mir, ich sehe uns zusammen über die Hügel wandern, nur um die Landschaft und uns zu genießen.«

»Gibt es vielleicht doch einen Himmel auf Erden?« fragte sie, mehr zu sich selbst als zu mir.

»Komm nach Keswick«, wiederholte ich, gerade als die ersten Zweifel in mir aufstiegen und mit unbarmherziger Logik in meinem Gehirns pochten. Ich zog mich von Daphne zurück, drehte mich um und stand benommen neben dem Bett.

»Ist etwas nicht in Ordnung?« hörte ich sie fragen und mußte mich beherrschen, um nicht »Alles!« zu rufen.

»Komm. Zieh dich an«, sagte ich statt dessen. »Wir spielen doch nur Insel-Spiele. Ich muß die Straßen von London sehen, um zu glauben, daß dies möglich ist.«

»Es ist möglich!« beharrte sie und sprang ebenfalls aus dem Bett. »Es muß möglich sein«, fügte sie hinzu, während sich meine Zweifel in Windeseile auf sie übertrugen.

Wir sprachen kein Wort mehr, bis ich den Droschkenkutscher anwies, uns zum Berkeley Square zu bringen.

»Dorthin können wir nicht«, widersprach sie. »Meine Dienstboten ...«

»Wir werden nicht anhalten. Wir fahren nur um den Platz herum, und dann lasse ich dich aussteigen, wo du möchtest.«

Wütend funkelte sie mich an, denn sie wußte, was ich vorhatte, und fürchtete sich davor. Schweigend hielten wir einander fest, als wäre die Droschke unser Schinderkarren. Einmal spürte ich, wie ein Zittern durch ihren Körper ging, aber sie schaute mich nicht an, um sich von mir Mut machen zu lassen – zum Glück. Ich spürte, wie mir innerlich kalt wurde, während ich nüchtern und voll Verachtung feststellte, wie abwegig und gefährlich das Vergnügen war, dem wir uns hingegeben hatten. Als wir Mayfair erreichten und den Grosvenor Place umrundeten, fühlte ich mein Herz wie einen Mühlstein in meiner Brust. Als wir unser Ziel erreichten, konnte ich kaum noch atmen.

»Wo soll ich halten?« rief der Kutscher durch den Schlitz hinter dem Kutschbock.

»Fahrt langsam einmal um den Platz herum und dann hierher zurück«, antwortete ich, während ich durch das Fenster auf Daphnes Seite die mit Säulengängen und Pfeilern geschmückte steinerne Pracht am Südende des Platzes betrachtete. Es war ein weitläufiges Gebäude – Eisentore, ein mit Öllaternen erleuchteter Hof und drei Stockwerke hoher Fenster, hinter deren Vorhängen man selbst zu dieser Stunde noch Licht schimmern sah –, das war sicherlich Cleyland House. Als wir näher kamen, erblickte ich zwei genau gleich große livrierte Lakaien, die zu beiden Seiten der Haupteinfahrt Wache hielten – jetzt, kurz vor Morgengrauen.

»Kannst du dir vorstellen, wie sehr ich dieses Haus hasse?« fragte Daphne.

»Ja, das kann ich, weil wir beide bedauern, was aus uns geworden ist«, antwortete ich. »Aber wir wagen nicht, es zu leugnen oder so zu tun, als wären wir jemand anderes.«

»Ich *bin* eine andere, aber nicht aus freiem Willen, sondern weil ich gezwungen bin, in der Welt dieses Mannes zu leben. Wenn du nicht verstehst, wer ich bin, gibt es für mich keine Hoffnung.«

»Ich bin hier, weil ich die mir zugedachte Rolle in ebendieser Welt nicht erfüllt habe. Aber das ist die Welt, die wirkliche Welt. Mein Leben besteht darin, wegzulaufen, mich zu verstecken und – gleichgültig, wo ich mich aufhalte – stets fluchtbereit zu bleiben. Ich sitze hier und halte dich im Arm, aber im Vorbeifahren beobachte ich die dunklen Gassen, immer auf dem Sprung, falls ich ein Preßkommando oder einen Wachtmeister erblicke. Nie wird für mich eine Zeit kommen, in der ich sicher sein kann, nicht plötzlich ohne ein Wort der Warnung verschwinden zu müssen. Wenn man mich findet oder wenn man uns zusammen erwischt ...«

Als die Droschke am Tor vorbeifuhr, drehte Daphne sich vom Fenster weg. »Nein, nein«, drängte ich sie. »Sieh dir die Fassade an. Das ist deine Kulisse, ob du es willst oder nicht. Du bist genau das Gegenteil von mir, denn dein Leben findet in der Öffentlichkeit statt. Du kannst nicht weglaufen und dich irgendwo verstecken, und jeder Fluchtversuch wird halb von Illusion, halb von Schmerz geprägt sein. Auch wenn dein Ehemann dich gleichgültig behandelt, besteht doch berechtigter Zweifel, daß seine Toleranz sich auf das erstreckt, was aus uns werden könnte.«

»Aus deinem Mund klingt es, als wäre es unmöglich«, sagte sie zornig, während die Droschke das Haus hinter sich ließ und auf der anderen Seite des Platzes weiterfuhr.

»Es ist unmöglich«, entgegnete ich nüchtern, »es war immer unmöglich, und so wird es auch bleiben. Es gibt für uns keine Insel mehr. Vergiß das nie. Aber vergiß auch nie, daß ich in der kurzen Zeit, die uns vergönnt war, eine Liebe kennengelernt habe, der ich mit meinem zerstörten Leben nie gerecht geworden wäre, selbst wenn ich dich hätte für mich haben können. Wenn ich mir vorstelle, daß du zu ihm zurückkehrst – was du mußt –, dann möchte ich ihn am liebsten umbringen – was ich nicht darf.«

Ohne sich umzuwenden, nahm sie meine Hand. »Man hält uns gefangen, damit wir nicht zueinander kommen können.«

»In sehr verschiedenen Zellen.«

Sie umarmte mich. »Ich werde verrückt ohne dich.«

»Und ich werde einen neuen Sinn für mein Leben finden müssen, ein sehr zweifelhaftes Unterfangen. Deshalb werde ich in der zweiten Augusthälfte jeden Tag in Keswick sein und nach der Postkutsche aus London Ausschau halten. Aber wenn du kommst, setzt du alles aufs Spiel, nicht zuletzt deshalb, weil in der Zwischenzeit womöglich jemand Verdacht gegen mich geschöpft hat und ich nicht da sein kann.«

Sie glitt auf den gegenüberliegenden Sitz und starrte mich eine Weile schweigend an. »Nun«, sagte sie schließlich, »ich habe die Seen noch nie gesehen. Die Reise wird sich für mich also auf alle Fälle lohnen.« Damit hob sie ihren Elfenbeinstock und klopfte zweimal gegen den Kutschbock, das Zeichen zum Anhalten. Dann beugte sie sich vor und küßte mich leidenschaftlich. »Aber der Teufel soll dich holen, Fletcher

Christian, wenn du unvorsichtig bist und uns um unser Vergnügen bringst.«

»Wenn ich nicht da bin, soll mich der Teufel holen.«

Noch einmal küßten wir uns, dann stieg sie aus. Bevor ich die Gelegenheit hatte, etwas zu sagen, war sie verschwunden.

Derwent Water

Juni bis August 1794

Zwölf Stunden später verließ ich London – ein Glück, denn tags darauf erschien die Publikation meines Bruders. Zwei Wochen lang wurde ihr in der Presse große Beachtung geschenkt. Doch ich war bereits unterwegs in den Norden, ehe die Zeitungen herauskamen, und bekam deshalb wenig von der unmittelbaren Reaktion mit. Die Provinzblätter zeigten kein Interesse an Edwards Arbeit. Als ich in Keswick eintraf, las ich im *Cumberland Pacquet* allerdings einige empörende Artikel, die sich nur oberflächlich mit Edwards Appendix beschäftigten, dann aber in aller Ausführlichkeit auf meine Herkunft eingingen und zum Schluß kamen, daß ich letztlich doch einen guten Charakter hätte – was aber vor allem dazu beitragen sollte, meine Heimat von der Schande freizusprechen, mich hervorgebracht zu haben. Gelegentlich wurde ich in der Taverne, in der ich anfangs meine Mahlzeiten einnahm, zufällig Zeuge einer Diskussion über das Thema, wobei mir jedesmal der kalte Schweiß ausbrach. Besonders überraschte mich, wie hart argumentiert wurde, sowohl für als auch gegen mich; auch erschreckte mich, was alles als Tatsachen angeführt wurde, obwohl es größtenteils falsch war.

Doch bald erstarb die Diskussion, denn einen Monat später kam die Nachricht vom Sieg der Königlichen Marine im ersten großen Flottengefecht des Krieges. Fünfundzwanzig britische Linienschiffe unter Lord Howe bezwangen eine französische Flotte von sechsundzwanzig Schiffen, eroberten sechs davon und zerstörten eines. In einer Nation, die so nach Erfolg hungerte, degradierte ein derart kolossaler Triumph die *Bounty*-Geschichte rasch zu einem unerwünschten Schandfleck.

Mich freute die veränderte Haltung der Öffentlichkeit, doch ich empfand zugegebenermaßen Stolz und auch Neid auf diejenigen, die an diesem historischen Tag, der rasch als »der glorreiche erste Juni« in aller Munde war, so tapfer gekämpft hatten. Inzwischen wußte ich genug über die Franzosen, um in Frankreich einen gefährlichen Feind zu erkennen, der gierig über seine Grenzen spähte, um seinen Willen auch den Nachbarn aufzuzwingen – und dazu gehörte England. Es gab genügend Pläne für eine Invasion, nur hatte es bisher an einer Gelegenheit gemangelt, da die Königliche Marine die See beherrschte und die französischen Häfen blockierte. Ich glaube, dies war das erstemal, daß ich daran dachte, aufs Meer zurückzukehren, wohin ich gehörte und wo ich mich nützlich machen konnte.

Vorsichtig und mit viel Geduld machte ich mich daran, meine neue Identität aufzubauen. Die Wordsworths waren nicht mehr da, deshalb hatte ich niemanden, mit dem ich mich darüber unterhalten konnte. Das Dorfgedächtnis kümmert sich zwar wenig um Fremdlinge, reicht aber weit zurück, und manch einer erinnerte sich noch an meinen ersten Aufenthalt im Mai. Im Vertrauen darauf erschuf ich einen gewissen Christopher Harden, einen Teehändler aus London, vor kurzem verwitwet und alleinstehend. Er (ich) hatte genug vom Leben in der Hauptstadt und suchte seinen Frieden in den Hügeln und Seen des Lake District.

Für die Gegend war dies keine ungewöhnliche Rolle, und sie wurde von den Ladenbesitzern und Kneipenwirten, bei denen ich Kunde war, problemlos akzeptiert, ebenso vom Vermieter des Häuschens, das ich bei meinen Streifzügen am

Hang des Castlerigg Fell oberhalb von Derwent Water entdeckte. Einmal pro Woche wanderte ich um den See herum, acht Meilen mit ständig neuen Ausblicken, die sich durch den Wechsel von Sonne, Wolken, Nebel oder Regen von einer Minute zur nächsten vollkommen verwandeln konnten. Die Bergarbeiterkate lag an einem Geröllabbruch mit Blick über die Barrow Bay. Am gegenüberliegenden Seeufer sah man den Gipfel des Cat Beils und dahinter mehrere Hügelketten: Knott Rigg, Whiteless Pike und Wandlope. Über dem Häuschen erhob sich der steile, karge Hang des Falcon Crag, und im Norden lag die tiefe Schlucht des Cat Gill. Bevor ich es mietete, hatte ich mir bereits sechs verschiedene Fluchtwege ausgedacht, auf denen mir höchstens ein Verrückter gefolgt wäre. Die Kate lag knapp zwei Meilen von Keswick entfernt, und da sich keine andere Behausung in Sichtweite befand, hatte man Ruhe, war vor Überraschungsbesuchen geschützt und genoß eine Aussicht, die an Schönheit kaum zu überbieten war.

Ich verbrachte den Sommeranfang damit, das Haus zu verschönern; es hatte mehrere Jahre leergestanden, da es für das Bergwerk unter dem Cat Beils weniger günstig lag als die Unterkünfte am anderen Seeufer. Das Fundament war solide, ebenso wie das strohgedeckte Dach, dem auch die dort hausenden Mäuse nicht geschadet hatten. Die weiß getünchten Mauern benötigten sowohl von innen als auch von außen einen neuen Anstrich, den ich als erstes in Angriff nahm, ehe ich mich der grauen Farbe für die Fensterläden widmete. Abgesehen davon beschäftigte ich mich vor allem damit, alles gründlich zu reinigen, wobei ich mindestens tausend Spinnen und zwei Nester wütender Drosseln hinauswerfen mußte. Am einen Ende des Hauses befand sich das Herdfeuer, am anderen, im Schlafzimmer, ein kleinerer Kamin. Nachdem ich einige weitere Vogelnester entfernt hatte, zogen beide Schornsteine gut, obgleich ich sie jetzt im Sommer natürlich nicht ausgiebig auf die Probe stellte. Ich kaufte zwei Stühle für den alten runden Holztisch im großen Zimmer und außerdem noch – in einem Anfall von Häuslichkeit – verschiedene Bücher, die ich in meiner Freizeit lesen wollte, von der ich mir allerdings nur sehr wenig gönnte.

All diese Vorbereitungen traf ich in einem Zustand gespannter Erwartung. In jede Szene, die ich mir vorstellte, versuchte ich nachdrücklich auch meine Zweifel einzubringen, aber jedesmal siegte die Phantasie, indem ich mir in lebhaften Farben ausmalte, wie Daphne zum erstenmal die Hütte sah, wo sie sich beim Essen hinsetzte, um die beste Aussicht zu genießen, wie sie aufwachte, sich ankleidete und den Morgen in der Sonne sitzend vor dem Häuschen verbrachte. Letzteres bewog mich dazu, eine einfache Bank zu zimmern, die ich himmelblau anstrich.

Trotz meiner gegenteiligen Bemühungen war Daphne stets gegenwärtig, in allem, was ich tat, in jedem Gedanken, der mir durch den Kopf ging. Ich fragte mich, ob ihr der Flußbarsch schmecken würde, den ich im Derwent Water angelte. Wenn ich auf meinen Wanderungen eine neue Aussicht entdeckte, einen kleinen Bergsee oder einen Wasserfall, hatte ich das Gefühl, daß ich nichts richtig wahrnehmen konnte, ehe auch sie es gesehen hatte. Und wenn Nachrichten aus der Welt eintrafen (als ich zum Beispiel erfuhr, daß Robespierre unter dem gleichen Fallbeil gestorben war, das er selbst mit solchem Eifer bei anderen eingesetzt hatte), überlegte ich mir sofort, wie sich dies wohl auf Daphnes Besuch auswirken mochte. Würde Frankreichs neue Führung den Krieg unterbrechen und das englische Parlament seine Sitzungsperiode verlängern, so daß der Herzog von Cleyland seine Abreise nach Schottland aufschieben mußte und Daphne erst später im Lake District eintreffen würde? So sortiert ein verliebter Mann die geschichtlichen Ereignisse.

Die erste Augusthälfte verging quälend langsam, und am

Neunzehnten, dem ersten Tag, an dem Daphne möglicherweise ankommen konnte, schmückte ich das Haus mit Wiesenblumen und eilte schon zwei Stunden zu früh nach Keswick, um die Londoner Kutsche keinesfalls zu verpassen. Ich gestand mir durchaus ein, daß ich von Sinnen war, und lachte laut darüber, wenn ich mich allein glaubte. Im Dorf schlenderte ich durch die Straßen, um die Zeit totzuschlagen, und beschwor die Uhren, die Sonne, das ganze Universum, sich mir zuliebe etwas schneller vorwärts zu bewegen. Die letzte halbe Stunde marschierte ich die Straße nach Penrith hinunter, um die Kutsche bei erster Gelegenheit zu erspähen; da sie Verspätung hatte, wanderte ich zurück.

Natürlich war Daphne nicht in der Kutsche. Am dritten Tag stand ich nur noch wie angewurzelt vor dem Postgasthaus und beobachtete mit angehaltenem Atem, wie die Passagiere ausstiegen, dann inspizierte ich die leere Kutsche, falls Daphne vergessen hatte auszusteigen. Der Rückweg zum Haus war endlos, und ich war blind für meine Umgebung. Am Ende der Woche wartete ich zwar weiterhin an der abgesprochenen Stelle, aber inzwischen war ich überzeugt, daß sie nicht kommen würde, und machte bereits Pläne, wie ich die Kate loswerden könnte. Ohne Daphne konnte ich dort nicht bleiben. Inzwischen wuchs auf dem ganzen Hang um das Häuschen keine einzige Blume mehr, denn ich hatte jeden Tag frische Blumen aufgestellt.

Und dann war sie plötzlich da. In ihren Männerkleidern stieg sie aus der Kutsche und kam auf mich zu, mit einem Lächeln, das mir fast die Besinnung raubte. Ich hatte einen Satz vorbereitet, den ich jetzt murmelte: »Oh, Mr. Crab. Willkommen im Lake District!«

»Oh, Mr. Mango, Euer ergebenster Diener«, erwiderte sie und schüttelte mir die Hand.

Vom Postgasthof aus hatte man mein tagelanges Warten womöglich beobachtet, also verhielten wir uns ganz unauffällig, während ein Stallknecht Daphnes Handkoffer herunterreichte. Auf dem Weg durchs Dorf begnügten wir uns mit – wenn auch leidenschaftlichen – Berichten darüber, wie sehr uns die Verzögerung zu schaffen gemacht hatte, wie Seine Gnaden mit sich gerungen hatte, ob er mehr Land in der Karibik kaufen sollte, was seine Reise nach Schottland um eine Woche verzögerte. Zuletzt sprachen wir über den Zustand von Daphnes Knochen, nachdem sie so viele Tage in den häufig ungefederten Postkutschen herumgerüttelt worden war.

Und dann blieb sie stehen und hielt vor Staunen den Atem an. Wir waren allein auf Friar's Crag, vor uns lag Derwent Water, und in diesem Augenblick brach die Sonne hinter einer Wolkenbank hervor, so daß das Wasser glänzte und schimmerte. Obwohl wir eigentlich nur Augen füreinander hatten, schlug uns der Anblick in seinen Bann, und wir schauten uns schweigend um, versuchten, alles in uns aufzunehmen, und scheiterten wie alle vor uns, die dies versucht hatten. Dann warf sich Daphne in meine Arme und schluchzte: »Ich kann nicht glauben, daß ich endlich hier bin, und jetzt bin ich hier und kann nicht glauben, wie schön es ist.« Sie küßte mich, und schon hatte ich die Woche des Wartens vergessen – es dauerte nicht länger, als ein Dutzend Zaunkönige brauchte, um in dem Wollgras zu landen, das am Seeufer wuchs.

Die Wanderung am Ufer entlang wurde immer wieder von Ausblicken unterbrochen, denen man sich unmöglich entziehen konnte. Wir kamen an Stahle Hills und an Scarfclose Bay vorbei, wir durchquerten den Great Wood, wo der Weg weich und torfig wurde. Daphne erzählte mir von London, und es kam mir vor, als brächte sie Nachrichten von einem anderen Planeten. Als wir den Aufstieg über den steinigen Pfad zum Falcon Crag begannen, hüpfte unser Lachen über den See zum anderen Ufer, bis ich mir plötzlich große Sorgen wegen des Häuschens zu machen begann. Letzten Endes war es doch eine primitive, ärmliche Behausung, und Daphne war immerhin eine Herzogin. Unsinnig zu glauben, sie könnte an solcher Einschränkung Gefallen finden.

Doch wieder einmal erwiesen sich meine Ängste als unbegründet. Sobald Daphne das Häuschen erblickte, rannte sie das letzte Stück des Abhangs hinauf und blieb staunend davor stehen. Sie wartete auch nicht, bis ich ihr nachgekommen war, sondern ging hinein, so daß ich schon ihr klimperndes Kieselsteinlachen hörte, während sie umherging und mit den Fingern Tische, Fenster und das Bett berührte, als wäre sie eine Fee, die den Gegenständen Leben einhaucht. Sie nahm das gelbe Schöllkraut aus dem Krug, in den ich es gestellt hatte, hielt es an ihr Gesicht und atmete den Duft ein. Dann, nachdem sie die Aussicht aus einem Fenster bewundert hatte, lief sie nach draußen, um sie noch besser genießen zu können. Endlich sank sie auf meine blaue Bank, und ich gesellte mich zu ihr. Eine Weile saßen wir schweigend nebeneinander. »Wenn ich sterbe, werde ich dies vor mir sehen«, sagte sie schließlich. Kurz darauf sprang sie wieder auf, ging zur Tür, drückte wieder ihre Blumen an die Brust und meinte: »Ich glaube, ich möchte mich umziehen.«

»Darf ich dir helfen?«

Sie blickte sich um. »Wahrscheinlich werden wir hier nicht ohne Kleider herumlaufen, wie wir es damals getan haben.«

»Draußen sicher nicht. Aber im Haus ist es etwas anderes.«

Die ersten Tage verbrachten wir die meiste Zeit im Innern der Kate, und nur der Hunger trieb uns schließlich hinunter zur Barrow Bay, um zu fischen. Nun ließ sich Daphne auch herab, etwas anzuziehen – ein schlichtes Musselinkleid –, aber die Haube blieb am Haken neben dem Bett hängen, so daß ihr schwarzes Haar ungezähmt über die Schultern wallte. Im Vergleich zu unseren früheren Gewohnheiten verlief das Fischen konventionell, mit Angelrute, Haken und Köder.

Nach einer Stunde ruhigen Angelns hatten wir unser Abendessen zusammen. Inzwischen hatten sich über Borrowdale im Süden dicke Wolken zusammengebraut. Mit den ersten Tropfen rannten wir zurück zum Haus, und ich holte rasch noch Holz für das Herdfeuer. Während ich die Funken über der Zunderbox schlug, legte sie unseren Fang in einen Topf. Bis die Flammen züngelten, hörte ich nichts mehr von ihr.

»Fletcher«, sagte sie dann plötzlich mit zweifelnder Stimme und starrte in den Topf.

»Was ist?«

»Ich weiß nicht, was ich tun soll. Ich kann nicht kochen.«

»Ha! Der hilflose Hochadel ...«

»Ich *bin* kein Hochadel. Ich habe nur eingeheiratet.«

»Nun, als erstes mußt du den Fisch ausnehmen.«

»›Den Fisch ausnehmen.‹ Das hast du mir auf der Insel aber nicht beigebracht.«

»Da hatten wir Krebse und andere Schalentiere. Das Ausnehmen solltest du aber lernen, sonst verhungerst du im Lake District. Komm, ich mache den einen, du den anderen.«

Damit nahm ich das Fischmesser und machte mich an die Arbeit, wobei ich ein wenig mit meiner Fingerfertigkeit prahlte. »Die Eingeweide hebt man als Köder auf, dann wäscht man den Fisch hier im Eimer und salzt ihn ein.« Ich überreichte ihr formvollendet das Messer. »Jetzt bist du dran.« Angeekelt starrte sie auf die Klinge, machte aber keine Anstalten, das Messer zu ergreifen. »Der Fisch ist tot. Er spürt nichts mehr.«

Das beruhigte sie zwar nicht allzusehr, aber immerhin legte sie jetzt die Finger um den Messergriff. Den Fisch anzufassen, machte ihr keine Probleme, wohl aber der Schnitt. Sie sah nicht hin, sondern arbeitete nach Gefühl und ließ das, was sie aus dem Fisch herauszog, mit ekelverzogenem Mund in die Köderschachtel plumpsen. Rasch nahm sie dann den gesäuberten Fisch hoch und warf ihn so erleichtert in den Eimer, daß ich lachen mußte. Sie belohnte mich dafür, indem sie mir den nassen Fisch an den Kopf warf.

Dennoch gelang uns wieder einmal ein Festmahl, mit Sommergemüse von den nahegelegenen Bauernhöfen, selbstgepflückten Beeren von den Wiesen und Wein, den ich bei meinen Vorbereitungen eingelagert hatte. Eine Woche lebten wir sorglos in den Tag hinein und dachten kaum an etwas anderes als an unsere nächsten gemeinsamen Stunden – ein Zustand, der so wenig real war, daß er unmöglich andauern konnte. Und so geschah es auch.

»Wir müssen dieses Häuschen für immer behalten«, sagte Daphne eines Abends, als wir im Bett lagen.

»Ein seltsames Wort.«

»Du meinst ›für immer‹?«

»Ja, für uns ist das seltsam. ›Für immer‹ bedeutet Beständigkeit.«

Sie sah traurig aus. »Wie oft habe ich gewünscht, wir hätten uns getroffen, als du in der Karibik zur See gefahren bist.«

»Damals kannst du nicht älter als vierzehn gewesen sein.«

»Ich hätte dir auch mit vierzehn den Kopf verdreht.«

»Zweifellos. Ich wäre desertiert, und du hättest Kapitän Bligh das Vergnügen erspart ...«, daß ich gegen ihn meutere, wollte ich sagen, doch ich unterbrach mich, unfähig, über dieses Thema Scherze zu machen.

Daphne spürte mein Unbehagen und entgegnete: »Kapitän Bligh ist ein Tyrann, ein Wahnsinniger, der seine Macht in eurer kleinen hölzernen Welt ungeheuerlich mißbraucht hat. Auf der Reise habe ich die Veröffentlichung deines Bruders gelesen. Darin kommt dein Kapitän nicht gerade gut weg.«

»Ich kann mir das juristische Blendwerk meines Bruders gut vorstellen«, erwiderte ich und setzte mich auf den Bettrand. »All das ist wirklich eine Plage, und dabei hatte ich gehofft, hier davon unbehelligt zu bleiben.«

Sie legte den Kopf auf meinen Rücken. »Wir können nicht fliehen, wir können nur wegdrängen. Erinnerst du dich?«

Dann zog sie mich ins Bett zurück, und eine Stunde später waren wir eingeschlafen. Aber nicht lange. Ich erwachte schwitzend und mit einem Herzklopfen, das in meinem Kopf dröhnte. Da Daphne schlief und mich nicht zurückhalten konnte, stieg ich leise aus dem Bett, zog mich an und schlich ins Nebenzimmer. Die Kohlen des Herdfeuers glommen noch; ich zündete an ihnen ein Binsenlicht an.

Das Buch lag noch in Daphnes Handkoffer. Ich holte das gebundene Quartformat heraus und legte es auf den Tisch. Im Schein des Binsenlichts las ich den steifen Titel, der nichts weiter war als ein Versuch, auch von offizieller Seite Anerkennung zu gewinnen:

Sitzungsprotokoll der Kriegsgerichtsverhandlungen
gegen die Angeklagten
der Meuterei an Bord der H.M.S. Bounty
SOWIE
Ein Appendix
VON EDWARD CHRISTIAN

Während ich das Buch aufschlug, kam ich mir vor, als zöge ich einen Theatervorhang beiseite. Die Szenerie war die große Kajüte der HMS *Duke* vor zwei Jahren. Zweifellos befand sich das Hohe Gericht in glanzvollem Ornat, denn es tagte unter dem Vorsitz von Lord Hood, dem Kommandanten der Flotte in Spithead. Elf Vollkapitäne standen ihm bei der Urteilsfindung zur Seite. Als höchst imposante Gruppe saßen sie hinter dem Bankettisch des Admirals, umrahmt von den großen Fenstern der Heckgalerie. Rotberockte Marinesoldaten waren vor der Kajüte postiert, um für Ordnung zu sorgen und bei Bedarf Zeugen und Angeklagte von den unteren Decks zu holen.

Einer nach dem anderen wurde vorgeführt; die Loyalen, die mit Bligh in die Barkasse gestiegen waren, gaben ihre oft widersprüchliche Sicht über den Verlauf der Meuterei zum besten. (Wer hätte sich auch akkurat daran erinnern können, welche Rolle jeder einzelne der fünfundvierzig Männer in jedem einzelnen Augenblick dieses seltsam zusammenhanglosen Vorfalls gespielt hatte? Ich wußte nicht einmal mehr alles, was ich selbst getan oder gesagt hatte.) Dann sagten die zehn Angeklagten aus, die meisten ohne juristischen Beistand, und ich war beim Lesen dauernd zwischen Zorn und Kummer hin- und hergerissen. Die Männer beantworteten die Fragen des Gerichts und verteidigten sich, so gut sie eben konnten. Doch über allem schwebte stets William Blighs Geist, streng und mürrisch, denn da er aufgrund seiner zweiten Brotfrucht-Expedition nicht vor dem Kriegsgericht erscheinen konnte und so einem Kreuzverhör entging, hatte er seine Anklage vorher in einem nie überprüften Bericht bei der Admiralität eingereicht.

Über die Unschuld von Norman, Byrne, Coleman und McIntosh gab es kaum Zweifel, denn Bligh selbst hatte erklärt, daß sie gegen ihren Willen an Bord der *Bounty* festgehalten worden waren. Ihre Begnadigung stand von Anfang an fest. Die Schuld von Ellison, Burkitt und Muspratt auf der anderen Seite war ebenso klar. Ich wußte, sie waren leidenschaftliche Meuterer, genau wie ich.

Also blieb noch James Morrison, der Bootsmannsmaat, und Peter Heywood, mein Freund, ebenfalls von der Isle of Man, auf der Fahrt zum Midshipman ernannt und einziger Offizier unter den Angeklagten. Als ich einige der Kreuzverhöre gelesen hatte, in denen die beiden belastet wurden, sprang ich ungestüm vom Tisch auf, ging hinaus und versuchte mich in der kühlen Nachtluft zu beruhigen. Es war noch vor Morgendämmerung und das einzigemal, daß ich das Buch verließ. Und ich kehrte schnell zu ihm zurück.

Peter Heywood steckte am schlimmsten in der Klemme, denn man klagte ihn der Neutralität an, und ein Offizier muß bei einer Meuterei unter allen Umständen Stellung beziehen. Mehrere Zeugen bestätigten seine Behauptung, daß er nicht zu Bligh in die Barkasse steigen konnte, weil man ihn unter Deck in seine Kajüte geschickt hatte. Dies entsprach der Wahrheit; meines Wissens hatte ich befohlen, ihn zusammen mit George Stewart dort zu bewachen. Heywood war an Deck gekommen, als die Meuterei begann, aber soweit ich mich erinnern konnte, hatte ich ihn erst später gesehen und dann gleich weggeschickt. Ich wußte, daß Heywood meine Meinung über Bligh teilte, aber er war kein Meuterer und hätte niemals seine Pflicht gegenüber dem König verletzt. Ich weiß noch, wie ich mich in einem Augenblick der Verzweiflung entschloß, weder ihn noch Stewart mit Bligh gehen zu lassen. Ich brauchte sie, um das Schiff zu segeln.

Während ich weiterlas, erwachte Daphne, sah, womit ich beschäftigt war, und zog sich schweigend an. Kurze Zeit später erschien eine Tasse schwarzen Chinatees neben mir auf dem Tisch, aber ich war viel zu vertieft, um den Tee anzurühren. Die Asche des heruntergebrannten Binsenlichts wurde vom Tisch gefegt, dann stieg mir der Duft von Porridge in die Nase.

Peter Heywood wurde der Meuterei für schuldig befunden, aber das Gericht empfahl ihn für die königliche Amnestie, die ihm auch gewährt wurde. Mir fiel wieder ein, daß Kapitän Albemarle Bertie, der mit zu Gericht saß, mit Peter Heywood durch Heirat verwandt war. Deshalb vermutete ich auch, daß die Familie Heywood für dieses Urteil ihren ganzen Einfluß geltend gemacht hatte. Bei Morrison lag der Fall ähnlich, und auch die vier offensichtlich Unschuldigen wurden auf freien Fuß gesetzt.

Die vier Meuterer wurden der Anklage für schuldig berunden und zum Tod durch Erhängen verurteilt. Muspratts Anwalt jedoch war sein Honorar wert: Er fand ein juristisches Schlupfloch. Muspratt beantragte, daß zwei der für unschuldig befundenen Männer für ihn aussagten, doch das Kriegsgericht wollte dies keinem der Angeklagten erlauben. Muspratt legte Berufung ein, mit der Begründung, man habe ihm seine gesetzmäßigen Rechte verweigert. Nach kurzer Verzögerung wurde auch er freigelassen. Aber Ellison, Burkitt und Millward entgingen dem Strick nicht.

Ich las nicht weiter, sondern schloß die Augen und stellte mir die Szene an Bord der HMS *Brunswick* vor, die ich ja schon aus den alten Londoner Tageszeitungen kannte. Um neun Uhr wurde ein Morgensalut gefeuert. Dann wurde die gelbe Flagge gehißt, um zur Teilnahme an einer öffentlichen Hinrichtung aufzurufen. Abordnungen von allen anderen Schiffen in Spithead ruderten zur *Brunswick.* Menschenmassen säumten das Ufer und erwarteten lärmend das große Ereignis. Um elf Uhr brachte man die drei Verurteilten an Deck, begleitet von einem Geistlichen und von Morrison, der beschlossen hatte, seinen Kameraden in ihrem letzten Stündlein beizustehen – ein Beweis von Mut und Mitgefühl, den ich zutiefst bewunderte. Millward hielt eine kurze Ansprache: »... laßt euch unser Beispiel eine Warnung sein, euch niemals gegen eure Offiziere zu erheben, und sollten sie sich euch gegenüber einmal nicht angemessen verhalten, so denkt daran, daß es nicht um *ihre* Sache geht, sondern um die des Vaterlandes, das zu unterstützen ihr euch verpflichtet habt.«

Die Marine gönnte ihnen keinen schnellen Tod, indem man sie so stürzen ließ, daß sie sich den Hals brachen. Die drei Verurteilten standen vielmehr auf dem Kranbalken. Dann wurden die Schlingen bereitgemacht, eine Salve abgefeuert, und der Bootsmann rief: »Holt ein!« In erwartungsvollem Schweigen packten je zwanzig Seeleute die Leinen und zogen sie nach hinten. Die drei Meuterer wurden hochgehievt, zappelnd und zuckend; einer hing an der vorderen Rahnock an Steuerbord, die anderen an Backbord. Ihr Würgen und Japsen war zwanzig Minuten lang zu hören; eine Stunde später seilte man die Leichen ab.

Ellison war bei der Meuterei sechzehn Jahre alt gewesen; er hatte sich von der ganzen Aufregung mitreißen lassen und, jung wie er war, begeistert die Chance ergriffen, sich gegen die Autorität aufzulehnen. Wie konnte es angehen, daß er gehängt wurde, während ich herumsaß und über seinen Tod nachgrübelte? Millward war auf Tahiti von der *Bounty* desertiert, und seine erzwungene Rückkehr wurde von Kapitän Bligh mit achtundvierzig Peitschenhieben belohnt. Ich wußte noch, daß er trotz der nur langsam abheilenden Wunden lange gezögert hatte, sich uns Meuterern anzuschließen, und erst im letzten Moment zur Muskete griff. Burkitt war zwar ein engagierter Meuterer, aber er schrie Quintal nieder, als dieser Bligh den Kompaß verweigern wollte, ohne den dessen wunderbare Reise in der Barkasse unmöglich so glücklich hätte enden können.

Dachte irgend jemand außer mir noch an diese Dinge? Nein. Denn nichts davon rechtfertigte die Meuterei, für die es nur eine einzige Strafe gab. Wieder einmal mußte ich die ganze Schuld bei mir selbst suchen, denn diese Männer waren mir gefolgt. Wie schon ungezählte Male zuvor fragte ich mich, welcher Sinn, welcher Grund dahinterstecken könnte, daß ich noch lebte, und ich kam abermals zu dem Schluß, daß es keinen gab. Doch meine Trauer um diese Männer war so groß, daß ich gern mit ihnen getauscht hätte, wäre damit irgend jemandem geholfen gewesen. Doch es hätte nichts genutzt; mein Tod hätte sie nicht vor dem Galgen bewahrt.

Trotz meines tiefen Kummers erkannte ich, daß der »Appendix« meines Bruders – aus welchen Gründen er ihn auch verfaßt haben mochte – eine vernichtende Abrechnung mit Kapitän Bligh war. Und obgleich meine Ehrenrettung ganz offensichtlich nicht in seiner Absicht lag, gelang es ihm doch, die Aussagen, die meine Schiffskameraden vor ihm und seinem Ausschuß niedergelegt hatten, zu einem durchaus schmeichelhaften Porträt meiner Qualitäten zusammenzufügen – auch wenn diese Qualitäten in Wirklichkeit nur unbedeutend waren und lediglich in seiner Darstellung an Gewicht gewannen. Nie war ich mir der Fähigkeiten meines Bruders so sicher gewesen: Jeder, der diese Abhandlung las, würde Bligh rundweg verdammen, und genau darum ging es Edward.

Warum war ich dann nicht zufrieden und dankbar? Ganz einfach: Es war nicht die Wahrheit. Mein Bruder hatte eine juristische Anklageschrift aufgesetzt, so brillant unvollständig und einseitig, wie derlei Dokumente sein müssen, da sie ja nur einem einzigen Zweck dienen, nämlich dem, einen Fall zu gewinnen, gleichgültig, ob richtig oder falsch, gut oder böse, gerecht oder ungerecht.

Kein einziges Mal wurden Blighs Motive untersucht, wie es doch vor jedem Gericht Brauch gewesen wäre, und so geriet der Appendix meines Bruders zu weiter nichts als einer voreingenommenen Polemik für diejenigen, die ohnehin kein wirkliches Interesse an der wahren Geschichte hatten. Noch schlimmer jedoch war Edwards Bestreben, die Schuld von mir abzuwälzen, egal auf wen. Das abscheulichste Beispiel hierfür war die Behauptung, ich selbst wäre nie auf die Idee gekommen zu meutern, hätte nicht George Stewart meinen selbstmörderischen Versuch, die *Bounty* auf einem Floß zu verlassen, entdeckt und mit der Bemerkung vereitelt: »Wenn Ihr geht, Christian, sind wir zu allem fähig.« Dieser Satz hatte mich angeblich überzeugt, ich müsse eine Meuterei anführen.

Für mich war das nichts weiter als ein Juristentrick, mit dem Edward sich die Worte eines Toten für seine eigenen Zwecke zunutze machte. Ich war entsetzt, angeekelt, und all die Morde und das Blutvergießen, die der Rebellion folgten, pulsierten so heftig durch mein Gedächtnis, daß mir schwarz vor Augen wurde. Verzweifelt umklammerte ich mit den Händen meinen Kopf, stand auf und stolperte zur Tür. Daphne rief mir erschrocken nach, aber ich achtete nicht auf sie.

»Fletcher!«

Ich sah mich selbst am Rand der Klippe vor dem Haus, schwankend und kurz davor, das Gleichgewicht zu verlieren. Daphne packte mich am Arm und zerrte mich zurück, so daß wir beide zu Boden fielen. An ihrem Gesichtsausdruck konnte ich ablesen, daß ich furchtbar aussehen mußte.

»Liebster, was ist los mit dir?«

»Es ist alles falsch! Ich bin derjenige ...« Ich wußte, daß meine Nerven wieder einmal versagten; abermals spürte ich das seltsame Brodeln in meinem Kopf, das Sehen und Hören verzerrte, ich fühlte den puren Schmerz, die Rachegelüste, und es tobte und dröhnte in mir, bereit, alles zu tun, was dem Wahnsinn irgendwie ein Ende bereiten könnte. Mir tat es bitter leid, daß Daphne mich in diesem Zustand der Raserei erlebte, denn anders konnte ich meine Verfassung nicht nennen. »Ich habe immer meine Pflicht erfüllt, wie es sich für einen Offizier gehört ... Ich würde lieber zehntausend Tode sterben, als das weiter zu ertragen ... Fleisch und Blut können das nicht länger aushaken ...«

»Fletcher!« rief sie laut. Erschrocken hielt ich inne. »Sieh dich um. Du bist hier. Im Lake District. Mit mir zusammen.«

Ich blickte über Derwent Water hinüber zu den Hügeln, und plötzlich war mir, als zerbrächen die Linsen eines Teleskops vor meinen Augen, so daß alles Entfernte verschwand. Auf einmal nahm ich wieder wahr, was mich umgab, und ich schluchzte: »Aber warum bin ich hier?« Meine erstickte Stimme klang für Daphne sicher nicht sehr beruhigend. Doch sie nahm meine Hand und führte mich zur blauen Bank. Dort saßen wir nebeneinander; ich hielt sie fest umklammert wie ein Ertrinkender, sie beugte sich zu mir, um mir mit ihrer

Nähe Mut zu spenden. Lange Zeit schwiegen wir beide, und ich begriff, wie tief mein Vertrauen zu ihr sein mußte, wenn ich ihr diesen Teil meines Wesens offenbarte, den ich selbst kaum kannte.

»So viele Menschen mußten ihr Leben lassen«, sagte ich schließlich, in dem Versuch, meinen Kummer zu erklären, »und nur meinetwegen.«

»Aber nicht einer davon bei der Meuterei«, entgegnete Daphne, beiläufig, wie mir schien, als unterhielten wir uns über das Wetter. »Wie viele Rebellionen kennst du, bei denen kein Blut geflossen ist?«

»Aber seither ...«, begann ich.

»Dafür trägst du keine Verantwortung«, unterbrach sie mich. »Außerdem hätte es ganz anders kommen können, und zwar weit schlimmer.«

»Schlimmer als daß drei Männer am Galgen gestorben sind, sechs auf See ertrunken, eingesperrt in einem Käfig; andere ermordet, von Eingeborenen oder durch die Hand ihrer Kameraden ...?« Letzteres war gefährlich und konnte leicht zur Entdeckung von Pitcairn führen, deshalb sprach ich nicht weiter.

Nach einem Augenblick des Nachdenkens fragte Daphne ruhig: »Was glaubst du, wie schrecklich es gewesen wäre, wenn du es geschafft hättest, in der Nacht vor der Meuterei die *Bounty* zu verlassen?«

»Dann hätte die Meuterei nie stattgefunden.«

»Meinst du? Dein Freund George Stewart hat dich doch gewarnt, daß die Mannschaft, wenn du gingst, zu allem fähig gewesen wäre. ›Alles‹ umfaßt gewiß auch eine Meuterei, vor allem, nachdem sich Bligh während der vorhergehenden drei Wochen so aufgeführt hatte! Und nachdem die Besatzung vor Angst und Haß so geladen war, daß der kleinste Funke zu einer Explosion führen konnte! Und nachdem der zweite Mann an Bord lieber desertieren und sein Leben aufs Spiel setzen wollte, als sich diesem Kapitän zu unterwerfen! Das alles ausgerechnet zu einem Zeitpunkt, an dem das Schiff die gefährliche Endeavour-Straße vor sich hatte. Wie du dich vielleicht erinnerst, hat Bligh mit seinem üblichen Charme gedroht, seine Offiziere und jungen Gentlemen über Bord springen zu lassen.«

Sie verfügte über wesentlich mehr Wissen, als sie durch die Lektüre von Edwards Publikation erworben haben konnte. »Du hast meinen Fall offenbar fleißig studiert«, bemerkte ich.

»Ich habe dir ja gesagt, daß ich alles gelesen habe. Einer der angeklagten Matrosen hat ein Tagebuch geführt, das unter der Hand die Runde in der Admiralität gemacht hat. Das habe ich gelesen und noch viel mehr – ich kenne den Fall besser als dein Bruder, das schwöre ich.«

»Sei vorsichtig«, warnte ich. »Er hat zwölf Augenzeugen vernommen und trotzdem nicht die Wahrheit herausgefunden.«

»Weil er ein anderes Ziel verfolgte. Richtig oder falsch, ihm ging es nur darum, Bligh vor den Augen der Welt zu diffamieren. Was ihm auch gelungen ist, das muß ich zugeben.«

»Und was wäre dein Ziel?«

»Nun, ich habe kein Interesse daran, die Welt von irgend etwas zu überzeugen, denn die Welt wird dich für dein Verbrechen hängen, ohne auch nur einen Gedanken daran zu verschwenden, was dich dazu gebracht hat. Das müssen wir akzeptieren, mein Lieber. Mein Ziel ist näherliegend, aber wahrscheinlich schwieriger zu erreichen: Es geht mir darum, dich zu überzeugen, daß du ein Recht hast zu leben. Daran bin ich interessiert, weißt du.«

»Aber auch du wirst scheitern«, versicherte ich ihr. »Die Fakten lassen sich nicht einfach verdrehen.«

»Nun, damit hast du sicher recht«, erwiderte sie, »und merke dir, daß du das gesagt hast. Aber du akzeptierst doch die grundlegende Prämisse, daß Offiziere einander in der Öffentlichkeit mit Respekt begegnen müssen, gleichgültig, was privat zwischen ihnen vorfällt, nicht wahr? Zeigen sie nicht diesen Respekt voreinander, so verlieren sie unweigerlich auch den Respekt ihrer Untergebenen. Stimmst du mir zu?«

Als ich nickte, erhob sie sich von der blauen Bank und begann vor mir auf und ab zu gehen, eine beeindruckende Darbietung, die ohne weiteres vors oberste Königliche Gericht gepaßt hätte. Trotz meiner tiefen Skepsis beobachtete ich sie voller Spannung.

»Dann wirst du mir auch darin zustimmen«, fuhr sie fort, »daß Kapitän Bligh mehr als drei Wochen vor der Meuterei – seit ihr Tahiti verlassen hattet, um genau zu sein – alle Offiziere vor der Besatzung gedemütigt hat und dich, seinen Kommandozweiten, noch gemeiner als die übrigen. Mit anderen Worten hatte er damit seine eigene Befehlsgewalt untergraben. Außerdem hat er dich mit Schimpfnamen bedacht, die kein Gentleman auf sich sitzen lassen darf, ohne Genugtuung zu verlangen: ›Feigling, Hund, Dieb‹ und so weiter und so fort. Die Ehre eines Mannes ist eine heikle Angelegenheit und oft genug so lächerlich wie ein wütendes Stachelschwein. Dennoch ist sie tief gegründet und so sehr Teil eines Mannes wie sein Atem. Ein Duell auf hoher See kam nicht in Frage, und England war zu weit weg; du konntest die Genugtuung unmöglich bis zu Eurer Rückkehr aufschieben. Dazu kam noch, daß Blighs Benehmen bei dem Zwischenfall mit den Kokosnüssen nicht nur unflätig war, sondern höchst befremdlich, um nicht zu sagen geisteskrank. Deshalb kamst du zu dem Schluß, daß du, wenn du auch nur den Anschein von Ehre aufrechterhalten wolltest, dich nicht mit Bligh schlagen konntest. Dein Pflichtgefühl hinderte dich daran; deshalb wolltest du das Schiff verlassen, selbstmörderisch, ohne Rücksicht auf dein Leben. Doch eine solche Tat hätte beträchtliche und berechtigte Vorwürfe über Bligh gebracht, denn er hätte deine Abwesenheit rechtfertigen müssen. Und es wäre sehr gut möglich gewesen, daß du überlebt hättest. Es gab Inseln in der Nähe, vielleicht mit freundlichen Eingeborenen. Du sprachst ein wenig Polynesisch, du hattest dich tätowieren lassen, Wasser und Lebensmittel waren vorhanden, und die Frauen dort hätten dich bestimmt angebetet ...«

Sie hielt inne und warf mir ein triumphierendes Lächeln zu. Ich erwiderte es nicht. »Ich habe damals nicht so rational gehandelt«, warf ich ein.

»Nein, du warst verzweifelt, wie es jeder an deiner Stelle gewesen wäre. Aber als dich dein Freund George Stewart an deine Pflicht und die große Gefahr für das Schiff erinnerte, hast du selbst in deinem erregten Zustand erkannt, daß eine Meuterei ausbrechen könnte, wenn du von Bord gingest. Und zu welchen Greueln mochte diese Meuterei führen? Sofort hast du deine Absicht geändert und dich zum Bleiben entschlossen, koste es, was es wolle.«

»Tu das nicht«, flehte ich.

»Was soll ich nicht tun? Was?« fragte sie und stellte sich vor mich mit der Anmut und der Entschlossenheit eines Windhundes, der eine Fährte aufgenommen hat. »Habe ich etwa die Fakten verdreht?«

»Du hast sie gezielt zu deinen Zwecken zusammengefügt.«

»Und meine Argumentation ist hieb- und stichfest. Anders als die Beweisführung deines Bruders geht es in meiner nur um dich. Deshalb mußt du mich anhören, ich habe keinen Ausschuß, keine Geschworenen, keine Öffentlichkeit, die ich beeindrucken kann. Die wichtigste Tatsache, die man in Betracht ziehen muß, ist, daß du, als George Stewart dich daran erinnert hat, wozu die Besatzung fähig war, ihm sofort geglaubt hast. Du hast ihm geglaubt, daß leicht eine Rebellion ausbrechen konnte, wenn du das Schiff verließest, daß man an der geistigen Zurechnungsfähigkeit des Kapitäns zweifeln mußte und daß, wenn es zu einer Meuterei käme, der Kapitän, die Offiziere und alle Besatzungsmitglieder, die sich der Rebellion entgegenstellten, höchstwahrscheinlich getötet würden – vorangegangene Meutereien zeigen das ja nur allzu deutlich. Du siehst, worauf ich hinaus will. Wenn du nicht jedem einzelnen Mann, der sich dir anschloß, den Schwur abverlangt hättest, kein Blut zu vergießen – erinnerst du dich daran, mein Geliebter? –, dann wäre Kapitän Bligh wohl kaum lebend in die Barkasse gekommen. Willst du etwa abstreiten, daß es ein halbes Dutzend Männer gab – Churchill, Quintal, McKoy, um das blutrünstigste Trio zu nennen –, die ihn jederzeit mit dem Bajonett an den Mast gepfählt hätten, wärst du nicht bereit gewesen, ihn drei Stunden zu bewachen und dir seine Tiraden anzuhören? Niemand hat Bligh beschützt außer dir. Denk daran, daß du und elf weitere Männer das Schiff übernahmen, während die restliche Besatzung und Offiziere dreiunddreißig zählten. Außer mit Worten hat sich niemand gegen dich gestellt.«

»Die anderen hatten keine Waffen, wir schon. Daphne, die Meuterei hätte nicht stattgefunden, wenn ich die Männer nicht aufgefordert hätte, sich mir anzuschließen ...«

»Das kannst du unmöglich wissen. In all den Jahren hast du immer nur daran gedacht, was du getan hast, und dir die Schuld an allem gegeben, was die anderen taten. Die Männer, die sich dir angeschlossen haben, taten dies aus freiem Willen. Und alle, die sich nur halbherzig gewehrt haben, ebenfalls.«

»Aber nicht die Unschuldigen, diejenigen, die auf der Rückreise nach England in einem Käfig jämmerlich ertrunken sind, diejenigen, die am Fieber gestorben sind, nachdem sie in der Barkasse überlebt hatten. Sie haben sich dieses Schicksal nicht ausgesucht.«

»Noch hast du es ihnen aufgezwungen. In seiner Eile, nach England zurückzukehren, hat sich Bligh ganz egoistisch in erster Linie um sich selbst und nicht um die anderen gekümmert. Und für den Käfig trägt einzig und allein die Königliche Marine die Verantwortung.«

»Ohne einen Offizier als Anführer hätte die Meuterei nie begonnen, geschweige denn Erfolg gehabt.«

»Vielleicht nicht an jenem Tag, aber was wäre passiert, wenn Bligh noch zwei, drei Wochen gewütet hätte, wenn er die Rationen der Offiziere weiterhin gekürzt und die Männer mit seinen Beschimpfungen ebenso unflätig angegriffen hätte wie dich? Du wärst ja verschwunden gewesen, aber Bligh hätte gewußt, was dein ungewisses Schicksal für ihn und die anderen bedeuten konnte. Sag du mir, was dann passiert wäre. Was hätten Peter Heywood, George Stewart oder der – jedenfalls während der Meuterei – so seltsam zurückhaltende Ned Young, allesamt Offiziere, mit einer aufsässigen Mannschaft und einem unsicheren Kapitän gemacht, der sie in die Endeavour-Straße führte? Genau wie du hatten auch sie ihre Ehre zu verteidigen. Und auch für sie hätte es einen Punkt gegeben, an dem sie es nicht mehr ausgehalten hätten. Wenn du gegangen wärst, wem von diesen Männern hätte Bligh dann mit seinen Beschimpfungen am meisten zugesetzt, und wie lange hätte es gedauert, bis dieser Mann eine ähnliche Reaktion gezeigt hätte wie du?«

»Ich habe Bligh mit achtzehn Männern in die Barkasse getrieben und in den sicheren Tod ...«

Daphne lächelte zufrieden, als beobachte sie, wie ihr die Beute in die Falle ging.

»Hast du Bligh einen Kompaß gegeben?« fragte sie.

»Ich habe erlaubt, daß ihm einer gebracht wurde.«

»Hast du ihm persönlich deinen eigenen Sextanten überlassen?«

»Ja.«

»Und trotz der lautstarken Proteste deiner Mitmeuterer hast du dem Zimmermann erlaubt, eine Reihe von Werkzeugen mitzunehmen. Außerdem fanden ein Chronometer und

Seekarten ihren Weg in die Barkasse. Und Proviant für fünf Tage, genug, um eine Reihe von Inseln in der Umgebung zu erreichen, wo sich Bligh und seine Männer mit Nahrung versorgen, auf Rettung warten oder sich sogar ein größeres Boot hätten bauen können. Wenn du vorgehabt hättest, sie sterben zu lassen, mein Liebster, dann hast du schlechte Arbeit geleistet.«

Plötzlich erfaßte mich eine heftige Unruhe, und ich erhob mich, um zu fliehen. »Ich kann darüber nicht noch mehr hören«, murmelte ich und wollte mich entfernen.

»Aber warum?« fragte Daphne und folgte mir. »Ich habe die Fakten nicht entstellt, oder?«

»Ganz gleich, was du sagst, bin ich doch der Meuterei schuldig.«

»Ich habe nie das Gegenteil behauptet.« Sie ergriff meine Hand und hielt mich fest. »Wenn man dich findet, wirst du gehängt, ohne daß du dich verteidigen kannst. Aber wenn du unentdeckt bleibst, wirst du leben, und dann mußt du genau begreifen, was du getan hast. Die Fakten besagen, daß du in dem Moment, als du beschlossen hast, an Bord der *Bounty* zu bleiben, sogar in deiner mitgenommenen seelischen Verfassung die Verantwortung für die Meuterei übernommen hast, um sie zu kontrollieren und auf die einzige dir noch offenstehende Weise wenigstens einen Rest deiner Ehre zu retten, die dir nicht erlaubt hätte, dich aus allem herauszuhalten. So hast du die Zukunft geopfert, die du sicherlich vor dir gehabt hättest, und du hast dadurch das Leben vieler Männer gerettet, nicht zuletzt das von Kapitän William Bligh.«

Damit ließ sie mich los, und ich stolperte blind den Weg zum See hinunter. Warum ich weglief, hätte ich damals nicht zu sagen gewußt, aber heute glaube ich, daß ich es rat, weil ich mich davor fürchtete, ihr zu glauben. Ich hatte Männer gekannt, die schuldig waren und sich dennoch von ihrer eigenen Unschuld überzeugten. Mit der Zeit wichen dann die

Angst und die Wachsamkeit einer gewissen Arroganz und einem Gefühl von Trotz, und die Schuldigen wurden erwischt. Ich wagte es nicht, Daphne zu glauben.

»Es gibt mehr für dich in diesem Leben, weißt du«, rief sie mir nach.

Ohne stehenzubleiben, schrie ich über die Schulter zurück: »Und das wäre?«

»Zumindest noch ein, zwei Tage mit mir!«

London

Dezember 1794

Trotz unserer anderslautenden Abmachung schrieb sie mir, auf schlichtem Papier, zusammengefaltet und versehen mit einem anonymen Geschäftssiegel aus rotem Wachs, adressiert an meinen Decknamen in meiner Lieblingstaverne in Keswick.

28. Oktober 1794

Ja, ja, ja, ich weiß, es ist verboten, aber falls dies wirklich jemand lesen sollte, wird er (oder sie natürlich) nicht wissen, woher der Brief kommt, stimmt's? Und natürlich werde ich äußerst vorsichtig sein mit dem, was ich hier offenbare, obwohl es ja nur ein Liebesbrief ist, nichts, was dem Innenministerium Angst vor einer Invasion einjagen könnte. Ich muß gestehen, irgendwie gefällt mir die Vorstellung, daß Unbekannte etwas über uns erfahren, denn es ist manchmal sehr lästig, über so viel Glück Stillschweigen bewahren zu müssen. So oft wünsche ich mir, es der ganzen Welt zu verkünden, nicht wegen der Sensation, die dadurch verursacht würde (wie Du sicher mit Erleichterung zur Kenntnis nimmst), sondern weil ich einfach kurz davor bin zu platzen.

Denn weißt Du, mein Liebster, wir sind *möglich* – vielleicht nicht auf die einfache Art wie die meisten Paare auf dieser Welt, aber nichtsdestotrotz haben wir bewiesen, daß wir auf unsere eigene eingeschränkte Art und Weise möglich sind. Und selbst in unsere so extrem verschiedenen Leben eingesperrt, haben wir uns gefunden und es geschafft, zusammen zu sein, und zwar sehr glücklich, wie ich mich deutlich erinnere. Obgleich die Zukunft uns nie Sicherheit gewähren wird (wie du mir zu meinem großen Verdruß immer und immer wieder ins Gedächtnis gerufen hast), lebe ich nun doch mit der gleichen Sicherheit, daß wir immer versuchen werden, in Kontakt zu bleiben. Deshalb warte ich auf das vereinbarte Treffen im Dezember, auch wenn ich Dir eiligst versichern will, daß sich die flatterhafte Aufmerksamkeit der Öffentlichkeit längst anderen und stets neu aufblühenden Skandalen und Korruptionen zugewandt hat – ganz zu schweigen von den Kümmernissen dieses endlosen Krieges.

Ich bin zu dem Schluß gelangt, daß die größte Gefahr darin liegt, daß wir verrückt werden, weil wir nicht das bekommen, was jedem Mann und jeder Frau, die sich lieben, ganz selbstverständlich zuzustehen scheint: Zeit füreinander, ein Heim, die Freiheit, sich aneinander zu freuen. Aber genau das ist ja der springende Punkt: Wir dürfen uns nicht mit irgendeinem anderen Paar vergleichen. (Kannst Du Dir eigentlich ein seltsameres Paar vorstellen?) Wir sind wie zwei vollkommen unterschiedliche Tierarten, zwei seltsame Fische, die sich so tief im Ozean gefunden haben, daß uns bisher noch niemand erforscht hat. In unserer üppigen Dunkelheit, wo die normalen Naturgesetze nicht gelten, finden wir vielleicht nicht so oft zueinander, wie wir es uns wünschen, aber die Sehnsucht läßt uns weitersuchen und weiterleben, selbst wenn man uns zwingt, getrennt voneinander in unseren verschiedenen Farben und Verkleidungen an die Oberfläche zu kommen.

Dieses Blatt ist zu klein, aber ich möchte Deinem Freund, dem Tavernenwirt des *Scarlet Spur*, nicht mit doppeltem Porto für eine zweite Seite zur Last fallen. Vielleicht weigert er sich dann, es auszulegen. In der Zukunft müssen wir einen Ort vereinbaren, wohin wir beide schreiben können. (Es besteht kein Zweifel, daß Briefe, die ich hierher geschickt bekomme, von anderen gelesen werden, also ziehe es erst gar nicht in Betracht.) Ich habe Dir Erstaunliches mitzuteilen. Ab 15. Dezember werde ich Charles I. jeden Tag um Mittag begrüßen, in der Hoffnung, daß Du bei ihm bist und ich mich Dir um Mitternacht desselben Tages anschließen kann. Bitte laß mich nicht so lange warten, wie ich Dich habe warten lassen. Denk an das, was ich Dir gesagt habe, und gestehe Dir ein, daß ich recht habe. Denk daran, wie ich nach dem Essen auf der blauen Bank neben Dir gesessen habe, und denk auch an die anderen schönen Dinge, die wir getan haben. Ich tue das gleiche. Und wage nicht zu vergessen, wie sehr ich Dich liebe.

Ich habe diesen Brief aus dem Gedächtnis aufgeschrieben, denn zu dem Zeitpunkt, als ich den Lake District verließ, hatte ich ihn so oft gelesen, daß ich ihn vollständig im Kopf hatte – und zwar nur dort, denn das Blatt selbst war vom vielen Auffalten völlig zerrissen. Ich setze ihn an diese Stelle, weil er am besten erklärt, warum ich während der folgenden Jahre weiter um mein Leben kämpfte. Damals sah ich keinen anderen Sinn in meiner Existenz, und obwohl ich mich nicht mit Selbstmordgedanken trug, wäre ich ohne Daphne sicherlich viel unvorsichtiger und weniger wachsam gewesen. Die Hoffnung, sie zu sehen, war der Sinn meines Daseins – und das Warten auf sie sein Fluch.

Im Lake District zu bleiben, verlangte von mir eine Selbstbeherrschung, die kaum bis zum Dezember ausreichte. Als der erste Schnee fiel, reiste ich ab. Die Hügel, die sich bei Sonnenaufgang und Sonnenuntergang in jeder erdenklichen Schattierung gezeigt hatten, waren nun weiß gepudert, Derwent Water hatte nach den Grün- und Blautönen von Sommer und Herbst eine fast schwarze Färbung angenommen. Ich verließ die Gegend in der festen Absicht, mit Daphne hierher zurückzukehren, auch wenn das Wann und Wo natürlich völlig ungewiß waren.

Die Reise nach London gestaltete sich wegen des Wetters recht beschwerlich. Eine Brücke war weggeschwemmt worden, so daß wir eine Furt durchqueren mußten. Dann wurde eine Frau krank, und da sie Platz brauchte, durfte ich zu meinem großen Vergnügen neben dem Kutscher auf dem Kutschbock fahren. Glücklicherweise war er freundlich und teilte die warme Kutschdecke zum Schutz gegen den eisigen Wind mit mir. Jetzt im Winter roch London längst nicht so penetrant wie im Sommer. Der Gestank wurde durch die Kälte gemildert, dafür war aber der Nebel dichter, und die Kohlenfeuer, die in jeder Wohnung brannten, verdichteten die Ruß- und Rauchwolken noch und gaben der Atemluft eine ekelhaft gelbliche Tönung. Die Straßen waren noch immer reichlich versorgt mit Müll und Abfall aller Art, so daß man sich als Fußgänger den üblichen Gefahren aussetzte.

Die Kutsche machte an einer mir unbekannten Station namens *George and Blue Boar* in Holborn halt, wo es erstaunlich viel Kutschverkehr vom und in den Norden gab. Daher herrschte ein ziemliches Gedränge, und obgleich mir das gewöhnlich gerade recht war, hatte ich doch keine Möglichkeit, die Menge auf meine übliche Weise nach den Preßkommandos oder nach allzu neugierigen Wachtmeistern abzusuchen. So rasch wie möglich bahnte ich mir einen Weg durch das Gewimmel zu einem Gasthaus, das ich kannte, dann eilte ich nach Charing Cross. Pünktlich um Mittag des 15. Dezember, dem ersten möglichen Termin für unser Treffen, war ich dort. Ich stand neben der Statue und sah mich nach Daphnes Wagen um, wohl wissend, daß ich ihn womöglich gar nicht erkennen würde. Eine ganze Stunde wartete ich dort, ohne sie zu entdecken, dann kehrte ich zu meinem Gasthaus zurück und legte mich schlafen. Um Mitternacht würde ich erfahren, ob sie mich gesehen hatte. Wenn nicht, würde ich am nächsten Mittag wieder auf dem Platz stehen.

Als die großen Glocken von St. Martin-in-the-Fields die

Stunde zu schlagen begannen, auf die ich seit fast vier Monaten gewartet hatte, stand ich in der Kutschendurchfahrt des *Golden Cross Inn* und starrte zu Charles I. empor, als könnte er mich vor allem Unglück beschützen und mir in seiner Großzügigkeit meine Geliebte herzaubern. Die Geschäfte um den Platz waren weihnachtlich geschmückt, was ich bei meinem ersten mittäglichen Besuch gar nicht bemerkt hatte, so sehr hatte ich mich darauf konzentriert, Daphne zu erspähen. Beim sechsten Glockenschlag überlegte ich, wie wir Weihnachten zusammen verbringen könnten, und trat aus der mit Kopfsteinen gepflasterten Durchfahrt auf den Gehsteig, um durch den Kutschenverkehr den Platz bis zur Statue zu überqueren. Doch noch bevor ich den Bordstein erreichte, hörte ich eine Stimme neben mir: »Entschuldige, Kamerad, würdest du vielleicht gern die Welt kennenlernen?«

Ich drehte mich um und sah einen Mann in einer schäbigen und verschmutzten Leutnantsuniform, der mich höhnisch grinsend anglotzte, während seine Kollegen – ich zählte acht von ihnen – von allen Seiten auf mich zukamen. Sie schienen ihre Aufgabe zu beherrschen, deshalb nahm ich mir lieber nicht die Zeit, meine Chancen zu berechnen, sondern rannte zwischen ihnen hindurch wieder in die Durchfahrt, in der Hoffnung, sie im Stallhof des *Golden Cross Inn* abzuschütteln. Aber die Männer hatten offensichtlich Übung in ihrem Geschäft und holten mich rasch ein, und als die zwölf Schläge der Mitternacht ausklangen, hielten mich je zwei von ihnen an Armen und Beinen fest.

»Es ist leichter, wenn du dich nicht wehrst«, meinte der Leutnant, während er mir einen Lumpen in den Mund stopfte. Die anderen machten sich daran, mir die Hände auf den Rükken zu fesseln. Dabei drehten sie mich um, so daß ich wieder auf Charing Cross blickte, gerade als Daphne in ihren Männerkleidern den Platz zur Statue überquerte. Mit einem erwartungsvollen Lächeln sah sie sich unter der Laterne um.

Ich schüttelte zwei Männer von meinem Bein ab, befreite einen Arm und schlug einem der Kerle ins Gesicht. Dann sah ich, wie der Leutnant einen Marlpfriem über meinem Kopf schwang. Rasch wandte ich mich um und sah noch, wie ein Schatten des Zweifels über Daphnes Gesicht huschte, dann wurde alles schwarz.

Als meine Füße über eine Treppe geschleift wurden, kam ich wieder zu Bewußtsein. Blut floß in mein Auge und machte mich halbblind, und mein Schädel schmerzte derart, daß ich mich fragte, ob der Marlpfriem mit einem Vorschlaghammer bedient worden war. Eine Tür öffnete sich vor mir, und man schleppte mich in einen Raum, in dem es von anderen Preßkommandos wimmelte. Alle warteten darauf, vor den ranghöchsten Kapitän zu treten, der mit wäßrigen, verschnupften Augen hinter einem groben Holztisch saß und mit einer dröhnenden Baßstimme sprach, die in meinem schmerzenden Kopf unerträglich vibrierte. Die Donnerstimme wurde nur dann etwas leiser, wenn er dem Schreiber, der neben ihm saß und kritzelte, einen Befehl gab oder sich den Inhalt der dunklen Flasche einflößte, die vor ihm auf dem Tisch stand. Was immer darin sein mochte – es schien auf ihn keinerlei Effekt zu haben, abgesehen davon, daß es zum Umfang seines enormen Schmerbauchs beitrug, der sowohl seine Kniehosen als auch seinen Marinerock zu sprengen drohte, die er der Bequemlichkeit halber beide offen trug.

Während des Wartens durfte ich mich auf den Boden legen, wo ich versuchte, mein Gehirn wieder zum Funktionieren zu bringen, das mir zunächst allerdings strikt den Dienst verweigerte. Der Raum war feucht und finster; nur auf dem Tisch des Kapitäns brannte eine Kerze. Der Lärm war typisch für einen Treffpunkt der Preßpatrouillen: Die Opfer flehten um Gnade, während ihre Peiniger sie mit allerlei Drohungen zur Ruhe zu bringen trachteten. Mir war klar, daß ich mein Schicksal nicht abwenden konnte, und ich sparte mir die

Mühe, es zu versuchen. Als ich an die Reihe kam, war ich so weit wiederhergestellt, daß ich vor dem Verhör Angst hatte und mich genau daran erinnerte, wer bestimmt immer noch in Charing Cross auf mich wartete.

Man hievte mich auf die Beine, als der Kapitän die Preßbande vor der meinen entlassen hatte, deren Opfer, ein junger Bursche, hysterisch herumjammerte.

»Halt's Maul, du dreckiger Hurensohn«, empfahl der Kapitän dem unglückseligen jungen Rekruten. »Du wirst die Marine lieben, und in hundert Jahren bist du Konteradmiral.« Alle lachten laut – außer dem Rekruten und mir. »Bringt ihn aufs Schiff, und wenn ihr ihn abgeladen habt, erwarte ich von euch faulen Pennern vor Morgengrauen noch drei neue, sonst könnt ihr auf euren Lohn verzichten. Der nächste.«

Ich wurde nach vorn geschubst. Dann stand ich vor dem Tisch, mit niedergeschlagenen Augen, und versuchte, meine Wut in Zaum zu halten. Der Kapitän schwieg zu lange, und als ich aufblickte, ertappte ich ihn dabei, wie er mich zufrieden angrinste.

»Da haben wir doch tatsächlich einen verdammten Seemann erwischt«, sagte er, stand auf und kam um den Tisch herum auf mich zu, die Hände gemütlich auf seinen Wanst gelegt. Dann baute er sich vor mir auf und holte tief Luft. »Ich rieche förmlich den Stockholm-Teer an dir, habe ich nicht recht, Matrose?«

»Ich rieche Euch ebenfalls, aber Ihr riecht bestimmt nicht nach Seeluft«, entgegnete ich dummerweise, laut genug, daß die Umstehenden zu kichern begannen.

Doch die Beleidigung störte ihn nicht, er kniff lediglich die Augen zusammen, um mich genauer zu betrachten. »Na, was ist denn das für ein Akzent? Eine Spur von Eleganz, würde ich sagen.« Dann schrie er die Männer an, die mich gefangen hatten: »Ihr hattet doch wohl nicht die Frechheit, mir hier einen Gentleman anzuschleppen, der seine Freunde alarmiert und mich in seinen ganzen Beziehungen ertränkt?« Wieder ging er um mich herum und beäugte meine Kleidung. »Guter Herr«, erkundigte er sich schließlich mit höhnischem Respekt, »habt Ihr Papiere, einen Freibrief der Admiralität vielleicht?«

Ich schüttelte den Kopf, doch das genügte ihm nicht.

»Sollen wir dich ausziehen und durchsuchen, Sir?« brüllte er. »Ich habe nicht den Wunsch, mir mein Leben unnötig kompliziert zu machen!«

Genau das hatte ich befürchtet: Der Schreiber machte sich bereits emsig Notizen. Ich mußte unbedingt vermeiden, daß er etwas über meine Tätowierungen vermerkte. »Es wird keine Komplikationen geben«, versicherte ich dem Kapitän. »Ich habe nichts, was ich Euch zeigen könnte.«

Nun war er wenigstens überzeugt, daß ich eine Menge zu verbergen hatte, aber das war ihm gleichgültig; er grinste wieder und kehrte an seinen Platz zurück. »Dann wird es dir sicherlich gefallen, ein paar Wochen auf unserem Versetzboot zuzubringen, bis die Königliche Marine entscheidet, was wir mit dir anstellen. Nehmt ihn mit! Und wenn ihr Hurensöhne nicht innerhalb der nächsten Stunde mit einem weiteren Rekruten anrückt, stopf ich euch persönlich ein paar Belegnägel in eure faulen Ärsche.«

Sie schleiften mich nach draußen, wo ein Karren wartete, auf dem schon der immer noch weinende junge Rekrut und ein anderer Mann mit ihren jeweiligen Wachen saßen. Das war meine letzte Chance, und ich ergriff sie. Mit einem Ruck befreite ich mich aus dem Griff meiner Bewacher und rannte los. Ein Geschrei erhob sich, und ein Schuß krachte, der mich glücklicherweise verfehlte. Aber dann warf mir jemand einen Knüppel zwischen die Beine, und ich stolperte. Im Nu hatten sich alle vier Wachen auf mich geworfen, und einen Augenblick später war ich wieder gefesselt und geknebelt.

Man lud mich auf den Karren wie einen Sack; mit dem Gesicht nach unten und einem Stiefelabsatz auf Hals und Rükken blieb ich liegen. Die Fahrt zum Fluß dauerte nicht lange; dort zerrte man mich vom Wagen, schnitt mir die Fesseln ab und scheuchte mich, indem man mir eine Pistole zwischen die Rippen preßte, in eine Barkasse. Im Heck saßen zwei Marinesoldaten; sie hielten Musketen mit aufgepflanztem Bajonett. Einer meiner Bewacher rief ihnen zu: »Paßt auf den Großen auf, der spielt gern Fangen!« Ich setzte mich, noch immer nach einem Fluchtweg Ausschau haltend, aber einer der Soldaten senkte sein Bajonett und drückte es mir direkt über dem Herzen gegen die Brust.

Wir wurden zu einem Schiff gerudert, das mitten in der Themse vor Anker lag, ein Stück flußabwärts von der London Bridge. Hier empfingen uns weitere Soldaten und eskortierten uns unter Deck. Inzwischen hatte sich der Rekrut wenigstens so weit unter Kontrolle, daß er nur noch leise vor sich hin jammerte. Doch als wir unten an der Schiffstreppe ankamen, schrie er: »Herr des Himmels, was ist denn das?«

Ich legte ihm beschwichtigend die Hand auf die Schulter, während die Soldaten wieder nach oben stiegen und dic Lukc verriegelten. Vor uns im Laderaum sahen wir etwa vierzig Männer; es gab nicht genug Platz, daß sich alle setzen oder hinlegen konnten. Die Luft war geschwängert von unerträglichem Gestank: Schweiß, Erbrochenes, Kot. Die beiden Laternen richteten wenig gegen die Dunkelheit aus, sondern verhinderten bestenfalls, daß wir aufeinander traten. Ich ermunterte den Rekruten, vor mir herzugehen, und stieg über mehrere Männer hinweg zur Schiffswand, denn dort hatte ich eine Stelle entdeckt, wo wir uns anlehnen konnten.

»Es ist nicht so schlimm«, sagte ich zu dem jungen Mann. »Das Schiff ist fast voll. Wenn man als erster an Bord kommt, muß man oft wochenlang warten.«

Er sah mich an; Angst und Entsetzen verzerrten sein hübsches junges Gesicht, so daß ich mir plötzlich vorstellen konnte, wie er im Alter aussehen würde. »Was geschieht jetzt mit uns?«

»In ein paar Tagen ist es wahrscheinlich soweit«, ermutigte ich ihn. »Dann segeln wir zu einem der heimischen Ankerplätze, vielleicht nach Nore bei Sheerness oder Spithead bei Portsmouth, und dort steigen wir um auf irgendein Linienschiff, das nicht genug Männer für die Besatzung hat.«

»Für wie lange?«

»Solange man uns braucht.«

Das Gesicht des Burschen schien zu schrumpfen, und wieder entrang sich ein Schrei seiner Kehle. »Oh, guter Gott, meine Frau bekommt ein Kind!«

Ich packte ihn an den Schultern und schüttelte ihn. »Sei still, Mann. Nimm dich zusammen. Die Frauen haben ihre Kinder oft genug ohne uns Männer bekommen, und wir müssen ebenso tapfer sein wie sie.«

Ihn tröstete meine verdrehte Logik offenbar, doch mir half sie wenig.

Teil III

Vollmatrose

Aus dem Tagebuch von Sir Jeremy Learned

Datiert 23. Dezember 1810

... und es war eine harte Auseinandersetzung, in der wir darauf bestanden, daß der Wahn des Königs so behandelt werden sollte, daß er sich dabei möglichst wohl fühlt, wodurch dann sein eigenes Bedürfnis, sich zu beherrschen, ebenfalls zunehmen würde. Dr. Willis und seine Söhne hielten jedoch eisern an ihrer These fest, daß ein Wahnsinniger nicht krank ist, sondern besessen von »ungezügelter Animalität«, die nur durch strengste disziplinäre Maßnahmen und brutale körperliche Gewalt in Schranken gehalten werden kann. Glücklicherweise konnte die Königin, die der Zustand ihres Gatten zwar zutiefst ängstigt, aber doch auch mit Mitgefühl erfüllt, das Komitee, welches das Befinden Seiner Majestät überwacht, davon überzeugen, uns zumindest eine Behandlung versuchen zu lassen, bei der wir Seiner Majestät behutsam Hoffnung und Zuversicht vermitteln, ihm kleine Annehmlichkeiten gewähren und ihm ganz allgemein unser Vertrauen zeigen.

Mit großer Genugtuung stellen wir fest, daß unsere Theorien fast unmittelbar Erfolg zeigen. Die Gewaltbereitschaft Seiner Majestät schien bereits in dem Moment zu verschwinden, als wir ihn aus der Zwangsjacke befreiten – ich vermute, seine Überraschung war dafür mit einer der wichtigsten Gründe. (Anmerkung: Das Risiko war ähnlich wie das, was ich letzten Monat auf mich nahm, als ich den Fletcher Christian in Bedlam von seinen Fesseln befreite. Aus diesem Ver-

such entwickelte sich dann alles Weitere.) Nach einem Tag begab sich die Königin zum erstenmal seit Monaten wieder ins Gemach des Königs. Sie umarmten einander und weinten. Soweit ich weiß, wird das Komitee morgen eine offizielle Verlautbarung an das Parlament schicken, um es von der augenscheinlichen Genesung des Königs in Kenntnis zu setzen, wodurch die Frage nach der Regentschaft natürlich ein weiteres Mal aufgeworfen werden und neues Chaos entstehen wird.

Doch dessen ungeachtet ist ein großer Schritt zur Verbesserung der Pflege Geisteskranker getan worden, der weit über die verschwommenen Grundsätze des Anstaltsgesetzes von 1808 hinausgeht. Es wäre unehrlich, nicht hinzuzufügen, daß die Angelegenheit meiner Reputation einen kleinen, jedoch leuchtenden Edelstein hinzugefügt hat, der mir einen plötzlich aufblühenden Respekt bei Hof verschafft und außerdem die Befriedigung, daß die Verantwortlichen in Bedlam nun ohne das geringste Zögern allen meinen Anweisungen nachkommen.

Im Grunde kann ich das Verdienst für diesen Fortschritt jedoch nicht ganz für mich beanspruchen, denn ich habe lediglich Dr. Richard Warrens Vorgehen aus dem Jahr 1789 kopiert. Auch er war Leibarzt des Königs und hat ebenfalls versucht, seinen königlichen Patienten im Verlauf seiner ersten Anfälle vor zwei Jahrzehnten mit den Geisteskranken in Bedlam zu vergleichen, die an ähnlichen Zuständen litten; dahinter steckte damals die Idee, hieraus eine Prognose für die Heilung Seiner Majestät abzuleiten. Dies war selbstverständlich von großem Interesse für den intriganten Parlamentarischen Ausschuß, der zur Beurteilung der Genesungsaussichten Seiner Majestät eingesetzt worden war. Glücklicherweise erholte sich der König tatsächlich vollständig, wie er es – so hoffe ich – auch diesmal wieder tun wird. Meine eigenen Recherchen in Bedlam waren sicher mehr als bloße Beobachtungen, und ich hatte Glück, daß mein Experi-

ment mit der Theorie der »moralischen Therapie« – welche die Erkrankung mit der sanften Waffe des Wunsches nach Anerkennung bekämpft – in dem Patienten, der Fletcher Christian sein möchte, eine solch kooperative Versuchsperson gefunden hat. Ich und der König sind diesem Mann zu großem Dank verpflichtet.

Hauptsächlich aus diesem Grunde habe ich so unorthodox auf meinen rebellischen Patienten reagiert, mit einer Zuwendung, die man für gewöhnlich nicht auf einen Menschen verschwendet, dem das Schicksal so übel mitgespielt hat. Er weiß nichts von dem, was ich getan habe, außer daß ich seine endlose, so verzweifelt phantastische Geschichte lese.

Bei der Königlichen Marine

1794 – 1797

Als ich in die tränenerfüllten Augen des Jungen blickte, in denen sich in jener Nacht im Laderaum des Schiffes das Laternenlicht spiegelte, konnte ich nicht wissen, daß ich meine Zukunft der nächsten drei Jahre vor mir sah. So lange nämlich dienten dieser junge Mann und ich auf einer Vielzahl von Schiffen auf einer Vielzahl von Meeren. Nicht ein einzigesmal in dieser Zeit erlaubte man uns, einen Fuß an Land zu setzen. Als gepreßte »Freiwillige« betrachtete man uns auf hoher See als notwendige Hilfskräfte, im Hafen jedoch als Gefangene. Während die anderen Matrosen für kurze Zeit ihre Freiheit genossen, hielt man uns an Bord fest, wo man uns lediglich die Annehmlichkeiten zugestand, die von den Bumbooten zum Schiff gebracht wurden – verdorbene Lebensmittel, gepantschter Rum und infizierte Huren –, und wo wir uns die Krankheiten, welche die jeweilige Ladung mitbrachte, zuziehen konnten. Da ich schon vor langer Zeit meine Lektion bezüglich dieser drei Luxusartikel gelernt hatte, hielt ich mich in sicherer Entfernung. Diese vermeintliche moralische Rechtschaffenheit trug mir unter den Seeleuten den Spitznamen »Papst« ein, was gut zu dem Namen John Gulliver paßte, unter dem ich mich auf dem Schiff eingetragen hatte.

Mein junger Freund hingegen schwelgte in jedem Exzeß, in dem er ein Gegenmittel für Kummer und Sehnsucht zu entdecken glaubte. Damit brachte er sich rasch und für lange

Zeit auf die schiffsärztliche Liste der Geschlechtskranken, ruinierte seinen Magen und fing sich eine unbekannte Infektionskrankheit ein, die – vermutlich – daran schuld war, daß ihm am ganzen Körper die Haare ausfielen. So bekam er den Spitznamen »Ei«. Der ehemalige Tuchhändler aus Eastcheap ertrug sein Schicksal schlecht, und nachdem er durch einen Brief von der Geburt seines Sohnes erfahren hatte, wurde er erst recht verbittert.

Selbstredend erhielt ich keine Briefe und konnte auch keine verschicken. Mehrmals versuchte ich, mir Landgang zu erbetteln, aber er wurde mir nicht gewährt. Am unerträglichsten war es, wenn wir nach einer langen, aufreibenden Blokkade oder einer Konvoi-Eskorte in einen englischen Hafen zurückkehrten, unser Schiff aufs Trockendock zusteuerte und die Besatzung ausbezahlt wurde. Kein einzigesmal erreichte ich den Kai. Bevor das Schiff auch nur den Anker geworfen hatte, erschienen Preßpatrouillen von anderen Schiffen, und wir wurden auf den nächsten Kahn verfrachtet, der seine Mannschaft noch nicht zusammen hatte und mit der nächsten Tide auslauten wollte. Ich brauche wohl kaum zu erwähnen, daß die letzte Auszahlung der Heuer erst verschleppt und schließlich ganz vergessen wurde. Sie war ohnehin dürftig genug und wurde fast gänzlich aufgezehrt von den überteuerten Preisen, die der Zahlmeister für Kleidungsstücke und Gebrauchsgegenstände aus der Kleidertruhe abzog – Sturmcapes, Stiefel, Nadeln, Messer, Tabak. Als Vollmatrose bei der Königlichen Marine konnte man gewiß nicht reich werden.

Zweimal gelang es mir, an Land zu schwimmen. Beim erstenmal ertrank ich beinahe, beim zweitenmal wurde ich um ein Haar erschossen. Beide Versuche brachten mir jeweils einen Monat in Ketten unter dem Orlopdeck ein, wo ich mit den Ratten um meine kärgliche Ration Trockenbrot kämpfen mußte. Danach akzeptierte ich, daß ich ein Gefangener war, und wartete auf die Chance, endlich doch einmal an Land gesetzt zu werden, auch wenn diese Chance noch so verschwindend gering sein mochte. Die Besessenheit, Daphne um jeden Preis erreichen zu müssen, wich der Verzweiflung, und alles, was ich mir zuvor bewußt ausgemalt hatte – was sie in jener Nacht getan hatte, was sie gedacht hatte, als sie mich am Tag dort gesehen hatte, was ihr in der Zwischenzeit widerfahren sein mochte –, all das verquickte sich zu einem Alptraum, den ich nur tagsüber einigermaßen aus meinem Kopf verbannen konnte. Niemand schlief gern in der Hängematte neben mir, und immer wieder schnitt man die meine einfach ab – aus Protest gegen den Lärm, den ich nächtens veranstaltete.

Neben der Erfüllung meiner zahlreichen Pflichten bestand meine hauptsächliche Ablenkung auf dem Schiff darin, aus meinem Freund Ei einen Matrosen zu machen. Das war eine ziemliche Herausforderung, denn Ei hatte nicht nur äußerst wenig Talent, sondern haßte alles, was mit dem Matrosendasein zusammenhing, aus tiefstem Herzen. Er brauchte doppelt so lange wie alle anderen, um die Seekrankheit zu überwinden, und als er dann einigermaßen aufrecht an Deck stehen konnte, konnte ihn der Bootsmann meist nur »in Gang bringen«, indem er mit einem Tauende auf ihn einschlug. So wurde aus dem engelharten Jungen rasch ein verbitterter Mann. Doch trotz allem nahm ich ihn mit hinauf in die Topps und brachte ihm bei, die Segel zu reffen. Selbst für die niedrigsten Ränge im Vorschiff erleichterte ein gehobener Status das Leben beträchtlich, und ein Toppgast wurde sowohl von den anderen Matrosen als auch von den Offizieren durchaus mit einem gewissen Respekt behandelt.

Was die andere Fertigkeit anging, die ich meinem Freund Ei beibrachte, hatte ich selbst noch einiges zu lernen. Jedes Schiff der Königlichen Marine, vom Dreidecker-Linienschiff der Klasse eins bis zur Eindecker-Fregatte der sechsten Klasse, war zuerst und vor allem eine schwimmende Geschützplattform. Die Offiziere hatten die Aufgabe, das Schiff in die gewünschte Richtung zu steuern, aber die Seeleute mußten dafür sorgen, daß es den oben genannten Zweck erfüllte. Auf meiner ersten Reise nach Indien hatte ich Erfahrungen mit einigen Neunpfündern gemacht, aber das waren Spielzeugkanonen im Vergleich zu den Achtzehn-, Vierundzwanzig- und Zweiunddreißigpfündern. Jede dieser Kanonen war zwei bis drei Tonnen schwer und auf einer eigenen fahrbaren Geschützlafette befestigt, die mit Taljen an den Augbolzen auf der seitlichen Bordwand verankert war, so daß man das Geschütz beim Gefecht ausfahren und den Rücklauf abfangen konnte. Eine Geschützmannschaft bestand aus vier bis acht Mann, je nach Größe der Kanone. Jeder mußte die ihm zugewiesene Aufgabe exakt ausführen, sonst hatten auch alle anderen darunter zu leiden. Aufgrund meiner Größe arbeitete ich zunächst an der Handspake. Dies verlangte unter anderem, die Geschützlafette in die richtige Position zu drehen, nachdem die Kanone geladen und gefechtsbereit ausgerannt war. Die Handspake war eine lange, gerade Eisenstange, die unter die Lafette gerammt wurde, um sie seitwärts zu bewegen, wenn der Geschützführer das Ziel anvisierte. Nachdem ich etwas Erfahrung gesammelt hatte, wurde ich erster Ladekanonier, und nun war es meine Aufgabe, das Geschützrohr auszuwischen, Kartuschen und Kugeln zu laden und dann dabei zu helfen, die Lafette an den Taljen zur Geschützpforte auszurennen. So beschrieben klingt der Vorgang mehr als primitiv, doch in Wirklichkeit verlangte er die Finesse und die zeitliche Abstimmung einer Akrobatentruppe.

Hierbei wurde mein Freund eine Art Partner für mich; er machte Ladepfropfen, Kartuschen und Kugeln bereit, und ich schob sie dann mit dem Rammer ins Rohr, worauf unser Geschützführer die Ladung zündete. Der Kopf des Jungen war so rund und glatt wie die Kugeln, die er lud; er nahm seine Arbeit bitter ernst, redete die ganze Zeit mir sich selbst und stieß dabei oft grimmige Wutschreie aus. Wenn Kanoniere, die doppelt so alt und erfahren waren wie er, sich in seinen Augen nicht voll engagierten, schimpfte er sie aus, ohne ein Blatt vor den Mund zu nehmen. Leider gab es viel zu selten Geschützdrill mit scharfer Munition, denn der Schiffskapitän mußte das dabei verwendete Pulver und die Kugeln aus eigener Tasche bezahlen. Der Geschützdrill war die einzige Gelegenheit, bei der ich meinen Freund glücklich sah oder zumindest mit etwas anderem beschäftigt als mit seinem Kummer. Ansonsten jammerte und klagte er fast unentwegt, brach häufig einen Streit vom Zaun oder schrieb endlose Briefe an seine Frau, wobei er meist seinen Tränen freien Lauf ließ. Er verbrachte mehr Zeit bei den Ratten als ich, und zweimal wurde er wegen Befehlsverweigerung mit zwölf Hieben der »neunschwänzigen Katze« – einer aus neun Tauen gefertigten Peitsche – bestraft. Doch all das konnte seinen Groll natürlich nicht kurieren, im Gegenteil: Während wir von einem Schiff aufs nächste geschleppt wurden, verschlimmerte sich sein Verhalten zusehends, und bald war es nicht mehr nur von Wut, sondern immer mehr von Wahnsinn geprägt.

Die ersten sieben Monate verbrachten wir auf der *Royal Sovereign,* einem Linienschiff der Bootsklasse eins, das vor Brest stationiert war, mit hundert Kanonen und mehr als siebenhundert Mann Besatzung, die Offiziere und ihre Bediensteten nicht mitgerechnet. Da ich noch nie auf einem Schiff dieser Größenordnung gesegelt war, fühlte ich mich im ersten Monat ziemlich verloren, ehe ich meinen Platz und meine Pflichten kannte. Fast jeden Tag bekam mein Rücken die Peitsche eines Bootsmannsmaats zu spüren. Meine Pflichten waren so vielfältig, wie es sich für einen als Vollmatrosen eingestuften Mann gehört. Hauptsächlich – und genaugenommen ohne Ende – arbeitete ich als Toppgast in der Backbordwache und an den Handspaken der Nummer achtundzwanzig, einer Vierundzwanzigpfund-Kanone auf dem Geschützdeck.

Außerdem war mein Platz am Spill, wenn es ans Ankerlichten ging, und bei schwerem Wetter, wenn wir Wasser machten, an der Pumpe. Dazu gab es noch die Arbeit an den Achterstagleinen, wenn ein Wendemanöver eingeleitet wurde; drohte ein Unwetter und die Bramstengen und Rahen wurden geborgen, half ich beim Knebeln der Fallen. Jeder Mann, der als Vollmatrose eingestuft war, trug die Verantwortung für rund dreißig verschiedene Dinge; er mußte sie mit einer Präzision ausführen, die das scheinbare Chaos und Gedränge an Deck Lügen strafte. Die Reinigung des Decks mit Scheuersteinen gehörte natürlich nicht zu den unwichtigsten Pflichten. Etwa dreißig Matrosen-Paare schoben die riesigen Steine auf einer zuvor ausgestreuten Sandschicht hin und her, was dem Rücken der so Arbeitenden eine ganz neue Form verlieh. Wie überall war mein Freund Ei auch hierbei mein Partner, denn es hätte ihn sonst keiner ertragen. Er, der ja selbst alle Haare verloren hatte, fing an, die meinen, die mir inzwischen weit über den Rücken fielen, zu einem Seenmannszopf zu flechten.

Als das Schiff nach Spithead zurückkehrte, wechselten wir über zu einer Fregatte, die einen Konvoi-Auftrag übernehmen sollte. Dies war und ist für ein Schiff stets eine verhaßte Aufgabe, denn die Chance, Prisen zu machen, ist dabei praktisch gleich null. Es war kein Geheimnis und auch keine Schande, daß jeder Schiffskapitän nach einer Gelegenheit gierte, feindliche Schiffe und ihre Fracht zu kapern. Die Gier der Mannschaft war nicht geringer, denn es war für sie – ganz gleich ob Kapitän oder Matrose – die einzige Gelegenheit im Leben, sich finanziell so weit gesundzustoßen, daß sie sich aus ihrer jämmerlichen Position befreien konnten.

Konvoi-Dienst schob diesem Bestreben blitzschnell einen Riegel vor, denn wenn man eine Gruppe von Handelsschiffen bewachte, wenn man eine bestimmte Ordnung und Verbindung zwischen ihnen aufrechterhalten, sie vorantreiben und vor Übergriffen der Freibeuter bewahren mußte, dann war das eine defensive Aufgabe, die einem wenig Gelegenheit ließ, irgend etwas zu erbeuten. All das führte dazu, daß die Besatzung unlustig und die Offiziere frustriert waren. Irgendwie glaubten alle, daß sie ungerechterweise unter irgendeiner politischen Strafaktion zu leiden hatten, die von den Verantwortlichen in den höheren Rängen über den Kapitän des Schiffs verhängt worden war.

Für mich war es nichts weiter als eine tote Zeit, an die ich mich kaum noch erinnere. Ein Jahr und acht Monate verbrachten wir an Bord der Fregatte; wir segelten um das Kap nach Indien, eskortierten die bauchigen Handelsschiffe der Ostindischen Gesellschaft, allesamt bis zur Reling mit Fracht beladen und somit eine große Versuchung für die französischen Freibeuter und die Piratenschiffe Nordafrikas. Aus reiner Langeweile hofften wir auf einen Angriff, aber nichts dergleichen geschah. Die Ostindische Gesellschaft hatte viel Einfluß im Parlament und auch bei der Admiralität. Deshalb wurden ihre Konvois so gut bewacht, daß wir höchstens gelegentlich ein verdächtiges Segel am Horizont erblickten – von einem Schiff, das sich bereits auf der Flucht befand. Die Offiziere führten ihr Regiment auf dem Schiff so straff wie das Achterstag, aber wir alle wußten, daß der Kapitän bereits früh in der Morgenwache Madeira trank, und nach der ersten Hundswache sah man ihn nur selten auf dem Achterdeck.

Danach kamen wir auf ein uraltes Kanonenboot mit achtzehn Geschützen, das zur Nordseeflotte gehörte. Hier lernten wir, daß im Gegensatz zum christlichen Glauben die Hölle durchaus nicht heiß ist. Nein, sie ist kalt, eisig wie der baltische Winter, der einen vor Kälte gefühllos und blind macht. Aufgabe des Schiffs war es, Konvois zu beschützen, die Eichenholz von den baltischen Häfen transportierten, um die Schiffe der Königlichen Marine zu bauen, beziehungsweise zu reparieren, denn Englands Vorrat an Eichenholz war nach zweihundert Jahren Seekrieg erschöpft. Einen Winter wie den von 1796 hätte sich niemand gewünscht. Nicht nach Tagen berechneten wir unsere Fahrt, sondern nach der Anzahl der Finger, die beim Segelreffen erfroren – als wir im März wieder in unserem Heimathafen eintrafen, waren es siebenunddreißig. Außerdem hatten wir einen Großmast, einen Leutnant und vier Besatzungsmitglieder verloren; letztere waren von den gnadenlosen Wellen, die gelegentlich über uns hereinbrachen, über Bord gespült worden. Mein Freund Ei hatte einen Daumen verloren, und ich hatte zwei gebrochene Rippen, weil ich bei starkem Seegang die Schiffstreppe hinuntergestürzt war.

Da wir so lädiert waren und auch unser Schiff eine Überholung dringend nötig hatte, hofften wir beide, man würde uns an Land gehen lassen, und sei es ohne jede Entlohnung für unsere Schufterei auf See. Aber so unbrauchbar wir auch sein mochten, es dachte keiner daran, uns loswerden zu wollen, und einmal mehr wurden wir aufs nächste Schiff übernommen. Eigentlich konnten wir uns keinen schlimmeren Dienst mehr vorstellen, als über das baltische Nordmeer zu segeln, aber dank dieser neuen Laune der Königlichen Marine wurden wir rasch eines Besseren belehrt. Die HMS *Sandwich,* benannt nach dem atemberaubend verschwenderischen Grafen Sandwich und im Jahr 1759 erbaut, war nur noch der verrottete Rumpf eines ehemals großartigen Linienschiffes. Da sie für die hohe See nicht mehr geeignet war, hielt sie sich auch in der Nore, der Reede vor der Themsemündung bei Sheerness, kaum noch über Wasser. Sie war ein Depotschiff, das permanent im Hafen ankerte und als Transferstation für Männer diente, die von einem Schiff aufs nächste übergeben werden sollten, für Gepreßte, aber auch für Insassen von Kerkern und Armenhäusern, für Verbrecher, irische Revolutionäre und Quota-Männer. Letztere hatten ihre Schulden mit den zwanzig Guineen abgegolten, welche die Regierung ihnen auszahlte, sobald sie sich bereit erklärten, zur See zu fahren.

Als wir eintrafen, fanden wir an Bord ein unglaubliches Gedränge von sechzehnhundert Männern vor, die alle darauf warteten, daß die Königliche Marine über ihr weiteres Schicksal entschied. Solche Menschenmassen überstiegen die Kapazitäten der Kleidertruhe natürlich bei weitem, und der Schiffsarzt war außerstande, sich um alle Kranken zu kümmern. Viele Männer waren fast nackt, noch mehr litten an fieberhaften Infekten mit offenen Wunden, Blasen und Geschwüren; die meisten waren obendrein vollkommen verlaust. Im Zwischendeck bekam man keine Luft, und Hängematten gab es nicht – selbst wenn man Platz gehabt hätte, sie aufzuhängen.

Mein Freund Ei fand ein Plätzchen für uns unter dem Überhang des Vorschiffs, wo wir uns niederließen, aber stets darauf achteten, daß der Zugang zu Luken und Treppen frei blieb. Jetzt konnte ich meine Wut und meinen Ekel kaum in Zaum halten, Ei dagegen ging seltsamerweise mit einem glasigen Lächeln auf dem Gesicht seinen Verrichtungen nach. Als ich ihn nach dem Grund fragte, vergewisserte er sich, daß keiner uns hörte, und deutete dann nach achtern. »Schau dorthin«, flüsterte er, »da ist die Mündung der Themse. Mein Sohn und meine Frau sind nicht weiter als vierzig Meilen entfernt. Ich werde bald bei ihnen sein. Bei Gott, ich werde bald bei ihnen sein.«

Ich hatte gelernt, solchen Prophezeiungen nicht zu widersprechen, denn das hatte nur zur Folge, daß er in Wut geriet und mich anschrie. Diesmal fühlte ich sogar die gleiche Verlockung wie er, denn obgleich Offiziere und Marinesoldaten an Bord waren, merkten wir bald, daß sie ebenso beunruhigt waren wie wir, daß man ein Wrack wie dieses überhaupt auf dem Wasser ließ. Die Reede wimmelte von Schiffen, die auf Konvoidienst fuhren, gerade von einem Auftrag zurückkamen oder sich einer Blockade anschließen wollten. Zwar unterstanden durchaus nicht alle dem gleichen Oberbefehl, doch manche der Schiffe gehörten zur Nordseeflotte und waren vermutlich allesamt besser ausgerüstet als die *Sandwich,* denn Belgien und die Niederlande waren Alliierte Frankreichs geworden. Falls es der holländischen Flotte gelingen sollte, den Texelkanal von ihrem Stützpunkt aus ins offene Meer zu durchqueren, wäre das eine schlimme Bedrohung, denn damit war der Weg offen für das, was immer noch alle befürchteren: eine Invasion Englands. Ein Flottengeschwader unter Admiral Duncan hielt vor Texel ständig eine Blockade aufrecht, um bei Gefahr sofort alle anderen warnen zu können.

Doch während die Tage länger wurden und ein nasser, zum Glück aber warmer Frühling anbrach, wurden die Holländer und selbst der Krieg zu einer zweitrangigen Sorge für die Männer auf der *Sandwich,* die überhaupt noch an etwas anderes denken konnten als ans nackte Überleben. Im April tauchten Gerüchte auf und verbreiteten sich rasch über das ganze Schiff, explosiv wie ein Funke im Pulverdepot. Ich war fest überzeugt, daß auch der Rest der Flotte sich in einer ähnlich brenzligen Lage befand. Mein Freund Ei war kaum zurückzuhalten; er eilte von einer Gruppe zur nächsten, lauschte begierig den neuesten Berichten und steuerte seinen eigenen Zorn zu den schwelenden Spekulationen bei. Ich war überwältigt, denn das, was die Gerüchte in immer ausführlicheren Einzelheiten besagten, war wirklich sensationell: Als der Oberkommandierende, Admiral Bridport, den Befehl gegeben hatte, in See zu stechen, hatte sich die gesamte Kanalflotte in Spithead geweigert. Die größte und wichtigste Flotte für die Verteidigung Englands, jedes einzelne Schiff befand sich im Zustand ... der Meuterei.

In der Nore

Mai 1797

»... und ich kann bezeugen, daß ich Gulliver, den ›Papst‹, seit fast drei Jahren kenne ...« Es war mein Freund Ei, der brüllte, so laut er konnte, damit ihn auch bestimmt jeder der tausend Versammelten hören konnte. Sie hatten sich um die Vorschiffgeschütze geschart, die jetzt geladen und nach achtern gerichter waren, wo man die Offiziere zusammengetrieben hatte. »Diejenigen, die ihn kennen, haben zwar nicht viel über sein Leben erfahren, aber er stinkt doch förmlich nach Erfahrung, und die Bildung quillt ihm aus allen Poren.« Er war sehr stolz auf diese Phrasen, die er eigens einstudiert hatte.

Jubel und Gelächter erschollen, und zahlreiche Köpfe wandten sich zu mir, um nach Anzeichen der genannten Tugenden Ausschau zu halten. Denn zu meinem unaussprechlichen Entsetzen war ich derjenige, den Ei mit seinen blumigen Worten vor der meuternden Besatzung der *Sandwich* so beschrieben hatte. Eine Stunde zuvor hatten die Männer den Befehl des Kapitäns zum Klarmachen der Klüsen ignoriert und waren statt dessen in die Wanten geklettert, um drei Hochrufe auszustoßen und damit dem Rest der Flotte ihre Absichten zu signalisieren. Jetzt wählten sie »Delegierte«, die das Schiff vertreten sollten, denn alle gingen fest davon aus, daß es eine flottenweite Rebellion geben würde, wie in Spithead. Bisher hatte ich diesen Vorgängen wenig Beachtung geschenkt, denn ich hatte in der vorhergehenden Nacht

Dinge erfahren, die mich fürchten ließen, daß die geringste Aufmerksamkeit, die man mir schenkte, meinen Tod bedeuten konnte.

»Es stimmt zwar, daß er nicht unter denen war, die das Schiff heute übernommen haben«, fuhr Ei fort, und seine Augen funkelten in seinem Gesicht unter dem breiten kahlen Schädel, »aber wir brauchen unbedingt Männer auf unserer Seite, die mit dem König verhandeln können!«

Wieder brandete Beifall auf, diesmal wütend und entschlossen. In einer anderen Verfassung hätte ich vielleicht über die Absurdität der Lage gelacht, aber ich hatte schreckliche Angst davor, die Anonymität, die mir bisher das Überleben ermöglicht hatte, aufs Spiel zu setzen. Deshalb schüttelte ich nur den Kopf und sagte: »Ich bin bestimmt nicht der Richtige für euch.«

Während meine Botschaft für diejenigen wiederholt wurde, die mich nicht verstanden hatten, wurde mir plötzlich klar, daß meine mangelnde Begeisterung sehr unterschiedlich gedeutet und mißverstanden werden konnte. Jemand rief: »Warum bist du nicht der Richtige?«, ein anderer: »Bist du auf unserer Seite?« und einer meinte sogar: »Wir können besser beurteilen, ob du der Richtige bist.«

Ich antwortete nicht und hoffte inständig, man würde irgend jemand anderen vorschlagen. Doch statt dessen blieb die Weigerung im Gespräch, so daß ich immer mehr in den Mittelpunkt des Interesses geriet. Ich war aber von dem, was ich erst vor wenigen Stunden erfahren und was mir den Nachtschlaf geraubt hatte, noch so aufgewühlt, daß ich zusehends in Panik geriet. Ich machte mich auf den Weg zu Ei, der auf dem Spill stand und ohne Rücksicht auf Verluste die große Gruppe Männer um mich herum mit seinen flammenden Reden anfeuerte. Ich zupfte ihn am Bein.

»Ei, komm jetzt endlich herunter«, bat ich ihn. »Du hast genug geredet.«

»Und du zuwenig«, gab er zurück, gepackt von der Faszination der Politik. »Komm du herauf zu mir und sag den Männern –«

»Ich sage ihnen überhaupt nichts. Komm herunter«, befahl ich. »Ich werde kein Delegierter sein.«

Obgleich ich ihn allein angesprochen hatte, hörten mich natürlich auch die Umstehenden. Im Nu erhoben sich wütende Rufe, und einige der Männer begannen, mich ans Spill zu drängen. »Bist du etwa gegen uns?« schrie einer, dann brüllte ein anderer: »Er soll als erster den Schwur auf unsere Sache ablegen.« Ei kniete sich auf dem Spill nieder und beugte sich zu mir. »Was ist los mit dir, Gulliver? Wo hast du denn deinen ganzen Mut gelassen?«

Ich blickte ihm ins Gesicht, dann sah ich mich um und erkannte in den Augen der Männer nur zu gut das erhebende Gefühl, das sich einstellt, wenn eine Autorität angegriffen und über den Haufen geworfen wird. »Hier hast du meinen Mut, Ei«, sagte ich, und dann rief ich in die Menge: »Ich leiste keinen Schwur, ich mache keinen Finger krumm für eure Sache. Legt mich in Ketten, denn ich bin gegen die Meuterei und damit gegen euch alle!«

Selbstverständlich hätte es hundert bessere Methoden gegeben, doch ich blieb stur bei der, die ich nun einmal gewählt hatte und lieferte mich dem Aufruhr und Geheul aus, mit dem mich die Umstehenden packten und zum Großmast schleppten. Ich hörte jemanden schreien, Ketten wären für mich noch viel zu gut, denn ich wäre ein Verräter an der Sache und verdiente den Tod durch den Strick ebenso wie die Offiziere. Aber wie ein reißender Gezeitenstrom übertönten ihn andere Stimmen, die lauter und kräftiger waren und deren Besitzer nebenbei auch noch Musketen und Entermessern bei sich trugen. So wurde ich der einen Gruppe entrissen, von der anderen gepackt, umringt und zu den Kanonen geschleppt, die noch immer nach achtern zielten. Die lautstarke Debatte über mein Schicksal ging weiter, aber diejenigen, die mich festhielten, scherten sich nicht darum. Endlich begriffen die unbewaffneten Männer, daß ihr Geschwätz sinnlos war, und als es einigermaßen ruhig war, erhob einer meiner Bewacher die Stimme – eine geübte Stimme, denn er war ein Bootsmannsmaat: »Wir werden unseren Kampf nicht mit Blutvergießen beginnen!«

Ein anderer rief: »Wenn die Männer in Spithead Erfolg haben, liegt das einzig und allein daran, daß sie stets die Disziplin und den Respekt vor dem König bewahrt haben.«

Widerwillige Zustimmung ließ sich hören, und schließlich rief der dritte meiner Bewacher: »Dieser Mann ist es nicht wert, daß wir ihm soviel Beachtung schenken. Ei, komm her und erfüll ihm seinen Wunsch. Wir müssen uns zu einer gut organisierten Mannschaft zusammenschließen, sonst werden wir scheitern, Kameraden. Von allen anderen Schiffen kommen Delegierte. Wir werden mit gutem Beispiel vorangehen.«

Ein stolzer Schrei der Zustimmung ertönte, während man mich zur Luke schubste, wo sich mein niedergeschlagener Freund Ei zu mir gesellte und mich mit meiner Eskorte nach unten begleitete. Ich konnte gerade noch einen Blick auf die rote Fahne der Rebellen erhaschen, die anstelle des Wimpels des Flottenadmirals am Fall gehißt wurde. Der Beifall, der nun aufbrauste, verfolgte mich unter Deck, bis ich dann zwischen den Zweiunddreißig-Pfund-Kanonen an Hand- und Fußgelenken mit Eisenketten gefesselt wurde, worauf man mich umstieß, um meine Beine unter die Eisenstange zu quetschen, die am Boden des Decks befestigt war. Ei half bei der Prozedur, ausnahmsweise einmal wortlos, doch er achtete sorgfältig darauf, mir nicht ins Gesicht sehen zu müssen, bis die Sache erledigt war.

»Ich habe einen großen Fehler gemacht«, bemerkte er entrüstet, während die anderen auf das Hauptdeck zurückeilten.

»Nur insofern, als du mich nicht zuerst über deine Pläne informiert hast.«

»Ich hätte nie damit gerechnet, daß du so ein Feigling bist.«

Ich antwortete nicht, überlegte aber unterdessen bereits fieberhaft, welche Vorteile ich eventuell aus meiner Lage ziehen konnte, falls es überhaupt welche gab.

»Wir sind im Recht«, platzte Ei heraus. »Sie behandeln uns schlechter als Tiere.«

»Das mag sein«, antwortete ich, auf dem Boden liegend. »Aber, Ei, glaube mir, ich habe dieses Recht nicht. Außerdem wird es nicht funktionieren.«

»Es funktioniert aber in Spithead. Der König hat angeboten, sämtliche meuternden Matrosen zu begnadigen; die Admiralität ist bereit, den Lohn zu erhöhen, und der alte Lord Howe selbst hat zugelassen, daß man die Schiffe von grausamen und barbarischen Offizieren befreit.«

»Das haben wir gehört«, sagte ich, »und falls es stimmt, frage ich mich trotzdem, wie sie das gemacht haben, und außerdem, warum wir es tun, wenn die anderen es doch längst für uns erledigt haben.«

»Wir schulden ihnen Unterstützung«, entgegnete Ei abrupt, von der gerechten Sache beflügelt. »Und wir schulden es uns selbst.«

»Vielleicht«, stimmte ich ihm zu. »Aber sei vorsichtig, Ei. Wenn man das fordert, was einem im Leben zusteht, bekommt man oft mehr, als man vertragen kann.«

»Ich möchte meinen Sohn sehen«, rief er. »Ist das etwa zuviel?«

»Natürlich nicht«, antwortete ich, und er marschierte davon. Er hatte recht. Es gab in der Königlichen Marine keinen Matrosen, der wie ein menschliches Wesen behandelt wurde, und den meisten erging es sogar wesentlich schlechter.

Die Vorgänge bei der Kanalflotte in Spithead und jetzt bei

uns in der Nore waren etwas in der Kriegsgeschichte nie Dagewesenes. Die Truppen, von der das Überleben der Nation abhing, hatten sich geweigert, Befehle entgegenzunehmen, hatten ihre Offiziere an Land geschickt und bessere Lebensbedingungen gefordert. Es fiel mir schwer zu glauben, daß die Kanalflotte erfolgreich gewesen war, aber selbst wenn es so sein sollte, gab es während meiner Gefangenschaft auf der *Sandwich* keinen Augenblick, in dem ich nicht die Geisterschatten der Galgenstricke vor mir sah, an denen unsere Anführer baumelten – wer auch immer diese armen Seelen sein mochten. Ich mußte an Malvolio aus *Was ihr wollt* denken – wir hatten das Stück in St. Bees aufgeführt – »Einige werden hoch geboren, einige erwerben Hoheit, und einigen wird sie zugeworfen«. Zwei Decks über mir warfen man denen Hoheit zu, die man als Anführer brauchte – doch es war eine trügerische und flüchtige Hoheit.

Deshalb war ich trotz meiner äußerst unangenehmen Lage erleichtert, daß ich für den Augenblick im Dunkel des Unterdecks in Ruhe gelassen wurde; die Geschützpforten waren geschlossen und ließen kein Tageslicht herein. Ich war mir ziemlich sicher, daß ich, sobald meine Kameraden im Verlauf der Meuterei auf die Zweiunddreißigpfünder zurückgreifen mußten, freigelassen würde – wenn auch vielleicht nur deswegen, weil das Deck gefechtsbereit gemacht werden mußte.

Nun, da ich mir über dieses Problem vorerst keine Sorgen mehr zu machen brauchte, tauchte in meinen Gedanken wieder das Gespräch auf, das ich in der vorhergehenden Nacht zufällig mit angehört hatte. Seitdem hatte es mir keine Ruhe gelassen und mich gleichermaßen mit Furcht und mit Zorn erfüllt. Wie immer hatte mein Freund Ei während der ersten Hundswache mit seinen Freunden an unserem Platz auf Deck die neuesten Gerüchte ausgetauscht, und ich hatte aufmerksam gelauscht, wie ihre Spekulationen über die Kanalflotte ihren Ehrgeiz anstachelten. Meuterei lag in der Luft, der

Wunsch der Männer nach Sündenböcken brachte eine lange Liste von Namen hervor, und einer dieser Männer – durchaus nicht der unwichtigste – wurde folgendermaßen beschrieben: »Da drüben. Siehst du das Schiff? Die HMS *Director,* gerade erst eingelaufen, bestückt mit vierundsechzig Kanonen; der Kapitän ist ein gewisser William Bligh.«

»Was, doch nicht etwa dieser Mistkerl von der *Bounty*?« fragte Ei empört.

»Höchstpersönlich, und das ist doch nur typisch für die Königliche Marine. Dieser gemeine Hund hätte aufgrund dessen, was er getan hat, schon vor Jahren vom Dienst suspendiert werden müssen, aber nein – jetzt kommandiert er ein Linienschiff.«

Ich sah nicht zu den Männern hinüber, ich rührte mich nicht, sagte kein Wort – aber ich spitzte die Ohren.

»Was hat er denn getan?« wollte ein anderer wissen. »Ich dachte, er wäre mit einer Barkasse fünftausend Seemeilen weit gerudert oder so was.«

»Er hat seine Besatzung zur Meuterei getrieben, das hat er getan ...«

»Und die Matrosen sind zu ihren nackten Freundinnen auf Tahiti zurückgesegelt.«

»Und dann hat man sie aufgehängt.«

»Nicht alle. Ein paar haben sich aus dem Staub gemacht, zusammen mit ihren Frauen, weißt du das nicht mehr? Fletcher Christian –«

»Angeblich ist er zurückgekommen.«

Das war Solwig, ein Quota-Mann aus Perth, dem man einigen Respekt entgegenbrachte, weil er lesen konnte und diese Fähigkeit an jedem Buch und jeder Zeitung unter Beweis stellte, die den Weg aufs Schiff fand. Ich konnte nur hoffen, daß er nicht merkte, wie ich den Atem anhielt.

»Zurückgekommen? Davon hab' ich noch nie etwas gehört ...«, meinte einer der Umstehenden.

Auf eine Meinung, die seiner eigenen widersprach, reagierte Solwig stets ziemlich ungehalten. »Oh, wirklich nicht? Es stand vor knapp einem Jahr überall in den Zeitungen. Vielleicht hast du's ja nicht gelesen.« Diese Bemerkung brachte die Analphabeten zum Schweigen, und Solwig konnte fortfahren. »Da wurden diese Briefe veröffentlicht, aus Cádiz, in denen stand, daß die *Bounty* nach der Meuterei nach Südamerika gesegelt ist, und bevor die Meuterer schließlich Schiffbruch erlitten, konnten sie noch irgendeinen unbedeutenden spanischen General in Chile retten. Die Spanier haben sie alle zurückgebracht, und Fletcher Christian haben sie überredet, für sie zu segeln. Außerdem hat er geschrieben, daß die Meuterei nicht Blighs Schuld war, sondern daß die Mannschaft nur deshalb rebelliert hat, weil die Männer zu ihren Frauen nach Tahiti zurück wollten.«

Während die Männer einerseits heftige Einwände gegen Blighs angebliche Unschuld erhoben und andererseits über Fletcher Christians Glück lachten, wischte ich mir den Angstschweiß von der Stirn.

»Aber wie sich herausstellte, waren die Briefe samt und sonders gefälscht«, verkündete Solwig, voller Freude über diese orakelhafte Kehrtwendung.

»Woher willst du das wissen?« fragte einer der Männer ärgerlich.

»Jeder Seemann merkt sofort, daß bestimmte Einzelheiten über die *Bounty,* die in den Briefen vorkommen, nicht stimmen können. Außerdem ging bei einer Tageszeitung die Mitteilung ein, der Verfasser wisse aus zuverlässiger Quelle, daß die Briefe gefälscht waren.«

»Woher haben die das gewußt?«

Ich stellte diese Frage nicht, aber ich brannte darauf, die Antwort zu erfahren. Als ich sie jedoch hörte, wünschte ich mir, sie wäre mir nie zu Ohren gekommen.

»Du kennst den Mann sowieso nicht«, meinte Solwig im

Brustton seiner Überlegenheit. »Es war ein Dichter namens William Wordsworth, der aus dem gleichen Dorf in Cumberland stammt wie Fletcher Christian.« Er hatte recht; dieser Name sagte seinen Gesprächspartnern nichts, aber mir raubte er fast die Sinne.

»Dann ist dieser Glückspilz also immer noch irgendwo auf seiner Insel«, rief Ei.

»... oder vielleicht auf dem Mond.«

»Da sollten wir auch hingehen, wir sollten die Flotte übernehmen und nach Tahiti segeln ...«

Alle lachten und schmiedeten weiter phantastische Pläne. Ich dagegen eilte zum Vorschiff, denn ich mußte mich dringend erleichtern.

In dieser Situation, in der Bligh sich in meiner unmittelbaren Nähe aufhielt, während Wordsworth aller Welt versicherte, daß ich noch existierte, und sich die Flotte zur Meuterei bereit machte, war es für mich eindeutig am sichersten, angekettet auf dem unteren Deck zu liegen. Meine Angst wich schließlich der Wut auf Wordsworth, der eine solche Eröffnung für angemessen hielt, doch auch diese verschwand bald, dank der Dinge, die sich in der Folge um mich herum ereigneten.

Die Meuterei spitzte sich zu, und gleichzeitig wuchs auch meine Entschlossenheit, nicht mitzumachen. Gelegentlich brachte ich meine Meinung zum Ausdruck, wenn ein paar leidenschaftliche Rebellen zu mir kamen und mich zur Rede stellen wollten. Eines Nachts erschien eine Gruppe besonders tapferer Männer, die sich Taschentücher vors Gesicht gebunden hatten und deren einziges Ziel darin bestand, mich, der ich wehrlos gefesselt am Boden lag, zu schlagen und zu treten. Ohne mich in Gedanken an irgendeinen Grundsatz zu klammern, beschloß ich, nicht zu schreien und mich auch nicht zu wehren, sondern mich nur zu schützen, so gut es eben ging. Heute bin ich überzeugt, daß mein Schweigen die

Männer beschämte, was letztlich dazu führte, daß sie früher von mir abließen, als wenn ich mich verteidigt hätte. Das Ergebnis des Überfalls war ein blutiger Mund und eine gebrochene Rippe; außerdem postierte die Ratsversammlung, die das Schiff momentan befehligte, einen Soldaten als Wache bei mir.

Die Männer, die mir mein Trockenbrot, mein Pökelfleisch und meinen Grog brachten oder mich zur Toilette begleiteten, erzählten mir die Neuigkeiten und Gerüchte, solange sie gut waren. So hörte ich, daß der Kapitän und alle »unerwünschten« Offiziere an Land geschickt worden waren, daß Vertreter nach Portsmouth aufgebrochen waren, um sich mit den Anführern der Meuterei in Spithead zu beraten, und daß die Delegierten der einzelnen Schiffe jeden Mann einen Treueschwur ablegen ließen. Außerdem hörte ich häufig Rudergeräusche; überall gab es Paraden von feiernden Männern, die in Schaluppen zwischen den Schiffen der Flotte umherfuhren. Kapellen in Barkassen begleiteten sie, spielten »God Save the King« und »Britons Strike Home«. Man berichtete mir von ähnlichen Aufzügen in den Straßen von Sheerness, wo lange gefangengehaltene Seeleute endlich wieder festen Boden unter den Füßen spürten und ihre Freiheit auskosteten – unter anderem natürlich auch in einer beliebten Taverne namens *The Chequers.* Zweifellos war auch mein Freund Ei unter ihnen, denn ich bekam ihn nicht mehr zu Gesicht und konnte nur hoffen, daß er sich davongestohlen hatte und nun in Sicherheit das Leben mit seinem Sohn genoß.

Täglich trafen je zwei Delegierte von den anderen Schiffen ein, und man versammelte sich in einer der Steuerbordbays zwischen Vordersteven und Winsch der *Sandwich,* um die man Hängematten drapierte. Anführer wurden gewählt, unter anderem auch ein »Präsident«, der überall in der Flotte für Diszplin sorgen sollte. Für das Nichtausführen von Befehlen gab es Freiheitsstrafen, für Trunkenheit oder Pflichtverletzung wurden die Schuldigen ausgepeitscht. Die Bumboote brachten Rum und Frauen vom Ufer, und rasch gehörte auf den meisten Schiffen beides zum Alltag. Da nur wenige Matrosen in den letzten sechs Monaten, ja, im ganzen letzten Jahr ihre Heuer ausbezahlt bekommen hatten – was, nebenbei bemerkt, der Hauptgrund und die wichtigste Rechtfertigung für die Meuterei war –, entwickelten die Männer beim Feilschen rasch eine große Kunstfertigkeit.

Aus meinem Gefängnis unter Deck konnte ich einiges beobachten. Eigentlich sah und hörte ich sogar mehr, als mir lieb war. Wenn sich beispielsweise ein Matrose und eine der Frauen handelseinig geworden waren, konnten sie kaum ein ungestörteres Plätzchen finden als zwischen den schweren Kanonen. Nachts herrschte reger Betrieb, verbunden mit Schnarchen, Kreischen, Schimpfen und Geschrei unterschiedlichster Art. Natürlich war das dem Schlaf eines Gefangenen nicht gerade zuträglich. Eines Nachts kam eine beleibte Frau zu mir, die offensichtlich von meinen Ketten fasziniert war, um mir Trost und Erleichterung zu spenden. So höflich wie möglich lehnte ich das Angebot ab.

So war ich denn höchst überrascht, als eine Woche nach Ausbruch der Meuterei während der nächtlichen Hundswache sich mir ein Besucher näherte. Mein Bewacher grüßte ihn respektvoll und zog sich auf die andere Seite des Decks zurück, um den Mann nicht zu stören. Dieser hatte eine Laterne mitgebracht, und in ihrem Licht musterten wir uns gegenseitig, ehe mein Besucher eine halbvolle Munitionskiste heranzog und sich niederließ.

»Darf ich mich zu Euch setzen?« Der Mann war mittelgroß, mit langem schwarzen Haar, einer Adlernase (ein Merkmal, das mir seit einiger Zeit immer gleich auffiel und mich mit Neid erfüllte) und dunklen Augen, die wach und eindringlich um sich blickten.

»Wenn Euch der Engelschor nicht stört«, antwortete ich statt einer Einladung.

Mit einem seltsamen Lächeln musterte er meine Umgebung. »Es gibt gewisse Traditionen, die sich auch durch eine Meuterei nie ändern werden. Ihr seid also Gulliver – allem Anschein nach tatsächlich ein weitgereister Mann.« Er sprach mit einem starken schottischen Akzent, dem jedoch eine gewisse Bildung anzuhören war. Jedenfalls kannte er offenbar Jonathan Swift.

»Das ist richtig, und wie mein Namensvetter bin ich seit einiger Zeit gefesselt und hilflos.«

Mit einem amüsierten Grinsen stellte er sich vor: »Ich bin Richard Parker«, und fügte dann – fast, als wäre es ihm peinlich – hinzu: »Die Delegierten haben mich zu ihrem Präsidenten gewählt.«

»Eine gefährliche Aufgabe bei einer Meuterei.«

»Nun ja«, entgegnete er mit einer wegwerfenden Handbewegung. »Ich habe beobachtet, wie Ihr Euch an jenem ersten Tag geweigert habt mitzumachen, wie Ihr Euch gegen unsere Sache gestellt habt. Die Rebellen hätten Euch hängen können. Habt Ihr das bedacht, als Ihr Eure Meinung kundtatet?«

»Das habe ich bedacht, und ich habe außerdem bedacht, daß ich ganz bestimmt hängen würde, wenn ich mich zum Delegierten machen lasse.«

»Ihr wart sehr mutig.«

»Nun, ich habe es lediglich aus praktischen Erwägungen getan, und jetzt muß ich die unangenehme Seite ausbaden.«

»Ist es Euch so unangenehm, daß Ihr Eure Meinung ändern wollt?«

»Nein. Denn das, was mir andernfalls blüht, wäre immer noch das gleiche.«

»Aber wie wäre es, wenn Euch nicht mehr das gleiche blühen würde?« Nun war alle Verbindlichkeit aus seinem Gesicht verschwunden und hatte einer heftigen Erregung

Platz gemacht. »Was, wenn ich Euch sagte, daß die Kanalflotte aus Spithead ausgelaufen, die Meuterei zu Ende gegangen ist, ohne daß auch nur ein einziger Mann hängen mußte? Der König hat alle Meuterer begnadigt. Und dazu gab es eine Heuererhöhung, neunundfünfzig Offiziere wurden entlassen und an Land geschickt, unter ihnen ein Admiral und vier Kapitäne.«

»Dann würde ich denken, daß Eure Aufgabe hiermit erledigt ist«, erwiderte ich und sah, wie sich sein Mund verzog, als er die Antwort hörte, die er doch gewiß längst kannte. »Aber es würde meine Meinung nicht ändern.«

Parker zögerte einen Moment und betrachtete mich. »Ich möchte Euch auf unserer Seite.«

»Warum? Ich bin Erster Ladekanonier und Toppgast, und ich bin gegen Euch.«

»Mich kümmern die Kanonen nicht, Gulliver. Es ist mir auch gleichgültig, was Ihr zu verbergen habt. Aber Eure Klugheit könnt Ihr nicht verbergen, und die brauche ich. Jeder Matrose auf diesem schwimmenden Gefängnis hat sein Geheimnis – irgendein Teil seines Lebens, der gründlich schiefgegangen ist. Was übrigens auf mich ebenso zutrifft wie auf alle anderen. Ich war ein Midshipman mit einer aussichtsreichen Zukunft, bis ich es wagte, einem Leutnant zu widersprechen. Daraufhin wurde ich degradiert und endete an Land, als Lehrer, der versuchte, Bildung in die leeren Schädel mürrischer Einfaltspinsel zu stopfen. Jetzt komme ich aus dem Schuldturm; mit meinem Quota-Geld habe ich die Schulden abbezahlt – vielleicht war das Schuldenmachen das einzige in meinem Leben, was ich wirklich gut konnte –, und auf der Reise hierher bin ich über Bord gesprungen, um die Welt nicht weiter mit meiner Existenz zu belasten. Glaubt nicht, daß ich mir ein Urteil über Euch erlaube, denn was ich brauche, ist Euer Rat. Unsere korrupte Marine liefert uns alle erdenklichen Beispiele für menschliches Leid. Wir betonen ausdrücklich, daß sich unser Konflikt auf die Admiralität bezieht, nicht auf den König. Wir können die Königliche Marine für uns alle in eine humane und demokratische Institution verwandeln. Achtunddreißig Schiffe sind mit uns hier. Bald werden noch weitere vom Nordseegeschwader zu uns stoßen. Schließt Euch uns an und helft uns, Gulliver. Es ist keinem damit genutzt, wenn Ihr Euch hier unnötig aufreibt.«

Zwar war das eine hervorragende Rede, von Parker mit ehrlicher Leidenschaft vorgetragen, aber mich packte dennoch die Wut. »›Human und demokratisch‹? Die Königliche Marine? Ihr meint also, die Besatzung wird zukünftig in ihren gemütlichen Kajüten in aller Ruhe darüber abstimmen, an welcher Schlacht ihr Schiff teilnehmen soll? Unsinn! Solange es Kriege gibt, wird das Militär nichts weiter sein als eine inhumane Diktatur, die ihre Befehle so durchsetzt, wie sie es für richtig hält, die blinden Gehorsam verlangt, ohne sich auch nur im geringsten um ›humane‹ Forderungen den Kopf zu zerbrechen.«

»Ich spreche von Verpflegung und Bezahlung«, erwiderte er mit fester Stimme. »Und ich spreche von geistesgestörten, grausamen Offizieren, die ihren Untergebenen aufgezwungen werden, obwohl sie letztendlich die Funktionstüchtigkeit ihres eigenen Schiffes untergraben.«

Ich zögerte, denn ich wollte diese Debatte nicht fortsetzen, weil ich wußte, daß sie hoffnungslos war. Doch ebensowenig wollte ich für die Autorität, gegen die ich mich einst selbst erfolgreich aufgelehnt hatte, eine Lanze brechen. »Während ich hier liege, bin ich mir nur einer Sache ganz sicher – und das ist Euer Enthusiasmus«, antwortete ich schließlich. »Der ›Präsident‹ einer solchen Bewegung zu sein, ist gewiß ein berauschendes Abenteuer, und es ist eine unermeßliche Ehre, wenn einem so viele Männer ihr Leben anvertrauen. Plötzlich habt Ihr Eure gescheiterte Karriere wieder in der Hand und nicht nur das, sondern auch das Schicksal all dieser Männer, die Euch folgen. Aber macht Euch nichts vor. Der König und die Admiralität haben einen Krieg zu gewinnen. Wenn die Kanalflotte mit ihren Forderungen durchgekommen ist, dann deswegen, weil sie für diesen Krieg eine ganz besondere Bedeutung besitzt, und auch weil sie das Überraschungsmoment auf ihrer Seite hatte. Doch unsere Flotte ist zweitrangig, wir haben kein gemeinsames Ziel, kein gemeinsames Kommando, und außerdem ist unsere Meuterei keine Überraschung mehr. Diesmal werden Seine Majestät und die Lordschaften der Admiralität nicht nachgeben.«

»Seid Ihr dem König so treu ergeben?«

»Diesen Luxus kann ich mir nicht erlauben. Aber ich kenne die Kriegsmarine. Ihr hofft, daß sie sich ändern läßt. Aber Ihr vergeßt, daß diese Marine von unserer kleinen Insel aus die Weltmeere beherrscht und daß sie der einzige Grund ist, weshalb Frankreich uns noch nicht überrannt hat. So sieht die Macht aus, gegen die Ihr Euch erhebt. Ihr habt sie nicht an einem wunden Punkt getroffen, und genau das ist auch der Grund, weshalb Ihr verlieren werdet.«

Einen Augenblick saß Parker vollkommen reglos da, dann sprang er plötzlich auf, schob die Munitionskiste an die Stelle zurück, von wo er sie geholt hatte, nahm die Laterne und sagte: »Was wir fordern, wird die Marine verbessern. Die Lords der Admiralität werden das erkennen, und deshalb werden wir gewinnen. Mein Angebot steht, und einerlei, ob Ihr es annehmt oder nicht – ich darf Euch hoffentlich weiterhin besuchen.«

»In meiner gegenwärtigen Lage könnte ich Euch diesen Wunsch kaum abschlagen.«

Lächelnd ging er davon; an der Schiffstreppe blieb er noch einmal kurz stehen, um mit dem Wachsoldaten zu sprechen, der daraufhin zu mir kam und mir die Handfesseln abnahm. Nun konnte ich wesentlich leichter schlafen. Doch ich erkannte viel zuviel von mir selbst in diesem Mann wieder, die Frustration, die Bildung, die Verlockung der Führerschaft. Er bestimmte zwar über eine Flotte, während ich nur ein einziges Schiff unter mir gehabt hatte; auf ihn blickte ganz England, während ich meine Tat in der Isolation eines kaum erforschten Ozeans begangen hatte. Deshalb vervielfältigten sich auch die Versuchungen, denen Parker ausgeliefert war. Doch nichtsdestoweniger wurden wir von denselben Motiven geleitet, und er tat mir von Herzen leid.

Es dauerte eine ganze Woche, bis er wiederkam, eine Woche, in der ich die Männer erstmals Zweifel an der Rebellion äußern hörte. Plötzlich marschierten zwei Miliz-Regimenter in Sheerness auf. Bei Gravesend und Tilbury bezogen zusätzliche Infanterie und Artillerie Stellung, und die Schmelzöfen im Umkreis waren rund um die Uhr in Betrieb und lieferten beständig frische glühendheiße Kanonenkugeln für den Fall eines Überfalles durch die Flottenbesatzung. Die Lords der Admiralität trafen tatsächlich in Sheerness ein, was dem Selbstgefühl der Flotte einen momentanen Auftrieb verschaffte. Doch bald wurde klar, daß die Lordschaften sich nicht dazu herablassen würden, sich mit Parker und den Delegierten zu treffen, sondern daß sie nur auf die endgültige Kapitulation der Rebellen warteten. Dafür stellten sie das Pardon des Königs in Aussicht, wie es bei den Meuterern in Spithead geschehen war; den Männern in der Nore wurde jedoch zur Bedingung gemacht, daß sie sofort zu ihren Pflichten zurückkehrten.

Während dieses Besuchs zeigten sich auf fünf Schiffen die ersten Zeichen von Unschlüssigkeit: Die rote Fahne der Rebellion wurde von der Spitze des Großmasts eingeholt und durch die weiße der Admiralität ersetzt; einige Zeit später wurde wieder die rote hochgezogen, dann wieder die weiße – ein deutliches Zeichen dafür, daß es an Bord Auseinandersetzungen gab. Zweifellos beobachteten die Lordschaften von ihrem Aussichtsplatz über dem Hafen von Sheerness diese Vorgänge mit Interesse. Als die Admiralität schließlich wieder nach London zurückkehrte, hinterließ sie den Befehl, die meuternde Flotte vom Nachschub an Lebensmitteln und Wasser abzuschneiden. Die Miliz wurde in Alarmbereitschaft versetzt; sie sollte verhindern, daß die Männer an Land flohen. Nun waren plötzlich alle Gefangene wie ich.

Drei Tage nachdem die Lebensmittel- und Wasserrationen an Bord auf das Lebensnotwendigste gekürzt worden waren, erschien Parker bei mir. Inzwischen hatte sich die Atmosphäre auf dem unteren Deck verändert, denn die Bumboote hatten ihre Passagiere aus Mangel an zahlungsfähiger Kundschaft an Land gebracht. Im Licht seiner Laterne sah ich den Lohn seiner Taten in Parkers Gesicht eingemeißelt; der Enthusiasmus unserer ersten Begegnung hatte sich in die glanzlosen schwarzen Tiefen seiner Augen zurückgezogen. Er fand ein leeres Faß als Sitz und zog es zu mir herüber. Mit einem Seufzer ließ er sich darauf fallen und starrte auf die Deckplanken, als hätte er meine Anwesenheit vergessen.

»Sie haben die Kanalbojen und Lichter entfernt«, flüsterte er mir zu.

In letzter Zeit war viel darüber geredet worden, daß die Flotte aus der Nore hinaussegeln sollte, um dem Schicksal zu entfliehen, das ihr mit immer größerer Wahrscheinlichkeit bevorstand. Dieser Plan war verzweifelt und im Grunde wahnsinnig, was den meisten Beteiligren durchaus bewußt war. Nun war diese Möglichkeit endgültig vereitelt. Ohne die Markierung im Kanal konnten selbst erfahrene Lotsen nicht verhindern, daß ihre Schiffe auf den Sandbänken um die Reede aufliefen und womöglich sanken.

»Das habt Ihr doch sicher nicht anders erwartet, oder?« sagte ich.

»Wahrscheinlich schon«, antwortete er und seufzte wieder.

»Am meisten ärgert mich, daß sie uns ignoriert haben. Gott! Sie haben uns ignoriert, sie haben getan, als hätten sie es nicht einmal nötig, uns wahrzunehmen.«

»Das ist nur ein Trick der Mächtigen.«

Er nickte. »Und sie machen ihre Sache gut. Wie kann ich sie dazu bringen, mit uns zu verhandeln?«

»Bietet ihnen an zu kapitulieren.«

Er blickte mich an, dann schüttelte er lachend den Kopf. »Ich weiß nicht genau, weshalb ich hier heruntergekommen bin, um mit Euch zu sprechen, aber ich könnte wohl genausogut im Vorstandszimmer der Admiralität sitzen und mich mit Lord Spencer persönlich herumstreiten.«

»Er würde Euch nicht empfangen. Aber hier bei mir seid Ihr immer willkommen.«

»Herzlichen Dank. Es gibt wohl nicht mehr viele Stellen, wo ich so empfangen werde. Jetzt verbringe ich meine Zeit zur Hälfte mit denen, die glauben, ich hätte sie im Stich gelassen, und denen, die mich dazu bringen wollen, irgendwelche irrsinnigen Befehle auszugeben. Die neueste Idee in dieser Hinsicht ist, die Themse hinaufzusegeln und London unter Beschuß zu nehmen.«

»Wenn sich die Männer nicht sehr verändert haben, seit ich hier unten sitze, würden sie das niemals tun.«

»Ich weiß, aber ein Anführer wird immer von denen angetrieben, die hinter ihm am lautesten schreien. Sie befehligen die Meute, bis in die Besinnungslosigkeit.«

»Und genau das ist Eure Chance. Zwar werfen sie sich jetzt in Pose, aber letztlich wissen sie doch, daß sie nicht gewinnen können. Jetzt geht es nur darum, wie lange es dauert, uns auszuhungern und damit in die Knie zu zwingen ... und natürlich darum, welche Gefahr wir bedeuten, solange wir hier herumdümpeln.«

»Eine Gefahr? Unsere Flotte?« Parker lachte höhnisch. »Eine Gefahr für wen?«

»Für England«, konterte ich etwas unwirsch, denn allmählich raubte er mir die Geduld. »Mit jeder Minute, die der Hochmut und Zorn dieser Männer die Flotte hier als Geisel festhält, steigt die Wahrscheinlichkeit, daß die Niederländer und die Franzosen ihren Mut zusammennehmen und unsere geschwächten Blockaden durchbrechen. Beiden zusammen könnte die Kanalflotte nicht widerstehen. In Calais warten französische Transportschiffe; die französische Armee könnte innerhalb von Stunden in Dover landen. Ihr ladet die Franzosen praktisch zu einer Invasion ein.«

»Ihr meint also, wir sollten aufgeben und uns von England, das uns so erfolgreich ignoriert, hängen lassen?«

»Nein, Ihr solltet aufgeben für die Zehntausende, die bei einer Invasion getötet würden, für die Dörfer und Städte, die besetzt und zerstört würden, weil wir wahrscheinlich das nächste Jahrzehnt hindurch um sie kämpfen müßten. Mein Gott, Mann, Ihr werdet doch nicht wirklich ignoriert. Jeder Matrose auf einem Schiff ist dieser Tage in Gefahr, weil die Flotte hier nutzlos herumliegt und nicht für Verteidigungszwecke zur Verfügung steht. Der König, die Admiralität, das Parlament, alle wissen das, aber sie können nicht noch einmal eine Meuterei belohnen. Deshalb müssen sie warten – auf Euch.«

Er lachte verächtlich. »Es wäre schön, wenn ich soviel Entscheidungsmacht hätte. Ich tue nur das, was die Delegierten wollen. Wenn ich zu einem Kompromiß rate, dann treiben sie ihre Lieblingsvorschläge nur noch weiter ins Extrem. Und Ihr meint, wir sollen auf die Rahnocks klettern – eine leichte Empfehlung für jemanden, der in Ketten liegt.«

Ich setzte mich auf, packte seinen Arm und zog ihn zu mir, damit ich ihm zuflüstern konnte: »Wenn Ihr Euch ergebt, steige ich mit auf die Rahnocks. Ich bin Fletcher Christian von der *Bounty.* Mich würden sie liebend gern zu fassen kriegen, deshalb könnte ich von ein paar Leuten ablenken, die

Euch besonders am Herzen liegen. Setzt mich ein, wie Ihr wollt.«

Sein Mund blieb vor Erstaunen offenstehen. Ich ließ mich wieder auf die Planken zurücksinken und versuchte, meinen impulsiven Ausbruch nicht zu bereuen.

»Das war ziemlich unbedacht«, meinte Parker.

»Richtig«, pflichtete ich ihm bei.

»Von allen Männern, mit denen ich in den letzten Tagen gesprochen habe, seid Ihr der einzige, der bereit ist, sein Leben für seine Überzeugungen einzusetzen. Alle anderen denken nur daran, wie sie am besten ihrer Strafe entgehen können.«

»Ich bin auch nicht sonderlich erpicht auf die meine.«

»Aber Euch liegt England so sehr am Herzen?«

»Ja. Doch abgesehen davon bin ich auch zu der Einsicht gekommen, daß für jeden, der sich versteckt hält, einmal der Tag kommt, an dem er gezwungen ist, aufzustehen und zu rufen: ›Hier bin ich!‹ Und mir erschien diese Sache eine passende Gelegenheit.«

»Ich bin zutiefst beeindruckt. Ihr wußtet, daß Bligh von der *Director* vertrieben wurde, nicht wahr?«

»Ich hatte nur gehört, daß er in der Nähe war.«

»Ja. Er erwartet uns am Ufer.« Als erinnerte ihn dies an seine Pflichten, die noch erledigt werden mußten, erhob er sich hastig und schob das Faß zurück an seinen Platz. Dann stand er mit seiner Laterne über mir und sagte: »Es ist höchst seltsam. Ich habe oft über Euch nachgedacht, seit die Aktion hier begonnen hat – sowohl über den, der Ihr früher wart und über den ich viel gelesen hatte, als auch über den, der Ihr jetzt seid. Für mich, der ich bei jedem Schritt, den ich machte, so von Zweifeln gepeinigt wurde, erschienen mir Eure beiden Persönlichkeiten ungeheuer selbstsicher. Wenn Ihr Euch einmal entschieden hattet, seid Ihr nicht mehr von dem gewählten Weg abgewichen, komme, was da wolle. Diesem Charakterzug wollte ich nacheifern, doch ich fürchte, mir war nicht Euer Erfolg beschieden.«

»Es ist leichter, wenn es um ein einziges Schiff geht und um ein einziges Leben. Und was meinen sogenannten Erfolg betrifft – ich hatte es mit einer persönlichen Auseinandersetzung zu tun, während Ihr Euch für eine politische Sache einsetzt, was viel schwieriger ist und viel mehr Engagement erfordert.«

Zwar schien Parker nicht überzeugt, aber er nickte. Dann drehte er sich um und ging zur Schiffstreppe. Von diesem Augenblick an war das Scheitern der Meuterei für mich besiegelt, denn es gab eine höchst verführerische Alternative: die Amnestie des Königs und eine Chance, in den Dienst zurückzukehren, indem man die rote Flagge einholte und die richtigen Farben hißte.

Parker kämpfte weiter; er schickte eine Petition direkt an den König, doch dieser sandte sie zurück mit einem Ultimatum und der Bekanntmachung, daß alle als Rebellen behandelt würden, die nicht auf ihren Schiffe zum Dienst zurückkehrten. Daraufhin begannen immer mehr Schiffe die Seite zu wechseln. In der Hoffnung, sie abzulenken, gab Parker den Befehl aus, sie sollten sich zum Auslaufen bereit machen, Lotsen und fehlende Markierungen hin oder her. Er ließ das Signalgeschütz abfeuern, doch kein einziges Schiff setzte Segel. Dann jedoch schickten sich zwei von ihnen an, zum Dienst zurückzukehren. Parker höchstpersönlich gab den Befehl, auf sie zu feuern, und führte selbst die Geschütze seiner Getreuen. Doch das waren wenige, und bald schon ließen noch mehr Schiffe das Ankertau schießen und schwammen mit der Tide in Sicherheit, entweder in Richtung Hafen von Sheerness oder zu den anderen Schiffen in Portsmouth.

Inzwischen waren alle auf der *Sandwich* hungrig und durstig und von ihrer Niederlage überzeugt. Parker war das Ziel allgemeiner Verachtung. Ich schickte nach ihm, er solle mich besuchen, wenn er Lust habe, erhielt aber keine Antwort – bis zur Morgenwache des 12. Juni, als er mit den Schlüsseln für meine Ketten erschien. Schweigend machte er mich los, und ich sah den Wahnsinn in seinen Augen. Sein Haar starrte vor Schweiß und Schmutz, und als er den Mund aufmachte, war seine Stimme heiser vom Brüllen der Befehle, die keiner mehr befolgte.

»Sie werden die Besatzung dieses Schiffs auf andere Schiffe verteilen und euch alle rasch auf See schicken. So könnt Ihr wieder verschwinden, denn Ihr verdient nicht noch mehr Strafe.« Mit diesen Worten half er mir aufzustehen, was immer schwierig ist, wenn man Beinschellen getragen hat, und flüsterte mit einem vorsichtigen Blick auf die umstehenden Matrosen: »Ihr habt Euch erfolgreich gegen diese Meuterei gewehrt. Wenn England wüßte, wie sehr Ihr mich beeinflußt habt ...« Er zögerte einen Moment, weil die Männer naher kamen und mit ihm sprechen wollten. »Ich gebe das Schiff den Offizieren zurück«, wisperte er noch, dann wandte er sich den Wartenden zu.

Ich schlich mich, so schnell ich konnte, davon, und stieg zum erstenmal seit einem Monat ohne Ketten die Schiffstreppe empor. Es war schmerzhart zu spüren, als das Blut wieder in meine Füße schoß, aber ich freute mich darüber. Und über das Sonnenlicht. Eine ganze Stunde lang blieb ich an der Reling stehen, bis die Befehlsübergabe perfekt war und die Seesoldaten und die Offiziere, die nicht an Land geschickt worden waren, ihre Plätze auf dem Achterdeck wieder eingenommen hatten. Richard Parker wurde von einem Leutnant ergriffen und ohne Gegenwehr in eine Kabine unter Deck gebracht, wo man ihn, hauptsächlich um seiner eigenen Sicherheit willen, streng bewachte.

Ich sah ihn nie wieder. Eine Woche später wurde ihm an Land der Prozeß gemacht, und ich kam mit vierzig anderen

Männern auf ein neues Schiff, die HMS *Ardent.* Vier Tage danach wurde Richard Parker an der Rahnock der *Sandwich* gehängt. Kurze Zeit später wurde das Schiff verschrottet, weil es zu nichts mehr nutze war.

Die Nordsee

Oktober 1797

Wir haben die große Ehre, das niederländische Flaggschiff anzugreifen. Bleibt an euren Kanonen, und wir werden triumphieren. Der Admiral plant ein Nahgefecht, und wir von der *Ardent* werden uns das nicht zweimal sagen lassen, sonst soll uns der Teufel holen.«

Der Kapitän bekam seine Beifallsrufe, allerdings nicht von mir. Die niederländische Flotte hatte den Vorteil der Leeküste und formierte die Schlachtlinie nahe am Ufer, wo ihre breiten Schiffe, die wenig Tiefgang hatten, mit den Sandbänken besser zurechtkommen würden als unsere Dreidecker, die hier womöglich auf Grund laufen würden. Für eine Strategie war keine Zeit mehr; die *Ardent* hatte als eins von drei Schiffen vor der niederländischen Küste gelegen, als die feindliche Flotte in der Mündung des Texelkanals erschien. Ein schneller Logger wurde mit der Nachricht losgeschickt, und im Handumdrehen rückte die gesamte Nordseeflotte aus Yarmouth an. Nach monatelangem Warten brannten vor allem diejenigen, die in die Meuterei in der Nore verwickelt gewesen waren, auf eine Möglichkeit, sich endlich für König und Vaterland einzusetzen, ehe auf offizieller Seite vielleicht doch noch der Wind umschlug und eine Strafe verhängt wurde, auf die das königliche Pardon nicht zutraf.

»Sagt den Männern, wo wir sind!« brüllte der Kapitän.

Da es für die Meeresoberfläche nur wenige geographische Bezeichnungen gibt, mußte auf einen Punkt an Land zurückgegriffen werden. »Camperdown, fünf Leagues Ostsüdost!«

Nachdem er den Feind gesichtet hatte, schlug Admiral Duncan blitzschnell jede kampftechnische Tradition in den

Wind. Statt eine Schlachtreihe zu bilden, auf die feindlichen Linien zuzuhalten und dort so viele Breitseiten wie möglich abzufeuern, teilte er seine Flotte in zwei Gruppen und befahl ihnen, an einer bestimmten Stelle anzugreifen. Dies verursachte große Verwirrung in der würdevollen Prozession unseres Gegners, und die feindlichen Schiffe zogen sich zur Küste zurück. Auf seinem Flaggschiff, der *Venerable*, führte der Admiral uns daraufhin an den Feind heran, wobei er sich mehr um Tempo und Zeitgewinn kümmerte als um eine ordentliche Formation, so daß unser Geschwader ziemlich ungeordnet dahinsegelte.

Ich kauerte neben meiner schweren Kanone – einem Vierundzwanzigpfünder – auf dem oberen Batteriedeck der *Ardent*. Die Kanone war doppelt geladen und ausgerannt, bereits ausgerichtet, und der Geschützführer hatte die Abzugsleine feuerbereit in der Hand. Da wir, Bug voraus, direkt auf den Feind zuhielten, konnten wir die gegnerischen Schiffe durch unsere Geschützpforte an Backbord nicht sehen. Daher wußten wir natürlich auch nicht, mit welcher Seite wir ihn zuerst konfrontieren würden, oder ob wir, wenn wir die feindlichen Linien durchbrachen, von beiden Seiten schießen und mit sämtlichen vierundsechzig Kanonen in alle Richtungen feuern würden. Beim Exerzieren, das dreimal in der Woche stattfand, wurde stets eine sorgfältige Reihenfolge der Kanonen eingehalten, ja, die ganze Übung verlief in einem fast gravitätischen, getragenen Rhythmus. Ich fragte mich, wie lange eine solche Präzision anhalten würde, wenn es wirklich zum Gefecht kam, und ob die niederländischen Kanoniere ähnliche Überlegungen anstellten.

Auf der anderen Seite der Kanone hockte Ei und sprach wie gewöhnlich mit sich selbst, beschimpfte die Niederländer aus Leibeskräften und schwor sich, in der heutigen Schlacht wahre Heldentaten zu vollbringen. Ganz zufällig war auch er auf die *Ardent* gekommen; nachdem er zwei Monate bei seiner Familie verbracht hatte, war er einem Preßkommando in die Hände gefallen. Ich hatte mich für ihn eingesetzt, und nun schickte man ihn mit mir in die Masttopps und auch an die Kanone. So kam ich wieder in den Genuß seiner Freundschaft, so seltsam diese auch sein mochte. Die Vorfälle in der Nore erwähnten wir nie. Jeder vergab dem anderen stillschweigend und war froh, einen vertrauten Menschen um sich zu haben. Die Verbitterung meines kahlköpfigen Freundes äußerte sich zu Beginn jeder Wache weiterhin in einem unablässigen Monolog gegen die Königliche Marine und gegen sein Schicksal. Denn nun hatte er ja noch schwerwiegendere Gründe. Er, der bekanntlich nicht einmal mehr eine Wimper besaß, trug an einem Stück Draht einen Talisman um den Hals, ein Medaillon aus Metall, das er mit den blonden Locken seines Sohnes gefüllt hatte. In jeder Hundswache öffnete er liebevoll das Medaillon und berührte die zarten Löckchen, während er seinem Zorn auf die Welt freien Lauf ließ.

»Wind von Steuerbord, Ostnordost«, rief der Quartiermeister, um einen leichten Kurswechsel anzukündigen. An unserer Fahrt veränderte sich wenig, denn wir hörten die ersten Schüsse vom niederländischen Flaggschiff, der *Vrijheid*, auf die Sekunden später Duncans vor uns segelnde *Venerable* antwortete – ein sicheres Zeichen, daß auch wir bald aktiv eingreifen würden.

Der Erste Leutnant befahl absolute Ruhe. Selbst Ei hatte sein Fluchen eingestellt und wartete auf das Zeichen zum Angriff. Für mich war es das erste Flottengefecht, und plötzlich fuhr mir der Schreck in alle Glieder: In wenigen Minuten, ja, in wenigen Sekunden würden zehntausend Männer auf vierzig Schiffen das Feuer aufeinander eröffnen, und eine Stunde später waren voraussichtlich tausend von ihnen tot und zweitausend verwundet. Ich fragte mich, was das für die Befehlshaber bedeutete, ob beispielsweise Admiral Duncan diese Zahlen in seine taktischen Überlegungen mit einbezog. Der

Sieg maß sich an der Anzahl der feindlichen Schiffe, die versenkt oder gekapert wurden. Die Anzahl der Opfer hingegen war eine zweitrangige Erwägung. Ich wandte mich kurz um und sah den Kapitän und die Offiziere auf dem Achterdeck; jeder hielt ein Fernglas auf den Feind gerichtet. An Deck warteten die anderen Geschützmannschaften ebenso wie ich, neben ihre Kanonen gekauert, voller Angst vor dem Tod oder – falls sie verwundet wurden – vor dem Leben, aber trotz allem voller Hoffnung. Mit blindem Trotz und erfüllt von erbittertem Haß auf den unbekannten Feind bezwangen sie ihre Furcht.

Ich erinnere mich ganz deutlich daran, daß ich durch den Lärm des Nahgefechts niederländische Stimmen direkt vor uns hörte. Sekundenbruchteile war ich mehr oder weniger taub, denn wir wurden von einer Breitseite getroffen: Die Kanonenkugeln flogen über die Steuerbordreling und schlugen backbord in den Schiffsrumpf. Die meisten von uns wurden von umhersausenden Splittern getroffen, und es erhob sich sofort lautes Schmerzensgeschrei. Wir konnten nicht gemeinsam feuern, da wir im rechten Winkel auf den Feind zukamen. Wir mußten an Heck oder Bug passieren und dem Gegner unsere Kugeln immer aus der Kanone in den Rumpf jagen, die sich gerade in der richtigen Schußposition befand.

In meiner Erinnerung blieb dann die Zeit plötzlich stehen, obgleich der Lärm weiterhin unerträglich war. Ich sah eine Kanonenkugel über das Vorschiff kommen, scheinbar so langsam wie ein Tennisball. Sie flog über uns hinweg, traf den Kapitän und zerfetzte ihm den halben Brustkorb, dann segelte sie, rot vom Blut und beinahe unsichtbar, über die Heckreling. Ich spürte, wie die erste Kanone der *Ardent* losging, eine Heck-Kanonade, und ahnte kaum den seltsamen Chor der Freudenrufe meiner Kameraden, als endlich Schluß war mit dem Warten und der tatenlosen Angst. Selbst jetzt, da in Abständen von wenigen Sekunden die Steuerbordkanonen auf das Heck der *Vrijheid* abgefeuert wurden, hatte ich das Gefühl, als hätte ich Zeit, die Geschehnisse in aller Ruhe zu beobachten, obwohl ich doch bereits die Spake unter die Geschützlafette rammte, um sie ein paar Zoll zur Seite zu drehen und damit einen weiteren Schuß ins Heck des Feindes zu ermöglichen.

Doch als ich aufblickte, sah ich, wie die Royalrah des Großmasts sich löste. Sie krachte in den Topp, zersplitterte und fiel in zwei Stücken aufs Deck herab. Im Geschützlärm gingen meine Warnrufe unter, und die Rah begrub drei Pulverjungen unter sich. Die Seesoldaten zogen sie heraus, und als sie merkten, daß die jungen Männer tot waren, schleppten sie die Leichen rasch zwischen zwei Kanonen und warfen sie über Bord – in meiner Erinnerung wirkte alles wie ein langsamer, getragener Tanz. Einen Augenblick später schrie mein Geschützführer seinen Befehl und betätigte die Abzugsleine.

Immer noch halb taub von dem Getümmel, hörte ich die Explosion unseres Geschützes kaum, doch ich sah, wie es sich aufbäumte, durch den Rückstoß nach hinten geworfen und vom Bremstau aufgehalten wurde. In dem sofort aufsteigenden Qualm machte ich mich mit dem Wurm – einer mit Eisenspiralen versehenen Stange –, dem Wischer und dem Rammer ans Werk, während mein Freund Ei Kartusche, Kugel und Filzpfropf lud. Wieder brüllte der Geschützführer, stach die Kartusche mit dem Zündlochbohrer an, füllte das Zündloch mit Pulver aus seinem Pulverhorn auf und richtete das Zündschloß. Die Heckfenster der *Vrijheid* waren nun so nahe vor uns, daß wir mit dem Wind hätten hineinspucken können, deshalb machte sich der Geschützführer auch nicht die Mühe, neu zu zielen und nachzusehen, ob ich bereit war, sondern zog sofort die Abzugsleine. Wieder rollte das zwei Tonnen schwere Geschütz auf der Lafette zurück, aber als ich den Wurm hob, um meiner gewohnten Arbeit nachzugehen, sah ich, wie eine niederländische Kanone vom Heck feuerte;

gerade als wir vorüberfuhren. Die Eisenkugel schoß auf uns zu, krachte in die Kanone neben uns, so daß sie mittendurch splitterte, zerfetzte drei Kanoniere und traf dann als Querschläger den Kopf meines Freundes. Eine Kugel prallte auf die andere – die weichere der beiden gab nach und zerbarst, das Medaillon flog vom Halsstumpf und landete mittschiffs auf dem Deck.

Ich starrte auf das Medaillon, als wäre alles andere um mich her bedeutungslos, ich konnte meinen Blick nicht einmal losreißen, als ich mich mit dem Rammer wieder an der Kanone zu schaffen machte. Ein anderer Mann übernahm den Posten meines Freundes beim Laden, während dessen Blut ins Speigatt floß. Inzwischen hatte sich die Lafette der zerschmetterten Kanone vom Bremstau losgemacht, was wir leider erst bemerkten, als es zu spät war. Von der dazugehörigen Geschützmannschaft waren inzwischen so viele tot oder verletzt, daß die Lafette völlig unkontrolliert aufs Deck zu rutschen begann, das mittlerweile vom Blut ganz glitschig war. Mein Geschützführer brüllte eine Warnung, doch das passierte so oft, daß ich ihr wenig Beachtung schenkte, bis ich die Lafette kommen sah. Zwar versuchte ich noch, aus dem Weg zu springen, aber ich glitt aus und stürzte so unglücklich, daß mein linker Knöchel zwischen einem Lafettenrad und der Gabel meines eigenen Geschützes steckenblieb. Ich spürte, wie der Knochen knirschte, dann rutschte die Lafette durch das Rollen des Schiffs wieder an ihren Platz zurück. Meine Mannschaftskameraden schleppten mich rasch aus der Gefahrenzone, ließen mich aber an einer sicheren Stelle einfach liegen, weil unser Geschützführer bereits lautstark ihre Rückkehr verlangte.

Im Vergleich zu vielen anderen war meine Verwundung eher leicht. Obwohl sie heftig schmerzte, biß ich die Zähne zusammen und schwieg. Aus dem Knöchel kam kein Blut, aber ich konnte zusehen, wie er sich vor meinen Augen dunkelrot verfärbte. Inzwischen befanden wir uns in zehn Fuß Entfernung von dem Niederländer und feuerten rasant in die Kuhl, nachdem wir an der Steuerbordseite längsseits an das Schiff herangegangen waren. Allem Anschein nach war der Feind wesentlich besser armiert als wir, was ich allerdings wegen des Pulverdampfs nicht sehen, sondern nur anhand der Leichen auf unserem Deck schätzen konnte. Als mich zwei Seesoldaten hochhoben und zur Schiffstreppe trugen, sah ich, wie eine Kartusche in der Hand eines Pulverjungen Feuer fing. Sofort standen sein Gesicht und seine Haare in hellen Flammen. Auch er blieb stumm, taumelte mit ausgestreckten Armen auf seine Kameraden zu, die ihm doch nicht mehr helfen konnten. Es war eine Erlösung, als ihn endlich eine Kugel niederstreckte.

Zwei Decks nach unten auf das Orlopdeck zu kommen, war eine Tortur, aber im Cockpit des Schiffsarztes herrschte das nackte Grauen. Der Arzt und sein Gehilfe standen, von Kopf bis Fuß mit Blut beschmiert, an ihrem Tisch und sägten gerade einen Beinknochen durch. Die Schreie der Patienten, die nicht das Glück gehabt hatten, das Bewußtsein zu verlieren oder zu sterben, drangen selbst in meine tauben Ohren. Da die Soldaten, die mich getragen hatten, keinen Platz fanden, wo sie mich hätten absetzen können, legten sie mich kurzerhand auf ein paar andere Verwundete und eilten dann wieder hinauf an Deck. Die unter mir Liegenden ächzten, und ich tat das gleiche, als kurz darauf ein neuer Patient auf mir abgeladen wurde, dann der nächste und wenig später schon wieder einer. Unter der Wasserlinie war die Luft ohnehin nicht besonders gut, und jetzt, da der Kampf tobte, stank es entsetzlich nach den Wunden und allen Arten menschlicher Ausscheidungen. Mit jedem neuen Mann, der auf den Haufen stöhnender und hilflos schreiender Verwundeter geworfen wurde, gestaltete sich das Atmen schwieriger.

Wie lange ich dort lag, weiß ich nicht. Das nächste, was

ich vom Leben mitbekam, war der Geschmack von Kupfermünzen in meinem Mund. Ich merkte, daß ich auf einem mir unbekannten Schiff unter Deck lag; der Durst quälte mich mehr als der Schmerz in meinem linken Knöchel, der, wie ich überrascht feststellte, nicht amputiert worden war, obgleich das eigentlich die bevorzugte Therapie bei Knochenbrüchen war. Doch zwischen dem Verband und meinem Knie hatte das Bein mittlerweile eine seltsam grünlich-violette Färbung angenommen. Nachdem ich die Augen aufgeschlagen hatte, erfuhr ich innerhalb weniger Minuten von den Männern, die in meiner Nähe lagen, daß die Schlacht ein Triumph gewesen war: Elf feindliche Schiffe waren gekapert oder zerstört worden, und unsere *Ardent* hatte einigen Respekt geerntet, weil sie die *Vrijheid* so weit geschwächt hatte, daß es für die HMS *Director* unter Kapitän William Bligh nicht mehr schwer gewesen war, sie zu entmasten und endgültig zu besiegen.

Ohne die Splitterwunden in meinem Gesicht hätte ich vielleicht gelacht. Doch ich hatte wenig Zeit für Ironie, denn unangenehme Neuigkeiten machten mir die Notwendigkeit, meine Zukunft zu planen, nur zu rasch wieder bewußt. Wir waren von der *Ardent* an Bord eines anderen Schiffes gebracht worden, damit wir möglichst rasch nach Sheerness und in medizinische Behandlung kamen. Rein aus Überlebensinstinkt mußte ich mich darauf vorbereiten, wie ich einen Aufenthalt in einem Hospital vermeiden konnte, denn dort würde ich unweigerlich registriert werden. Ich hatte innerhalb der letzten Jahre einigemale ohne Hemd gearbeitet und so meine Tätowierungen vor meinen Kameraden entblößt, doch die kümmerten sich um so etwas nicht, und vor offizieller Musterung blieb ich lieber auf der Hut. Zwar war inzwischen so viel Zeit vergangen, daß meine Verzierungen vielleicht nicht zu meiner sofortigen Entlarvung geführt hätten, aber ich mußte annehmen, daß bestimmte Regierungskreise immer noch ein Interesse für mich hegten. Wenn der

Klinikbericht mit meiner Beschreibung in die falschen Hände geriet, konnte es allzu leicht passieren, daß irgendein übereifriger Beamter sich als Held aufspielte und mich ins Gefängnis brachte.

Als erstes mußte ich wieder gehen lernen, und als zweites brauchte ich möglichst schnell Geld. Ich setzte mich auf, verlor aber gleich das Bewußtsein, als das Blut aus meinem Gehirn wich. Einige Zeit später jedoch gelang es mir, mich wenigstens auf Hände und Knie aufzurichten. Ich brauchte eine Krücke, und so machte ich mich auf allen vieren auf die Suche nach passenden Holzstöcken. Dabei pochte der Schmerz in meinem Knöchel zwar so heftig, daß ich es kaum aushielt, aber schon bald sollte ich erfahren, daß er mit Leichtigkeit übertroffen werden konnte. Sobald ich in Sheerness war, wollte ich gleich an meine Bank schreiben und mir Geld zuschicken lassen; das Porto würde der Empfänger bezahlen. Bis das Geld eintraf, hatte ich keine andere Wahl, als im Freien zu leben und zu hungern. Ich war sicher, daß ich das einige Tage aushalten würde, auch wenn ich die Schwierigkeiten, die mir meine Verwundung bereiten würde, natürlich nicht absehen konnte. Aber ich würde überleben, davon war ich überzeugt, und wenn das Geld da war, würde ich mich satt essen, baden und die erste Kutsche nach London nehmen – zu Daphne. Diesen Plan vor Augen, zwang ich mich aufzustehen, doch der Schmerz setzte allen Tagträumen ein Ende.

Als wir in Sheerness anlegten, hatte ich eine Krücke gefunden und konnte mich mit ihrer Hilfe einigermaßen fortbewegen. Doch der Schiffsarzt machte den Hoffnungen der Königlichen Marine auf meine baldige Rückkehr ein rasches Ende, indem er mir – ich trug noch immer den Namen John Gulliver – keinen Krankenschein, sondern einen Schutzbrief der Admiralität ausstellte, was bedeutete, daß meine Verwundung auch in einem Krankenhaus nicht gänzlich geheilt werden würde. Das war mir gerade recht, aber ich konnte nur hoffen, daß der Arzt ein typischer Schiffsarzt war, dem die Vielzahl seiner Patienten keine Zeit für eine eingehende Untersuchung ließ und der deshalb gezwungen war, sich bei seiner Prognose hauptsächlich auf statistische Berechnungen zu verlassen.

Die Seesoldaten, die uns zu dem am Hafen wartenden Wagen geleiteten, teilten offenbar die pessimistische Einstellung des Arztes. Als ich ihnen sagte, ich hätte Freunde in der Nähe, und wenn ich schon sterben müßte, wollte ich das lieber bei ihnen tun, ließen sie mich gehen, während die anderen Patienten in den Wagen kletterten, der sie ins Hospital bringen sollte. Ich aber humpelte zur nächstbesten Taverne, die ich finden konnte. Da ich in meiner zerlumpten und schmutzstarrenden gestreiften Seemannshose, dem abgetragenen Hemd und der Jacke, die ich auch in der Schlacht getragen hatte, alles andere als ansehnlich wirkte, erwartete ich keinen sonderlich freundlichen Empfang. Doch als ich eintrat, schlug mir zunächst ehrfürchtiges Schweigen entgegen, und dann wurde ich als Held umjubelt, der zwar verwundet, aber lebend von der großen Schlacht bei Camperdown zurückkehrte.

Die Taverne war gedrängt voll mit Gästen, die den Sieg feierten. Sofort tischte man mir Brot, Käse und Austern auf, danach Hammelfleisch, Bratkartoffeln und verkochte Karotten. Ich spülte alles mit einem dunkelbraunen Bier hinunter, das an meinem Fuß wahre Wunder bewirkte. Währenddessen gelangen mir erstaunlicherweise noch zwei andere Dinge: Erstens schrieb ich einen Brief an meine Bank, den der gute Tavernenwirt höchstpersönlich zum Postamt brachte – zweifellos bemerkte er die Adresse und zog daraus seine für mich sehr vorteilhaften Schlüsse. Zweitens beantwortete ich all die Fragen über die Schlacht, über die ich überhaupt nichts wußte, da ich vor meiner Verwundung wenig und im Cockpit des Schiffsarztes noch weniger davon mitbekommen hatte. Deshalb blieb mir, um meine Zuhörer zufriedenzustellen, nichts anderes übrig, als das Notwendige zu erfinden, wobei ich munter weiter aß und trank, bis ich mit einer Abruptheit, die uns alle verblüffte, das Bewußtsein verlor und mit dem Gesicht in meine dritte Portion Marmeladenpudding fiel.

Ich erwachte in einem fremden Bett, ein fremdes Nachthemd am Leib, umgeben von etwa einem halben Dutzend Frauen. Als sie merkten, daß ich wieder zu Bewußtsein kam, begannen sie sofort mit den Vorbereitungen, um mich zu waschen. Ich protestierte und erklärte, das ließe sich nicht mit meinem Schamgefühl vereinbaren, woraufhin sie mich schließlich mit Waschschüssel und Wasserkrug allein ließen und versprachen, mir ein Frühstück zu bringen, obgleich es schon fast Zeit zum Mittagessen war. Ich hoffte, daß sie mir auch wieder reichlich von dem braunen Bier einschenken würden, denn mein Fuß glühte, und das Bein hatte inzwischen eine gelb-grünliche Färbung angenommen.

So wurde ich umsorgt, bis drei Tage später ein Akkreditiv von der Bank eintraf. Ich fand nie heraus, wer mir das Nachthemd angezogen und damit auch meine Tätowierungen gesehen hatte, und niemand brachte die Angelegenheit zur Sprache. Der Wirt verschaffte mir die notwendigsten Kleider und stellte mir zu Ehren eine Art seemännisch wirkende Zivilaufmachung zusammen. Nichts davon paßte mir richtig, aber ich würde in der Kutsche nach London wenigstens einigermaßen respektabel aussehen. Ich bezahlte ihn gut für all die Wohltaten, die er mir unter seinem Dach hatte angedeihen lassen, wozu unter anderem auch der Besuch einer jungen Dirne gehört hatte, die mich aber unter solchen Schmerzen vorfand, daß sie, völlig verwirrt über ihre Unfähigkeit, mich abzulenken, rasch wieder das Weite suchte.

Um die Wahrheit zu sagen – der Zustand meines Knöchels hatte sich verschlechtert, und ich wußte, daß ich so bald wie möglich professionelle Hilfe in Anspruch nehmen mußte. Ich verließ mich darauf, daß Daphne wissen würde, zu wem ich gehen, welchem Arzt ich vertrauen konnte. In der Kutsche gab ich mich ganz meinen Phantasien hin, stellte mir unser Wiedersehen und unser Zusammensein vor, malte mir aus, wie ich mich im Lake District erholen würde, in unserem Häuschen oder auch einem anderen, falls es bereits weitervermietet war, wie ich Daphne in den Armen hielt, ihre Stimme hörte, sie ansah. In den vergangenen drei Jahren war kein Tag und keine Nacht vergangen, ohne daß mich solche Träume in unterschiedlichen Abwandlungen heimgesucht hatten. Nur Daphnes wegen hatte ich genug Vernunft bewahrt, um zu überleben, genug Entschlossenheit, um auf die Chance zu warten, daß ich wieder an Land kommen und sie wiedersehen würde. Nun war es endlich soweit, und kein noch so lädierter Fuß würde mich daran hindern, sie aufzusuchen.

Die Reise in der Kutsche war sehr lang und sehr beschwerlich. Gott sei Dank war ich einen Teil davon nicht bei Bewußtsein, denn der Schmerz brannte sich durch meine Nerven und fand von dort einen direkten Weg in mein Gehirn. In London mußte man mich von meinem Sitz heben, und sogar mit Krücke fand ich das Gehen unendlich anstrengend. Der dicke gelbe Nebel erschwerte mir außerdem das Atmen. Meine Reisegefährten, die von meinen Tavernenfreunden in Sheerness genauestens über meine Person unterrichtet worden waren, setzten nun jedermann, der zuhörte, davon in Kenntnis, daß ich einer der Helden von Camperdown war. Man rief eine Droschke für mich und half mir beim Einsteigen. Ich nannte dem Fahrer eine Adresse, änderte sie aber, sobald wir uns außer Sichtweite befanden.

Als ich am Berkeley Square ausstieg, konnte ich vor Schmerzen kaum noch klar sehen. Mühsam suchte ich die Gasse hinter Cleyland House; in mir kämpften die Erwartung mit meiner gewohnten Vorsicht. Schließlich erreichte ich den Kutschhof. Auf einer Seite befanden sich nebeneinander in einer Reihe mehrere verschiedene Kutschen: eine viersitzige Kalesche mit Verdeck, ein Landauer, eine Karriole. Die größte von allen war auf den Hof gezogen worden, eine glänzende, neue Kutsche mit sechs Fähnchen auf den Ecken und auf beiden Seiten des Kutschkastens. Ein Maler war gerade dabei, das Wappen der Cleylands aufzumalen – ich bemerkte den Eberkopf –, überwacht von einem Stallmeister in makelloser Livree, violett mit goldenen Verzierungen. Um die beiden herum wimmelte es von Lakaien, Hufschmieden und Stalljungen, allesamt eifrig ihren jeweiligen Beschäftigungen nachgehend – hier war nicht der richtige Platz für eine vertrauliche Unterredung.

»Ich bitte um Vergebung«, begann ich, aber da überkam mich ein heftiger Hustenanfall, so sehr machte mir der Nebel zu schaffen.

Der Stallmeister, der Bettler aller Arten gewohnt war, richtete sich hoch vor mir auf, mit geblähten Nasenflügeln und bebendem Doppelkinn. »Was habt Ihr hier zu suchen?«

»Ich sammle für die Verwundeten von Camperdown«, antwortete ich und staunte selbst über meinen Einfall. »Vielleicht könnte der Hausherr ...«

»Camperdown?« wiederholte der Stallmeister, laut genug, daß ihn die anderen auf dem Hof hören konnten. Mein Seemannszopf und mein zusammengewürfeltes Seemannskostüm taten ihre Wirkung. Zusammen mit ein paar anderen trat der Stallmeister an das Eisentor, auf das ich mich stützte.

»Der Sieg hat seinen Blutzoll gefordert«, fügte ich der besseren Wirkung halber hinzu.

Der Stallmeister zog eine Münze hervor und reichte sie mir durchs Torgitter. »Seine Gnaden, der Herzog von Cleyland, ist zur Zeit auf dem Land, wahrscheinlich macht er mit seinem Sohn Ausfahrten im Dogcart.« Diese Bemerkung rief bei seinen Kollegen lautes Gelächter hervor, mich jedoch traf sie wie ein Blitz aus heiterem Himmel. »Hier ist eine halbe Krone. Kommt, erzählt uns doch ein wenig von der Schlacht.«

Ich versuchte, ruhig durchzuatmen, und sah, wie mich einer der Knaben furchtsam anblickte. »Dann hätte Ihre Gnaden vielleicht eine ...«

»Die Herzogin ist in der Karibik, ihr Vater liegt im Sterben. Auf welchem Schiff habt Ihr gekämpft?«

In diesem Augenblick stieß eines der Pferde ein lautes Wiehern aus, und alle Köpfe drehten sich zu ihm. Als sie sich wieder umwandten, hatte ich bereits den Rückzug angetreten. »Ich komme ein andermal wieder«, murmelte ich noch, ungewiß, ob mich überhaupt jemand hörte, ungewiß über meinen nächsten Schritt, und das nicht nur wegen meines Knöchels.

Sein Sohn. Und der ihre natürlich. Bei diesem Gedanken überfiel mich ein heftiger Schwindel, und ich mußte mich gegen den ersten Laternenpfosten lehnen, den ich außer Sichtweite des Kutschhofs erreichte. Und nun packte mich eine blinde Wut. Ich begann unzusammenhängendes Zeug zu brüllen, verfluchte die gesellschaftlichen Umstände, die Daphne gezwungen hatten, etwas zu tun, was ihr so von Herzen verhaßt war. Doch das Schlimmste war, daß sie mich nicht einmal hören konnte. Ich brüllte noch lauter, und die Passanten, die mich wohl für betrunken hielten, blickten voll Mitleid auf meine Verwundung – auf diejenige, die sichtbar war.

Es dauerte eine Weile, dann kehrten die Schmerzen in meinem Knöchel zurück, die ich für den Augenblick vergessen hatte, was mich so weit wieder zur Besinnung brachte, daß ich über meinen nächsten Schritt nachdenken konnte. Ein Arzt war das nächstliegende Ziel, das ich ansteuern mußte, aber ich kannte keinen, und ich wagte es nicht, ein Krankenhaus aufzusuchen, weil ich fürchtete, man würde mich dort zum Bleiben zwingen. Doch mir war klar, daß die ständigen Schmerzen meine Aufmerksamkeit beeinträchtigten, und mir standen immer weniger Alternativen offen. Deshalb winkte ich die erste Droschke heran, die vorbeikam, und vertraute dem Fahrer mein Anliegen an.

»Könnt Ihr mich zu einem Arzt bringen?«

Seinem Blick nach kam er rasch zu dem Schluß, daß ich wirklich einen brauchte. »Was für einen braucht Ihr denn? Einen für innere Krankheiten, einen Chirurgen oder einfach einen Apotheker?«

Aus naheliegenden Gründen wäre ein Chirurg natürlich der richtige gewesen, denn er kümmerte sich um Wunden und gebrochene Knochen, um alles, was die menschliche Haut zerstörte. Aber solche Ärzte arbeiteten in aller Regel in einem Hospital. Gegen Apotheker hegte ich einen gewissen Argwohn, denn sie hatten oft keine richtige Ausbildung, waren Quacksalber und verschrieben irgendwelche Tränke, die sie selbst zusammengemischt hatten, nur um damit Geld zu verdienen.

»Einen Arzt für innere Krankheiten«, antwortete ich deshalb, denn ich hatte beschlossen, lieber auf deren gründliche Ausbildung zu vertrauen. Außerdem praktizierten sie privat, was einen Krankenhausaufenthalt unnötig machte. »Den besten«, fügte ich hinzu und ließ mich auf den Droschkensitz fallen.

»Ich kenn' einen in der Great Ormond Street; da hab' ich schon mal 'nen Grafen hingefahren.«

Ich nickte dankbar und sagte: »Beeilt Euch.«

Das tat er, und trotz des dichten Verkehrs, an den ich mich von früher gar nicht mehr erinnerte, waren wir in einer Viertelstunde am Ziel. In einem Salon mußte ich warten. Ein wahrer Drachen von einer Frau nahm mir fünf Guineen ab; sie hatte offensichtlich genug Schmerzen gesehen, daß ihr meiner nur als Störung ihrer Tagesroutine erschien. Auch der große Mann selbst gab mir sofort zu verstehen, wie sehr mein Erscheinen ihn in seinem gewohnten Arbeitsrhythmus störte.

Er war ganz in Schwarz gekleidet und trug die für den Ärztestand typische dreigeteilte Perücke. Als er meinen Fuß auf einem seidenen, mit Daunen gefüllten Kniekissen untersuchte, wandelte sich seine Gereiztheit rasch in Argwohn.

»Das ist eine sehr ernste Sache, Mr. Gulliver. Wo habt Ihr Euch das zugezogen?«

Mir ging durch den Kopf, daß ich einen anderen Namen hätte benutzen sollen, aber ich hatte nur den auf dem Schutzbrief der Admiralität, der mein einziges Ausweispapier war. Ich hatte fest damit gerechnet, daß ich es vorzeigen müßte. »Ich bin unter eine Kutsche geraten«, sagte ich vorsichtig.

»Aha«, erwiderte er, immer noch äußerst skeptisch. »Als Arzt kümmere ich mich nur um innere Störungen, aber ich werde gern einen Chirurgen zu Rate ziehen oder Euch in ein Hospital bringen lassen.«

»Ich hatte gehofft, Ihr könntet mir irgendein Arzneimittel verschreiben.«

»Ihr habt eine Verwundung, Sir. Arzneimittel können sie nicht heilen. Ich werde Euch Laudanum gegen die Schmerzen verschreiben und noch etwas gegen Blutvergiftung.« Während er sprach, kritzelte er gleichgültig etwas auf ein Blatt Papier. »Außerdem solltet Ihr nicht herumlaufen. Es besteht eine recht hohe Gefahr, daß Ihr Wundbrand bekommt.«

Damit reichte er mir das Papier, und ich zog mir mühsam Socke und Stiefel wieder an. »Ich habe Eure Zeit verschwendet, was ich aufrichtig bedaure.«

»Ihr solltet wirklich ein Hospital aufsuchen, Mr. Gulliver«, predigte er, während er mir meine Krücke reichte, sichtlich erleichtert, daß er keine Verantwortung für mich übernehmen mußte.

»Danke sehr, aber ich möchte nicht ins Hospital, Sir«, entgegnete ich. Wieder musterte er mich mit mißtrauisch hochgezogenen Augenbrauen, und ich humpelte schnell aus seinem Heiligtum hinaus.

Die Great Ormond Street liegt ganz in der Nähe des Kinderkrankenhauses, deshalb brauchte ich nur ein paar Straßen weit zu hinken, ehe ich einen Apothekerladen entdeckte. Als ich eintrat, war ich einigermaßen entsetzt über das schummrige Dämmerlicht, in dem man hauptsächlich die in den Fenstern ausgestellten Gläser mit konservierten Körperteilen und Geschwulsten wahrnahm. Der Besitzer jedoch war rotwangig, trug keine Perücke, sondern sein eigenes Haar, das auch ohne Puder schlohweiß war, und machte insgesamt auf mich den Eindruck eines Engels – genau das, was ich brauchte.

Mit einem seraphischen Lächeln nahm er das Rezept des Arztes entgegen, runzelte die Stirn und blickte mich aufmerksam an. »Was fehlt Euch denn?«

»Eine Quetschung am Knöchel.«

Ohne große Umstände ließ er mich auf einer Bank Platz nehmen und entfernte vorsichtig meinen Stiefel und meine Socke. Nachdem er den Knöchel ausgiebig in Augenschein genommen hatte, schmatzte er besorgt mit den Lippen und sog die Luft durch die Zähne. Dann lächelte er wieder und meinte: »Ich würde sagen, Ihr habt noch zwei Tage. Hat dieser vornehme Arzt Euch nicht davon in Kenntnis gesetzt?«

»Nein«, antwortete ich. »Zwei Tage wofür?«

»Zwei Tage, ehe man Euch den Fuß abschneiden muß oder er Euch umbringt.«

Offenbar zuckte ich zusammen, denn er sah mich besorgt an, ehe das verwirrende Lächeln wieder erschien. »Wollt Ihr versuchen, den Knöchel zu retten? Was der Doktor Euch hier so fürsorglich verschrieben hat, würde Euch so lange glücklich und benebelt machen, bis Ihr amputiert werdet oder im Sarg liegt.«

»Was würdet Ihr ...«

»Die Bestandteile meiner Mixtur würden Euch nichts sagen. Ich gebe Euch jetzt etwas Laudanum, dann geht Ihr in Eure Wohnung und schluckt die Pille, die ich für Euch drehe.

Nehmt Euch für nächste Woche nichts vor. Ihr werdet Euch nicht rühren können.«

»Warum nicht?«

»Ich verspreche Euch nur eins – Ihr werdet nicht sterben.«

Ich nickte. Er lächelte. Woher sollte ich so rasch eine Unterkunft bekommen? »Braucht Ihr ein Zimmer?« erkundigte sich der Apotheker prompt. Ich nickte. Er lächelte. Ich war nicht sonderlich erpicht darauf, das Gespräch zu vertiefen, aber er schien mein Vertrauen als solches zu akzeptieren, und sein strahlendes Lächeln bestärkte mich in dem Gefühl, daß ich bereits in einem irdischen Vorzimmer des Himmels angekommen war. Als er mir ein Glas Wasser reichte und vierzehn hellbraune Tropfen hineingab, erwiderte ich sein Lächeln und besiegelte damit unseren Pakt. Innerhalb weniger Minuten hatte sich der Schmerz im Opiumtrank aufgelöst, und eine Stunde später befand ich mich in einem Zimmer in Covent Garden, das der »Schwester« des Apothekers gehörte – so behauptete er –, die mir in dem wunderschönen Nebel, durch den ich die Welt wahrnahm, ebenso engelsgleich erschien wie er. Sie goß mir ein Glas Apfelwein ein, und er überreichte mir die Pille, die mir enorm groß vorkam und eher für einen Abflußkanal gemacht als für eine menschliche Speiseröhre. Obgleich ich eine Weile daran würgte, schaffte ich es endlich doch, das Ding hinunterzuspülen, allerdings erst, nachdem es mir eine Schicht Gaumenhaut weggeätzt hatte – jedenfalls fühlte es sich so an.

Kaum war die Pille geschluckt, sahen meine beiden Retter einander an, diesmal ohne jedes Lächeln, dann drehten sie sich um und verließen den Raum, ohne sich noch einmal nach mir umzublicken. Als ich hörte, wie der Riegel vorgeschoben wurde – und das war das letzte Geräusch, das ich für eine lange Zeit außer meinen eigenen Schreien hörte – überflutete mich die Angst, daß sie mich sterben lassen würden, mein Geld stehlen und meinen Körper den Leichenräubern verkaufen würden, die sich darauf spezialisierten, Gräber auszunehmen und den medizinischen Lehrstellen der Stadt Leichen zu liefern, auf die niemand Anspruch erhob. Dann schoß ein Blitz meine Wirbelsäule empor, der mein Gehirn zum Kochen brachte, und ich stieß einen sonderbaren hohen Schrei aus. Ohnmächtig stürzte ich zu Boden, und ich glaubte mich tot, noch ehe ich die Dielen berührte.

Nur einmal erwachte ich im Lauf der Woche, die ich in jenem Zimmer verbrachte, eine Zeitspanne, die ich allerdings erst nach meiner Genesung bestimmen konnte. Mein Bein war gefühllos, ich hatte fürchterlichen Durst, konnte aber keinen Muskel rühren, auch keinen von denen, die meine Stimme kontrollierten. Ein Mann hob mich mit großer Hast vom Bett, während eine Frau sich dort ausstreckte, dann entkleideten sich beide in Windeseile, um den Akt zu vollziehen, über dessen Finanzierung sie sich soeben geeinigt hatten. Ich lehnte an der Wand, und mich beschäftigte der scheinbare Verlust meiner Knochen weit mehr als der erstaunliche sportliche Wettkampf und die animalischen Geräusche des Paares auf dem Bett. Nachdem sie fertig waren, hievte der Mann mich wieder auf meine Lagerstätte. Zum Lohn bekam ich einen reichlich feuchten und forschenden Kuß, vermutlich von der Frau.

Das nächstemal erwachte ich daran, daß mir jemand Riechsalz unter die Nase hielt, was mir fast den Atem raubte.

»Alles in Ordnung, alles in Ordnung«, versicherte mir mein himmlischer Wächter mit seinem Heiligenschein aus weißem Haar um den Kopf. »Nur ein wenig Hirschhornsalz, um die Benommenheit zu vertreiben.« Dabei lächelte er so intensiv, daß ich die Wärme spüren konnte, die von diesem Lächeln ausging. »Eure Zeit hier ist abgelaufen, und Euer Fuß wird Euch nicht mehr umbringen. Aber Ihr werdet ihn noch eine Weile baden und pflegen müssen. Ihr braucht viel Ruhe und dürft keinesfalls auftreten. Sonst kann die ganze Prozedur umsonst gewesen sein.«

Ich fühlte mich schwach und halb verhungert, aber mein Körper funktionierte. Also war mein Knochengerüst offensichtlich wieder da. Und noch mehr – in meiner Tasche befand sich noch mein gesamtes Geld. Zutiefst beeindruckt entlohnte ich meinen Retter reichlich für seine Hilfe. Meine Wirtin willigte ein, daß ich in dem Zimmer bleiben konnte, bis ich ein neues gefunden hatte, und so machte ich mich in Begleitung des Apothekers auf, um etwas Eßbares aufzutreiben. Es war ein kalter Abend, und in der nebelverhangenen Luft deutete alles auf Winter hin. Das Gehen mit der Krücke fiel mir sehr schwer und wurde schmerzhaft, als das Blut wieder in die Wunde floß, die frisch verbunden und statt in Strumpf und Stiefel in einem dicken Schal steckte.

Mir war klar, daß ich auf fremde Hilfe angewiesen sein würde und eine Wohnung finden mußte, wo jemand für mich und meinen verletzten Knöchel sorgen konnte. Da Daphne nicht da war, gab es nur einen einzigen Menschen in London, an den ich mich wenden konnte, und schon die Vorstellung war mir zutiefst verhaßt. Trotzdem wartete ich eine Woche später, als ich genug Kräfte dafür gesammelt hatte, vor den Toren von *Gray's Inn* auf meinen Bruder Edward.

Passenderweise regnete es an jenem Tag, und passenderweise erschien mein Bruder erst spät in der Nacht. Er stieg aus einer Droschke, elegant gekleidet mit Schnallenschuhen und Kniehosen, einem goldbesetzten Seidenbrokatmantel und Spitzenrüschen, die aus jeder Öffnung hervorschauten. Am erstaunlichsten jedoch war die Tatsache, daß er seine Barrister-Perücke nicht trug, denn es war schon immer ein Familienscherz gewesen, daß er, sobald er auch nur das Privileg für die Perücke der Outer Bar – der niedersten der vier Innungen – erhalten hatte, diese niemals wieder ablegte, nicht einmal in der Badewanne. Nun bezahlte er den Kutscher – unter dem großen Dreispitz das eigene Haar dick mit Pomade eingerieben und im Nacken zusammengebunden.

Als er sich zum Tor umwandte, rief ich: »Edward!«

Er hielt inne, spähte zuerst zu der Wache am Tor, um sich zu vergewissern, daß der Mann uns keine Beachtung schenkte, dann kam er auf mich zu und drängte mich weiter in den Schatten.

»Wenn du jemals wieder hierherkommst ... Was ist denn los mit dir?«

Inzwischen war ich vollkommen durchnäßt und zitterte am ganzen Leib. »Ich bin in der Schlacht von Camperdown verwundet worden.«

»Camperdown?!« Seine Wut war ihm nur allzu deutlich anzumerken, auch wenn er sie, um nicht laut zu werden, unter mühsamer Kontrolle hielt. »Du warst in Camperdown? Auf einem Schiff der Königlichen Marine? Herr des Himmels, das ist doch absurd! Diese Schlacht hat uns ruiniert. Gänzlich ruiniert!«

»Wieso ruiniert?«

»Der Teufel soll dich holen! Wir hatten Bligh angeschwärzt, die Welt und sogar die Admiralität zu unserer Sichtweise bekehrt, daß nämlich deine Meuterei ebensosehr Blighs Verschulden war wie deines. Weißt du überhaupt, wie hart ich gearbeitet habe, um dies zu erreichen, all die Freunde, die Gefälligkeiten ...? Aber dann kommt der große Sieg von Camperdown, und Bligh erhält die goldene Ehrenmedaille für seine Tapferkeit! Ich werde den Namen Bligh nie wieder in den Mund nehmen.«

»Ich war gewiß nicht schuld an dem Sieg«, entgegnete ich, kaum fähig zu sprechen, weil ich so fror. »Doch ich habe Geld für unsere Mutter, und ich brauche eine Unterkunft.«

»Mutter will dein Geld nicht, und du solltest in ein Hospital gehen.«

»Das kann ich nicht. Du und Bligh, ihr habt meine Tätowierungen berühmt gemacht ... Kannst du deine juristischen

Überredungskünste nicht vielleicht dazu benutzen, Mutter zu überzeugen, daß –?«

»Sie will nichts davon hören. Allein der Gedanke an dein Geld widert mich an.«

»Hast du dafür gesorgt, daß sie Moorland Close bekommt?« Er sah mich nicht an, sondern blickte in die Dunkelheit, eine Antwort, die ich zu verstehen glaubte. »Was ist dann aus meinem Geld geworden?«

Blitzschnell wandte er sich um und machte einen Schritt auf mich zu, als wollte er mich schlagen. »Du wagst es anzudeuten ...? Ha! Was würdest du tun – mich vor Gericht bringen? Das Geld ist bis zum letzten Penny bei der Bank of England in der Threadneedle Street.«

»Überzeuge unsere Mutter, es anzunehmen, Edward, um ihretwillen.«

»Sie hat ihre eigene Meinung zu diesem Thema. Steht es uns zu, mit ihr darüber zu streiten? Sie hat Angst. Ich kann sie ja nicht einmal dazu überreden, ein Testament zu machen, weil sie Angst hat, das Geld könnte entdeckt und als Hinweise auf deinen Aufenthaltsort benutzt werden.«

Unruhig hantierte ich mit meiner Krücke herum. Ich wollte meinem Bruder diese Frage nicht stellen, aber ich wußte, ich mußte es tun. »Kann ich eine Weile bei dir unterkommen?«

»Hier? In *Gray's Inn?* Du bist wohl verrückt geworden.«

»Ich erinnere mich noch gut an deine großartigen Räumlichkeiten. Es ist genügend Platz ...«

»Du mußt endlich eins begreifen, Bruder«, fuhr er mich an, und unsere Verwandtschaft klang aus seinem Mund wie ein Schimpfwort. »Für Mutter und für mich bist du tot. Die Erinnerung an dich ist nichts als Schmach und Schande, dein Verbrechen hat jahrelang meine Karriere gefährdet. Zwei deiner Brüder haben den Kampf aufgegeben und sind deinetwegen gestorben. Ich werde das nicht tun. Wenn ich dich je wiedersehe, werde ich persönlich den nächstbesten Wachtmeister alarmieren. Du bist ein Verbrecher, und zwar einer der übelsten Sorte.«

Glühend vor Haß und Wut stand er vor mir, aber unter seinem Hut glitt wegen der Nässe ein unansehnlicher Pomadenklumpen hervor und lief ihm über die Stirn. Sosehr meine Zähne auch klapperten, bei diesem seltsamen Anblick konnte ich mir ein Grinsen nicht verkneifen.

»Du bist wahnsinnig«, sagte mein Bruder zum Abschied, stolzierte zum Tor und verschwand.

In dieser Nacht bekam ich Fieber, und ich verbrachte eine weitere Woche im Bett. Gelegentlich ließ mir meine Wirtin eine Suppe bringen, aber während die Zeit verging, verlor ich immer mehr das Interesse an jeder Nahrungsaufnahme, und das Gefühl meiner eigenen Nutzlosigkeit beherrschte immer mehr meine Gedanken. Zwar klammerte ich mich an die Hoffnung auf Daphnes Rückkehr, aber diese war völlig ungewiß. Es konnte ja sein, daß die Mutterschaft ihre Einstellung verändert hatte – sowohl ihrem Ehemann als auch mir gegenüber. Bei Nacht verbrachte ich viel zu viele dunkle Stunden mit Grübeleien, und zusammen mit den bitteren Erfahrungen, die das Leben als Krüppel ohnehin in sich birgt, raubten sie mir fast gänzlich den Schlaf. Halb betäubt von der Sinnlosigkeit meines Lebens verließ ich oft mein Zimmer und spazierte – oder schleppte mich vielmehr mühsam auf meinen Krükken – durch Covent Garden, um meinem eigenen Geruch, meiner Verzweiflung und meiner Einsamkeit für eine Weile zu entfliehen.

Hier gab es nie einen Mangel an Zerstreuungen: die Straßenverkäufer, die Rollwagen, die Obst- und Gemüsehändler, die Prostituierten und die Theaterbesucher, es war ein Gedränge und Geschiebe, mit viel Geschrei, Gelächter, Drohungen und gelegentlich auch einem Streit. Da ich noch immer meinen Seemannszopf trug, schenkte mir von Zeit zu Zeit jemand eine Münze für meine Verwundung, ohne daß ich bettelte, und jedes Almosen verstärkte meine Rolle als Invalide. Bald wich meine Wut darüber einer Melancholie, die meine ganze Seele zu durchdringen schien, obwohl ich doch gar nicht an sie glaubte. In jenen dunklen, erschöpften, dahinschleichenden Stunden wußte ich nichts mit mir anzufangen und schleppte mich durch den gelben Nebel von einer Laterne zur nächsten, als könnte ich auf diesem Weg ein Ziel für mich entdecken.

»Gulliver ...«

Die Stimme erschien mir wie ein Echo aus der Vergangenheit, und zuerst glaubte ich, sie käme aus meiner Einbildung. So hinkte ich weiter durch das Gedränge, ohne zu wissen, auf welcher Straße ich mich befand oder welchen Tag wir hatten. Doch dann spürte ich plötzlich eine Hand auf meinem Arm, und wieder sagte die Stimme »Gulliver!«

Und als ich mich umwandte, blickte ich in das Gesicht von Dorothy Wordsworth, erhitzt und allem Anschein nach hocherfreut.

»Ihr *seid* es! Ich habe es William doch gleich gesagt.« Während sie mich musterte, erstarb ihr Strahlen allmählich. »Sagt mir, was Euch fehlt.«

»Ich bin in der Schlacht von Camperdown verwundet worden«, antwortete ich, froh, ein vertrautes Gesicht vor mir zu sehen, und noch froher, daß jemand mich kannte. »Miss Wordsworth, und wie geht es Euch?«

»Das ist ja schrecklich. Ihr seht sehr krank aus.« Sie blickte sich über die Schulter um. »William ist dort hinten mit ein paar Freunden, kein Grund zur Sorge. Er hat Euch gesehen und mich losgeschickt – wir kommen gerade aus dem Theater. Wo können wir uns treffen? Oh, Ihr seid ja jetzt ein Held, nicht wahr?« Dann berührte sie wieder meinen Arm. »Ist alles in Ordnung?«

»Ja, ja. Was bringt Euch nach London?«

»Ach, es hat sich soviel verändert. William bekommt jetzt

eine Jahresrente, *um dichten zu können.* Er hat ein Stück geschrieben; Eure Geschichte hat ihn dazu inspiriert. Es wird vielleicht vom Covent Garden in den Spielplan aufgenommen, und jetzt ist er hier, um Änderungen vorzunehmen. In ein paar Tagen werden wir die Entscheidung erfahren. Wo wohnt Ihr denn?«

Ich antwortete nicht, sondern lächelte nur. Doch dann wurde ich plötzlich von einem Hustenanfall geschüttelt. Dorothy blieb neben mir stehen, während sich die Menge an uns vorbeidrängte. »Vergebt mir«, sagte ich, als ich wieder sprechen konnte, »ich habe ganz vergessen, wie man sich richtig mit jemandem unterhält. Wie war es im Theater?«

Mein Themawechsel machte sie ungeduldig; ich hätte sie ebensogut fragen können, ob sie gerne Käse esse. »Wunderbar. Mrs. Siddons, *Der Kaufmann von Venedig.* Es geht Euch nicht gut, mein lieber Gulliver, Ihr müßt Euch von uns helfen lassen. Wir haben jetzt ein Haus, in Alfoxden, in der Nähe von Holford in Somerset, zwei Meilen vom Meer. Die Luft –«

»Aber jetzt seid Ihr in London ...«

Sie warf wieder einen Blick zu William. »Obwohl wir uns natürlich Hoffnungen machen, glaube ich nicht wirklich daran, daß man das Stück aufführen wird. Außerdem fürchten wir die Preßkommandos. William könnte leicht aufgegriffen werden. An Neujahr sind wir wieder zu Hause in Alfoxden. Meint Ihr, daß Ihr reisen könnt? Habt Ihr Geld?«

»Ja, keine Sorge ...«

»Ihr müßt kommen. Dieser Nebel, diese Stadt werden Euch umbringen. Sagt, daß Ihr kommt. Gebt mir Euer Wort.«

»Ihr wißt doch, daß ich nichts versprechen kann.«

»Ihr müßt.«

»Ich werde es versuchen.«

»Das reicht mir zwar nicht, aber es ist wenigstens ein Anfang. Wir werden Euch das Wandern wieder beibringen – und das Reden. Oh, darin haben wir einen echten Fachmann.« Dann stellte sie sich auf die Zehenspitzen, um mir ins Ohr zu flüstern: »Denkt daran, Fletcher: Alfoxden, Holford, Somerset ... und Eure Freunde, die Wordsworths.« Dann eilte sie davon, und ich stand da, wie gelähmt vor Freude, daß jemand mich beim Namen genannt hatte.

Alfoxden

Januar 1798

Die Postkutsche setzte mich an der Station in Nether Stowey ab. Ich war mehr tot als lebendig; während der Fahrt hatte ich die Schmerzen und das Bewußtsein mit einer heiligmäßigen braunen Flasche Laudanum von mir ferngehalten, die mein engelsgleicher Apotheker mir noch beschafft hatte. Als hätte ich noch mehr Gründe gebraucht, um die Stadt zu verlassen, war ich von ihm in Kenntnis gesetzt worden, daß jemand Nachforschungen über mich angestellt hatte. Das Rezept, das ich ihm gegeben und das er für mich zusammengestellt hatte, war auf unbekannten Wegen in die Hände des Innenministeriums gelangt und hatte dessen Vertreter zu ihm geführt. Vermutlich hatte der Arzt, bei dem ich zuerst gewesen war, seinen Verdacht bei der entsprechenden Stelle gemeldet.

Mir war das einerlei. Da ich sicher war, sterben zu müssen, und dies lieber in der Gesellschaft von Freunden tun wollte – oder jedenfalls bei Leuten, die mich kannten –, hatte mein Entschluß, London zu verlassen, ohnehin längst festgestanden. Mein Fuß war zu einem unerwünschten und seltsam eigenständigen Teil meiner selbst geworden; er paßte kaum in einen Stiefel, und die Ferse war aufgrund der Schwellung aufgesprungen. Wieder einmal hatte der Knöchel seine Farbe gewechselt, und diesmal umfaßte das Spektrum auch ein tödliches Schwarz.

Als ich in dem Dorf ausgestiegen war, das etwa drei Meilen von Alfoxden entfernt lag, blieb mir nichts anderes übrig, als zu Fuß weiterzuziehen. Der Einheimische, den ich nach dem Weg fragte, betrachtete mich mit offenem Mund und unverhohlenem Mißtrauen, als ich ihm mein Ziel nannte, und deutet wortlos auf den Weg, den ich einschlagen mußte. Es schien mir nicht sonderlich weit zu sein, vor allem nicht, nachdem ich mich mit einem großen Schluck aus meiner braunen Flasche gestärkt hatte, was sich nebenbei auch auf das Gewicht meiner Krücke und meines Dufflecoats auswirkte. Nach einer seltsam kurzen Zeit befand ich mich plötzlich am Fuße der verschneiten Quantock Hills, wo sich ein kleines Herrenhaus in ein Tal schmiegte, umgeben von winterlich kahlen Bäumen. Im Süden schloß sich ein brachliegender Garten an, vor der etwas aufdringlichen Fassade mit ihren zahlreichen Giebeln befand sich wie zur Auflockerung ein Hof mit einem von Kieswegen umgebenen Rasenstück. Zunehmend atemlos schleppte ich mich weiter, bis ich nach Luft ringend auf dem Kies stand. Im gleichen Augenblick begann ein heftiger Schneeregen zu fallen. Auf einmal kam ein etwa fünfjähriger Junge um die Hausecke zur Eingangstür gerannt. Als er meiner ansichtig wurde, blieb ihm vor Schreck der Mund offenstehen, und er verschwand im Nu in der Tür. Plötzlich überfielen mich Zweifel, ob es richtig gewesen war, hierherzukommen. Der Junge erinnerte mich schmerzlich an Daphnes Sohn, obwohl dieser natürlich noch nicht so alt sein konnte. Dann sah ich, wie die schwere Eichentür wieder aufgestoßen wurde. Heraus kam der Junge, hinter ihm Dorothy, Wordsworth und hinter ihm ein anderer Mann mit großen, leuchtenden grauen Augen, schwarzem, offen herabfallendem Haar, einer dicken Nase und vollen Lippen. Bei diesem Anblick brach ich endlich zusammen.

»Rasch«, drängte Dorothy.

»Warum ist er umgefallen?« fragte der Fremde in einer dröhnenden Baritonstimme.

»Der Mann ist krank«, erklärte Wordsworth, »er ist in der Schlacht von Camperdown verwundet worden.«

Gleich erkannte ich wieder den vertrauten nordenglischen Akzent, obgleich ich alles nur durch einen sonderbaren roten Nebel wahrnahm. Ich dachte sogar, ich hörte das Meer rauschen, was natürlich völlig ausgeschlossen war.

»Gott sei Dank, daß er gekommen ist«, fügte Dorothy hinzu. »Wir sind ihm in London begegnet.«

»Ich bezweifle, daß Gott etwas damit zu tun hatte«, meinte der Mann und hob die braune Flasche auf, die aus meiner Tasche gerutscht war. »Geben wir lieber dem Teufel die Schuld, daß er von London Besitz ergriffen und es für alle anderen so unerträglich gemacht hat.«

»Beeilen wir uns, sonst erfriert er noch hier draußen«, beharrte Dorothy.

»Kommt, Coleridge, nehmt seine Füße«, bat Wordsworth den Fremden.

»Der eine Fuß kommt mir furchtbar verdreht vor«, meinte der Mann, vermied sorgfältig die Berührung meiner Wunde und packte mich statt dessen beherzt an der Wade.

»Vorsichtig, Samuel«, warnte Dorothy, während sie meine Hand ergriff, neben mir herging und die Krücke trug. »Sachte«, kommandierte sie, aber das war auch das letzte, was ich hörte.

Ich erwachte von einem stechenden Schmerz, so heftig, daß ich hochfuhr und die drei vor mir stehen sah. Sie beobachteten eine uralte runzlige Frau, die dabei war, mir ein blitzendes Messer in den Fuß zu stechen. Eine purpurfarbene, mit Gelb versetzte Flüssigkeit spritzte heraus und wurde in einem auf dem Boden stehenden Becken aufgefangen. Als wäre weniger der Schmerz als vielmehr der Anblick unerträglich, schloß ich die Augen, ließ mich aufs Bett zurücksinken und versank zum Glück wieder in Bewußtlosigkeit.

Ob die Alpträume vor oder nach den Visionen kamen, in denen ich sah, wie Dorothy meinen Fuß in einer Schüssel badete, weiß ich nicht. Ebensowenig weiß ich, ob die Schreie, die ich in meinen Träumen ausstieß, je in der Wirklichkeit hörbar waren. Ich glaubte mich wieder gepackt und auf einen Haufen von Körpern geworfen, andere fielen auf mich, denn ganz plötzlich war ich wieder im Cockpit der *Ardent.* Dank der Bilder des Grauens, die meine Phantasie heraufbeschwor, lag plötzlich mein Freund Ei auf mir, aber sein Kopf befand sich neben mir auf den Deckplanken, wo er mich und die Königliche Marine verfluchte und beschimpfte. Ich weinte bitterlich um meinen Freund und sah ganz in der Nähe seinen goldgelockten Sohn, der uns beobachtete und nach seinem Vater rief. Wieder begann ich zu weinen – jedenfalls in meinem Traum, der nie zu enden schien: Immer mehr Körper wurden aufeinandergehäuft, die Männer schrien und heulten, mein Freund, sein Sohn und ich ein jammerndes Trio im Kontrapunkt.

Ich weiß nicht, wann oder warum ich die Augen aufschlug. Zweifellos taten der Hunger, die helle Morgensonne in dem Raum mit den dunklen Balken und Dorothys leises Summen das ihrige. Dann spürte ich meinen Fuß, und er fühlte sich erträglich an, aber ich konnte ihn nicht bewegen. Als es mir gelang, den Kopf zu heben, um ihn mir anzusehen, merkte ich, daß er festgebunden war, zwischen zwei Holzstücken eingeklemmt und mit Binden umwickelt.

»Versucht, mit den Zehen zu wackeln«, wies mich Dorothy ohne weitere Vorrede an. Ich tat es, und es bereitete mir nur ein geringes Unbehagen. »Ausgezeichnet!« rief sie. »Wie fühlt Ihr Euch?«

Aber nun schien meine Stimme plötzlich nicht mehr zu funktionieren. »Hunger«, brachte ich mühsam krächzend hervor.

Dorothy lächelte triumphierend. »Ich werde Euch meine Bohnensuppe mit Speck bringen. Die hilft garantiert gegen alle Alpträume.«

»Was habt Ihr gehört? Es tut mir so leid ...«

»Ich erlaube Euch keine Schuldgefühle, Sir. Erst müßt Ihr essen, dann dürft Ihr reden ... und bald könnt Ihr auch wieder gehen.«

Mit der Suppe erschienen auch alle anderen, sogar der kleine Junge, der mich mit seinen riesigen blauen Augen anstarrte, die für seinen hellbraunen Lockenkopf viel zu groß schienen. Wir machten uns bekannt, und das Gespräch ging angeregt hin und her, während ich aß und aß, mich stärkte an dem Ambrosia, das Dorothy aus einer Terrine auf dem Nachttisch neben dem Bett schöpfte, sobald mein Teller leer war.

»Das ist Basil Montague«, erklärte Dorothy, und der Junge vergrub schüchtern den Kopf in ihren Röcken, »er ist der Sohn eines verwitweten Kommilitonen von William aus seiner Zeit in Cambridge. Der Junge lebt als unser Pflegekind eine Weile bei uns, bis sein Vater eine feste Bleibe hat, und wir unterrichten ihn –«

»Durch Osmose«, unterbrach sie mein zweiter Träger und stellte sich Dorothy gegenüber ans Bett, als wäre das ihr Spielfeld. »Die beiden schicken den Jungen nach draußen in den Park, und indem er so zwischen dem Gras und den Sternen herumrennt, enthüllen sich ihm alle Geheimnisse des Universums.«

»Ja, und Ihr würdet ihn in den Keller sperren und Griechisch pauken lassen«, gab Dorothy zurück.

»Das ist typisch Samuel Taylor Coleridge«, mischte sich Wordsworth mit seiner tiefen gutturalen Stimme ein. Er nahm auf dem Stuhl neben dem Kamin Platz, in dem ein munteres Feuer brannte und das Zimmer angenehm wärmte. »Seinetwegen sind wir nach Somerset gekommen.«

»Es ist alles seine Schuld«, nickte Dorothy fröhlich.

»Ihr seht, was ich über mich ergehen lassen muß«, meinte Coleridge theatralisch. Er ging hinüber zum Fenster, wo die Sonnenstrahlen ihn mit einem Heiligenschein feiner Stäubchen umgaben. »All das ertrage ich und dazu die Beleidigungen meiner Nachbarn, nur für das außergewöhnliche Vergnügen, mich in der gefährlichen Gesellschaft dieses großen Poeten und seiner ... hinreißenden Schwester aufhalten zu dürfen.«

»Gefährlich?« fragte ich, in dem vorsichtigen Versuch, mich am Gespräch zu beteiligen. Ich sollte noch lernen, daß das nicht notwendig war.

Dorothy füllte meinen Teller nach. »Als wir im letzten Sommer hier einzogen, betrachteten uns die Einheimischen als, nun ja ...«

»Immigranten, Zigeuner oder – noch schlimmer! – französische Spione«, fiel ihr Coleridge ins Wort, der offenbar unbedingt seine eigene Version der Ereignisse zum besten geben wollte. Dorothy ließ ihm seinen Willen. »Es hat vor ein paar Monaten in Fishkill, ganz hier in der Nähe, tatsächlich eine Art Invasion gegeben. Ein paar französische Soldaten sind dort gelandet, aber sie haben sich nur verlaufen und wurden schließlich von der Miliz verprügelt, die man gerufen hatte, und die sich natürlich freute, das Vaterland verteidigen zu dürfen.« Coleridge unterbrach sich und ging durchs Zimmer, wobei er vorwurfsvoll auf seine Freunde deutete. »Aber plötzlich tauchte da dieses fremde Paar auf, das behauptete, Bruder und Schwester zu sein – wer glaubt denn wohl so etwas? –, mit diesem verteufelten Kind, um das sie sich nur ›vorübergehend kümmerten‹. Aber nicht genug – sie wuschen auch noch ihre Wäsche am Sabbat, wanderten zu jeder möglichen und unmöglichen Stunde auf den Hügeln umher, tags und nachts, und sie zeichneten Karten von den Wegen zur Küste – ganz offensichtlich Landeplätze für die Franzosen. Die Gerüchteküche brodelte, und irgendein einheimischer Patriot informierte das Innenministerium über diese gefährliche Fanatikerbande ...«

»Und wie hat das Innenministerium reagiert?« fragte ich,

obwohl ich mich wahrscheinlich eher anhörte, als forderte ich augenblicklich eine Erklärung. Aber falls die Wordsworths sich weiterhin unter Beobachtung befanden, war Alfoxden kein geeigneter Aufenthaltsort für mich. Dorothy und William verstanden meinen Ton sofort und musterten mich besorgt, während Coleridge mit seiner Geschichte fortfuhr.

»Sie haben einen Agenten aus London geschickt, um uns alle auszuhorchen«, meinte er stolz. »Er – sein Name war Walsh – begann, uns überallhin zu folgen ...«

»Ist er noch in der Gegend?« unterbrach ich ihn wieder.

»Nein«, fuhr Coleridge fort, ohne sich im geringsten vom Ton meiner Unterbrechung beirren zu lassen. »Wir wußten nichts davon, aber dieser Walsh war äußerst empfindlich, was Bemerkungen über seine große, alkoholrote Nase anging. Eines Tages belauschte er nun, wie sich Wordsworth und ich über Spinoza unterhielten, und er verstand statt dessen etwas von einer ›Spionnase‹. Natürlich regte sich da bei ihm sofort der Verdacht, wir wollten uns über ihn lustig machen, und er verließ uns mit der nächsten Postkutsche – allerdings nicht, ohne vorher noch recht tief ins Glas geschaut zu haben, so daß seine Nase ordentlich glühte und leuchtete.«

»Hat sie wirklich geleuchtet?« wollte der kleine Basil wissen. »So etwas habe ich noch nie gehört.«

»Die Geschichte wird eben bei jedem Erzählen verrückter, Basil«, meinte Dorothy spöttisch.

Die Tage vergingen. Ich hatte bei den Mahlzeiten stets Gesellschaft, manchmal sogar von der ganzen Familie – denn sie kamen mir wirklich vor wie eine echte Familie; auch Coleridge schloß sich uns beinahe täglich an. Sie kamen in mein Zimmer und berichteten von ihrer Arbeit, und Coleridge versorgte mich freundlicherweise auch mit Laudanum, wenn mich mein Fuß zu sehr peinigte. Dankbar nahm ich die Zerstreuung an, die die Fülle ihres Lebens für meine eigene innere Leere bedeutete.

Eines Abends war Coleridge zu Hause geblieben, und ich nutzte die Gunst der Stunde, die Wordsworths einmal ganz für mich allein zu haben, und sprach das Thema an, das mir schon lange auf dem Herzen lastete.

»Als ich Euch in London begegnet bin, Dorothy, habt Ihr ein Theaterstück erwähnt ...«

Wordsworth stieß ein höhnisches Schnauben aus. »Mit dem britischen Theater ist es so schlecht bestellt, daß es die reinste Zeitverschwendung ist, dafür zu schreiben.« Er sagte dies mit einer für ihn so untypischen Vehemenz, daß ich einen Augenblick zögerte fortzufahren. Aber ich war entschlossen, die Sache zu klären.

»Dorothy hat erzählt, daß meine Geschichte Euch inspiriert hat ...«

Er warf mir einen Blick zu, in dem ich Verständnis für meine Sorge zu erkennen glaubte. »Mein lieber Freund, Ihr inspiriert uns alle. Coleridge, der ja gar nicht weiß, wer Ihr seid, ist von Fletcher Christians Abenteuern fasziniert. In meinem Stück kommt ein Mann vor, der von seiner Schuld gemartert wird, ein Charakter, der ganz allein meiner Phantasie entsprungen ist, das kann ich Euch versichern. Sein Verbrechen bestand darin, daß er den Kapitän seines Schiffes auf einer einsamen Insel ausgesetzt und dem sicheren Tod überlassen hat.«

»Das ist meinem Schicksal viel zu ähnlich, Wordsworth.« Mein Zorn trieb mich aus dem Bett. »Verflucht, Mann, wie könnt Ihr mich nur so bloßstellen?« Ich machte zwei humpelnde Schritte, ehe Dorothy aufsprang, um zu verhindern, daß ich noch weitere Dummheiten beging.

»Niemand am Theater hat die Anspielung verstanden«, erklärte sie mit ruhiger Stimme, »und es haben ohnehin nur ein paar Freunde das Stück kennengelernt, als William letztes Jahr daraus gelesen hat. Aber selbst wenn jemand eine Verbindung zwischen den beiden Geschichten knüpft, so ist die

Meuterei auf der *Bounty* immer noch eine in ganz England wohlbekannte Geschichte, die jeder Dichter gehört und für seine eigenen Zwecke verwendet haben könnte.«

»Doch vor einigen Jahren hat dieser Dichter den Zeitungen auch eine Nachricht über gefälschte Briefe aus Cádiz zugespielt«, fuhr ich fort, und mein Zorn verleitete mich nun zu eindeutigen Vorwürfen, »und dabei anklingen lassen, er wisse genauestens über Fletcher Christians Aufenthaltsort Bescheid. Ist es Euch da nicht in den Sinn gekommen, daß eines schönen Tages eine Verbindung zwischen uns hergestellt werden könnte?«

Überrascht von meiner Heftigkeit sah Dorothy zu ihrem Bruder hinüber, der sich jedoch nicht aus seinem Sessel gerührt hatte. »Das Theaterstück wird niemals aufgeführt werden«, sagte er, »und ich gebe Euch mein Wort, daß ich es nicht veröffentlichen lasse, bis es uns beiden nicht mehr schaden kann, denn es ist ein höchst unvollkommenes Werk.« Letzteres einzugestehen, kostete ihn augenscheinlich große Überwindung. »Den Brief habe ich auf Anregung eines Cousins geschrieben, der zum Ausschuß Eures Bruders gehörte. Die Ausschußmitglieder waren nicht gerade erpicht darauf, Bligh von einem Betrüger rehabilitieren zu lassen.«

»Habt Ihr Eurem Cousin oder Edward gegenüber durchblicken lassen, daß Ihr mich getroffen hattet?«

»Nein«, antwortete Wordsworth mit fester Stimme. »Niemand hat etwas davon erfahren, von keinem von uns beiden. Wir betrachten das, was Ihr uns anvertraut habt, als ein Geheimnis, das wir mit ins Grab nehmen werden.«

Es war offenkundig, daß er es ehrlich meinte, daher tat mir mein Aufbrausen leid, und ich humpelte bekümmert zu meinem Bett zurück. Dorothy stützte mich, und als ich mich hingelegt hatte, deckte sie mich zu und sagte: »Mein lieber Fletcher, William nimmt nicht einmal Euren Namen in den Mund. Gelegentlich gestehe ich mir selbst dieses Vergnügen zu, aber nur, wenn ich mit Euch allein bin. Williams Brief an die Zeitung hat nur wenig Beachtung gefunden ...«

»Das Leben einer Zeitung währt einen halben Tag, dann wird sie zum Einpacken des Abfalls verwendet«, bemerkte Wordsworth trocken.

»Aber durch die Veröffentlichung wird ein Vorfall registriert«, entgegnete ich. »Und wenn Euer Name jetzt oder in Zukunft bekannt wird ...« Ich hielt inne, denn ich sah, wie Dorothy wieder ihren Bruder ansah.

Jetzt stand Wordsworth auf und stellte sich mit dem Rükken vor das Feuer, den Kopf hoch erhoben, entschlossen und selbstbewußt. »Wir haben einen Brief bekommen«, sagte er, »von einem Eurer Freunde, Kapitän Peter Heywood.«

Erneut fuhr ich hoch, doch Dorothy hielt mich zurück. Wordsworth blickte in die tanzenden Schatten der Flammen, während er weitersprach.

»Er hat sich erkundigt, ob meine offensichtliche Gewißheit, daß die Briefe gefälscht waren, vielleicht aus einer persönlichen Bekanntschaft rührte, und er bat, Genaueres über diese erfahren zu dürfen. Ich antwortete, daß alles, was ich wisse, bei weitem nicht an das heranreiche, was ihm selbst durch persönliche Erfahrungen bekannt sei, und daß meine Schlußfolgerungen ausschließlich auf der eingehenden Lektüre der Berichte über den Fall beruhten sowie auf dem begrenzten Kontakt, den ich früher mit der Familie Christian gehabt hatte. Daraufhin habe ich nie wieder etwas von ihm gehört.«

»Habt Ihr seinen Brief aufbewahrt?«

»Nein, wir haben ihn sofort verbrannt«, antwortete Dorothy für ihren Bruder.

Ich ließ mich aufs Bett zurückfallen, und in meinen Zorn und meine Angst mischten sich Schuldgefühle, daß ich die Wordsworths so in die Wirren meiner Vergangenheit hineingezogen hatte und daß meine bloße Existenz, wenn sie entdeckt würde, für einen Freund wie Peter Heywood, der sein Leben weitergelebt und seine Laufbahn erfolgreich weiterverfolgt hatte, bedeutete, daß sein früherer Kontakt zu mir von neuem aufgerollt und begutachtet werden würde.

»Fletcher«, meinte Dorothy mit zutiefst besorgter Stimme, und ich spürte ihre Hand auf meiner Wange. »Worüber macht Ihr Euch solche Sorgen?«

»Womit soll ich anfangen?« fragte ich zurück und versuchte zu lachen.

»Hier seid Ihr in Sicherheit, und Euer Geheimnis ist es ebenso«, versicherte sie mir. Wordsworth blickte vom Feuer zu uns herüber, und seinem Gesicht war anzusehen, daß ihm die Worte seiner Schwester aus dem Herzen gesprochen waren.

»Vielleicht in äußerlicher Sicherheit«, brachte ich mühsam hervor, »aber nicht in innerlicher.«

Dorothy nahm meine Hand in die ihre und hielt sie fest – ein Rettungsanker, an den ich mich gern geklammert hätte.

Nachdem die beiden gegangen waren, setzte ich mich auf, und wohl wissend, daß ich Dorothys Zorn auf mich lud, wickelte ich den Verband von meinem Fuß. Mit seltsamer Entschlossenheit entfernte ich die Holzschienen und stand auf. Trotz all ihrer Beteuerungen und ihrer offensichtlichen Zuneigung mußte ich meine Freunde verlassen. Während sie ihre täglichen Pflichten unten im Haus verrichteten, ging ich zwanzigmal im Zimmer auf und ab, und als sie fertig waren, fühlte ich mich bereit, der Welt wieder die Stirn zu bieten.

Am nächsten Abend schaffte ich es, zum Essen nach unten zu gehen, und es gab eine Art Feier im Speisezimmer. Nach einem ausführlichen Bad, mit sauberen Kleidern und einem frisch geflochtenen Seemannszopf – Dorothy kannte sich zwar mit der Matrosenart des Flechtens nicht aus, aber ihre

Version genügte vollkommen – fühlte ich mich schon fast wieder wie ein Mensch. Mein Knöchel war noch sehr empfindlich, und ich konnte mich nur unter Schmerzen und hinkend vorwärtsbewegen, aber mein Eifer erwies sich als eine wirksame Linderung.

Die versammelte Familie begrüßte mich mit Jubel und Hochrufen. Heute war auch Mrs. Coleridge anwesend, eine hübsche, wenn auch etwas mürrische Frau, mit ihrem einjährigen Sohn Hartley auf dem Arm. Basil hüpfte um mich herum und zog mich zu meinem Platz, aufgeregt und erhitzt, wie es sich für eine richtige Feier gehörte. Sogar das Dienstmädchen, das mir mein Essen bisher nach oben gebracht hatte, begrüßte mich mit einem freundlichen Lächeln.

»Ich glaube, ein Lobgesang des Lazarus wäre angemessen«, verkündete Coleridge.

»Es gibt nichts, was die Nähe der Natur nicht heilen könnte«, warf Wordsworth ein, auch er auf seine zurückhaltende Art in Hochstimmung.

»Ganz zu schweigen von der Bohnensuppe mit Speck«, fügte Dorothy noch schnell hinzu, während sie sich auf ihrem Platz vor der Terrine niederließ.

Zur Feier des Tages gab es eine Flasche Wein zum Essen, und auch mein Glas wurde gefüllt. Ich hob es, bat um Ruhe und meinte dann mit ernster, gemessener Stimme: »Laßt mich folgendes sagen: Was am meisten zu meiner Genesung beigetragen hat, war, daß Bruder, Schwester, Freund und selbst Basil sich so um mich gekümmert haben, daß sie im Herzen bewegt, ja in den Tiefen ihrer Seele berührt waren ... von meinem Fuß.« Dorothy und Coleridge brachen in Gelächter aus, Wordsworth schmunzelte, und der kleine Basil warf uns forschende Blicke zu, weil er nicht ganz sicher war, ob man darüber wirklich lachen durfte. Mit feierlicher Miene fuhr ich fort: »Aus unerfindlichen Gründen – wahrscheinlich ist die Atmosphäre dieses Hauses daran schuld – entrang sich meinem fiebrigen Gehirn ein Gedicht. Nun möchte ich in Nachahmung dessen, wie mir meine Freunde täglich, nächtlich, ja stündlich ihre neuesten Werke präsentiert haben, heute in tiefer Demut dasselbe tun. Ich nenne mein Gedicht ›Grübeleien über einen kaputten Fuß‹.

›Hat je man einem Fuß wohl soviel heil'ge Fürsorg angedeihen lassen
Wie diesem meinem untern Körperteil? Damit war wahrlich nicht zu spaßen:
Das Waschen, Weichen, Schrubben – fast war's ein Gebet,
Und dann noch Coleridges Zaubertrank, Willkomm'ne Rarität.‹«

Vielsagende Zustimmung ertönte von allen Seiten.

»›Ich muß mich fragen: Wenn die Wunde nun gewesen
an meiner Nase, meinem Knie, dem Kinn – behaart ja wie ein Besen –,
Wär' die Verehrung, die ihr ihm geschenkt,
dann sündig, in Poesie und Liebe zur Natur ertränkt?

Mein Fuß soll Euch niemals so irreleiten
Ich werd' an einem schönen Tag von hinnen schreiten,
doch meine Hoffnung ist, daß Ihr mit Freude
das hören mögt, was ich Euch sage heute.‹«

Damit wandte ich mich an Dorothy.

»›Miss Wordsworth, Ihr habt meinen Fuß so gut wie neu gemacht,
schon bald wird er nun ausgestopft und euch als Gabe überbracht.‹«

Glücklicherweise waren die Dichter bereit, mir meine Vermessenheit zu verzeihen, und Basil lachte laut über die Vorstellung, daß ich meinen Fuß ausstopfen lassen wollte.

»Noch ein paar Tropfen Laudanum, und er wird ein Poeta laureatus«, meinte Colerdige.

Kaum je hatte ich Wordsworth so herzhaft lachen hören. »Ihr habt uns ja ein Sonett vorgetragen, Sir«, lobte er schmunzelnd.

»Ich habe Euch einen Knittelvers vorgetragen und mir dabei das Gehirn verrenkt«, erwiderte ich. »Wie macht Ihr das nur, daß Ihr all diese Worte so elegant aneinanderreiht? Ich mußte schrecklich hart arbeiten.«

»Ihr müßt eine hübsche Fieberphantasie gehabt haben, Gulliver«, sagte Dorothy, stolz auf ihre Heilkünste. »Das waren wirklich keine Alptraumverse.« So oft hatte sie mich aus meinen Angstträumen geweckt und sie sich erzählen lassen, während sie mir einen Kräutertee einflößte. Damals hatte sich eine große Vertrautheit zwischen uns entwickelt.

Mrs. Coleridge, auf deren Schoß das Kind inzwischen friedlich schlief, meinte: »Macht Euren Fuß nur nicht wieder kaputt, indem Ihr mit den anderen herumlauft.« Sie lächelte, aber ihre Stimme klang etwas gereizt. »Sonst findet Ihr Euch plötzlich in Penzance, und die Ohren klingen Euch von ihrem Geplapper.«

»O Sara«, rief Dorothy gutgelaunt, »das Geplapper ist der Brennstoff für ihren Körper. Wenn sie wandern, brauchen sie kaum etwas zu essen.«

»Nun, Dorothy«, gab Mrs. Coleridge etwas schnippisch zurück, »diese Diät ist Euch selbst wohl nicht ganz fremd.«

Alle lachten, ein wenig mehr als nötig, um Mrs. Coleridge zu beschwichtigen, und vor allem lachte Dorothy über sich selbst. Tatsächlich schien sich Mrs. Coleridge über die Anerkennung zu freuen, doch sie beneidete Dorothy offensichtlich um ihre Lockerheit und um die Tatsache, daß die Männer in ihr eine gleichgestellte Person sahen. Doch sie bemühte sich gleich wieder um ihr Kind, das unruhig geworden war und aufzuwachen drohte.

Den größten Teil des weiteren Abends beschäftigte sich Coleridge damit, auf dem Trockenen segeln zu lernen, wofür er mich als Lehrmeister erkoren hatte. Wie üblich wechselten sich seine Fragen mit ausgiebigen philosophischen und poetischen Ausführungen ab, was seine Erkundigungen über Schiffsteile und Navigation etwas unzusammenhängend gestaltete. Die Fragen gingen auch weiter, während wir später, als Mrs. Coleridge und das Kind bereits schliefen, auf den Quantock Hills spazierengingen. Unser lebhaftes Quartett verfolgte mit dieser Unternehmung allerdings unterschiedliche Zwecke: Ich wollte meinen Fuß trainieren, die beiden Poeten dagegen befanden sich auf der Suche nach dem Kuß der Muse.

Da die beiden Männer sich rasch in ein Gespräch vertieften und ich aufgrund meiner Behinderung deutlich langsamer gehen mußte, blieb ich neben Dorothy. Das Vergnügen, das ihr die Rolle der Krankenschwester bereitete, wurde nur übertroffen von dem Vergnügen, das ihr Patient an ihrer Begleitung hatte, wie immer ein entzückendes Erlebnis. Nachdem sie zuvor noch einige Stunden damit zugebracht hatte, das Gekritzel ihres Bruders in einigermaßen leserlicher Form abzuschreiben, machte sie dennoch voller Begeisterung unseren Mondscheinspaziergang mit, und ihr erstaunlich scharfer Blick wanderte hierhin und dorthin und entdeckte jede Kleinigkeit der Landschaft um uns.

»Denkt daran«, sagte sie, »niemand verlangt von Euch, daß Ihr mit den beiden leichtfüßigen Gazellen da vorne Schritt haltet. Sie werden angetrieben von Kräften, die wir nicht einmal erahnen können.«

»Sie gehen fast so schnell, wie sie reden«, bemerkte ich. Langsam näherten wir uns dem Gipfel des Longstone Hill, von dem aus man den Bristol Channel sah, und ich genoß die mondhelle Nacht in vollen Zügen. Noch immer lag ein Hauch von Winter in der Luft, aber er befand sich eindeutig auf dem Rückzug.

»William hält Schritt, um zuzuhören, Coleridge hält Schritt, um ihn zu bewundern, und ich renne hinterher, um mitzubekommen, was sie machen. Coleridge ist wirklich ein wundervoller Freund. Ihr müßt Euch irgendwann einmal mit ihm über sein Seegedicht unterhalten. Er hat mächtig damit zu kämpfen.«

»Ich werde ihn darauf ansprechen, ehe ich gehe.«

Sie blieb stehen, und zunächst dachte ich, sie wollte ausruhen. »Und wann wird das sein?«

»Ich denke, sobald Ihr mich für gesund erklärt«, antwortete ich leichthin und sah, wie sich ihr Gesicht einen kurzen Augenblick veränderte, so kurz, daß ich den Ausdruck nicht deuten konnte. Verlegen drehte sie sich um und ging weiter. Ich folgte ihr und bemerkte nichts außer dem überwältigenden mondbeschienenen Ausblicken, dem Knarren der uralten Bäume um uns herum und der Tatsache, daß ich mich beinahe ohne Schmerzen fortbewegen konnte, lediglich mit Hilfe eines knorrigen Wanderstabes, den Coleridge mir geschenkt hatte.

Das Schicksal wollte es, daß ich Alfoxden bereits am folgenden Nachmittag verlassen mußte. Dorothy und ich gingen nach Nether Stowey, wo Markttag war, während Wordsworth mit Basil einen kleinen Bildungsspaziergang unternahm. Es war später Vormittag, und ich hatte immer noch mit den Exzessen des vorigen Abends zu kämpfen, was Dorothy in höchstem Maße amüsierte. Doch dann, als sie gerade dabei war, einen Käse zu inspizieren, erstarrte sie plötzlich.

»Was ist los?«

»Spionnase«, sagte sie nur, wandte sich um und überquerte mit raschen Schritten den Marktplatz. Hinter einem Wagen mit Rüben entdeckte ich einen etwa vierzigjährigen Mann mit schütterem Haar, einem Doppelkinn, einer rötlichen Gesichtsfarbe und einer noch röteren und wirklich ungewöhnlich großen Nase. Doch die Augen, die sich auf mich hefteten, verrieten mir alles, gierige Augen, die jede Einzelheit in sich aufsaugten und in denen Mißtrauen und Entschlossenheit loderten. Als er sah, daß er entdeckt war, drehte er sich rasch um und verdrückte sich hinter der Ecke der Apotheke, zusammen mit zwei einheimischen Männern, die gelegentlich für die Wordsworths in Alfoxden Holz schlugen. Sie wußten ebenso wie das Innenministerium, daß ich Gulliver hieß.

Dorothy und ich kehrten sofort nach Hause zurück. Unterwegs versuchte sie mich zu überzeugen, wenn ich sofort abreiste, würde das nur noch mehr Argwohn hervorrufen, als wenn ich blieb. Es war ein schwaches Argument; sie gab es bald auf und schwieg, bis wir schließlich in der Eingangshalle standen und ich Stiefel und Reisemantel anzog.

»Ich wandere über die Hügel nach Porlock und nehme von dort die Kutsche. Spionnase ist uns nicht gefolgt, und ich werde fort sein, ehe er Gelegenheit dazu hat. Verbrennt meine Sachen, ich reise mit leichtem Gepäck. Falls er kommt und Fragen stellt, sagt ihm, daß Ihr mich in London kennengelernt habt, Euren Teil für die Unterstützung der Kriegsverletzten beitragen wolltet und mir deshalb einen Platz angeboten habt, wo ich genesen konnte.«

»Könnt Ihr nicht wenigstens warten, bis William zurückkommt? Er und Samuel werden –«

»Es ist vollkommen ungewiß, wo sie sind und wann sie zurückkommen. Ich muß Euch bitten, ihnen meinen herzlichen Dank auszurichten, den ich nicht in Worte fassen kann.«

»Ich werde versuchen, ihn für Euch auszusprechen ... Aber welche Worte habt Ihr mir zu sagen?«

Wie sie nun vor mir stand, sah ich plötzlich, wieviel in unserer Freundschaft ich gar nicht wahrgenommen hatte. Ich nahm meine Hand von der Tür und sagte: »Alles, was ich sagen könnte, um Euch gerecht zu werden, wäre viel zuwenig. Ihr seid diese beiden Wortkünstler gewöhnt und würdet mein Gestammel sicherlich nicht zu schätzen wissen.«

»Ich möchte lieber etwas Einfaches von Euch hören – oder versprecht mir wenigstens, daß Ihr zurückkommt.«

»Ich habe euch schon vor langer Zeit gesagt, daß ich nichts versprechen kann.«

»Aber ich kann es.« Langsam, aber entschlossen trat sie auf mich zu. »Ich verspreche Euch, daß ich an Euch denken werde auf jeder Wanderung, die wir unternehmen.« Dann nahm sie mein Gesicht in beide Hände und küßte mich sanft. Einen Augenblick hielt ich sie fest, doch dann wich sie zurück und sah sich erschrocken um. »Ich bin über mich selbst schockiert«, sagte sie, und dann blickte sie mich an, mit ihrem wärmsten Lächeln. Doch sie zitterte. »Ich wünsche Euch, daß Ihr Eure Alpträume bald vergessen mögt, Fletcher Christian, und wieder so an Euch selbst glauben könnt, wie es Eure Freunde tun.« Durch das Lächeln rollte eine Träne, aber sie achtete nicht darauf.

»Dorothy, Ihr wißt besser als alle anderen, daß meine Alpträume von Dingen handeln, die mich für jedes Vertrauen, das in mich gesetzt werden mag, zu einem unsicheren Kandidaten machen. Glaubt an Euren Bruder und an seine Liebe zu den Wäldern und Hügeln. Er hatte Glück – sein jugendlicher Überschwang ging nie so weit, daß er ihn sich nicht von der Seele schreiben konnte. Manchmal fürchte ich, daß die heilige Natur, die er so sehr verehrt, mich zu Recht ausgestoßen hat ...«

»Geht jetzt!« unterbrach sie mich. »Wagt es nicht, dieser Verzweiflung nachzugeben. Ich werde Euch wiedersehen, bevor ich sterbe.«

»Oh, Dorothy, ich habe es nicht verdient, Euch zu kennen,

und ich bin wahrhaft ein glücklicher Mensch, daß ich Euch dennoch kennenlernen durfte.«

Ich nahm ihre Hand und drückte sie fest. Dann ergriff ich Coleridges Wanderstab und ging durch die Vordertür. Mit nur leichtem Ziehen in meinem Fuß wanderte ich hinauf in die einst so heiteren Quantock Hills.

Teil IV

Auf der Flucht

Aus dem Tagebuch des Sir Jeremy Learned

Datiert 10. Februar 1811

Aber ich bin diesem Fletcher Christian zu Dank verpflichtet, zumindest für seine Rolle als meine Laborratte. Deshalb machte ich mich daran herauszufinden, ob es im Innenministerium einen Mann namens Walsh gab. In der Tat arbeitete dort jemand, der so hieß. Mein Patient hatte wieder einmal gute Forschungsarbeit geleistet. Da ich nicht vorhatte, den Beamtenapparat einzuschalten, was immer ziemlich lästig ist, beschloß ich, statt dessen an William Wordsworth und Samuel Taylor Coleridge zu schreiben.

Ich fragte nur nach »Gulliver« und sorgte dafür, daß beide Briefe von Windsor Castle versiegelt und frankiert wurden, um ihnen ein imposanteres Aussehen zu verleihen, als ein Arzt es zustande gebracht hätte. Ich tat dies nicht, weil sich meine Einschätzung geändert hatte; der Mann, der sich Fletcher Christian nennt, ist ein Wahnsinniger mit einer schweren, wenn auch recht verbreiteten Manie, ein anderer zu sein, berühmt oder berüchtigt, je nachdem, welche Charaktermerkmale erforderlich sind. Ich schrieb den beiden Dichtern, um zu erfahren, wann die Wahnvorstellungen des Mannes manifest geworden waren, ob er sich früher schon – 1794 in Windy Brow oder 1798 in Alfoxden – tatsächlich als Fletcher Christian, und damit als Gulliver, vorgestellt hatte.

Ich selbst glaubte, daß er ein gebildetes, aber schadenvolles Leben geführt hatte, das ihn an einem bestimmten Punkt in den Wahnsinn trieb und zu dem machte, der er jetzt ist.

Aber ich bezweifelte, daß der von ihm geschaffene Christian Fletcher je in der wirklichen Welt aufgetaucht war. Es sollte sich zeigen, daß ich mich geirrt hatte.

Die Antwort von Wordsworths Schwester Dorothy erreichte mich sehr bald, eine kurze Mitteilung, daß man keine Person namens Gulliver kenne. Außerdem warf sie die Frage auf, ob meine ausdrückliche Erwähnung von Windy Brow darauf hindeute, daß ich dem Innenministerium angehöre und keineswegs Arzt in Windsor sei. Sie erinnerte mich daran, daß ihr Onkel, ein gewisser Cookson, Kanonikus in Windsor Chapel sei, und für den Fall, daß ich weitere Informationen über sie oder ihren Bruder einholen wolle, möge ich mich doch bitte an ihren Onkel wenden, um Zeit zu sparen. Sie werde ihm mit derselben Post ein Schreiben zusenden mit der Mitteilung, daß ich mich für die Wordsworths interessiere, in der Hoffnung, daß mich das zufriedenstelle. Ich konnte mir diese Mitteilung an Domherr Cookson nur zu gut vorstellen und eilte zu ihm, um ihm zu versichern, daß es sich nur um ein beiläufiges Interesse an einer Person handle, die den Namen seines wohlbekannten Neffen benutzt hatte.

Dann kam Coleridges Brief. Obwohl sich Coleridge in London aufhielt und die Wordsworths im Lake District waren, traf sein Brief zehn Tage später ein als der von Miss Wordsworth. Er war jedoch wesentlich länger, mit einer dreiseitigen militärischen Analyse, warum Wellingtons eiserne Blockade um die Küste Portugals Englands größte Hoffnung gegen Bonaparte war, dann zwei Seiten über seinen unerschütterlichen Glauben an die Dreifaltigkeit und eine Seite – seine Schrift veränderte sich dabei auffallend in ein großes Gekrakel mit ausgeprägten Schnörkeln – über die Wordsworths, die in ihren olympischen Höhen im Lake District leben und deshalb nur wenig Zeit haben, die Vergangenheit oder die Natur (was er in Anführungszeichen setzte) von Freundschaften zu bedenken. Ganz am Schluß beantwortete er meine Frage – mit einem einzigen Satz, den ich hier zitieren möchte, den Rest übergehe ich:

Es gab einen Gulliver, während des letzten Jahres, das wir in Somerset verbrachten, einen Seemann, wie ich mich erinnere, den ich ausfragte nach seinem Wissen über das Meer, das ich in meiner Ballade vom alten Seemann aufblitzen lassen wollte, und wenn er, wie andere das schon getan haben (siehe oben), behauptet, an der Entstehung dieses Gedichtes tatkräftig beteiligt gewesen zu sein, soll er in den Tiefen der Hölle schmoren. Damit, Sir, verbleibe ich mit vorzüglicher Hochachtung usw. ...

Diese mürrische Verteidigung schien ebenso seltsam wie überflüssig, und der Hinweis, daß Wordsworth sich bereits solcher Behauptungen schuldig gemacht hatte, veranlagte mich, weitere Nachforschungen anzustellen. Ich hatte die zweite Auflage des großartigen Gemeinschaftswerks der beiden Dichter gelesen, die Lyrischen Balladen, und war sehr beeindruckt gewesen von Wordsworths majestätischer Lyrik über die Welt der Natur und von seinem Vorwort, in dem er ein neues poetisches Genre beschreibt. Aber die »Ballade vom alten Seemann« war sicherlich ebenfalls von einem einmaligen, gigantischen Genie verfaßt, und dieses Genie war Coleridge. Mit seinen kleinlichen, ja grausamen Bemerkungen in der Einleitung des Gedichts zeigte sich Wordsworth kaum als Freund.

Ich erfuhr – zuerst durch Gerüchte, dann von Medizinerkollegen –, daß Coleridge seit mehr als einem Jahrzehnt ernsthaft abhängig ist von Laudanum und Alkohol, sowohl in Kombination als auch getrennt. Die Ehe zerrüttet, die Finanzen in noch schlimmerem Zustand – so hatte er seine Frau und die drei Kinder in Keswick zurückgelassen, wo er gewohnt hatte (in der Nähe der Wordsworths, die im zwölf Meilen entfernten Grasmere lebten), und war nach London gezo-

gen, in der Hoffnung, dort Arbeit als Journalist zu finden und geheilt zu werden. Zum gegenwärtigen Zeitpunkt schreibt er in The Courier *leidenschaftlich über Tagesereignisse, außerdem konsultiert er verschiedene Ärzte wegen seiner Sucht – mit einem von ihnen bin ich gut bekannt. Das Verhältnis zwischen den beiden Dichtern ist offenbar sehr abgekühlt, aber über die Gründe dieser Krise weiß ich nichts.*

Nach Coleridges Aussage erschien Gulliver also bereits im Jahr 1798. Vielleicht hatte er Coleridge in Nether Stowey kennengelernt und seine Geschichte dahingehend erweitert, daß er Alfoxden einschloß, ohne den Wordsworths je persönlich begegnet zu sein.

Außerdem habe ich heute nachmittag mit Sir John Barrow von der Admiralität gesprochen. Ich merke, daß ich dies nur zögernd niederschreibe, denn Gerüchte, die im Gespräch lediglich interessant und amüsant sind, werden festgelegt, wenn man sie zu Papier bringt. Aber diese Dinge sind hier unwichtig. Ich habe es mit einem Wahnsinnigen zu tun, und deshalb sind Fakten bestenfalls ironisches Beiwerk.

Ich hatte schon zuvor im Sinn gehabt, bei Sir John vorzusprechen, aber es hatte an Zeit gemangelt. Ich sah ihn bei Brook's, und als ich den Gegenstand meiner Nachforschungen erwähnte, zeigte sich auf seinem Gesicht ein Ausdruck des Erstaunens, ehe seine militärische Maske wieder ihre gewohnte Strenge annahm. Nachdem er mir eine Weile gelauscht hatte, forderte er mich auf, mit ihm zur Admiralität zu gehen, da seine Pflichten als Zweiter Sekretär drängten. Als wir dann im Freien waren, zwischen den Milchmädchen und ihren Kühen im St. James's Park, begriff ich schon nach ein paar Worten, daß er vor allem den Wunsch gehabt hatte, ungestört mit mir reden zu können.

Wir sind seit vielen Jahren befreundet und sehr nützlich für einander durch den Austausch wichtiger Informationen betreffs höfischer oder militärischer Angelegenheiten während des Krieges. Zwischen uns herrscht ein lange erprobtes Vertrauen. Während wir weitergingen, teilte Sir John mir mit, die Admiralität habe vor anderthalb Jahren in Erfahrung gebracht, daß die letzte Ruhestätte der Bounty *eine falsch kartographierte Insel im Südpazifik mit dem Namen Pitcairn sei. Nur einer der Meuterer sei noch am Leben, alle anderen seien unter verschiedenen Umständen zu Tode gekommen, Fletcher Christian nicht ausgenommen. Die Nachricht hatte bei der Admiralität nur eine recht schwache Reaktion ausgelöst, denn man hatte genug andere Verwendungen für die Fregatten, als sie loszuschicken, um einen einzigen, alten und den Berichten nach kränklichen Meuterer auf der anderen Seite des Erdballs aufzutreiben.*

Dann bat mich Barrow stehenzubleiben. Er versicherte sich, daß niemand in Hörweite war, und verpflichtete mich durch eine längere Vorrede zu absoluter Verschwiegenheit. Erst dann erzählte er mir, daß er bei seinen jüngsten Besuchen in Ulverston, dem Heim seiner Kindheit, welches in dem zu Lancashire gehörenden Teil des Lake Districts liegt, »Gerüchte« gehört habe (und er betonte das Wort »Gerüchte«), daß Fletcher Christian in der Gegend gewohnt habe, unter der Protektion seines Cousins John Christian Curwen, des Parlamentsabgeordneten von Carlisle, und dessen Ehefrau, Isabella Curwen, der Erbin des Workington Bergbau-Vermögens. Mr. Curwen hatte offenbar zur Zeit der Meuterei den Namen seiner Frau angenommen.

Ich entgegnete, solche romantischen Gerüchte könnten leicht entstehen, mein Patient habe sogar einen Racheengel aus dem Innenministerium genannt, einen Beamten namens Walsh. Und da der Lake District für Flüchtlinge aller Art ein wohlbekannter Zufluchtsort sei, trage diese bestimmt ungerechtfertigte Verleumdung eines dortigen Bürgers noch zu der allgemeinen Romantik bei. Barrow stimmte mir zu, fügte jedoch hinzu, wieder unter dem Siegel der Verschwiegenheit (was bedeutet, daß dieser Teil meines Tagebuchs leider dem Feuer gehört), ein Freund von ihm, ein junger Mann namens Peter Heywood, früher Midshipman auf der Bounty und jetzt Kapitän der Königlichen Marine, habe vor etwas mehr als einem Jahr Fletcher Christian in der Fore Street am Plymouth Dock gesehen. Heywood hatte dem Mann zugerufen und war ihm nachgerannt, aber dieser war entkommen. Heywood war sich sicher, daß es sich um Christian gehandelt hatte (sie waren auf der Bounty *enge Freunde gewesen), und hatte sich verpflichtet gefühlt, diese Begegnung einem Mann in entsprechender Stellung, der ihm jedoch Verständnis entgegenbringen würde, möglichst diskret zu melden. Auf Grund familiärer Verbindungen hatte er in dieser heiklen Angelegenheit Sir John ausgewählt.*

Dieser beschloß, Heywoods Aussage als Sinnestäuschung zu betrachten, und entband damit den Kapitän von seiner Pflicht. Während wir unseren Gang durch den St. James's Park fortsetzten, erzählte ich Sir John beiläufig ein bißchen mehr von meinem Patienten, unter anderem auch die Geschichte mit dem Herzog und der Herzogin von Cleyland. Barrow zeigte Interesse an meinem Patienten und äußerte den Wunsch, seine Aufzeichnungen zu lesen, sollte ich dies als hilfreich erachten. In seinem Tonfall lag – unausgesprochen – die Vermutung, Fletcher Christian könnte doch am Leben sein und sich in England aufhalten. Ich versicherte ihm, daß mein Patient geisteskrank sei, und erzählte ihm von unserem Napoleon und unserer Katharina von Siena, die es in den letzten vierzehn Tagen geschafft hatte, ihren Wahn zur logischen Konsequenz zu führen, indem sie sich zu Tode hungerte.

Ich trennte mich vor dem Amtsgebäude der Admiralität von Sir John und nahm eine Droschke nach Bedlam, nicht etwa, weil ich es auf Grund des eben Gehörten besonders dringend gefunden hätte, sondern weil ich noch einmal nach dem Mann sehen wollte, den ich als Stellvertreter meines königlichen Patienten benutzte, denn morgen werde ich in Windsor erwartet. Als ich die Zelle betrat, stellte ich zu meiner Überraschung fest, daß Fletcher Christian an der Wand kauerte und nicht wie sonst an dem Tisch saß, den ich ihm, ebenso wie den Hocker, zum Schreiben besorgt hatte. Außerdem lag kein Stapel mit von oben bis unten beschriebenen Blättern für mich zum Lesen bereit. Der Versuch, hier unser Gespräch wiederzugeben, basiert auf meinem Erinnerungsvermögen und ist daher sicher nicht ganz exakt.

»Wie geht's mit dem Schreiben?« fragte ich.

»Ich bin fertig ... Es ist zwecklos fortzufahren.«

»Der Bericht hat einem gesunden Zweck gedient ...«

»Der Rest enthält zuviel Schmerzliches.«

Ich beschloß, das Thema zunächst zu umgehen. »Ich habe Sir John Barrow von Eurem Manuskript erzählt. Er ist Zweiter Sekretär der Admiralität und hat großes Interesse, es zu lesen, wenn es abgeschlossen ist.«

»Zweifellos, weil es ihm Freude bereiten würde, mich hängen zu sehen. Nun, das kann er haben. Dafür ist schon genug Material vorhanden.«

»Nein, nicht deswegen, sondern um einer fachmännischen Überprüfung willen. Sir Johns Urteil wäre der Wahrheitsfindung sicherlich viel dienlicher als das meine ...«

Er sah mich an, als bedauerte er mich. »Ihr versucht mit allen Mitteln, mich dazu zu bewegen, daß ich weitermache.«

»Gleichgültig, wer Ihr seid – ich möchte herausfinden, was tatsächlich passiert ist.« Ich hatte auf humorvolle Ironie gehofft, aber wie so oft schlug mir nur Verzweiflung entgegen.

»Ihr wißt, was Daphne widerfahren ist. Sie haben Bligh zum Gouverneur von Neu-Südwales in Australien gemacht. Der Teufel soll mich holen, wenn ich diesen Wahnsinn nicht bereits einmal durchlebt habe. Eine Wiederholung wäre die reine Folter.«

»Ja, noch einmal, vielleicht zum hundertstenmal, und wieder hundertmal, und jedesmal ist es Folter, richtig?« Ich stellte diese Frage ärgerlich, als Vorwurf, wodurch ich augenblicklich seine Aufmerksamkeit gewann. Seine Geschichte war meine Waffe. »Coleridges ›Alter Seemann‹ wiederholt zwanghaft die verbrecherische Tat, in dem Versuch, sich mit dem, was geschehen ist, zu versöhnen, woran er jedoch scheitern muß. Ihr foltert Euch selbst auf die gleiche Art, indem Ihr ein Leben noch einmal durchlebt, von dem Ihr behauptet, es sei durch eine Meuterei verpfuscht. Aber beim Erzählen Eurer Geschichte habt Ihr die guten Seiten ganz und gar übersehen. Ihr schreibt, daß Ihr Euer Leben aufs Spiel gesetzt habt, um Parker zu überzeugen, die Meuterei in der Nore zu beenden; vielleicht habt Ihr England vor einer Invasion gerettet. Was Ihr in Camperdown geleistet und erlitten habt, würde jeden anderen zum Helden machen, hochgeehrt von seinen Landsleuten. Wer kann sagen, welche Wirkung Ihr auf Coleridges Gedicht hattet? Und was Ihr mit Daphne Lewis erlebt habt, gereicht uns allen zum Neid. Warum stellt Ihr das Licht Eures Ruhms derart unter den Scheffel?«

Ich hatte all dies im Stil einer erhitzten Debatte vorgetragen, und als ich sah, daß mein Patient sich erhob und auf mich zuging, dachte ich, er tue dies aus Wut, und befürchtete das Schlimmste.

»Ihr glaubt mir, Doktor! Das könnt Ihr nicht mehr leugnen!«

»Unsinn. Ich leugne es sehr wohl«, warf ich hastig ein, weil ich sofort merkte, welch schwerer Fehler mir unterlaufen war, indem ich mich seinen Phantasiebildern angeschlossen hatte. »Ich glaube nicht, daß Ihr Fletcher Christian seid. Ihr habt in Eurem Kopf eine Geschichte erfunden, die Euren Bedürfnissen entspricht, wie auch immer diese aussehen mögen, und Eure Intelligenz ermöglicht es Euch, das Bild in erstaunlichen Details auszumalen und es sogar an anderen zu

erproben. Wenn Ihr all dies tun müßt, so müßt Ihr es eben tun, aber Ihr solltet dabei fair sein und die positiven Seiten gleichfalls berücksichtigen.«

Einen Augenblick stand er reglos da, ohne etwas zu sagen, dann begab er sich mit einem irritierenden, ja fast selbstbewußten Lächeln an seinen Tisch, setzte sich auf den Hocker und begann zu schreiben, ohne mich eines weiteren Blickes zu würdigen. Ich wußte aus Erfahrung, daß es kein Gespräch mehr geben würde, also ging ich.

Nach längerer Überlegung mache ich mir nun keine Gedanken mehr darüber, daß ich durch meine kleine Rede über seinen »Ruhm« (mein Gott, welche Wortwahl!) seine Wahnvorstellungen unterstützt haben könnte. Ich glaube viel eher, daß ich die beste Form »moralischer Therapie« praktiziert habe, indem ich sein Geltungsbedürfnis nutze, das schon dadurch befriedigt: wird, daß man scheinbar einen kleinen Ausschnitt seiner erfundenen Geschichte akzeptiert.

Was wäre, wenn die Heilung vom Wahnsinn allein dadurch erzielt würde, daß man dem Wahnsinnigen glaubt? Es könnte nicht viel schlimmer sein, als vielen der Gesunden zu glauben, jenen Scharlatanen, denen wir unsere Seelen und unseren Besitz anheim geben, jenen Helden, die uns durch diesen katastrophalen Krieg führen. Wem würde ich zutrauen, mir die traurigen Wahrheiten der Welt mitzuteilen, dem armen König und diesem Fletcher Christian – oder Bonaparte und Wellington?

London

Mai 1798

Daphne war wieder in London. Die eine Woche alte Zeitung, eine Ausgabe des *Morning Chronicle,* lag unter dem Sitzkissen der Postkutsche, die ich für die Reise durch Wales benutzte. Eine Kolumne beschäftigte sich mit dem Tun und Treiben der Aristokratie, von den Grafen aufwärts. Die Herzogin von Cleyland war von den Westindischen Inseln zurückgekehrt, nachdem sie ihren Vater zu Grabe getragen hatte. Bereits eine Stunde, nachdem ich diese Notiz gelesen hatte, befand ich mich in einer Postkutsche nach Bristol, um dort die Expreßkutsche nach London zu nehmen, was mir ermöglichte, die neunzig Meilen in dem kurzen Zeitraum von siebzehn Stunden zurückzulegen, mit Pausen für Mittagessen, Tee und Abendessen. Gegen Mitternacht würden wir am Old White Horse Cellar, Piccadilly, ankommen, und ich mußte vermutlich erst bis zum nächsten Morgen zu schlafen versuchen, ehe ich im Cleyland House vorsprechen konnte.

Wales war für mich das ideale Versteck gewesen, und der Frühling hatte sich in seiner edelsten Pracht gezeigt. Ich verbrachte die meiste Zeit auf der Straße, zusammen mit den fliegenden Händlern, Bettlern, Kesselflickern, mit entlassenen Soldaten und Kriegsversehrten. Nach der heiteren Geselligkeit, die ich in Alfoxden hinter mir gelassen hatte, lastete die Einsamkeit anfangs wie ein Stein auf meinem Herzen. Meine Stimmung war außerdem dadurch beeinträchtigt, daß ich kein Laudanum hatte, was mir vor Augen führte, wie sehr ich mich daran gewöhnt hatte und wie wichtig es für meine Allgemeinverfassung geworden war. Während ich es vermied, mit den Leuten, denen ich unterwegs begegnete, ein Gespräch zu beginnen, sehnte ich mich nach Coleridges geistreichen Erörterungen, nach Wordsworths melodiös vorgetragenen Betrachtungen über die Seele der Erde und vor allem nach Dorothys sprühendem Witz, nach ihrer Fröhlichkeit und erhellenden Beobachtungsgabe. Die beiden Ulmen im Garten, unter denen sie nach dem Wandern ihren Durst mit Limonade stillten; im Park von Alfoxden das Rudel Rehe, die alle gleichzeitig die Köpfe hoben, wenn jemand näher kam, sich kurz umblickten und dann davonsprangen, wenn Basil losrannte, um sie zu begrüßen; Dorothy, die mich dazu nötigte, meine Kräfte mit heißer Brühe zu stärken; in der Tat, ich hatte Heimweh nach einer Familie, meiner poetischen Chimäre. Es war ein Luxus, der nur von kurzer Dauer gewesen war und den ich erst so recht begriff, nachdem ich diese kurze Zeit mit ihnen verbracht hatte, die so schnell verflogen war. Dorothys Kuß machte aus solchen Überlegungen eine Möglichkeit, die ich jedoch trotz tiefer Zuneigung rasch wegschob, zumal ich für sie alle eine Gefahr bedeutete und immer noch eine andere liebte, die allerdings zum gegebenen Zeitpunkt eine noch viel unwahrscheinlichere Kandidatin war.

All dies bedachte ich, während ich in der Expreßkutsche saß, die als »an Stahlfedern aufgehängt« beschrieben wurde, was aber auch nicht verhinderte, daß sie unsere Backenzähne lockerte. Ich reiste noch immer mit den Instinkten eines Flüchtigen und beobachtete aufmerksam die Blicke meiner Mitreisenden, ob ich in ihnen vielleicht eine unangemessene Neugier entdecken konnte. Ich wußte nicht, wie genau mich der Agent Walsh auf jenem Markt gesehen hatte, aber ich hatte keinen Zweifel daran, daß er noch einmal nach Nether Stowey zurückgekehrt war, weil der Name Gulliver im Innenministerium allmählich bekannt wurde. Vermutlich hatte der mißtrauische Arzt den Namen dort gemeldet, weil ich mich so auffallend gegen einen Krankenhausaufenthalt verwahrt hatte. Dann Walsh. Zu Kriegszeiten löste jeder Verdacht Unruhe aus, und jede Wiederholung eines Namens weckte das Schreckgespenst eines Attentats oder einer Verschwörung.

Ich hatte Gulliver und meinen Matrosenzopf in Wales zurückgelassen. Als die Kutsche die Mautstraße durch Knightsbridge entlangholperte, am St.-Georgs-Krankenhaus vorbei, verkündete die Trompete des Kutschers unsere Ankunft. Ich taufte mich auf den Namen John Harris und stieg in Piccadilly aus.

Die übliche Menschenmenge hatte sich an der Kutschstation versammelt, Gassenjungen, die sich für Botengänge anboten oder auf einen Taschendiebstahl spekulierten, Bettler, eine typische Diebesbande, die darauf wartete, sich mit dem unbewachten Gepäck aus dem Staub zu machen, Werber von Gasthöfen, die ihre Häuser anpriesen und das gute Geld der Passagiere gegen Falschgeld umwechseln wollten. Ich erspähte sogar ein paar Rüpel, die sehr nach Preßpatrouille rochen. Mit einer gewissen Arroganz und mit der Sicherheit des Schutzbriefs der Admiralität, den ich immer noch bei mir trug, ließ ich sie sehen, daß ich humpelte, wobei ich ihnen zuliebe allerdings ziemlich übertrieb, denn mein Fuß war inzwischen so gut wie verheilt. Ich benützte immer noch Coleridges knorrigen Stock, jedoch eher als Erinnerung und als Waffe denn als Stütze. So schnell ich es unter den gegebenen Umständen wagte – ich hatte kein Gepäck –, verschwand ich in den dunklen Nebenstraßen und begab mich zu einer Unterkunft ganz in der Nähe. Das Haus stand in dem Ruf, daß dort viel gestohlen wurde, aber da ich kaum etwas besaß, was man mir hätte entwenden können, wollte ich die endlosen Stunden, bis ich zu Daphne gehen konnte, dort verbringen.

Möglicherweise hielt sie sich gar nicht in ihrem Stadthaus

auf. Es konnte durchaus sein, daß sie nach ihrer Rückkehr beschlossen hatte, mit ihrem Sohn aufs Land zu fahren. Der Gedanke an diesen Sohn brachte mich immer noch ganz durcheinander, und während ich die Treppe zu meinem Zimmer hinaufstieg, überlegte ich, wie sehr sich eine Frau verändert, wenn ihre ganze Aufmerksamkeit einem Wesen gilt, das sie zur Welt gebracht hat, und ob die gemeinsame Elternschaft die Mauer durchbrochen haben könnte, die zuvor zwischen dem Herzog und der Herzogin bestanden hatte, zwischen Ehemann und Ehefrau, jetzt aber Mutter und Vater. Ich wußte genau, ich würde nicht schlafen, und machte mir deshalb nicht die Mühe, die Kleider auszuziehen, sondern legte mich nur aufs Bett, stellte mir Daphnes Familie vor, kämpfte gegen die Verzweiflung und machte mich auf eine Zurückweisung gefaßt.

Zum Glück wurde ich abgelenkt, auch wenn es keine Zerstreuung meiner Wahl war. Nachdem ich mir die liebreizende Familie in einem Dogcart ausgemalt hatte, wie sie lachend durch den Park ihres Schlosses fuhr, und mich weiter mit den Bildern ihres Glückes quälte, hörte ich, wie draußen eine Kutsche vorfuhr, mit einem rastlosen Pferd, das scharrte und schnaubte. Die Straßen waren sehr belebt, selbst um drei Uhr morgens, also war dies eigentlich kein überraschendes Ereignis. Aber in meiner Unruhe erhob ich mich und trat ans Fenster, um hinauszusehen, und da sah ich durch den dunstigen Nebel Walsh im Schein der Lampe stehen, umgeben von einem halben Dutzend Männer, die alle einem weiteren Mann zuschauten, der mit einem Stock herumhumpelte und heftig gestikulierte. Es handelte sich, wie ich in Sekundenschnelle erkannte, ganz offensichtlich um eine Nachahmung meiner Person.

Ich zögerte keine Sekunde, sondern verließ sofort mein Zimmer. Coleridges verräterischen Stock ließ ich zurück. Ich rannte zur Treppe. Auf halber Strecke sah ich, daß drei von

Walshs Männern von dem irritierten Besitzer zur Eingangstür hereingelassen wurden. Also führte für mich der einzige Fluchtweg nach oben, obwohl ich mich dort keineswegs auskannte. Ich eilte ins oberste Stockwerk der vermieteten Zimmer, wählte dort irgendeine Tür aus und klopfte so laut, daß selbst ein Toter erwacht wäre. Kurz darauf hörte ich das wütende Schimpfen des Bewohners, der zur Tür gestolpert kam, um zu öffnen.

»Du Schweinekerl, was soll dieser –«

»Wer hier wohnt, versteht meine Lage und was ich brauche, nämlich dein Fenster.«

»Mein Fenster? Du elender Hurensohn ...« Plötzlich riß er verständnisvoll die Augen auf. »Eine Prügelei, was? Bitte, bedient Euch«, sagte er und deutete auf das bereits geöffnete Schiebefenster. Ich durchquerte hastig das Zimmer, ohne auch nur die geringste Dankbarkeit zu zeigen, und begann hinauszuklettern. Bedauerlicherweise befand ich mich immer noch auf derselben Seite des Gebäudes wie die Straße, wo Walsh immer noch im Lampenschein stand. Zum Glück jedoch gab mir das Fenster Zugang zu einer Dachrinne, die an einem Giebelfenster hinauf zum Dach führte. Mit soviel Anmut, wie mir meine eben erst erfolgte Heilung erlaubte, kletterte ich, mich an der Regenrinne hochhangelnd, flink das abschüssige Dach hinauf. Dann ließ mich mein Glück im Stich, und ich trat auf einen lockeren Ziegel, der geräuschvoll zum Dachrand hinunterrutschte, auf die Straße fiel und dort nur fünf Meter von Walshs Füßen entfernt in tausend Splitter zerbarst.

Seine Trillerpfeife ertönte. Rufe schallten hin und her im ganzen Umkreis des Gasthofs. Inzwischen hatte ich den Dachfirst erreicht, den ich entlangbalancierte wie eine Rah. Der Nebel war hier oben wesentlich dichter, doch ich sprang zum nächsten Dach und dann weiter zum nächsten. Ich hatte keinen Plan und ahnte kaum die Richtung, aber die Rufe von unten folgten mir mir zermürbender Zielsicherheit. Ich rutschte aus, stürzte, bekam gerade noch die Firstziegel zu fassen, drehte mich um und sah zwei Verfolger auf den Dächern, die sich vorsichtig im Nebel vorwärtsbewegten. »Wir sehen ihn!« rief der eine, was mich veranlaßte, mich aufzurappeln und weiterzueilen, wobei ich mich fragte, was ich tun sollte, wenn die Häuserreihe endete.

Mein treuloses Glück stellte sich wieder ein, denn vor mir erschien ein riesiges hölzernes Gerüst, das so hoch hinaufführte, daß es sich im Nebel verlor. Ein weiterer Ausruf von meinen Verfolgern ließ mich in Windeseile hinaufklettern, ohne daß ich einen Gedanken darauf verschwendete, daß auch dieses »Hinauf« seine Grenzen haben mußte, wie jeder auf einen Baum gehetzte Dachs weiß. Wieder halfen mir meine Erfahrungen als Toppgast, und obwohl das Gerüst längst nicht so praktisch war wie gute Webeleinen, kam ich doch recht gut voran. »Er ist da hinauf«, hörte ich einen der Männer unschlüssig sagen, woraufhin der andere etwas angeberisch, aber immerhin mutig, verkündete: »Hinterher! Das machen wir auch.« Ich erreichte die Spitze und traf dort auf einige alte Freunde. Der erste war ein Flaschenzug zum Hochziehen schwerer Lasten, der an einem großen Masten befestigt war. Dieser Mast war mit Tauen unten verankert, ganz wie ein Schiffsmast, der von Wanten und Achterstagen gehalten wird. Ich konnte nicht sehen, wohin die Stricke führten, aber mir blieb keine Wahl. Ich sicherte den Haken eines der Blöcke am Verankerungsseil, hielt mich mit aller Kraft fest und schwang die Beine hoch, um die Abwärtsbewegung besser steuern zu können. Als ich nach unten zu gleiten begann, hörte ich einen erschrockenen Ruf: »Guter Gott, der Boden ist weg!«

»Schau nicht nach unten!« befahl die andere Stimme.

»Das tu ich nicht, aber ich klettre auch nicht höher.«

Ich kam an den beiden vorbei, immer schneller werdend,

so nahe, daß ich ihnen eine Kußhand hätte zuwerfen können, wenn ich nicht so beschäftigt gewesen wäre.

»Da ist er!«

»Er kommt wieder runter!« riefen sie erleichtert, als ich an ihnen vorbeisauste, doch ich sah meinen Weg plötzlich durch einen Balken blockiert. Ich hatte weder die Zeit noch die Kraft, meine Fahrt zu bremsen, also mußte ich mich seitwärts schwingen. Mein Rücken wurde geschrammt, aber ich bewegte mich weiter abwärts und vermied weitere Balken auf die eben beschriebene Art.

Als ich durch den Nebel brach, entdeckte ich, daß mein Seil mit einem riesigen Stein verbunden war, an dem ich zu Mus zerdrückt worden wäre, wenn ich meine Geschwindigkeit beibehalten hätte. Als ich die Beine aneinanderpreßte, um das Tempo zu verlangsamen, und so meine Hosen durchscheuerte, sah ich Walsh auf mich zurennen. Er hörte, daß ich mich näherte, zielte und schoß. Zum Glück verfehlte er sein Ziel, und als ich auf dem Steinblock landete, konnte ich mich abstoßen und gerade so weit springen, daß ich auf ihm landete. Wir rangen erbittert. Trotz der vom Seil wundgescheuerten Schenkel behielt ich die Oberhand. Und obwohl ich in einer so bedrängten Lage war, muß ich zugeben, daß ich erstarrte, als sich mein Gesicht so direkt vor seiner Nase befand.

»Wer seid Ihr, Mann?« knurrte er und musterte jede Einzelheit meines Gesichtes mit durchdringendem Blick.

»Niemand, für den sich dieser Aufwand lohnt«, stieß ich hervor, während ich ihn zu Boden drückte.

»Ich gebe nicht auf, Sir. Schon bald werde ich Euch richtig kennenlernen.«

»Aber nicht heute«, entgegnete ich, versetzte ihm einen harten Kinnhaken und ließ ihn so liegen, daß seine Kollegen ihn finden konnten. Ich rannte durch die Gassen und Straßen, bis ich merkte, daß ich unnötige Aufmerksamkeit auf mich zog. Dann versuchte ich, im noch dichter werdenden Nebel mit dem Pflaster zu verschmelzen.

Es gelang mir, wenigstens eine Stunde zu schlafen, wenn auch nur im Sitzen und gegen eine Mauer gelehnt. Als die Stadt langsam erwachte, war ich bereits in Covent Garden, wo mich plötzlich Kleidersorgen packten. Ich erstand verschiedene Kleidungsstücke, die besser waren als alle, die ich getragen hatte, seit ich nach der Schlacht von Camperdown an Land gegangen war, dann begab ich mich in eine Pension, um ein Bad zu nehmen. Mit viel Mühe versuchte ich, meine kurzgeschnittenen Haare einigermaßen ansprechend zu frisieren. Ich konnte meine Ungeduld kaum noch beherrschen, aber ich beschloß dennoch, in ein Kaffeehaus zu gehen, wo ich mich mit den Morgenzeitungen beschäftigte, die darüber berichteten, daß die französische Flotte bei Toulon entkommen war, weil ein Sturmwind Admiral Nelsons Blockade-Geschwader fast bis nach Sardinien zurückgeworfen hatte. Mein Frühstück trug ebenfalls zur Ablenkung bei, mit genügend türkischem Kaffee, um meine Nerven zum Vibrieren zu bringen. Ich las anschauliche Beschreibungen der französischen Flotte, drei- bis vierhundert Transport- und Kriegsschiffe, die vierzigtausend Mann mit Artillerie und Kavallerie transportierten, allesamt unter dem Oberbefehl von »Napoleon Bonaparte, dem General des Volkes«. Die unbeantwortete Frage lautere: Was war ihr Ziel? Malta? Gibraltar? Irland? Oder letztlich England? Ob der Kaffee, die Nachrichten oder die persönliche Spannung schuld daran war – ich konnte jedenfalls nicht länger stillsitzen und eilte hinaus auf die Straße, um herumzulaufen, bis ich es gar nicht mehr aushielt.

Um neun Uhr war ich am Berkeley Square, bei mir trug ich die Mitteilung, die ich im Kaffeehaus verfaßt und versiegelt hatte. Immer noch mißtrauisch gegenüber allen Hauseingängen, eilte ich zum Kutschhof des Cleyland House. Anders als bei meinem vorherigen Besuch herrschte hier nun lebhaftes

Treiben. Die bedeckte Kalesche, auf die man damals gerade das Wappen gemalt hatte, wurde jetzt mit vier Rappen angespannt. Der Stallmeister, wieder in hochfeinem Livree, zankte mit allen. Zwei livrierte Lakaien und der Kutscher hatten bereits ihre Plätze auf der Kutsche eingenommen. Eines der Pferde trat ungeduldig gegen das Achsholz, was die Stallburschen nervös machte, die soeben am Geschirr letzte Hand anlegten.

Das Tor stand schon offen, und der Stallmeister herrschte mich an: »Aus dem Weg, Platz da für die Equipage Ihrer Hoheit!«

Ich sprang aufgeregt beiseite, denn das hieß ja, daß sie da war. Die Kutsche passierte mich und fuhr die Einfahrt zum Berkley Square hinunter. Rasch trat ich zum Stallmeister, fest davon überzeugt, daß er mich von meinem Besuch vor einem halben Jahr nicht wiedererkennen würde.

»Bitte sorgt dafür, daß Ihre Hoheit dies in den nächsten fünf Minuten erhält«, sagte ich, während ich ihm mein Schreiben und einen Fünfer reichte, eine beträchtliche Summe für einen solchen Gefallen, aber ich durfte keine Zeit verlieren.

Der Stallmeister war mißtrauisch, aber glücklicherweise auch geldgierig. »Sie ist auf dem Weg ...«

»Beeilt Euch«, befahl ich ihm und fügte noch hinzu: »Wenn es Euch gelingt, habe ich eine zweite Fünfpfundnote für Euch.«

Er entfernte sich mit gerade so viel Würde, wie sein Diensteifer zuließ. Ich rührte mich nicht vom Fleck und überlegte verzweifelt, ob ich vielleicht zuwenig geschrieben hatte – oder zuviel, falls der Brief abgefangen wurde. »Charles I., eine Stunde, dringend« – mehr stand nicht da. Plötzlich dachte ich, der Inhalt könnte so mißverstanden werden, daß ich eine Stunde mit ihr verbringen wollte und nicht, daß ich vorschlug, mich in einer Stunde mit ihr zu treffen. Als ich darüber ins Schwitzen kam, erschien mein kostspieliger Postbote wieder, die Hand ausgestreckt. Sie würde kommen! Ich bezahlte meine Schuld und rannte los, um eine Droschke zu finden.

Die Stunde zerrann, ein Sandkorn nach dem anderen, während ich eine Art Burggraben um die Statue herumtrampelte, immer nach Walshs Männern Ausschau haltend, immer von der Angst verfolgt, ich könnte Daphne verpassen. Dann tauchte plötzlich, von der Strand herkommend, die Cleylandsche Kutsche aus dem Nebel auf, drängte sich durch den dichten Verkehr, fuhr dicht an Charles I. vorbei, ohne stehenzubleiben – es wurde nur eine Tür geöffnet. Ich rannte hin, sprang auf und landete zu Daphnes Füßen.

Ich sah, wie sie an der Kordel zog und die Tür zuschlug. Dann richtete sie ihre hinreißenden grünen Augen auf mich. Sie war gekleidet wie eine Herzogin für eine Stadtfahrt: ein Ausgehkleid aus schimmernder weißer Seide, sehr dünn, getragen über nur leichten Korsagen, unter dem Busen geschnürt und tief ausgeschnitten, um ihn zu enthüllen. Über dem Kleid ein ärmelloser Umhang, der bis zum Knie reichte. Die Haube war eine raffinierte Kombination schwarzweiß gepunkteter Schleifen, unter denen das Haar immer noch in Ringellocken bis auf die Schultern fiel.

»Du bist spät dran«, sagte sie. »Du wurdest schon vor – nun, wann war es? – vor vier Jahren erwartet.«

»Sind wir hier ungestört?« fragte ich, während ich mich erhob und auf dem Sitz ihr gegenüber Platz nahm. Ich registrierte die zugezogenen Fenstervorhänge, die goldenen Leuchter und die geblümten Chintzpolster. Überall lagen Kissen.

»Völlig, außer beim Ein- und Aussteigen.«

»Ich wurde an jenem Abend von einer Preßpatrouille gefaßt, danach habe ich sechsmal das Schiff gewechselt, ohne je an Land zu kommen. Ich war in der Nore, zur Zeit der

Meuterei, dann bei Camperdown.« Ihre Augen weiteten sich vor Entsetzen. Ich fuhr fort: »Ich wußte nicht, wer deine Post lesen könnte. Als ich wegen meiner Verwundung an Land gebracht wurde, begab ich mich sofort zu eurem Haus. Du warst in der Karibik ...«

»Mein Vater ist gestorben«, sagte sie ungeduldig. »Welche Wunde?«

»Mein Fußknöchel stand einer Vierundzwanzigpfünder im Weg und kam dabei ziemlich schlecht weg. Jetzt ist er fast verheilt.«

Sie musterte mich ohne jede Spur von Sorge, oder jedenfalls konnte ich keine entdecken. Ich dachte schon, ich hätte sie verloren und sie sei nur aus Neugier zu diesem Treffen gekommen. Doch dann sagte sie: »Ich habe mich seit damals jeden Tag nach dir gesehnt.« Und sank in meine unvorbereiteten Arme.

Ich hatte nicht gewußt, daß ein Kuß soviel Vergangenheit und soviel Schmerz wegblasen kann, aber während ich voller Erleichterung merkte, daß sie mein war, küßte und liebkoste ich sie auch schon für zukünftige Zeiten, während derer ich die Erinnerung daran brauchen würde. Wir hätten uns alle Worte sparen können, mußten aber beide soviel fragen, und die Antworten drängten sich zwischen unsere Küsse.

»Wieviel Zeit haben wir?« fragte sie. »Dein Brief hat mich fast umgebracht vor Freude.«

»Ich muß England so schnell wie möglich verlassen. Das Innenministerium ist mir auf den Fersen. Aber sag mir –«

»Wissen sie, wer du bist?«

»Nein, aber sie können die Tätowierungen entschlüsseln, so gut wie du, wenn sie die Gelegenheit dazu haben. Bist du ...«

»Könnten wir uns nicht im Lake District verstecken?«

Der Gedanke drang durch meine Entschlossenheit, verhakte sich dort und infizierte mich mit gefährlicher Versuchung.

»Sie haben mich in Somerset entdeckt und in London bereits erwartet. Jetzt sind sie zu aufgebracht, es ist nirgends mehr sicher.«

»Soll das heißen, daß du gekommen bist, um dich wieder von mir zu verabschieden?«

»Soweit ich mich erinnere, ist das nicht gestattet. Ich bin gekommen, damit du weißt, ich bin noch am Leben und fest entschlossen, zu dir zurückzukommen, wenn das auch dein Wunsch ist.«

»Mein Wunsch? Das ist einer der beiden Gründe, weshalb ich atme. Der andere Grund ist dein Sohn. Ich hätte ihn mitgebracht, aber er ist auf dem Land, zusammen mit Seiner Gnaden, dem Herzog.«

Mein Mund war so trocken wie die Trinkwassertonne bei äquatorialer Windstille. »Was sagst du da?«

Sie legte sich zurück und nahm ihre Haube ab, den Überraschungseffekt genußvoll auskostend. Ihr Lächeln war so schön, daß sich allein dafür das Leben lohnte. »Ich kann neun Monate nachrechnen, Fletcher. Schon bald nachdem ich mich im Lake District von dir verabschiedet hatte, wußte ich, daß ich schwanger war, noch ehe der Herzog nach London zurückkehrte. Das Datum seiner letzten Pflichtübung ließ sich glücklicherweise der Sachlage einigermaßen anpassen, so daß es meiner Niederkunft entsprach. Von dem Moment an, da ich ihn über meinen Zustand in Kenntnis setzte, waren wir gute Freunde auf Distanz. Er hat seinen Erben, und wir führen seither getrennte Leben, er mit diversen Geliebten.« Sie ergriff meine Hand. »Dein Sohn, der den Namen James trägt, hat – zu deiner Beruhigung – genau deine Augen und deinen Mund und außerdem den Ehrentitel Graf von Bowfield.«

Ich saß da, unfähig, mich zu rühren. »James ...« wiederholte ich.

»Freust du dich?«

»Ob ich mich freue? Du schleuderst diesen Blitz auf

mich, der mich in zwei Hälften spaltet – die eine voll überschwenglicher Freude, die andere voll Kummer befrachtet, weil ich ihn nicht kennenlernen kann und er mich nie kennen wird.«

»Aber du kannst und wirst ihn kennenlernen«, versicherte sie mit Nachdruck, dann lachte sie und rückte mit der nächsten Überraschung heraus. »Er wird unser Haus im Lake District himmlisch finden. Ich habe es durch Mittelsleute erstanden, die – da mußt du mir vertrauen – nicht gefunden werden können.«

Wieder erschien der Ort vor mir, diesmal mit einem Sohn, der dort herumrannte. Ich schloß Daphne in die Arme und ließ meine Dankbarkeit in unsere Küsse einfließen. Sie gab sich ganz meiner Umarmung hin, und ich wagte es, mir die von ihr beschriebene Zukunft vorzustellen, aber gleichzeitig wurde uns beiden die Absurdität dieser Hoffnung bewußt. Wir zögerten in unserer Umarmung, einander festhaltend, aber verloren in verschiedene Richtungen starrend.

»Wie sehen deine Pläne aus?« erkundigte sie sich gefaßt.

»Ich will ein Schiff finden, vielleicht ein Handelsschiff, das mich irgendwohin bringt, gleichgültig, wohin.«

Sie richtete sich auf. »Mir ist es nicht gleichgültig. Ich werde dafür sorgen, daß es eine kurze Reise ist.« Mit diesen Worten zog sie an einer Kordel, wodurch es oben klopfte.

Das Schiebefenster zum Kutscher öffnete sich. »Ja, Eure Gnaden?«

»Bitte zur Blackfriars Bridge, dann zum oberen Flutbekken, zur Hütte des Hafenmeisters. Es besteht kein Anlaß zur Eile.«

Sie lehnte sich wieder in die Kissen zurück und begann ihre Korsage aufzunesteln. »Viele Handelskapitäne haben seit meiner Kindheit am Tisch meines Vaters gespeist. Wir werden hinuntergehen und sehen, wer im Hafen ist, und ein entsprechendes Schiff für dich finden. In der Zwischenzeit möchte ich dich in meinem Boudoir auf Rädern willkommen heißen. Wir haben wenig Zeit, viel zuwenig, wie immer ...«

Es dauerte mehrere Stunden, über die Blackfriars Bridge und durch Southwark zu fahren. Keine Minute wurde verschwendet. Irgendwie gelang es uns wieder, einander so zu erkennen, als hätten wir unser ganzes Leben miteinander verbracht, oder jedenfalls glaubten wir das, als wir am Dock ankamen, wo hundert Handelsschiffe vor Anker lagen, um zu laden und zu entladen, vor dem Wind geschützt durch doppelte Baumreihen. Unser erster Halt war ein Ausrüstungsladen, wo ich gebrauchte Kleidung und jene notwendigen Dinge erstand, die dem Handelsoffizier, der ich einmal gewesen war, entsprachen. In dem Gedränge schwerer Tafelwagen und Lastwagen fiel die Cleylandsche Kutsche sehr ins Auge. Daphne erkannte unter den ersten zehn Schiffen, die wir passierten, drei amerikanische, die für ihren Vater Rum transportiert hatten. Der Hafenmeister, der die Kutsche vor seinem Häuschen natürlich auch bemerkte hatte, war ausgesprochen entgegenkommend, als ich ihn bat, mich vorzustellen, und er fragte, ob ich einen Schutzbrief der Admiralität besäße. Alle amerikanischen Kapitäne bestanden auf diesem Papier, weil sie befürchteten, die Königliche Marine würde ihnen sonst die Besatzung direkt vom Schiff stehlen. Ich zeigte ihm mein Dokument, sorgte aber dafür, daß er für mich den Namen John Harris verwendete. Eine Namensänderung war bei Seeleuten ein recht häufiges Anliegen.

Als Daphne den Namen des Kapitäns hörte, zu dem der Hafenmeister mich schickte, lachte sie laut. »Ich erinnere mich gut an ihn, und er wird sich bestimmt auch an mich erinnern. Ich habe ihn einmal beim Essen darüber aufgeklärt, daß es ein Zeichen für ungehobelte Manieren ist, wenn man beim Suppeessen mit dem Löffel in der Suppenschale kratzt. Ich war ja so ein altkluger Fratz mit meinen zehn Jahren ...

Aber er wird dir gefallen, dieser Mr. Cronley. Er ist ein erstklassiger Mann.« Sie nahm eine Visitenkarte aus ihrem Retikül und griff in das kleine Schränkchen, das in die Kutschwand eingelassen war. Darin befanden sich ein Tintenfaß und eine Feder, mit der sie rasch eine Mitteilung schrieb. Diese nahm ich mit, als ich die Gangway hinaufging, um Kapitän Cronley vom Dreimaster *Salem Glory,* einem mit Hanf und Baumwolle für den Orient beladenen Segelschiff, meine Aufwartung zu machen.

Der Kapitän war ein kantiger, pfeiferauchender Amerikaner, der als erstes leise in sich hinein lachte, als seine scharfen blauen Augen auf die Karte fielen, die ich ihm überreichte. »Oho, sie war eine ganz schön energische junge Dame, das muß man ihr lassen. Hat mir gesagt, wie ich essen soll. Ihr seid also für diesen alten Ziegenbock Sir Richard Lewis gesegelt? Da wißt Ihr sicher auch, daß er tot ist.«

»Ja, das habe ich gehört.«

»Meint Ihr, es gefällt Euch auf einem amerikanischen Schiff, Mr. Harris?«

»Aye, Sir. Da bin ich mir sicher.«

»Und mir würde Eurer Schutzbrief Sicherheit geben. Diese verdammte Königliche Marine hat mir die halbe Besatzung gestohlen, hat meinen letzten Zweiten Offizier direkt von Schiff geholt, mitten im Kanal. Wir laufen mit dem Ebbstrom aus, in Richtung nach Konstantinopel – das sonnige Mittelmeer, nach dem elenden Londoner Nebel. Bringt nachher Eure Ausrüstung an Bord, unterschreibt den Vertrag und sucht Euch unten einen Platz. Ihr seid an meinem Tisch zum Abendessen eingeladen.«

»Besten Dank, Sir. Ich werde da sein.«

Ich eilte zurück zum Kai und fand Daphnes Kutsche, die in diskretem Abstand geparkt war. Ich klopfte, öffnete die Tür und merkte, daß sie schnell die Tränen wegwischte. »Weshalb bist du so rasch zurück?« fragte sie vorwurfsvoll. Als ich mich neben sie setzte und die Tür wieder schloß, fügte sie hinzu: »Und wie kannst du hier sein und mich so früh wieder verlassen?«

»Ich komme zurück.«

»Wann?« fragte sie. »Konstantinopel ist ein bißchen weiter weg als Dorking.«

Doch sie ließ zu, daß ich sie in die Arme schloß und ihre Fragen nicht beantwortete. Statt dessen erinnerte ich sie: »Du hast mir einmal geschrieben, daß für uns die größte Gefahr darin liegt, verrückt zu werden, weil wir nicht haben können, was andere Paare haben ... und weil wir die Menschen waren, die wir waren, als wir uns begegnet sind ...«

»Beides seltsame Fischlein ...«

»Ja. Wir werden niemals alles haben, was wir wollen. Dazu sind wir verdammt, und etwas Besseres dürfen wir nicht erwarten.«

»Ein furchtbares Wort, dieses ›niemals‹.«

»Aber was wir haben, ist mehr, als die meisten Menschen je bekommen. Auf jeden Fall ist es intensiver, weil es immer nur von kurzer Dauer ist. Weil es so heiß ersehnt ist, wird es das Licht in unserem ansonsten dunklen und verborgenen Leben sein. Es liegt an uns, Mittel und Weg zu finden, wie wir die Welt überwinden und zusammensein können. Dieses mein zweites Leben hat mit dir begonnen, und ob ich nun bei dir bin oder nicht – ich glaube ganz ehrlich, daß ich mit dir atme.« Sie lachte und schenkte mir ein entzücktes Lächeln. »Ich stelle mir sogar vor, daß mein Herz nur schlägt, um mit dem deinen mitzuhalten. Man sagt zwar, es ist Wahnsinn, so für die Liebe zu leben, aber nun hast du mir einen Sohn geschenkt. Grundgütiger Himmel, Daphne – einen Sohn! Nicht dem Namen nach, nicht einmal durch seine Anwesenheit, sondern dem *Wesen* nach – und ich lausche bereits seinem Herzschlag, daß er dem deinen Gesellschaft leisten möge.«

»Wenn du nicht bald zurückkommst, werde ich nach dir suchen, das verspreche ich dir.«

»Das ist nicht nötig. Du verfolgst mich ohnehin jede Minute meines Lebens. Ich komme bald wieder zurück – so schnell ich irgend kann.«

Plötzlich setzte sie sich kerzengerade auf. »Du mußt mir schreiben. Wie dumm von uns. Wir haben vergessen zu arrangieren, daß ...«

»Hast du eine Freundin, die ...?«

»Eine Herzogin hat tausend Freunde«, meinte sie bitter, »aber niemanden, dem ich deinetwegen vertrauen könnte. Sag mir, wann dein Geburtstag ist. Ich weiß ihn bis heute nicht.«

»Am fünfundzwanzigsten September.«

»Am fünfundzwanzigsten Tag des neunten Monats. Schreib an ... Mrs. Derwent Fish, das ist ein guter Name, zu Händen des Londoner Hauptpostamts, Postfach 259. Ich werde dir auch dorthin schreiben, es sei denn, du teilst mir einen Ort mit, der sicher ist. Wenn jemand anderes dieses Fach hat, werde ich es ihm abkaufen.«

»Die Freuden der Privilegierten.«

»Es sind verdammt wenige, und du bist bei weitem die größte Freude. Geh jetzt, mein Liebster. Seit meiner Geburt weiß ich um die Gezeiten, und die deinen kommen bald. Außerdem kann ich diesen Abschied nicht eine Minute länger ertragen. Komm zu mir zurück, Fletcher, sobald du kannst. Ich möchte, daß du unseren Sohn kennenlernst.«

Es war etwas jenseits von Willenskraft und Überlebensmut, was mich aus der Kutsche aussteigen und zum Schiff gehen ließ, meinen neuen Seesack über der Schulter. Nachdem ich so lange darauf gewartet hatte, sie endlich wiederzusehen, konnte ich es kaum fassen, daß ich sie nun schon wieder verlassen mußte, und das nach einem Besuch, der wenig mehr als eine kurze Visite gewesen war. Dieser wütende

Konflikt ergriff mich völlig, und ich habe nicht die geringste Erinnerung daran, wie ich meine Ausrüstung in der Kajüte unterbrachte und mir einen Platz auf dem Achterdeck suchte, während das Schiff zum Auslaufen bereitgemacht wurde. Ich wurde sicherlich mit meinen Offizierskollegen bekanntgemacht und beaufsichtigte die Mannschart, die routiniert das Ablegen besorgte, und schließlich begab ich mich hinunter zum Mitteldeck, um das Setzen der Großsegel zu überwachen.

An dieser Stelle setzt mein Gedächtnis wieder ein, denn über das Schanzkleid hinweg erhaschte ich einen Blick auf etwas Weißes, und während ich den Männern, die die Segel refften, meine Befehle zurief, stahl ich mich langsam an die Reling. Da stand Daphne am Kai und blickte zu unserem Schiff, aber als wir uns langsam ins Hafenbecken bewegten, schlenderte sie zum Ende des Docks und blieb dort, solange ich sie sehen konnte, während das Schiff in die Themse einfuhr. Sie winkte nicht, genausowenig wie ich. Sie blickte uns nach, bis wir hinter den Bäumen verschwanden, woraufhin ich an Deck wieder nichts mehr wahrnahm, sondern wahrscheinlich blind wie eine Fledermaus herumschwirrte. Irgendwie schaffte ich es, meinen Pflichten nachzukommen, und fand mich wie abgemacht am Tisch des Kapitäns ein, wo ich aus erster Hand die ungekünstelte Kameradschaftlichkeit meiner Offizierskollegen kennenlernte, in die ich, mit typisch amerikanischer Herzlichkeit, rasch eingeschlossen wurde. Ich sollte als Offizier die Mittelwache übernehmen, von Mitternacht bis vier Uhr, was mir erlaubte, nach der Abendmahlzeit den einzigen Brief zu beginnen, den ich auf dieser Reise schreiben sollte.

Die Fahrt verlief gut und, wie bei Handelsfahrten üblich, ermüdend ereignislos – bis auf zwei Zwischenfälle. Der eine ereignete sich auf unserer Rückkehr von Konstantinopel, als der Konvoi, dem wir uns zu unserem Schutz angeschlossen hatten, durch einen Sturm in alle Richtungen verstreut wurde. Nach einer Nacht, so schwarz wie der Höllenschlund, brachte der junge Midshipman, der beim ersten Tageslicht in die Takelage geschickt worden war, uns alle in Bewegung, als er uns mit einer Stimme, die sich vor Angst überschlug, mitteilte, daß wir zehn Kabellängen von einer Flotte entfernt waren, die aus einem Dutzend Linienschiffen bestand, mit zwei begleitenden Fregatten, die schon unterwegs waren, um uns auszukundschaften. Während er die amerikanische Flagge hißte, bedachte Kapitän Cronley sie mit einer wahren Breitseite von Beschimpfungen. Wenn sie Franzosen waren, würden sie uns als Prise nehmen, wenn sie Briten waren, würden sie die Mannschaft zum Dienst pressen. Als wir in Schußweite ihrer Geschütze kamen, hißten sie die Flaggen, und trotz meiner eigenen Probleme war ich erleichtert, daß sie britische Farben trugen. Eine der Fregatten lief ab, um zur Flotte zurückzukehren, während die andere stoppte.

»*Salem Glory,* ahoi!« rief der Kapitän durch ein Sprachrohr, aber noch ehe er sich vorstellen konnte, donnerte Cronley als Antwort: »Wir werden niemanden entern lassen, Sir. Ich habe selbst zuwenig Mann an Bord, Sir, und kann es mir nicht leisten, irgend jemanden –«

»Wir haben nicht vor zu entern, Kapitän. Unsere Absicht war es, Euch zum Abendessen zu bitten, um unseren Sieg zu feiern. Wir haben die Franzosen im Nildelta erwischt, und Lord Nelson ließ unsere Flotte zehn ihrer Linienschiffe und zwei Fregatten kapern. Ihr Flaggschiff ist explodiert. Bonaparte ist an Land zurückgeblieben und kann zu Fuß nach Frankreich zurückkehren.«

Es klang, als hätte der Kapitän der Fregatte schon vor einiger Zeit zu feiern begonnen. Ich freute mich über die Neuigkeit – war neidisch auf alle, die dabeigewesen waren. In dem Augenblick beschloß ich, daß mein nächstes Schiff der Königlichen Flotte angehören würde, gleichgültig, wie gefährlich das für mich sein mochte. Ich hatte mich schon auf vielen Schiffen durchgeschlagen, ohne entdeckt zu werden, und ich wollte es wieder tun.

»Besten Dank, aber kein Abendessen«, brüllte Cronley, seine Neutralität wahrend. »Wir werden unserer Anerkennung Ausdruck verleihen, indem wir Euch eine Kiste mit bestem Madeira hinüberschicken, den wir für solche Gelegenheiten aufbewahrt haben, und als Gegenleistung wollen wir Euch bitten, unsere Post zu übernehmen.«

»Dieses Angebot nehmen wir gerne an, Sir.«

Da die Morgenwache nicht meine Aufgabe war, eilte ich nach unten, um die vierundzwanzig Seiten zu holen, die ich an Mrs. Derwent Fish, Postfach 259, geschrieben hatte. Eine Flotte kam langsam voran, aber ihre schnellste Fregatte wurde vorausgeschickt, mit Botschaften, Berichten und Postsäkken. Mein Brief würde in der allgemeinen Post untergehen und keinerlei Aufmerksamkeit erregen, außer bei der Person, an die er adressiert war. Daphne würde mehr über die Basare von Konstantinopel und die Mythen der Ägäis erfahren, als irgend jemand wünschen konnte, aber es waren vierundzwanzig Seiten, auf denen ich ihr immer wieder versicherte, daß ich bald zurückkehren würde.

Ich beobachtete, wie unsere Barkasse durch ruhige See zur Backbordseite der Fregatte manövrierte. Die großen Linienschiffe dahinter, ihre Beute im Schlepptau, fuhren langsam und majestätisch am Horizont. Mit einem Fernglas konnte ich Lord Nelsons langes, schmales blaues Banner ausmachen, das oben am Großmast des Flaggschiff flatterte. Ich glaube nicht an Vorahnungen, aber während ich mit prüfendem Blick den Schaden an seinem Schiff abschätzte, hatte ich das deutliche Gefühl, daß ich eines Tages mit ihm segeln würde. Hätte ich es nur gleich getan!

Denn die zweite Unterbrechung unserer eintönigen Routine war katastrophal. Zwei Wochen, nachdem wir Nelsons Flotte gesichtet hatten, befanden wir uns nördlich von Algier, auf dem Weg nach Gibraltar und immer noch auf der Suche nach unserem Konvoi und seinem Schurz. Wir kamen nur langsam voran, denn im Sommer herrschen zwischen Sizilien und der Küste Nordafrikas westliche Winde vor, die uns entgegenbliesen. Die große Überraschung war ein nördlicher Mistral, der so plötzlich über uns kam wie eine Sonnenfinsternis. Es war während meiner Wache, als ich mich gemeinsam mit Cronley an den Besanmast festbinden ließ, denn wir waren gezwungen, bei achterlicher See vor dem Sturmwind zu laufen. Die Steuermänner versuchten mit aller Kraft, das Schiff auf Kurs zu halten, aber noch ehe ich mich losmachen konnte, verloren sie die Kontrolle, und das Schiff begann zu schlingern und schwang in das Wellental. Haushohe Seen brachen über uns herein, und innerhalb weniger Minuten waren wir entmastet: Die dicken Eichenbalken barsten mit einem Knall wie Kanonendonner und stürzten über Bord mit allem, was vom Segel noch übrig war.

Immerhin hatten wir das Glück, nicht zu kentern, und der Kapitän und ich überstanden den Sturm, ohne daß sich die Taue lockerten, die uns an dem verbliebenen Maststumpf festhielten. Das Unwetter ging so schnell vorüber, wie es gekommen war, und als wir uns losbanden, versuchte Cronley eine Lösung zu finden. Ein Seeman, der gerade die Schiffstreppe von unten heraufkam, blickte zufällig nach Steuerbord und rief: »Ein Segel!« Sowohl Cronley als auch ich hatten während des Sturms unsere Ferngläser bei uns behalten, und wir richteten sie nun auf den Besucher.

Erschöpft und resigniert sagte Cronley: »Und nun kommen die Geier. Eure Meinung, Mr. Harris?«

»Es sind zwei«, sagte ich und revidierte alle meine Zukunftsbilder. »Zwei Kaperschiffe der Berber, würde ich sagen, genauer, zwei Schebeken, jede mit vierzehn bis sechzehn Geschützen.«

Cronley schwieg einen Augenblick, dann schob er sein Glas zusammen und sagte: »Hoffen wir, daß der Dei von Algier Geiseln nimmt, um Lösegeld zu erpressen, und keinen Sklavenhandel betreibt.«

Algier

Januar 1801

Mehr als zwei Jahre lang verging für mich und die anderen hundertundfünfzig Seeleute, mit denen ich die algerische Gefangenschaft teilte, ein Tag wie der andere. Aufgrund dieser Eintönigkeit sehe ich keine Veranlassung, das Grauen im Detail zu schildern. Durchbrochen wurde die Monotonie nur dann, wenn jemand die Nerven verlor und von den Janitscharen des Dei hinausgeschleppt wurde, wo ihm der Trost der Bastonade zuteil wurde und man ihm die Fußsohlen blutig schlug, bis er nicht mehr gehen konnte. Selbstverständlich verstarb auch eine gewisse Anzahl von Männern durch Folter, an Durchfall oder Unterernähung, aber der Tod war ein derart alltäglicher Vorfall, daß wir außer dem Namen des Verstorbenen nichts festhielten. Im Sommer 1799 herrschte eine große Dürre, deshalb wurde für die Geiseln Wasser von der Liste der lebensnotwendigen Dinge gestrichen. In jener Zeit starb auch unser Kapitän Cronley. Was uns als Mahlzeit gereicht wurde – ein grauer Brei, an dem wir nicht zu riechen und den wir nicht näher zu untersuchen wagten –, genügte mit Mühe und Not, uns am Leben zu erhalten, und lediglich darum ging es ja auch.

Wir waren Geiseln, mehr nicht, skrofulös und heruntergekommen. Während die europäischen Staaten in einem schrecklichen Krieg sich gegenseitig zu vernichten suchten, gab es gleichzeitig noch die kleinen, niemals offiziell erklärten Feindseligkeiten gegen den Süden. Die Berberstaaten –

Algerien, Marokko, Tripolis und Tunis – hielten sich für berechtigt, jedes Schiff eines Landes zu kapern, das keinen Tribut dafür entrichtete, daß seine Handelsschiffe passieren durften. Weil die europäischen Mächte Flotten besaßen, die groß genug waren, um ihre Handelsleute zu begleiten und gleichzeitig einen Krieg zu führen, richteten die Deis und Paschas, welche die Piratenstaaten unter der Oberherrschaft des türkischen Sultans regierten, ihre Angriffe vor allem gegen die Schiffe aus Amerika, einem Land, das weit entfernt lag und seit seinem Revolutionskrieg über keine Marine mehr verfügte.

Unsere kleine Elendsgemeinschaft bestand aus den Besatzungen verschiedener Schiffe. Als Lösegeld wurden fünfzigtausend Dollar verlangt, zusätzlich zu dem Geld, das Präsident Adams und der amerikanische Kongreß bereits als Tribut für sichere Fahrt bezahlt hatten. Die Lage wurde noch dadurch erschwert, daß, wie wir später erfuhren, Thomas Jefferson 1800 zum amerikanischen Präsidenten gewählt wurde. Eines seiner wichtigsten Wahlkampfversprechen war gewesen: »Millionen für die Verteidigung, kein Cent für den Tribut«, ein einprägsamer Satz, der dazu führte, daß in New Bedford drei neue Fregatten gebaut wurden und wir weiterhin in Algier schmorten.

Da ich als Offizier auf der *Salem Glory* gedient hatte, wurde ich sowohl von meinen Mitgefangenen als auch von den Wärtern als Amerikaner betrachtet, und obwohl gelegentlich Diplomaten vorbeikamen, naserümpfend wegen des Gestanks, unseren Blicken ausweichend, legte ich doch keinen Wert darauf, meine wahre Staatsbürgerschaft offenzulegen. Ich war auch nicht überrascht, als ein Vertreter der britischen Gesandtschaft erschien und fragte, ob ein »gewisser John Harris« unter den Gefangenen sei. Ich hatte keinen Augenblick daran gezweifelt, daß Walsh früher oder später das obere Flutbecken in London besuchen und herausfinden würde, welches Schiff mich aufgenommen hatte. Offenbar war die Nachricht von der Gefangennahme der *Salem Glory* inzwischen bis ins Innenministerium vorgedrungen. Die Anfrage des Diplomaten wurde weder von mir noch von einem meiner Mitgefangenen bejaht. Ich wagte aber immerhin zu hoffen, daß auch Daphne von unserer Gefangennahme gehört hatte.

Ich schloß Freundschaft mit ein paar Yankees, die einen Mann nie nach seiner Vergangenheit befragten. Ich fand heraus, welche von ihnen am zuverlässigsten waren, und um nicht den Verstand zu verlieren, beschäftigte ich mich als Gegenmittel mit Fluchtplänen. Umgeben von Tod, Krankheit und wechselnden Wärtern wartete ich ein ganzes Jahr, ehe ich jemanden in meinen Plan einweihte. So lange dauerte es, bis die Verzweiflung mich dahin brachte, in meinen Überlegungen mehr zu sehen als pure Phantasterei.

Flucht war, das versteht sich, unmöglich. Der Kerker war eine riesige, in den Felsen gehauene Höhle, die man durch Eisenstäbe in zwei ungleiche Abschnitte aufgeteilt hatte. Wir vegetierten im kleineren Teil, der von oben durch Schächte mit Licht und Luft versorgt wurde. Selbstverständlich waren diese Schächte für uns unerreichbar. Sie führten zu der Festung, die den Hafen überblickte. An den Eisenstäben stand eine Reihe von Eimern, in die wir unsere Notdurft verrichteten. Jeden Morgen wurde den paar Männern, die vor den Wachen unwürdig zu Kreuze krochen, das Privileg zuteil, diese Eimer durch das einzige Tor in den Stäben zu tragen, die Steintreppe hinauf, um so lange den Sonnenschein und die frische Luft zu genießen, wie sie brauchten, um die Eimer ins Abwasser zu gießen.

Im größeren Teil des Kerkers verbrachten die Janitscharen ihren Wachdienst. Dieser Bereich war ausgestattet mit Tischen und Stühlen, außerdem befanden sich dort die Foltergeräte – eine Streckbank, eine flache Kohlenpfanne mit

Brandeisen, ein spanischer Stiefel mit Eisenspitzen, nichts besonders Originelles –, mit denen sie uns traktierten. Wir hatten eine Stufe des Dahinvegetierens erreicht, die es erlaubte, daß wir uns über die Hitze der Kohlenpfanne freuten, wenn jemand mit einem Brandmal bestraft werden sollte, zumal während der schlimmen Unwetter, die zwischen November und März die nordafrikanische Küste heimsuchten.

Mein Plan war einfach: Wir mußten durch das Tor brechen, wenn es wegen der Eimer geöffnet wurde. Ich bot mich an, es als erster zu versuchen. Wir wollten unsere Wachen überwältigen – hundertfünfzig Männer gegen die zwei Dutzend Wärter, die jeweils zur gleichen Zeit Dienst hatten – und dann den Eingang oben an der Treppe abriegeln. Die Überlebenden sollten die Wachen als Geiseln nehmen und so ein Mittel in der Hand haben, um über ihre Freilassung zu verhandeln. Zu diesem Zweck studierten wir unsere Wärter, um ihre individuellen Schwächen und Vorlieben herauszufinden, die nicht zu knapp bemessen waren.

Die Wärter waren eine privilegierte Klasse in der algerischen Gesellschaft, mehrere tausend Mann einer speziell ausgebildeten Kampftruppe, die Regierung und Gesetzgebung kontrollierte. Als Mitglieder dieser Truppe war es ihnen gestattet, die islamischen Gesetze nur recht oberflächlich einzuhalten. Wir sahen, daß sie ungeheure Mengen von Alkohol, Opium und Tabak zu sich nahmen. Ihr oberster Rat wählte den Dei, aber es war eine recht merkwürdige Art von Politik. Wenn der Dei in der Herrschaftsausübung auch nur die geringste Laxheit zeigte, war sofort jemand zur Stelle, der diese Schwäche ausnützte und ihn umbrachte. Aus diesem Grund erschien er gelegentlich im Kerker, meist, um sich an den brutaleren Folterungen zu beteiligen, wodurch er sein Ansehen zu stärken hoffte.

Wir hatten uns – wie Gefangene das so tun, um zu überleben – nach Sympathie und nach Fähigkeiten organisiert. Anfangs waren nur wenige in meinen Plan eingeweiht, und diese wenigen informierten andere nur, wenn es unerläßlich war. Unsere Wachen verboten Gespräche zwischen mehr als drei Beteiligten, selbst bei Nacht, wenn Ölfackeln die Höhle erleuchteten, in der wir zu schlafen versuchten. Trotzdem kannten wir im Winter 1801 unsere Wächter schließlich so gut wie Brüder und waren fest entschlossen, einen Ausbruchsversuch zu unternehmen. Erst da wurde der Plan verbreitet, sehr vorsichtig durch Gruppen von drei Männern, die sich dem Anschein nach ganz beiläufig unterhielten. Jedem Mann wurde seine Aufgabe und seine Position am Tor zugeteilt, von wo aus er denjenigen folgen sollte, die den Anfang machen würden. Die Janitscharen trugen Krummsäbel, Dolche und Langspieße, außerdem hatten sie Musketen, die in den Ständern am Fuß der Treppe aufbewahrt wurden. Es bestand kein Zweifel, daß viele von uns sterben würden.

Eine Woche lang probten wir anderen jeden Tag unser Vorgehen, wenn die Tore für die zwölf Eimermänner geöffnet wurden, indem wir uns unauffällig an die Stellen begaben, wo wir bei der Attacke eingesetzt werden sollten. Wir waren auf die vollen Eimer angewiesen, um die Wachen blind zu machen und auf sie einzuschlagen. Die Eimer waren unsere einzigen Waffen, ehe wir die unserer Wächter an uns reißen konnten. Wenn die Eimermänner hinaustraten, sollten zehn Gruppen mit je zwölf Mann folgen, eine Gruppe nach der anderen in einer genau geplanten Ordnung, damit es am Tor nicht zu einem Gedränge kam. Jede Gruppe hatte ein genaues Ziel – die Musketen, die Stufen, um den Eingang oben abzuriegeln, die Wachen selbst, die Übernahme ihrer Waffen. Ich muß zugeben, daß ich auf die komplizierten Einzelheiten in gewisser Weise stolz war, auch wenn das gesamte Unterfangen vielleicht unmöglich scheinen mochte. Selbstverständlich brauchte nur ein einziger Mann am Tor zu zögern, und alles war vorbei. Aber in einem Punkt war ich mir ganz sicher: Alle Männer waren vom Mut der Verzweiflung erfüllt, und dieser Mut war am Abend vor unserem Ausbruchsversuch so greifbar, daß wir uns große Mühe geben mußten, die Wachen nichts davon merken zu lassen.

Während wir verfolgten, wie das Mondlicht langsam über die Luftschächte wanderte, kam um Mitternacht eine neue Wachtruppe herunter. Die Wärter wirkten alle ungewöhnlich vergnügt. Kerkerwache war mitnichten eine Aufgabe, für die sich diese Männer freiwillig meldeten. Plötzlich feuerten sie die Kohlenpfanne. Wir waren beunruhigt, denn keiner von ihnen hatte seine üblichen Genußmittel dabei. Folter dauerte oft bis zum Morgen, wenn der Gefangene so lange durchhielt, und das würde unseren Plan durchkreuzen. Wir warteten, während die Kohlen zu glühen begannen, wobei wir uns wie immer fragten, wer wohl zum Opfer erkoren war. Als der befehlshabende Offizier die Spitze seines Krummsäbels in die Flammen hielt, erschauerte ich, wie zweifellos alle meine Kameraden.

Kurz darauf ertönten von oben vertraute Laute, die Gehorsam forderten, und eine vollbewaffnete Brigade von Janitscharen kam die Treppe heruntergeeilt. Sie stellten sich in Reih und Glied auf und zielten mit ihren Musketen auf unseren Teil des Kerkers. Wir wichen von den Gitterstäben zurück, als der Dei oben erschien, wie üblich blendend weiß gekleidet in Robe und Turban, in der Hand einen langen weißen Federwisch. Gefolgt von seiner Leibwache stieg er würdevoll die Stufen herunter. Ohne uns eines Blickes zu würdigen, erteilte er einen Befehl, den die Kerkerwache eilends ausführte. Das Tor wurde aufgerissen, die Wachen kamen auf mich zu, packten mich, zerrten mich hinaus und warfen mich dem Dei vor die Füße.

Der Mann neben dem Dei sprach: »Dem Dei ist zu Ohren gekommen, daß du einen Fluchtplan ausgeheckt hast.«

»Wer hat das behauptet?« fragte ich.

»In einem Kerker gibt es keine Geheimnisse«, antwortete er, und ich blickte rechtzeitig auf, um zu sehen, wie der Dolmetscher den Wedel des Dei nahm, während dieser nach dem Krummsäbel in der Feuerschale griff. Ich wurde auf die Knie geworfen, mein Kopf in eine günstige Position gezerrt, indem mich jemand an den Haaren packte und festhielt. Der Dei hob den Krummsäbel und schwang ihn höchst beeindruckend über seinem Kopf, wobei die glühende Spitze in der düsteren Beleuchtung eine Art Leuchtpfad in der Luft beschrieb. Mit einem Triumphschrei stieß er dann die Spitze in mein rechtes Auge.

Ich sackte zusammen, und die Wächter rissen mich zurück, so daß ich auf den Rücken fiel. Der Dei stand über mir und zielte mit dem Krummsäbel, auf dem die schleimige Flüssigkeit zischte, direkt auf mein Herz. Mit gelangweilter Miene wartete er ab, bis meine Schreie nachließen, dann begann er zu sprechen. Der Dolmetscher übersetzte seine Worte für die Männer im Kerker.

»Die Regierung der Vereinigten Staaten hat sich bereit erklärt, euer Lösegeld zu bezahlen. In zwei Wochen kommt ein Schiff, das euch nach Hause bringen wird.« Ein erstauntes Murmeln ging durch die Menge, dann erhob sich lautes Freudengeschrei, in das ich unter anderen Bedingungen sicherlich eingestimmt hätte. »Wenn ihr noch einmal zu fliehen versucht« – der Dolmetscher mußte jetzt die Stimme heben, um die nötige Aufmerksamkeit zu bekommen –, »dann wird dieser Narr hier sein anderes Auge verlieren, und euer Lösegeld wird verdoppelt.«

Der Dei gab den Krummsäbel dem Besitzer zurück und ging, nach getaner Arbeit, wieder nach oben. Ich wurde zum Tor zurückgeschleppt und ohne viel Aufhebens in den Kerker gestoßen. Dort wurde ich von meinen Kameraden auf jede ihnen mögliche Art getröstet. Viele rissen sich ihre Lumpen vom Leib, um mir ein Bett zu bereiten, andere boten an, mir die Hälfte ihres Essens zu geben, bis die Rettung kam. Ansonsten blieb ich meinem Schmerz überlassen, der mir die meiste Zeit das Bewußtsein raubte; sonst plagten mich wilde Fieberphantasien, und ich biß vor Schmerz in ein Stück Holz, das mir die Gefängniswärter gegeben hatten – nicht etwa aus Mitleid, sondern um mich ruhigzustellen.

Ich kann mich kaum an unsere Freilassung erinnern. Ich wurde zum Hafen und auf die amerikanische Brigg getragen, die gekommen war, um uns abzuholen. Glücklicherweise war ein Arzt an Bord, der von den amerikanischen Behörden auf das Schlimmste vorbereitet worden war, und in mir hatte er einen solchen Fall. Ehe noch das Schiff die Segel setzte, lag ich schon in der Lazarettkajüte, so vollgepumpt mit Opium, daß ich das Gefühl hatte, zwischen meinen Augen befände sich ein drittes Auge, so daß ich dasjenige, das mir nun herausgeschnitten wurde, gar nicht vermissen würde. Und dann begann ich zu schweben und blieb in diesem Zustand, bis der Schmerz nachließ und sich ein Schorf gebildet hatte. Das schwierigere Problem wurde schon bald meine Verdauung, denn meine Gedärme mußten eine Umstellung vollziehen von der algerischen Schleimsuppe zu der festen Nahrung, die man mir nun reichte. Salzfleisch, fettiger Kohl und mit einer braunen Schicht überzogene Kartoffeln mußten meinem Körper vorsichtig zugeführt werden, denn er wies eine ganze Zeitlang diese kulinarischen Genüsse auf unterschiedliche Weise zurück.

Ich schaffte es, an Deck zu klettern, als wir Gibraltar passierten. Meine Kameraden machten mehr Lärm um mein Erscheinen, als angebracht war, und mir wurde eine Augenklappe überreicht, die der Segelmacher so genau angepaßt hatte, daß sie das Werk eines Schneiders hätte sein können. Der Verlust des Auges beeinträchtigte mich kaum, nachdem ich das Gleichgewicht wiedergefunden hatte – das Problem war eher meine Seefestigkeit, die ich im Kerker verloren hatte.

Innerhalb einer Woche gewann ich wieder etwas Kraft und übernahm meine Pflichten an Deck, während wir in den Atlantik einfuhren, ohne einen englischen Hafen anzulaufen. Ich verstand die Bedenken der Amerikaner: Sie befürchteten, die Königliche Marine könnte entern und Seeleute gewaltsam in den Dienst pressen. Die Überfahrt zu unserem Zielhafen Boston, die einen Monat dauern würde, bedeutete für mich eine schmerzliche Verzögerung, genauso wie es die Rückfahrt sein würde, falls ich ein Schiff finden konnte.

Inzwischen hätte mir klar sein müssen, daß mein Schicksal nie vorhersagbar war, nicht einmal für einen oder zwei Monate. Dies wurde mir am Ende einer Morgenwache wieder einmal deutlich vor Augen geführt. Ich wurde beim ersten Tageslicht in meiner Hängematte im Schiffslazarett durch einen Schuß von einem nahen Schiff geweckt. Als ich das Hauptdeck erreichte, sah ich, daß alle an der Steuerbordreling standen und auf eine zwei Kettenlängen entfernte britische Fregatte starrten, deren Barkasse mit Offizieren und Seesoldaten durch die rauhe See auf uns zusteuerte. Innerhalb weniger Minuten waren die Offiziere an Bord und suchten sich für den Dienst in der Königlichen Marine sowohl Besatzungsmitglieder als auch ehemalige Geiseln aus. Die Soldaten hatten Position bezogen, um jeden Widerstand zu unterbinden. Der amerikanische Kapitän blieb auf seiner Steuerbordseite des Achterdecks, ließ die Briten aber wissen, was er dachte.

»Gott soll mich strafen, Sir, wenn Ihr nicht schon genug Männer ausgewählt habt. Diese Leute waren zwei Jahre im Gefängnis.«

»Noch einen oder zwei, wenn es Euch recht ist, Sir«, antwortete recht hochnäsig der Leutnant, während er seine Inspektion fortsetzte und sich mir dabei unaufhaltsam näherte.

Der Amerikaner verlor die Geduld. »Du weichärschiger, pockenzerfressener Hund – du wirst noch an mich denken, wenn wir uns das nächstemal gegenüberstehen, aber dann als Gleichberechtigte.«

»Zu Ihren Diensten, Sir«, erwiderte der Leutnant und erblickte mich. »Du da! Über die Reling!«

»Ich habe einen Schutzbrief«, antwortete ich. Das Papier war während unserer Gefangenschaft vom Dei mit allen übrigen Ausweisen aufgehoben worden, und bei der Freilassung hatte man uns die Unterlagen wieder ausgehändigt. Ich reichte dem Leutnant das verblichene Schreiben.

»Mr. Gibson«, rief er seinem Bootsmann zu, »befindet sich ein Gulliver auf der Schiffsliste?«

»Harris. Ich habe meinen Namen geändert«, erklärte ich hastig.

»Nein, Sir!« rief der Oberbootsmann.

Der Leutnant grinste gehässig. »Beim Kartenspiel gewonnen? Oder vielleicht gestohlen? Oder hast du sogar jemanden dafür umgebracht? Die Baltische Flotte wird dir gefallen, Matrose.« Mir diesen Worten steckte er das nutzlose Stück Papier in seinen Waffenrock und hielt sein Bajonett zwei Fingerbreit vor mein gutes Auge. »Über die Reling!« befahl er.

Die Baltische Flotte. Mein einziger Gedanke war, daß sie bestimmt noch weiter nördlich segelte als die Nordseeflotte, die für mich die kälteste Hölle gewesen war, in der ich mich je befunden hatte. Viel schlimmer jedoch war die unwiderlegbare Tatsache, daß meine zwei Monate auf dem Atlantik sich in endlose Jahre verwandelt hatten, bis ich wieder darauf hoffen konnte, englischen Boden zu betreten. Meine Bitterkeit machte mich vollkommen nutzlos, und ich wurde oft durch die Schläge aufgerüttelt, die der Bootsmann mir mit seinem Tau versetzte, sowohl auf der Fregatte als auch auf der HMS *Elephant,* an die ich ohne Zögern weitergereicht wurde, als wir Falmouth erreichten. Ich erinnere mich nur noch an den Wind, der an diesem Tag kühl aus dem Norden grüßte.

Es gab keine Ruhepause, keine Gelegenheit, an Daphne zu

schreiben, denn die Flotte war zum Auslaufen bereit. Ich wußte nicht, wohin, und es kümmerte mich auch nicht. Ich verbrachte eine Woche wie ein Schlafwandler bei meinen Wachen, ertrug die Schläge des Bootsmannes und lernte, wie man friert. Meine Bitterkeit wich einer kummervollen Melancholie, die mir weder Sympathie noch Freundschaften einbrachte. Nach einer ungeheuer langsamen und stürmischen Fahrt durch die Nordsee, unterbrochen nur vom Geschützdrill, bei dem die Kanonenrohre wenigstens vorübergehend für Wärme sorgten, ankerte die Flotte aus mir unerklärlichen Gründen vor der dänischen Küste.

Diese Absurdität schien meine Schlafwandlerei zu durchbrechen. England hatte die Dänen oder Skandinavier seit tausend Jahren nicht mehr bekriegt. Unser Feind war Frankreich. Was machten nun neunzehn Linienschiffe, zu denen unsere gedrungene HMS *Elephant* mit ihren vierundsiebzig Kanonen gehörte, direkt vor der Küste Dänemarks? Als die Neugier mein Gehirn und meine Zunge in Bewegung brachte, erfuhr ich genug, um zu verstehen, daß die Situation keineswegs absurd war, sondern den politischen Realitäten entsprach.

Offenbar hatte der wahnsinnige Zar von Rußland, Paul, es als Affront empfunden, daß England Malta besetzte, denn er war der Großmeister des Johanniterordens von Malta. Er hatte einige andere geistesgestörte Könige – die Könige von Schweden, Norwegen und Dänemark – dazu gebracht, mit ihm ein Bündnis zu schließen, das sich die Bewaffnete Neutralität des Nordens nannte. Dieses Stück Papier schnitt England de facto von den lebenswichtigen Gütern ab, die von den baltischen Staaten geliefert wurden: Teer, Flachs, Hanf und vor allem Nutzholz, das in England inzwischen schon zur Mangelware geworden war. Wenn diese Dinge knapp waren, konnte das der Flotte mehr Schaden zufügen als jede Schlacht.

Da lagen wir also, unsere Takelage weiß von den Schneestürmen, die einer nach dem anderen über uns hinwegbrausten, und warteten darauf, daß unser Fregattenkapitän, Admiral Sir Hyde Parker, einen Entschluß über das weitere Vorgehen faßte. In London kam es nämlich immer wieder zu Unruhen. Pitt, hoffnungslos dem Suff ergeben, war von seinem Posten als Premierminister zurückgetreten. In den Wirren des Regierungswechsels hatte keiner, weder die Admiralität noch das Parlament, entschieden, ob wir angreifen sollten, wen wir angreifen sollten – Rußland, Schweden oder Dänemark – oder ob wir sie alle blockieren sollten. Wir hatten die Wahl, denn das Baltische Meer war eingeeist und hielt dadurch die Flotten voneinander fern, zumindest bis zum Frühjahr. Die Entscheidung und die strategische Planung blieben also dem großen Zauderer Parker überlassen.

Mit seinen fünfundsechzig Jahren hatte Admiral Parker jüngst eine dralle, hübsche Neunzehnjährige geheiratet, der man auf dem Zwischendeck den Namen »Lady Wackel-Pudding« gegeben hatte. Er hatte aus diesem Grund nicht von Yarmouth absegeln wollen und sich erst dazu bequemt, nachdem ihn sein Stellvertreter, Vizeadmiral Lord Horatio Nelson – der Held vom Nil, den ich bei der Rückkehr von der Schlacht kurz erblickt hatte – wiederholt dazu gedrängt hatte. Aus den Gerüchten, die auf jedem Schiff herumschwirren, erfuhr ich, daß auch Nelson an Land ähnliche Verbindungen pflegte und seinen Triumph am Nil mit einer offenen und heftig mißbilligten Affäre mit einer Diplomatengattin gekrönt hatte. Der Unterschied war, daß Parker gern vor der Schlacht tändelte, Nelson hingegen lieber danach, und Nelson war nicht geneigt, im baltischen Meer Zeit mit einer Blockade zu verschwenden. Ein wichtiger Punkt war außerdem, daß im Verlauf einer Blockade das Eis schmelzen konnte, und vereint bildeten die Flotten der baltischen Staaten eine Seemacht von hundertundzwanzig Linienschiffen.

Nach einer Woche tödlicher Langeweile wurden plötzlich auf der ganzen Flotte die Signalflaggen gehißt, und Beiboote kämpften sich mit Botschaften durch die aufgewühlte See. Innerhalb einer Stunde wurden alle Matrosen an Deck der *Elephant* gerufen. Unter den tiefhängenden grauen Wolken und bei beißendem Nordwind traten wir in Divisionen an, während der Bootsmann uns stillstehen ließ und die Offiziere auf dem Achterdeck das Haupt entblößten. Eine Kapitänsbarkasse war steuerbords zu sehen, und wie ein Lauffeuer verbreitete sich die Kunde, Nelson werde an Bord kommen. Tatsächlich kam er als erster an Deck, sehr zeremoniell. Die Seesoldaten nahmen Haltung an und präsentierten die Waffen. Da sich das Schiff in Schräglage befand, war das eine große Leistung.

Nelson war verblüffend klein, er trug die Uniform eines Vizeadmirals, aber mit einem großen Stern und einer Auswahl verschiedener Medaillen, die beiläufig unter seinem Mantel hervorschauten. Ein Ärmel war leer und hochgesteckt, und unter dem dreieckigen Hut, der schief auf seinem Kopf saß, trug er eine Augenklappe. Nachdem er das Achterdeck gegrüßt und seinen Blick über das Schiff hatte schweifen lassen, schritt er auf die Kapitänskajüte zu. Eine Gruppe von Offizieren und Bediensteten folgte ihm mit seinen Kisten und Papieren die Leiter hinauf. Im Vorbeigehen bemerkte er meine Augenklappe, und er machte mit seinem verbliebenen Arm eine Geste, die auf die Ähnlichkeit zwischen uns hinwies.

Zur Essenszeit kursierten Gerüchte, die sich als wahr herausstellen sollten. Nelson hatte seine Flagge von der HMS *St. George* abgezogen und war an Bord der *Elephant* gekommen, weil er ein Schiff mit weniger Tiefgang brauchte. Nachdem er Admiral Parker überzeugt hatte, daß Kopenhagen augenblicklich unter Beschuß genommen werden sollte, plante Nelson nun, mit einem Geschwader von einem Dutzend

Schiffen in den Hafen der Stadt zu fahren und den Angriff durchzuführen.

Die Insel Seeland, auf der Kopenhagen liegt, ist im Osten durch den Sund von Schweden getrennt und vom übrigen Dänemark durch ein Gewässer mit dem passenden Namen der Große Belt. Gegenüber von Kopenhagen liegt eine weitere kleine Insel, wodurch ein Kanal entsteht, der direkt vor der Stadt durch den Hafen verläuft. In der Mitte dieses Kanals gibt es eine tückische Sandbank, genannt der Mittelgrund. Seitlich von dieser Untiefe befinden sich zwei schiffbare Kanäle, der Königskanal, auf der Stadtseite, und die Äußere Tiefe, ein Stück weiter entfernt und gerade außer Reichweite für die Kopenhagener Kanonen.

Innerhalb einer Stunde voller Hektik nutzten wir den Wind, der seit Monaten aus Norden blies, und fuhren die Äußere Tiefe hinunter bis zu einer Stelle südlich des Mittelgrunds. Das Geschwader ging vor Anker und wartete, wenn auch ohne viel Hoffnung, daß der Wind drehen möge. Was Nelson für eine erfolgreiche Aktion brauchte, war dieses unwahrscheinliche Ereignis, das um diese Jahreszeit eigentlich nie eintrat: eine Brise aus dem Süden, die uns den Königskanal hinauftreiben würde, direkt in den Kopenhagener Hafen. Vier Meilen nördlich befand sich Parker mit der restlichen Flotte, bereit, die mächtigen Batterien der Trekroner-Festung zu attackieren, die diesen Zugang schützten.

Während wir warteten, erkundeten wir die dänische Verteidigungslinie. Im Königskanal zwischen Ufer und Mittelgrund befand sich eine Linie, anderthalb Meilen lang, bestehend aus achtzehn schwimmenden Batterien, zahlreichen Hulks und acht Kriegsschiffen. Dahinter waren die Küstenbatterien der Stadt. Am meisten Schwierigkeiten bereitete das Fehlen der Markierungsbojen, die von den Dänen klugerweise entfernt worden waren.

Gegen all das trat unser anmaßendes Dutzend an und wartete während der letzten Tage eines bitterkalten europäischen Winters darauf, daß ein Südwindwunder geschehen möge. In meiner Skepsis rechnete ich nicht mit der Naturgewalt namens Nelson. Am ersten April, als amüsiere sich der Himmel über eine Kuriosität wie uns, begann der Wind tatsächlich zu drehen. Wir waren sprachlos. Im Zwischendeck munkelte man, Nelson habe diese Schlacht so sehr herbeigewünscht, daß er für eine günstige Brise Gott seinen Arsch, beide Bakken, zum Tausch geboten habe. Wir bereiteten die Schlacht von Kopenhagen für den nächsten Tag vor, falls die Windtendenz sich bestätigen sollte.

Meine Aufgaben während der Nacht waren einfach. Da ich die erste Wache hatte, half ich dem Pulverjungen, die Säcke mit dem Schießpulver dort zu stapeln, wo wir sie haben wollten, und feilte die Kanonenkugeln glatt, damit sie besser passieren konnten. Dann bearbeitete ich mit einem Scheuerstein das Deck um unsere Kanone herum, damit man nicht auf dem Blut ausrutschte. Acht Mann gehörten zu dem Geschütz, einem von vierundsiebzig, auf drei Decks. Unsere Kanone war ein Vierundzwanzigpfünder. Mein Geschützführer, ein Mann namens Chester, war eine alte Teerjacke aus Blackpool. Er trug einen dichten schwarzen Backenbart, während sein Schädel kahl und pockennarbig war; er grunzte eher, als daß er redete, und oft brüstete er sich damit, daß er in seinen achtzehn Jahren als Seemann nicht schwimmen gelernt hatte. Beim Geschützdrill in der Nordsee hatte ich gemerkt, daß der Mann genau wußte, worauf es ankam, denn er ließ uns trotz des miserablen Wetters alle hundert Sekunden eine Salve feuern. Wenn er dazu gedrängt wurde oder wenn er beim Geschützführer, der uns und unsere drei Nachbarkanonen beaufsichtigte, Eindruck schinden wollte, ließ er uns noch weitere zehn Sekunden einsparen. Ich war wieder erster Ladekanonier, das heißt, ich mußte mich durch die Geschützpforte hinauslehnen, um zuerst das Schießpulver hineinzurammen, danach die Kanonenkugel – Vollkugel, Kettenkugel oder Kartätschen – je nach dem, welche Art von Munition gefordert war. Ich mußte sehr flink sein, denn Chester, in seinem Eifer, endlich die Abzugsleine zu ziehen und das Steinschloß zu betätigen, hätte lieber einen neuen Ladekanonier gesucht, als mit dem Feuern zu warten.

Ich scheuerte kräftig, denn ich erinnerte mich nur allzu gut daran, wie die Geschützlafette bei Camperdown über das glitschige Deck gerutscht war und mein Bein gegen das Gestell gequetscht hatte. Vor der Schlacht strichen manche Schiffe ihre Decks, damit man das Blut nicht sehen konnte, was meiner Meinung ein vergebliches Unterfangen war, denn ein Blutbad weist wesentlich mehr Farbschattierungen auf als nur Rot. Natürlich fragte ich, ob zu dem Blut, das morgen vergossen werden würde, auch das meine gehören würde. Ich wußte, daß es keine große Rolle spielte, außer für die Frau, derentwegen ich überhaupt am Leben bleiben wollte – um sie wiederzusehen und um meinen Sohn wenigstens kennenzulernen. Meine Melancholie schwoll zu einer großen Welle an.

Außer daß ich sie verlieren würde, bedeutete mir der Tod nichts. Ich war an Bord dieses Linienschiffs ebensosehr Spieler wie Seemann, in dem Wissen, daß der Tod mit der ersten Breitseite kommen oder monatelang über einem verwundeten Körper lauern konnte. Niemand wagte es, darüber zu sprechen, wie gut unsere Aussichten waren, die Schlacht zu überleben, aber für die meisten Seeleute, die nur dafür lebten, das nächste Großsegel zu bergen, war die einzige Kriegsbeute ein Leben voller Mühsal und Eintönigkeit, unterbrochen nur durch das bißchen Erholung auf jenem fremden Planeten, dem Festland. Das traf auf einen Nelson genauso zu wie auf jeden beliebigen Matrosen. Eine traurige Wahrheit, wenn der Höhepunkt des Lebens darin besteht, einen Feind zu vernichten, und alles übrige ist Plackerei.

Nachdem eine halbe Stunde der Wache vergangen war,

hörte ich, wie die Ruder der Schaluppen unseres Geschwaders ins eisige Wasser tauchten und die zwölf Kapitäne durch die pechschwarze kalte Nacht zur *Elephant* gebracht wurden. Nelson hatte sie zur Abendmahlzeit eingeladen, um sie von seiner Strategie zu überzeugen und seinen Enthusiasmus auf sie zu übertragen. Nach allem, was ich über ihn erfahren hatte, war er dazu durchaus imstande. Dieser Mann war süchtig nach Ruhm, aber im Gegensatz zu den meisten Flaggenadmiralen und Generalen schickte er nicht andere vor, um diesen Ruhm für ihn zu erringen. Er sehnte den Kampf herbei, und ich fragte mich, was mit solchen Männern geschehen würde, wenn das Schicksal sie zu Friedenszeiten leben ließe. In ihren Gebeten dankten vermutlich sowohl Bonaparte als auch Nelson jeden Abend Gott dafür, daß es den anderen gab.

Der Bootsmann stand keine zehn Schritte von der Stelle auf dem Oberdeck entfernt, wo ich meine Arbeit verrichtete, und pfiff für jeden Kapitän als Ehrenbezeigung auf der Bootsmannspfeife, wenn er an Bord kam und durch die Öffnung in der Rolle aus Hängematten trat, das bereits an der Gangway angebracht war. Ich beobachtete, wie ein Offizier der *Elephant* die Kapitäne einzeln begrüßte und dann mit ihnen über das rollende Achterdeck zu Nelsons Speisekajüte ging. Ihre Augen glänzten im Dunkel, ihr selbstsicherer Seemannsgang zeigte die gespannte Erwartung. Einige der Kapitäne waren jünger als ich, und wieder einmal ging mir die große Frage: »Was wäre gewesen, wenn ...?« durch den Sinn. Hätte ich nicht getan, was ich zwölf Jahre zuvor getan hatte, wäre ich dann jetzt einer dieser stolzen Männer, Befehlshaber über meinen eigenen Zweidecker mit vierundsiebzig Kanonen und würde mit Nelson ins Gefecht ziehen? Und als bräuchte der gequälte Geist noch zusätzlich einen Schub aus der Hölle, hörte ich wieder die Pfeife an der Gangway.

Und da stand Kapitän William Bligh.

Wegen meiner Dumpfheit hatte ich, seit ich der Flotte angehörte, das allgemeine Gerede zum größten Teil verpaßt und nie seinen Namen gehört. Wenn Bligh nach unten geschaut hätte, wäre sein Blick auf mich gefallen. Ich zweifelte keinen Augenblick daran, daß er mich erkannt hätte – trotz Augenklappe, Matrosenzopf und Kinnbart. Und ich muß gestehen, daß ich in diesem Augenblick, trotz meiner jüngsten Erkenntnisse über das Leben, nur eines wünschte: Er sollte mich sehen und begreifen, daß ich überlebt hatte, er sollte sich auf mich stürzen und so meinen Händen die Möglichkeit geben, mit seiner Kehle Bekanntschaft zu machen. Ich wappnete mich dafür, aber Bligh rückte nur seinen dreieckigen Hut zurecht und blickte nirgendwohin, außer auf sein unmittelbares Ziel, Nelsons Kajütentür, zu der ihn ein beflissener Leutnant geleitete.

Als er hinter der Tür verschwunden war, erhob ich mich augenblicklich. Ich konnte es nicht ertragen, daß er so nahe an mir vorbeigegangen war, ohne mich wahrzunehmen – als würde ich nicht existieren und hätte letzten Endes keinerlei Bedeutung für sein Leben! Den Scheuerstein in der Hand, ging ich auf die Kapitänskajüte zu, mit jedem Schritt schneller und entschlossener. Ich sah alles deutlich vor mir: wie ich triumphierend durch die Tür trat und vor allen Anwesenden herausschrie, was Bligh getan hatte, um ihn dann mit meiner Steinwaffe zu bestrafen. Aber plötzlich war ich von den wachhabenden Seesoldaten und von mehreren Leutnants umzingelt, die offenbar von einem ihrer Kollegen über mein Verhalten informiert worden waren. Sie kamen auf mich zu, Bajonette und Entermesser kampfbereit. In meiner blinden Zielstrebigkeit rannte ich so hart gegen eins der Bajonette an, daß ich zu bluten begann und den Besitzer erschreckte.

»Wohin willst du, zum Teufel?« brüllte er und stieß mich nieder.

Ein anderer fragte: »Wer ist das?«

»Toppgast, Backbordwache, Geschütz Nummer fünf«, rapportierte der Leutnant, der mich beaufsichtigte. »Bootsmann, bring ihn hinunter. Vermutlich ist er betrunken und hat seinen Grog aufbewahrt, um sich vor der Schlacht Mut anzutrinken ...«

Die Seesoldaten packten mich und schleppten mich zum Niedergang, und keiner bedauerte mich, denn ich hatte aufgrund meiner dumpfen Verschlossenheit während der Nordseeüberfahrt keine Freunde gewonnen. Ich hatte mich selbst der für Narren vorgesehenen Verdammnis verschrieben. Als sie mich gegen eine große Kanone warfen und der Bootsmannsmaat meinem Rücken die Lektion für die Nacht einbleute, drosch auch ich innerlich auf mich ein und suchte nach noch vernichtenderen Worten für mein Vorhaben. Endlich ließen sie von mir ab, und der Bootsmannsmaat gab mir den Rat: »Sei bloß wieder nüchtern, wenn der Morgen kommt, oder wir werden dich so tauchen, daß dir keine andere Wahl bleibt.« Ich sackte zusammen, beschämt und wütend, daß ich durch eine derart törichte Handlung so schnell das Leben aufs Spiel gesetzt hatte, das zu leben ich eben erst beschlossen hatte. Ich verfluchte das offenbar immer noch in mir schlummernde Bedürfnis, öffentlich meine Ehre zur Schau zu stellen, als Gentleman anerkannt zu werden und mich wieder an Bligh zu rächen.

»Ich Narr!« rief ich laut. »Ich Narr!« Aber ehe ich Daphne schwören konnte, daß ich nicht für ihn sterben, sondern für sie leben würde, hörte ich das zustimmende Gemurmel der Schatten um mich herum.

»O ja, da hast du recht, ein dummer, weichärschiger Narr, das stimmt zweifellos.«

»Der sich vom Strick des Bootsmanns weichklopfen läßt.«

»Heut abend ein Narr, morgen eine Leiche. Stopft ihm einen Spundzapfen in den Mund, damit er still ist.«

Ich stimmte in das nervöse Gelächter mit ein, kroch, so schnell ich konnte, die Treppen hinauf zu meiner Kanone und begann wieder zu scheuern. Als die Kapitäne drei Stunden später wieder gingen, wandte ich ihnen nur den Rücken zu, und mein Neid begleitete sie, jedoch ohne daß ich die heftigen Gefühle der Vergangenheit an die Oberfläche kommen ließ. Ich glaubte, Blighs Stimme zu hören, begeistert angesichts der bevorstehenden Schlacht, und ich ließ ihn gehen, ihm innerlich weder Pech noch Ruhm wünschend – die Entscheidung darüber überließ ich seiner Tüchtigkeit.

Innerhalb weniger Minuten legte die Barkasse der *Elephant* ab, um so nahe wie möglich an der dänischen Verteidigungslinie den Königskanal auszuloten. Ich war immer noch bei der Arbeit, als sie zurückkehrte. Da die Männer statt eines Senkbleis einen Stab benutzt hatten, um geräuschlos vorgehen zu können, war es der Barkasse gelungen, das nächste dänische Schiff zu umkreisen, ohne entdeckt zu werden. Während Nelson seine Schlachtbefehle für die einzelnen Kapitäne diktierte und sie den Schiffen des Geschwaders überbringen ließ, ging meine Wache zu Ende. Ich begab mich nach unten, zu meiner Hängematte, und schlief, fröstelnd wie immer, aber mit einem Seelenfrieden, wie ihn vor einer Schlacht wie der bei Kopenhagen eigentlich kein Mann hätte empfinden dürfen.

Die Trommel weckte uns, und eine steife südliche Brise begrüßte uns an Deck. Unsere erste Aufgabe war es, den Notanker, den größten an Bord, sowie alle anderen Reserveanker hochzuziehen, so daß man sie jederzeit werfen und das Schiff in die richtige Position bringen konnte. Nelsons Strategie sah vor, daß wir in einer Linie den Königskanal hinaufsegeln würden; das erste Schiff sollte vor Anker gehen und das erste Schiff der dänischen Verteidigungslinie in ein Gefecht verwickeln, das nächste Schiff sollte dann das erste passieren, um das zweite anzugreifen und im Vorbeifahren auf die Linie der Hulks und schwimmenden Batterien zu feuern. Das dritte Schiff sollte die ersten beiden passieren, bis auf diese Weise das gesamte Geschwader von Süd nach Nord aufgereiht und verankert war und nichts anderes mehr zu tun hatte, als auf den Feind zu schießen.

Wir bekamen unser Frühstück – eine Portion Haferbrei, der dicker war als üblich, so daß sich im Magen ein Klumpen bildete, der den ganzen Tag lang vorhalten würde. Danach wurden alle Matrosen aufgerufen, und wir machten uns gefechtsbereit. Um neun Uhr fünfundvierzig war mein Großsegel gesetzt, ich befand mich bei meiner Kanone und sah zu, wie die ersten drei Schiffe des Geschwaders den Anker lichteten. Unsere Ankerwinde begann kurz darauf zu klicken, brachte unsere Anker ein, und wir segelten mit dem Wind. Meine Kanone war die erste, gleich unter dem Achterdeck. Nelson erteilte dem Kapitän seine Befehle, ging hin und her und scherzte mit ein paar Offizieren, bereitete mit seinem Signaloffizier am Achterstegen-Fall seine Mitteilungen an das Geschwader vor und diktierte jeden Befehl und jede Beobachtung zwei Schreibern für das Logbuch. Seine gute Laune erweckte den Eindruck, als stünde uns ein Tag beim Kricket bevor.

Aber die Freude dauerte nicht lange, denn ein Schiff, das vor uns in den Kanal gefahren war, die *Agamemnon,* lief auf Grund. Nelson schickte Winkerflaggen auf und ab, um den Verlauf der Attacke zu ändern. Um zehn Uhr zwanzig begannen die Breitseiten der ersten eingefahrenen Schiffe. Beim Mittelgrund gab es eine Sandbank, von der wir nichts wußten, und zwei weitere Schiffe liefen auf. Also waren nur noch neun Schiffe da, um Kopenhagen einzunehmen, und als die *Elephant* unsere Kameraden passierte, bestrichen wir die schwimmenden Batterien und alles Dänische, was uns unter die Augen kam. Als wir ankerten, hatte sich schon eine dichte Qualmwolke gebildet, die den ganzen Hafen einhüllte, so daß unsere Ziele nur noch aus der Erinnerung zu ahnen waren. Nach den ersten Breitseiten hieß es »Feuern nach Belieben«, und diesem Befehl folgten wir blind alle hundert Sekunden. Ich brüllte den Pulverjungen an, er solle mehr Kartuschen bringen, doch mein Befehl war kaum zu hören, weil er unterging in den Schmerzensschreien und den Anweisungen an die Seesoldaten, die Verwundeten und die Toten wegzutragen. Ein Schuß traf den Großmast, und seine Splitter zerrissen unseren Handspakenmann. Als er fiel, packte ich die Stange, da ich meine Arbeit beim Laden schon erledigt hatte. Mit Chesters wahnsinnigen Befehlen in den bereits tauben Ohren drehte ich die Lafette dorthin, wo er sie haben wollte, sprang dann zurück, um dem Schlingern der großen Kanone auszuweichen, und kehrte zu meinen ursprünglichen Pflichten zurück. Fast eine Stunde lang erfüllte ich zwei Aufgaben, und auch die Kameraden von der Steuerbordkanone sprangen für andere ein, die gefallen waren. Aber dann war das Geschützrohr so heiß, daß wir es nicht mehr zu berühren wagten, weil wir Angst hatten, wir könnten verbrennen, wodurch das Laden zu einer höchst riskanten Angelegenheit wurde.

Ich reinigte gerade mit dem Wurm das Rohr, als eine Kugel die Kanone neben der unseren traf und sie zur Explosion brachte. Das Metall regnete auf uns nieder, aber weil ich mich hinter dem Lauf befand, erwischte es mich nicht so schlimm. Chesters durchbohrte Leiche lag zischend auf dem Kanonenrohr, wohin ihn der Druck geschleudert hatte. Ich zerrte ihn herunter und rief einen der Seesoldaten herbei. Gemeinsam warfen wir Chester über Bord, wobei ich ihm im Fallen sein Pulverhorn abriß. Die Kanone wurde geladen; ein anderer Mann hatte inzwischen die Handspake übernommen. Ich ging zur Abzugsleine, blickte über den Mündungsring durch die Geschützpforte auf der Suche nach etwas, was ich als Ziel anpeilen könnte, sah das Blitzen einer Kanone, zog den Staukeil an der Bresche heraus, um einen Höhenwinkel zu bekommen, feuerte und sprang schnell beiseite.

Dann schrie ich: »Und jetzt, für Chester, eins, zwei ...«,

und ich begann unsere hundert Sekunden auszuzählen. Der zweite Ladekanonier war noch am Leben und konnte ausputzen, sein Kamerad von der Steuerbordseite übernahm seinen Platz, als er für mich einsprang, und unsere kleine menschliche Maschinerie begann zu funktionieren. Bei zweiundfünfzig war die Kanone geladen und ausgerannt, bei achtundfünfzig durchstach ich die Kartusche, machte den Abzug scharf mit Pulver aus Chesters Horn, betätigte das Steinschloß bei sechsundsiebzig, verlangte während der achtzig einen Schwenk und feuerte bei vierundneunzig!

Wir stießen einen Jubelschrei aus, von dem wir hofften, daß Chester ihn hören möge, und als ich wieder zu zählen begann, tönte es von oben über unsere Zahlen hinweg.

»Gebt mir eine Mannschaft einäugiger Männer!« rief Nelson allen zu, die es hören konnten. »Mit denen bringe ich ein Linienschiff zum Fliegen! Feuert, Männer!« forderte er uns auf. »Feuert weiter! Vor Leuten wie uns können sie sich nicht verstecken. Ein Einäugiger kann durch den Rauch der Hölle blicken!«

Wir setzten unsere Hunderterschüsse bis in den Nachmittag fort, pausierten nur, damit die Kanone abkühlen konnte und wir etwas Wasser zu trinken bekamen. Die Überreste unserer Nachbarkanone wurden entfernt, und ihr Gegenstück von Steuerbord übernahm ihren Platz. Für uns alle war es offensichtlich, daß das Feuer des Gegners schwächer wurde, nicht so sehr, daß man schon hätte aufatmen können, aber es war doch nicht mehr so wirkungsvoll. Was in den Momenten, wenn der Wind ein Fenster in den Rauch blies, deutlich wurde, war die Tatsache, daß die dänischen Schiffe und schwimmenden Batterien übel zugerichtet waren, doch während sie normalerweise die Flagge gestrichen hätten, wurden sie mit Männern vom Land neu bestückt. Wir sahen, daß sich ihre Toten und Verwundeten an Deck und auf den Rampen stapelten. Unser Geschwader verfügte über keinerlei Nachschub, und so, wie das Feuer hin und her ging, konnte die Schlacht eine ganze Woche weitergeführt werden, wenn wir die dänischen Kugeln, die bei uns an Deck landeten, zurückbeförderten.

Es war am frühen Nachmittag, da hörte ich zufällig, wie ein Signaloffizier über das Achterdeck hinweg Admiral Nelson zurief, daß Admiral Parkers Flaggschiff Signal 39 gesetzt hatte. Als Nelson ihn ignorierte, wiederholte der Leutnant, ein junger Mann namens Langford, die Mitteilung.

»Mr. Langford«, wies Nelson ihn zurecht. »Ich habe Euch aufgetragen, den dänischen Commodore zu beobachten und mich wissen zu lassen, wann er kapituliert. Also wendet Euren Blick nicht ab.«

»Soll ich das Signal der übrigen Flotte weitergeben?« fragte der unglückliche Leutnant, denn das hätte er ordnungsgemäß tun müssen. Ein Signal von einem Oberbefehlshaber durfte nicht übergangen werden.

»Nein. Bestätigt es«, lautete Nelsons kurze Antwort. Dann: »Und behaltet unser Signal für Nahkampf.«

Ich begann wieder bis hundert zu zählen, wurde dann aber durch das abgelenkt, was ich vom Achterdeck hörte. »Wißt ihr, was an Bord des Oberbefehlshabers signalisiert wurde?« fragte Nelson wütend. »Nummer 39!«

Der einzige Mann, der nahe genug bei ihm stand, um antworten zu können, war der Oberstleutnant der Seesoldaten, der nichts von Signalen verstand und deshalb fragte: »Was bedeutet das, Mylord?«

»Feuer einstellen!« schrie Nelson und wiederholte noch einmal: »Feuer einstellen! Jetzt! Ich will verdammt sein, wenn ich das tue.« Er nahm ein Fernrohr von einem Offizier und hielt es sich vor das Auge mit der Klappe. »Ihr wißt, ich habe nur noch ein Auge. Ich habe das Recht, manchmal blind zu sein. Ich sehe das Signal wirklich nicht.«

Ich lachte laut, bis ich bei sechsundneunzig angekommen

war, dann feuerte ich, und während ich wegsprang, sah ich zu Nelson hinüber, der mir zulächelte, stolz auf seine Dreistigkeit und gewillt, den Triumph mit mir zu teilen.

Das Gefecht ging noch eine Stunde weiter. Die Dänen waren besiegt, ihre Schiffe zerstört, doch sie kämpften und feuerten weiter und wollten sich nicht ergeben. Schließlich schickte Nelson eine Botschaft unter einer Waffenstillstandsflagge mit dem Angebot, »Dänemark zu schonen, falls es nicht länger Widerstand leistet, doch falls der Beschuß fortgesetzt werden sollte, werden wir die schwimmenden Batterien in Brand setzen, die wir erobert haben, ohne daß die tapferen Dänen gerettet werden können, die sie verteidigt haben«.

Bald darauf schwiegen die dänischen Kanonen und auch die unseren, das erstemal seit fünf Stunden. Das Geschwader jubelte, was aber niemand hören konnte, da alle Ohren taub waren vom Gefecht. Ich setzte mich auf Deck nieder und merkte jetzt erst, daß meine Arme verbrannt waren und ich voller Splitter steckte. Ehe ich noch die Möglichkeit hatte, mich selbst zu bemitleiden, ergriff jemand meine Hand, und ich wurde von Nelson persönlich hochgezogen: »Komm, mein einäugiger Schiffskamerad, ich will dir die Hand schütteln«, rief er mit donnernder Stimme, und an die Besatzung gewandt, fuhr er fort: »Dem Achterdeck gebührt die Ehre, aber an der Kanone stand der beste Mann! Ihr habt alle tapfer für das Vaterland gekämpft, das euch dringend gebraucht hat ... Ich will einem Seemann und einem Offizier meine Anerkennung aussprechen«, meinte er dann plötzlich, und voller Begeisterung machte er einen Schritt auf mich zu, wobei der leere Ärmel wedelte. »Signaloffizier, laßt meinen Vize, Admiral Graves, an Bord kommen, ebenso Kapitän Bligh von der *Glatton,* der uns hervorragend unterstützt hat, und dieser Mann hier ... wie heißt Ihr, Sir?«

Ich wußte nicht, wie mein Name lautete, aber ehe Nelson Gelegenheit hatte, mich weiter zu befragen, wurde er zum

Glück ganz dringend zum Achterdeck gerufen. Ich wartete kurz, dann eilte ich zum Niedergang. Da ich ziemlich stark aus den Splitterwunden blutete, schien es mir gerechtfertigt, mich nicht an der Beseitigung der Kampfspuren zu beteiligen, sondern mich zum Schiffslazarett zu begeben. Ich passierte die immer noch jubelnden Männer zwischen den Decks, die feierten, daß sie noch am Leben waren, und strebte in Richtung Vorschiffsluke. Ich kletterte zum Vorderdeck, dann zum Bugspriet, und als hätte ich etwas an der Takelage des vorderen Fockstaksegels zu schaffen, arbeitete ich mich an den Fußtauen nach draußen. Ich blickte mich einmal um, weil ich feststellen wollte, ob mich irgend jemand bemerkt hatte, dann sprang ich.

Der Schock des kalten Wassers brachte mein Herz fast zum Stillstand, doch das stechende Salzwasser in meinen Wunden war noch schlimmer. Ich begann zu schwimmen, denn in einem Hafen, in dem so vicle Leichen trieben und so viele Verwundete darum kämpften, ein Stück Wrack zu erreichen, um sich lange genug über Wasser halten zu können, bis Rettung kam, würde ich keine Aufmerksamkeit erregen. Vom Schiff her hörte ich wie aus weiter Ferne den Bootsmann rufen: »Weitersagen, Nummer fünf Backbord Geschützführer, Lord Nelsons Empfehlung ...«

Ich zerrte zwei Ertrinkende – ob Engländer oder Dänen, das wußte ich nicht – auf die Planken einer schwimmenden Batterie. Während ich mich dort ausruhte, sah ich zufällig, wie die Kapitänsbarkasse von der *Glatton* abstieß und mit Doppelruderern zur *Elephant* ruderte. Ich wandte mich ab und schwamm zum Ufer, wo ich hoffte, mich dem Strom der Wanderer anschließen zu können, die solche Schlachten mit sich bringen, und mich durchzuschmuggeln, bis ich ein freundliches Fischerboot fand, das mich nach England zurücktrug.

Ich erfuhr erst viel später, daß viertausend Männer umgekommen waren. Eine Woche, ehe wir durch das Südwindwunder den Königskanal hinaufgetrieben wurden, hatte der russische Hof, der keine Blockade und keinen Konflikt mit der Königlichen Marine wollte, dafür gesorgt, daß der wahnsinnige Zar erwürgt wurde. Die Nachricht erreichte Dänemark erst, als Lord Nelson mit dem dänischen Hof speiste und einen Waffenstillstand aushandelte. Die Schlacht von Kopenhagen war überflüssig gewesen.

Ich erfuhr außerdem, daß Bligh die Ehre hatte, für Lord Nelson das feine Porzellanservice aus Kopenhagen an Lady Emma Hamilton, seine Geliebte in London, überbringen zu dürfen.

Dewent Water

Juli 1801

Nachdem ich einen Monat lang von der Hand in den Mund gelebt hatte, während ich westwärts quer durch Dänemark wanderte, erreichte ich den Hafen von Esbjerg. Es gelang mir, ein Fischerboot aufzutreiben, das auf der Nordsee seine Arbeit tun und dann in Newcastle anlegen wollte. Der Preßdienst mußte dort eine hohe Quote erfüllen, aber mein Meister war so nett und ließ mich in Tynemouth an Land – den Geruch von Bücklingen in allen Poren. Mein Lohn waren anständige Kleider und genügend Geld, um einen Außensitz auf der Postkutsche landeinwärts nach Carlisle zu bezahlen. Dort fand ich eine Bank, die mit der meinen in London Geschäftsbeziehungen pflegte, und innerhalb einer Woche konnte ich mir neue Kleider, ein anständiges Bett leisten, außerdem ein heißes Bad und endlich auch einen Arzt, der meine leere Augenhöhle darauf untersuchen konnte, ob die Schiffschirurgen etwas übersehen hatten.

Natürlich schrieb ich sofort an Daphne beziehungsweise an »Mrs. Fish«, erklärte in groben Umrissen die Gründe meiner langen Abwesenheit und erzählte ihr in verschlüsselten Worten von meinem Plan, zu unserer Hütte am Derwent Water zu gehen, in der Hoffnung, daß sie dort so bald wie irgend möglich zu mir stoßen möge. Ich wartete auf eine Antwort an »Patrick Jones« – mein neuester Deckname – zu Händen des Wirts des Scarlet Spur in Keswick. Falls ich in drei Wochen keine Nachricht erhalten haben sollte, würde ich sofort nach

London aufbrechen. Ich hatte keine Ahnung, ob Daphne da war oder wie oft sie unser Postfach überprüfte. Nach Jahren der Leere lockte es sie zweifellos nicht mehr, jeden Tag oder auch nur jeden Monat nachzusehen.

Ich nahm die Postkutsche nach Penrith und stieg dann um in eine Kalesche in Richtung Keswick. Als ich das Greta Valley wiedersah, war mir, als würde ich einen Traum träumen, aus dem ich erwachen wollte, denn ich wußte ja, Daphne würde noch nicht darin auftauchen. Tausend Gründe fielen mir ein, warum sie nicht kommen würde oder konnte, und mit diesen schrecklichen Gedanken quälte ich mich, während sich die Kalesche dem Stadtrand näherte. Im Scarlet Spur mußte ich dem Wirt erst ins Gedächtnis rufen, wer ich war, während ich mich noch an jedes geplatzte Äderchen in seinen geröteten Wangen erinnerte. Ich gab ihm Geld für die Briefe, die möglicherweise eintreffen könnten und aß früh zu Abend, damit ich den Sonnenuntergang für meinen Gang zur Hütte nutzen konnte.

Ich wanderte los, und beim ersten Blick auf Derwent Water war mir, als begegnete ich einem lieben alten Freund. Sobald ich den mir so wohlbekannten Pfad am Ostufer des Sees einschlug, wurde ich von Wiesenpiepern und gelben Bachstelzen begrüßt. Die Luft war erfüllt von ihren Rufen, die der hinter den Cat Bells in einem Nebelschleier versinkenden Sonne galten. Zu dieser Jahreszeit blieb es noch stundenlang hell, und die satten Farben hatten eine Kraft, die den Betrachter fast blendete. Ganze Hügel mit gelbem Ginster; das grüne Schilfrohr am Ufer, hier und da mit gelben Irisblüten gespickt, endlose Wiesen mit Butterblumen – dies und noch viel mehr ließ mich immer wieder stehenbleiben und alles in mich aufnehmen. Der Pfad selbst bestand aus Blättern und Sumpfmoos, mit Ehrenpreis, Tausendschönchen, purpurfarbenem Wiesenklee und weißen Lichtnelken am Wegesrand. Beim Atmen hatte man das Gefühl, man würde eine kristallklare Flüssigkeit trinken; und durch diesen endlosen Sonnenuntergang zu schreiten, der nun das reiche Spektrum seiner Farbenpracht entfaltete, war, als vernähme man eine nie gehörte Musik. Ich trug einen kleinen Seesack und spürte, wie die Last des Krieges mit jedem Schritt mehr von mir abfiel. Nicht so die Erinnerungen, doch in dieser üppigen Umgebung war wenig Raum für sie.

Ich erreichte Barrow Bay und zögerte, da ich mir die leere Hütte vorstellte und bezweifelte, daß ich ganze drei Wochen warten konnte. Der Gedanke verdunkelte den Abend, und ich kletterte den steinigen Weg zu Castlerigg Fell hinauf, blind für den vertrauten Blick auf den See, von dem ich im Kerker und zwischen zu vielen Schiffdecks geträumt hatte. Als ich die Saatkrähen und die schwarzköpfigen Möwen über mir rufen hörte, blickte ich nicht auf zu den violetten Wolken, weil ich fürchtete, meine Sehnsucht könnte mich überwältigen.

Da hörte ich einen Schrei. Sie saß auf der blauen Bank. »Wie ist das möglich!« rief sie.

Mir stockte der Atem. Sie erhob sich. Ich rannte auf sie zu. »Du kannst nicht hier sein!« sagte ich ungläubig.

»Nein, du bist es, der nicht hier sein kann ...« Doch bevor ich sie in die Arme schließen konnte, hob sie warnend die Hand.

Hinter ihr kam jemand aus der Tür gehüpft, die dunklen Augen angesichts der Störung neugierig aufgerissen: ein sechsjähriger Junge – mein Sohn. Sein Haar war so schwarz wie das Gefieder einer Krähe, und ich konnte mich in seinem Gesicht wiedererkennen, obwohl ich mir selbst ja keinen Deut mehr ähnlich sah. Wir standen da und starrten einander an. Meine Kehle war wie zugeschnürt, und mein fehlendes Auge narrte mich unter der Klappe mit Tränen.

Auch Daphne wandte sich ihm zu. »James ... Schau mal, wer gekommen ist. Ein alter Freund von mir. Ich kenne ihn seit, nun, seit der Zeit vor deiner Geburt.«

Mit großen Augen fragte der Junge: »Ist er ein Pirat?«

»Ja«, versicherte ich ihm, »ja, das bin ich.«

»Ich habe noch nie einen Piraten gesehen. Wie heißt Ihr?«

Daphne und ich tauschten verzweifelte Blicke, dann ließ sie sich inspirieren von dem, was sie sah. »Das ist Mr. Blackbeard. Mein Sohn, James Denby, Graf von Bowfield.«

Mehr beeindruckt von meinem angeblichen Beruf als von seinem eigenen Titel, wollte er einen Kratzfuß machen, doch dann überlegte er es sich anders und reichte mir die Hand. »Zeigt Ihr mir, wie man einen Dolch wirft?« fragte er.

»Aber natürlich«, antwortete ich und fügte rasch hinzu: »Und wieviel Zeit haben wir denn hier für den Unterricht?«

James wandte sich wie ich Daphne zu. Sie betrachtete mich immer noch, und mir wurde bewußt, daß ich nicht so aussah, wie ich ihr gern gegenübergetreten wäre: Ich war schmutzig, mit Augenklappe und struppigen Haaren, da ich mir den Zopf wieder abgeschnitten hatte, um den Preßkommandos nicht aufzufallen. Und dazu noch der schwarze Bart, der mir nun den Namen Blackbeard eingebracht hatte. Trotzdem lächelte sie mich so liebevoll an, wie sie es unter den gegebenen Umständen wagen konnte, und sagte dann: »Mein Ehemann hat im Krieg solche Gewinne erzielt, daß er nach Indien gesegelt ist, um es zu kaufen, glaube ich. Wir haben genügend Zeit hier ... aber wir müssen vorsichtig sein und seltsame Rollen spielen.«

»Ich werde meine besser spielen als Kemble«, versprach ich.

»Was ist eine Rolle?« wollte James wissen.

»Wenn man so tut, als ob«, erklärte Daphne geschickt, »wie die Krippenspiele im Schloß.«

»Oh. Aber Mutter – ich werde nicht wieder das Jesuskind spielen. Dafür bin ich zu groß.«

Ich lachte laut vor Entzücken, viel zu laut, denn es hallte über den ganzen See und rief zweifellos ein Echo hervor.

James erschrak zuerst, doch dann ließ er sich schnell von meiner Heiterkeit anstecken. »Und was spielt Ihr? Ihr solltet König Herodes sein.«

»Ich habe in den letzten Jahren zu viele Rollen gespielt«, sagte ich zu ihm, aber eigentlich an Daphne gewandt. »Hier sind wir im Lake District, da sollten wir fast wir selbst sein.«

»Ja! O ja, und keiner schaut uns zu«, sagte der Junge.

»Kein Publikum«, stimmte Daphne zu. »Wir sind jetzt eine knappe Woche hier und haben mit niemandem gesprochen – nur miteinander.«

»Es ist herrlich hier!« bestätigte James. »Keine Strümpfe, keine Perücken ... Wie habt Ihr uns gefunden, Mr. Blackbeard? Meine Mutter hat gesagt, außer uns beiden kennt keiner diese Hütte.«

Ich blickte Daphne so voller Liebe an, daß es dem Jungen kaum entgehen konnte, und sagte: »Deine Mutter ist eine gute Freundin von mir. Sie mußte mir schwören, daß sie niemandem sagt, wo mein Schatz vergraben ist, keinem Engel und keinem Teufel. Du mußt wissen, James, wir wären nicht in Sicherheit, wenn irgend jemand davon wüßte.«

»Euer Schatz ist hier vergraben?« fragte James mit vor Staunen offenem Mund und blickte hinauf zu den Hügeln.

»So ist es, mein Junge«, antwortete ich, wobei mir die letzten beiden Worte über die Lippen kamen, ehe ich mich bremsen konnte. Ich schaute Daphne an. »Mein Schatz ist hier.« Ich mußte sie in die Arme schließen. Ich konnte nicht länger warten. »Könntest du einem durstigen Reisenden einen Schluck Wasser bringen? Dafür wäre ich unendlich dankbar«, bat ich James.

Ich sah, daß er seine Fragen kaum zurückhalten konnte, doch er rannte pflichtbewußt nach drinnen. Daphne lag in meinen Armen, und um uns wurde es still, wir spürten nur noch den sehnsüchtigen Schmerz und wie die Jahre von uns abfielen. Sie schaffte es immerhin zu flüstern: »Er geht um acht Uhr schlafen«, ehe sie einen Schritt zurücktrat und eine so schuldbewußt sittsame Haltung einnahm, daß ich wieder lachen mußte. James kam zurück, den Schöpflöffel unseres Wasserkrugs mit komischer Ernsthaftigkeit in der Hand. Ich trank von dem Löffel und musterte dabei den Knaben, immer noch voller Verwunderung darüber, daß ich einen Sohn hatte. Auch er beobachtete mich, wobei seine Neugier plötzlich mehr galt als nur meinem Schatz, denn es lag ein gewisser Argwohn in seinem Blick, neben der Vertrautheit, die er von seiner Mutter übernahm.

»Hast du Hunger?« fragte Daphne, um mich aus meinen Gedanken zu holen. »Wir haben Räucherhering und Brot, ein bißchen Wein. Wir sind nicht auf Gäste vorbereitet. Morgen ist Markttag.«

»Keinen Hering, danke«, lehnte ich rasch ab. »Aber Brot und Wein und eure Gesellschaft – wer hat das gesagt? – ist ein Festmahl für einen hungrigen Mann.« Wir hätten uns beinahe an den Händen gefaßt, gingen dann aber doch jeder für sich zur Hütte, wo uns von James eine inquisitorische Frage gestellt wurde: »Wo schlaft Ihr?« Zum erstenmal bemerkte ich eine Spur von höfischer Lebensart.

»Dort, wo ich schon mehr Sommer verbracht habe, als du dir vorstellen kannst«, erwiderte Mr. Blackbeard mit angemessenem Pathos, wobei ich mich hinunterbeugte, so daß der Junge mir in die Augen sehen mußte. »Unter den Sternen, mit einem leichten Wind als Decke, aber immer ohne meine Augenklappe. Wenn ich schlafe, sieht mein schlechtes Auge über fünfzig Meilen, ob sich eine Gefahr nähert.«

Mit dieser Antwort gab er sich zufrieden, ja, sie schien ihn zu begeistern, und er führte uns ins Haus. Drinnen verspürte ich die typische Unsicherheit, die ein Seemann in einem Haus empfindet, und die Jahre, in denen ich mich so sehr danach gesehnt hatte, verwandelten sich im Augenblick der Rückkehr unsinnigerweise in eine traurige, aber heftige

Sehnsucht nach dem Meer und seiner Freiheit. Dieses Gefühl entzückte mich, denn es war der Beweis dafür, daß ich zu Hause war, und zwar eindeutiger als ein Grundbrief, eine Heiratsurkunde oder ein Taufschein. Dies war mein Heim, meine Familie, ohne meinen Namen, ohne meine Hilfe, ohne mein Leben, aber mit meiner Liebe, die mich an diesem Abend und während der darauffolgenden Wochen – Wochen voll trügerischen Glücks – fast bis zum Bersten erfüllte.

Der Knabe ging, wie Daphne gesagt hatte, um acht Uhr schlafen, nachdem ich ihm Dolche und Entermesser, Schätze und Beute versprochen hatte. Es war ein Glück für Daphne und für mich, daß er schnarchte wie sein Vater (so wurde mir jedenfalls versichert). Das war ein leises Alarmzeichen für uns, die wir uns mit einer Gier aufeinander stürzten, die nur durch die merkwürdige Notwendigkeit, leise zu sein, etwas gebremst wurde, sowie durch die Vorkehrungen, die wir treffen mußten, weil Daphne nicht mehr mit ihrem Ehemann schlief. Nur einmal im Binsenlicht reagierte sie auf die Narben meiner Splitterwunden von Kopenhagen, dann vergaß sie auch diese.

Es war ein goldener Sommer, und die Sonne verlieh den Wolken, der diesigen Luft und den Hügeln tagsüber einen Zauberglanz. So viel ereignete sich in dieser kurzen, glücklichen Zeit, und die Gespräche flossen ineinander wie ein niemals endender Wasserfall. Innerhalb von Stunden erzählte ich Daphne, was der Dei mit seinem Krummsäbel getan hatte, erzählte ihr von Kopenhagen, von Bligh und Nelson. Ich lehrte James die Kunst des Fischens, so wie man sie im Lake District ausübte, und bald schon fingen wir unser Essen, wann immer es uns gefiel. Er war ein sehr ernsthafter kleiner Junge, durch seine Pflichten schon früh gereift. Er beobachtete alles um sich herum und interessierte sich für jede Lichtveränderung, jeden fliegenden Käfer, jede Bergklippe. Licht, Käfer und Klippe verschworen sich eines Tages, als wir unterwegs waren, wodurch James ins Rutschen kam und eine Geröllhalde hinunterglitt. Er erlitt keine schweren Verletzungen, doch als ich zu ihm kam, blutete er aus der Nase, und er hatte Schürfwunden im Gesicht. Ich wollte ihn hochheben, aber er stieß mich zurück und wollte lieber alleine aufstehen.

»Vielen Dank, es geht mir gut«, versicherte er mir, während Blut auf seine Hose tropfte. Er holte sein Taschentuch hervor und machte sich an die Arbeit.

»Es geht ihm gut!« rief ich seiner Mutter zu, die erschrokken vom Pfad oben zu uns herunterschaute. Dann streckte ich ihm die Hand hin, als wir wieder nach oben kletterten. Er lehnte ab, aber das Geröll gab nach, und er rutschte wieder ab, wobei er im Gleiten schneller zu klettern versuchte.

»Hör auf zu klettern«, befahl ich. »Laß dich fallen.«

Zuerst gehorchte er nicht, doch schließlich fiel er und lag da, bis sich das Geröll unter ihm nicht mehr bewegte. Wieder kletterte ich zum ihm hinunter, und nachdem meine Füße sicheren Halt gefunden hatten, bot ich ihm erneut meine Hand an.

»Ich brauche Eure Hilfe nicht«, sagte er, flach auf dem Rücken liegend. Er wagte kaum, sich zu bewegen, war aber entschlossen, das, was er tun wollte, allein zu tun. Ich vermutete, daß diese fehlgeleitete Unabhängigkeit mit der höfischen Erziehung zusammenhing, und beschloß, etwas dagegen zu unternehmen.

»Hast du schon gehört, daß Nelson die Schlacht von Kopenhagen gewonnen hat?«

Diese scheinbar aus der Luft gegriffene Frage verblüffte ihn. »Ja, natürlich«, antwortete er ungeduldig, während das Geröll wieder unter seinen Füßen davonkullerte.

»Er war dabei nicht alleine«, sagte ich.

»Das weiß ich auch«, antwortete James, der merkte, worauf ich anspielte, es aber nicht zugeben wollte. »Seine Gnaden der Herzog kennt ihn.«

»Weiß er auch, daß fünfhundert Männer auf Nelsons Schiff waren und daß er darauf angewiesen war, daß jeder von ihnen fünf oder sechs verschiedene Aufgaben erfüllte, weil sonst das Schiff auf Grund gelaufen und alles verloren gewesen wäre? Natürlich waren diese Männer auch auf ihn angewiesen. Aber wenn Lord Nelson auf dem blutverschmierten Deck ausgerutscht und hingefallen wäre, und der nächststehende Mann hätte ihm seine Hand angeboten, glaubst du nicht, er hätte sie angenommen? Es ist immer ein Geben und ein Nehmen, James, selbst wenn du der Befehlshaber bist.«

Langsam faßte er den Entschluß, doch meine Hand zu ergreifen. Es war ein Glück, denn unter ihm lösten sich plötzlich mehrere schwere Geröllbrocken und polterten den Abhang hinunter. James schwieg, als wir gemeinsam zu dem Pfad hinaufkletterten, wo seine Mutter wartete. Kurz bevor wir bei ihr waren, zog er an meiner Hand, und als ich mich umdrehte, sagte er: »Danke, Mr. Blackbeard«, eilte dann an mir vorbei zu Daphne und versicherte ihr, daß alles in Ordnung sei.

Später, als wir mit frischem Brot und Eiern zur Hütte zurückgingen, rannte er voraus, so daß Daphne und ich – vorsichtig – den Luxus genießen konnten, Arm in Arm zu gehen.

»Das war wunderschön für ihn, daß du bei ihm warst«, sagte sie. »Wenn dieser Vorfall mit dem Herzog geschehen wäre, hätte er dafür sechs Lakaien geschickt.«

»Und sie wären alle dort unten gelandet. Wenige Väter haben Gelegenheit, in den Augen ihres Kindes so heroisch zu sein. Ich wollte, er könnte erfahren, wer ich bin.«

»Ich auch.«

»Glaubst du, daß die Piratenrolle funktioniert?«

»Sehr gut sogar. Du mußt seine normale Umgebung bedenken. Beim Herzog ist James daran gewöhnt, daß alle möglichen unbekannten Personen auftauchen. Solange er dich nicht morgens in meinem Bett vorfindet, ist alles bestens.«

»Er schläft wie ein Stein, und ich stehe mit der Sonne auf.«

»Das ist doch schön für uns, nicht wahr? Nach dem Verlust von drei Jahren und einem Auge haben wir das verdient. Mir gefällt die Augenklappe übrigens gut ... Was ist los?«

Ich blieb stehen, um sie anzuschauen, etwas, wovon ich offenbar nie genug bekommen konnte. »Du hast mich ans Leben gefesselt, nicht wahr?«

»Ja, und ich werde dich niemals losbinden.«

Wir waren schon zu nahe bei der Hütte und mußten uns beherrschen, aber wir setzten uns noch gemeinsam auf die blaue Bank, eine Form von Intimität, die wir uns gestatteten und die unserem Sohn nicht weiter aufzufallen schien.

»Ich vergesse es immer wieder, dir davon zu erzählen. Ich habe von Peter Heywood gehört«, sagte Daphne, während das Licht über Derwent Water plötzlich von Rosarot in Violett überging, weil eine Wolke an der untergehenden Sonne vorbeischwebte.

»Wo ist er?« fragte ich begierig.

»Er ist vor drei Jahren Vollkapitän geworden und befehligt momentan eine Fregatte der Ostindischen Flotte.«

»Der Ostindischen Flotte? Da werde ich ihn nie sehen, und das ist wahrscheinlich gut so. Vollkapitän! Wie schön für ihn. Ich bin erstaunt – nachdem er vom Kriegsgericht zum Tod durch Erhängen verurteilt wurde!«

»Seine Familie hat ihn hingebungsvoll unterstützt ...«

»Ah, ja, seine Familie ...«

Meine Bitterkeit und mein Verlustgefühl waren zu offensichtlich. Deshalb wechselte Daphne ziemlich abrupt das Thema. »Da ist noch etwas anderes. Bald nachdem du dich das letztemal verabschiedet hast, wurde ich von einem Vertreter des Innenministeriums befragt. Von einem Mann namens Walsh.«

»Warum hast du mir das nicht gesagt?« Eine Unruhe packte mich, die ich während der Wochen hier im Lake District ganz vergessen hatte, und sie breitete sich in meinem ganzen Körper aus wie ein schnell wirkendes Gift.

Ihr Gesicht nahm plötzlich einen gebieterischen Ausdruck an, und sie wurde die Herzogin, die ich schon früher manchmal zu sehen bekommen hatte. »Es gibt wenig, Fletcher, was ich dir vorenthalte, und vieles, womit ich fertigwerde. Walsh war kein Problem. Er kam zum Cleyland House, war sehr schmeichlerisch und erkundigte sich nach dir. Ich sagte ihm, du seist ein Freund meines Vaters, dem ich einen Gefallen schuldete. Er beharrte dann ein bißchen zu sehr auf den Einzelheiten, also erzählte ich ihm ein paar harmlose Dinge, und damit entließ ich ihn.«

»War die Sache abgeschlossen?«

»Nein, während der darauffolgenden Wochen merkte ich, daß ich beschattet wurde. Manchmal war das Bemühen dieser Herren, unentdeckt zu bleiben, geradezu lächerlich. Ich berichtete Seiner Gnaden von dem Vorfall, das heißt, ich erzählte ihm genau dasselbe wie Walsh: daß ich versucht hätte, einem Freund meines Vaters eine Arbeitsstelle zu vermitteln. Der Innenminister ist der Herzog von Portland. Er kennt meinen Mann seit Kindertagen. Herzöge wissen genau, wie sie sich gegenseitig in ihren Privilegien unterstützen, gleichgültig, ob das Gesetz oder die Politik involviert ist. Mir wurde mitgeteilt, daß Walsh ganz schön etwas zu hören bekommen habe, weil er sich so anmaßend verhalten hatte, und man befahl ihm, die Nachforschungen unverzüglich einzustellen.« Dann lächelte sie mich mit funkelnden Augen an: »Hast du je so einen Naseweis gesehen?«

Ich lächelte, fühlte mich aber nicht wirklich erleichtert, was sie sofort merkte. »Deshalb habe ich nicht darüber gesprochen. Jetzt wirst du dir Sorgen machen.«

»Ja«, gab ich zu.

Sie ergriff meine Hand. »Es tut mir so leid.«

»Mir auch.«

»Wir sind jetzt seit vier Wochen hier«, sagte sie. »Wenn sie mir gefolgt wären, hätten sie sich dann nicht bemerkbar gemacht?«

»Doch, selbstverständlich«, antwortete ich, in dem Versuch, uns beide zu beruhigen. »Und jeder Tag, der vorübergeht, gibt uns mehr Sicherheit.«

»Ich glaube es, wenn du es glaubst«, meinte sie, wohl wissend, daß ich es nicht glauben konnte.

»Wir wollen es versuchen«, erwiderte ich mit leerer Entschlossenheit und küßte sie.

Wir bemühten uns beide, aber bei jedem Spaziergang stellte sich erneut das Mißtrauen ein, jedesmal, wenn wir zum See hinuntergingen, wenn wir einen Hügel hinaufkletterten. Ich musterte jeden Menschen, dem wir begegneten, während ich gleichzeitig versuchte, mein eigenes Gesicht zu verbergen. Während die ersten Blätter die Farbe wechselten und James Exemplare jeder neuen Tönung sammelte, ging ich immer wieder meine Fluchtwege von der Hütte durch.

Eines Tages drehte der Wind auf Nord, und der Herbst machte sich deutlich bemerkbar, indem er seine eisige Winterwarnung ausschickte. Die Nebel wurden dichter, und der Wind trieb sie über den See, der aussah, als kochte er. Der Junge und ich kletterten über Bracken Riggs und beobachteten, wie der Nebel über uns sich mit dem Nebel unter uns verband. Ein Steinhügel, den ein Schafhirte als Grenzmarkierung aufgeworfen hatte, bot uns Schutz gegen den Wind, als wir uns mit dem Rücken dagegen setzten und darauf warteten, daß sich die Sicht klärte, zumindest so weit, daß wir wieder ins Tal absteigen konnten.

»Habt Ihr Euren Schatz besucht?« fragte James. »Ist alles da?«

»Ja, es ist alles da und wartet auf dich – wenn du zehn bist, kannst du den Schatz sehen. Das verspreche ich dir.« Irgendwie hatte ich ihn davon überzeugt, daß dieses Alter erforderlich war, um solchen Reichtum in Augenschein nehmen zu können.

»Ich muß Euch etwas sagen«, begann James.

»Ich höre.«

Er sprach sehr ernst, weit ernster, als seinem Alter gemäß war. »Ihr müßt wissen, daß Ihr der beste Freund seid, den meine Mutter hat.«

»Das freut mich«, stieß ich hervor.

»Sie ist eine Herzogin, wißt Ihr.«

»Ja.«

»Normalerweise sind bei uns keine Piraten zu Besuch, mit denen wir reden können.«

»Das glaube ich dir ... Aber ihr könnt miteinander reden, oder?«

»Ja, wenn genügend Zeit ist. Eine Herzogin hat viel zu tun.«

»Wie findest du es, daß du später einmal Herzog wirst?«

James schwieg eine Weile, und als ich ihn kurz ansah, bemerkte ich, wie sich sein Kindergesicht verfinsterte. »Es wird bestimmt nicht so sein wie bei Seiner Gnaden.«

»Inwiefern wird es anders sein?« fragte ich so beiläufig wie möglich, wobei ich auf etwas kleinliche Art dankbar dafür war, daß er den Mann nicht als seinen Vater bezeichnete.

Er antwortete nicht gleich. »Ich hoffe ...« begann er und zögerte dann, vielleicht aus Schüchternheit, dachte ich. »Ich hoffe ... Ich würde gerne Menschen kennen, so wie ich Euch kenne. Mit Seiner Gnaden könnte ich mich nie so unterhalten wie mit Euch.«

»Hast du es versucht?«

Er überlegte einen Augenblick. »Ich glaube nicht, daß er das möchte.« Er lehnte seinen Kopf an meine Schulter, wie abends immer, wenn ich ihm vorlas oder Bilder von meinen

Piratenreisen für ihn malte. »Ich wollte, Ihr würdet mit uns kommen, wenn wir von hier weggehen. Meine Mutter könnte Euch sicher eine Aufgabe im Haushalt zuweisen.«

»Piraten kommen in Häusern nicht gut zurecht«, erklärte ich, so ergriffen, daß ich kaum Luft bekam. »Wir brauchen den Wind, das offene Meer ...«

»Ja«, stimmte mir James traurig zu, »und die Wachtmeister in London würden sich fragen, was Ihr da macht.«

»Zweifellos.«

»Aber wann sehen wir Euch wieder?«

»Du meinst, nach heute? Vielleicht morgen beim Frühstück ... aber egal, wann wir uns trennen, James – ich werde meine Seeschlachten bestehen, und wenn ich es noch kann, dann werde ich meinen Weg zu euch zurückfinden.«

»Das würde mich sehr freuen«, sagte er fast förmlich, dann umarmte er mich, und mir brach fast das Herz. Ich empfand eine Sehnsucht nach der Zeit mit ihm, die ich nicht haben konnte, und diese Sehnsucht sollte mich immer begleiten. Eine Woche später, als Daphne und ich im Bett lagen, vom Mondlicht beschienen, und wir vorsichtig versuchten, über unsere Zukunft zu sprechen, wurde alles für uns entschieden.

»Wenn du hier bleiben würdest«, sagte sie, »dann wärst du so sicher, als befändest du dich auf dem Mond. Wie du ja selbst sagst – die Menschen hier in der Gegend respektieren die Tradition, daß jeder das Recht hat, sich vor der Welt zu verbergen, und ich wüßte, wo du dich aufhältst, was mir zur Abwechslung einmal recht willkommen wäre. Mein Leben bestimme ich zum großen Teil selbst, und ich würde so oft ich könnte hierherkommen, nicht immer mit James, aber oft ... sehr oft.«

»Und gelegentlich würde ich Charles I. besuchen«, sagte ich. Als sie mich verführerisch anlächelte, richtete ich mich im Bett auf. Ich wußte nicht genau, was ich gehört hatte – nur, daß unsere zaghaften Pläne bereits zunichte waren.

»O nein!« flüsterte sie, als ich schnell ans hintere Fenster trat. Etwa hundert Meter entfernt verschwand eine Gestalt hinter den Felsen neben unserem Pfad. Eine weitere kauerte wie ein Geier über uns auf der Felsenspitze. Dann hörte ich ein Pferd wiehern, zu nahe, als daß es ein verirrter nächtlicher Reisender sein konnte.

»Sie sind da«, murmelte Daphne, während ich in meine Kleider fuhr. Ich nickte, und sie sagte: »Unser Postfach, ich flehe dich an, dort sind wir sicher ...« Dann sprang sie aus dem Bett und rannte nackt zu einem Alkoven neben dem Herd. »Ich habe eine Pistole hier, mein Vater hat mir beigebracht, wie man schießt ...«

»Um des Jungen willen – bring niemanden um!« beschwor ich sie, während ich den einen Stiefel überzog. »Meine einzige Möglichkeit ist die Flucht. Was wirst du ihnen sagen?«

Sie nahm wieder ihre gebieterische Haltung ein und erklärte: »Daß ich einen Geliebten habe und es indiskret wäre, seine Identität zu enthüllen. Niemand würde es wagen, einer Herzogin weitere Fragen zu stellen.«

Ich ging zu ihr, und wir klammerten uns aneinander, solange wir es wagten. »Wohin ich auch gehe, ich versuche jetzt schon, zu dir zurückzukehren.«

»Es wird eine Weile dauern«, sagte sie. Ihr war schon in diesem Augenblick klarer als mir, was diese Flucht bedeutete.

Ich küßte sie. »Die Zeit bleibt jetzt stehen«, sagte ich und ging zur Tür, doch dann trat ich noch an das niedrige Rollbett, in dem James schlief, und küßte ihn ebenfalls. »Sag ihm immer wieder, daß der Pirat ihn liebt.«

Im hellen Mondlicht kam sie noch einmal in meine Arme, und ihre weiße Haut brannte sich in die Erinnerung meines Auges und meiner Hände. Dann hörten wir einen schrillen Pfeifton, der mich aufrüttelte wie der Befehl des Bootsmannes. Ich hatte diese Pfeife schon einmal gehörte, damals, als ich über die Dächer Londons geflohen war. Ich öffnete die

Tür und blickte in eine Pistolenmündung, die direkt auf meine Stirn zielte. In der Hand hielt sie, im Mondlicht glänzend, mein Freund Walsh.

»Tretet langsam und mit erhobenen Armen heraus, Sir.«

»Hier schläft ein Kind«, sagte ich, während ich seine Anweisung befolgte.

»Ja, und eine Frau, wenn ich mich nicht irre.« Er trat ein paar Schritte zurück, als ich mich ihm näherte, immer noch genau zielend.

»Laßt die beiden in Frieden«, versuchte ich zu verhandeln. »Ihr habt nur mit mir zu schaffen.« Mehrere Männer tauchten in der Umgebung der Hütte auf, hielten aber respektvoll Distanz.

»Ich sollte die Herzogin von Cleyland und ihren Sohn belästigen? Auf den Gedanken käme ich nie und nimmer«, erklärte Walsh triumphierend. »Obwohl wir jetzt, nachdem wir Euch gefaßt haben, vielleicht doch eine gewissen Anerkennung verdient haben, muß ich sagen.«

»Mr. Walsh, warum interessiert Ihr Euch so für mich?«

»Ihr taucht immer wieder auf, nicht wahr? Ihr kennt all diese interessanten Menschen, nicht wahr? Und dann lauft Ihr weg, ändert Euren Namen und verschwindet. Warum solltet Ihr Euch während eines Krieges so verhalten? Vielleicht, weil Ihr den Feind unterstützt? Vielleicht habt Ihr ein hübsches Nest mit Euren Dichtern und Damen und Herren, die alle Sympathien für diese gebildeten, eleganten Franzosen pflegen? Ich bin ein durchschnittlicher Engländer, Sir, aber England hat keinen Platz für Verräter. Deshalb möchte ich Euch entlarven, auch wenn ich Euch die Haut von Eurem edlen Hinterteil abziehen muß, um das zu erreichen.« Sein Grinsen zeigte eine gewisse Vorfreude.

»Sir, ich bange um Euer Leben«, sagte ich, während ich mit einem Blick die Entfernung von uns bis zu der Felsklippe vor der Hütte abschätzte.

»Ihr bangt um mich? Warum, wenn ich bitten darf?« Er schien belustigt.

»Die Frau im Haus besitzt eine Pistole ...« Seine Augen wanderten zur Tür, was mir die Sekunde schenkte, die ich brauchte, um mich auf ihn zu stürzen, die Pistole wegzuschlagen, während sie losging, ihm den Arm um den Nacken zu schlingen und zum Abhang zu springen. Wir landeten auf dem Geröll, ich auf dem Rücken, er mit dem Gesicht nach unten, laut brüllend. Während wir abwärts schlidderten, das Geröll wie ein reißender Fluß unter uns, steuerte ich, indem ich den Arm als Ruder benutzte, und als wir uns trennten, sorgte ich dafür, daß Walshs Nase ihn sicher auf Kurs hielt, wie der Kiel eines Schiffes, und so sauste er durch das lockere Gestein weiter bergab. Von oben wurden keine Schüsse abgegeben, weil alle Angst hatten, Walsh zu erwischen.

Als ich wieder festen Halt unter den Füßen hatte und mich umdrehte, sah ich Walsh, der sein blutiges Gesicht dem Mond zuwandte und seine Wut herausheulte. Zwei Männer versuchten uns zu folgen und kletterten den Abhang herunter. Ich aber begann zu rennen, das Mondlicht erhellte den Pfad, der mir sehr vertraut war, nicht jedoch den anderen. Ich platschte durch einen Wildbach und sprang über ein Rinnsal, dann rannte ich einen mit Stechginster und Blaubeerbüschen bewachsenen Hügel hinauf.

Was mich zögern ließ, waren zwei berittene Männer, die von links auf mich zukamen. Als ich mich umdrehte, sah ich zwei weitere Reiter, die im Galopp durch die Büsche ritten und einander zuriefen, nun hätten sie mich. Das stimmte, also machte ich kehrt und rannte bergab, auf den ersten Reiter zu, mit den Armen fuchtelnd und schreiend wie ein wildgewordenes Tier. Das arme Pferd scheute, und als sein Reiter es wieder unter Kontrolle zu bringen versuchte, bäumte es sich auf, was mir Gelegenheit gab, den Mann zu packen und aus dem Sattel zu zerren.

Ich war kein geübter Reiter, aber die Verzweiflung verlieh mir ungeahnte Fähigkeiten. Ich fand einen Steigbügel und schwang mich auf das Pferd. Das arme Tier ahnte, daß es mit mir einen heulenden Teufel auf dem Rücken hatte. Es reagierte mit dem entsprechenden Tempo, das mich an dem anderen Reiter vorbeitrug, der auf seinem Pferd herumwirbelte und versuchte, mich mit einem Säbel anzugreifen, dann mit einer Pistole, die losging, als ich schon zum Gipfel des Falcon Crag raste, den Hügel entlang zum Barrow Beck. Ich führte mein Pferd anfangs oberhalb des Gerölls, bis ich hörte, daß einer meiner Verfolger ins Rutschen geriet. Als ich mich umdrehte, sah ich, wie Mann und Pferd den Abhang hinunterpurzelten, und drängte meinen Freund zu noch größerer Eile.

Inzwischen war das Pferd so wild, als wäre es nie gezähmt worden, und es flog fast, bis wir den Wildbach erreichten und zu der mir so vertrauten Stelle kamen, wo der Bach eine rauschende Stromschnelle aus weißem Wasser wurde, in dem das Mondlicht tanzte. Ich glitt von meinem Reittier, das sehr erleichtert war, drehte es um und schlug es auf die Hinterbakken, so daß es im Galopp zurückrannte, wo wir hergekommen waren. Dann stürzte ich mich in den Wildbach und wurde sofort von der Strömung davongetragen.

Ich tat mein Bestes, um mit dem Kopf über Wasser zu bleiben und den Felsen auszuweichen, die meinen immer schneller werdenden Weg stromabwärts unterbrachen. Ich wußte, was auf mich zukam, und da erblickte ich zwei Reiter, die sich alle Mühe gaben, im Farndickicht am Ufer mit mir Schritt zu halten. Das gelang ihnen auch recht gut, bis sie – und ich – zu der Klippe kamen, die ihre Verfolgungsjagd beendete und den Gebirgsstrom in einen Wasserfall verwandelte, der über fünfzig Meter in die Tiefe stürzte. Ich überquerte die Klippe in der mondbeschienenen Gischt, so hell wie Daphnes Haut, und wurde von ihr verschlungen.

Exil

1801 – 1805

Wie das Schicksal es wollte, war meine Flucht aber keineswegs eine Flucht in die Freiheit. Es begannen nun vier Jahre in einem Exil, das mindestens so schlimm war wie ein Gefängnis.

Der Wasserfall brachte mir eine oder zwei gebrochene Rippen ein; wie viele, war von den Schmerzen her nicht genau festzustellen. Trotzdem konnte ich mich vor Walsh und seinen Männern im Wald verstecken. Einmal sah ich ihn sogar aus der Ferne, und er wirkte ziemlich verstört. Nach wenigen Stunden befand ich mich oberhalb meiner Verfolger auf dem Bleaberry Fell und wanderte nach Norden, in Richtung Glasgow.

Es war eine ziemliche Strecke, aber dank Daphne und James war ich gut darauf vorbereitet. Die gebrochenen Rippen waren eine Weile beim Gehen recht unangenehm, aber doch nicht so schlimm, als wenn ich in einer Kutsche durchgeschüttelt worden wäre. Das Wetter hielt sich die meiste Zeit, und in Carlisle erwarb ich einen schweren Wintermantel. Der Krieg hatte viele Menschen auf Wanderschaft geschickt, die allesamt in schlechterer Verfassung waren als ich. Fast jeden Tag teilte ich mein Essen mit jemandem, der hungerte. Von diesen Leuten erfuhr ich, daß zwischen England und Frankreich ein seltsamer Friedensprozeß begonnen hatte. Ich wettete mit jedem, der dazu bereit war, daß es sich um ein kurzes Zwischenspiel handeln würde, das nur so lange Gültigkeit besaß, bis der korsische Schurke wieder auf der Bildfläche erschien.

Für mich lag der Vorteil des Friedens darin, daß die Preßkommandos ihre Quoten reduzierten, so daß ich mich mit etwas weniger Schwierigkeiten von Hafen zu Hafen bewegen konnte. Doch ich war immer noch vorsichtig, weil ich dachte, daß Walsh überall seine Männer haben könnte. Die Idee, nach Norden zu gehen und nicht in Richtung London, war klug gewesen, und ich fand in Greenock ein Schiff, das mit einer Ladung Getreide in die Karibik aufbrach. Die Fahrt verlief glatt, und nach sechs Wochen befand ich mich in Kingston auf Jamaica.

Ich sorgte mich um Daphne, jeden Tag, jede Stunde. Zwar unterschätzte ich keinen Augenblick ihre Fähigkeit, Walsh zur Schnecke zu machen, aber er würde den Vorfall sicherlich melden, und ihr Name konnte dann nicht unerwähnt bleiben. Obwohl sie mir erzählt hatte, daß ihr Ehemann ihr sehr viel Freiheit für ein eigenes Leben lasse (damit er ohne schlechtes Gewissen seine eigene Freiheit genießen konnte), befürchtete ich doch, Seine Gnaden könnte Anstoß daran nehmen, daß James in der Nähe gewesen war. Ich war mir nicht sicher, weil der Sittenkodex des Adels für mich ein Rätsel war und sich bei Bedarf recht schnell änderte. Ich hoffte nur, daß sie nicht für das bezahlen mußte, was sie mir geschenkt hatte: mein Leben.

Denn immerhin lebte ich. Ich war auf der Flucht und versteckte mich, wie es offenbar meiner Bestimmung entsprach. Es gibt Leute, die darin eine wenig würdevolle, wenn nicht gar unehrenhafte Art zu leben sehen. Zum Teufel mit einem so bequemen Urteil. Ich entschied mich dafür weiterzuleben, weil ich Daphne und James lieben wollte. Katz-und-Maus war der Preis für diesen Luxus. Ich wünschte, ich hätte Daphne als Mann kennengelernt und nicht als ein vor Scham zerfressener Verbrecher. Aber weil ich wußte, daß sie mir, obwohl ihr das alles bekannt war, eine so zuverlässige Liebe schenken konnte, trotz aller Gefahren, wagte ich zu hoffen, daß sie mich gesund und wohlbehalten wiedersehen würde, ehe unser Leben zu Ende ging. Ich selbst war nicht gebunden durch die üblichen Erwartungen, die an einen Mann meines Alters durch die Rituale von Herkunft und Erziehung gestellt wurden, ja, ich war nicht einmal betroffen von den Wertmaßstäben der Ehre und der Königlichen Marine. Statt dessen wurde ich – zumindest in meinen eigenen Augen – bestimmt durch meinen Tanz mit dem Tod, nicht nur wegen der über mich verhängten Todesstrafe, sondern auch wegen der Verfolgungsjagden und Schlachten, als würde ich sagen: »Ich weiß sehr wohl, was mir zukommt, also möge es geschehen, wenn es sein muß. Aber ich werde tun, was ich kann, um am Leben zu bleiben, denn es gibt für mich einen Sinn auf dieser Welt« – Daphne zu lieben und mich irgendwie unseres Sohnes würdig zu erweisen.

Während der folgenden vier Jahre war ich wieder Seemann, an Bord jedes schmutzigen Schiffs, das zwischen den westindischen Inseln kreuzte, abgesehen von zwei längeren Fahrten um das Kap Hoorn, bei denen wir Rum nach Australien transportierten. Jedesmal, wenn ich den Versuch unternahm, ein Schiff nach England zu finden, was ich mindestens einmal im halben Jahr tat, entging ich entweder mit knapper Not der Entdeckung, oder ich wurde fast von einem Preßkommando gefaßt, weshalb es töricht gewesen wäre weiterzumachen. Der Krieg mit Frankreich begann erneut, und Napoleon ließ sich zum Kaiser krönen. Eine Zeitlang half ich dabei, britische Waffen für die haitianischen Sklavenarmeen zu schmuggeln, die gegen die französische Besatzung rebellierten.

Wie es dazu kam, weiß ich nicht, aber dies lenkte die Aufmerksamkeit unserer Regierungsvertretung in Kingston auf mich. Mit der Gründlichkeit der dortigen diplomatischen

Drohnen gelangte meine Beschreibung, offenbar detailliert genug, um aufzufallen, schließlich nach London und landete auf einem ganz bestimmten Schreibtisch im Innenministerium. Nach einer so langen Zeit der Anonymität war ich eigentlich nicht mehr darauf gefaßt gewesen, James Walsh am Kai im Kingstoner Hafen herumspazieren zu sehen. Er sah mich nicht, und so gelang es mir, noch in derselben Nacht zur anderen Seite der Insel zu kommen. In Ocho Rios fand ich ein Boot, das nach Torrola fuhr.

Ich bewegte mich von Insel zu Insel, immer auf der Hut vor Walsh, der bei seiner Verfolgung großes Geschick an den Tag legte. Überall suchte ich nach einem Schiff, das mich von ihm fortbringen würde, selbst wenn es bedeutete, noch einmal Kap Hoorn zu umsegeln. Es gab zwei Wirbelstürme, einer zu meinem, der andere zu Walshs Vorteil. Auf diese Art gelangte ich nach Grenada, die letzte Chance, meinem Verfolger zu entgehen. Inzwischen waren die Kriegsflotten der Welt in der Karibik angelangt, mit dem Ziel, sich dort gegenseitig Schaden zuzufügen. Ich holte Informationen über sie ein, wagte aber kaum noch zu hoffen, auf irgendeinem dieser Schiffe verschwinden zu können. Doch der Hafen von Grenada blieb eine ganze Woche lang leer, und schließlich holte mich Walsh ein. Ich sah ihn kommen, ehe er mich entdeckte, und war gezwungen, durchs Fenster meines gemieteten Zimmers zu springen, wobei ich glücklicherweise unverletzt in dem darunterliegenden Hinterhof landete. Ich rannte zum Hafen, um irgendwie zu fliehen, und da überraschte mich der Anblick von einem Dutzend Linienschiffen, allesamt unter britischer Flagge.

Noch verblüffter war ich, als ich Lord Nelsons Wimpel entdeckte. Eine Minute später schon ruderte ich in einem Boot, das ich mir mit meiner letzten Goldguinee geborgt hatte, quer durch den Hafen, auf die HMS *Victory* zu, und ehe man auf mich schießen konnte, rief ich Lord Nelson Grüße von dem einäugigen Kanonier zu, den er von der Schlacht bei Kopenhagen kenne. Zum Glück erinnerte sich Nelson an mich, hörte meine Nachricht, daß die französische und die spanische Flotte zurück über den Atlantik geflohen seien, und während er dem Geschwader signalisierte, sich zum Auslaufen zu formieren, bat er mich an Bord.

Walsh näherte sich bereits mit großer Schnelligkeit vom Ufer und brüllte laut seinen Anspruch auf mich heraus. Ich bot Lord Nelson eine ziemlich ungeheuerliche Erklärung; trotzdem war er so freundlich und befahl seinen Seesoldaten, Walsh mit einer Warnsalve zu bedenken, die so dicht einschlug, daß seine angeworbenen Ruderer umdrehten und wieder Richtung Ufer fuhren. Ich hatte keinen Zweifel daran, daß er überall, wo ich an Land gehen wollte, am Kai auf mich warten würde, aber darüber würde ich zu gegebener Zeit nachdenken. Denn innerhalb einer Stunde befand ich mich bereits in den Topps und setzte die Leesegel, die jeden Passatwind nutzen sollten, damit wir die Franzosen einholten. Lord Nelson ehrte mich, indem er mich zum Geschützführer einer Zwölfpfünder-Kanone auf dem Achterdeck machte, dem Teil des Schiffs, der den Gängen des Befehlshabers vorbehalten war. Ich erfuhr an diesem Abend, daß all die eiligen Schiffsbewegungen mit Bonapartes Plan zu tun hatten, in England einzufallen. Er hatte seine Große Armee, fast zweihunderttausend Mann, in der Nähe von Boulogne zusammengezogen, mit zweitausend Landungsbooten, die diese Soldaten über den Kanal nach Kent befördern sollten. Wenn die französische und die spanische Flotte sich mit denjenigen ihrer Kameraden vereinigen konnten, die aufgrund unserer Blockade in den Atlantikhäfen festsaßen, reichte ihre gemeinsame Streitmacht möglicherweise aus, um Bonaparte und seiner Großen Armee die zur Überquerung des Kanals notwendigen zwei Tage zu geben.

Ich war genauso darauf erpicht wie Lord Nelson, sie zu

vernichten. Als wir von Grenada ausliefen, trennte er eine Fregatte vom Geschwader, um seine Pläne schneller der Admiralität zukommen zu lassen (leider ehe ich Gelegenheit hatte, an Daphne zu schreiben). Nelson hatte seit mehr als zwei Jahren das Schiff nicht mehr verlassen – so lange mußte er bei der Blockade im Mittelmeer auf die Begegnung mit den Franzosen warten. Sein Wunsch, nach England zurückzukehren, war fast so stark wie der meine. Das Gerede zwischen den Decks über das skandalöse Verhältnis zwischen ihm und seiner Geliebten, Emma Hamilton, nahm kein Ende. Zweifellos malte Seine Lordschaft sich eine neuerliche Vernichtung des Feindes aus, eine Rückkehr im Triumph, mit lauter gekaperten Schiffen, um so für alle in der Flotte Prisengeld zur Verfügung stellen zu können – und dann eine sehr schnelle Heimkehr zu der eben erwähnten Dame. Ich wünschte ihm Erfolg bei all seinen Vorhaben, denn ich hoffte, es ihm gleichtun zu können und zu Daphne zurückzukehren.

Aber die See ist das Fegefeuer der Seeleute. Wir segeln mit dem Wind oder geraten in eine Flaute, jagen irgendeiner nautischen Chimäre hinterher, warten auf eine leichte Veränderung der Elemente, die vielleicht etwas bringen könnte. Wir füllen unsere Zeit mit komplizierter Routine, um das Schiff zu steuern und nicht träge herumzuliegen, wir spüren die Begeisterung, welche die Jagd nach einem unsichtbaren Gegner mit sich bringt, der aber vielleicht in eine ganz andere Richtung gesegelt ist, oder wir ergeben uns der verdummenden Langeweile von Blockadepflichten oder einem Hafenaufenthalt ohne Landgang. Spekulationen sind unser täglich Brot, und niemand wagt es, selbst die wildesten Vermutungen eines anderen als verkehrt zu bezeichnen.

So und nicht anders war es auch für die achthundertfünfzig Seelen an Bord der HMS *Victory* während dieser langen Sommermonate, bis weit in den Herbst hinein. Wir kamen ziemlich schnell mit dem Passat über den Atlantik, aber nachdem wir ihn überquert hatten, wußte Nelson nicht, wo sich die Flotte des Feindes befand, und war deshalb auf Vermutungen angewiesen. Und ach, er vermutete falsch und segelte direkt nach Osten zur Straße von Gibralter, während der Feind nordöstlich zum Golf von Biscaya gesegelt war. In Gibraltar ging Nelson an Land, wütend darüber, daß er sie verpaßt hatte, nach den langen Jahren der Blockade. Doch dann kamen weitere Nachrichten, nachdem wir wieder ausgerüstet worden waren und nach Norden ausliefen, um uns der Kanalflotte bei der Verteidigung gegen die Invasion anzuschließen. Ein Geschwader der Königlichen Marine hatte der feindlichen Flotte vor Kap Finistere im Nebel den Weg abgeschnitten. Es war zu einer Schlacht gekommen, die ohne Sieger und ohne Namen geblieben war, doch der feindlichen Flotte war es anschließend gelungen, nach Vigo an der spanischen Nordküste zu entkommen. Da nun die Schiffe des Feindes in verschiedenen Häfen lagen oder blockiert wurden, war die gefürchtete Invasion vereitelt, jedenfalls für den Augenblick. Und jetzt wurde Nelson Urlaub gewährt.

Während der fünf Minuten ekstatischer Vorfreude, daß unser Zielhafen Portsmouth sein würde, benahm ich mich an Deck wie ein Wilder, klopfte allen auf die Schulter und jubelte meine Freude laut heraus. Lord Nelson war nach Hause beordert worden – ein wohlverdienter Urlaub, den wir mit ihm teilen würden, nahm ich an. Doch ich verfiel wieder in stummen Kummer, als der Bootsmann mir nachdrücklich versicherte, daß die Besatzung es Seiner Lordschaft nicht gleichtun konnte, sondern die an dem Schiff durch die beiden Jahre auf See dringend notwendig gewordenen Ausbesserungsarbeiten vornehmen mußte, damit wir später wieder seetüchtig waren. Denn Nelson würde von der Admiralität sicher nicht lange ohne Auftrag bleiben, solange sich die französische und die spanischen Flotte noch auf dem Wasser befanden.

Wir gingen am 18. August in Spithead vor Anker, und von

meinem Platz auf der Großmarsrah beobachtete ich, wie die Barkasse Seiner Lordschaft rasch zum Ufer fuhr, und der Neid auf sein Glück pulste wie Säure in meinen Adern. Ich bot Bestechungsgelder an, stellte mich krank und überlegte, ob ich schwimmen sollte – aber das brachte alles nichts, außer daß meine Vorgesetzten mißtrauisch wurden und mich ständig bewachten. Ich blieb vier Wochen an Bord, selbstverständlich mit Walshs Auftauchen rechnend, der jedoch aus mir unbekannten Gründen nicht erschien. Ich achtete nicht auf die Gerüchte über unser nächstes Ziel und auch nicht auf die Neuigkeiten, die in den Bumbooten mit den anderen Vergnügungsgütern vom Hafen zu unserem Schiff gebracht wurden. Nelson weigerte sich, auf der Fahrt Frauen an Bord zu lassen, aber hier im Hafen wurden die Sitten gelockert. Jede Wache machte ihre Schicht und kam dann nach unten, um sich mit den Huren zu amüsieren, die sich im Zwischendeck einquartiert hatten. Manche Seeleute bekamen auch Besuch von ihrer Familie, allerdings blieben die meisten Angehörigen nicht sehr lang. Wer sich hinlegte, tat dies zwischen den Kanonen, und zweifellos entstand in diesen Sommermonaten, ob erwünscht oder nicht, viel neues Kanonenfutter. Da kaum ein Lüftchen ging und die Augusthitze alles beherrschte, vermischte sich der Geruch von Rum und Teer mit Körperschweiß und ranzigem Atem zu einer ungesunden Gaswolke.

Aus diesen und anderen Gründen schlief ich lieber an Deck, wo ich, wenn mir nach Selbstzerfleischung zumute war, mich über die Reling beugen und die Lichter von Portsmouth betrachten konnte. Es gab dann für mich nur eine Frage: Wie weit war Daphne wohl von mir entfernt? Die Briefe, die ich an Bord geschrieben und ihr von Gibraltar aus geschickt hatte, waren vermutlich angekommen. Ich wünschte mir, sie möge kommen, dann wünschte ich es wieder nicht. Womöglich hielt sie sich mit James im Lake District auf. Es war Sommer, die Londoner Saison war zu Ende, und vor vier Jahren hatte ich sie im August dort angetroffen. Wenn dem so wäre, hätte sie unser Postfach nicht aufgesucht. Trotz all dieser vernünftigen Überlegungen sah ich sie, weiß gekleidet, in jeder Barkasse, in jeder Jolle, und jedesmal, wenn sie es nicht war, empfand ich eine schmerzliche Enttäuschung. Ich schrieb ihr noch mehr Briefe, die ich erst abschicken wollte, wenn wir wieder ausliefen, und ich fragte mich, ob der Gedanke, daß wir einander so nahe gewesen waren, sie ebenso verrückt machen würde wie den Verfasser dieser Briefe.

Wie im Hafen üblich, präparierten wie die *Victory* für eine dreijährige Seefahrt, mit Vorräten aller Art – Schrot und Pulver, Fässer mit Trockenbrot, Rindfleisch und Bier –, und in jeder Ladung, die wir unter Deck verstauten, sah ich die Versorgung für einen weiteren Tag, eine Woche oder einen Monat meines Lebens, die ich mir Warten auf meine Rückkehr verbringen würde. Nelson selbst war zwei Jahre weggewesen. Trennungsschmerz galt nicht als Kriegsverletzung. In drei Jahren war mein Sohn dreizehn, ein junger Mann, der mich höchstwahrscheinlich vergessen hatte.

Dank der Admiralität war es mir nicht möglich, mich lange auf diese Art zu quälen. Die Nachrichten im Zwischendeck verdichteten sich: Die feindlichen Flotten hatten es geschafft, sich zu konsolidieren, während sie südwärts segelten, weg vom Kanal, in Richtung Cádiz. Dort drohten sie zum Mittelmeer vorzustoßen oder aber massiert zurückzukommen und doch eine Invasion zu unternehmen. England konnte es sich nicht erlauben, ihnen diese Möglichkeit zu geben. Nelson wurde am 13. September zurückgerufen, und wir liefen drei Tage später aus, meine zahlreichen Briefe im letzten Postsack, der an Land ging. Wir erfuhren bald, daß Nelson das Kommando über die gesamte Flotte hatte. Zum erstenmal in seiner Laufbahn konnte er seine Arbeit machen, ohne einen vorgesetzten Admiral von seiner Strategie überzeugen zu müssen. Das machte die Stimmung noch fröhlicher, denn wir waren immer schon stolz darauf gewesen, auf seinem Flaggschiff zu dienen. Ich teilte den Stolz, aber nicht die Freude, denn inzwischen hatte ich begonnen, dem Ruhm und dem ehrgeizigen Streben danach zu mißtrauen. Der Gedanke war damals noch recht unklar, doch das, was sich nun bald ereignen sollte, machte ihn zusehends deutlicher.

Niemand zweifelte daran, daß wir in eine Schlacht fuhren, wenn sich der Feind uns nur stellen würde. Wir wußten auch, daß sich die *Victory* in der vordersten Reihe der Attacke befinden würde. Der vertraute Konflikt zwischen Vorfreude, Angst und Entschlossenheit quälte uns alle, und es gab niemanden, der diesen inneren Kampf nicht dadurch zu überwinden versuchte, daß er unseren Admiral nachahmte. Er und Kapitän Hardy, der das Schiff befehligte, ließen sich während jeder Wache sehen. Allein oder gemeinsam durchschritten sie ihr Territorium auf dem Achterdeck auf der Steuerbordseite, oft ins Gespräch vertieft, oft mit den anderen Offzieren oder sogar mit der Mannschaft Bemerkungen austauschend. Bei den Geschützübungen trat Nelson immer wieder mit Einäugigen-Neckereien an mich heran.

»Wir sollten einen Menschenschlag britischer Zyklopen gründen«, schlug er eines Tages vor. »Einäugigkeit zwingt zu Konzentration, davon bin ich überzeugt. Das zweite Auge ermöglicht zuviel Ablenkung. Ein Auge für die Pflicht, das andere wandert zu allen möglichen verderblichen Tändeleien. Hardy, wie fänden Sie es, wenn wir alle einäugigen Männer in der Königlichen Marine zusammenbringen würden und ein Schiff Erster Klasse mit ihnen bemannen würden?«

»Würde nie erlaubt werden, Mylord«, erwiderte Hardy auf seine gutmütig-derbe Art.

»Und warum nicht, wenn ich fragen darf?« hakte Nelson nach. »Das Zyklopengeschwader, das durch die Meere segelt und den Feind mit seinen Blicken in Bedrängnis bringe ...«

»Zu teuer«, meinte Hardy. »Die vielen Augenklappen ...«

In diesem Moment feuerte ich meine Kanone und bestätigte das Argument seiner Lordschaft, indem ich genau das Ziel traf, nämlich die vor uns im Wasser schwimmenden Fässer.

»Beachtet folgendes, Hardy«, erklärte Nelson. »Die Kugel folgt dem Blick eines Einäugigen wie einem magnetischen Band.«

Die Geschichte machte schnell die Runde, und als wir uns der vor Cádiz wartenden Flotte anschlossen, hatte ich bereits eine merkwürdige Art von Berühmtheit erworben, nicht nur als guter Seemann, der sogar Lord Nelson aufgefallen war, sondern als einer, der wie er die Zauberkraft der Einäugigen besaß. Plötzlich kam das Ritual auf, meine Augenklappe als Glücksbringer zu berühren – eine Sitte, die ich schnell wieder abzuschaffen versuchte, allerdings ohne Erfolg. Ich setzte alle mir zur Verfügung stehenden Argumente ein und erreichte so immerhin, daß meine abergläubischen Kameraden warteten, bis die Schlacht unmittelbar bevorstand.

Und wir warteten lange, nachdem wir von der Flotte begrüßt worden waren, die in ihrer Begeisterung darüber, daß Nelson den Oberbefehl hatte, manchmal das seemännische Dekorum überschritt. Die ersten beiden Nächte bat seine Lordschaft die Kapitäne zum Abendessen an Bord, um ihnen seine Angriffsstrategie zu erklären, für den Fall, daß die französische und die spanische Flotte Anstalten machten, den Hafen von Cádiz zu verlassen. Im Zwischendeck hörte man davon nichts, denn wir würden so ins Gefecht gehen, wie man es uns befahl. Es gab keine Gewähr dafür, daß wir den Feind überhaupt zu Gesicht bekommen würden, denn die beiden Flotten konnten ja auch im Hafen von Cádiz bleiben, bis der Atlantik austrocknete.

Unsere Flotte blieb am Horizont von Cádiz, wobei Nelson einen Telegrafen aus Fregatten bildete, sieben Fregatten von Horizont zu Horizont, von Ost nach West, ausgedehnt über zwanzig Leagues. Der Feind sah nur ein einziges Schiff, das ihn offenbar beobachtete. Trotzdem mußten die Spanier und Franzosen wissen, daß sie eine britische Flotte erwartete, und während der Monat Oktober verging, ein Tag zermürbender als der andere, begannen wir allmählich die irritierende Anspannung zu spüren – Zweifel an der Blockade tauchten auf, ja, sogar Zweifel an Lord Nelson, der, wie die Ungläubigen hervorhoben, schließlich noch keine Schlacht auf offener See befehligt hatte. Die Schlacht am Nil und die bei Kopenhagen, auf denen sein Ruhm gründete, waren mit verankerten Schiffen geführt worden, in Gewässern, die begrenzt und vor den Unwägbarkeiten von Wind und Meer geschützt gewesen waren. Ich schwieg über meine eigenen Erfahrungen zu diesem Thema und beobachtete, wie der Bootsmann die gelegentlichen Prügeleien schlichtete, die eine hitzige Debatte nach sich zog. Es gab allerdings nicht allzu viele, denn die Verehrung für den »kleinen Admiral« war groß und unverbrüchlich.

Und dann kam es, das Signal 370. Ich hörte, wie die Wache im Krähennest es dem Signalleutnant auf dem Hüttendeck zurief, am Morgen des neunzehnten. »Feindliche Schiffe laufen aus.« Lord Nelson, der sich auf dem Achterdeck befand, um den Report zu hören, nahm sich fünf Sekunden Zeit, um den Wind zu prüfen, dann befahl er: »Allgemeine Jagd, Kurs Südost«, und ich war schon unterwegs, die Großmastwanten hinauf zu den Toppsegeln, ehe der Pfiff des Bootsmannes ertönte. Unsere siebenundzwanzig Linienschiffe, die mit geblähten Segeln den Kurs änderten, waren ein Anblick, der allen Kehlen dort oben einen Jubelruf entlockte. Doch trotz Freude und Erleichterung war ich skeptisch, und selbst dieser triumphale Anblick genügte nicht, um meine Zweifel auszuräumen. Wir hielten Kurs auf Cádiz und die Straße von Gibraltar, jeder erfüllt von dem simplen und begeisterten Entschluß, Lord Nelson in die Schlacht zu folgen.

Aber sie kam zwei Tage lang nicht, und wir waren bei jeder Wache in der Takelage, um die Segel zu reffen oder zu setzen, je nach Laune der Küstenwinde. Der Fregattentelegraf hielt die Flotte über die Position des Feindes informiert, und wir wurden vom Gegner nicht gesehen, bis der zweite Tag der Jagd heraufdämmerte. Da ich zur Morgenwache gehörte, befand ich mich bereits auf der Großbramrah, als der Mann vom Krähennest rief. Ich sah ihre Schiffe, östlich von uns, alle dreiunddreißig mit wehenden Flaggen. Sie hielten Kurs nach Süden, etwa vier Leagues entfernt, und hinter ihnen, in einer Distanz von etwa zwanzig Leagues, waren die weißen Klippen von Kap Trafalgar zu sehen. HMS *Achilles,* die der feindlichen Flotte am nächsten war, brachte uns alle zum Lachen, als sie signalisierte: »Unbekannte Flotte gesichtet.«

Das war das letztemal, daß wir lachten, denn bei sieben Glasen drehte die gesamte Flotte nordwärts und steuerte wieder auf Cádiz zu. Der Wind hatte nachgelassen, deshalb war Geschwindigkeit ein Wort, das den ganzen Tag über nicht verwendet wurde. Dennoch legten die Mannschaften auf den feindlichen Schiffen eine erstaunliche Ungeschicklichkeit an den Tag, denn sie brauchten zweieinhalb Stunden, um ihre Schlachtlinie neu zu formieren. Ich verfolgte dies von den Topps aus, wo wir die Leesegel auf zusätzlichen Bäumen setzten, die an den Rahen angebracht waren, um soviel wie möglich von der schwachen südlichen Brise einzufangen.

Nelson glaubte, der Gegner steuere auf den Hafen zu, und nachdem er unsere Flotte in zwei Kolonnen formiert hatte, war er fest entschlossen, ihn nicht entkommen zu lassen. Das Signal »Klar zum Gefecht« galt, seit wir die feindlichen Schiffe das erstemal gesichtet hatten, und auf allen Schiffen unserer Flotte waren die Decks für die Kampfhandlungen präpariert, die gesamte Ausrüstung unten verstaut und die Schotten dichtgemacht, und die Pulverjungen hatten die blauen, schwarzen und roten Kartuschen verteilt, deren Farben die Schußweite angaben, die Zimmerleute hatten ihre Platten aus Holz und Blei vorbereitet, um die Einschußlöcher der Kugeln abzudichten, die eventuell unterhalb der Wasserlinie eintraten, der Bootsmann hatte zusätzlich Schote zu den Segeln und Wanten zu den Masten geschert. Oberhalb von ihnen wickelten wir oben in den Toppsegeln Ketten um die Brassen an den beiden Rah-Enden, um zu verhindern, daß die Rahen auf das Deck stürzten, falls die Brassen weggeschossen wurden. Tausend Vorbereitungen wurden getroffen und dann noch einmal tausend.

Als ich schließlich zu meiner Kanone zurückkehrte, forderte ich mehr Kugeln, als die Taukränze faßten, denn ich hörte Nelson sagen: »Ich werde nicht mit nur zwölf Schiffen zufrieden sein wie damals am Nil. Ich strebe zwanzig an.« Bei sechs Glasen wurden wir zum Essen gerufen, und die Abergläubischen versammelten sich um meinen Platz, weil sie die magische Augenklappe berühren wollten. Ich aß etwas fades Pökelfleisch und trank ein halbes Pint Wein, den ich mir gut schmecken ließ. Während wir aßen, schickte Nelson ein Signal hoch, das lautete: »England erwartet, daß jeder Mann seine Pflicht erfüllt.« Es dauerte die ganze Mahlzeit, dieses Signal zu senden, da achtmal drei Flaggen und viermal sieben gehißt werden mußten. Meine Schiffskameraden jubelten begeistert. Ich war stumm und dachte daran, was England wohl von mir erwartete.

Dann nahmen wir unsere Plätze ein, um Wache zu halten, und da wir uns immer noch im Fegefeuer befanden, hieß es abwarten, während uns die ach so leichte Brise auf die feindliche Linie zutrieb, langsamer als ein Mensch zu Fuß. Unsere Flotte war in zwei Parallelkolonnen aufgeteilt, und es war klar, daß Nelson plante, mit diesem schwachen Lüftchen die Linie des Feindes zu durchbrechen und dann leewärts abzubiegen, so daß das angepeilte gegnerische Schiff zwischen der Quelle der Bewegung, einer sanften Brise, in der Falle saß, was nur dazu dienen konnte, sie in die Breitseiten unserer Flotte zu drängen. Das war es, was Duncan zufällig und gezwungenermaßen bei Camperdown getan hatte, aber mit einem Nordseewind, der ihn vorantrieb. Ich war ziemlich sicher, daß die Strategie Nelson reizte, weil sie große Tapferkeit erforderte und es ermöglichte, den Feind zu verwirren, der immer noch erwartete, daß die Schiffe in einer Schlachtlinie längsseits gingen und mit größter Geschwindigkeit Kugeln auf den Rumpf des gegnerischen Schiffes jagten.

Wir brauchten drei Stunden, um den gefährlichen Punkt zu erreichen, als der Bug der *Victory,* die die nördliche Kolonne anführte, und der der *Royal Sovereign,* an der Spitze der südlichen Kolonne, im rechten Winkel genau vor die Mündungen der feindlichen Breitseiten segelten. Wir wußten, daß wir von diesem Moment an, bis wir ihre Linie durchstoßen hatten, das Feuer nicht erwidern konnten, und deshalb alles hinnehmen mußten, was sie austeilten. Die Geschütze meiner Mannschaft an Backbord und Steuerbord hatten beide Doppelladungen, das heißt, Vollkugeln und Kartätschen. Das Achterdeck lag offen für die Topps des Feindes, und wir konnten schon sehen, wie sich dort ihre Scharfschützen aufbauten. Die schwache Brise brachte uns so langsam voran, daß mein zweiter Ladekanonier murmelte, er werde über Bord gehen, um das Schiff schwimmend anzuschieben.

Die Marinekapelle mit Pfeifen, Trommeln und Trompeten spielte immer noch im Hüttendeck, doch nur wenige Männer lauschten ihrer Darbietung von »Britons strike home«, denn ihre ganze Aufmerksamkeit galt dem Feind. Die Kanonenmannschaften waren bis zur Taille nackt, barfuß auf dem gesandeten Deck, mit Tüchern um die Ohren, um wenigsten einen geringen Schutz gegen den Lärm zu haben. Ich trug jedoch ein Hemd, eine Gewohnheit, die ich nie änderte, weil ich Angst hatte, daß mein tätowierter Stern von jemandem erkannt werden könnte, der sich an Kapitän Blighs Beschreibung meiner Person erinnerte – auch wenn diese Möglichkeit immer unwahrscheinlicher wurde. Die Offiziere, die mit Nelson sprachen, sorgten sich außerdem wegen der funkelnden Orden, die er auf der Uniform trug, weil alle Welt und vor allem der Feind sie sehen konnten. Er wischte ihre Einwände beiseite mit dem Argument: »Ich habe sie im Kampf errungen, ich werde sie im Kampf tragen. Das ist nicht der Augenblick, einen anderen Rock anzuziehen.«

Es folgte ein Augenblick der Stille, als würden die Götter des Krieges Atem holen, ehe das, was nun bevorstand, seinen Lauf nahm. Ich stand da und holte ebenfalls tief Luft. Für einen Seemann ist ein einziges Schiff unter vollen Segeln ein Anblick, der das Herz frohlocken läßt. In diesem Moment waren so viele Schiffe um uns herum, daß die Grenzen der Welt durch sie bestimmt waren. An Steuerbord befand sich unsere andere Kolonne, näher als wir an der konkaven feindlichen Doppellinie, die einen Wald aus lackierten Masten bildete, jeder mit geblähtem Segel, die unseren östlichen Horizont bedeckten, während sich achtern unsere eigene lange Kolonne befand. Alles erschien unbewegt, die französischen Schiffe in Schwarzweiß, die spanischen rot, weiß und schwarz und unsere eigenen Schiffe frisch gestrichen nach Nelsons Anweisungen, gelb und schwarz, alle gekrönt mit weißen Segeln, wie erstarrt im Augenblick, eine Opfergabe an die Zeitlosigkeit des Krieges und an den schicksalharten Drang des Menschen – solange es Menschen gab – Krieg zu führen. Für mich wurde die Majestät der Szenerie geschmälert durch die Tatsache, daß es immer eine noch »größere Schlacht« geben würde, größer als eine so bedeutende wie diese, denn die Menschen würden dafür sorgen. Es würde immer die Nelsons und die Bonapartes geben, mit immer größeren Waffen und mit unstillbarem Ehrgeiz, die trotzdem die Zaubermacht besaßen, die Menschen zu inspirieren und sie in diesen alles verschlingenden Rachen des Ruhms und des Todes zu führen.

Eine einzige französische Kanone feuerte auf die *Royal Sovereign.* Noch ein Schuß und dann die erste Breitseite, die jedoch zu kurz ging, so daß die Kanonenkugeln wie Enten und Erpel übers Wasser jagten. Danach trat wieder Stille ein, und ich sah mich nach Lord Nelson um, der angestrengt über die Reling blickte.

»Seht!« rief er. »Seht, wie der edle Collingwood sein Schiff ins Gefecht führt. Ach, wie ich ihn beneide!« Dies von einem Mann, dessen eigenes Schiff nur wenige Minuten davon entfernt war, seine eigene Breitseitentaufe zu empfangen. Ich starrte ihn fassungslos an und dachte, daß ein so zwanghaftes Verlangen bereits an Wahnsinn grenzte. Ich wußte sehr gut, daß dies der Stoff war, aus dem Helden gemacht sind, und wandte mich ab, damit meine mißbilligende Reaktion ihm nicht weiter schaden würde. Denn ich, wie jeder einzelne der Hunderte Männer an Bord dieses Schiffes, der Tausende Männer in unserer Flotte, brauchte diese Art von berauschter Begeisterung, um zu überleben – falls ich oder sie das Glück haben sollten.

Wir erreichten den Begrüßungspunkt und wurden von den französischen Schiffen, die uns am nächsten waren, mit Breitseiten empfangen. Die *Victory* nahm die wenigen Kugeln, die sie trafen, entgegen, seufzte bebend und segelte weiter. Unser Leutnant auf dem Achterdeck befahl uns, unten und ruhig zu bleiben, denn wir würden noch eine ganze Weile warten müssen, bis unsere Geschütze in Aktion traten. Ich bemerkte, wie lange die Franzosen brauchten, um nachzuladen. Auch ihre Schlachtordnung war alles andere als einwandfrei. Die Monate und Jahre, während derer sie im Hafen blockiert worden waren, hatten ihr Kampftechnik geschwächt, und ihren Wendemanövern nach zu urteilen, auch ihre Navigationstechnik.

Wir waren nahe genug, um zu sehen, welche Schiffe wir anfuhren, um die Schlachtlinie zu durchbrechen: die *Bucentaure,* auf der beim ersten Schuß die Flagge des befehlshabenden Admirals erschienen war, und davor die massige *Santissima Trinidad,* mit vier Decks und hundertunddreißig Kanonen das größte Kriegsschiff auf den Weltmeeren und eine typisch spanische Protzerei. Ich wartete auf die gewohnten Jagdgelüste, auf das Verlangen, den Feind anzugreifen, ihm zu zeigen, was wir mit unseren Geschützen ausrichten konnten, zu erobern und zu siegen. Diese Gelüste blieben aus, und dennoch war ich ein kampfbereites Raubtier, bei dem sich jeder Muskel spannte, um der Kanone einen schnelleren zweiten Schuß abgegeben hatten.

Aber der Feind mußte warten, denn wir trieben eine halbe Stunde lang auf sie zu, ehe wir loslegen konnten. Wir bewegten uns mit der Dünung, und wenn ich so klug gewesen wäre, über die Langwellenformation ohne Brecher nachzudenken, hätte ich besser gewußt, was uns bevorstand. Eine Kugel fegte durch unser Großbramsegel, und wir hörten die Franzosen jubeln. Die Breitseiten folgten, eine Kugel zerriß Nelsons Schreiber in zwei Stücke, eine zweite – mit Doppelladungen – tötete acht Seesoldaten, die sich noch im Hüttendeck befanden. Ein Schuß traf das Deck, direkt vor Hardy und Nelson, schlug auf, sauste zwischen ihnen durch und jagte einen Splitter in Hardys Schuh. Glücklich lächelnd sagte Nelson: »Das ist zu hitzig, Hardy, um lange zu dauern«; und ging dann weiter auf und ab, wobei er eine Bemerkung über den Mut von Männern unter Beschuß machte. Plötzlich empfand ich Ekel vor diesem Mann, wegen seiner Freude am Kampf und wegen seines unermeßlichen Ehrgeizes.

Wir blieben unnachgiebig. Die Entfernung zwischen den beiden französischen Schiffen wurde kleiner, so daß beschlossen wurde, statt dessen durch die Lücke beim Achterschiff des französischen Flaggschiffs zu passieren. Die *Victo-*

ry bebte weiterhin unter den ständigen Breitseiten, gab jedoch nicht nach. Auf den oberen Decks lagen Tote und Verwundete, noch ehe wir den ersten Schuß abgaben. Die Leesegel waren weggeschossen, und dann fiel der Besanmast, wodurch wir Wind verloren und sich die Wartezeit noch mehr verlängerte. Eine Kugel zerschmetterte vier Speichen des Schiffsrades und zerschnitt die Steuerleinen, so daß Hardy vierzig Seeleute nach unten schicken mußte, damit sie die Ruderpinne von Hand betätigten.

Inzwischen hatten die Franzosen Nelsons Strategie durchschaut und taten, was sie konnten, um sie zu durchkreuzen. Dann schloß sich die Lücke hinter dem Flaggschiff vollständig; das Schiff achteraus, die *Redoutable,* berührte mit ihrem Bugspriet fast das Heck der *Bucentaure.*

Ich hörte Kapitän Hardy sagen: »Mylord, offenbar müssen wir, um durchzukommen, eines der beiden Schiffe entern.«

»Nun gut«, erwiderte Lord Nelson, meiner Meinung nach etwas gereizt. »Es ist nicht wichtig, welches wir entern. Entert dort, wo es Euch paßt. Ihr habt freie Hand.«

Hardy zögerte nicht. Er rief dem Schiffsmeister unten zu, befahl das Ruder nach Backbord, und während das Musketenfeuer wie Hagel niederprasselte, schwoiten wir unser Schiff zur *Redoutable.* Der Wind brachte uns kaum voran, aber die Dünung trug uns weiter, bis schließlich das Fegefeuer des Wartens endete.

Die Vierundsechzigpfünder-Kanonade backbord auf dem Vorderdeck der *Victory* feuerte durch das verzierte, ungeschützte Heck des Flaggschiffs, direkt in die Kajüte des französischen Admirals. Als alle Backbord-Kanonen in der richtigen Position für eine Breitseite waren, wurden Traubengeschosse und Vollkugeln über die ganze Länge abgefeuert. Manche von uns leisteten sich sogar den Luxus von zwei schnellen Salven, während wir langsam passierten. Als meine Kanone ihre Arbeit tat, neigte sich das französische Flaggschiff bereits zur Seite. Der Blick auf das Oberdeck zeigte nur Leichen und demontierte Kanonen.

Dann gab es einen heftigen Stoß. Wir waren gegen den Backbord-Bug gefahren, und der Aufprall hatte das feindliche Schiff so geschoben, daß es wie wir ostwärts blickte, wobei unsere Rahnocks sich in die seinen verhakten. Die Geschützmannschaften eilten über die Decks, um die Steuerbordkanonen zu bedienen. Auf dem Achterdeck rannten wir an den Offizieren, dem Kapitän und dem Admiral vorbei. Die beiden letzteren gingen immer noch auf und ab. Wir begannen zu feuern; der Qualm unserer bisherigen Arbeit an dem französischen Flaggschiff hüllte uns jetzt ein, und Zielen war mehr oder weniger Glückssache. Für das Dutzend Zwölfpfünder auf beiden Seiten des Achterdecks gab es nur noch sechs Mannschaften. Jede war mit großem Eifer bei der Sache und schenkte dem Musketenfeuer von den Topps der *Redoutable* keine Beachtung. Ich verlor einen Mann, der Geschützführer neben mir zwei, doch die Seesoldaten, die in der Hitze ihre roten Jacken ausgezogen hatten, so daß ihre karierten Hemden sichtbar wurden, warfen die Toten über Bord und nahmen ihre Plätze ein. Unser Leutnant bekam vom Schiffsmeister den Befehl, die Kanoniere sollten nach unten schießen, und diesen Befehl gab er an uns durch Signale weiter, denn niemand konnte etwas hören. Ich richtete die Neigung meiner Kanone durch Versetzen des Keils, so daß sie abwärts zielte, durch die Decks der *Redoutable.*

Stumm zählte ich unseren Neunzig-Sekunden-Rhythmus durch, und nur selten gingen wir darüber hinaus. Die *Redoutable* hatte die *Victory* mit Enterhaken an sich gebunden, doch dann schlossen sie die Geschützpforten, um zu verhindern, daß wir durch diese enterten. Der Qualm war undurchdringlich und schwärzte uns alle. Ich sah die Schiffe unserer Kolonne kaum, die uns nun durch die Lücke in der feindlichen Kampflinie folgten, um ihre eigene Attacke zu beginnen. Dann, als ich meine Abzugsleine zum Steinschloß riß und zurücksprang, sah ich, wie Lord Nelson auf Hände und Knie stürzte.

Ich sprang hinüber, um ihm aufzuhelfen, aber noch ehe ich zur Stelle war, lag er flach auf den Planken.

Kapitän Hardy war jetzt auch bei ihm, und Nelson stieß hervor: »Jetzt haben sie mich doch erwischt, Hardy.«

»Ich hoffe nicht, Mylord«, erwiderte Hardy, der neben ihm kniete.

»Doch«, erklärte Nelson nachdrücklich. »Mein Rückgrat ist durchschossen.«

»Bringt ihn nach unten«, befahl Hardy. Ich und ein anderer Seemann hoben, gemeinsam mit einem Marinesoldaten, Nelson so vorsichtig wie möglich hoch und trugen ihn zur Gangway. Als wir das Achterdeck verließen, hörte ich den Befehl an alle Geschützbedienungen, nach unten zu gehen, da der Musketenbeschuß zu dicht wurde. Ich hatte den Arm unter Nelsons Schulter geschoben, und meine Hand war voller Blut.

»Bedeckt mein Gesicht«, ordnete er an und griff nach seinem Taschentuch. »Es wäre nicht klug, wenn mich die Männer so sehen würden.«

Der Seesoldat legte das Taschentuch über Nelsons Gesicht und die Medaillen, und wir stiegen über die vier Decks hinunter zum Zwischendeck. Ich sah, daß die *Redoubtable* so nahe an uns dran war, daß unsere Kanonen nicht ausgerannt werden konnten. Wenn sie abgefeuert wurden und und durch den Rückstoß nach hinten rollten, kippten unsere Kanoniere Eimer mit Wasser durch die Geschützpforten, um zu verhindern, daß das Feuer auch uns erreichte.

Unserer kleinen Prozession wurde keine Aufmerksamkeit geschenkt. Nelson war für uns drei eine leichte Last, und er ertrug den Transport stumm. Der Qualm war sehr dicht in den niedrigen Deckräumen. Das Donnern und das Feuer der großen Kanonen ging weiter, während sie vorgezogen wurden und dann krachend in die Bremstaue zurückrollten. Die vorgebeugten, geschwärzten Mannschaften bewegten sich brüllend in der Dunkelheit der unteren Decks, denn durch die Luken fiel nur gedämpftes Sonnenlicht. Manche Schmerzensschreie waren so laut, daß sogar unsere betäubten Ohren sie hören konnten, und der beißende Gestank von Pulver und Schwefel würgte uns. Nelson hustete, aber sonst merkte ich nur, daß er blutete. Wir gingen immer weiter hinunter, hinunter in diesem wahnwitzigen Delirium der Sinne, mit unserer kostbaren Last, Treppen und Leitern hinunter, zum Cockpit, wohin bei unserem Eintreten noch kein Qualm gedrungen war. Aber der Geruch des Todes breitete sich aus.

Wir legten Lord Nelson zu den Männern, die hier ächzend und stöhnend ihrem Schmerz Luft machten. Überall zerschmetterte Knochen und zerfetzte Leichen. Der Seesoldat ging, um dem Schiffsarzt Bescheid zu sagen. In der diesigen Luft unter der Wasserlinie warfen die Laternen ein grünliches Licht auf die Haut, die im hellen Sonnenlicht von Schock und Todesnähe schlohweiß gewesen wäre. Als ich Nelsons Taschentuch entfernte, saß ich, daß er noch lebte, und er erkannte mich. Zur gleichen Zeit konnte jeder, der noch Ohren dafür hatte, feststellen, daß das Feuer auf den Decks über uns nachgelassen hatte – eine unheimliche Stille war eingekehrt, die sogar die Männer zu erfassen schien, die vor Schmerzen schrien. Dann hörten wir durch die Stille und durch vier Decks aus Eichenholz ganz schwach den Klang einer Trompete. Sie spielte eine Melodie, die kein Engländer je gespielt hätte.

Nelson hustete wieder, weil er sprechen wollte. Gequält stieß er hervor: »Sie entern uns. Verschwende keine Zeit hier, mein einäugiger Freund, ich bin ein toter Mann. Laßt die Flagge weiter wehen. O Gott, sollte ich sterben und verlieren!«

Ich trat zurück, als der Kaplan, der uns nach unten gefolgt war, meinen Platz übernahm. Der Schiffsarzt kam rasch und begann mit den Untersuchung, während Nelson ihm von seinen Verletzungen berichtete. Die Zweiunddreißigpfünder über uns begann wieder zu feuern, und die Erschütterung ließ mit jedem Schuß mein ohnehin schon gequältes Gehirn explodieren. Ich eilte die Treppe hinauf, nicht weil ich unbedingt meine Pflicht wieder erfüllen wollte, sondern weil ich diesem Mann gegenüber größtes Mißtrauen zu empfinden begann.

Laßt die Flagge weiter wehen. Sobald er das gesagt hatte, glaubte ich, wieder nach Moorland Close und in das wunderbare Ferienspiel zurückversetzt zu sein, das wir dort immer gespielt hatten, nämlich Schnappt-die-Flagge. Vielleicht war meine Sichtweise dadurch verzerrt. Ich hatte seither zuviel erlebt, zuviel Blut in den Schlachten gesehen, um von Nelsons Leiden betroffen zu sein. Das eine wußte ich: Während er dort unten im Bauch seines Schiffes lag, mit gebrochenem Rücken, sterbend, umgeben von Hunderten schmerzgepeinigter Männer, und seinem letzten Stündlein entgegensah, war sein eines Auge doch über den Ausgang der Schlacht hinaus auf den Ruhm, auf die Geschichte und die Nachwelt gerichtet. Um seinen gewünschten Platz zu bekommen, mußte er »die Fahne weiter wehen lassen«, mußte dieses letzte Spiel, bei dem die Schiffe aufeinander schossen, weiterführen, seine zwanzig Prisen und seinen Sieg erringen, um seinen Namen für immer ins Gedächtnis der Menschheit einzuprägen.

Doch als ich den vorderen Niedergang hinaufkletterte, beschleunigte sich mein Schritt, und der Drang, das Deck zu erreichen und die Schlacht zu schlagen, entwickelte eine Kraft, die durch meine Zweifel nicht verringert werden konnte. Es war weder wegen Nelson noch wegen der wie auch immer gearteten Erwartungen Englands noch, weil ich Ruhm und

Ehre angestrebt hätte. Nelson hatte seine eigenen Beweggründe, weniger gequält als die meinen, und sicherlich besaß er mehr Talent und mehr Dreistigkeit als ich, sie zu verwirklichen. Ich akzeptierte seinen Befehl, als ich das Vorderschiff erreichte, aber mein Motiv war simpler als das Streben nach Ruhm und Anerkennung. Als ich zum ersten Entermesser rannte, das ich auf dem Deck liegen sah, merkte ich, daß ich nur dort war, um mich wieder einmal dem Tod zu stellen, um meiner Gewohnheit zu frönen, entweder zu überleben oder Schlaf und Vergessen zu finden. Doch zum erstenmal spürte ich den Wahnsinn, der dahinter stand.

Ich brüllte gegen diesen Gedanken an, wie ein wild gewordener Mameluck, während ich fünf Franzosen attackierte, die auf unser Schiff stürmten. Sofort sprangen mir die Seesoldaten bei, die von unten hochgeschickt worden waren, um das Deck zu verteidigen, und gemeinsam schlugen wir die Angreifer zurück. Zwei von ihnen stürzten ins Meer. Dann sah ich durch den Qualm, daß ein weiteres Schiff auf der anderen Seite des Franzosen auftauchte und unkontrolliert an seine Steuerbordseite ging. Es war eines unserer Schiffe, die *Téméraire,* und sie begann zu feuern, wie wir es getan hatten, nach unten, durch die Decks der *Redoutable.*

Im selben Moment hörten wir einen lauten Aufprall im Mittelschiff der *Victory.* Ich drehte mich um und sah, daß die Großrah des Franzosen aus ihren Schlingen geschnitten worden und herabgestürzt war, damit sie als Brücke für eine größere Entergruppe dienen konnte. Wir eilten nach achtern, wo wir mit weiteren Seesoldaten und Offizieren zusammentrafen, die ebenfalls das Entern verhindern wollten. Ich sprang auf die Rah und stach, balancierend, auf jeden Franzosen ein, der näherzukommen wagte. Ich schaffte es, drei von ihnen aufzuhalten, ehe einer mit einem Langspieß erschien. Ich war verrückt genug zu glauben, daß ich ihn mit einem Entermesser vertreiben könnte. Der Spieß traf mich links oberhalb der

Rippen. Ich spürte nichts, aber ich verlor das Gleichgewicht und stürzte auf das Deck.

Wir droschen auf die französischen Enterer ein, die ihrerseits durch das andere englische Schiff abgelenkt wurden. Der Qualm wurde so dicht, daß man kaum atmen und kaum mehr etwas sehen konnte. Ob nun wegen des Qualms oder wegen meiner Verletzung – ich sah gar nichts mehr und erinnerte mich an noch weniger, außer an das viele Blut, das an mir herunter auf die Planken quoll.

Zum Glück blieb ich bewußtlos, während mich jemand zusammenflickte. Aus irgendeinem Grund bekam ich jedoch mit, wie der Chirurg die Haare des toten Nelson abschnitt, während sein Gehilfe eine Blendlaterne über ihn hielt. Was für ein ungewöhnlicher Anblick. Ich weiß nicht, wann der Kanonendonner durch das Heulen des Windes ersetzt wurde, aber das Unwetter, welches die Dünung vor der Schlacht angekündigt hatte, brach mit großer Gewalt über uns herein.

Ich wurde von einer Ecke zur anderen geschoben und schließlich aus Sicherheitsgründen festgeschnallt. Ein anderes Bild, das sich in mein Gedächtnis eingrub, war, wie mehrere Männer die Leiche von Lord Nelson in ein Faß mit der Aufschrift »Brandy« hoben. Einiges schwappte über, ehe der Deckel wieder darauf gehämmert wurde, weil sich das Deck in dem wilden Sturmwind so stark neigte. Das Unwetter tobte eine ganze Woche, wie ich später hörte, als sich mein Bewußtsein und mein Appetit zurückmeldeten und ich mich wieder meiner Wache anschloß oder dem, was davon übrig war. Das schwere Wetter war einer jener typischen Herbststürme, die um diese Jahreszeit den Atlantik heimsuchten. Es verursachte mehr Chaos, Tod und Verwüstung als die Schlacht, die für uns ein großer Sieg gewesen war – wie man mir sagte. Abgesehen von Lord Nelsons Tod. Ich habe selten solche Trauer bei Männern gesehen, so viel Liebe und Bewunderung. Es flossen unendlich viele Tränen, denn niemand versuchte, sie zu unterdrücken.

Neunzehn französische und spanische Schiffe hatten ihre Flaggen an uns abgeben müssen. Nach der Schlacht explodierte eines in einem Großbrand, elf rissen sich los und verbrannten, oder ihre Ankertaue wurden im Sturm abgetrennt. Sie waren verloren, samt den Verwundeten an Bord, die mit ihren Schiffen untergingen, ein gräßlicher Tod, viel schlimmer als der von Lord Nelson, der, nachdem das Unwetter abgeklungen war, unsere Fahrt nach Gibraltar in seinem Faß mitmachte. Es war an den Großmast gebunden und wurde während jeder Wache von einem ausgewählten Seesoldaten bewacht wurde, der in der Schlacht tapfer gekämpft hatte und dem deshalb diese Ehre zuteil wurde.

Ich hatte großen Respekt vor Nelson, weil er tapfer und mit Würde gestorben war, aber ich verehrte ihn nicht mit der gleichen Leidenschaft wie meine Schiffskameraden. Für mich waren unsere solide gebauten Schiffe, von denen kein einziges in der Schlacht oder dem Unwetter verlorengegangen war, die eigentlichen Helden, denn sie hatten es einigen von uns ermöglicht, die Strategie zu überleben, welche Nelson unsterblich machen sollte. Die Königliche Marine beanspruchte den Sieg für sich, aber jeder, der miterlebt hatte, wie der Sturm und die Wellen über uns hinweggefegt waren, wußte nur zu gut, daß das Unwetter dem Feind den größeren Schaden zugefügt hatte.

Wir gelangten nach Gibraltar und rüsteten uns wieder für die Rückreise. Es gab einen Versuch, Nelson mit einem schnelleren Schiff nach Hause zu schicken, aber die Besatzung der *Victory* erhob sich wie ein Mann, um das zu verhindern. Der Brandy in seinem Faß wurde durch Wein ersetzt, und am 2. November begann unsere »Heimfahrt«, wie alle sagten. Für mich kam die Hütte im Lake District diesem Ideal von »Heim« am nächsten, und ich gab mich während der fünf harten, stürmischen Wochen, die es dauerte, bis wir Spithead erreichten, jener flüchtigen Vorfreude hin.

Inzwischen hatten wir aufgrund der Nachrichten, die uns auf See zugetragen wurden, eine Vorstellung davon, was uns erwartete, aber letztlich war es doch unmöglich, sich auf das, was nun folgte, wirklich vorzubereiten.

London

Januar 1806

Was zum Teufel hatten zehntausend müde Soldaten beim Leichenzug eines Admirals verloren? Gemeinsam mit allen anderen Staatsdienern und sonstigen Gruppen bildeten sie eine Prozession von Whitehall bis zu den Stufen der St.-Pauls-Kathedrale. Ich war zornig, als ich zu den Feierlichkeiten kam, ebenso wie viele meiner Kameraden von der *Victory,* denn seit unserer Ankunft in der Themsemündung erlebten wir den Trauerwahnsinn, der die Nation seit Wochen erfaßt hatte.

Meiner Meinung nach sind Begräbnisse eine Veranstaltung für die Lebenden. Nur allzuoft geraten solche Rituale zu einer Art Theatervorstellung, bei der die angemessenen Emotionen und die entsprechende Garderobe zur Schau getragen werden, die den Verstorbenen zusammenzucken ließen, hätte er das Pech, seinen letzten Gang beobachten zu können. Für Nelson wurde jede Form des Exzesses aufgefahren, und jeder untätige Offizier, Lord oder Gutsherr mit einer Spur von Rang und Namen wollte mit dabeisein. An einem kalten, aber strahlend schönen Tag, wie gemacht für eine Parade, versammelte sich vor der Kutsche mit dem Sarg und den schon erwähnten zehntausend Soldaten ein Zug, der sich über anderthalb Meilen erstreckte!

Es war kein erfreulicher Monat gewesen. Wir kamen erschöpft nach Spithead, segelten weiter nach Sheerness, wohin Nelsons Sarg transportiert worden war. Er war aus dem

Holz der *L'Orient* gezimmert, einem jener französischen Schiffe, die er am Nil in die Luft gejagt hatte. Darauf war Nelson immer sehr stolz gewesen. Die Geschichten von seinen Plänen mit diesem Schiff waren während der ganzen Zeit, in der ich mit ihm zur See gefahren war, immer wieder an der Trinkwassertonne erzählt worden. Er hatte mit dem Tod auf vertrautem Fuß gelebt – der Tod war nicht als Unbekannter an ihn herangetreten. Warum die ganze Nation so verzweifelt zu sein schien, wollte mir nicht recht einleuchten, höchstens daß die Leute vielleicht neidisch waren oder Schuldgefühle hatten, weil sie nicht mit uns dabeigewesen waren. Dennoch wußten sie von seiner Eitelkeit, von seiner Neigung, gefährliche Wagnisse auf sich zu nehmen, auch nachdem er schon ein Auge und einen Arm verloren hatte, und sie hatten sehr wohl erfahren, daß er sich in Trafalgar mit seinen Medaillen geradezu als Zielscheibe angeboten hatte. Nelson war fest entschlossen gewesen, der Held dieser Epoche zu werden, und er hatte seine Talente sehr geschickt dafür eingesetzt, diesen Ruhm zu erringen. Aber viele Männer waren gestorben, um ihm diese Glorie zu verleihen – wo waren sie bei dieser Prozession? Ihre Leichen hatte man über Bord geworfen, oft völlig zerfetzt, und ihre Familien, Freunde und Nachbarn trauerten nur mit Gebeten und in stillem Leid.

Diese Menschen waren der Grund, weshalb ich überhaupt an der Parade teilnahm. In den vergangenen Wochen hatten wir an Bord der *Victory* alle Hände voll zu tun gehabt, die neugierigen Bewunderer fernzuhalten. Im Hafen von Sheerness kamen die Leute in Booten herausgefahren, weil sie hofften, die Stelle sehen zu können, wo Nelson gefallen war, möglichst auch noch sein Blut an Deck. Vampire des Ruhms, die keinen anderen Wunsch hatten, als sich an den letzten Überresten der Toten zu laben. Da ihnen dies nicht erlaubt wurde, hätten sie sich auch mit dem Taschenmesser einen Holzsplitter des Schiffs weggeschnitzt, wenn wir nicht Tag und Nacht in der Barkasse die *Victory* bewacht hätten. Diejenigen von uns, die verwundet waren, wurden von den Würdenträgern, die an Bord kommen durften, angefleht, ihre Narben zu zeigen, und wenn wir das verweigerten, segneten sie uns gleichwohl für unsere Opferbereitschaft. Als wir das Schiff verließen und den Fluß hinauf zu den Whitehall Stairs fuhren, hatten es viele von uns schon gründlich satt, wie dieser Mann samt allen, die je mit ihm zu tun gehabt hatten, zum Märtyrer erhoben wurde – wobei man natürlich, dem Anstand zuliebe, die beiden Menschen ausließ, die er am meisten geliebt hatte: seine Geliebte und die Tochter, die er mit ihr hatte. Weil es bequemer war, wurden sie mit erbarmungsloser Heuchelei übergangen.

Wer gekämpft hatte und auf Nelsons Befehl gestorben wäre, respektierte ihn, achtete seine Schwächen genauso wie seine Lebensart, sein Können und seine Beharrlichkeit. Er hatte mir das Privileg einer gewissen Berühmtheit verschafft, und ich brachte ihm so viel Vertrauen, Dankbarkeit und Zuneigung entgegen, wie ich das bei einem Offizier nur konnte. Aber ich haßte es, daß man ihn zu einem Heiligen machen wollte. Die Verwundeten von der Besatzung der *Victory,* die die Strecke zu Fuß gehen konnten, wurden sicherlich als Vertreter der einfachen Soldaten gesehen, die bis zum letzten gekämpft hatten. Wir nahmen diese Ehre eher pflichtbewußt als mit Stolz entgegen und kamen zu dem Entschluß, die Zeremonie auf unsere Art zu gestalten. Nelsons von Kugeln zerfetzte Flagge zu achtundvierzig Mann hinter der Kutsche mit seinem Sarg hertragend, marschierten wir mit der Welle des Schweigens, die Nelsons sterbliche Überreste begrüßte. Von der Menschenmenge, die die Straßen säumte, hörte man nur das Ziehen der Hüte und unterdrücktes Weinen.

Die Strecke erschien mir sehr lang, denn ich suchte die Menge unablässig nach bestimmten Gesichtern ab: Daphne, James und Walsh, obwohl ich bezweifelte, daß meine Familie am Straßenrand stehen würde. Noch mehr bezweifelte ich allerdings, daß Walsh versuchen würde, mich von diesem Zirkus wegzuholen. Zu viele tränenverschleierte Augen betrachteten uns, als wären wir Götter. Ich hatte Daphne fast täglich geschrieben und sie angefleht, nicht zu kommen, sondern abzuwarten, bis das Begräbnis vorüber war und sich das allgemeine Interesse wieder anderen Dingen zuwandte, wodurch ich vielleicht eine Möglichkeit finden würde, an Land zu gehen. Was mich am meisten bekümmerte, war, daß ich keine Antwort erhalten hatte, was sämtliche Teufel des Zweifels aufstachelte, die sich in viereinhalb Jahren der Trennung in mir eingenistet hatten. Daphne war vielleicht während der Ferien im Schloß in Puddington und hatte keinen Zugang zu unserem Postfach. Oder sie hatte, weil sie nie von mir hörte, alle Hoffnung aufgegeben. Oder sie hatte ihre Liebe einem anderen geschenkt – all die tausend Variationen, die in meinem kriegsmüden Gehirn ihre dissonanten Melodien spielten. Während ich zu dem ernsten Klang der Trommel hinter dem Mann her marschierte, dessen Stern zweifellos als Quintessenz des Krieges hoch am Firmament erstrahlen würde, wußte ich genau, daß ich nie wieder eine Kanone abfeuern wollte – eher würde ich mich erschießen lassen.

Wir gelangten zur Kathedrale, die meisten erschöpft von dem langen Marsch auf festem Boden. Drinnen war jeder Platz belegt, die Orgel spielte Trauer- und Triumphgesänge, wir marschierten in dicht geschlossenen Reihen mit der Flagge hinter dem Sarg, der jetzt von zwölf Mann auf den Schultern getragen wurde, darüber ein Baldachin, gehalten von sechs Admirälen. Hinter uns kamen weitere dreißig Admiräle und einhundert Kapitäne. Wir waren erfreut, daß die Armee draußen blieb.

Der Gottesdienst dauerte vier Stunden, mit Chorälen und Trompetenklang, mit Gebeten und wehenden Fahnen. Während wir warteten, sah ich, wie mehrere meiner Kameraden sich aufstützen mußten, weil sie mit ihren noch frischen Wunden den Druck dieser allgemeinen Aufmerksamkeit nicht aushielten. Die Stiche in meiner Seite begannen zu brennen, so daß mir selbst in der kühlen Kirche der Schweiß herunterlief. Aber die Blicke aller Seemänner zeigten die feste Entschlossenheit, unser Werk zu Ende zu bringen, und schließlich durften wir dem Sarg hinunter in die Krypta folgen.

Nach endlosen Gebeten und Chorälen trat der Erste Seelord, der alte Lord Barham, an uns heran. Wir sollten nun die Flagge zusammenfalten, und er würde sie auf den Sarg legen. Doch unter den, wie ich vermute, erstaunten Blicken seiner Lordschaft rissen wir die Flagge entzwei und behielten einen Teil davon. Während ein paar den Rest zusammenlegten, riß jeder der anderen ein kleines Stückchen des zurückbehaltenen Teils ab und steckte es in seinen Uniformrock. Wir hatten die Flagge wehen lassen, und niemand würde uns daran hindern, einen Teil dieser Erinnerung mitzunehmen. Mein Stück war für James gedacht, aber ich nahm es mit einer anderen Einstellung an mich als meine Kameraden. Mehrere Vertreter des Wappenamtes schienen recht empört, aber Lord Barham wies sie mit einem Blick in ihre Schranken, und es geschah nichts. Endlich wurde der Sarg versenkt, die Chöre stimmten den Schlußgesang an, und wir schlossen uns dem endlosen Zug an, der den Mittelgang hinunterging.

Da sah ich sie, von den Stufen des Altarraums aus. In einem für den Hochadel reservierten Gestühl, an dem ich vorbeigehen würde, saß sie am Gang, in schwarze Seide gekleidet und mit einer kunstvollen Haube aus dem gleichen Material. Über den Schultern trug sie einen dunklen Umhang mit Zobelbesatz, ein ungewöhnliches Kleidungsstück für eine Frau in der Kirche, selbst an einem kalten Januartag. Sie sah mich an, lächelte, aber irgend etwas stimmte nicht. Ihre Augen hatten dunkle Schatten und waren rot gerändert; ihr Gesicht, noch lieblicher, als meine Erinnerung es mir je hatte zeigen können, wies eine kränkliche Blässe auf. Als ich näher kam, hustete sie, und ich sah, wie sie ein bereits blutgeflecktes Taschentuch an den Mund führte. Zu viele Blicke ruhten auf der Besatzung der *Victory,* so daß ich unmöglich mit ihr sprechen konnte. Neben ihr saß ein Mann, ebenfalls schwarz gekleidet, mit einer weißen Trauerbinde, der heftig um Nelson weinte. Ich zweifelte keinen Augenblick daran, daß dieser Mann Daphnes Ehegatte war. Trotzdem versuchte ich im Vorbeigehen möglichst nahe an sie heranzukommen.

»James ist auf See ...«, flüsterte sie schwach, dann verdrehte sie die Augen und brach zusammen. Ich packte sie am einen Arm, Seine Gnaden am anderen. Gemeinsam ließen wir sie auf die Kirchenbank sinken.

»Ich habe ihr gesagt, sie soll nicht mitkommen«, sagte er mißgestimmt, »aber sie wollte unbedingt ...«

Eine Dame, die hinter den beiden saß, holte ein Riechfläschchen hervor und fragte: »Was fehlt ihr?«, während der Zug ohne mich weiterging.

»Ich befürchte, sie leidet an Schwindsucht«, teilte uns Seine Gnaden mit, und mir brach fast das Herz. Dann blickte er sich nach seinen Standesgenossen um und sagte: »Vielleicht könnte jemand so freundlich sein und meine Kutsche zum Nordportal bringen lassen.«

Ein Mann eilte den Gang hinauf, während ich immer noch neben Daphne kniete und ihren Arm hielt.

»Es ist uns eine Ehre, daß Lord Nelsons Schiffskamerad uns beisteht«, sagte der Herzog zu mir. Ich bemerkte seinen bewundernden Blick, der allerdings niemals ruhig etwas fixierte, sondern ruhelos umherschweifte und sich sofort ablenken ließ. Das Gesicht war nicht unattraktiv, scharfe Augen, eine auffallende, gerade Nase und ein kantiges Kinn. Ich erwiderte nichts, sondern half ihm nur, Daphne hochzuheben, und gemeinsam trugen wir sie durch die immer noch vorbeidefilierenden Trauergäste und schließlich einen Seitengang hinunter zum nördlichen Querschiff. Ihr Kopf hing matt herunter, und ich legte ihr den Arm um die Taille, damit sie sich an meine Schulter lehnen konnte. Ich scherte mich nicht um ihren Ehemann und auch nicht um die anderen Zuschauer, denn die meisten waren, wie das in England bei großen Zeremonien Sitte ist, so absorbiert, daß sie jedwede unerfreuliche Störung lieber übersahen.

Die Kutsche – es war dieselbe, in der ich vor vielen Jahren gesessen hatte – fuhr mit lautem Pferdegetrappel vor. Die Lakaien rissen die Türen auf und boten ihre Hilfe an.

»Ich bin Euch zu großem Dank verpflichtet«, sagte Seine Gnaden zu mir, während wir Daphne in das mir so vertraute Innere der Kutsche hoben und sie auf den Sitz legten. »Vielleicht möchtet Ihr uns einmal besuchen«, schlug er vor, als wir sie mit dem Umhang zudeckten. »Ich habe Lord Nelson sehr verehrt, und ich würde gern die Einzelheiten über den großen Sieg hören, über seinen tragischen Tod ...«

»Ich werde jetzt gleich mitkommen«, erklärte ich, fest entschlossen, an Daphnes Seite zu bleiben. »Ich habe Ihre Gnaden kennengelernt, vor vielen Jahren auf den Westindischen Inseln.«

»Ja, kommt mit uns!« bot er an. Er freute sich, daß er einen Trafalgarkämpfer getroffen hatte. »Das würde der Herzogin sicher große Freude bereiten.«

Ich kletterte schnell in die Kutsche, ehe er es sich anders überlegen konnte. Neben ihm und gegenüber von Daphne sitzend, spürte ich den Ruck, als die Kutsche losfuhr, zurück in Richtung Mayfair. Ich hätte sie am liebsten in die Arme genommen, blieb aber sitzen, wo ich war.

»Nun müßt Ihr mir berichten«, begann der Herzog. »Wo befandet Ihr Euch, als Lord Nelson getroffen wurde?«

»Bei meiner Kanone auf dem Achterdeck. Seit wann ist Ihre Hoheit denn schon krank?«

»Schon fast ein Jahr, die Ärmste. Wir haben alles getan, aber gegen diese Geißel ist man machtlos. In den Zeitungen steht, jeden Monat sterben Tausende an dieser Krankheit.« Er schien ehrlich betrübt, das will ich nicht leugnen – aber warum war er nicht am Boden zerstört? Statt dessen fragte er: »Habt Ihr gesehen, wer den Schuß abgegeben hat, woher er kam? Und war zu diesem Zeitpunkt das Schiff bereits geentert worden? Die Zeitungsberichte waren hoffnungslos ...«

Daphne hustete wieder, ein Blutstropfen fiel auf ihr Kinn. Dann schlug sie die Augen auf und sah mich. Freude erhellte ihr Gesicht, ein vertrautes Lächeln voller Übermut, und sie griff nach meiner Hand.

Als ich ihre Hand nahm, sagte Seine Gnaden: »Dein alter Freund.« Erst jetzt registrierte sie seine Anwesenheit.

Ich versuchte, schnell die Zusammenhänge zu erklären. »Seine Gnaden hat mich freundlicherweise gebeten, Euch nach Hause zu begleiten. Ich habe ihm von unserer alten Freundschaft in der Karibik erzählt.«

»Oh, ja.« Sie begriff sofort. »Unsere alte Freundschaft. Ich freue mich sehr, Euch wiederzusehen. Könnt Ihr eine Zeitlang bei uns bleiben? Es gibt so viel, was ich Euch gern erzählen würde.«

»Ja, natürlich«, antwortete ich, vielleicht etwas überstürzt, also fügte ich hinzu: »Aber ich möchte nicht aufdringlich sein ...«

»Im Gegenteil!« versicherte der Herzog eilends. »Wir wären entzückt.« Dann beugte er sich zu mir und flüsterte: »Tut es, Mann. Ich werde alles mit der Admiralität regeln.« Er war daran gewöhnt, daß man ihm gehorchte, und er kannte seine Macht. Ich erklärte mich gern bereit, seiner Anweisung Folge zu leisten.

Während der Fahrt zum West End wurde nur noch wenig gesprochen. Daphne hielt meine Hand, aber sie hatte die Augen geschlossen, um das Unbehagen, den jedes Holpern bei ihr auslöste, besser ertragen zu können. Ich mußte mich mit ihrer Hand zufriedengeben, und ich konnte den Blick nicht von ihr abwenden, wobei ich mir alles mögliche vorstellte, nur nicht, daß sie im Sterben liegen könnte. Seine Gnaden saß fast unbeteiligt da und blickte zum Fenster hinaus. Ich verachtete ihn für seine Distanziertheit.

Im Vorhof von Cleyland House wartete ein Stuhl, und vier Lakaien trugen Daphne ins Haus und die eine Seite der Flügeltreppe hinauf, die von der Eingangshalle nach oben führte. Oben wurde sie von den perückentragenden Ärzten in Empfang genommen. Sie drehte sich nach mir um und sah mich auf der anderen Treppe. Mit einem erleichterten Lächeln verschwand sie hinter einer Tür im oberen Flur. Seine Gnaden ging hinterher, jedoch ohne die Gefolgsleute, die bei seiner Ankunft aus verschiedenen Alkoven und Korridoren aufgetaucht waren. Diese Herrschaften und ich warteten nun vor der Tür in unbehaglichem Schweigen, wobei ich recht geringschätzig gemustert wurde, weil ich die Uniform eines Matrosen trug und nicht die eines Offiziers. Jedesmal, wenn ich fast die Beherrschung verlor und auf die Tür zustrebte, kräuselten sie die Lippen und runzelten die Stirn, was mich so irritierte, daß ich mich zurückhielt.

Endlich öffnete sich die Tür, und Seine Gnaden trat heraus, gefolgt von den Ärzten.

»Wie lange?« fragte er einen der Ärzte, nachdem ein Lakei die Tür geschlossen hatte.

»Tage. Wochen«, antwortete ein sehr ernster Mann, offenbar ein Spezialist für innere Krankheiten. »Höchstens einen Monat.«

In meiner Empörung konnte ich ihm keinen Glauben schenken. »Ich möchte, daß sie sich wohl fühlt«, erklärte Seine Gnaden. »Ein Medikament für die Schmerzen.« Dann kam er zu mir, nahm mich am Arm und führte mich weg von den anderen. »Sie hat nach Euch gefragt. Wenn Ihr noch von anderen Freunden wißt – sie scheint sich sehr nach der Vergangenheit zu sehnen.«

»Ich kenne niemanden, Euer Gnaden.«

»Dies geschieht zu einer besonders schwierigen Zeit«, begann er und blieb in diskreter Entfernung von den anderen stehen. »Die schlechte wirtschaftliche Lage des Landes bedroht uns von allen Seiten, der Handel ist ruiniert, Exporte sind unmöglich, meine Hüttenwerke in den Midlands ...« Als wäre es ihm peinlich, daß er sich um solche Dinge Gedanken machte, wandte er sich mir nun richtig zu und blickte mir zum erstenmal mit seinen durchdringenden blauen Augen ins Gesicht. »Vor einigen Jahren hat mir irgendein Narr vom Innenministerium berichtet, die Herzogin sei im Lake District in ein Abenteuer verwickelt. Dabei ging es um einen Mann mit einer Augenklappe.«

Er wartete auf eine Reaktion. Ich war erfahren genug, um mir nichts anmerken zu lassen, was ihm ein anerkennendes Lächeln entlockte, und er fuhr fort: »Ich beschloß, den Mann zu ignorieren. Daphne lebt ihr eigenes Leben, müßt Ihr wissen ... Ich bitte Euch sehr, hierzubleiben.«

Ich äußerte nichts, zeigte nicht einmal die Dankbarkeit, die ich gern zum Ausdruck gebracht hätte. »Ich bin bereit, so lange zu bleiben, wie ich von Nutzen sein kann.«

»Gut! Gut. Ihr werdet hier in der Nähe ein Zimmer bekommen«, sagte er, während er mich zu ihrer Tür geleitete. »Ich werde für Kleidung sorgen. Fühlt Euch hier wie zu Hause ... Wie dürfen wir Euch nennen?«

»John York«, erwiderte ich, ohne lange zu überlegen.

»Gut«, meinte er. Dann wandte er sich den Leuten zu, die geduldig gewartet hatten. »Kommt«, sagte er und führte sie zur Treppe.

Ich betrat das Zimmer, noch nicht fähig, den ungeheuerlichen Luxus an Wandteppichen, Porträts, Täfelung und Möbeln richtig aufzunehmen, an denen ich bereits vorübergegangen war. Daphnes Zimmer war dunkel, die Fenstervorhänge waren zugezogen. Gegenüber von ihrem Bett mit dem Baldachin, neben dem zwei Zofen standen, brannte ein Feuer.

»Laßt uns allein«, sagte Daphne, und die beiden Frauen gehorchten bereitwillig. Daphne trug einen weißen Morgenrock und wurde von zahlreichen bestickten Kissen gestützt. Wie durch ein Wunder sah sie überhaupt nicht krank aus, sondern war strahlend schön, ihr schwarzes Haar in Löckchen hochgesteckt.

Als sich die Tür hinter den beiden schloß, trat ich rasch ans Bett und kniete neben ihr nieder. Sie fuhr mir mit der Hand durchs Haar. »Die Rollen sind jetzt vertauscht«, sagte sie lächelnd. »Jetzt bist du es, der mich am Leben erhält.«

»Wenn wir noch heute abend abreisen und dich von London wegbringen, in die saubere Luft ...«

»Dann wäre ich nach einer Stunde tot«, unterbrach sie mich streng. »Fletcher, liebster Fletcher – laß uns etwas noch viel Kühneres tun. Komm und setz dich zu mir aufs Bett.«

Immer noch zutiefst bewegt tat ich, wie mir geheißen. »Wenn ich es gewußt hätte, wäre ich gleich gekommen. Ich verfluche mein Leben, das mich von dir ferngehalten hat.«

»Unsinn. Ich hätte es dir nicht mitteilen können, bis ich erfahren habe, daß du auf der *Victory* bist. Aber da war ich schon so schwer krank, daß ich nicht mehr zu dir kommen konnte, und es war zu spät, um dir eine Botschaft zu schikken.« Sie nahm meine Hand und küßte sie. »Es ist ein Geschenk Gottes, daß du nun hier bist. Hättest du dir je vorstellen können, daß dich der Herzog persönlich hierher einladen würde? ... Natürlich ersparst du ihm die große Mühe, die Fürsorglichkeit eines Ehemannes zu zeigen. Ich bin sicher, er ist dir von Herzen dankbar.«

»Er ist ein Narr. Wie kann der Mann mit dir zusammenleben und nicht ...«

Sie richtete sich plötzlich auf und küßte mich. Ich hielt

sie in den Armen, denn sie hatte nicht die Kraft, sich selbst zu stützen. Erschöpft ließ sie dann den Kopf auf meine Schulter sinken. »Ich habe den Brief, den du auf hoher See geschrieben und von Gibraltar geschickt hast, zusammen mit all den Briefen aus Portsmouth an dem Tag erhalten, als die Nachricht von Nelsons Tod und dem großen Sieg London erreichte. Es war wie ein Feuer an Weihnachten, in dem alle Geschenke verbrennen. Drei Wochen lang wußte ich nicht, ob du überlebt hast. Ich lag im Bett, habe deine Briefe immer wieder gelesen und ... bin fast gestorben vor Sehnsucht.« Das brachte sie zum Lachen – dieses liebliche Geräusch, das klang, als würde Wasser über Kieselsteine plätschern, und an das ich mich so gut erinnerte. Doch jetzt ging dieses Lachen in Husten über. Sie griff nach ihrem Taschentuch und ließ sich in ihre Kissen zurückfallen, mühsam die Krämpfe unterdrückend, die sie schüttelten. »Dann habe ich den *Gazetteer* gelesen, und da wußte ich immerhin, daß du am Leben bist.«

»Ich habe dir jeden Tag geschrieben, seit wir –«

»Das glaube ich dir, aber ich war nicht imstande, zu unserem Postfach zu gehen. Nelsons Begräbnis war der erste Anlaß, bei dem ich dich zu sehen hoffte. Niemand konnte mir diese patriotische Tat untersagen, deshalb wurde mir erlaubt, daran teilzunehmen. Und es hat doch wunderbar geklappt ... Mein Liebster, ich bin immer sehr schnell erschöpft, und du wirst dich mit vielen unerfreulichen Notwendigkeiten abfinden müssen, mit meinen Taschentüchern, meinem edlen Spucknapf ...«

»Daphne, wir müssen etwas unternehmen, andere Ärzte befragen ...«

»Ich habe sie alle konsultiert, glaub mir.« Ihre Augen baten mich, das Unleugbare zu akzeptieren. Dann wurde ihr Blick wieder sanft. »Was wir tun müssen, wie immer – wir dürfen unsere Zeit nicht verschwenden.«

Ich spürte überdeutlich, daß ich nicht helfen konnte. »Darf ich dich in die Arme nehmen?«

»Aber drück mich nicht.«

Ich beugte mich vor und schob meine Arme unter ihren Rücken, zwischen die Kissen. Mit großer Anstrengung hob sie die Arme und nahm mein Gesicht in ihre Hände.

»Das wird sehr schwer für dich werden«, sagte sie. Dann küßte sie mich wieder. »Aber dann werden wir zusammen sein ... das läßt mich sogar an den Himmel glauben.«

»Tu das nicht. Glauben macht nur das Sterben leichter. Der Himmel ist hier auf Erden – genau wie die Hölle, wo ich sein werde, wenn ich dich verliere.«

»Ich verspreche, daß ich dir als Geist erscheinen werde.«

»Das mußt du auch. Du bist die einzige, die meinen Namen kennt.«

»Dein Sohn ...«

»Hast du ihm gesagt, wer ich bin?«

»Nein ...« Sie lehnte sich zurück, und ich half ihr wieder auf ihre Kissen.

»Er darf es nie erfahren. Ist er einberufen worden?«

Sie schloß die Augen und lächelte, um meine Aufmerksamkeit zu bekommen. »Seit er einen gewissen Piraten kennengelernt hat, liebt James das Meer. Im vergangenen Sommer hat Seine Gnaden arrangiert, daß er Midshipman auf der *Ajax* wurde. Er ist sehr glücklich dort, und ich möchte nicht, daß er mich jetzt sieht.«

»Die *Ajax?* Sie ist uns durch die französische Linie gefolgt ...«

»Sein Kapitän hat uns schriftlich mitgeteilt, wie tapfer er gekämpft hat mit seinen elf Jahren, der geborene Seemann. Etwas, was er geerbt hat, da bin ich sicher. Er ist irgendwo auf dem Mittelmeer ... Mein liebster Fletcher, ich bin erschöpft. Bitte, bitte, bleib.«

Gleich darauf war sie eingeschlafen. Ihre blasse Haut hatte

schon immer diesen wunderbaren durchsichtigen Schimmer besessen, doch nun lag auf ihr der Glanz der Krankheit.

»Wohin sollte ich auch gehen, meine Liebste?« fragte ich und sah ein schwaches Lächeln, als würde diese absurde Frage sie in ihren Träumen trösten.

Von da an blieb ich bei ihr. Ich ging nur weg, um die Kleider anzuziehen, die mir gebracht wurden, oder um mich zu waschen, und manchmal auch, um einen kleinen Spaziergang zu machen. Ich schlief auf einer Chaiselongue, die auf Daphnes Wunsch ans Fußende ihres Bettes gestellt worden war, damit sie mich sehen konnte, wenn sie erwachte. Seine Gnaden kam einmal am Tag ins Zimmer, zuverlässig, aber kurz, erkundigte sich nach Daphnes Ergehen und ob ich etwas brauchte. Den Bediensteten wurde gesagt, ich sei ein Spezialarzt, der das Privileg hatte, in Cleyland House zu wohnen; die Ärzte erfuhren nur, daß Diskretion erwünscht sei. Die Mahlzeiten wurden uns gebracht, und wir nahmen sie gemeinsam ein. Viele, viele Stunden verbrachten wir damit, uns zu erzählen, was sich in den Jahren ereignet hatte, die wir getrennt gewesen waren. Ich las ihr die Briefe vor, die ich ihr geschrieben hatte, und ergänzte, was fehlte. Ich gab ihr das Stück von Nelsons Flagge als Andenken für James. Sie gab mir all die Briefe, die sie mir geschrieben hatte und nicht abschicken konnte. Aus diesen Briefen erfuhr ich einiges darüber, wie James bei Seiner Gnaden durchgesetzt hatte, daß er sich der Königlichen Marine anschließen durfte. Daphne und ich lachten viel; die Freude, die wir aneinander hatten, verbannte ihre Krankheit und die Welt, die uns umgab.

Die Zimmertür wurde eine Art Schutzwall, niemand öffnete sie, ohne zu klopfen und ein »Herein!« abzuwarten. Wir waren ungestört. Schnell ersetzte ich die Frauen, die sie gepflegt hatten, und rieb sie auch regelmäßig mit dem Schwamm ab, was ich rasch gut beherrschte. Doch ich mußte mich dabei stets auf meine Arbeit konzentrieren, um nicht wahrnehmen zu müssen, wie die Krankheit fortschritt.

Eines Nachts, als ich leise aufstand, um die Kohlen im Feuer zu schüren und neue nachzulegen, sah ich, daß sie mich beobachtete.

»Wäre es dir unangenehm, dich zu mir zu legen?«

»Das ist eine Freude für mich! Wie könnte es mir je unangenehm sein!«

»Ich weiß nicht, wie weit meine Kraft reichen, aber als ich dich gerade bei den Kohlen gesehen habe, hat das auch in mir ein Feuer entzündet.«

»Das Feuer war schon immer unser Freund«, sagte ich und schlüpfte im Inselkostüm zu ihr unter die Bettdecke.

»Du meine Güte. Ich bin richtig schüchtern.« Dann lachte sie, und, welch Wunder, der Husten, mit dem wir beide gerechnet hatten, stellte sich nicht ein. Wir lachten wieder und warteten, wie auf einen Kanonendonner, aber in der glücklichen Stille, die folgte, hörten wir nur unser sanftes Seufzen, und später gaben wir uns dem Luxus hin, dort aneinandergeschmiegt zu schlafen.

So begann, völlig überraschend – zumindest für mich –, eine Woche der Besserung. Daphne gewann teilweise ihre frühere Kraft zurück. Sie konnte aufstehen und zu den Mahlzeiten am Tisch sitzen. Sie schlief besser und länger. Manchmal bat sie mich, ein bißchen in die Stadt zu gehen, damit sie Briefe an ihre Freundinnen diktieren konnte, die zu Besuch gekommen waren. Eines Morgens hatte ich den Kaffee auf den Tisch bei dem Fenster gestellt, das auf den Berkeley Square hinausging, und den Vorhang so weit geöffnet, daß ein grauer, vom Schnee gefilterter Lichtstrahl auf meine Morgenzeitung fiel. So saß ich da, eine häusliche Szene, wie man sie sich schöner nicht vorstellen konnte, ich als Gast der Herzogin in ihrem Schlafzimmer in Cleyland House.

»Oh, so könnte ich weiterleben!« hörte ich sie sagen und

ging zum Bett, um ihr einen Morgenkuß zu geben, aber sie war schon aufgestanden, ehe ich bei ihr war, und gab mir einen Kuß.

»Wir sollen das nicht tun, sagen die Ärzte«, warnte sie mich. »Sie könnten genausogut verlangen, ich soll Eier legen.«

Sie starrte in die Flammen. Ihre Warnung hatte uns die Wirklichkeit zu schmerzlich ins Gedächtnis gerufen.

»Jetzt, da du hier bist«, sagte sie, »denke ich an alle unsere Möglichkeiten.«

Sie kam ein paar Schritte auf mich zu, doch dann begann sie zu schwanken. Ich trat rasch zu ihr, um sie festzuhalten, und als sie mich umarmte, sank ihr Kopf auf meine Schulter. »Es heißt, bei dieser Krankheit gibt es kurz vor dem Ende eine kurze Genesungszeit, die fast so schwer zu ertragen ist wie der Schmerz, weil einem das Leben wie ein Trugbild vorgegaukelt wird ...« Sie begann zu weinen, dann machte sie sich los und stand da, auf unsicheren Füßen, die Fäuste geballt – so starrte sie zornig auf unseren Frühstückstisch.

»Daphne, erzähl mir von diesen Möglichkeiten. Von jeder einzelnen. Wir werden ein Fest daraus machen.«

»Aber nur im Austausch gegen die deinen ... Ich habe genug, um dein ganzes Leben auszufüllen.« Sie begann wieder zu schwanken.

»Fang an«, befahl ich ihr. »Jetzt gleich. Erzähle einfach.«

Sie blickte langsam in den Lichtstrahl, der durch die Vorhänge fiel, und sah, daß es schneite. »Es müßte unsere Hütte sein. Ich habe sie verkauft, nachdem dieser schreckliche Walsh uns entdeckt hatte, aber wir würden sie zurückkaufen.« Sie ergriff meine Hand, dann fuhr sie fort: »Es wäre im Frühling, im nächsten Frühling. Wir schmücken das Zimmer mit Wiesenblumen, und James kommt, wenn er Urlaub hat. Wir gehen wieder zu dritt fischen ...«

So begann das Ende. Die Besserung, von der sie gesprochen hatte, verflog nach ein paar Tagen, aber wir dehnten die Zeit mit unseren wunderschönen Geschichten. Als Daphne immer mehr schmerzlindernde Mittel brauchte, war es zunehmend meine Aufgabe, einen Traum für sie bereit zu haben, wenn sie wach war, zu dem sie dann das besondere Detail hinzufügte, das diesen Traum für mich erst lebendig machte. Sie lebte mir auch vor, wie man stirbt, und gab mir Anweisungen.

Eines Tages saß ich neben ihrem Bett und dachte, sie schliefe, doch da sagte sie plötzlich: »In dem Augenblick, bevor ich sterbe, möchte ich, daß du die Augen schließt, nein, dein Auge schließt, verzeih mir.« Sie lächelte über unseren alten Scherz. »Du mußt mich allein lassen und sofort aus dem Zimmer gehen und mein Leben mit dir nehmen. Sie werden sich schon um das kümmern, was von mir übrigbleibt und nichts mit uns beiden zu tun hat. Du mußt mir das versprechen.«

Ich versprach es. Ein andermal fragte sie: »Bist du noch wütend?«

»Ich bin es gewohnt, gegen Feinde zu kämpfen und mich überall nach ihnen umzusehen. Nun gibt es keine Feind, und ich kann mit niemandem hadern, außer mit Gott, aber ich bin, leider, nicht gläubig. Das heißt, ich muß deine Frage bejahen.«

Sie nahm meine Hand. Die ihre war eiskalt. »Versuche, nicht wütend zu sein. Ich war es, aber irgendwie ist an die Stelle der Wut jetzt eine Dankbarkeit getreten für das, was ich hatte, vor allem für das, was wir beide hatten. Denk nur daran, wie unwahrscheinlich es war, daß wir uns je begegnen würden. Und nun sind wir hier. Auch ich bin nicht gläubig, und ich werde bestimmt nicht zur Kirche eilen, um mich in letzter Minute der Ewigkeit zu versichern. Die Ewigkeit! Was für eine Zeitverschwendung. Ich möchte lieber an die Tage denken, die wir gemeinsam verbracht haben ...«

Wir kamen nicht bis in den Februar. Ich erzählte ihr gerade wieder eine unserer Lieblingsgeschichten, die ich erfunden und sie ausgeschmückt hatte. Es ging um eine kleine Yacht, die wir besitzen würden.

»Wir werden von Whitehaven auslaufen, nordwärts, um in Isley, Mull und dann an der Isle of Skye und Dunvegan anzulegen – meiner Meinung nach ist Dunvegan vom Meer aus gesehen das schönste Schloß Schottlands. James übernimmt das Steuerruder, ich bin sein Toppgast ...«

»Ich werde die Landkarte lesen, nein ... entschuldige, die Seekarte. Und wir nennen unsere Yacht *Lake District.*«

»Natürlich. Das hätte ich fast vergessen.«

»Das darfst du aber nicht vergessen ... Und wer übernimmt das Kochen?«

»Du bereitest die Fische zu, darauf verstehst du dich so meisterhaft, ich kümmere mich um Porridge, Trockenbrot und natürlich um den Grog –«

»Fletcher!« Sie setzte sich im Bett auf und streckte verzweifelt die Arme aus. Ich war sofort bei ihr, noch rechtzeitig, um zu fühlen, wie das Leben aus ihr wich. Ich widersetzte mich ihrem Wunsch und gab ihr einen Kuß, der sie so weit zurückholte, daß sie die Hand hob und meine Wange berührte.

»Wag es ja nicht, dich von mir zu verabschieden«, sagte sie, dann fiel ihre Hand herunter.

Erst da schloß ich mein Auge, sie immer noch in den Armen haltend. Langsam legte ich sie in die Kissen zurück, und ohne aufzublicken, schloß ich ihre Lider und blieb dann noch eine Weile sitzen, ihre Hände haltend. Durch das geschlossene Augenlid konnte ich die traurigen Schatten der Kerze neben ihrem Bett sehen. Ich löschte die Flamme mit den Fingern. Daraufhin erhob ich mich, und ohne mich noch einmal umzudrehen, öffnete ich mein Auge und ging aus dem Zimmer.

Schluß

Aus dem Tagebuch von Sir Jeremy Learned

Datiert 17. März 1811

Die beiden Wandlungen, bei König und Patient, hätten mich, jede für sich genommen, nicht derart vernichtend getroffen. Da bin ich mir sicher. Aber gemeinsam lassen sie mich sämtliche Theorien über die Krankheiten des Geistes in Frage stellen. Vielleicht sollte ich erwägen, zu einer einfacheren Form der Berufsausübung zurückzukehren und vornehmen Witwen Arzneimittel für Gicht verschreiben oder etwas Ähnliches.

Zu diesem Schluß komme ich nicht etwa aus gesellschaftlicher Verzweiflung wegen meiner »Freistellung« von Windsor. Meine geistige Gesundheit ist weniger betroffen als der Stolz auf meinen Beruf. Außerdem machten die versteckten Tröstungen und gezischelten Sympathieerklärungen der Herrschaften bei Hofe meinen Aufenthalt dort zu einem qualvollen Tanz. Ich bin die königliche Verpflichtung gerne los, obwohl ich für den König eine schmerzliche Anteilnahme empfinde – eine Ironie des Schicksals, nehme ich an, denn schließlich ist er derjenige, der öffentlich bewiesen hat, daß ich unrecht hatte, indem er sich so weit in den Wahnsinn zurückgezogen hat, daß es alle Erwartungen übersteigt. Gott sei Dank war das Debakel mit Fletcher Christian eher eine Privatangelegenheit, doch selbst dieser kleine Kreis von Mitwissern beschäftigt meine Gedanken während der nächtlichen Stunden, wenn der Schlaf nicht kommen mag. Falls ich Glück habe, werde ich keinen von ihnen je wiedersehen, außer Barrow im

Club. Aber er hat sich immer wieder als Ausbund an Diskretion erwiesen. Da mache ich mir also keine Sorgen.

Warum kann ich dann trotzdem nicht schlafen? Warum gehe ich zur gewohnten Stunde ins Bett – ohne meine Verpflichtungen in Windsor, also wirklich nur noch aus Gewohnheit –, um wie ein Toter eine Stunde oder auch zwei zu schlafen und danach wieder glockhellwach zu sein?

Nachdem ich eine Stunde ins Dunkel gestarrt habe, sehe ich klarer. Wenn ich das nur niederschreiben kann, ehe ich es an diesen nächtlichen Wirbel in meinem Hirn verliere. Ich erwache aus Furcht. Weil ich mich dermaßen geirrt habe, nachdem ich mich mein ganzes Leben lang der ärztlichen Tätigkeit gewidmet und alle familiären oder persönlichen Ablenkungen von mir gewiesen habe. Nach einer Karriere, die mir Ruhm und Ansehen gebracht hat, furchte ich nun, daß ich beides nicht verdient habe und daß meine Errungenschaften nur flüchtige Chimären waren. Statt Könige vom Wahnsinn zu heilen und Irre aus den Tiefen der Verzweiflung herauszuholen, bleibt mir am Schluß nur noch ein recht durchschnittliches Leben. Ja. Das ist es. Das ist die Wirklichkeit, die mir Angst einjagt.

Nun, da ich diese Wahrheit endlich vor mir habe, staune ich über diese Aufzeichnungen. Es war nicht meine Absicht, hier das Leben eines durchschnittlichen Mannes festzuhalten, eines Zeitzeugen, eines medizinischen Tagebuchschreibers, der nicht ernst zu nehmen ist. Ich denke plötzlich, daß diese Seiten kaum der Mühe wert sind, sie weiter fortzusetzen oder die Teile, die andere anstößig finden könnten, auszusondern und zu vernichten. Wen interessieren sie schon? Um diese endlosen Papierbögen zu rechtfertigen, bedarf es wenigstens eines denkwürdigen Lebens, wenn schon nicht eines spektakulären. Und ja, um noch mehr Salz in meine Wunden zu streuen – eines Lebens wie das des Fletcher Christian. Ich muß lachen, wenn ich daran denke, daß ich ihn bei unserem

Abschied angehalten habe, seine Geschichte zu vollenden, voll Neid, wie ich jetzt merke.

Ich hoffe inständig, daß diese Zersetzung des Selbstbewußtseins aufhören möge, doch während ich die Komplexität jedes Bruchstückes überprüfe, beraubt mich der Zweifel wieder eines anderen Teils meiner selbst ...

Bedlam

Juni 1811

Dies wurde geschrieben auf Anregung meines Arztes, den ich betrogen habe, indem ich etwas anderes war als das, wofür er mich hielt. Ich kann die Folgen nicht mehr ändern, aber ich bedaure sehr die Wirkung, die es auf ihn hatte. Als er, wie ich vor ihm, aus der Themse gefischt wurde, hatte er den Sprung von der London Bridge nicht überlebt.

Entgegen den Intentionen des guten Doktors war ich sehr traurig, nachdem ich Daphnes Tod beschrieben hatte. Es war ein Gefühl, als hätte ich alles noch einmal durchlebt, und die Auswirkungen auf mich waren ähnlich wie beim erstenmal. Ich hörte auf zu sprechen und zu essen und ließ mich von einem Tag zum andern treiben wie in einem endlosen, dunklen Strudel. Der diensthabende Apotheker von Bedlam behandelte meinen Zustand, indem er mir mein Manuskript, den Tisch und den Stuhl wegnahm, wodurch er mich in maßlose Wut versetzte – was vielleicht in gewisser Weise tatsächlich eine Kur war. Meine Wut führte zu mehreren Behandlungen mit dem Kaltwasserschlauch. Trotzdem aß ich nichts, doch ich wies meine Mahlzeiten nicht einfach zurück, sondern bewarf den Apotheker damit, wie mit allem anderen, was ich irgendwie zu fassen bekam. Ich war kurz davor, wieder mit den Fußeisen belohnt zu werden. Dr. Learned kam nur noch unregelmäßig zu mir, seine Anwesenheit war anderswo gefordert. Eines Abends, als er an meine Zellentür kam, kauerte ich nackt in der Ecke, nachdem ich gerade meine abendliche Abspritzkur hinter mich gebracht hatte.

»Was ist hier los?« fragte er aufgeregt. »Ich habe eine dringende Botschaft von Sir John Barrow erhalten, sofort bei Euch vorbeizuschauen. Habt Ihr ihn gesehen?«

Ich hatte keine Lust zu reden, selbst nachdem er seinen Mantel ausgezogen und mich darin eingehüllt hatte. Ich war dankbar, sagte aber dennoch nichts.

Dieser Zustand änderte sich, aber nicht aufgrund von irgend etwas, was der Doktor sagte oder tat, sondern wegen einer unerwarteten Erscheinung. Meine Zellentür wurde vom Apotheker aufgerissen, der mein Manuskript in der Hand hielt. Hinter ihm, ein polternder Triumphator, James Walsh.

»Da seid Ihr also, und mit Eurem richtigen Namen – Fletcher Christian.«

Ich glaubte, ich hätte, hervorgerufen von Hunger, eine Art Teufelsvision. Walsh war sehr gealtert, seit ich ihn das letztemal gesehen hatte, schütteres graues Haar und wäßrige Augen, aber seine Nase war noch immer ein rotglänzendes Mahnmal, und seine tabakfleckigen Zähne, die mir noch nie aufgefallen waren, wurden zu unserer Freude großzügig entblößt.

Mein Arzt erhob sich und sprach ihn an. »Ich bin Sir Jeremy Learned. Dieser Mann hier ist mein Patient. Wer seid Ihr?«

»Ah, Dr. Learned, ja. Ich bin Walsh vom Innenministerium.« Der Arzt konnte nicht umhin, mir einen raschen Blick zuzuwerfen. »Sie haben sicher schon von mir gehört«, fuhr Walsh fort. »Wir hören viel von Euch – und daß die Lage in Windsor nicht so ist, wie Ihr es wohl gern hättet.«

Der Arzt vermied eine Reaktion, indem er sich dem Apotheker zuwandte. »Geben Sie mir das Manuskript.«

Der Apotheker, dieses kriechende Scheusal, beklagte sich:

»Warum ist er so privilegiert? Euch küßt er die Füße, und mir wirft er den Dreck ins Gesicht.«

Das stimmte, denn er war auch eine angemessene Zielscheibe.

»Außerdem ist das Manuskript beschlagnahmt«, erklärte der Wurm stolz, auf Walsh deutend.

»Das Innenministerium hat in Bedlam nichts zu sagen«, entgegnete der Arzt voll Stolz, wie ich fand. »Wenn Ihr mir das Manuskript nicht augenblicklich gebt, werde ich Eure Anstellung hier als beendet ansehen.«

Gefangen zwischen zwei gegensätzlichen Kräften, dachte der Apotheker wohl daran, woher er sein Geld bekam, und reichte dem Arzt die Seiten. Dann kroch er aus der Zelle, so nahe am Boden wie nur möglich. Der Arzt schaute nun Walsh an, der sich sofort mir zuwandte.

»Ich bin Euch bei Nelsons Begräbnis gefolgt, von Whitehall bis zur Kathedrale«, krächzte er. »Aus Respekt wartete ich mit der Verhaftung bis nach der Zeremonie. Aber Ihr seid nie aus der Kirche herausgekommen. Güte wird nie belohnt, stimmt's? Wo habt Ihr die letzten fünf Jahre gesteckt?«

Da ich mich noch nicht von meinem Bericht über Daphnes Tod erholt hatte, wollte ich an diese Zeit eigentlich nicht rühren. Ich erzähle hier davon, um die Chronik abzuschließen. Ich erinnere mich kaum an diese fünf Jahre, die ich vor allem auf den Straßen verbracht hatte. Immer wenn mir meine Einkommensquelle einfiel, holte ich Geld von der Bank und reiste umher. Dabei sorgte ich nicht nur für mich selbst, sondern für alle Leute in Not, oft für Seeleute, die landeinwärts zogen, um den Preßkommandos zu entgehen. Schließlich kehrte ich in den Lake District zurück. Einmal wagte ich mich in die Nähe unserer Hütte. Sie war von einer recht derben sechsköpfigen Familie bewohnt, die ich nur einmal flüchtig grüßte. Ich wollte meine Mutter besuchen: Schriftlich fragte ich an, ob ich sie sehen dürfe, um ihr so die Möglichkeit zu geben, mir meine Bitte abzuschlagen, was sie auch tat, obwohl sie mir immerhin mitteilte, sie sei froh und dankbar, daß ich noch am Leben sei. In die Ablehnung schloß sie auch meinen Bruder Charles ein, der mit ihr in Douglas lebte. Seine Arztpraxis in Hull war durch Rechtsstreitigkeiten zugrunde gerichtet worden, und er befand sich nervlich in einem labilen Zustand. Ich verspürte kein Verlangen, Edward zu sehen. Was mit dem Geld für Moorland Close passiert war, wußte ich nicht – ich wußte nur, daß es nicht für den von mir vorgesehenen Zweck verwendet worden war. Ich hatte eine beträchtliche Summe zur Verfügung gestellt, aber ich verspürte damals nicht den Wunsch, den Kampf noch weiter zu führen.

Merkwürdigerweise verbrachte ich fast ein Jahr in der großzügigen Obhut meines Vetters John Christian. Er hatte Curwen zu seinem Namen hinzugefügt, um seine Frau zu ehren, die wie meine Inselfrau Isabella hieß. John und Isabella hatten alles erreicht, was man von Jugend und Wohlstand erwartet. Isabella sagte, sie erinnere sich daran, mich vor vielen, vielen Jahren kennengelernt zu haben, und ich beschloß, ihr zu glauben. Sie begrüßten mich als einen Vetter, dem das Schicksal und die Umstände Unrecht zugefügt hatten.

Doch dann teilte mir mein Vetter Neuigkeiten mit, die er aus London mitbrachte: daß die Siedlung der Meuterer auf Pitcairn entdeckt und der Admiralität gemeldet worden war. Es schien keine öffentliche oder offizielle Reaktion zu geben, aber dennoch litt ich von nun an Höllenqualen, die ich lieber nicht beschreiben möchte. In einer mir inzwischen vertrauten Panik gelangte ich zu dem schnellen Entschluß, daß ich die Gastfreundschaft meiner Verwandten nicht länger in Anspruch nehmen durfte, um ihnen nicht zu schaden. Ich verließ den Lake District. Die eine Hälfte meines Gehirns entwickelte die bizarre Idee, nach Pitcairn zurückzukehren, die andere hegte den Gedanken, ich könnte mich erneut in die Marine pressen lassen und wieder zu dem endlosen Krieg beitragen.

Beide Möglichkeiten hätten sich für alle, die mit mir zusammen gewesen wären, zur Katastrophe entwickelt. Aber als ich gerade auf der Suche nach einem Schiff am Plymouth Dock in der Fore Street entlang ging, fühlte ich mich plötzlich beobachtet. Mich umwendend sah ich – womit ich niemals gerechnet hätte – meinen ältesten Freund, Kapitän Peter Heywood, der mich anstarrte wie eine Erscheinung aus dem Höllenschlund. Er hatte recht. Wenn er mich entdeckte, würde man ihn von neuem mit meinem Verbrechen in Verbindung bringen, mit einem Teil seines Lebens, den er mutig und ehrenhaft überwunden hatte. Ich rannte davon.

Es gelang mir, ihm zu entkommen, aber jede Hoffnung auf eine Zukunft, in der mich niemand erkennen würde, war dahin. Höchstens in London konnte ein Mann wie ich vielleicht noch untertauchen. Aber auch dort wurde ich wahnsinnig vor Angst, weil ich ständig dachte, entweder die Preßpatrouillen oder das Innenministerium oder ein früherer Schiffskamerad könnten mich finden. Ich verlor fast den Verstand, ging nie aus meinem Zimmer, nicht einmal mehr zur Tür. Schließlich kroch ich nur noch auf allen vieren unterm Fenster vorbei und brüllte die Schatten an der Decke an. Natürlich aß ich auch nichts mehr, und für meine Exkremente verwendete ich einen Nachttopf, der bald schon voll war und überlief.

Der Lärm, verbunden mit Dreck und Gestank, konnte nicht unbemerkt bleiben. Am Ende kam der Besitzer mit einem Wachtmeister, der allerdings einem so geistesgestörten Menschen wie mir nicht gewachsen war, und ich entfloh, fest davon überzeugt, daß ich am besten tot wäre. Leider fiel mir dabei gar nicht ein, daß ich, um genau dies zu erreichen, den beiden nur sagen mußte, wer ich war. So gehetzt gelangte ich zur London Bridge, und nachdem ich mich von meinem Sprung erholt hatte, wurde ich schreiend nach Bedlam gebracht.

»Sagt ihm nichts«, riet mir Sir Jeremy. Ich gehorchte bereitwillig.

»Er braucht gar nichts zu sagen, Sir Jeremy«, meinte Walsh schadenfroh. »Ihr habt Sir John Barrow bei der Admiralität bereits genug mitgeteilt, oder? Alles über diesen Patienten hier, diesen Meuterer, und daß er überall auf der Welt von einem alten Narren namens James Walsh gejagt wird. Aber Sir John Barrow ist ein ausgesprochen tüchtiger Mann und hat sich Notizen gemacht, wie das so seine Art ist – sehr detaillierte Aufzeichnungen übrigens –, alle sehr privat und vertraulich, versteht sich. Aber ohne daß er es weiß, arbeitet ein freundlicher Kollege von mir dort, und er nahm die Gelegenheit wahr, das Dokument einzusehen, entdeckte meinen Namen und schickte mir eine Abschrift. Ich habe soeben den Vormittag mit Sir John verbracht, der alles andere als freundlich war, was Ihr mir sicher gern glaubt« – an dieser Stelle gab er ein lautes Glucksen von sich –, »aber das spielt keine Rolle, denn jetzt habe ich meinen Mann, nicht wahr?«

»Ihr habt einen Geisteskranken, Mr. Walsh«, erwiderte Sir Jeremy, »eine Tatsache, von der ich jedes Gericht überzeugen werde ...«

»Seid Ihr sicher, Sir?« polterte Walsh bösartig. »Eure Meinung zu diesem Thema würde möglicherweise nicht mehr richtig ernst genommen, glaubt Ihr nicht auch? Im Gegenteil, ich hätte Euch vielleicht sogar gebeten auszusagen, um *unsere* These zu beweisen.« Wieder lachte er über seinen feinsinnigen Humor. Sein Hohn schien Sir Jeremy sehr zu treffen, denn er zuckte sichtlich zusammen.

»Walsh, Ihr habt recht«, sagte ich. Das waren meine ersten Worte und genau die, die Walsh hören wollte. Sein Gesicht verzog sich zu einem breiten Grinsen, als ich fortfuhr: »Ich danke Euch, Sir Jeremy, aber wenn ich irgend jemand anderer wäre als Fletcher Christian, hätte ich kein Leben außerhalb von Bedlam. Und das ist weniger als ein Leben. Laßt mich mit ihm gehen. Ihr wolltet das Ende der Geschichte erfahren. Ich werde diesen Wunsch vermutlich am besten erfüllen, wenn ich zum Schluß nun doch erhängt werde.«

»Ihr seid *nicht* Fletcher Christian!« rief der Arzt aufgebracht.

Ich wandte mich Walsh zu, meinem unerwarteten Bundesgenossen. »Ihr werdet Eure Aussage beweisen müssen, Mr. Walsh, damit alle Zweifel ausgeräumt sind.«

Mein Vorschlag hätte niemanden mehr erfreuen können. Walsh wandte sich ab und blickte gen Himmel. Sein Gesicht leuchtete selig. »Hier – die Belohnung für Hartnäckigkeit, hier – die Krönung meines Lebens.« Er eilte zur Tür meiner Zelle und öffnete sie. »Wer auf dieser Welt würde den unwiderlegbaren Beweis für Eure Identität erbringen? Jemand, der ... ›jedes Gericht überzeugen‹ könnte ...« Mit diesen Worten rannte er auf den Korridor hinaus.

Ich schaut den Arzt an, der erregter schien als ich und die Lippen fest aufeinanderpreßte.

Nun kehrte Walsh zurück – im Triumph, denn er hatte William Bligh bei sich. Ich, schon jenseits von Angst und Schrecken, hätte am liebsten laut herausgelacht, doch ich unterdrückte diesen Impuls. Die beiden musterten mich aufmerksam, gespannt auf meine Reaktion. Walsh, der Geier, Bligh, der Gott, in Ausgehuniform, seinen Kapitänshut unterm Arm. Er stand stramm, die Mundwinkel weit nach unten gezogen, so wie ich ihn von früher kannte, die tiefliegenden Augen weit aufgerissen. Bis auf die beginnende Glatze und die grauen Strähnen im schütteren Haar schien er nicht gealtert.

»Sir Jeremy«, sagte Walsh, »darf ich vorstellen: Kapitän – oh, Verzeihung – Gouverneur Bligh, vor kurzem zurückgekehrt aus Neu-Südwales, glücklicherweise heute zu Hause in Lambeth anzutreffen, wohin ich sofort geeilt bin, nachdem ich Sir John Barrow aufgesucht hatte. Ich denke, wir können davon ausgehen, daß jedes Gericht seine Identifizierung eines Meuterers anerkennen würde.« Wenn er Bligh gegenüber nicht so devot gewesen wäre, hätte dieser Mann sicherlich vor Genugtuung eine Gigue getanzt.

»Ich werde mit ihm alleine sprechen, wenn ich bitten darf«, befahl Bligh in seiner üblichen abrupten Art, die in meinem Gehirn ein unangenehmes Echo auslöste.

»Ich denke nicht, daß das möglich ist, Kapitän – oh, ich bitte um Verzeihung – Gouverneur Bligh«, erwiderte Sir Jeremy. »Dieser Mann ist krank, und ich bin sein Arzt.«

»Unsinn«, widersprach Bligh. »In seinem Auge brennt ein Feuer, und Verachtung spielt um seinen Mund. Laßt uns allein.«

»Das hier ist ein Krankenhaus«, erklärte der Arzt mit Nachdruck, »kein Achterdeck ...«

»Sir Jeremy, laßt uns allein miteinander sprechen«, sagte ich. »Wenn jemand widerlegen kann, daß ich der bin, der zu sein ich vorgebe, ist er es.«

Der Arzt zögerte. Er wirkte gequält. Dann nahm er mich am Arm und führte mich in die Ecke der Zelle, wo er mir hektisch zuflüsterte: »Ihr solltet wissen, daß Bligh unter recht dubiosen. Umständen aus Neu-Südwales zurückgekehrt ist. Er wurde dort aus seinem Amt gedrängt, durch eine Meuterei ...«

»Eine Meuterei?« Ich glaube, nichts hätte mich aus der Fassung bringen können – außer dieser Mitteilung.

»Ja, eine Meuterei«, wiederholte der Arzt. »Mehrere Männer sind nach London gekommen, weil sie bereit sind auszusagen, daß die Rebellion gerechtfertigt war. Das Kriegsgericht tagt nächsten Monat. Er wird von allen als äußerst umstritten angesehen.«

»Ich danke Euch«, sagte ich, wobei ich mich fragte, ob er mir das mitgeteilt hatte, weil er mir endlich glaubte. Doch er gab mir keinen Hinweis, sondern drehte sich um und ging aus der Zelle. Walsh folgte ihm hastig und schloß die Tür hinter sich. Ich blieb an der Zellenwand stehen, während Bligh sich in der Mitte aufpflanzte.

»Ich danke Gott, daß ich es erleben darf, Euch hängen zu sehen, Sir«, erklärte er steif. »Ich versichere Euch, daß ich in Portsmouth an Bord sein werde, um es mit eigenen Augen zu verfolgen.«

»Seid Ihr sicher, daß ich Fletcher Christian bin?«

»So sicher, daß ich mein Leben darauf verwetten würde, daß Ihr Tätowierungen habt, die mir recht geben.«

»Es stimmt.«

»Offenbar seid Ihr durchaus bereit, meine Aussage zu bestätigen«, sagte er, neugierig und stolz zugleich.

»Meine Bereitschaft hat nur wenig mit Euch zu tun.«

»Der Tod scheint Euch nicht zu kümmern?«

»So wenig wie das Leben. Ich habe mit beidem abgeschlossen, an jenem Tag im Südpazifik, vor mehr als zwanzig Jahren.«

»Dann gebt Ihr Euer Verbrechen also zu?« fragte er, plötzlich mit großem Interesse.

»O Gott, Kapitän, das habe ich schon vor langer Zeit getan, und ich werde mein Eingeständnis vor dem Kriegsgericht wiederholen. Habt Ihr so lange auf dieses alte Geständnis gewartet?« Offenbar hatte er das getan. Triumphierend kniff er die Augen zusammen. Gleichzeitig merkte ich, daß seine Neugier ihn stark von seiner Wut ablenkte. Ich fuhr fort: »Aber sagt mir noch etwas – und Ihr werdet dies nie gegenüber einer anderen Menschenseele enthüllen müssen –, habt Ihr je, und sei es auch nur Euch selbst gegenüber, Eure Rolle bei der Meuterei eingestanden?«

»*Meine* Rolle?« spottete er. »Ihr seid ratsächlich wahnsinnig, Sir.«

»Ja, sicherlich, aber nur Wahnsinn erkennt den Wahnsinn. Ich erinnere mich nur zu gut an Euer Verhalten auf der *Boun-*

ty. Ihr auch? Wagen wir es, jetzt über diese Zeit zu sprechen, hier in Bedlam? Gäbe es einen besseren Ort für unser Wiedersehen?« Dann lachte ich doch, was ihn veranlaßte, mich verächtlich zu mustern. »Ich war schon damals fast wahnsinnig, als Ihr, am Tag vor meinem Verbrechen, uns Offiziere anklagtet, wir hätten Euch die *Kokosnüsse* gestohlen. Erinnert Ihr Euch an diese wahrhaft verrückte Episode? Als ich freiwillig gestand, ich hätte eine genommen, um meinen Durst während der Wache zu stillen, habt Ihr mich einen Dieb, einen Lügner genannt und geschrien, der ganze Haufen sei weg. Ihr habt phantasiert, Kapitän. Leider war ich nur allzu leicht anzustecken.«

»Ah – in Eurem armen Kopf bin also ich an der Meuterei schuld.«

»Keineswegs. Ich nehme die Schuld auf mich.« Ich trat einen Schritt auf ihn zu, um ihn besser sehen zu können. »Habt Ihr Euch je eingestanden, daß auch Ihr, als wir auf Tahiti waren, Euch von der Ausübung Eurer Pflicht ablenken ließet?«

»Ihr wagt es, mir gegenüber von Pflicht zu reden, nachdem Ihr und Euer wunderbarer Freund Heywood auf Tahiti am Strand ...«

»Ihr habt diese Freundschaft gehaßt, nicht wahr? So sehr, daß Ihr ihm ungerechterweise vorgeworfen habt, er hätte die Meuterei mit mir geplant. Ist Euch klar, daß Ihr beinahe einen Unschuldigen an den Galgen gebracht hättet?«

»Er wurde vom Kriegsgericht für schuldig befunden! Aber er mußte nicht hängen, oder? Warum? Weil er ein Gentleman war, dessen könnt Ihr sicher sein. Erzählt mir nichts von Pflicht, Sir, mir, der keine Familie hatte, die mich gerettet hätte, wenn ich solchen Verrat geübt hätte.«

»Eure Pflicht war es damals, das Schiff zu führen. Doch obwohl Ihr an Bord wart, konnte es passieren, daß unsere Zweitsegel verrotteten, genau wie zwei der Schiffsboote. Wir entdeckten das am Tag der Meuterei. Sie waren von Würmern zerfressen. Allein dieses verantwortungslose Verhalten würde zu einem Prozeß vor dem Kriegsgericht ausreichen. Ich habe nicht gehört, daß diese Tatsachen in Eurem Bericht für die Admiralität erwähnt wurden.«

»Als ich der Admiralität Bericht erstattete, interessierte man sich dort für wichtigere Dinge«, antwortete er. »Immerhin war das Schiff mit einer Bande von Meuterern verschwunden.«

»Und dafür werde ich hängen. Doch Ihr solltet inzwischen wissen, woher wir kamen, Kapitän Bligh: von Eurem Schiff, auf dem die Lage unerträglich geworden war in den drei Wochen, nachdem wir Tahiti verlassen hatten, als Ihr die Segel verloren hattet und umgeben wart von Offizieren, die sich den Seeleuten bei ihren ordinären Vergnügungen angeschlossen hatten, während Ihr aus gottesfürchtiger Tugendhaftigkeit keusch an Bord geblieben wart, Eurem Ehegelöbnis treubleibend – zweifellos eine verdrießliche Form der Abstinenz. Damals hattet Ihr die übliche Gruppe von Unzufriedenen, Deserteuren und Querulanten in der Mannschaft. Aber als wir ausliefen, offenbarten Eure Beschimpfungen die bislang in Zaum gehaltenen Dämonen in Eurem Kopf, und damit habt Ihr ein paar von uns zu Meuterern gemacht.«

»Ihr selbst wart die Bestie, Mr. Christian, aus Eurem eigenen Holz geschnitzt.«

»Ja, das Holz kam von mir, aber Ihr wart der Schnitzer. Und aus welchem Grund? Die Sache mit den Segeln hätten wir Euch nachsehen können, denn Tahiti war ungewöhnlich feucht. Würmer in den Schiffsbooten gab es bei der Königlichen Marine mehr als einmal. Eure einsame Rechtschaffenheit hätte sicher Beifall gefunden. Doch die eingebildeten Pflichtversäumnisse der Offiziere und daß Ihr die Kontrolle über die Mannschaft verloren habt, als wir auf Tahiti waren – das ließ Euch Eure sonstigen Grenzen überschreiten. Während der folgenden drei Wochen habt Ihr jeden von uns erbarmungslos beschimpft, beleidigt und verflucht, unter dem Vorwand, die Disziplin wiederherstellen zu wollen.«

»Aber Disziplin war vonnöten.« Er blickte umher, verwirrt, in die Enge getrieben. »Sie hatte gefährlich nachgelassen unter Eurem Kommando bei den Ausschweifungen auf Tahiti.«

»Ihr hattet die Grenze zum Wahnsinn überschritten«, sagte ich ruhig. »Denkt nur daran, wie Ihr uns auf Nomuka geschickt habt, um Wasser und Nahrung zu holen. Ihr habt uns verboten, Waffen gegen die Eingeborenen einzusetzen, selbst wenn sie uns angreifen sollten. Ihr habt uns in den Tod geschickt, um Eure Autorität unter Beweis zu stellen, dann habt ihr uns – mich insbesondere – Feiglinge geschimpft, weil wir so schnell wie möglich zurückgekommen sind. Ihr wußtet genau, wie ernst ein derartiger Vorwurf war, vor allem, wenn andere mithörten. Ihr wußtet, wenn wir an Land gewesen wären, hätte ich Euch zur Rechenschaft ziehen müssen, wie jeder ›Gentleman‹. Aber nicht an Bord eines Schiffes der Königlichen Marine, nicht meinen Kapitän. Die Beschimpfungen wurden schlimmer, bis Ihr schließlich wegen der Kokosnüsse ganz die Beherrschung verloren habt. Ihr sagtet, Ihr würdet die Situation für uns so unerträglich machen, daß wir über Bord springen würden, ehe wir die Endeavour-Straße erreichten. Erinnert Ihr Euch daran?«

»Das wollt Ihr dem Kriegsgericht erzählen – daß Ihr eine Meuterei geführt habt wegen ein paar Kokosnüssen?« fragte er geringschätzig, aber ich hörte auch eine Spur von Angst heraus. Dann machte er seinem Ärger Luft. »Ihr habt mich am nächsten Tag drei Stunden lang am Großmast festgehalten, mit einem Schwert an der Kehle ...«

»Richtig«, sagte ich, »aber habt Ihr an jenem Tag nicht Euch selbst in mir gesehen? Wenn nicht, habt Ihr nicht in den Spiegel geschaut. Ich war ein Meuterer, geschaffen nach Eurem wahnsinnigen Bilde.«

»Nach meinem Bilde? Ihr habt nichts von mir übernommen, Sir. Ihr stammtet aus der vornehmen Familie Christian von der Isle of Man, seit dreiundzwanzig Generationen ein Gentleman. Ich habe nur einen brauchbaren Seefahrer aus Euch gemacht. Was Ihr aus Euch selbst gemacht habt, war Euer eigenes Tun.«

»Ihr habt mir diese dreiundzwanzig Generationen immer verübelt, auch als wir noch Freunde waren.«

»Freunde?« höhnte er und ging zur Tür. »Wann, bitte, waren wir Freunde? Soweit ich mich erinnern kann, war ich immer Euer befehlshabender Offizier, der Euch vor dienstälteren Männern zum Stellvertreter befördert hat. Erinnert Ihr Euch daran?«

»Ich erinnere mich. Ihr habt es getan, weil ich Euer Freund war, und als wir auf der *Bounty* segelten, stellte sich sehr schnell heraus, daß Ihr dringend mindestens einen Freund brauchtet. Wir waren Freunde, Kapitän Bligh. Wir haben viele Jahre lang gemeinsam gespeist, gezecht und gelacht. Ihr habt, glaube ich, meine Bewunderung durchaus genossen.«

»Pah! Ich kannte schon lange die einsame Rolle eines Schiffskapitäns, die Feindseligkeit, die ihm die Offiziere und die Mannschaft immer entgegenbringen, weil er die letzte Autorität in ihrem jämmerlichen Leben ist. Ihr wurdet ausgewählt, weil ich fand. Ihr hättet Führungsbegabung. Ich hatte nicht bemerkt, zu meinem großen Bedauern, daß es euch an Pflichtgefühl und Ehre mangelte.« Er schnüffelte und blickte weg, als befände er sich auf dem Heck und würde die Schoten des Großsegels überprüfen.

»Für das bißchen Ehrgefühl, das ich besitze, habe ich geblutet«, erwiderte ich. »Meine Pflicht gilt mir selbst, sie wird nicht bestimmt von einer übergeordneten Autorität, die so oft nur der Firnis ist, wohinter wir uns verstecken, so wie Ihr das jetzt tut.«

»Ich verstecke mich nicht.«

»Doch, hinter Eurem Rang und Eurer glänzenden Uniform, Euren brüsken ›Sirs‹ und Eurer Abhängigkeit von militärischem Respekt bei Euren Befehlen. Aber letzten Endes, Bligh, sind wir nichts anders als zwei Männer, die einander früher einmal gekannt haben, und zwar gut.«

Er klemmte seinen Hut unter den anderen Arm. »Ich gestatte Euch nicht, mich mit meinem Namen anzureden.«

Ich salutierte. »Ich bitte um Verzeihung, *Sir*. Aber das sind wir, zwei Irre, die sich hier in Bedlam gegenüberstehen, und die sich und diese Meuterei nur allzugut kennen ... obwohl Eure Kleidung der Situation sicherlich angemessener ist.«

»Und ich werde nicht zulassen, daß Ihr mich über die Meuterei belehren wollt, verstanden, Mr. Christian?«

»Wir waren auch damals zwei Irre, die einander anstarrten über ein immer breiter werdendes Meer ... Für mich war es der Beginn der langen Reise zu dem Ziel, an dem Ihr mich jetzt antrefft. Euch geriet es zum Vorteil: Der brillante Wahnsinn begleitete Euch offenbar über dreitausend Meilen in einer offenen Barkasse.«

Er stöhnte auf, als hätte ihm jemand einen Hieb versetzt, dann ging er auf mich zu und schlug mich heftig ins Gesicht. Er war so schockiert, daß er zitterte, während ich lächelte.

»Ich habe noch nie in meinem Leben einen Mann geschlagen«, stammelte er und starrte mich an.

»Vielleicht habt Ihr noch nie so deutlich die Wahrheit gehört.«

»Diese Reise in einem offenen Boot war eine Leistung, die in die Annalen der Seefahrt eingehen wird«, brüllte er.

»Ja«, stimmte ich ihm zu, »und dafür schuldet Ihr mir Dank.«

»Ich schulde Euch gar nichts!« schrie er.

Die Zellentür ging auf. Ich beugte mich hinunter, um Blighs Hut aufzuheben, der auf den Boden gefallen war. Wir wurden unterbrochen von einem jungen Mann in der Leutnantsuniform der Königlichen Marine, der jetzt in der Tür stand. Er trat ein und salutierte seinem Vorgesetzten.

Bligh erwiderte den Gruß mit der ärgerlichen Haltung eines Mannes, der bei etwas Wichtigem gestört wurde. Ich reichte ihm seinen Hut, den er ohne ein Wort des Dankes entgegennahm. Dann kam Dr. Learned herein mit einem geradezu seraphischen Lächeln auf den Lippen, immer noch mein Manuskript in der Hand. Ihm folgten Walsh und ein vornehmer Herr mit weißem Haar und strammer militärischer Haltung, aber einem schwarzen Zivilistenmantel und Kniehosen.

»Kapitän Bligh«, sagte Sir Jeremy, »kennt Ihr Sir John Barrow von der Admiralität?« Er konnte nicht anders, als mir einen triumphierenden Blick zuzuwerfen. Selbst ich wußte, wer Sir John Barrow war, wie jeder in der Königlichen Marine, im Parlament oder übrigens auch bei Gericht.

»Wir sind sehr gut bekannt«, antwortete Bligh eisig.

Es folgte eine angespannte Stille. Wir standen alle sechs da, konzentriert, auf alles gefaßt. Zum erstenmal, seit ich in Bedlam war, erschien mir meine Zelle überfüllt.

»Ihr Diener, Kapitän Bligh«, sagte Barrow und nahm die Situation in die Hand, wie das kein anderer Zivilist, den ich kannte, hätte tun können. Obwohl er leise sprach, waren alle gezwungen, ihm zuzuhören. »Ich habe Mr. Walsh soeben erklärt, daß ich mich, da ich schon vor dem heutigen Tag einiges über diese Geschichte wußte und meine eigenen Nachforschungen angestellt habe, nach seinem höchst unerfreulichen Besuch heute morgen sofort auf dem Weg zum Herzog von Cleyland gemacht habe. Darf ich vorstellen?«

Ich weiß noch, daß mir das Herz beinahe stehenblieb. Der junge Leutnant trat respcktvoll vor Bligh, seinen ranghöheren Offizicr.

Barrow fuhr fort: »Seine Hoheit ist vor zwei Monaten von der Mittelmeerflotte zurückgekehrt, um die Angelegenheiten seines Vaters zu regeln und seinen Titel zu übernehmen.«

Daraufhin trat er einen Schritt zurück, so daß er neben dem Arzt stand und alles beobachten konnte.

Bligh reagierte nicht, da er immer noch damit beschäftigt war, die Fassung wiederzugewinnen und die neuen Umstände zu begreifen. Walsh konnte sich keine Sekunde länger am Riemen reißen. »Mit Respekt, Euer Gnaden«, polterte er, »nichts ändert etwas daran, daß dieser Mann hier Fletcher Christian, der Meuterer, ist, und Bligh ihn identifiziert hat.«

»Nein, nein, nein, Mr. Walsh«, sagte der junge Leutnant, der Herzog von Cleyland, zum Teufel – mein Sohn James! Er durchquerte die Zelle unbekümmert, um mich näher zu betrachten. »Ihr irrt Euch gewaltig. Ich kenne diesen Mann, müßt Ihr wissen.« Er lächelte mir zu und wandte sich dann wieder an die anderen. Ich konnte mich nur mit Mühe auf den Beinen halten. »Das ist Mr. Blackbeard, ein guter Freund meiner Mutter von den Westindischen Inseln. Ich habe ihn vor vielen Jahren kennengelernt, und er war bei meiner Mutter, kurz bevor sie starb. Ich habe jede Menge Zeugen für diese Tatsache, das kann ich Euch versichern.«

»Er hatte viele Namen, Euer Gnaden, und –«

James musterte Walsh mit einem Blick, der seinen Atem stocken ließ. »Mr. Walsh, ich bin sicher, Ihr wißt viele Details über diese Sache, aber ich möchte Euch nahelegen, auch noch andere Faktoren zu bedenken. Beispielsweise ...« – er holte eine kleine goldene Schachtel aus einer Tasche und öffnete sie – »etwas, wovon Ihr schon wißt, Mr. Walsh.« Er holte ein kleines Stück blauen Stoff hervor und hielt es hoch, damit alle es sehen konnten. »Das stammt von Lord Nelsons Flagge von Trafalgar. Mr. Blackbeard gab es meiner Mutter auf dem Totenbett.«

»Sein Name im Verzeichnis der *Victory* war ein anderer«, warf Walsh ein.

»Das spielt keine Rolle, Sir«, erwiderte James mit einer Spur von Ungeduld in der Stimme. In mir stieg großer Stolz auf, und ich sah ihn schon im Admiralsrang mit der roten Flagge. Er sprach weiter, während er auf und ab ging. »Meine Mutter legte dieses Andenken in einen Brief, den sie mir kurz vor ihrem Tod schrieb, den ich aber erst öffnen sollte, wenn der Titel auf mich übergehen würde. Ihr Brief teilte mir alles über diesen Mann mit.« Er blieb vor mir stehen, und mit einem Blick gab er zu verstehen, daß er mich und alles, was es zu wissen gab, akzeptierte. Ich war so offensichtlich ergriffen, daß er sich wieder Walsh zuwandte, um die Aufmerksamkeit von mir abzulenken.

»Ich bin Euch dankbar, Mr. Walsh«, sagte er. »Seit ich diesen Brief vor einigen Wochen gelesen habe, bin ich auf der Suche nach diesem Mann, und Ihr habt eine Begegnung ermöglicht.« Walsh glaubte, daß der Wind gedreht hätte, und war bereit, den edlen Dank entgegenzunehmen. James fuhr fort: »Doch die Frage, warum Ihr einen Informanten in der Admiralität habt, verdirbt dann doch alles, nicht wahr? Es wird mit an Sicherheit grenzender Wahrscheinlichkeit als kriminelle Verschwörung betrachtet werden, wenn nicht gar als hochverräterische Verschwörung vor einem Militärgericht, ein trauriges Ende für eine so bemerkenswerte Laufbahn wie die Eure.«

Walsh schnappte nach Luft, dann trat er einen Schritt zurück

»Ich habe vor, dieses unvergeßliche Erinnerungsstück Seiner Königlichen Hoheit, dem Prinzregenten, zu präsentieren«, fuhr mein Sohn fort, »wenn ich ihm die Situation darlegen werde, wozu ich sicherlich aufgefordert werde, sollte dies alles an die Öffentlichkeit dringen.« Er ließ die Aussage auf Walsh wirken, dann sprach er Bligh an. »Die neuen Pflichten Seiner Königlichen Hoheit sind überwältigend, aber dennoch wird er Nelsons Schiffskameraden von Trafalgar sicherlich größte Sympathie entgegenbringen.«

Bligh schaute mich an, ungläubig, aber deutlich beunruhigt

»Mit allem Respekt vor Euren großartigen Erfolgen auf See, Kommandant Bligh ...«, sagte James und ging auf ihn zu. Er ließ das Kompliment in der Stille der Zelle wirken, aber Bligh war keineswegs überzeugt. Er stand da und wartete auf die Breitseite, die auch prompt kam. James fuhr fort: »Soviel ich weiß, werdet Ihr demnächst vor dem Kriegsgericht erscheinen, wegen der Meuterei in Australien, die unter Eurem Kommando stattfand. Möglicherweise ist es schwierig für die Presse und die Öffentlichkeit, wenn es zwei solche Kriegsgerichtsprozesse gleichzeitig gibt und bei beiden Euer Verhalten im Vordergrund steht.«

Wieder warf mir Bligh einen Blick zu, dann drehte er sich weg und wartete auf die Fortsetzung. James ließ ihn nicht lange zappeln. »Als ich heute hierhergekommen bin, hat mir Sir John berichtet, daß Ihr Euch im vergangenen Monat um Eure Admiralsflagge beworben, sie aber noch nicht erhalten habt, weil sie zurückgehalten wird, bis die Nachforschungen über Eure jüngste Meuterei abgeschlossen sind.« James war so kalt und hart wie die Steine meiner Zelle. »Ich habe außerdem gehört, daß Ihr sechs Töchter habt, die in die Gesellschaft eingeführt werden müssen. Das dürfte alles sehr schwierig werden – ob Ihr nun gewinnt oder verliert –, sollten diese Kriegsgerichte Euch ... unvorteilhaft darstellen, was sie zweifellos tun werden.«

»Ihr würdet tatsächlich so tief sinken, meine Töchter anzugreifen, Sir?« stieß Bligh hervor.

»Laßt Euch nicht von Euren allzu bekannten Gefühlsaufwallungen in die Irre führen, Kommandant Bligh«, erwiderte James mit Nachdruck. »Ich kann Euch versichern, daß ich niemals etwas mit Euch oder Euren Töchtern zu tun haben werde. Sie sind es, die mit Euch leben müssen. Sollte diese spezielle Sache je aufgedeckt werden, sind es die Presse und die Öffentlichkeit, die über sie herfallen werden. Ein Mann mag sich wirkungsvoll im *einem* Fall der Meuterei verteidigen, aber wenn zwei gleichzeitig vor Gericht verhandelt werden, hat das vielleicht den Effekt, daß beide Admiralsgremien – und die Welt – an ein gewisses Verhaltensmuster zu glauben beginnen. Ihr erinnert Euch sicherlich an das Kriegsgericht im Jahre 1805, das Euch tyrannischen, grausamen Verhaltens an Bord der HMS *Warrior* für schuldig befunden hat. So lauteten die Worte, wenn ich mich recht entsinne.« Er blickte kurz zu Sir John Barrow hinüber, der nickte. »Und wart Ihr nicht auch damals als Schiffskapitän in die Meuterei in der Nore verwickelt?«

Bligh rührte sich nicht, atmete kaum und brachte schließlich hervor: »Ihr sprecht von Verschwörung, Euer Gnaden.« Er trat einen Schritt nach vorn und brüllte James ins Gesicht: »Nun, dies hier ist eine, zwischen Euch hochgeborenen –«

»Sir, Ihr vergeßt Euch«, unterbrach James ihn streng, »und Ihr vergeßt, wer Ihr seid.«

Dieses Argument brachte Bligh zum Schweigen. Er versuchte mühsam, die Beherrschung wiederzufinden. Sein Blick wanderte von James zu Sir John Barrow, dann zur Tür und blieb schließlich auf mir haften. Er machte sich nicht die Mühe zu hassen, denn er hatte nach alter Gewohnheit schon wieder vergessen, was gesagt worden war.

»Leutnant«, begann er, sich düster in der Zelle umschauend, »ich versichere Euch, daß ich in all diesen Punkten ein reines Gewissen habe. Mein ganzes Leben hindurch habe ich die Macht der Privilegien beobachtet, während ich selbst diesen Luxus nie genießen konnte. Das, was ich geleistet habe, habe ich aus eigener Kraft getan. Ich gebe mich damit zufrieden, diese Angelegenheit in Gottes Hände zu legen, dessen Gerechtigkeit nicht die korrupten und voreingenommenen Formen der Einflußnahme kennt, wie sie hier deutlich werden.« Dann blickte er mich an: »Eure Strafe sei die Verdammnis, Fletcher Christian – eine Euch angemessene Zukunft.«

»Glaubt nur daran, wenn es Euch tröstet«, stieß ich hervor.

Einen Moment lang stand er da, als überlegte er, ob seine Pflicht gewalttätige Worte oder Handlungen von ihm verlangte. Dann verließ er hoch erhobenen Hauptes die Zelle.

Nun war Walsh allein. Sein Zeuge hatte sich aus dem Staub gemacht, und seine berufliche Zukunft war gefährdet. Seine Angriffsstrategie war die Unterwürfigkeit, und von den vier Männern, die sich noch im Raum befanden, wählte er unklugerweise den mit dem höchsten gesellschaftlichen Rang. »Eure Hoheit, diese Angelegenheit sollte nicht Euren oder Sir John Barrows Zorn hervorrufen. Ich habe schließlich nur meine Pflicht getan ...«

»Oh, ja, Eure Pflicht«, entgegnete James. »Ein großartiges Prinzip und eine noch großartigere Entschuldigung. Sir John, ich glaube, Ihr wolltet mit Mr. Walsh sprechen.«

»Mr. Walsh«, sagte Barrow mit seiner leisen Stimme und näherte sich Walsh wie eine Spinne der Fliege im Netz. »Wie weit ist diese Angelegenheit im Innenministerium schon gedrungen?«

»Nun, nicht besonders weit. Eure Aufzeichnungen landeten direkt auf meinem Schreibtisch, und ich habe meine eigenen Nachforschungen angestellt. Ich hatte vorgehabt, einen Bericht zu schreiben, sobald alles geklärt sein würde.« Eine schwache Hoffnung auf diesen großen Augenblick des Ruhms glomm noch in seinen Augen.

»Ich hoffe, das stimmt – um Euretwillen«, erwiderte Barrow, wobei seine Zweifel nicht zu überhören waren. »Denn wir werden uns darauf verlassen, daß Ihr alles, was diesen Mann und Eure Nachforschungen betrifft, aus Euren Unterlagen entfernt und mir persönlich bringt – in zwei Tagen. Und sollte auch nur die geringste Frage auftauchen in bezug auf diesen Mann, sei es vom Innenministerium oder von sonst irgendwoher, dann werde ich dafür sorgen, daß Ihr verhaftet werdet. Ich möchte Euch nahelegen, daß Ihr Eure unbestreitbaren Fähigkeiten und die Euch zur Verfügung stehenden Mittel dafür einsetzt ... Mr. Blackbeard ... vor jeglicher Neugier zu schützen.«

»Und wenn ich mich daran halte«, brachte Walsh aufgeregt vor, »kann ich mich dann darauf verlassen ...«

»Ihr könnt Euch nur auf eines verlassen, Mr. Walsh«, sagte Barrow. »Ihr habt die Admiralität benutzt. Nun wird die Admiralität Euch benutzen. Ihr könnt gehen.«

Walsh blieb einen Moment reglos stehen, als wollte er etwas sagen, dann überlegte er es sich anders und eilte aus der Zelle. Der Arzt ging auf Barrow zu und schüttelte ihm feierlich die Hand.

Barrow sagte: »Wir wollen nicht mehr darüber sprechen«, und der Arzt nickte. Nun wandte sich der Zweite Sekretär der Admiralität mir zu. Es war ein Blick, den jeder Kapitän kannte, der ihn um ein Schiff ersuchte, jeder Admiral und jeder Lord, der versuchte, ihn einzuschüchtern. Der Blick schaute ins Innere jedes Mannes und kam innerhalb weniger Sekunden zu einem Urteil über ihn, ohne dies jedoch preiszugeben. So fällte er nun auch ein Urteil über mich, und ich kann nur hoffen, daß es auch Gutes enthielt. Ohne ein weiteres Wort, aber mit einem respektvollen Kratzfuß vor James, verließ er die Zelle.

James kam augenblicklich zu mir und ergriff meine Hand. »Ich habe soeben meine Leutnantsprüfung bestanden!«

»Das sehe ich – und offenbar war Euer Schneider der erste, der es erfahren hat.« Wir lachten beide, während ich ihm die Hand schüttelte, und dann umarmten wir uns plötzlich. Er war so groß wie ich und kräftig gebaut. »Meine herzlichsten Glückwünsche«, stieß ich hervor, ehe mir die Ergriffenheit die Kehle zuschnürte.

Ich blickte über seine Schulter hinweg zu meinem Arzt hinüber, der plötzlich so verzweifelt aussah wie ein Kapitän, der seine Flagge einholen muß. Da stand er, offenbar völlig verstört, und drückte mein Manuskript an sich, als wäre es ein Schutzschild.

»Sir Jeremy«, sagte James, »ich habe die Absicht, ›Mr. Blackbeard‹ dazu zu bringen, meine Gastfreundlichkeit und meine Protektion anzunehmen. Wenn Ihr einverstanden seid, wird er gleich mit mir nach Cleyland House gehen.«

Der Arzt schien verwirrt, als hätte er nicht verstanden, doch dann nickte er.

»Kommt«, sagte James zu mir.

Es war nicht so einfach, wie man vielleicht denken möchte, denn ich hatte viele Monate in dieser Zelle verbracht, und der Korridor draußen jagte mir Angst ein, ganz zu schweigen von der Außenwelt. Trotzdem führte mich meine Entschlossenheit bis zur Tür, wo ich plötzlich merkte, daß ich keine Kleidungsstücke besaß, außer dem Mantel des Arztes. Sir Jeremy durchschaute meine Gedanken, als ich auf ihn zukam. »Tragt ihn ruhig«, sagte er. »Macht Euch deswegen keine Sorgen.«

James erfaßte die Situation und sagte: »Ich werde den Mantel umgehend zurückbringen lassen.«

Sir Jeremy machte eine wegwerfende Handbewegung. Dann drückte er mir plötzlich mein Manuskript in die Hand. »Ihr müßt es zu Ende schreiben.«

Ich nahm die Papierbögen entgegen und suchte nach Worten, um meiner Dankbarkeit Ausdruck zu verleihen. »Ich denke, Sir, Ihr habt mein Leben gerettet und vielleicht auch meinen Verstand ...«

Er schüttelte den Kopf. »Nein, nein, Gott, nein. Wenn es nach mir ginge, wärt Ihr viel verrückter. Beendet die Geschichte, ich flehe Euch an ... Geht. Geht.«

Ich bedaure es, daß ich aufgrund meiner eigenen Ängste seinen Konflikt nicht begreifen konnte, und ich bin auch nicht ganz sicher, ob ich ihn jetzt verstehe.

»Kommt«, sagte James. Ich schlug den Mantel um mich

und folgte meinem Sohn langsam in den Korridor. Als ich an den Zellen vorbeiging, erkannten mich die anderen Insassen als einen der Ihren und entließen mich in mein neues Leben mit lautem Wutgeheul, weil sie bleiben mußten.

Es war kein leichter Weg. Monatelang konnte ich die Straßen nicht ertragen und hielt mich nur in Cleyland House auf, das seinerseits viele Erinnerungen barg, die mich quälten. James überredete mich schließlich, mit ihm nach Wiltshire zu reisen, wo ich mich wieder in der Welt zurechtzufinden begann. Mit Hilfe der tief verwurzelten Seefahrergewohnheit entwickelte ich eine tägliche Routine, an die ich mich mit der Starrheit eines Konvertiten hielt. Dazu gehörte, daß ich jeden Morgen mit meinem Sohn durch die Wälder des Schlosses ritt und anschließend den Rest meiner Geschichte niederschrieb, um Sir Jeremys Wunsch zu entsprechen. Nun, da das Manuskript abgeschlossen ist, wird es in James' grüne Ledermappe gelegt und im Geheimfach der Bibliothek verwahrt, so daß er es später einmal lesen kann, sollte er den Wunsch verspüren.

Vor zwei Wochen ist er nach Portsmouth aufgebrochen, um wieder zu seinem Schiff zurückzukehren, das an einer Blokkade im Mittelmeer teilnimmt. Ich fand den Abschied unerträglich – einen Sohn zu haben, ist schon ein ungewohntes Gefühl, doch noch viel ungewohnter ist es für mich, ihn weggehen zu sehen. Ich weiß nicht, wann ich ihn wiedersehen werde. Die Königliche Marine ist nicht geneigt, Urlaub zu gewähren. Napoleon hat inzwischen ein Auge auf Moskau geworfen, nicht mehr auf die Hügel von Kent. Also muß ich mir keine Sorgen machen, daß James in ein Gefecht verwikkelt werden könnte. Bei einer Blockade ist die Gefahr, vor Langeweile zu sterben, wesentlich größer. Natürlich bringen seine Fregattenpflichten ihn immer wieder in brenzlige Situationen, was meinen Nächten ein gewisses Maß an Unruhe verleiht. Der launischen Idee, mich als Toppgast und Kanonier auf sein Schiff zu schleichen, lasse ich in jenen Stunden freien Lauf, wenn ich ihn allzu schmerzlich vermisse.

Durch die Wälder zu reiten ist nicht das gleiche, wenn ich allein unterwegs bin, und nun, da diese Aufzeichnungen beendet sind, ist die tägliche Routine eher leer als befriedigend. Meine Rastlosigkeit hat meine Stimmung stark beeinträchtigt, so daß ich alles tue, um den Menschen, die mir so gut und freundlich dienen, aus dem Weg zu gehen. Aber ich muß fort. Für längere Zeit in einem Schloß zu leben, ist noble Fäulnis. Selbst Bedlam besitzt mehr Sinn und Zweck.

Und was ist der Sinn meines Lebens, nun, da ich es neu beginne? Ich nehme an, nichts Geringeres, als die Bestimmung eines Mannes zu finden, der sechsundvierzig Jahre überlebt hat und dessen erwähnenswerte Errungenschaften einzig und allein darin bestehen, daß er die Erinnerung an eine große Liebe besitzt, daß er einen Sohn hat und von jeder Todesangst frei ist. Die Meuterei ist eine tiefe, dauerhafte Narbe, aber nicht mehr lebendige Geschichte für mich. Die Welt mag in mir sehen, wen sie will, doch ich werde meine eigene Deutung finden. Ich verlasse diesen Ort, wie jeder Seemann das Leben an Land hinter sich läßt und dorthin geht, wo der Wind, der Krieg und das Schicksal ihn führen. Nichts ist sicher, außer der Neugier und meiner Entschlossenheit, weiterzuleben. Die Zeitumstände kommen mir entgegen, denn sie bieten Extreme jeder Spielart. Ich bin voller Erwartung. Also bin ich am Leben.

Eine Chronologie

23. Dezember 1787	HMS *Bounty* läuft von Spithead aus, um Brotfruchtpflanzen von Tahiti zu den Westindischen Inseln zu befördern.
23. März 1788	Wegen schwerer Stürme gelingt es dem Schiff nicht, Kap Hoorn zu umsegeln. Nach drei vergeblichen Wochen wendet die *Bounty* und segelt zum Kap der guten Hoffnung.
26. Oktober 1788	Die *Bounty* ankert in Matavai Bay, Tahiti.
4. April 1789	Die *Bounty* verläßt Tahiti, den Frachtraum voller Brotfruchtpflanzen.
28. April 1789	Meuterei. Bligh wird mit achtzehn anderen Männern in einer Barkasse ausgesetzt; die *Bounty* segelt in RichtungTubuai-Inseln.
14. Juni 1789	Bligh landet mit seiner Barkasse in Kupang, Timor, 3600 Seemeilen vom Ort der Meuterei entfernt.
14.Juli 1789	Sturm auf die Bastille in Paris. Beginn der Französischen Revolution.
23. September 1789	Nachdem die *Bounty* fünf Monate zwischen den Tubuai-Inseln und Tahiti hin und her gesegelt ist, beschließen sechzehn Besatzungsmitglieder, auf Tahiti

	zu bleiben. Das Schiff segelt mit unbekanntem Ziel weiter.
15.Januar 1790	Die *Bounty* ankert vor der Insel Pitcairn. Eine Woche später wird das Schiff in Brand gesetzt und versenkt.
14. März 1790	Bligh kehrt nach England zurück und schreibt ein Buch über die Meuterei und seine Fahrt mit der Barkasse.
7. November 1790	HMS *Pandora,* eine Fregatte mit vierundzwanzig Geschützen, wird ausgeschickt, um die Meuterer zu fassen.
23. März 1791	Die Fregatte landet in Tahiti und nimmt die vierzehn Männer der *Bounty*-Besatzung (zwei waren getötet worden) gefangen. Die meisten werden an Deck in einen Käfig gesperrt und an die Gitterstäbe gekettet.
3. August 1791	Bligh, zum Vollkapitän befördert, läuft von Spithead zu seiner zweiten Brotfrucht-Expedition aus.
28. August 1791	Die *Pandora* läuft auf das Große Barrier-Riff auf und sinkt. Vier der *Bounty*-Männer, die immer noch angekettet waren, und einunddreißig Mann der Besatzung ertrinken. Die Überlebenden versuchen, Kupang zu erreichen.
19. Juni 1792	Die zehn *Bounty*-Männer von der *Pandora* kommen nach Spithead, immer noch als Gefangene. Sie müssen sich dem Kriegsgericht stellen.
12. September 1792	Der Prozeß vor dem Kriegsgericht gegen die *Bounty*-Meuterer Drei von ihnen werden sechs Wochen später erhängt.

5. November 1792	Midshipman Peter Heywood schreibt Edward Christian, daß Fletchers Verhalten nicht der Darstellung des Kriegsgerichts entspricht.
15. Dezember 1792	Taufe von Anne-Caroline Wordsworth in Orléans. Ihr Vater William ist aus Geldnot nach England zurückgekehrt, ohne die Mutter zu heiraten.
Februar 1793	England und Frankreich erklären sich gegenseitig den Krieg.
7. August 1793	Kapitän Bligh kommt nach England zurück, nachdem er seine zweite Brotfrucht-Expedition erfolgreich beendet hat.
20. September 1793	Massaker auf Pitcairn. Fletcher Christian gehört zu den Männern, die angeblich bei dem Aufstand der Eingeborenen ermordet wurden. Der einziger Meuterer, der noch lebt, als Pitcairn schließlich entdeckt wird (1808), ist Alexander Smith (John Adams). Er erzählt immer wieder andere und widersprüchliche Geschichten über Fletchers Tod. Ein Grab wird nie gefunden.
1793	Während des ganzen Jahrs 1793 hört Edward Christians Ausschuß, darunter auch Angehörige und Freunde der Familie Wordsworth, die Zeugenaussagen von zwölf Besatzungsmitgliedern der *Bounty*.
Mai 1794	Veröffentlichung von Edward Christians *Protokollen des Prozesses vor dem Kriegsgericht über die* Bounty, *mit Appendix.*

9. Januar 1795	Tod des Raisley Calvert, Bruder des Schulkameraden von William Wordsworth, der dem Dichter ein Vermächtnis von 900 Pfund hinterläßt, damit dieser seine schriftstellerischen Ambitionen verwirklichen kann. Die Familie Calvert besitzt die Farm Windy Brow außerhalb von Keswick.
Januar 1796	Bligh erhält das Kommando über das Linienschiff HMS *Director,* mit vierundsechzig Geschützen.
7. November 1796	Die Zeitung *The Weekly Entertainer* druckt einen Brief von William Wordsworth als Reaktion auf eine Reihe von Briefen, die angeblich von Fletcher Christian aus Cádiz geschickt wurden. Wordsworth schreibt: »... Ich halte es für angebracht, die Leser darüber in Kenntnis zu setzen, daß ich befugt bin zu sagen, daß diese Briefe gefälscht sind.«
19. Mai 1797	Bligh wird während der Flotten-Meuterei in der Nore von der Mannschaft der *Director* an Land geschickt.
August 1797	James Walsh, Agent des Innenministeriums, berichtet von mutmaßlichen Spionen in Nether Stowey, Somerset.
11. Oktober 1797	Schlacht von Camperdown gegen die holländische Flotte in der Nordsee.
Dezember 1797	Wordsworths Theaterstück *The Borderers* wird von Covent Garden in Erwägung gezogen, dann aber abgelehnt. (Die entscheidende Szene, in der ein Kapitän von seiner Mannschaft auf ei-

	ner Insel ausgesetzt wird, ist die 2. Szene im 4. Akt.)
1795-1798	In Coleridges Notizbuch über diese Zeit findet sich der Eintrag: »Die Abenteuer des Meuterers Christian«. (Das Notizbuch befindet sich im Britischen Museum.)
23. März 1798	Coleridge vollendet »The Rime of the Ancyent Marinere« und liest das Gedicht in Alfoxden den Wordsworths vor.
1. August 1798	Die Schlacht vom Nil, Lord Nelsons erster Flottensieg.
12. Dezember 1799	Bonaparte ernennt sich in einem unblutigen Putsch gegen das Direktorium zum Ersten Konsul Frankreichs.
25. Dezember 1800	Ned Young, der drei Kinder mit Fletchers Frau Mauatua und vier mit einer anderen Frau hat, stirbt an Asthma. Er ist der erste Mann auf Pitcairn, der eines natürlichen Todes stirbt.
28. (?) Januar 1801	Heimliche Geburt von Horatia Nelson, Tochter von Lord Nelson und Lady Emma Hamilton. Der Skandal droht Nelsons Laufbahn zu ruinieren.
2. April 1801	Schlacht von Kopenhagen.
1. Oktober 1801	Unterzeichnung des Friedensvertrags zwischen Frankreich und England, der im darauffolgenden März offiziell als Friede von Amiens proklamiert wird.
24. März 1802	Der Anspruch der Wordsworths auf mehr als 10 000 Pfund wird endlich durch den Tod von James Lowther, Graf von Lonsdale, eingelöst, da sein Erbe die Forderung akzeptiert.

18. Mai 1804	Bonaparte wird zu Napoleon I., Kaiser von Frankreich, ernannt und läßt sich im darauffolgenden Dezember krönen.
Januar 1805	Französische Truppen ziehen sich bei Boulogne zusammen. Der neue Kaiser plant eine Invasion in England.
25. Februar 1805	Bligh steht vor dem Kriegsgericht wegen ungebührlichen Verhaltens während seiner Kommandos über die HMS *Warrior.*
30. März 1805	Die französische Flotte verläßt bei einem Unwetter den Hafen von Toulon. Lord Nelson beginnt eine lange Jagd bis in die Karibik.
13. Juni 1805	Als Lord Nelson erfährt, daß die feindliche Flotte die Karibik verlassen hat, verfolgt er sie mit seinem Geschwader quer über den Atlantik.
24. August 1805	Napoleon ändert plötzlich seinen Plan und führt die Große Armee weg von der Küste, um Mitteleuropa anzugreifen.
24. Oktober	Schlacht von Trafalgar. Lord Nelsons Tod.
9. Januar 1806	Begräbnis von Lord Nelson in der St.-Pauls-Kathedrale.
Februar 1806	Bligh segelt nach Australien als Gouverneur von Neu-Südwales.
26. Januar 1808	Bligh wird im Government House bei einer Meuterei gegen seine Regierung festgenommen.
1808-1809	Im Lake District kursieren Gerüchte, daß sich Fletcher Christian dort aufhält, und zwar in der Obhut seines Vetters John Christian Curwen. Die Gerüchte werden von Sir John Barrow weitergetragen.

14. Mai 1809	Die Nachricht von der Entdeckung der Meuterer-Kolonie auf der Insel Pitcairn erreicht die Admiralität.
März bis Juni 1809	Kapitän Peter Heywood ist an Land, um das Kommando über eine Fregatte zu übernehmen. Er berichtet später, er habe Fletcher Christian in der Fore Street am Plymouth Dock gesehen.
25. Oktober 1810	Gouverneur Bligh kehrt nach England zurück, erneut das »Opfer« einer Meuterei. Er ist fest entschlossen, sich von allen Vorwürfen freisprechen zu lassen.
November 1810	König George III. verfällt nach dem Tod seiner Lieblingstochter Prinzessin Amelia wieder dem Wahnsinn.
Dezember 1810	Bligh stellt einen Antrag auf eine Admiralsflagge.
	Im Parlament wird das Regentschaftsgesetz eingebracht, wodurch die königliche Macht auf den Prinzen von Wales übergeht.
8. Januar 1811	Der erste Kriegsgerichtsprozeß, den Gouverneur Bligh im Zusammenhang mit der Meuterei in Neu-Südwales angestrengt hat, endet zu seinem Erstaunen mit einem Freispruch der Angeklagten.
29. Januar 1811	Die Kommission der Königin berichtet von einer momentanen Besserung des Gesundheitszustands des Königs.
5. Januar 1811	Der Regentschaftsakt wird verabschiedet. Der Verfall des Königs ist unaufhaltsam.
5. Juni 1811	Der zweite Kriegsgerichtsprozeß, den Bligh anstrengt. Diesmal wird der An-

	geklagte der Meuterei für schuldig befunden, aber nur unehrenhaft entlassen, nicht gehängt.
31. Juli 1811	Blighs Beförderung zum Konteradmiral der blauen Flagge wird öffentlich bekannt gemacht, aber er erhält nie wieder das Kommando über ein Schiff.
11. April 1814	Bonaparte, besiegt von den Koalitionsmächten, muß in Fontainebleau abdanken und wird nach Elba geschickt.
März 1815	Bonaparte verläßt Elba und zieht ein neues Heer zusammen.
22. Juni 1815	Nach seiner Niederlage bei Waterloo unterzeichnet Bonaparte seine zweite Abdankung und wird auf die Insel St. Helena deportiert.
7. Dezember 1817	Vizeadmiral Bligh stirbt im Alter von vierundsechzig Jahren.
29. Januar 1820	George III. stirbt.
30. März 1820	Ann Christian, Fletchers Mutter, stirbt mit neunzig Jahren. Sie hinterläßt kein Testament.
14. November 1822	Charles Christian, Fletchers Bruder, stirbt. Er hinterläßt kein Testament.
1823	Edward, inzwischen Oberrichter auf der Insel Ely, stirbt, ebenfalls ohne ein Testament zu hinterlassen.
1831	Sir John Barrow, Zweiter Sekretär der Admiralität, veröffentlich anonym sein Buch *Die Meuterei auf der Bounty,* in dem auch erwähnt wird, daß Kapitän Heywood Fletcher am Plymouth Dock gesehen hat.

Danksagung

Dieser Roman ist kein Versuch, die alte Streitfrage zu beantworten, ob Fletcher Christian Pitcairn überlebt hat und nach England zurückgekehrt ist oder nicht. Damit beschäftigen sich Wissenschaftler und Historiker. Ihre sorgfältige Forschungsarbeit und die sich oft widersprechenden Thesen haben mir viel Vergnügen bereitet, während ich *Der Meuterer* geschrieben habe. Ihre Ergebnisse haben mir meine Mutmaßungen ermöglicht. Ich habe die vorliegenden historischen Daten nur als Anregung und als Begrenzung für spekulative Entwürfe verwendet. Was Literatur betrifft, so halte ich es mit Thackery: »Romanschriftsteller haben das Privileg, alles zu wissen.«

Aus der langen Bibliographie gibt es vier Quellen, die ich besonders erwähnen will, weil ich fast täglich auf sie zurückgegriffen habe: *Fragile Paradise* von Glynn Christian, einer direkten Nachfahrin von Fletcher; Sven Wahlroos' Enzyklopädie zur *Bounty;* Sir Walter Besants Werk über London im achtzehnten Jahrhundert und *Nelson's Navy* von Brian Lavery.

Während ich – wenig erfolgreich – zu lernen versuchte, wie man ein Linienschiff segelt (an Land), geriet ich ins Kielwasser der Arbeit von Patrick O'Brien: Sein sechzehnbändiges Werk lehrte mich alles, was ich wissen mußte, und schenkte mir außerdem viele Monate erfreulicher Lektüre.

Für unentbehrliche Anregungen, Interesse, redaktionelle

Vorschläge und Kritik beim Schreiben dieses Buches bin ich Nicholas Meyer, Susan Cheever, Jesse Cohen und Susan York zu Dank verpflichtet.

Ich danke meinen Agentinnen, der unvergleichlichen Marion Rosenberg und der Zauberin Charlotte Sheedy, daß sie mir den Weg zum idealen Verlag für dieses Buch gezeigt haben.

Zu meinem Glück kennt der Verleger Michael Korda diese geschichtliche Epoche sehr gut und findet sie genauso spannend wie ich. Bei seiner wunderbaren redaktionellen Überarbeitung enthüllte er die Geheimnisse der Zeit und die Grenzen des Raums, wodurch er mir einige Peinlichkeiten ersparte und dem Leser ein besseres Buch lieferte.

Die Lektoratsarbeit ist im Verlagswesen leider eine oft vernachlässigte Kunst. Glücklicherweise wurde mir eine Frau mit unendlicher Geduld und mit einem spitzen Bleistift zugewiesen, die Daten, Fakten, grammatikalische Fehler und nautische Irrtümer korrigierte. Ich danke Carol Catt voller Hochachtung.

Trotz all dieser Hilfestellungen hätte dieses Buch den schwierigen Prozeß des Schreibens nicht überstanden ohne die hingebungsvolle Unterstützung meiner Frau Susan. Ihre Überzeugung, daß es geschrieben werden mußte, war stärker als alle Hinderungsgründe und praktischen Einwände, die größtenteils von mir stammten. Um mich für ihre Unterstützung erkenntlich zu zeigen, brauche ich sicherlich mein ganzes Leben.